D0776317

LE MASQUE DE VENISE

ROSALIND LAKER

LE MASQUE
DE VENISE

PRESSES DE LA CITÉ

Titre original :
THE VENETIAN MASK

Traduit par Eveline Charlès

© 1992, Barbara Øvstedal
© Presses de la Cité, 1994, pour la traduction française
ISBN : 2-266-07030-4

A Nancy, Paul et Jenny,
en souvenir d'un Carnaval de Venise sous la neige.

1

Marietta souleva le couvercle tapissé de velours de la boîte. Ses yeux verts s'élargirent à la vue du masque doré qui luisait sur son lit de satin noir. Un frisson étrange la parcourut des pieds à la tête.

— Qui a commandé ce masque, maman ? demanda-t-elle avec une appréhension inexplicable.

La mère de Marietta, veuve et sans ressources autres que son art, travaillait pour une boutique de la lointaine Venise. Quelques jours auparavant, la fillette l'avait vue appliquer sur ce masque la seconde couche de peinture rouille, étape ultime qui précédait la dorure. Un masque semblable à tous ceux dont l'atelier regorgeait. Mais aujourd'hui, alors qu'il venait tout juste d'être doré, on aurait dit que ces traits virils prenaient vie, songea-t-elle en observant le nez d'aigle, le menton creusé d'une profonde fossette, le large front et la bouche bien dessinée.

— Je ne sais rien de l'acheteur, sinon que ce masque a été moulé à partir d'une sculpture de son visage.

Occupée à coudre des sequins sur un masque, Cattina Fontana quitta un instant son ouvrage des yeux. Dans l'état de délabrement physique où elle se trouvait, le moindre mouvement lui coûtait un effort démesuré. Pourtant, ce fut avec une tendresse infinie que son regard s'attarda sur sa fillette de douze ans.

— Faire reproduire son propre visage, quelle drôle d'idée ! s'exclama Marietta. Les masques sont faits pour dissimuler les traits, non pour les révéler.

— Celui-ci doit être destiné à certaines réceptions, où tout le monde connaît l'identité du jeune homme, remarqua Cattina. Je suppose qu'il en possède déjà une ribambelle et souhaite ainsi se faire remarquer de ses amis.

— Comment sais-tu qu'il est jeune ?

— Je n'en suis pas certaine, admit Cattina, mais ce genre de fantaisie a tout pour plaire à un jeune Vénitien. Maintenant, mets-lui ces rubans, ainsi que je te l'ai demandé.

Les mains tremblantes, Cattina reprit sa couture. Depuis plusieurs mois, une toux persistante drainait toute sa force. Sous l'effet de la maladie, son teint avait pris une pâleur cireuse et des ombres grises soulignaient ses yeux. Rien, pourtant, ne pouvait modifier l'ossature de son visage, qui avait fait d'elle autrefois une beauté. Sa fille unique, Marietta, avait hérité d'elle ces traits ravissants qui, un jour, en subjugueraient plus d'un.

Entre ses doigts maigres, les sequins jetaient des éclats scintillants. En cet été de l'année 1775, elle confectionnait son dernier masque. Bien que Marietta lui apportât une aide précieuse, elle allait devoir renoncer à son art. Le cœur serré par la crainte, elle songea qu'elle avait trop tardé à mettre sa fille au courant de ses projets.

Avec un soin infini, Marietta sortit le masque doré de sa boîte et le posa sur la table, devant elle. Elle déroula ensuite deux mesures de ruban, qu'elle coupa avec ses ciseaux. De ses doigts agiles, elle les fit passer dans les trous minuscules percés de chaque côté du masque.

— Ce Vénitien doit être bien riche, pour se permettre une fantaisie d'un tel prix, remarqua-t-elle, en remettant le couvercle en place, saisie du sentiment étrange que le masque continuait de la fixer à travers la boîte.

— S'il appartient à une famille patricienne, cet achat n'est que bagatelle, pour lui, répondit Cattina. Au demeurant, il s'agit d'un véritable investissement, il pourra le porter toute sa vie.

— Tout comme je pourrai porter le mien !

Rejetant en arrière ses longues boucles d'or cuivré, Marietta ouvrit un tiroir, en sortit le loup que sa mère avait confectionné pour elle quelque temps auparavant et le plaça devant son visage. Il était noir, ainsi que ces masques charmants l'étaient d'ordinaire.

— Puisse-t-il te plaire toujours, mon enfant.

Cattina s'était fait une joie de lui en faire la surprise à Noël. Si l'on en croyait Iseppo Marcello, le batelier, toutes les femmes de Venise portaient le même, quelle que fût leur classe sociale. Iseppo, que son métier amenait à faire le va-et-vient entre Padoue et la Sérénissime République, emportait les masques terminés et lui rapportait l'ouvrage à venir. Il lui avait promis de les emmener, elle et sa fille, le jour venu. Hélas, ce moment se présentait plus tôt que Cattina ne l'avait pensé.

Justement, Marietta déposait dans les boîtes prévues à cet effet les masques dont Iseppo allait prendre livraison. Du vivant de son père, l'atelier était occupé par une menuiserie, mais les outils avaient été vendus depuis longtemps. Aujourd'hui, des œuvres merveilleuses, dues au talent de Marietta et de sa mère, ornaient les murs de l'échoppe. Sur les étagères, s'alignaient les coffres contenant de scintillantes garnitures pailletées, des plumes vaporeuses qui ondulaient au moindre courant d'air, de fausses pierres précieuses taillées dans le verre, imitant le rubis, le saphir ou l'émeraude, de fines bandes de dentelle de Burano, des voiles aux nuances de l'aube et tout un chatoiement de rubans multicolores. Seuls les masques qui attendaient d'être apprêtés étaient dépourvus d'éclat. Ils étaient faits de papier mâché, de cuir ou de grosse toile cirée, et leurs orbites vides leur conféraient une apparence sinistre, mais tous les masques n'étaient-ils pas enveloppés d'une aura de mystère ?

Tout en s'affairant à sa tâche, Marietta fredonnait. Elle entonna soudain l'une de ses mélodies favorites, une vieille chanson que son père lui avait apprise lorsqu'elle avait trois ans. Elle contait l'histoire de Colombine, jeune servante aimée d'Arlequin, à qui ses coquetteries font perdre la tête. A l'époque du Carnaval, elle danse dans les rues de Venise, n'écoutant que son humeur capricieuse et déjouant la surveillance de son amoureux, qu'elle sème sous les arcades de la Place San Marco, sur le Pont du Rialto ou dans les *Mercerie**. Parfois même, elle disparaissait dans une gondole, fermant les volets du *felze*** de bois noir, de manière à échapper à sa vue. Mais il la retrouve toujours... pour la perdre peu après.

Sous la gaieté apparente des paroles, Marietta avait toujours été sensible à l'amertume du thème. Aux applaudissements discrets de sa mère, elle répondit par un sourire par-dessus son épaule. Cattina hocha la tête.

— Tu as particulièrement bien chanté, aujourd'hui.

— C'est vrai ?

Le compliment la remplissait de bonheur. Chanter était pour elle aussi naturel que respirer. Elle gardait d'ailleurs le souvenir de la splendide voix de ténor

* Mercerie : série de rues étroites, commerçantes et les plus animées de la ville. *(N.d.T.)*
** Felze : cabine de la gondole. *(N.d.T.)*

de son père. La rumeur prétendait qu'il n'existait pas au monde un Vénitien de pure souche qui ne chantât ou ne jouât d'un instrument. Elle était fière d'avoir hérité ce don de son père, dont le sang coulait dans ses veines comme l'eau des canaux de la ville où il était né et qu'elle n'avait jamais vue.

Comme Marietta entonnait une seconde chanson, Cattina fut secouée par une violente quinte de toux. En toute hâte, la fillette alla lui chercher une bouteille d'un sirop confectionné avec des herbes, dont elle remplit une tasse. Mais pour l'instant, Cattina était bien incapable d'en avaler une goutte. Le mouchoir qu'elle pressait contre sa bouche s'imprégnait peu à peu de sang. Terrifiée, Marietta craignit un instant que sa mère ne mourût, vidée de toute substance. Enfin, la toux cessa et Marietta porta la tasse aux lèvres de Cattina, exténuée.

— Je vais te soutenir jusqu'à ton lit, maman.

Ce fut long et difficile, pourtant Marietta parvint à aider sa mère à traverser l'atelier, puis à grimper l'escalier de pierre, situé dans la cuisine. Une fois Cattina couchée, la fillette s'assit auprès d'elle.

— J'ai quelque chose à t'annoncer, dit la jeune femme en prenant les mains de son enfant entre les siennes. Lorsque Iseppo viendra chercher les boîtes, demain matin, nous partirons avec lui pour Venise.

— Mais tu n'es pas en état de voyager ! Il faut que tu te reposes.

— Dans la matinée, je me sentirai mieux. Tu sais combien ma santé peut varier d'un moment à l'autre.

— Pourquoi entreprendre un tel voyage ? Attendons que tu ailles mieux.

— Nous ne pouvons tarder davantage, mon enfant. Je t'ai souvent parlé des quatre conservatoires de musique qui accueillent les jeunes filles trop pauvres pour payer leur pension et leur formation musicale. Ils sont renommés pour leurs chœurs, qui chantent comme des anges, ainsi que pour leurs extraordinaires orchestres. Les amateurs de musique affluent de toute l'Europe pour les écouter. Iseppo m'a dit que lorsque ces jeunes filles talentueuses offrent un concert, les membres de la plus haute noblesse n'hésitent pas à faire la queue pour obtenir un billet.

— Ah ?

Le cœur étreint par une peur affreuse, Marietta n'osait deviner ce qui allait suivre.

— Et le meilleur de tous est l'Ospedale della Pietà*, dont ton père confectionna autrefois tous les pupitres à musique. C'était avant que nous nous rencontrions. Cet ouvrage lui avait été commandé par le grand compositeur Antonio Vivaldi, qui était aussi le chef d'orchestre de la Pietà et dirigea tous les concerts jusqu'au jour où il partit vers quelque lointaine contrée, où il mourut peu de temps après. Je compte te confier à la Pietà. Tu y vivras et y recevras une éducation convenable, tout en travaillant ta voix, qui est si douce et si claire.

Glacée d'épouvante, Marietta se mit à trembler.

— Non ! cria-t-elle avec désespoir. Je ne veux pas te quitter !

Elle se pencha pour jeter ses bras autour du cou de sa mère.

— Je t'en supplie, dit-elle très vite, ne me chasse pas loin de toi. Tu ne viendras pas à bout des commandes, sans moi ! Et qui t'assistera, lorsque tu tousseras ? Tout ce que je demande, c'est de rester auprès de toi.

Luttant pour étouffer ses propres larmes, Cattina serra sa fille contre son cœur.

— Je m'en vais, moi aussi ! Dès que je te saurai

* Les quatre conservatoires ou Ospedali de Venise (la Pietà, les Mendicanti, les Incurabili et l'Ospedaletto) reçoivent des orphelines dont ils font des musiciennes. (N.d.T.)

en sécurité, je me retirerai dans un couvent de Padoue, où les sœurs prendront soin de moi.

— Je ne te quitterai pas !

— C'est impossible. Seuls les malades sont admis.

— Je demanderai à être acceptée comme novice, et on me permettra de veiller sur toi.

— Non, Marietta. Tu es trop la fille de ton père pour être confinée à jamais entre les murs d'un couvent. J'ai pris la meilleure décision, dans ton propre intérêt.

S'écartant de sa mère, Marietta s'assit de nouveau au bord du lit.

— J'ai hâte que tu ailles mieux, dit-elle d'une voix entrecoupée par les sanglots. C'est ce que je désire plus que tout au monde.

— J'en suis certaine. Mais pense plutôt à ce qui t'attend. Tu vas voir Venise... Ton père ne se lassait jamais de parler d'elle. Demain, toi et moi la contemplerons pour la première fois.

— Pourquoi ne te l'a-t-il jamais fait visiter ?

— Il ne le pouvait pas. Les lois de la Sérénissime République sont très sévères et ton père s'était mis dans son tort en rompant son contrat d'apprentissage.

— Pour quelle raison ?

— Il avait un maître malin, qui ne voulait pas perdre un bon artisan. Aussi multipliait-il les ruses pour prolonger son apprentissage. A vingt et un ans, ton père ne pouvait plus supporter de se trouver sous la coupe de cet homme, aussi n'a-t-il pas hésité à enfreindre la loi pour le quitter. J'ai rencontré mon cher Giorgio alors qu'il traversait le village, en quête de travail. A Venise, la moindre infraction est sévèrement punie.

Voyant sa fille frissonner, Cattina conclut :

— Ne crains rien, mon enfant, tu n'auras jamais maille à partir avec la justice.

— Et si je m'enfuyais de la Pietà ?

Cattina émit un hoquet de surprise qui déclencha une seconde quinte de toux. Lorsqu'elle en fut venue à bout, elle saisit le poignet de Marietta.

— Promets-moi que tu ne chercheras jamais à t'enfuir ! Donne-moi ta parole que tu resteras à la Pietà jusqu'à ce que tu sois une jeune femme à la voix travaillée jusqu'à atteindre la perfection.

— C'est promis ! s'écria Marietta, affolée par l'accès dont elle venait d'être le témoin.

— Tu profiteras de la chance qui t'est offerte en travaillant de tout ton cœur ?

— Oui !

Cattina ferma les yeux avec reconnaissance. L'enfant respecterait sa promesse. Soulevant les paupières avec peine, elle posa sa main sur la joue de sa fille.

— Tu seras heureuse, à la Pietà, j'en suis certaine. La Pietà est protégée par de généreux mécènes et se voit allouer de tels cachets pour chacun de ses concerts que les pensionnaires sont bien nourries et bien vêtues. Ton père m'a raconté que, chaque fois qu'elles se produisent en public, elles portent toutes dans les cheveux un bouquet de fleurs de grenadier, naturelles ou en soie.

Marietta ne pensait pas que des fleurs aussi voyantes conviendraient à sa chevelure dorée, mais elle n'osa pas élever la moindre objection aux plans élaborés par sa mère, tant elle craignait de la voir tousser et étouffer de nouveau.

— Tu viendras me rendre visite, quand les religieuses t'auront rendu la santé ?

Tendant les bras, Cattina attira sa fille contre sa poitrine de façon à ce que l'enfant ne pût voir son visage. Elle craignait que son expression ne révélât l'angoisse profonde qui l'étreignait à cet instant précis. Il aurait été trop cruel de révéler à Marietta que les quatre conservatoires de musique n'accueillaient que des orphelines et des enfants trouvées. Marietta n'était encore ni l'une ni l'autre, mais il s'écoulerait peu de temps avant qu'elle fût seule au monde.

— Quoi qu'il en soit, mon aimée, je serai toujours auprès de toi.

En bas, quelqu'un pénétra dans la maison et appela. Reconnaissant la voix de leur visiteuse, Marietta s'arracha à l'étreinte de sa mère et gagna le palier.

— Nous sommes en haut ! cria-t-elle.

La signora Tiepo était une brave et grosse femme. Avec quelques autres, dans le village, elle faisait son possible pour adoucir la vie de son amie malade. Arrivée à l'étage, elle fut frappée par l'état d'épuisement de Cattina. Profitant de ce que Marietta était descendue dans l'atelier pour terminer sa besogne, la jeune femme évoqua leur départ imminent.

— Je vous l'ai déjà proposé et vous le propose encore, dit la signora Tiepo en prenant place au bord du lit, j'accueillerais volontiers Marietta chez nous, puisque vous n'avez pas de famille. Je la traiterais comme ma propre fille.

— J'en suis sûre, répondit Cattina avec émotion, et je vous suis reconnaissante de votre offre, mais je n'ai rien à léguer à Marietta, si ce n'est cette possibilité de devenir cantatrice.

— Je reconnais qu'elle possède une jolie voix, mais Venise...

S'interrompant brusquement, la brave femme hocha sombrement la tête. Venise était réputée pour être aussi pervertie que belle, véritable temple de l'hédonisme et du vice. Proie des courtisanes, elle passait aux yeux du monde pour la maison de plaisir de l'Europe. Le Carnaval, qui durait du mois d'octobre à la veille du Carême, ne s'interrompait que pour la fête religieuse de Noël. Pendant toute cette période, les déguisements effaçaient les distinctions sociales et autorisaient toutes les licences.

— A la Pietà, Marietta sera bien protégée, insista

Cattina qui avait deviné les craintes de sa voisine. Les jeunes filles sont chaperonnées à toute heure du jour. Elles chantent derrière des grilles qui les séparent du public, ou installées dans de hautes galeries.

— Comment pouvez-vous être sûre que Marietta sera acceptée à la Pietà, lorsque vous serez là-bas ? s'entêta la signora Tiepo. Ces conservatoires sont destinés aux enfants abandonnées, exclusivement.

— J'ai quelque raison de penser qu'on l'acceptera, rétorqua fermement Cattina.

La signora Tiepo changea de position en soupirant. Encore ces pupitres à musique ! Qui sait s'ils n'avaient pas été jetés au feu et remplacés depuis belle lurette, à l'insu de cette malheureuse Cattina. Tendant sa main crevassée par les travaux du ménage, elle prit entre les siens les doigts maigres de son amie.

— Promettez-moi une chose, Cattina, supplia-t-elle. Si Marietta était refusée par la Pietà, ramenez-la-moi et profitez de ce qui vous reste à vivre sans vous consumer en vains regrets.

— Vous êtes très bonne, mais tout se passera selon mes vœux.

— Allez-vous dire à l'enfant à quel point vous êtes malade ?

— Dès qu'elle aura été acceptée à la Pietà. Je demanderai qu'on nous laisse seules un instant. Marietta est vaillante. Nous serons courageuses, toutes les deux.

La compassion adoucit les traits un peu rustres de la signora Tiepo.

— Que Dieu vous bénisse, Marietta et vous !

Le lendemain, lorsque Cattina ouvrit la porte à Iseppo, Marietta et elle étaient enveloppées dans leurs meilleurs châles et prêtes à affronter le voyage. La détérioration de son état frappa vivement le batelier. Elle paraissait trop faible pour tenir debout, songea-t-il, et encore plus pour supporter un aussi long trajet.

— Le grand jour est arrivé, on dirait ! dit-il avec une compréhension teintée d'amitié.

Il aurait volontiers épargné cette épreuve à Cattina et conduit seul Marietta à la Pietà, mais la jeune femme s'était montrée intransigeante à ce sujet : elle tenait à accompagner elle-même sa fille au conservatoire.

— Nous sommes prêtes, Iseppo, déclara courageusement Cattina.

Iseppo adressa une petite grimace à Marietta.

— Tu vas donc habiter à Venise ? dit-il en posant comiquement les mains sur les hanches. Tu chantes déjà comme une alouette et je suis sûr que tu éclipseras toutes les filles de la Pietà en un rien de temps.

Ces paroles enjouées dissipèrent en partie la tristesse qui s'était abattue sur la fillette depuis la veille. L'avenir lui apparut brusquement sous de meilleurs auspices. Sa mère allait recevoir des soins qui la guériraient, pendant qu'elle-même n'épargnerait aucun effort pour devenir cantatrice ou professeur de musique. Ensuite, elle serait en mesure d'assurer une vie confortable à sa mère.

— Je ne vais pas seulement apprendre à chanter, signor Iseppo, répondit-elle. Les jeunes filles de la Pietà sont aussi éduquées et instruites.

Iseppo feignit la surprise.

— Vraiment ? En ce cas, je ne serais pas surpris si tu finissais par épouser le doge de Venise !

Marietta ne put s'empêcher de sourire.

— Le doge est déjà marié, et il est bien trop vieux pour moi.

— C'est malheureusement vrai, fit Iseppo avec une moue de regret, mais le prochain pourrait te convenir davantage et j'aimerais beaucoup être invité à déguster un verre de vin au Palais Ducal. Tu t'en souviendras ?

— Oui, mais je ne crois pas que cela changera quelque chose.

Cattina regardait Iseppo avec reconnaissance. Il les aidait à franchir les plus durs instants de leur vie, à Marietta et à elle. Ainsi qu'il le lui avait conseillé, elle attendit, assise sur un banc, dehors, le moment du départ. Avec célérité, Iseppo rassembla les boîtes qui contenaient les masques terminés, ainsi que tout le matériel d'apprêt, désormais inutile. Marietta, qui s'était chargée du masque doré, le suivit jusqu'à l'endroit où la barge était amarrée. Celle-ci était déjà remplie de marchandises rapportées de Padoue, ainsi que de grands paniers regorgeant de melons, de raisins et de pêches, que les agriculteurs confiaient à Iseppo pour qu'il les livre à leurs clients. Le beau-fils d'Iseppo, Giovanni, était justement en train de les arrimer lorsque Marietta parvint sur la rive. Après qu'ils se furent salués, la fillette tendit au jeune homme la boîte qu'elle portait.

— Fais attention, Giovanni, c'est un masque doré.

— N'aie crainte, petite ! déclara-t-il en lui adressant un clin d'œil malicieux.

Il plaça la précieuse commande sous la toile qui abritait certaines marchandises, puis la fillette attendit que les deux hommes eussent terminé de ranger les autres masques. Elle aida ensuite Giovanni à disposer de vieilles couvertures et quelques coussins décolorés par le soleil, de façon à installer confortablement sa mère.

— La signora Fontana sera protégée par la toile, dit le jeune homme pour la tranquilliser.

Satisfaite, Marietta quitta la barge et courut rejoindre Iseppo, qui était parti chercher sa mère.

La signora Tiepo se trouvait auprès de Cattina, entourée des voisins et de leurs enfants. Il semblait que le village entier se fût réuni pour faire ses adieux à Marietta. Tous les adultes savaient ce que ce départ signifiait pour elles deux et il n'y avait pas une mère qui n'eût les larmes aux yeux. Iseppo offrit son bras à Cattina, mais elle sortait à peine d'une quinte de toux et l'effort qu'elle devait fournir pour se mettre debout lui suggéra de la soulever dans ses bras.

Jetant un coup d'œil par-dessus son épaule, il appela Marietta, que les voisins avaient comblée de gâteaux et de sucreries destinés à égayer le trajet.

— Suis-moi, petite alouette !

Marietta s'arracha à l'étreinte éplorée de la signora Tiepo et s'empara du balluchon qui contenait toutes ses possessions. La tristesse de toutes ces braves femmes avait réveillé son propre désarroi. Elles se comportaient comme si elle n'avait jamais dû revenir à la maison.

Une fois Cattina installée le plus confortablement possible sur son lit improvisé, Marietta l'enveloppa dans un châle. Sur la rive, Giovanni était juché sur le solide cheval de trait qui devait tirer la barge. Au signal de son beau-père, il donna une chiquenaude à sa monture qui se mit en route péniblement. Marietta regarda la corde de halage se tendre, puis la barge commença à avancer. Les enfants, qui s'étaient rassemblés sur la rive, lui adressèrent de grands signes. Le cœur bien lourd, elle agita la main dans leur direction jusqu'à ce qu'elle les perdît de vue.

Cattina avait fermé les yeux. Jamais elle ne s'était sentie si faible et la douleur aiguë, consécutive à ses quintes de toux, lui transperçait la poitrine. Les voix d'Iseppo et de Marietta lui provenaient vaguement, presque irréelles. Au bout d'un certain temps, on lui proposa un peu de nourriture, qu'elle refusa. Elle accepta néanmoins d'absorber quelques gorgées du vin d'Iseppo.

— Si tu voyais comme c'est beau, maman ! dit une fois Marietta.

— Je préfère me reposer, murmura Cattina dans un souffle. Eveille-moi quand nous serons arrivés à Venise.

A peine avait-elle prononcé ces mots qu'elle s'abandonnait au bienheureux réconfort du sommeil.

Marietta espérait que sa mère aurait les yeux bien ouverts pendant le voyage du retour, car Iseppo agrémentait le spectacle de la rive d'une foule d'anecdotes amusantes. Il se pouvait qu'il les inventât de toutes pièces, mais peu importait à la fillette, qui riait de bon cœur, oubliant la peur qui pesait sur son estomac, telle une lourde pierre. Ils dépassèrent des fermes et des vignes, les ruines d'un palais érigé par les Romains et de grandes villas de style palladien égrenées au bord de l'eau pour le plaisir des riches Vénitiens amateurs de campagne. Jaunes, roses, crème ou pêche, avec des volets aux couleurs vives, certaines étaient surchargées d'ornements, d'autres austères. Le regard de Marietta saisissait sur son passage des enfants bien vêtus, des dames abritées sous leur parasol et des groupes animés de cavaliers. Devant l'une de ces somptueuses demeures, une barge vivement colorée débarquait un groupe de jeunes gens bruyants, dans un tourbillon de robes, d'habits et d'éventails. La porte de la maison s'ouvrit et un jeune homme se dirigea à leur rencontre.

— C'est la demeure des Torrisi, dit brièvement Iseppo. On dirait qu'on s'y amuse bien, aujourd'hui.

— Pourquoi en serait-il autrement ? demanda Marietta qui, pour sa part, jugeait cette villa la plus belle de toutes celles qu'il lui avait été donné d'admirer.

— Les Torrisi et les Celano se haïssent depuis plusieurs centaines d'années. L'origine de cette affaire remonte au quatorzième siècle, lorsque la fiancée d'un Torrisi lui fut ravie devant l'autel par un Celano qui l'épousa avant qu'on ait pu les rattraper. La semaine dernière encore, un Torrisi et un Celano se sont battus en duel sur un pont, chacun refusant de céder le passage à l'autre.

Marietta observa la villa avec un intérêt accru. Au

village, elle avait eu vent de querelles qui opposaient certaines familles. Des hommes avaient même échangé quelques coups de poing, mais ces disputes ne duraient jamais bien longtemps. Comment était-il possible d'entretenir une telle haine pendant plusieurs siècles ?

Un peu plus loin, Marietta fut autorisée à monter le cheval de halage, pendant que Giovanni marchait à son côté. Sa mère dormait toujours, parfois réveillée par un accès de toux. La fillette se précipitait aussitôt auprès d'elle pour lui dispenser ses soins. Comme la barge passait l'écluse Maranzini, Marietta fut de nouveau étreinte par une angoisse presque insupportable à l'idée qu'elle serait bientôt séparée de sa mère.

La dernière étape du voyage commença avec la traversée de la lagune. La barge était maintenant touée par un *remulico*, dont les rames étaient tenues par quelques solides gaillards. Iseppo remarqua que Marietta s'était blottie contre sa mère endormie, dont elle serrait tendrement la main.

Au moment où ils atteignirent la Douane, le soleil se couchait. Iseppo s'acquitta des formalités pendant que Giovanni déchargeait la barge. Revenu à bord, Iseppo contempla un moment Cattina et sa fille, qui avait fini par céder à son tour au sommeil.

— Triste affaire, dit-il à son beau-fils, qui hocha la tête en signe d'acquiescement.

Iseppo avait l'impression que la physionomie de Cattina s'était légèrement modifiée durant le voyage, mais peut-être n'était-ce qu'un effet de lumière. Il était content que le sommeil eût épargné à la jeune femme de trop réfléchir à l'épreuve qui l'attendait maintenant.

Tendant la main, il la secoua gentiment par l'épaule.

— Nous sommes à Venise, Cattina.

En s'étirant, la jeune femme éveilla Marietta, qui

se redressa brusquement, se frotta les yeux et poussa une exclamation étonnée à la vue du spectacle qui s'offrait à elle... Dorée par le soleil couchant, la ville semblait flotter sur l'eau.

— C'est un endroit magique ! s'écria-t-elle avec ravissement.

L'espace d'un instant, elle avait oublié le but de leur voyage. Rappelée brusquement à la triste réalité, elle laissa échapper un cri et jeta ses bras autour du cou de sa mère.

Cattina lui tapota le dos et leva des yeux interrogateurs vers Iseppo.

— Sommes-nous devant l'Ospedale ?

Iseppo secoua négativement la tête.

— C'est la Douane. J'ai loué une gondole qui va nous emmener à la Pietà.

Iseppo dut aider Cattina à se relever. Défaillant à chaque pas, la jeune femme, avec son appui, parvint à mettre pied sur le quai. Giovanni, qui restait à bord en attendant son beau-père, dit adieu à Marietta. Puis, la fillette se lança à la suite de sa mère, le cœur lourd. Assisté du gondolier, Iseppo installa Cattina dans l'embarcation. Quand Marietta se fut assise auprès de sa mère, il prit place lui-même sur un siège de côté, tandis que la gondole glissait gracieusement sur l'eau en direction du large quai connu sous le nom de Riva degli Schiavoni, à l'est du Palais des Doges. Le visage enfoui dans le giron de sa mère, serrée entre ses bras, Marietta ne voyait pas où ils allaient. Elle sursauta comme si on l'avait frappée lorsque la voix d'Iseppo retentit dans son dos.

— Voici l'Ospedale della Pietà.

La fillette se força alors à regarder. Non loin d'eux, elle aperçut une bâtisse imposante à la façade triste, aux fenêtres pourvues de volets intérieurs.

— C'est une grande maison, murmura-t-elle.

Dans un renfoncement, la lourde porte donnant

sur le quai était protégée par un portail de fer forgé. Un étroit canal longeait la maison, à droite, et une vaste église la jouxtait à l'ouest.

— Voici Santa Maria della Pietà, précisa Iseppo. Les jeunes filles des chœurs y donnent souvent des concerts.

— Un jour, tu seras parmi elles, souffla tendrement Cattina à sa fille.

Pour toute réponse, Marietta se serra plus fort contre sa mère, qui lui caressa les cheveux. A l'approche de la Riva degli Schiavoni, elle vit une lanterne suspendue au-dessus de la porte. Le portail était entrouvert, de façon à ce que les malheureuses mères réduites à cette extrémité y déposent les enfants qu'elles abandonnaient. Un doute soudain submergea Cattina, la glaçant jusqu'aux os. Pour la première fois, elle craignit que sa fille ne fût pas acceptée au conservatoire, où priorité était donnée aux nourrissons, non aux fillettes en âge de travailler. La gondole s'engagea dans le canal qui bordait l'édifice. Cattina aperçut un second portail, également entrouvert, devant lequel la gondole s'arrêta. Iseppo ordonna à Marietta de descendre la première. Le cœur battant, l'enfant dut s'y reprendre à deux fois avant de se résoudre à tirer la poignée de fer qui actionnait la cloche. Puis elle revint sur ses pas pour soutenir sa mère, que les deux hommes aidaient à gravir les quelques marches de pierre. Vidée de ses forces, les jambes tremblantes, Cattina menaçait de tomber à tout instant. C'est alors que la porte s'ouvrit. Une religieuse vêtue de blanc parut sur le seuil.

— Que désirez-vous ? demanda-t-elle en faisant quelques pas en direction du portail.

Cattina s'agrippa aux barreaux qui la séparaient de la nonne. Elle avait le sentiment que la vie s'échappait d'elle. Elle ne savait plus ce qu'elle devait dire. Les termes de sa requête, pourtant appris par cœur, avaient fui sa mémoire.

— Pour l'amour de Dieu, supplia-t-elle seulement, donnez un toit à mon enfant !

Sur ces mots, elle perdit connaissance et aurait glissé dans l'eau noire si Iseppo ne l'avait retenue d'une main ferme. Marietta, qui avait poussé un cri de frayeur, ne garda pas un souvenir très net de ce qui se passa ensuite. Elle se rappelait seulement qu'Iseppo avait porté sa mère à l'intérieur de la bâtisse. Des gens accoururent et elle aperçut des fillettes qui se pressaient derrière un grillage, juste avant qu'on les chassât.

Les religieuses couchèrent Cattina, avant d'appeler un prêtre qui lui administra les derniers sacrements. Assise près du lit, Marietta finit par s'endormir, la joue pressée contre la joue de sa mère. Iseppo, qui avait été autorisé par les religieuses à demeurer auprès de l'enfant, l'éveilla à l'aube, juste avant la fin. Cattina, qui n'avait pas prononcé un mot depuis qu'elle s'était évanouie, ouvrit les yeux, regarda sa fille et lui adressa un faible sourire. Et puis, tout fut fini.

Iseppo fournit tous les renseignements concernant Marietta à une vieille religieuse, sœur Sylvia, qui les consigna fidèlement pour les directeurs. Il désirait ramener Marietta auprès de sa femme et avait entraîné la fillette jusqu'à la porte d'entrée, quand les religieuses l'arrêtèrent, refusant tout net son offre de revenir avec l'enfant un mois ou deux plus tard.

Sœur Sylvia posa une main autoritaire sur l'épaule de Marietta.

— Désormais, cette enfant est confiée à nos soins, signor Iseppo. Les vœux d'une mère mourante ne peuvent être contrariés.

Iseppo n'eut d'autre choix que de s'en aller. Comme la porte s'ouvrait sur le quai, illuminé par un soleil radieux, il se tourna vers la fillette, qui se tenait près de la religieuse, les bras ballants le long de son corps. Son visage bouffi par les larmes et ses vêtements grossiers contrastaient avec la robe immaculée et le digne maintien de la nonne.

— Je reviendrai te voir, Marietta, dit-il.

— Les visites sont interdites, précisa sœur Sylvia, à moins d'obtenir une autorisation.

Marietta ne dit rien. La souffrance l'avait réduite au silence.

2

Trois années s'étaient écoulées. Marietta avait gardé de sa vie passée des souvenirs poignants, mais sa douleur s'était peu à peu atténuée. Elle ne s'était pas vraiment faite à la vie du conservatoire, bien que la joie de chanter et de travailler sa voix eût donné un but à sa vie. Ce matin-là, son amie Elena Baccini et elle devaient passer une audition devant le *maestro di coro*, qui déciderait s'il les acceptait dans les rangs du premier chœur. Jusque-là, elles avaient appartenu au second, ce qui signifiait qu'elles chantaient seulement derrière des grilles, pendant les services religieux qui se déroulaient dans l'église Santa Maria della Pietà. Ceci à condition que le premier chœur chantât dans la basilique, le vaste édifice qui était la chapelle personnelle du doge, ou dans la cathédrale.

— Si je pouvais n'être pas si nerveuse, soupira Marietta en boutonnant le corsage de sa robe rouge vif, uniforme des pensionnaires de la Pietà. Mais tant de choses dépendent de la façon dont nous allons chanter aujourd'hui ! C'est plus que le plaisir de la réussite qui est en jeu. Si nous sommes acceptées, nous participerons à des concerts publics, nous aurons enfin le droit de sortir d'ici. Ce sera comme de respirer une bouffée de liberté.

Elle fronça les sourcils. Il lui semblait tout à coup

entendre la porte claquer de nouveau sur ce qui avait été sa vie passée. Pourtant, elle n'était pas malheureuse, à la Pietà. Elle était trop vivante, elle avait trop de ressort pour ne pas profiter de tout ce qui lui était offert, mais elle n'avait jamais pu s'habituer à la vie collective. La discipline de la Pietà était stricte, comme il convenait dans un établissement abritant plusieurs centaines de filles de tous âges. Pour le reste, il y régnait une atmosphère agréable et studieuse, propice à l'étude de la musique.

— Je crains d'être incapable d'émettre la moindre note, geignit Elena en brossant ses cheveux pâles.

Elle était encore en jupon, avec sur les hanches les coussinets qui devaient donner à sa robe une allure conforme à la mode. Le directeur encourageait les jeunes filles à soigner leur apparence. La plupart des autres pensionnaires étaient déjà habillées et s'apprêtaient à quitter le dortoir.

— Si je dois endurer un autre Carnaval sans sortir de ces murs, poursuivit Elena, je crois que j'en mourrai.

Après la mort de ses parents, Elena, encore bébé, avait été élevée par sa grand-tante. Quand celle-ci s'était éteinte à son tour, l'homme de loi qui lui tenait lieu de tuteur avait confié l'enfant aux religieuses de la Pietà, aussi faisait-elle partie des rares orphelines qui payaient une pension au conservatoire. Elle était arrivée quelques semaines après Marietta et les deux nouvelles venues s'étaient tout naturellement liées d'amitié.

Marietta lança à son amie un regard malicieux.

— Parle-moi du temps où ta tante et toi preniez part aux festivités.

Elena laissa échapper un petit gloussement de joie.

— Tu flattes mes penchants, parce que tu sais très bien que j'adore évoquer ce temps béni. Est-ce que je t'ai parlé de l'année où je suis allée au Carnaval dans un costume jaune, rouge et or ? Mes tenues étaient retaillées dans les vieilles robes de Carnaval que ma tante avait conservées depuis son enfance. Si tu nous avais vues, Marietta !

Elena cessa de se brosser les cheveux pour balayer l'air de ses bras.

— Nous étions masquées et ma tante flottait dans un domino pourpre. Nous avons chanté et dansé, esquivé les coquilles d'œufs remplies d'eau de rose que des jeunes fous lançaient sur la foule. Et...oh ! Ces magnifiques feux d'artifice ! Pas besoin de ramper hors du lit pour essayer de les apercevoir par la fenêtre, comme nous le faisons maintenant. Nous étions Place San Marco, sous un dais d'étoiles colorées. Tout cela, je le verrai de nouveau... quoique dûment chaperonnée, si je suis choisie aujourd'hui par le maestro.

— Je suis certaine que tu le seras, mais dépêchetoi ou nous serons en retard pour le déjeuner.

Marietta prit un médaillon d'argent gravé au « P » de la Pietà et passa la chaîne autour de son cou. Au quatorzième siècle, quand l'Ospedale della Pietà avait été fondé, on marquait les orphelines au fer rouge dès leur arrivée. Grâce à Dieu, cette coutume barbare avait été supprimée quelques dizaines d'années auparavant au profit du médaillon.

Vibrant toujours d'un plaisir anticipé, Elena suivit le conseil de Marietta et enfila sa robe rouge.

— Quand je deviendrai l'une des deux *prime donne* du premier chœur... tu seras l'autre, évidemment... Je pense qu'on me connaîtra sous le nom de Rose de la Pietà.

Souvent, le public décernait en effet un surnom à sa cantatrice favorite. L'actuelle prima donna du conservatoire, une jeune fille du nom d'Adrianna, s'était vu attribuer le titre de Vénus de la Pietà. Marietta ne doutait pas qu'Elena méritait celui qu'elle s'était trouvé elle-même. Avec sa pâle chevelure blonde, son teint de porcelaine rose et blanc, son petit nez retroussé, sa bouche d'une remarquable douceur et ses yeux d'un bleu étonnamment profond, Elena, telle une rose, incarnait l'idéal de beauté des Vénitiens. Bien des élégantes de la République de Venise se seraient damnées pour avoir des cheveux de cette nuance ravissante.

Elle sourit à son amie, prête à partager avec elle son rêve de gloire.

— Et moi ? Comment me surnommera-t-on ? J'avoue que je n'en ai pas la moindre idée.

Elena tourna vers son amie des yeux étonnés. Etait-il possible qu'elle n'y eût pas réfléchi, alors qu'elles avaient si souvent évoqué le bonheur d'Adrianna ?

— Mais c'est tout simple, voyons ! Tu seras la Flamme de la Pietà.

Marietta eut une moue chagrine.

— Mes cheveux sont-ils vraiment orange ?

— Mais non !

En riant, Elena prit Marietta par les épaules et la poussa devant un miroir au cadre d'argent.

— Ils sont magnifiques, au contraire ! Au soleil, ils ont la couleur du cuivre, et à la lueur des chandelles, celle du bronze... La nuance préférée du grand Titien. Mais surtout, il y a toi ! Regarde-toi, voyons ! Tu ne comprends pas ?

Marietta étudia son reflet d'un œil critique. Sa chevelure bien brossée étincelait, son cou était long et mince. Sans doute ses dents blanches et ses yeux étaient-ils ce qu'elle avait de mieux et les autres filles lui enviaient souvent ses cils noirs et recourbés, mais elle ne se voyait aucun autre atout. Prenant un miroir à main, elle se tourna de côté pour examiner son profil. Son nez lui sembla plus long et plus mince que jamais, et son menton beaucoup trop décidé pour correspondre à son idéal de beauté. Les fossettes qui creusaient ses joues, sous ses pommettes hautes, ne lui plaisaient pas davantage.

— Je crois que « Pissenlit de la Pietà » est un sobriquet qui me conviendrait tout à fait, conclut-elle enfin avec une ironie qu'elle n'hésitait jamais à utiliser contre elle-même.

— Le « Lis tigré », rectifia Elena avec une moue amusée. C'est tout de même plus flatteur.

Elle s'étonnait toujours que son amie semblât incapable de reconnaître sa beauté d'un autre siècle, alors qu'elle-même évaluait parfaitement ses atouts. Marietta avait le nez fin et l'allure faussement sage des femmes représentées par les peintres du Moyen Age. On sentait instinctivement que le feu de la passion couvait, sous leurs poses modestes. C'était Marietta elle-même qui en avait fait la remarque, lorsqu'on les avait emmenées voir des œuvres d'art exécutées quelques centaines d'années auparavant. Elena observa son amie avec attention. Marietta allait-elle enfin se percevoir telle qu'elle était ?

Marietta reposa le miroir sans mot dire. Elle avait vu luire dans ses yeux une flamme qu'elle avait appris à reconnaître, née du désir qui l'assaillait parfois avec une force désordonnée de quitter la Pietà pour découvrir le monde extérieur. Mais il lui fallait se montrer patiente. Heureusement, elle avait la musique, pour combler toutes ces heures vides. Son amour pour le chant était totalement satisfait et constituerait un soutien durant sa vie entière. Peut-être Elena avait-elle raison et une telle passion faisait-elle d'elle une flamme.

Après le petit déjeuner, les deux jeunes filles se séparèrent pour ne se retrouver qu'au moment de l'audition, à midi. Elles dirigeaient chacune une classe de chant, entre deux séances de harpe, pour Marietta, et de flûte pour Elena. Le fonctionnement de la Pietà reposait sur un système pyramidal, les plus âgées des pensionnaires enseignant aux plus jeunes. Lorsque ces dernières atteignaient un certain niveau, elles avaient accès aux classes des maestri, des hommes et des femmes hautement qualifiés et considérés comme les meilleurs professeurs au monde. Les jeunes filles dénuées de dons particuliers pour la musique, malgré les études rigoureuses auxquelles elles étaient soumises, pouvaient cependant devenir des instrumentistes honorables. Quant à celles qui n'en avaient ni le goût ni l'inclination, elles étaient chargées des soins du ménage.

À la fin de la matinée, Marietta entra dans la salle d'audition et y trouva Elena, le nez dans l'entrebâillement de la fenêtre. Elle fit signe à son amie d'approcher.

— Viens vite voir, souffla-t-elle, mais ne te fais pas remarquer.

Marietta se joignit à elle pour regarder dehors, à travers les barreaux de fer forgé. La Riva degli Schiavoni était le lieu de promenade favori des Vénitiens et des étrangers qui séjournaient à Venise, la Pietà excitant la curiosité de tous. Imitant en cela un grand nombre de visiteurs, les deux jeunes gens bien vêtus qui discutaient sous la fenêtre avaient abandonné leurs bonnes manières pour tenter de percer le mystère des grandes fenêtres du rez-de-chaussée. Dans une ville où les plaisirs de la chair étaient à la portée de tous, l'aura de virginité qui entourait les pensionnaires bien gardées de la Pietà constituait une véritable provocation.

Marietta, qui ne voyait des jeunes gens que le sommet de leur tricorne, fut aussi amusée qu'Elena par leurs remarques. À en croire leur accent, ils n'étaient pas vénitiens, mais italiens.

— Cette maudite grille fait de l'ombre. Tu vois quelque chose, Roberto ?

— Aucune jeune fille, malheureusement.

— Ce doit être un salon, car j'aperçois des meubles.

— Il y a une porte, Guido. Si nous patientons un peu, nous verrons peut-être l'une de ces beautés y pénétrer.

Marietta et Elena pouffèrent. Le salon du rez-de-chaussée était en réalité le vestibule de la salle du conseil des directeurs. Comme aucune réunion ne devait s'y tenir, personne ne risquait de franchir la porte. Malheureusement, le jeune homme qui semblait s'appeler Guido avait l'ouïe fine. Levant prestement les yeux, il aperçut les jeunes filles avant que celles-ci n'aient eu le temps de disparaître. Il décocha un coup de coude à son compagnon, son très beau visage illuminé par un large sourire. Son ami, qui n'était pas moins séduisant, s'épanouit à son tour.

— Quelle chance nous avons ! Deux belles filles de la Pietà pour notre première visite à Venise.

Tout en riant, Marietta et Elena se réfugièrent de l'autre côté de la salle de musique, comme si les deux étrangers avaient pu franchir d'un bond les fenêtres grillagées. L'une des règles les plus strictes de la Pietà interdisait formellement aux pensionnaires de s'adresser aux passants par les fenêtres.

A leur grand désarroi, les jeunes gens se mirent à crier :

— Ne partez pas ! Revenez ! Dites-nous vos noms !

Marietta se précipita vers la fenêtre, Elena sur les talons.

— Il nous est interdit de parler à quiconque, lança-t-elle à travers les barreaux. Je vous en supplie, passez votre chemin !

Mais les deux jeunes gens étaient trop excités par leur bonne fortune pour laisser échapper une telle occasion :

— Nous voulons connaître vos noms !

— Marietta et Elena ! Maintenant, partez, je vous en prie !

Guido envoya un baiser à Marietta et Roberto en fit autant pour Elena, comme s'ils jetaient chacun leur dévolu sur la jeune fille de leur choix.

— Quittez votre couvent et venez vous amuser avec nous ! cria Guido.

— Ayez pitié de deux malheureux étrangers ! renchérit Roberto d'une voix rieuse.

Les passants commençaient à s'attrouper pour assister au spectacle. Marietta ferma la fenêtre d'un geste brusque. Elle et Elena savaient ce qu'elles encouraient si les autorités venaient à être informées de l'incident. Les deux jeunes filles sursautèrent, car un jet de petites pierres venait d'atteindre les vitres des fenêtres. Un autre suivit presque immédiatement, montrant que les jeunes gens n'entendaient pas abandonner.

— C'est affreux ! s'écria Elena en joignant les mains sur son cœur. Le maestro di coro va arriver d'une minute à l'autre. Parle-leur encore, Marietta ! Fais-les partir !

Marietta rouvrit la fenêtre, saluée par les applaudissements des jeunes gens.

— Eloignez-vous ! implora-t-elle. Nous allons être sévèrement punies, si vous continuez à faire tout ce bruit.

— Oui, renchérit Elena, soyez gentils, faites ce que Marietta vous demande !

Ni l'une ni l'autre n'avaient entendu sœur Sylvia pénétrer à pas de loup dans la pièce. Ayant eu vent de l'esclandre, elle en cherchait la source. Son exclamation outragée cloua les deux jeunes filles au sol.

— Petites effrontées !

La punition qui suivit fut la plus sévère de toutes celles qu'elles avaient jamais subies. Le maestro di coro annula leur audition, elles furent séparées, avec l'interdiction formelle de communiquer pendant trois mois. En cas d'infraction, elles seraient toutes deux renvoyées de la Pietà. Marietta serait placée comme servante dans une grande maison, tandis qu'Elena retournerait chez son tuteur. Tous leurs projets d'avenir seraient anéantis.

Durant ces longs jours de pénitence, s'il leur arriva d'échanger des regards apitoyés, elles n'osèrent pas s'adresser de messages par l'intermédiaire de l'une ou l'autre de leurs compagnes. Les autorités n'auraient pas hésité à mettre leur menace à exécution. Cependant, chacune de leur côté, elles constatèrent qu'on ne les privait pas de leçons de chant. Elles en conclurent toutes deux qu'on ne désirait pas freiner leurs progrès.

Elles ne furent pas privées non plus de sorties éducatives, l'architecture et l'art vénitiens étant intimement liés à la musique. Dûment chaperonnées par sœur Sylvia et sœur Giaccomina, la seconde aussi potelée et aimable que la première était maigre et acerbe, les pensionnaires de la Pietà sortaient en rangs, le visage dissimulé sous un voile blanc. Elles adoraient toutes ces expéditions, qui les conduisaient à travers les rues et les places, aussi bien que sur les canaux. Jusque-là, Marietta et Elena avaient toujours marché côte à côte, mais désormais elles appartenaient à des groupes différents. Marietta regrettait le bavardage enjoué de son amie, ainsi que ses commentaires sur les jeunes gens qui les dévoraient du regard.

Qu'elles fussent dans l'église Santa Maria Gloriosa dei Frari, à contempler l'Assomption du Titien ou la Vierge de Bellini, ou encore à admirer l'or mussif* de la Basilique, elles étaient toujours escortées par une cohorte de jeunes gens bien vêtus. Venise fourmillait de jeunes hommes partis faire

* Or mussif ou « or mosaïque », bisulfure d'étain d'une belle couleur jaune doré, utilisé pour bronzer les plâtres. (N.d.T.)

leur tour d'Europe et la mode n'avait jamais été plus favorable au sexe masculin. Vestes de velours ou de soie cintrées, tombant sur des culottes bien ajustées qui s'arrêtaient aux genoux, flots de dentelle autour du cou et des poignets et, pour couronner le tout, hauts tricornes posés sur des perruques blanches ou sur des cheveux poudrés, noués sur la nuque par un ruban noir.

Les hommes s'arrêtaient ou tournaient la tête pour voir les pensionnaires de la Pietà passer, dissimulées derrière leurs voiles blancs. Ils s'inclinaient avec galanterie, les gratifiaient de compliments, ou même tentaient des avances, au grand dam des chaperons, qui enjoignaient leurs protégées de resserrer les rangs. Il n'était pas rare que l'un d'entre eux réussît à glisser dans la main d'une jeune fille une déclaration d'amour ou un poème. Les voiles blancs vibraient alors de rires contenus.

Obligées de hâter le pas, les pensionnaires de la Pietà ne saisissaient que quelques bribes des pièces jouées par des comédiens ambulants, sur des tréteaux dressés sur les places. Il ne leur était pas permis de s'attarder pour admirer les jongleurs, vêtus de costumes clinquants roses et jaunes, qui formaient des pyramides humaines. Elles n'avaient pas non plus le droit d'applaudir les magiciens, les chiens savants ou l'une des nombreuses troupes de danseurs qui exerçaient leur art dans les rues. Mais elles se gavaient du spectacle des élégantes, vêtues de larges robes à paniers et coiffées de chapeaux à plumes, qui se promenaient sous les arcades et rivalisaient de recherche. Beaucoup étaient escortées par leurs chevaliers servants, des jeunes gens qui portaient leurs petits chiens parés de bijoux. Si l'on en croyait Elena, qui prétendait tenir l'information de sa grand-tante, ils ne se contentaient pas de veiller sur elles et de les protéger, ils satisfaisaient en outre leurs désirs dans tous les domaines. La différence entre les courtisanes de haut vol et les grandes dames était imperceptible, bien qu'Elena se targuât de les distinguer. Mais des centaines de leurs sœurs moins fortunées s'exhibaient dans des robes aux décolletés si bas qu'ils révélaient la pointe de leurs seins.

Marietta se réjouissait toujours quand ces expéditions nécessitaient un trajet matinal en gondole. Elle pouvait alors s'asseoir et se laisser ensorceler par la vue des magnifiques palais qui se dressaient au-dessus de leur propre reflet, avec leurs balcons gracieux, leurs loggias à colonnades, leurs sculptures, leurs statues et, çà et là, leurs mosaïques murales qui étincelaient comme des joyaux incrustés d'or. Devant les portiques, les pieux d'amarrage étaient peints aux couleurs des familles patriciennes qui vivaient dans les palais. Il y avait aussi des signes de décrépitude, visible dans l'émiettement du briquetage, le bois détrempé et les portails pourris. Cela attestait seulement de la décadence qui affectait la Sérénissime République.

Le Palais des Doges avait une beauté particulière, avec sa double rangée de colonnes et ses arcades aussi délicates que de la dentelle. La lumière ravissante de Venise jouait constamment sur ses marbres, les teintant d'opale, d'ivoire, d'ambre, de perle ou de rose profond, telle une artiste recherchant toujours un effet plus réussi que le précédent.

Tournant la tête en tous sens, Marietta observait l'activité des boutiques disséminées le long des promenades bordant le Grand Canal. Même à cette heure matinale, les hôtelleries regorgeaient de clients, dans un va-et-vient incessant. Certains d'entre eux portaient encore leurs costumes d'apparat, s'étant arrêtés là pour se restaurer après une nuit de réjouissances. Ensuite, ils héleraient une gondole qui les ramènerait chez eux. Le cri des porteurs d'eau se mêlait à celui des marchands, qui vendaient de tout, depuis les fruits jusqu'aux épices exotiques. Les maîtresses de maison avisées étaient en quête de poissons frais ou de légumes. Elles s'adressaient parfois directement aux bateaux amarrés le long des quais. Des radeaux et des barges étaient chargés de marchandises, parmi lesquelles on trouvait même des paniers remplis de homards et des crustacés destinés au marché du Rialto, ainsi que du vin.

Et, dominant le tout, il y avait la musique de Venise. Les gondoliers entonnaient des chansons, d'autres reprenaient le refrain en chœur. Où qu'on allât, il y avait toujours quelqu'un qui jouait de la flûte ou du violon. Des bandes de musiciens déambulaient dans les rues et charmaient la population sur les places. Mais c'était la nuit, lorsque les jeunes filles de la Pietà allaient se coucher, que la musique battait son plein. Pour Marietta, c'était l'appel des sirènes. Couchée dans son lit, elle contemplait les ombres mouvantes dessinées au plafond par le reflet de l'eau. Il lui semblait que des doigts lui faisaient signe de fuir sa prison pour goûter aux plaisirs que la ville lui réservait.

Au bout de trois mois, Marietta et Elena furent convoquées par le directeur qui les chapitra sévèrement, leur rappelant que la Pietà s'enorgueillissait de la réputation impeccable de ses pensionnaires. S'il leur arrivait de commettre deux fois le même faux pas, elles ne bénéficieraient pas d'une seconde chance. C'est sur cette dernière menace qu'elles furent congédiées. Affichant une mine docile, elles quittèrent la pièce, mais dès qu'elles furent certaines de ne pas être entendues, elles se jetèrent dans les bras l'une de l'autre.

— Enfin ! Quel supplice ! Je ne me suis jamais autant ennuyée ! J'avais tant de choses à te dire et il fallait que je retienne ma langue !

Elles parlaient en même temps, riant et pleurant à

la fois, intensément soulagées de renouer enfin les liens distendus pendant cette si longue période. Lorsqu'elles se furent calmées, Marietta exprima plus sobrement leur sentiment commun :

— Nous ne devons plus jamais nous laisser imposer le silence.

— Je suis tout à fait d'accord avec toi, et j'ai réfléchi à la façon dont nous pourrions communiquer.

Au comble de la joie, Marietta posa ses mains sur ses hanches et rejeta la tête en arrière, dans un éclat de rire.

— Je sais ce que tu vas dire ! J'y ai pensé, moi aussi. Une série de signaux, au moyen d'un gant, d'une partition ou même d'une fausse note. Nous nous inspirerons du langage des éventails ou des mouches, posées sur le visage comme autant de messages !

Ravie qu'elles aient eu la même idée, Elena battit des mains.

— C'est cela ! J'ai fait une liste.

— Moi aussi.

— Comparons-les.

Elles ne furent pas longues à convenir d'une série de signaux, qui leur permettaient de fixer l'heure et le lieu d'un rendez-vous, et ainsi de suite. Elles s'exercèrent jusqu'à ce qu'il leur fût possible de communiquer pendant les cours, les heures de silence et en toutes occasions. Peu à peu, elles affinèrent leur jeu jusqu'à en faire un art. Un doigt tapotant la joue ou le menton, le froissement d'une dentelle ou d'un feuillet de papier, une main sur la manche, chacun de ces gestes désignait une lettre de l'alphabet. Plus d'une fois, elles durent étouffer un rire, lorsqu'elles échangeaient une plaisanterie, à bonne distance l'une de l'autre.

Elles approchaient de leur seizième anniversaire lorsqu'elles passèrent enfin l'audition devant le maestro di coro et furent admises dans les rangs du premier chœur. Cet honneur s'accompagnait du privilège d'avoir une chambre personnelle. Le temps du partage était terminé.

— Quand nous serons solistes, nous aurons chacune un appartement ! déclara Marietta.

Toutes deux étaient ravies de leur nouvelle installation. Bien que petites, les chambres étaient joliment meublées et pourvues de rideaux de brocart, tirés devant l'alcôve où se nichait le lit.

Elles avaient une autre raison d'être gaies : la splendide garde-robe réalisée par les pensionnaires de la Pietà qui se destinaient à la couture. Pour chanter à l'église ou en d'autres occasions religieuses, les choristes portaient la robe de soie rouge de la Pietà, agrémentée d'un capuchon diaphane qu'on pouvait rabattre sur la tête. Mais lorsqu'elles donnaient des concerts, elles devaient se conformer aux exigences de la mode et se vêtir de robes à paniers de velours noir ou blanc, aux décolletés profonds. On donna à Marietta et à Elena un bouquet de fleurs de grenadier en soie vermeille, qu'elles devraient porter lors des concerts chaque fois qu'on ne pourrait leur fournir des fleurs naturelles. Les deux jeunes filles les essayèrent de toutes les façons possibles, bien qu'elles fussent seulement autorisées à les planter dans leurs cheveux, soit à droite soit sur la nuque.

Elles apparurent pour la première fois en public à l'occasion d'une grande cérémonie, qui devait avoir lieu dans la Basilique. Très excitées, Marietta et Elena mirent leurs robes écarlates, ainsi que les capes et les capuchons assortis. En rang deux par deux, les choristes longèrent ensuite la Riva degli Schiavoni, jusqu'à la Place San Marco, puis elles franchirent les grandes portes et pénétrèrent dans le sanctuaire de la musique vénitienne.

Du haut de la galerie, Marietta aperçut le doge. Il

arborait la robe de drap d'or et la coiffe conique, symboles de sa charge. Ses sénateurs, élite et corps législatif de la République, formaient une masse écarlate qui tranchait sur la grisaille dans laquelle se confondaient les centaines de membres du Grand Conseil, tous présents.

Quand la cérémonie commença, Marietta pensa qu'aucun lieu au monde n'était plus propice au chant. L'acoustique était tellement merveilleuse que le son de l'orgue semblait dilater les murs recouverts de mosaïque dorée et que les voix des choristes auraient pu être celles des anges, auxquels elles étaient si souvent comparées. Quant aux trompettes, on aurait dit que l'archange Gabriel en personne avait transmis son don divin aux trompettistes.

A partir de ce jour, Marietta et Elena eurent accès à un nouveau monde. Elles chantèrent à l'occasion de nombreuses fêtes, ainsi que dans le Palais des Doges. Durant les concerts, elles prenaient place dans des galeries tendues de velours spécialement aménagées pour elles. Comme si, prétendait Elena, elles avaient été alignées en rang d'oignons dans l'immense poche d'un géant. Elles se produisaient aussi dans de somptueuses salles publiques et dans des salles de bal étincelantes. Les deux amies saisissaient ainsi quelques bribes de la vie menée par ces nobles qui les écoutaient, assis sur des sièges dorés. Parfois une dizaine de choristes, dissimulées derrière des grilles serties dans le mur, chantaient dans des *ridotti** où l'on misait des sommes élevées devant les tables de jeu. Elles observaient alors les fluctuations du sort, dans un milieu où la fortune changeait constamment de mains.

Tous ces grands seigneurs, qu'ils soient vénitiens ou étrangers, considéraient comme un honneur

* *Ridotto* : salon privé où l'on pouvait jouer des sommes d'argent. *(N.d.T.)*

43

d'être conviés à l'une de ces réceptions très fermées, où les choristes et les musiciennes étaient présentées aux invités. Les femmes n'étaient pas moins curieuses que les hommes de voir ces anges du chant, que l'on reléguait entre les murs de la Pietà. Adrianna, la prima donna du conservatoire, indiqua aux deux jeunes filles comment se conduire en ces occasions. Âgée de vingt-cinq ans, c'était une jeune fille aux formes sculpturales, aux cheveux d'un noir bleuté et au teint mat. Son visage sérieux était embelli par de magnifiques yeux noirs et une bouche souriante. Le nom de « Venus de la Pietà » l'embarrassait, car elle n'avait rien du caractère ambitieux et sensuel attribué d'ordinaire aux femmes de sa taille. Chaleureuse et maternelle, elle était toujours prête à bercer un bébé agité, ou à écouter avec sympathie les malheurs des autres. Dès leur arrivée, elle avait adouci le séjour de Marietta et d'Elena à la Pietà et les avait guidées doucement dans la routine quotidienne.

— N'oubliez pas mes conseils, leur dit-elle comme elles s'alignaient avec les autres choristes, pressées d'affronter le feu de leur première réception.

Personne ne savait mieux qu'elle s'exprimer avec grâce tout en évitant les mains audacieuses, ou esquiver les compliments lascifs. Elle avait déjà trouvé l'homme de son choix, mais pour des raisons personnelles ne divulguait pas encore son nom.

Marietta et Elena furent bientôt aussi expertes qu'Adrianna dans l'art de repousser les attentions déplacées. En général, les gens intéressants étaient plus nombreux que les importuns. Les plus déplaisants étaient souvent les visiteurs étrangers, récemment arrivés à Venise, qui ne connaissaient le chœur que de réputation. La vue des jeunes filles anéantissait sur-le-champ des illusions soigneusement entretenues. Il n'était pas rare que l'un d'entre eux fît une remarque désobligeante, sans aucun égard pour la malheureuse jeune fille qui pouvait l'entendre.

C'était dans ces occasions qu'Elena montrait sa nature chaleureuse. Elle consolait la désespérée, dont elle réussissait souvent à muer les larmes en rire.

— Je me reconnais bien là, fit-elle un jour remarquer à Marietta. Je réconforte les autres, quand je suis bien loin d'être fiancée moi-même. Tu verras, je finirai par épouser l'apprenti du boulanger. Il est bien fait de sa personne et je lui plais. Parfois, je m'arrange pour être là quand il fait ses premières livraisons. Il m'apporte un gâteau que je mange en buvant mon chocolat, dans la salle de musique.

Marietta ne put s'empêcher de rire.

— Tu n'auras plus jamais faim, si tu épouses un boulanger !

— Non ! Mais je crains de tourner à la barrique, si cela m'arrive. Ces gâteaux sont absolument délicieux.

Au début du mois de janvier, en l'année 1780, Elena et Marietta fêtèrent leur dix-septième anniversaire.

3

Au début du mois de janvier, en l'année 1780, Elena et Marietta fêtèrent leur dix-septième anniversaire. Iseppo et sa femme apportèrent un gâteau confectionné à la maison, ainsi qu'ils en avaient pris l'habitude, et bavardèrent gaiement avec Marietta, au travers de la grille dorée du parloir. Ensuite, le gâteau fut partagé entre les pensionnaires, mais Marietta fut autorisée à prélever quelques fleurs de sucre pour la section des petites. Parmi elles se trouvait une petite Bianca de cinq ans, dont Marietta était devenue la marraine peu après son arrivée à la Pietà. Soucieuse de l'aider à surmonter son deuil, Adrianna l'avait amenée auprès du nourrisson âgé d'un jour à peine, abandonné sur le seuil de l'hospice. Le cœur de Marietta avait aussitôt été captivé par le bébé privé de sa mère, tout comme elle l'était elle-même.

— Accepterais-tu d'être sa marraine ? lui avait demandé Adrianna.

Marietta avait hoché affirmativement la tête, et Adrianna lui avait proposé de donner un nom à l'enfant.

— Bianca, avait décidé Marietta sans la moindre hésitation. C'est un très joli nom, qui lui convient tout à fait.

Lorsque Elena devint l'amie de Marietta, elles

partagèrent naturellement Bianca, comme elles partageaient toute chose. Et bien entendu, ce jour-là Marietta et elle portèrent ensemble à la petite fille sa part de gâteau.

— Il est rose ! Et il est pour moi ! s'écria Bianca avec ravissement.

Les deux jeunes filles s'attardèrent un instant pour jouer avec leur protégée et ses compagnes. Avant de partir, Marietta chanta « Colombina », que le groupe tout entier reprit en chœur.

A cette époque de l'année, leurs concerts nocturnes offrirent à Elena l'occasion longtemps attendue d'apercevoir les costumes bigarrés du Carnaval, d'entendre les musiques et les rires qui faisaient vibrer les rues de Venise. Quant à Marietta, elle retrouvait enfin toutes les sortes de masques auxquels elle avait travaillé dans l'atelier de sa mère.

Depuis l'enfance, elle connaissait la signification des masques traditionnels. Bon nombre d'entre eux évoquaient les personnages de la Commedia dell'Arte, mais souvent, leur origine était plus reculée encore. Aux yeux de Marietta, le plus effrayant de tous était la *bauta** blanche, qui avait quelque chose de spectral. Hommes et femmes la portaient sous un tricorne et il semblait à Marietta que rien n'était plus mystérieux que ces êtres masqués émergeant de l'obscurité, tels des messagers de la mort, ou assis dans des gondoles éclairées par une petite lanterne qui se balançait au gré du vent. Sous ce déguisement si commun, pouvaient se cacher des amoureux en fuite, des maris ou des femmes errants, des criminels, des sénateurs en mission, des espions... Tous ceux, enfin, qui désiraient garder l'anonymat.

Par une nuit particulièrement froide, alors que le gel parait la ville d'un éclat glacé, Marietta et ses

* *Bauta* : voile de soie, d'ordinaire noire, couvrant tout ce que ne dissimule pas le masque. *(N.d.T.)*

compagnes parvinrent au Palais Manunta, toutes frissonnantes. Eclaboussées de lumière par les lanternes colorées accrochées au portique en l'honneur du Carnaval, elles pénétrèrent dans un grand vestibule dallé. Comme le voulait la coutume, les murs disparaissaient derrière les armes, les armures et les tapisseries, et des chandeliers en verre de Murano éclairaient le passage jusqu'à l'escalier central. Les jeunes filles furent éloignées du flot des invités et conduites dans des chambres à coucher, pour y ôter leurs manteaux et s'apprêter.

Elles étaient toutes vêtues de robes en velours noir, couleur qui seyait particulièrement à Marietta. Après avoir ajusté dans ses cheveux son bouquet de fleurs, la jeune fille prit place parmi ses compagnes. En rang, elles s'apprêtaient à pénétrer dans la salle de bal, où des tribunes avaient été dressées à leur intention. Au moment où la longue file de choristes s'ébranlait, à la suite des musiciennes et de leurs instruments, Elena se pencha vers Marietta.

— Un pas de plus vers la gloire, lui souffla-t-elle à l'oreille. Bientôt, on nous connaîtra sous les noms de Rose et Flamme de la Pietà.

Marietta réprima un sourire. Il était vrai qu'elles étaient de plus en plus souvent conviées à chanter en solo. En outre, le maestro di coro avait pris personnellement en main leur formation et les faisait régulièrement répéter.

Un tonnerre d'applaudissements salua l'apparition des musiciennes et du chœur. Ce soir-là, les tribunes étaient tendues de velours vert et ornées de cordonnets tressés, au bout desquels pendaient des grappes de glands d'argent. Comme c'était l'usage, chaque choriste trouva à sa place un grand cierge. Les musiciennes s'étaient déjà installées sur leur estrade, située légèrement plus bas que la tribune. Des centaines de bougies, plantées dans d'énormes lustres suspendus au plafond doré, dispensaient une lumière chatoyante qui rehaussait la munificence des masques et des vêtements exhibés ce soir-là dans l'assistance. Des parfums mêlés flottaient autour des hommes comme des femmes... musc, verveine, lavande et jasmin. Marietta n'avait jamais eu l'occasion de pénétrer dans l'échoppe d'un parfumeur, mais elle devinait maintenant qu'on devait y respirer des senteurs identiques.

Le public applaudit plus fort encore lorsque Adrianna fit son apparition, suivie de près par le maestro di coro, qui grimpa sur le podium avant de saluer très bas. Il se tourna ensuite vers les jeunes filles et leva son bâton. Les musiciennes attaquèrent les premières mesures des « Quatre Saisons », de Vivaldi. Marietta, qui avait vu la partition originale, écrite de la main du prêtre compositeur, connaissait le morceau par cœur. Il lui semblait que la musique s'écoulait dans ses veines, tandis que ses yeux effleuraient ceux des convives qui n'étaient pas masqués. Au bout du premier rang, à droite, elle remarqua un jeune homme d'une vingtaine d'années, vêtu de soie perle et de dentelle argent, qui retenait irrésistiblement l'attention. Visiblement, ses cheveux bouclés et blonds défiaient les efforts des coiffeurs, qui avaient renoncé à les rouler au-dessus des oreilles et s'étaient contentés de les nouer d'un ruban sur la nuque. Il était étrangement séduisant, bien qu'il ne fût pas beau. Avec ses yeux dangereusement voilés derrière des paupières lourdes, il rayonnait de l'assurance du séducteur fort de son charme. Les sourires vifs et spontanés qu'il décochait à sa compagne lui valaient en retour des mines attendries et des chuchotis derrière l'éventail.

Marietta le classa d'emblée parmi les hommes envers qui aucune femme ne saurait se montrer cruelle. Puis son regard glissa vers une femme d'une exceptionnelle beauté qui venait justement de baisser son masque d'argent, fixé au bout d'une tige d'ivoire. A première vue, ses rubis magnifiques et sa robe somptueuse la situaient dans la grande noblesse, toutefois il s'agissait plus vraisemblablement d'une courtisane. Quelques sièges plus loin, un homme corpulent et haut en couleur dodelinait de la tête. Sans nul doute avait-il bien mangé et bien bu avant de venir, mais comment pouvait-on dormir quand résonnaient les accents d'une si belle musique ?

De temps à autre, les doubles portes s'ouvraient devant un retardataire, qu'un valet guidait jusqu'à un siège vacant. Les derniers arrivants retinrent l'attention de Marietta. La femme était gracile et délicate. Avec son loup orné de perles roses, sa robe de dentelle assortie, sa démarche gracieuse, elle ressemblait à une statuette de porcelaine. Son cavalier, qui la dominait de toute sa haute taille, était vêtu d'un habit de soie grise qui soulignait ses épaules larges et son dos droit. Littéralement pétrifiée, Marietta se raidit sur sa chaise. L'homme portait un masque doré qui lui paraissait étrangement familier.

Sa raison lui disait qu'il y avait peu de chances pour qu'il s'agît de celui qu'elle avait vu dans l'atelier de sa mère, car elle avait aperçu bien des masques du même genre, depuis qu'elle était à Venise. Pourtant celui-ci avait quelque chose qui faisait vibrer l'une des cordes de sa mémoire. Son propriétaire avait pris courtoisement la main de sa compagne, et l'entraînait à la suite du valet, qui leur indiqua deux places libres, à l'extrémité gauche du premier rang. Même à distance, cet homme exerçait un attrait qui contraignait Marietta à le regarder. C'était sans doute parce qu'il avait éveillé en elle de douloureux souvenirs, pensa-t-elle. Il était impossible de décider s'il était brun ou blond, car ses cheveux roulés au-dessus des oreilles et retenus sur la nuque par un ruban étaient poudrés, comme ceux de la plupart des hommes présents. La charmante féminité de sa compagne, en contraste avec son intense virilité, faisait d'eux un couple parfait.

L'orchestre attaquait l'allegro de l'« Eté ». Soudain consciente que plus personne n'écoutait, Marietta cessa de s'intéresser exclusivement aux nouveaux venus. Apparemment, leur arrivée avait eu l'effet d'une pierre jetée violemment au milieu d'une mare. Tous les convives s'agitaient sur leurs sièges, tendaient le cou et chuchotaient entre eux.

Sans bouger la tête, Faustina, la soprano qui se trouvait auprès de Marietta, lui souffla :

— Un Torrisi et un Celano dans la même pièce ! Nous courons à la catastrophe !

Il fallut une demi-minute de plus pour que ce remue-ménage atteignît le premier rang, où les deux jeunes gens venaient de gagner leurs places. Mais ils ne s'assirent point. A l'extrémité opposée du premier rang, un bruit retentissant venait d'éclater, tel un avertissement. Renversant sa chaise, le jeune homme au charme dangereux s'était dressé d'un bond et leur faisait face, la main sur le pommeau de son épée, le corps tendu, la mine agressive. Les yeux écarquillés, Marietta se rappela qu'elle avait entendu parler pour la première fois de cette vendetta sur la barge d'Iseppo. Elle assistait à un drame silencieux, ponctué par les accords de Vivaldi. La femme s'était blottie contre son cavalier. Sans se départir de son calme ni quitter son ennemi des yeux, ce dernier la guida jusqu'à un siège.

Cédant à une irrésistible curiosité, Marietta enfreignit l'une des règles les plus strictes du chœur et se tourna vers Faustina.

— Qui est l'homme au masque doré ? chuchota-t-elle.

Dissimulée derrière sa partition, Faustina répliqua dans un souffle, presque sans remuer les lèvres :

— C'est le signore Domenico Torrisi. On dit qu'il est le seul homme à Venise amoureux de sa femme. C'est elle qui se trouve avec lui. L'autre est Marco Celano, et le plus beau des deux, à mon avis. Mais ils sont bien assortis. Même âge, aussi fines lames l'un que l'autre... Avec un peu de chance, nous allons assister à un duel splendide. Peut-être même à un meurtre !

Marietta frissonna. Pendant que Faustina lui prodiguait ces explications, le drame se déroulait. Les deux hommes avaient gagné l'espace qui séparait le premier rang du podium, sur lequel le maestro di coro continuait de diriger l'orchestre de la Pietà. La main de Domenico Torrisi était posée sur le pommeau de son épée. Lui et Marco Celano se faisaient face et s'observaient. La tension dans la pièce était presque palpable. Les invités placés au premier rang s'étaient levés et ceux à l'arrière avaient grimpé sur leurs sièges, pour mieux voir. Le maître des lieux, le signore Manunta, s'était précipité mais hésitait à intervenir, craignant de déclencher les hostilités en s'interposant entre les deux ennemis.

Voyant alors la main de son mari se crisper sur son arme, la signora Torrisi arracha son masque, dévoilant son beau visage tourmenté par l'angoisse.

— Non, Domenico ! supplia-t-elle d'une voix désespérée. Non !

Tous les spectateurs retinrent leur souffle. Au bout d'un temps infini, la main de Domenico Torrisi lâcha la poignée de son épée et tomba le long de sa cuisse. Un soupir de soulagement mêlé de déception s'exhala de l'assistance. Fascinée, Marietta vit Domenico se tourner vers son épouse et s'asseoir auprès d'elle, comme si de rien n'était. Elle posa son front sur l'épaule de son mari, tandis qu'il lui caressait le bras, dans un geste d'apaisement et de réconfort. Figé dans un étonnement furieux, Marco Celano fixa un instant la scène avant de regagner sa chaise. Si l'on en croyait sa mâchoire serrée et la ligne dure de sa bouche, il ne considérait pas encore la question réglée. Marietta vit le signore Manunta éponger son front humide de sueur. Elle le plaignit d'avoir, pour récompense d'une si magnifique réception, été menacé d'un drame dans sa propre demeure. Une erreur s'était sans doute glissée dans la composition de la liste des invités. A cet instant, le malheureux devait déplorer que la soirée fût loin d'être terminée, car le souper n'avait pas encore eu lieu.

Troublé de n'entendre pas saluer par une ovation les dernières notes des « Quatre Saisons », indigné de n'être récompensé que par quelques maigres applaudissements, le maestro se tourna vers l'assistance et embrassa la situation d'un coup d'œil. Il vit là un défi personnel et décida de reconquérir son public, en dépit de l'indésirable incident qui agitait le premier rang. Il leva sa baguette et Adrianna se dressa aussitôt, prête à chanter. Elle savait que le maestro jouait son atout et rien au monde, pas même un affrontement entre un Torrisi et un Celano, ne devait égarer l'attention du public.

Pendant que la voix ravissante d'Adrianna captivait l'auditoire, Marietta observait Domenico Torrisi. A quoi ressemblait-il, derrière l'étincelant bouclier qui dissimulait son visage ? Elle pouvait l'étudier sans embarras, car il n'avait d'yeux que pour sa femme, visiblement affligée. Voilà cinq ans, maintenant, qu'il avait commandé ce masque... du moins s'il s'agissait du même... Sa mère était persuadée que ce ne pouvait être qu'une fantaisie de tout jeune homme, mais cette hypothèse était démentie par son âge, car il devait avoir aujourd'hui dans les vingt-huit ans, tout comme son ennemi, d'ailleurs. Un autre motif que la jeunesse se trouvait certainement à l'origine de cette acquisition.

Ses manchettes de dentelle ne dissimulaient pas tout à fait de belles mains ornées de bagues, une à chaque doigt. Que ressentait-on, lorsqu'une telle main vous caressait le bras, se posait sur votre joue ou vous entraînait dans le royaume inexploré de l'amour ? Ces pensées troublantes firent battre plus vite le cœur de Marietta. Heureusement, le chant d'Adrianna leur ménageait encore un sursis, à elle et aux autres choristes.

Quand la voix de la prima donna s'éteignit, les Torrisi se levèrent. Il était clair que la signora Torrisi n'était pas en état de s'attarder. Son époux avait marqué sa supériorité, en refusant de plier devant l'attitude menaçante de Celano. Il y avait quelque chose d'injurieux dans la façon dont il avait refusé de relever le défi et rappelé à son ennemi, tout comme sa femme le lui avait rappelé, que l'hospitalité de leur hôte était tout aussi sacrée qu'une église. Tout en applaudissant, il s'approcha d'Adrianna.

— Bravo ! s'écria-t-il d'une voix grave. C'était tout simplement magnifique !

Son tribut payé aux règles de la courtoisie, il prit sa femme par la main et la guida jusqu'au signore Manunta, qui se précipitait vers eux. Marietta comprit qu'ils échangeaient des explications et des excuses, tandis que le maître des lieux quittait la salle de bal avec ses hôtes. Avant que la porte se refermât, Domenico Torrisi lança un regard par-dessus son épaule. Marietta en conclut qu'il s'assurait que Marco Celano ne les suivait pas mais, curieusement, la lumière joua de telle sorte sur le masque doré qu'il sembla à la jeune fille qu'il la regardait.

Après le départ des Torrisi, les convives se rassirent afin de savourer le reste du concert. Visiblement plus détendu, Marco Celano laissa ses yeux errer sur les plus attrayantes des choristes. Il ne s'arrêta pas à Marietta, dont il apprécia pourtant la beauté originale, et s'attarda longuement sur Elena. Elle avait les traits fins, et de jolis seins, ronds comme des pommes, tendaient le velours de sa robe. Ses cheveux avaient la pâleur de l'or, ce qu'il appréciait particulièrement chez une femme. Dommage que cette ravissante jeune vierge fût retenue entre les quatre murs de la Pietà ! Le plus inaccessible était toujours le plus désirable. Qui était-elle ? Il pouvait être intéressant d'en savoir un peu plus à son sujet. Pourquoi ne l'avait-il jamais remarquée auparavant ?

Il échangea, pendant l'exécution du morceau suivant, quelques propos avec sa compagne mais, lorsque le chœur se tut, salué par les applaudissements des convives, il fixa de nouveau Elena, qui était maintenant consciente de l'attention dont elle était l'objet. Quelques instants auparavant, il avait vu qu'elle se sentait observée, car sans tourner la tête, son regard avait glissé pour croiser le sien, la faisant sursauter puis tourner vivement les yeux ailleurs. Ensuite, elle s'était enhardie jusqu'à accepter la joute silencieuse qu'il lui proposait. Lorsqu'il lui souriait, les coins de sa bouche frémissaient imperceptiblement. Cet échange silencieux avec une innocente de la Pietà réjouissait le jeune homme. Visiblement, elle était mûre pour plus que des battements de cils...

Elena, qui savait parfaitement que rien de ce qui se trouvait dans son champ de vision n'échappait au maestro, prit soin de ne pas prolonger indéfiniment le jeu. Elle avait conscience que Marco Celano ne la quittait pas des yeux. Tandis que le chœur interprétait un madrigal, il poursuivit son manège. Le cœur battant la chamade et les joues en feu, elle se sentait curieusement exposée. Soudain, un autre événement attira son attention. Au moment venu pour Marietta de chanter en solo, le maestro secoua négativement la tête et donna le signal du dernier morceau avant l'entracte. Elena était abasourdie, mais elle était trop loin de Marietta pour l'interroger à distance, en utilisant leur langage secret.

Marietta, quant à elle, avait immédiatement

deviné le motif de cette décision. Profondément navrée, elle se repentait d'avoir bavardé avec Faustina. Elle s'était montrée bien étourdie, en prenant un tel risque, et n'osait penser au châtiment qui allait suivre.

Pendant l'entracte, on offrit des jus de fruit aux jeunes filles de la Pietà, dans un vestibule. Mais, avant que Marietta eût atteint la table sur laquelle se trouvaient les rafraîchissements, servis dans des gobelets de cristal, sœur Sylvia s'approcha d'elle et lui tendit son manteau.

— Le maestro m'a ordonné de vous ramener sur-le-champ à l'Ospedale, Marietta.

La jeune fille s'abstint d'en demander la raison. Elena se précipitait vers elle.

— Où vas-tu ? Tu ne te sens pas bien ?

— Je t'expliquerai plus tard, dit Marietta d'une voix étranglée.

— Qu'est-ce qui ne va pas ? s'enquit Elena avec anxiété. Tu dois me le dire ! Pourquoi Marietta est-elle dans cet état ? demanda-t-elle alors à la religieuse.

Sœur Sylvia haussa les épaules.

— Je me contente d'obéir aux ordres du maestro. Venez, Marietta.

Faustina assista au départ de sa compagne avec un intense soulagement. Marietta n'avait pas encore la manière de tenir sa partition, propre à cacher au maestro les mouvements de la bouche quand on parlait. Elle-même n'allait pas tarder à chanter en solo. D'ailleurs, elle trouvait sa voix aussi belle que celle d'Adrianna. Tôt ou tard, elle en était sûre, le maestro s'en aviserait. Elle tendait la main pour prendre un gobelet de jus de fruit lorsqu'elle vit sœur Sylvia se diriger vers elle. Elle n'avait donc pas échappé au regard inquisiteur du maestro, finalement.

— Prenez votre manteau, Faustina.

Une gondole ramena la religieuse et les jeunes

coupables jusqu'à la Pietà. Elles durent attendre dans le bureau du maestro le retour de ce dernier. Il n'était pas de bonne humeur. Agité par la confrontation entre les deux ennemis, le public ne s'était pas montré très enthousiaste. Il n'était pas rare que l'auditoire bavardât pendant les concerts, mais jamais lorsque le maestro était sur le podium. Suprêmement froissé, il n'était pas disposé à faire preuve d'indulgence envers des choristes indisciplinées.

Elles se tenaient devant lui, confuses et les yeux baissés. Il les apostropha durement :

— Les choristes de la Pietà ont la réputation de se comporter parfaitement en tous lieux et en toutes circonstances. Vous avez gravement manqué à vos devoirs.

— Je suis la seule coupable, dit Marietta. C'est moi qui ai posé une question à Faustina et c'est ma faute si elle m'a répondu.

— Peuh ! Elle t'a parlé la première ! rétorqua sèchement le maestro. Me prends-tu pour un sot, Marietta ?

— Non, maestro. Mais il est juste que la punition soit proportionnée à la faute.

Une lueur combative dans les yeux, Faustina affronta le maestro.

— Marietta a raison, elle est plus coupable que moi. Et puis, j'ai des circonstances atténuantes. Nous nous attendions à ce que la rencontre d'un Celano et d'un Torrisi se termine dans un bain de sang... J'ai perdu la tête.

— Silence ! tonna le maestro. Pas une autre choriste, pas une seule instrumentiste n'a... « perdu la tête », comme tu dis ! Je t'ai souvent soupçonnée de bavarder, et ce soir, seulement, je suis sûr de mon fait. Tu es exclue du premier chœur jusqu'à nouvel ordre. Et maintenant, sors d'ici !

Dès que Faustina eut quitté en sanglotant le bureau, le maestro foudroya Marietta du regard.

— Quel effet penses-tu que cela fasse sur un auditoire, quand une choriste ne cesse de chuchoter ? Tu me déçois, Marietta.

— Je vous demande de m'excuser, maestro.

Elle n'avait jamais été de celles qui fuyaient leurs responsabilités, et elle n'allait pas commencer maintenant. Son sens de la dignité le lui interdisait.

Le maestro parut se calmer.

— Tu seras exclue du chœur pendant trois semaines et tu devras étudier pendant tes heures de loisir. As-tu quelque chose à dire ?

— Non, maestro. Mais puis-je vous poser une question, à propos des événements qui se sont déroulés chez le signor Manunta ?

— Que veux-tu savoir ?

— Comment se fait-il qu'un Celano et un Torrisi aient été réunis sous un même toit ?

— Le signore Manunta s'est répandu en excuses à ce sujet. Il paraît que Domenico Torrisi entreprend souvent des voyages diplomatiques, et qu'il emmène sa femme avec lui. Une invitation lui avait été envoyée, mais lorsqu'on a appris qu'il était absent pour deux mois, il n'y avait aucun inconvénient à convier le signore Celano. Malheureusement pour le signore Manunta, les choses ne se sont pas passées comme il l'escomptait. Le signore et la signora Torrisi sont rentrés aujourd'hui, à l'improviste. Ils ont décidé à la dernière minute de saisir cette chance d'écouter un concert de la Pietà. Un malheureux hasard a donc voulu que la soirée tourne mal.

— Pour tout le monde, je le crains.

Il comprit qu'elle faisait allusion à la punition qui venait de s'abattre sur Faustina et elle.

— Tu as raison. Bonne nuit, Marietta.

La jeune fille gravit lentement l'escalier. Elle se moquait bien d'être obligée de travailler pendant ses heures de liberté, sinon qu'elle ne pourrait plus rendre visite à Bianca. Elena expliquerait la situation à la fillette. En revanche, l'exclusion du chœur la navrait. Elle s'en voulait énormément de s'être exposée à de si graves ennuis, simplement parce que le masque doré avait éveillé de douloureux souvenirs.

Dès qu'Elena fut de retour, elle se rendit dans la chambre de Marietta, qui lui expliqua ce qui s'était passé. Elle manifesta à son amie une compassion sincère, toutefois il était clair qu'elle retenait à grand-peine une révélation d'importance.

— Eh bien ? l'encouragea Marietta. Tout s'est bien passé, quand ton tour est venu de chanter en solo ?

Elena ne put s'empêcher de battre des mains.

— Oh oui ! Mieux que bien, même ! Le maestro m'a fait une telle confiance ! Après ton départ, il est venu dans le vestibule et m'a annoncé que j'interpréterais le chant d'amour de Faustina.

Marietta était ravie de la bonne fortune qui venait d'échoir à son amie. Elles avaient toutes deux interprété maintes fois ce morceau et elle savait Elena capable d'y mettre une tendresse et une passion qui exprimaient son propre besoin d'amour.

— C'est merveilleux ! Les applaudissements ont-ils été fournis ?

— Si tu savais ! Marco Celano en personne s'est levé pour mieux exprimer son enthousiasme. Tu as vu comme il est beau ? Et comme il a été prompt à affronter l'hostilité de Torrisi ?

— Je n'ai pas remarqué qu'il se montrait moins agressif que son adversaire, rétorqua franchement Marietta.

— Tu te trompes, voyons ! Toute l'attitude de Torrisi était menaçante, jusqu'à ce qu'il recule devant l'épée de Marco.

Marietta décida de ne pas discuter.

— Marco ? Tiens donc !

Elena eut un rire heureux.

— C'est ainsi que je pense à lui. Je suis sûre qu'il

désirait me parler, ajouta-t-elle, les yeux scintillants, mais c'était impossible. J'ai interrogé Adrianna à son propos, et tu sais quoi ? Il est le fils de la famille qui est autorisé à se marier... et il n'est pas encore fiancé !

— Vraiment ?

Comme tout le monde, Marietta connaissait la dure loi observée par la noblesse vénitienne en matière de mariage. Le droit d'aînesse n'existant pas, l'un des fils était choisi pour hériter du nom et des biens. En outre, il était le seul à pouvoir se marier. On s'assurait ainsi que les grandes fortunes et le pouvoir qui les accompagnait n'étaient pas dispersés et affaiblis. Il en résultait que d'innombrables jeunes hommes menaient une vie dévergondée, confirmant ainsi la réputation de Venise, synonyme de débauche et de vice. Dans ces conditions, il n'était pas étonnant que le commerce des courtisanes fût florissant. La loi réduisait aussi les chances des filles nobles de trouver un époux et contraignait des centaines d'entre elles à se retirer dans des couvents.

— Demain, Adrianna me dira tout ce qu'elle sait sur la famille des Celano, poursuivit Elena, qui semblait flotter sur un nuage de bonheur. Viens avec moi, nous l'écouterons ensemble.

— Bien sûr.

Marietta pensa un instant à mettre son amie en garde, puis elle y renonça. Elena se réjouissait avec tant d'innocence d'avoir été remarquée par Marco Celano, qu'il aurait été cruel de la ramener à la réalité. D'autant qu'il semblait peu probable que cette idylle prît une forme plus concrète.

— Quant à la jeune femme qui l'accompagnait...

Elena claqua des doigts avec insouciance avant de poursuivre :

— Ses cheveux sont teints et leur couleur est grossière, comparée à la mienne.

Elle plongea ses doigts dans sa magnifique chevelure et se mit à tournoyer gaiement sur elle-même, toute à la joie que suscitait en elle cette magnifique soirée.

— Je vais tomber tellement amoureuse de Marco Celano qu'il cédera à mon charme et ne pourra plus jamais désirer une autre femme !

Marietta sentit qu'elle devait mettre un terme à cet enthousiasme :

— Je t'en supplie, Elena, ne conçois pas si vite de tels espoirs. Attends au moins de voir ce qui se passera la prochaine fois qu'il se trouvera parmi l'assistance.

Elena cessa de virevolter, le visage radieux.

— Demain, il m'enverra des fleurs, tu verras !

Il n'y eut pas de fleurs. Elena attendit en vain pendant plusieurs jours, accusant la négligence des livreurs, la paresse des secrétaires chargés d'expédier les fleurs, et même l'inondation momentanée de la Riva degli Schiavoni et de la Place San Marco. Enfin, à court d'arguments, elle fit preuve pendant quelques jours d'une douceur et d'un calme exceptionnels. Par la suite, elle retrouva son entrain et ne fit plus allusion à Marco Celano. Marietta crut à tort qu'elle l'avait oublié.

Dans l'intervalle, grâce à Adrianna, les deux amies en avaient appris davantage sur les Celano et les Torrisi.

— Donc, les Celano viennent parfois nous écouter ? avait demandé Elena.

— Oui, mais jamais au même moment que les Torrisi.

Et Adrianna leur avait révélé tout ce qu'elle savait sur les deux grandes familles. Au fil des siècles, les Torrisi et les Celano avaient été soldats, marchands, collecteurs d'impôts pour le doge, banquiers, savants, musiciens et poètes. Ils avaient été suspectés de meurtres et de trahisons, par deux fois ils avaient été excommuniés, ainsi que Venise tout entière, par un pape en colère. Ils avaient été exilés, ils avaient perdu d'immenses fortunes, pour les reconstituer ensuite. Ils avaient toujours participé au Grand Conseil, qui gouvernait la Sérénissime République, sous la haute autorité du doge. Souvent, aussi, ils avaient siégé au Conseil des Dix. Plus sinistre encore était la cruauté dont ils avaient fait preuve au Conseil des Trois, en condamnant à la torture et à l'emprisonnement tous ceux qui étaient soupçonnés de crimes envers l'Etat. Disséminées à travers la ville, en effet, on trouvait des fentes, sculptées dans la pierre de manière à figurer des têtes de lion. Chacun pouvait glisser dans leur gueule béante des dénonciations anonymes, accusant des citoyens de complot contre l'Etat. Les malheureux étaient alors traînés devant le Conseil des Trois, tout aussi redouté à ce jour qu'il l'avait été dans le passé.

Tout en écoutant Adrianna, Marietta se réjouissait qu'Elena et elle ne fussent pas destinées à entrer dans ces familles. Avec le temps, Elena comprendrait que la défection de Marco Celano était en fait une bénédiction.

Pendant trois semaines, Marietta fut donc exclue du chœur, ainsi qu'en avait décidé le maestro. En son absence, Elena chanta plusieurs fois en solo. Comme elle ne faisait plus allusion à Marco Celano, Marietta supposa qu'il n'avait plus assisté aux concerts donnés par la Pietà, ou qu'Elena ne l'avait pas reconnu sous son masque.

Ce fut un soulagement pour toutes les deux quand Marietta reprit sa place parmi les choristes. Le lendemain de cet heureux jour, Adrianna leur remit à chacune une invitation.

— Ce soir, à 8 heures, je serais heureuse que vous me rejoigniez dans la salle de réception. Le directeur organise une petite soirée en mon honneur.

Un sourire énigmatique aux lèvres, elle prévint les questions de ses amies :

— Ne me demandez rien maintenant, vous saurez tout ce soir.

Ce soir-là, quand Marietta et Elena pénétrèrent dans la salle de réception, Adrianna les accueillit, vêtue d'une robe à paniers de soie jaune pâle. Les autres choristes étaient présentes, ainsi que le maestro di coro, les autres maîtres, les directeurs accompagnés de leurs épouses, et d'autres personnes qu'elles ne reconnurent pas mais qui devaient être les mécènes qui protégeaient la Pietà. On servit des verres de vin et des tranches de melon. La salle résonnait du bruit des conversations, quand le premier directeur réclama le silence et souhaita à tous la bienvenue. Reculant d'un pas, il s'inclina alors en direction d'Adrianna et lui fit signe de le rejoindre au milieu de la salle.

— Je suis heureuse d'être entourée de tant d'amis, en ce soir solennel où je veux vous annoncer mon départ de la Pietà, déclara la jeune fille d'une voix émue. Vous savez que l'Ospedale a été ma maison pendant près de vingt-sept années. Certains d'entre vous s'étonnent peut-être d'un si long séjour. Sans doute ai-je toujours su que je saurais prendre ma décision, le moment venu. Aujourd'hui, il est temps pour moi de me retirer. J'en ai longuement discuté avec notre maestro di coro, qui m'a toujours soutenue et aidée. Qu'il sache combien je lui en suis reconnaissante et combien j'ai été fière de chanter pour la Pietà.

Elle se tourna vers le maestro et ajouta :

— Je vous en prie, maestro, poursuivez en mon nom.

Hochant la tête, il vint à son côté.

— Chacun le sait, je considère que maestra Adrianna possède la plus belle voix que j'aie jamais entendue. Grâce à elle, la renommée de la Pietà s'est répandue dans le monde entier. Aujourd'hui,

Adrianna cède aux mouvements de son cœur, aussi ai-je l'immense plaisir d'annoncer ses fiançailles avec le signore Leonardo Savoni, de Venise.

Après un bref moment de silence, les félicitations fusèrent de toutes parts. Les convives se répandirent en commentaires surpris, chacun s'étonnant que le secret eût été si bien gardé. Puis on applaudit, car le fiancé d'Adrianna s'avançait pour lui prendre la main. C'était un homme d'un certain âge, plutôt trapu et corpulent. Doté d'un cou massif, d'un nez crochu et d'épais sourcils noirs qui ne convenaient pas à ses doux yeux bruns, il était singulièrement laid. Mais Adrianna le contemplait avec une adoration qu'il semblait bien lui rendre.

— Je suis l'homme le plus heureux de Venise, déclara-t-il d'une voix étranglée par l'émotion.

Eblouie par son élégant costume de satin cannelle et ses bas à grisottes, Elena se tourna vers Marietta, une lueur de défi au fond des yeux.

— Tu vois ! Adrianna a choisi d'épouser un noble !

A Venise, on ne mentionnait pas les titres de noblesse, sauf par écrit, aussi était-il encore impossible de préciser si le signore Savoni était comte, ou même d'un rang plus élevé encore. Marietta et Elena se joignirent aux convives qui se pressaient autour d'Adrianna pour lui adresser des vœux de bonheur. Lorsque leur tour vint, la jeune femme accueillit leurs félicitations avec un plaisir non dissimulé.

— Dis-nous ! supplia Elena, dévorée par la curiosité. Où se trouve le palais Savoni ? Sur le Grand Canal ?

Adrianna secoua malicieusement la tête.

— Il ne vit pas dans un palais, Elena. Qu'est-ce qui a bien pu te faire penser une chose pareille ? Le signore Savoni confectionne des masques et sa maison est située dans la Calle della Madonna.

Après notre mariage, je vous inviterai, Marietta et toi, à nous rendre parfois visite.

Elena fixait son amie avec incrédulité. Un artisan ! C'est alors que Marietta lui décocha dans les côtes un coup de coude qui la tira de son ahurissement.

— Et où se trouve la boutique du signore Savoni ? demandait-elle à Adrianna.

— A deux portes du café Florian, au sud de la Place San Marco.

— Comment as-tu fait sa connaissance ?

Visiblement, Adrianna était encline aux confidences :

— J'ai reçu de nombreuses demandes en mariage, que j'ai repoussées. Mais la lettre du signore Savoni m'a touchée. J'ai donc dit au directeur que je n'envisageais pas de me marier, mais que j'aimerais qu'il m'écrive encore. Nous avons correspondu régulièrement et j'ai fini par comprendre que j'avais trouvé dans son brave cœur tout ce à quoi j'aspirais.

— En ce cas, je suis vraiment heureuse pour toi ! s'écria Elena avec ferveur.

Comprenant ce qu'elle ressentait, Adrianna posa une main sur le bras de son amie.

— Puisses-tu trouver un jour le bonheur, toi aussi !

Les yeux d'Elena se voilèrent de larmes.

— Je te remercie.

Marietta prit soudain conscience que son amie avait été plus affectée qu'elle ne l'avait cru par l'attention éphémère que lui avait accordée Marco Celano. Pleine de compassion, elle passa un bras autour des épaules d'Elena.

— Pouvons-nous être présentées au signore Savoni ? demanda-t-elle à Adrianna.

La jeune femme les conduisit jusqu'à son futur époux, qui les accueillit avec une grande courtoisie.

Marietta pressa bientôt le signore Savoni de lui parler de son art, laissant Elena s'éloigner en compagnie d'Adrianna.

— A douze ans, j'aidais ma mère, dans son atelier, expliqua-t-elle. Elle travaillait pour le signore Carpinelli.

— Je l'ai bien connu. Il s'est retiré à quelque distance de Venise et son fils a repris son commerce. Que faisiez-vous, exactement ?

Sans fausse modestie, Marietta évoqua son habileté passée.

— Je pourrais m'y remettre, si le besoin s'en faisait sentir, conclut-elle sans rire.

— D'après ce que m'a dit Adrianna, vous avez une voix délicieuse et votre avenir est assuré. Cependant, je me range à votre avis : si vous avez acquis une certaine dextérité dans ce domaine, vous ne l'avez pas perdue. Quand j'étais jeune, mon père m'a pris dans son atelier pour m'enseigner les rudiments du métier. Et je vais vous dire un secret...

Il baissa la voix, bien qu'il fût peu probable qu'on les écoutât.

— Dans mon atelier, le premier masque que je destine à Adrianna est en cours de confection. Il sera en satin blanc, recouvert de tissu argent et incrusté de perles.

— Qui coudra les perles ? demanda vivement Marietta.

Il posa sur elle des yeux interrogateurs.

— Est-ce une proposition ?

— Bien entendu ! Maestra Adrianna ne m'a témoigné que de la bonté, depuis mon arrivée ici. Personne ne verra d'inconvénient à ce que je couse ces perles pendant mes heures de loisir et Adrianna n'en saura jamais rien. Je serais si heureuse, si vous me permettiez d'apporter ma modeste contribution à votre cadeau.

— Dans ce cas, j'accepte.

Il ne craignait pas de confier cette tâche délicate à Marietta. Toutes les filles de la Pietà, qu'elles fussent musiciennes ou non, apprenaient à coudre, et Marietta avait déjà une certaine expérience dans ce domaine. Autre chose l'avait incitée à accéder à sa requête : un lien subtil, qu'il avait reconnu en elle, unissait les fabricants de masques. De leurs mains sortaient des travestissements susceptibles de briser des vies, d'apporter l'amour aux uns et la ruine aux autres, de balayer les classes sociales et de susciter en ceux qui les portaient un dangereux sentiment de liberté. Les masques symbolisaient tout autant la joie du Carnaval que ses zones d'ombre. Dans celui qu'il offrait à sa future épouse, il mettait tout son amour et sa loyauté.

— Avez-vous prévu un voile, pour dissimuler le bas du visage ? demanda Marietta.

— Oui. Il vient de Burano et est plus fin qu'une toile d'araignée.

Marietta laissa échapper un soupir ravi.

— Ce cadeau comblera Adrianna. Comme elle va vous chérir ! Et vous pourrez l'emmener à son premier Carnaval. Comme vous le savez sans doute, les pensionnaires de la Pietà sont tenues à l'écart de ces réjouissances.

— Elle me l'a dit, en effet. Dès que le masque sera prêt, je vous le ferai parvenir. Vous n'aurez à en parler à personne ?

— Je mettrai sœur Sylvia dans la confidence. Je suis sûre qu'elle respectera cet innocent secret.

— C'est parfait.

Sœur Sylvia ne vit aucun inconvénient à ce que Marietta reçût le masque et les perles, qui furent livrés dans une boîte. Bien au contraire, elle se réjouit de participer au complot et examina avec intérêt le motif de la broderie, dessiné sur une feuille de papier. Elle était elle-même excellente couturière et l'auteur d'un véritable chef-d'œuvre : le plus beau drap d'autel de Santa Maria della Pietà. Bien entendu, elle n'avait jamais contribué à la confection d'un masque.

— Voudriez-vous que je vous aide à coudre ce délicieux petit voile ? demanda-t-elle avec espoir.

La voyant caresser l'exquise dentelle du bout des doigts, Marietta devina combien elle en avait envie.

— C'est gentil à vous, répondit-elle. Je vous montrerai comment il faut le monter.

Le travail sur les perles était extrêmement compliqué et exigeait les aiguilles les plus fines, pourtant Marietta prit plaisir à cette tâche pénible. Un soir qu'elle devait chanter dans un ridotto, il ne lui restait plus que dix perles à coudre lorsqu'elle abandonna son ouvrage. Ces réceptions étaient généralement organisées par des nobles, dans de grandes maisons où, de notoriété publique, les hommes se réunissaient pour jouer. Très populaires, ces salons appartenaient cependant à des particuliers et, de ce fait, échappaient à la loi qui avait fermé les salles de réunion publiques, en réaction contre le jeu. Les directeurs de la Pietà ne voyaient aucune objection à ce que leurs protégées s'y produisent, pourvu qu'elles n'aient aucun contact avec les joueurs. Ces maisons étaient très honnêtement tenues, bien qu'on s'y donnât des rendez-vous galants. Il existait d'ailleurs des lieux spéciaux, beaucoup moins convenables, où les amoureux pouvaient se rencontrer.

La neige était tombée toute la journée, conférant à la ville une beauté nouvelle et pure. En période de Carnaval, les jeunes filles et sœur Sylvia étaient escortées par des gardes armés de gourdin. Lorsqu'elles quittèrent leurs gondoles, elles durent baisser la tête pour se protéger des flocons qui les environnaient de toutes parts. Bientôt, elles furent introduites dans une pièce confortable, réchauffée par un bon feu. Marietta remarqua aussitôt les deux grilles serties dans le mur, aux motifs si enchevêtrés qu'on pouvait regarder de l'autre côté sans être vu soi-même. Légèrement enrhumée, Elena avait dû rester à la Pietà. Sœur Sylvia, qui craignait fort de tomber malade à son tour, s'installa près de la cheminée. Deux violonistes, une violoncelliste et une harpiste composaient l'orchestre. Marietta et deux autres choristes devaient chanter tour à tour, en solo et en duo.

Quand Marietta eut interprété son premier chant, elle s'approcha de la grille pour observer la salle de jeu. Tous les joueurs étaient masqués. Ici comme ailleurs, hommes et femmes semblaient avoir une prédilection pour la bauta blanche, qu'ils portaient avec un tricorne et un mantelet attaché sous le menton. A l'exception des convives qui allaient d'une table à l'autre en bavardant, les joueurs respectaient un silence absolu.

Marietta quitta alors son poste d'observation pour s'approcher de la seconde grille, qui donnait sur le vestibule. Les chapeaux des nouveaux arrivants étaient saupoudrés de neige, leurs vêtements humides. Des valets et des servantes leur retiraient leurs manteaux et brossaient leurs chapeaux. Parfois même, ils essuyaient la neige qui s'était accumulée sur leur bauta. Des paravents protégeaient l'anonymat de ceux qui le désiraient, pendant qu'on nettoyait leurs masques. En se haussant sur la pointe des pieds, Marietta découvrit qu'elle pouvait les observer derrière leur cachette.

Trois hommes masqués montaient les marches, enveloppés dans de longs manteaux scintillant de neige. Celui qui se trouvait au milieu attira immédiatement l'attention de Marietta, qui crut reconnaître sa démarche altière et son autorité naturelle. Elle n'eut plus aucun doute sur son identité quand les autres s'adressèrent à lui.

— Quelle nuit, Domenico ! Ta femme et la

mienne ont bien fait de rester au chaud pour jouer aux cartes.

— En effet, Sebastiano. Je n'aurais pas aimé qu'elles sortent par ce froid.

Marietta retint son souffle. Aurait-elle la chance d'apercevoir enfin le visage de l'homme qui possédait le masque doré ? Si seulement il pouvait aller derrière le paravent ! A sa grande satisfaction, c'est ce qu'il fit, ainsi que ses deux compagnons. Respectant leur désir d'anonymat, le valet tendit la main pour prendre leurs masques. Sans le moindre scrupule, Marietta s'agrippa à la grille et se hissa de façon à voir les traits de Domenico Torrisi.

Son visage était aussi singulier que le masque le laissait supposer. Marietta reconnut le large front et les pommettes saillantes, le nez puissant et bien dessiné, le menton profondément creusé en son centre, la mâchoire énergique, la belle bouche sensuelle. Elle se trouvait si près de lui, qu'elle put même voir ses yeux, d'un gris étrangement clair. Au repos, sa physionomie devait être dure et austère. Mais aujourd'hui, la bonne humeur de ses compagnons déteignait sur lui. L'un des deux lui ressemblait tellement qu'il s'agissait certainement de son jeune frère. Tous trois avaient les cheveux poudrés, mais Domenico devait être brun, si l'on en croyait ses épais sourcils noirs.

— J'ai envie de jouer aux tarots, ce soir, remarqua-t-il en lissant son jabot de dentelles. Et toi, Antonio ? demanda-t-il à celui qui semblait être son frère.

— Les dés m'appellent, déclara ce dernier en fermant le poing comme s'il les tenait déjà. Et toi, Sebastiano ?

— Je suis comme Domenico, je préfère les cartes. Je vois que nos masques sont prêts, ajouta-t-il à la vue du valet, qui les leur tendait de derrière le paravent.

71

Après avoir ajusté leur bauta, les trois hommes pénétrèrent dans la première salle de jeu. Profitant de ce que sœur Sylvia s'était assoupie, Marietta les suivait de grille en grille pour ne pas les perdre de vue. La lumière diffusée par les grands lustres jouait sur leurs costume de satin rouge sombre. Deux femmes, qui tenaient devant leurs yeux des loups fixés sur des tiges d'ivoire, leur adressèrent un sourire enjôleur. Elles en furent pour leurs frais, car le trio se dispersa. Antonio engagea une partie de dés, pendant que Domenico et Sebastiano prenaient place devant une table à cartes, hors de vue de Marietta.

Elle ne revit plus Domenico Torrisi jusqu'au moment où elle chanta pour la dernière fois, peu avant l'aube. Elle en était à la moitié du chant lorsqu'il émergea d'une salle de jeu. De l'endroit où elle se tenait, elle le voyait parfaitement. Quelqu'un posa son manteau sur ses épaules et lui tendit ses gants, mais il ne bougea pas, les yeux fixés sur la grille, l'oreille visiblement tendue. Quand la voix de Marietta s'éteignit, il se dirigea vers la porte.

Le lendemain, la jeune fille dormit jusqu'à midi, privilège accordé aux choristes qui honoraient de tels engagements. Elle raconta à Elena ce qui s'était passé la veille.

— La boucle est bouclée et je sais ce que je voulais savoir, déclara-t-elle avec insouciance. Désormais, le charme est rompu, puisque ma curiosité est satisfaite. Je sais à quoi ressemble le propriétaire du masque et il m'a entendue chanter. Quoique je doute qu'il fasse jamais la relation avec moi, vu qu'il ne me connaîtra jamais.

Elena la connaissait trop bien pour ne pas comprendre qu'il s'agissait d'une bravade. Marietta n'avait pas l'air absolument sûre que ce fantôme du passé était tout à fait exorcisé.

4

Chaque jour parvenaient au maestro di coro des propositions pour le chœur et l'orchestre de la Pietà, à l'occasion de simples réceptions, ou d'événements plus importants. Sollicité de fournir une soliste et un quartet, en l'honneur de fiançailles, il décida d'accorder sa chance à Elena. Marietta aida son amie à faire un choix dans son répertoire et il approuva leur sélection. Elena, cependant, n'avait pas prévu que Marco Celano figurerait parmi les invités. Dès qu'elle l'aperçut, son cœur se mit à battre la chamade. Tous les sentiments romanesques qu'elle avait réussi à refouler remontèrent à la surface.

Pour cette fête familiale, on n'avait pas pris la peine d'ériger des tribunes. Elena et les musiciennes se produisirent donc, exposées aux regards de la trentaine de convives qui les écoutaient, assis en demi-cercle. C'était en ces occasions que les filles de la Pietà étaient approchées par leur public, toujours sous bonne surveillance. Pendant l'entracte, on servait le café et les invités en profitaient pour deviser avec elles. Tout en chantant, Elena avait plusieurs fois croisé le regard souriant de Marco, et était donc prête à l'affronter lorsqu'il vint vers elle pour l'entraîner vers un sofa.

— Nous voici un peu à l'écart, dit-il en prenant place auprès d'elle. Je suis heureux de vous rencontrer enfin, car j'ai admiré votre voix dès la première seconde où je l'ai entendue.

La présence proche du jeune homme remplissait Elena d'une confusion inexprimable, pourtant elle réussit à ne pas perdre la tête.

— Vraiment ? Et quand était-ce ?

— Une soirée bien vivante dans ma mémoire ! Le début, a été gâché par la venue d'un Torrisi, mais j'ai pu ensuite apprécier le concert, et en particulier votre adorable voix.

Il n'avait donc pas oublié ! Un valet lui servit une tasse de café. Au comble de l'excitation, Elena espéra que sa main ne tremblerait pas au point de faire cliqueter sa tasse contre la soucoupe. Fort heureusement, cette catastrophe ne se produisit pas. Très fière d'elle-même, elle répondait fort posément aux propos de Marco, lorsqu'il prononça une phrase qui la prit de court :

— Je sais tout de vous, maestra Elena.

Elle retint son souffle.

— Que voulez-vous dire ?

— Vos dix-sept ans n'ont plus aucun secret pour moi. Je sais que vous êtes née à Venise et avez été élevée par une grand-tante aujourd'hui disparue. Je connais l'identité de votre tuteur et le jour exact de votre admission à la Pietà.

— En quoi ces détails vous intéressent-ils ?

Elle s'admirait de conserver cette sérénité apparente, quand tout son être était en émoi. A la Pietà, elle avait appris à demeurer impassible en toutes occasions. Aujourd'hui, cette rigueur se révélait utile.

— Vous ne le devinez pas ? Pourquoi pensez-vous que je sois ici, ce soir ? L'amitié de mon père défunt pour le maître de maison remonte à leur enfance, mais ces fiançailles ne présentent aucun intérêt pour moi. Je suis venu parce que j'ai appris que vous deviez chanter. Dès lors, il m'était impossible de résister à la tentation. Je vous ai écoutée plus souvent que vous ne le pensez. Je regrette profondément de ne pas vous avoir envoyé des fleurs, après ce premier soir, mais je me rattraperai dès demain. Accepterez-vous celles que je vous ferai parvenir ?

Elena eut le sentiment qu'elle maîtrisait mieux la situation.

— Et si c'était le cas ?

— Je saurais qu'une étape de plus peut être franchie, puis une autre. A moins...

Il hésita, l'espace d'une seconde.

— Pour vous, la musique est ce qu'il y a de plus important au monde. Vous avez sans doute déjà forgé des projets d'avenir.

— La musique fera toujours partie intégrante de ma vie.

— Je ne voudrais pas qu'il en soit autrement, mais d'autres plaisirs peuvent embellir l'existence.

— Bien sûr ! Il me suffit de penser à la danse, au Carnaval, au théâtre et...

— Et à l'amour ?

Elle lui adressa un long regard de dessous ses cils.

— Et à l'amour, répéta-t-elle.

Sentant instinctivement qu'il était temps de rompre l'entretien, elle se leva, aussitôt imitée par les musiciennes, qui regagnèrent leurs places jusqu'à la fin du concert.

Dès le retour à la Pietà, Elena raconta à Marietta sa rencontre avec Marco Celano. Marietta se déclara prête à abandonner tous ses préjugés contre le jeune homme, si ce dernier tenait parole. Le lendemain, Elena reçut un bouquet de violettes, noué avec des rubans argentés. Au comble du bonheur, elle respira longuement les fleurs délicates, parmi lesquelles elle découvrit un message d'amour.

A partir de ce jour, Marco Celano continua d'envoyer à Elena bouquets et lettres enflammées. A l'occasion d'un souper organisé à la Pietà après un concert destiné à des hôtes de choix, elle put parler avec lui. Puis elle le revit encore, lors d'une réception. Tout le monde remarquait son bonheur, mais seule Marietta en connaissait la raison.

Quand Marietta eut fini de coudre les perles sur le masque d'Adrianna, elle fixa le voile que sœur Sylvia avait préparé. Le résultat se révéla un petit chef-d'œuvre. Il fallait maintenant le remettre à Leonardo avant le mariage, et à l'insu d'Adrianna. Marietta demanda donc à la religieuse de faire savoir à l'artisan que le travail était fait.

— Il est inutile de lui envoyer un message, dit sœur Sylvia. Je le lui donnerai moi-même demain. Sœur Giaccomina et moi accompagnons Adrianna chez son fiancé, où elle n'est jamais allée. Je dissimulerai la boîte dans la poche intérieure de mon manteau et saisirai la première occasion pour la lui remettre.

Seule dans sa chambre, Marietta plaça le masque dans sa boîte. Si seulement elle pouvait elle aussi se rendre chez le signore Savoni ! Cet ouvrage avait éveillé en elle la nostalgie du passé. Après avoir placé la boîte dans un tiroir, elle se hâta d'aller retrouver Adrianna.

— Je comprends ce que tu ressens, dit celle-ci quand la jeune fille lui eut fait part de son désir. J'avais l'intention de vous inviter chez moi après mon mariage, Elena et toi. Mais peut-être pourrais-je demander cette faveur au maestro...

— Elena aimerait beaucoup venir, elle aussi.

— Je ferai ce que je pourrai, mais ne te berce pas d'illusions. Et maintenant, va répéter avec les autres choristes. Je te verrai à midi.

Marietta rapporta cette conversation à Elena, qui convint que leurs espoirs étaient minces. Quand elles rejoignirent Adrianna, celle-ci leur annonça qu'elle avait une bonne et une mauvaise nouvelle.

Elena n'était pas autorisée à se joindre à l'expédition, mais Marietta se voyait accorder ce privilège.

— Pourquoi l'a-t-il refusé à Elena ? demanda Marietta, dont la joie était ternie par la déception de son amie.

— Uniquement parce que Elena prend une leçon avec lui, demain après-midi. Ne sois pas triste, ajouta Adrianna à l'intention d'Elena. Il a dit que tu me rendrais visite après mon mariage. J'ai eu la chance de le trouver dans de bonnes dispositions à votre égard. Il avait sur son bureau vos dernières compositions, à toutes les deux, et il en était très satisfait. Il compte que vous interprétiez très prochainement vos propres productions.

Ces bonnes nouvelles ne suffirent pas à adoucir l'amer désappointement d'Elena, uniquement parce qu'elle espérait apercevoir Marco Celano en chemin. Du haut d'une fenêtre, elle regarda Marietta et Adrianna s'éloigner, dissimulées sous leurs voiles blancs, puis, avec un soupir, elle se rendit à sa leçon.

La neige était tombée pendant la nuit et le ciel plombé promettait d'autres chutes. Des petits glaçons étincelaient sur les fenêtres et les portes, comme si tous les bijoux de Venise avaient été dérobés pour parer la ville. Non loin de la Piazzetta, trois rangées de gondoles recouvertes d'une épaisse couche de neige se balançaient doucement. Plus tard, quand l'heure des festivités nocturnes approcherait, elles seraient prises d'assaut. En attendant, les gondoliers attendaient en vain le client et tentaient de se réchauffer en tapant du pied.

Les passants avaient tracé des chemins dans la neige, sur la Piazzetta. Sœur Sylvia à leur tête, les quatre femmes la traversèrent à la queue leu leu. Sœur Giaccomina, aussi ronde qu'un tonneau, dans son épais manteau, fermait la marche. Elles passèrent devant la haute tour du Campanile, juste au moment où la cloche géante commençait à tinter, selon l'usage quotidien, pour convoquer les conseillers au Palais des Doges. Comme pour rivaliser avec elle, les deux Maures de l'horloge, de l'autre côté de la place, se mirent à frapper les heures.

Dès qu'elle fut arrivée sous les arcades, sœur Sylvia attendit d'être rejointe par Adrianna, pendant que Marietta reprenait sa place auprès de sœur Giaccomina. Deux par deux, elles longèrent des petites échoppes remplies d'objets précieux, ainsi que le café Florian, d'où s'exhalait un délicieux arôme. Quelques mètres plus loin, elles parvinrent devant la boutique de Leonardo Savoni. Au lieu de suivre sœur Sylvia et Adrianna à l'intérieur, Marietta s'attarda à admirer la vitrine, tandis que sœur Giaccomina l'attendait avec une certaine impatience. Offrant aux regards toutes les couleurs de l'arc-en-ciel, auxquelles il fallait ajouter l'or, l'argent et le bronze, les masques attiraient et éblouissaient. Fascinée, Marietta les dévorait des yeux. Quels modèles ! Et quels dessins étranges ! Certains masques tragiques « pleuraient » des larmes de perles, suspendues sous leurs orbites. D'autres représentaient le lion de San Marco, les éléments, ou d'autres thèmes bizarres. Quelques-uns d'entre eux étaient nouveaux pour elle, mais la plupart lui paraissaient étrangement familiers.

— Allons, Marietta, rentrons ! la pressa sœur Giaccomina, qui avait hâte d'échapper au froid.

Docilement, Marietta franchit le seuil de l'échoppe et ôta son voile, comme l'avait fait Adrianna. Leonardo se tenait au centre de la pièce, les bras grands ouverts comme s'il avait voulu les serrer toutes les deux sur son cœur.

— Bienvenue dans mon domaine ! déclara-t-il avant de leur baiser la main à chacune.

Cet accueil éveilla chez sœur Giaccomina une certaine nostalgie. Tout comme sœur Sylvia, elle était de ces jeunes filles nobles qui avaient été contraintes de prendre le voile, au lieu de devenir épouses et mères, selon leur penchant. Les livres anciens étaient sa marotte et la nourriture sa consolation. Mise en appétit par les gâteaux aperçus à la devanture du Florian, elle espérait bien que Leonardo penserait à régaler ses invitées.

— N'avez-vous personne pour vous aider, signore Savoni ? demanda sœur Sylvia.

— Mes apprenties sont toutes occupées à l'atelier, cet après-midi, car je ferme boutique. Je ne veux pas être importuné pendant que je fais visiter les lieux à des hôtes de marque. Je vais d'ailleurs pousser tout de suite le verrou.

La pièce était si encombrée de masques et sœur Giaccomina si malaisée à contourner que la porte était inaccessible à Leonardo. Marietta se chargea de fermer à sa place, tout en laissant son regard errer sur les merveilles recelées par l'échoppe. Comme elles auraient été heureuses, sa mère et elle, si elles avaient pu s'établir à leur compte ! Hélas, le destin en avait décidé autrement.

Leonardo introduisit ses invitées dans l'arrière-boutique. En passant devant lui, Marietta lui tendit discrètement la boîte qui contenait le masque d'Adrianna.

— Il est magnifique, lui chuchota-t-elle.

Il la remercia sur le même ton et dissimula très vite la boîte dans un tiroir.

Dans le premier atelier, les narines de Marietta furent assaillies par l'odeur familière de la colle, mêlée à celles de la peinture, de la grosse toile, de la cire et des fines étoffes. Assis devant un établi, un artisan sculptait un visage dans de la terre glaise. On en ferait ensuite un moule, qui servirait à façonner un masque. A une autre table, quatre femmes confectionnaient des masques de papier mâché, à l'aide d'un moule dans lequel elles plaçaient des couches successives de colle et de papier. Un apprenti trempait des formes de toile dans de la cire, jusqu'à ce qu'elles fussent suffisamment enrobées. A l'instar d'Adrianna, qui voulait connaître tous les employés de son futur époux par leur nom, Marietta adressa un mot aimable à chacun. Fascinée comme une enfant par tout ce qu'elle voyait, sœur Giacco-mina feignit de ne pas entendre quand sœur Sylvia la tira par la manche et lui chuchota que tout ce qui était lié au Carnaval était l'œuvre du démon.

Marietta demanda à Leonardo s'il confiait ses masques à des ouvrières à domicile. Il en employait un certain nombre, mais aucune n'habitait le village où elle avait vécu avec sa mère. Profitant que les religieuses n'écoutaient pas, elle lui parla du masque doré. Ses chaperons auraient pu s'imaginer, en effet, qu'elle s'intéressait davantage au propriétaire du masque qu'au masque lui-même.

— J'ai des raisons de penser que le signore Domenico porte un masque doré confectionné par ma mère.

Leonardo secoua la tête d'un air sceptique.

— Cela m'étonnerait, puisque je suis son seul fournisseur et je ne me rappelle pas lui en avoir livré un semblable.

— En ce cas, j'ai dû me tromper, dit Marietta d'une voix déçue.

— Attendez ! Quand dites-vous que ce masque aurait été fabriqué ?

— A la fin de l'été 1775.

— A cette époque, j'étais alité, frappé par une de ces fièvres malignes que les navires nous ramènent de l'étranger. Il me semble que nous avions reçu une commande du signore Torrisi. Le meilleur de mes artisans était lui aussi malade et je n'ai pas voulu confier un ouvrage si délicat à n'importe quelles mains. J'ai donc dû me résoudre à le faire exécuter par quelqu'un d'autre.

— Qui était-ce ?

— Votre employeur, justement. Le signore Carpinelli.

— Aussi s'agit-il peut-être du même masque, finalement.

— C'est bien possible, en effet.

Leonardo ouvrit un placard, où de vieux registres étaient empilés les uns sur les autres. Il tira l'un d'eux, chercha le mois d'août et parcourut la liste des noms du bout de l'index. Enfin, il s'arrêta :

— Ah, nous y sommes ! Un masque à mouler et à dorer pour le signore Torrisi. Commande transmise au signore Carpinelli.

— J'avais donc raison ?

L'air troublé, Leonardo ferma le registre.

— Il est étrange que vous vous soyez souvenue de ce masque. Sans doute, parce qu'il s'agit du dernier ouvrage de votre mère.

— C'est vraisemblable, répondit Marietta, qui se souciait peu d'expliquer la fascination que ce masque exerçait sur elle.

La visite de la boutique terminée, Leonardo conduisit ses invitées dans un appartement privé, où des rafraîchissements avaient été livrés par un serveur du café Florian. Les yeux gourmands de sœur Giaccomina effleurèrent les assiettes pleines de douceurs et de gâteaux, la cruche remplie de chocolat fumant, les tasses et les soucoupes en porcelaine de Chine. Adrianna servit le chocolat, sous les yeux attendris de Leonardo. Son bonheur était si naïf que Marietta sentit qu'elle allait le prendre en affection. Un jour, elle espérait qu'il deviendrait son ami, tout comme Adrianna.

Après le goûter, tout le monde parlait à la fois et Marietta demanda l'autorisation de retourner dans la boutique. Les religieuses lui accordèrent volontiers la permission qu'elle demandait, heureuses de déguster un ou deux gâteaux de plus. Quant à Leonardo, il en profita pour s'asseoir sur la chaise qu'elle abandonnait, auprès d'Adrianna.

Dans la boutique, Marietta se crut replongée dans l'atelier de sa mère. Elle retrouvait l'atmosphère imprégnée de significations symboliques, de mystère et de secrets qui l'avait fascinée enfant.

Par jeu, elle se planta devant un miroir le visage caché par un masque grotesque, d'un vert olive. Il représentait Brighella, serviteur rusé et impudent, complice de son maître dans ses entreprises amoureuses. Il ne convenait pas du tout à une fille de la Pietà, et si les religieuses l'avaient surprise, elles auraient poussé des exclamations d'horreur. Amusée, Marietta abandonna Brighella pour un personnage d'homme de loi, incarnant la suffisance et la prétention. Ce masque descendait jusqu'au nez, qu'il transformait en pied de marmite.

Rieuse, la jeune fille remettait le masque sur son étagère lorsqu'elle eut le sentiment qu'on l'observait. Elle prit conscience qu'avec la pénombre qui s'épaississait dehors, en cet après-midi neigeux, le lustre suspendu au-dessus de sa tête l'éclairait comme si elle s'était trouvée sur une scène de théâtre. Mais qui pouvait perdre son temps à l'espionner, par une temps pareil ? Lentement, elle tourna la tête vers la rue.

Un jeune homme dont la silhouette se détachait sur l'épaisse couche de neige qui recouvrait la Place San Marco la regardait. Dans la demi-obscurité, elle vit seulement qu'il souriait.

Son sens de l'humour l'emporta. Le masque grotesque devait l'avoir amusé, tout comme elle. Certaine que la porte était fermée et que sœur Giaccomina mangerait encore un gâteau avant de permettre à sœur Sylvia de quitter la table, elle prit un loup, fixé au bout d'une longue tige d'ivoire, et le tint devant ses yeux. Soudain transformée en élégante, elle se mit à distribuer grâces et sourires à des soupirants imaginaires. De l'autre côté de la vitre, le jeune homme applaudit de bon cœur. En revanche, il secoua la tête en souriant au masque de Polichinelle avec son nez crochu qu'elle plaça devant son visage.

Elle choisit alors un loup de papier mâché qu'aurait pu porter Colombine, tant il était gracieux, en noua les rubans derrière sa nuque et se tourna vers la vitrine. L'inconnu avait disparu. D'abord déçue, elle fut prise de panique en le voyant pousser la porte et la refermer prestement, pour ne pas laisser entrer le froid. Trop tard, elle comprit qu'elle devait avoir mal poussé le verrou.

— Bonjour, mademoiselle. Vous parlez français ? demanda-t-il dans cette langue, qu'elle supposa être la sienne.

— Suffisamment pour comprendre ce que je chante et prononcer les mots correctement, mais non pas couramment.

— Quoi qu'il en soit, vous parlez le meilleur français que j'aie entendu depuis que j'ai quitté mon pays, s'émerveilla-t-il. Je baragouine moi-même quelques mots d'Italien. Nous devrions réussir à nous comprendre. Votre petite représentation masquée m'a fort diverti.

— Je ne savais pas, au début, être vue de l'extérieur.

Avec un petit rire, elle déposa le masque de Colombine sur son présentoir. Elle savait qu'elle aurait dû appeler Leonardo et courir se réfugier sous l'aile protectrice de ses chaperons, mais cette aventure inattendue l'amusait trop pour qu'elle y mît si vite un terme. Avec l'arrivée de cet étranger, il lui semblait que l'atmosphère de la boutique s'était mise à vibrer. Il était d'une beauté classique, avec son nez droit, ses pommettes hautes et sa mâchoire anguleuse. Plutôt brun de peau, il avait des yeux sombres et étincelants de malice, ombrés de longs cils, noirs comme ses cheveux non poudrés.

— Permettez-moi de me présenter, dit-il dans un italien teinté d'un fort accent. Je me nomme Alix Desgrange et suis originaire de Lyon. J'effectue un tour d'Europe, en compagnie d'un ami, Henri Chicot, et du comte de Marquet, notre précepteur. Ce dernier a entrepris de nous initier aux merveilles d'art et d'architecture que recèlent les pays que nous visitons. Je suis arrivé hier et me flatte d'être... votre serviteur, signorina.

En prononçant ces derniers mots, il avait ôté son tricorne pour s'incliner devant elle.

Amusée, Marietta songea que ce jeune homme — il ne devait pas avoir plus de dix-neuf ou vingt ans — était d'un naturel si insouciant qu'il parvenait à tirer plaisir d'un voyage qui aurait paru bien fastidieux à d'autres.

— Il est heureux que vous soyez arrivés hier, remarqua-t-elle. J'ai entendu dire aujourd'hui que la lagune avait commencé de geler, à l'embouchure de la Brenta.

— J'avoue que je ne m'attendais pas à voir Venise sous la neige.

— Combien de temps comptez-vous y rester ?

— Le plus longtemps possible. Mon ami Henri et moi sommes rassasiés de paysages, de points de vue, de statues, de ruines pittoresques et d'admirables œuvres picturales. Tout ce que nous désirons, désormais, c'est profiter du Carnaval. J'ai donc besoin d'un masque. Voulez-vous me conseiller ?

— Avec plaisir, répondit Marietta sans l'ombre d'une hésitation.

D'un geste large, elle lui montra les étagères.

— Où vont vos préférences ? Au comique ? Au grotesque ? Au mystérieux ? A moins que vous ne vouliez susciter l'étonnement ?

— Je voudrais un masque qui me permette d'aller partout.

— C'est un vœu aisé à satisfaire. Tenez, prenez une bauta, c'est le modèle le plus courant. Hommes et femmes l'apprécient, car sa lèvre supérieure proéminente leur permet de parler, de manger et de boire.

— Vous permettez que je l'essaie ?

Marietta le lui tendit.

— Vous pouvez le remonter sur votre tricorne, si vous désirez dévoiler votre visage. J'ai toujours pensé qu'il s'agissait d'une singulière parure, mais je l'ai vu souvent faire.

Il tint la bauta devant son visage pendant qu'elle nouait les rubans sur sa nuque. Lorsqu'il se tourna vers elle, elle sentit son cœur battre plus vite. Pour la première fois, la bauta ne lui apparaissait plus comme un messager de mort, car les yeux rieurs du jeune Français brillaient dans ses orbites.

— Comment me trouvez-vous ? demanda-t-il.

— Vous êtes splendide ! Vous portez maintenant le masque officiel de Venise, le seul qu'on soit autorisé à porter en dehors du Carnaval, après minuit du moins.

— Quel règlement bizarre ! J'ai entendu dire que la loi vénitienne en regorge. Est-il vrai, par exemple, que les gondoles doivent toutes êtres noires ?

— Oui. A l'origine, il s'agissait de réprimer le goût des Vénitiens pour l'extravagance. Pourtant, vous constaterez que les canaux sont bien colorés, les jours de festivals ou de régates. Mais dites-moi, le masque vous gêne-t-il, d'une façon ou d'une autre ?

— Absolument pas, mais sa forme est étrange... Je dois tout avoir d'un singe.

— Non ! protesta Marietta. Regardez-vous dans le miroir.

Il observa un instant son reflet avant d'éclater de rire.

— Le comte de Marquet ne me reconnaîtrait pas !

La jeune fille sourit avec malice.

— Vous en seriez encore plus assuré si vous lui ajoutiez le traditionnel mantelet.

— J'en ai vu partout, dans la ville ! s'écria-t-il avec enthousiasme. Montrez-moi ce que vous avez de mieux.

Marietta fouina derrière le comptoir, où elle trouva un tiroir rempli de mantelets. Elle choisit l'un des plus beaux, le déplia et le montra au jeune homme. Il retira son tricorne, pour qu'elle pût le draper autour de sa tête et le nouer sous le menton. Tandis qu'il remettait son chapeau, elle lissa la pointe du mantelet sur ses épaules.

— Là ! fit-elle avec satisfaction. Rappelez-vous ceci : il est admis que le port de la bauta dispense de soulever son chapeau ou de saluer un autre homme, parce qu'il gomme toutes les distinctions sociales, au même titre que le Carnaval.

— Une autre de vos curieuses coutumes ! railla-t-il. J'avoue que celle-ci a du bon.

— Si vous vous achetez un long manteau noir, vous ressemblerez à un pur Vénitien. Vous m'avez dit que votre précepteur est comte. Si vous êtes noble, vous aussi, vous avez le droit de porter un manteau de soie doublé de fourrure, parce que la soie est la seule étoffe que les nobles sont autorisés à porter. Du moins, si vous désirez agir comme si vous étiez originaire de cette cité, durant le temps de votre séjour.

Le jeune homme éclata d'un rire franc.

— Aucun sang bleu ne coule dans mes veines, je me contenterai donc d'un manteau de laine noire.

Débordant d'une allégresse contagieuse, il se

regarda encore une fois dans le miroir avant de planter dans les yeux de la jeune fille un regard espiègle.

— Je sens que ce séjour à Venise ne va pas manquer d'agréments ! Voudriez-vous m'aider à mieux connaître cette ville admirable ?

— Moi ! Mais c'est impossible !

— Rien n'est impossible ! Comment vous appelez-vous ?

Elle n'hésita qu'un instant, grisée par le plaisir de marivauder, qu'elle connaissait pour la première fois.

— Marietta Fontana.

— Eh bien, signorina Fontana, fixons donc un rendez-vous.

— Hélas, monsieur Desgrange, je crains que des obstacles trop importants ne s'opposent à vos projets, rétorqua-t-elle amusée.

— Je ne puis y croire. A quelle heure terminez-vous votre service ici ? Je me pense capable de retrouver mon chemin, pourvu que je ne m'éloigne pas trop de la Place San Marco. Voulez-vous que je vous attende devant la boutique ? Où désirez-vous aller ? Une représentation de la Commedia dell'Arte. Il paraît que l'on rit énormément. A moins que vous ne préfériez la danse ? Un ami qui s'est rendu à Venise l'an dernier m'a parlé d'un endroit où la nourriture est, paraît-il, délicieuse.

Elle l'écoutait, partagée entre l'amusement et le désir fou de passer une soirée avec lui. Elle avait toujours rêvé d'aller au théâtre et la perspective de danser l'aurait remplie de joie. Elena et elle connaissaient toutes les danses, car chaque fois que l'orchestre se produisait dans un bal, les musiciennes prenaient bonne note de tous les nouveaux pas, pour les transmettre ensuite à leurs compagnes. Jamais auparavant elle n'avait ressenti un tel désir de briser ses liens pour connaître un bref instant d'enchantement. Elle en voulait presque au Français de lui avoir fait une offre aussi tentante, qu'elle était obligée de refuser.

— Je ne suis malheureusement pas libre de danser ou de sortir avec vous, dit-elle sèchement.

Un peu honteuse de lui avoir parlé durement, elle s'adoucit presque aussitôt.

— J'aurais été ravie d'accepter, mais cela ne se peut.

— Pourquoi ?

Elle leva au ciel des yeux exaspérés.

— C'est sans intérêt. Et maintenant, revenons à vos achats. Désirez-vous essayer d'autres masques ?

Ce jeune homme n'était pas enclin à se laisser distraire aussi facilement.

— Etes-vous fiancée ?

La surprise arracha à Marietta un éclat de rire.

— Non ! Loin de là !

— Alors, vous êtes la fille du fabricant de masques. Me suis-je trompé en pensant que vous étiez son assistante ?

Elle secoua la tête en souriant.

— Rien de tout cela. Quand bien même vous échafauderiez mille hypothèses, je ne crois pas que vous découvririez la vérité. Je m'explique... Avez-vous entendu parler de l'Ospedale della Pietà ?

— Bien entendu. Toute l'Europe connaît ce nom et le comte de Marquet s'efforce à cet instant même d'obtenir des billets pour un concert donné par le chœur demain soir.

— Sachez que j'y serai... Je suis une choriste de la Pietà.

Le jeune homme releva son masque. Son expression était sérieuse et ses yeux exprimaient l'incrédulité.

— Que faites-vous ici, en ce cas ? J'ai entendu dire que ces filles n'avaient le droit d'aller nulle part.

— C'est vrai. L'échoppe aurait dû être fermée et

la porte verrouillée. Mais lorsque vous êtes entré, de façon tout à fait inattendue, je n'ai vu aucune raison de ne pas vous aider à choisir un masque.

— Je suis heureux que vous l'ayez fait, dit-il en souriant. Comptez-vous bientôt revenir ici ?

— C'est peu probable.

— Alors, quand vous reverrai-je ?

Marietta fit la moue.

— A l'occasion d'un concert, si vous vous trouvez dans la salle.

— Cela ne me convient pas du tout, affirma le jeune homme avec force. Je refuse de m'incliner, même si l'avantage n'est pas en ma faveur. Fixons un autre rendez-vous !

Grisée par cette insistance, Marietta oublia la réserve qui était inculquée aux pensionnaires de la Pietà.

— S'il existe un moyen de nous rencontrer, je le trouverai, promit-elle.

Elle plaisantait à moitié, voulant surtout prolonger cet entretien galant, dont la nouveauté l'enivrait.

— Très bien. Il vous suffit de me fixer un jour et une heure. J'y serai.

Les yeux baissés, elle l'observait de dessous ses longs cils. Visiblement, il avait pris ses propos au sérieux. Bien qu'elle manquât totalement d'expérience en ce domaine, elle se sentait irrésistiblement attirée par le jeune Français. Mais était-ce le charme d'Alix, ou bien la liberté qu'il lui faisait entrevoir, qui l'entraînait dans ces eaux dangereuses ?

— Il faut que j'y réfléchisse, dit-elle.

L'esprit en émoi, elle envisageait pour la première fois de sa vie d'échapper un instant à la vigilance des religieuses. Si Elena l'aidait, peut-être parviendrait-elle à se glisser entre les mailles du filet.

— Nous logeons dans une maison du Campo Morosini, dit-il. Vous pourriez m'envoyer un message.

— Un message ! répéta-t-elle d'une voix moqueuse. Demandez-moi plutôt de vous le faire parvenir sur la lune ! Pour la plupart, nous n'avons aucun parent susceptible de nous écrire. Cela signifie que la moindre lettre passe d'abord entre les mains du directeur.

— En ce cas, dites-moi où vous devez chanter, après le concert de demain.

Marietta pensa qu'il le découvrirait bien tout seul, même si elle refusait de le lui dire. Elle prit donc une feuille de papier, sur le comptoir, et rédigea rapidement la liste des lieux où les filles de la Pietà devaient se produire.

— Vous aurez besoin d'un plan de Venise, pour vous orienter.

— J'en ai déjà un, dit-il en mettant le papier dans sa poche.

C'est alors qu'ils entendirent un bruit de voix, venant du corridor.

— Vite ! s'écria Marietta, prise de panique. Il ne faut pas qu'on me voie avec vous. Je vous en prie, cachez-vous derrière cette forme.

Il s'agissait d'une silhouette d'osier, drapée dans un long manteau et coiffée d'une perruque. Surmonté d'un tricorne, le visage était figuré par un masque sur lequel on avait peint des losanges verts et blancs. Alix disparut prestement derrière le curieux personnage et Marietta s'en écarta, juste au moment où sœur Sylvia pénétrait dans la boutique.

— Allez mettre votre manteau, Marietta, nous rentrons.

Elle-même était déjà habillée et prête à partir. Marietta se précipita dans le corridor, pressée de revenir avant que l'œil acéré de la religieuse n'eût détecté la présence d'Alix. Malheureusement, Leonardo répugnait à laisser partir Adrianna et prolongeait une conversation à laquelle Marietta dut se joindre en toute courtoisie, bien que chaque minute lui parût aussi longue qu'une heure.

Restée seule, sœur Sylvia oublia ses pieuses préventions à l'égard des masques. Elle caressa les dentelles et les voiles qui ornaient les plus féminins d'entre eux, puis elle en prit un bordé de plumes ondulantes et le tint un instant contre sa joue. Au plus profond de son cœur, elle aurait voulu participer aux réjouissances du Carnaval. Quoi d'étonnant si les années de célibat qu'on lui avait si cruellement imposées l'avaient rendue amère et acerbe ?

Son regard se posa sur un mannequin drapé dans un manteau, avec un masque d'Arlequin. Laissant un instant son imagination vagabonder, elle pensa qu'un tel costume lui aurait permis de goûter aux joies du Carnaval, à l'insu de tous. Presque instinctivement, sa main se tendit vers le tricorne. Et juste à cet instant, un homme au visage dissimulé derrière une bauta blanche jaillit de derrière la forme d'osier. La religieuse poussa un cri d'effroi mêlé de honte.

— Pardonnez-moi de vous avoir effrayée, signorina, dit-il avec un fort accent français. Vous ne m'avez pas entendu entrer, sans doute ?

— La porte est fermée ! fit-elle d'une voix étranglée.

Il alla à la porte et l'ouvrit pour lui montrer qu'elle se trompait.

— Vous faites erreur, signorina. Le verrou n'était qu'à moitié poussé.

Alarmé par le bruit, Leonardo fit irruption, suivi de Marietta, le visage crispé par l'angoisse.

— Que se passe-t-il ? demanda Leonardo d'une voix brève.

Son regard méfiant passa du jeune homme masqué à la religieuse.

— Tout va bien, dit très vite sœur Sylvia. J'examinais vos masques et je n'ai pas entendu ce jeune homme entrer.

Elle se savait d'oreille fine, mais ses rêves l'avaient emportée dans un autre monde, l'espace d'un instant.

— Sa vue m'a fort surprise, conclut-elle après un bref silence. C'était comme si l'une de vos formes d'osier avait brusquement pris vie.

Le calme revenu, Leonardo assura l'étranger qu'il allait s'occuper de lui. Alix recula de quelques pas, à l'abri de son masque pour observer Marietta et l'autre jeune fille. Elles avaient remis leurs voiles et quittaient l'échoppe en compagnie des religieuses. Il pensait avoir habilement sauvé la situation. Personne ne semblait soupçonner qu'il avait passé quelques instants en tête à tête avec Marietta.

Il approcha de la vitrine, à temps pour voir la jeune fille jeter un rapide coup d'œil par-dessus son épaule, auquel il répondit d'une légère inclination de la tête. Comme elle s'éloignait avec ses compagnes, il songea que la réputation de Venise n'était pas usurpée. Arrivé depuis à peine vingt-quatre heures il engageait déjà un jeu galant avec une ravissante Vénitienne. Lorsqu'il l'avait aperçue, virevoltant parmi les masques, sa beauté l'avait saisi à la gorge. A la lueur des chandelles, la pâleur de son fin visage était accentuée par la masse de ses cheveux cuivrés. Ses yeux, sa bouche adorable, sa subtile sensualité l'avaient irrésistiblement attiré. Le fait qu'elle était une fille de la Pietà ajoutait du sel à l'aventure.

Le fabricant de masques s'adressait maintenant au jeune homme.

— Et maintenant, signore, que puis-je pour vous ?

Alix défit les rubans qui retenait la bauta et ôta le mantelet de soie.

— Je désire vous acheter ces deux articles.

Leonardo pensa que l'étranger n'avait pas dû se priver de fouiner dans sa boutique. Ces jeunes fous qui faisaient leur tour d'Europe étaient tous les mêmes : loin de chez eux, ils refusaient toute discipline. A son humble avis, ces voyages formaient moins la jeunesse qu'ils ne la dévergondaient et il plaignait sincèrement les tuteurs qui escortaient ces garçons. Bien des fois, il les avait entendus clamer leur impuissance à surveiller leurs pupilles. Profitant de l'anonymat des masques, ces jeunes démons jouissaient en toute quiétude de la liberté vénitienne.

— Etes-vous arrivé depuis peu à Venise, signore ?

— En effet, et votre échoppe est la première dans laquelle j'entre.

Leonardo songea à part lui que ces jeunes gens commençaient toujours par acquérir un masque. Ensuite, ils consultaient le registre destiné aux voyageurs, dans lequel ils trouvaient la liste des mille courtisanes qui officiaient à Venise, avec leurs adresses et leurs spécialités.

— Vous m'en voyez très honoré, signore. Vous venez de loin ?

— Nous sommes partis de France, il y a plusieurs mois de cela.

Il ne disait pas qu'il était originaire de Paris, nota Leonardo. Les Parisiens, en revanche, ne manquaient jamais de le préciser. Ce garçon vivait sans doute en province et ignorait tout de ce qui se passait à Paris ou à Versailles. D'après ce que Leonardo savait, les mœurs étaient tout aussi dissolues à Versailles qu'à Venise.

— Après un si long voyage, vous apprécierez sans doute qu'on facilite votre séjour dans notre cité, dit-il courtoisement. Si vous le désirez, je puis vous faire parvenir un choix de costumes à votre domicile. Avez-vous des préférences ?

Inutile de préciser qu'il partageait ses bénéfices avec le costumier à qui il adressait des clients...

Bien qu'il n'y eût jamais réfléchi auparavant, le choix d'Alix fut vite fait.

— Je veux un déguisement d'Arlequin.

— C'est une excellente idée.

— Mais faites-moi tout de même parvenir plusieurs costumes. Mon ami Henri, qui voyage avec moi, aura lui aussi besoin d'une tenue. Nous avons la même taille et la même corpulence.

— Fort bien.

Ses mesures prises, Alix donna son adresse à Leonardo. Fort satisfait, le marchand raccompagna son client jusqu'à la porte. Il se flattait d'être habile vendeur. Enfant, il avait fait son apprentissage chez un maître impitoyable, qui le battait à la moindre erreur. Ensuite, il avait été colporteur, puis il avait eu un étal en plein vent avant d'acquérir une boutique, un véritable taudis à l'époque. Il l'avait transformée, au gré de son imagination et de sa fantaisie, en un lieu fréquenté par des hommes et des femmes issus de tous les rangs. Aujourd'hui, il employait lui-même des apprentis, qu'il traitait avec bonté, et il s'était établi dans l'un des quartiers les plus prestigieux de Venise. Grâce à sa patience et à sa persévérance, il avait trouvé une épouse bien supérieure à toutes les femmes de Venise. Il avait pleuré de joie, lorsqu'elle lui avait dit oui, au bout de deux ans de correspondance assidue.

Avec un regain de fierté, Leonardo balaya sa boutique du regard. Elle était petite, avec cette atmosphère d'intimité appréciée des Vénitiens, mais il y exposait les plus beaux masques de Venise et fournissait presque toute la noblesse. Il était tout de même étrange que ce jeune Français se fût servi sans attirer l'attention de sœur Sylvia... Son échoppe regorgeait d'articles, sans doute, et il y avait disposé quelques formes d'osier, mais de là à ne pas remarquer un intrus... Peut-être la religieuse était-elle faible de vue ? L'explication était suffisamment plausible pour qu'il s'y ralliât.

Non loin de là, le comte de Marquet se dirigeait vers l'appartement qu'il avait loué sur le Campo Morosini. C'était un homme d'environ soixante-cinq ans, grand et mince, au visage d'aigle surmonté d'une perruque blanche, aux yeux perçants et observateurs. Dans la poche de son manteau, il rapportait trois billets pour le concert de la Pietà, obtenus au prix d'une attente de vingt minutes. Le chœur de la Pietà était aussi prisé aujourd'hui que lors de sa précédente visite à Venise, bien des années auparavant. A cette époque, sa toute jeune femme l'accompagnait. Ils avaient assisté à un concert dirigé par Vivaldi, alors maestro. Chaque coin de la ville lui rappelait un plaisant souvenir.

Jules de Marquet hocha tristement la tête. L'état de sa fortune avait bien évolué, depuis ce temps béni. Il appartenait à une vieille et honorable famille, mais les extravagances de ses ancêtres et leur goût pour le jeu avaient peu à peu effrité leurs biens. Jusqu'à son mariage avec Adélaïde, il avait chichement vécu, à Versailles. Ensemble, ils avaient joyeusement dilapidé la dot de la jeune femme. Hélas, à la mort de son père, Jules avait appris que ce dernier ne lui laissait que des dettes. Pour liquider la succession, il avait dû vendre tous ses biens.

Au début, ils avaient lutté pour rester à Versailles, en vendant les bijoux d'Adélaïde. Puis, il n'y avait plus rien eu à vendre... Le jour où ils avaient définitivement quitté Versailles, ils avaient connu le désespoir. Apitoyé, un oncle de la jeune femme les avait installés dans une maison de campagne située non loin de Lyon. La petite pension qu'il leur allouait leur permettait de vivre dans un confort relatif, mais Adélaïde ne s'était jamais faite à cette existence provinciale. Languissant après le passé, elle était devenue amère et acariâtre. S'ils avaient eu des enfants, les choses se seraient peut-être arrangées, mais tel n'avait pas été le cas. A la mort de son épouse, il avait éprouvé un intense soulagement, car elle n'était plus celle qu'il avait aimée. Réduit à occuper deux misérables pièces, à Lyon, il avait donné des cours particuliers jusqu'au jour où MM. Desgrange et Chicot, riches fabricants de soie, lui avaient demandé de prendre en charge l'éducation de leurs fils.

Alors âgé de treize ans, Alix s'en était pris à son maître, dès le premier matin de classe :

— Monsieur le comte, pourquoi les aristocrates de Versailles se rendent-ils si rarement dans leurs propriétés ?

— A quoi faites-vous allusion ?

— Les terres ont désespérément besoin d'une bonne gestion. Nous allons à la catastrophe ! Les nobles prennent tout ce qu'il y a à prendre, sans rien laisser à ceux qui travaillent dans les champs.

— La vie à la Cour absorbe tout leur temps, répondit avec dignité le comte de Marquet.

— Je n'y crois pas ! Ils accourraient à bride abattue, si leur régisseur tardait à leur envoyer l'argent que la terre produit pour eux. Notre précédent précepteur nous disait que les aristocrates ne paient même pas les taxes qui frappent le restant des mortels.

— Je crains qu'il n'ait abordé des questions qui le dépassent, rétorqua froidement Jules. A l'avenir, vous vous exprimerez avec moins de fougue, ainsi qu'il convient à un jeune homme de bonne famille.

Alix se leva d'un bond.

— Au diable la politesse ! Le roi ne se soucie-t-il pas que des centaines de paysans meurent de faim pendant que les aristocrates mènent une vie de débauche à Versailles ?

Cette véhémence atterra Jules, que sa loyauté envers la royauté aiguillonna :

— Silence ! tonna-t-il d'une voix courroucée. Le roi incarne la France et je ne tolérerai pas que des propos séditieux soient tenus dans ma salle d'étude. Excusez-vous sur-le-champ !

Le garçon se dressa sur ses ergots.

— Je n'ai pas voulu me montrer irrespectueux envers Sa Majesté. Quand je serai grand, je défendrai toujours la France, fût-ce au péril de ma vie.

Il était impossible de ne pas aimer ce garçon, en dépit de ses déclarations fracassantes.

— Je veux espérer que cela n'arrivera pas, Alix, dit plus calmement son précepteur. Vos parents nourrissent de grands espoirs, à votre propos et, le jour venu, de lourdes responsabilités pèseront sur vos épaules.

Il jeta un coup d'œil à Henri. Les coudes sur la table, il avait suivi l'échange avec une grande apathie.

— Les vôtres aussi, Henri ! Redressez-vous, mon garçon.

Jules avait bien vite constaté que si ses deux élèves étaient intelligents, Henri était de loin le plus facile à manier. Quant à Alix, au fil des années, ses idées généreuses s'affermissaient. A seize ans, alors qu'on l'initiait aux affaires familiales, il avait prétendu, à l'indignation de ses parents, améliorer les conditions de travail des ouvriers.

Jules n'exerçait plus ses fonctions de précepteur, se contentant d'enseigner l'italien, le grec et l'anglais à ses jeunes pupilles. Pour ne pas perdre son emploi, il exécutait de nombreux travaux de secrétariat pour M. Desgrange.

A dix-huit ans, Alix incita les ouvriers à cesser leur travail pendant une heure, pour protester contre l'insuffisance de leurs salaires. Cette initiative déclencha une telle querelle entre le père et le fils que seule l'intervention de Jules évita une rupture définitive.

La paix rétablie, Jules se permit une suggestion :

— Le temps me semble venu pour votre fils de parfaire son éducation. Laissez-moi l'emmener à travers l'Europe, pendant deux ans. La confrontation avec d'autres mondes lui ouvrira l'esprit et le cœur. Et votre commerce tirera sûrement avantage de la connaissance plus vaste et plus approfondie des arts qui sera pour lui l'objet de ce voyage.

M. Desgrange posa sur Jules un regard perçant. Il était clair que le comte ferait tout son possible pour transformer ce jeune idéaliste en un homme empreint de raison et de sagesse. Le garçon constaterait combien les tisserands de Lyon vivaient bien, par comparaison avec les ouvriers des autres pays. Le bon sens d'Alix finirait par l'emporter.

— J'y suis moi-même favorable si mon fils est désireux de tenter l'aventure. Eh bien, Alix, qu'en dis-tu ?

Les yeux scintillants d'Alix, son visage illuminé par la joie, constituaient une réponse suffisante. Avec le temps, songeait le jeune homme, son père se rangerait à son avis. Depuis plusieurs mois, la moindre conversation dégénérait en éclats. Mais cette situation aurait évolué, quand il reviendrait. Et dans l'intervalle, il aurait parcouru l'Europe !

— J'accepte volontiers la proposition de M. de Marquet, père.

— Parfait ! J'ose espérer que M. Chicot autorisera Henri à se joindre à vous.

Ils étaient donc partis. Ils avaient voyagé à cheval et en voiture, ils avaient été ballottés sur des mers déchaînées, ils avaient cheminé à dos de mule, le long de sentiers escarpés. Deux fois, ils avaient été attaqués par des bandits qu'ils avaient repoussés, tous trois maniant fort bien l'épée. Jules avait même abattu un brigand d'un coup de pistolet. Parfois, ils avaient trouvé à se loger confortablement, mais ils avaient aussi connu les taudis et les lits pleins de punaises. Ils avaient fait bonne chère, mais il leur était arrivé d'être réduits à la portion congrue. Et partout, ainsi que Jules s'y attendait, les deux garçons avaient rencontré des femmes qui les avaient trouvés à leur goût. A ce propos, il n'avait pas manqué, avant le départ, de leur prodiguer des conseils judicieux. Ce matin même, il leur avait remis à chacun une liste des courtisanes de Venise, mais beaucoup plus choisie que le registre destiné aux étrangers de passage dans la ville. Quand ils reviendraient à Lyon, ses protégés seraient en aussi bonne santé que lorsqu'ils avaient quitté leurs parents.

Le comte parvint sur le Campo Morosini, déverrouilla une porte donnant sur une petite cour et gravit les quelques marches enneigées qui menaient à l'appartement qu'il avait loué pour la durée de leur séjour. Alix n'était pas encore rentré de sa promenade solitaire, mais Henri écrivait à ses parents, ainsi qu'il en avait l'obligation. Le jeune homme leva vers Jules un regard chargé d'ennui. C'était un beau garçon roux, dont les yeux à demi dissimulés sous de lourdes paupières semblaient exercer sur les femmes un irrésistible attrait.

— J'ai pensé que je ferais bien de me débarrasser tout de suite de cette lettre, dit-il d'une voix maussade.

— Mais vous n'avez encore rien vu de Venise ! Que pouvez-vous avoir raconté à vos parents et à vos sœurs ?

— J'ai décrit notre arrivée, hier, puis notre dîner à l'Hôtel du Louvre — ma mère veut toujours savoir si nous sommes bien nourris ! Je leur ai dit que nous avions grimpé ces centaines de marches du Campanile, pour contempler la ville, et que nous avions été assourdis par le son de cette énorme cloche.

Jules tendit son manteau au serviteur dont il avait loué les services en même temps que l'appartement.

— Nous n'avons même pas visité la Basilique !

— Nous en avons admiré la façade et les quatre chevaux de bronze. Maintenant je suis débarrassé de cette corvée au moins jusqu'à Vienne.

Henri aspergea délicatement de sable l'encre mouillée. Lorsqu'elle fut sèche, il scella la lettre avec un grognement de satisfaction.

— Avez-vous rencontré Alix, sur votre chemin ?

— Non, mais j'ai des billets pour le concert. Tenez ! On dirait que le voici !

En effet, des bottes frappaient les marches couvertes de neige du perron. L'air de très bonne humeur, Alix parut sur le seuil, une grosse boîte sous le bras.

— Vous semblez bien content de vous, Alix, remarqua le comte. Qu'avez-vous acheté ?

— Un masque, un mantelet et un manteau de laine noire. J'ai aussi commandé des costumes, pour le Carnaval. Ils nous seront livrés sous peu. J'en ai prévu un pour toi, Henri.

— Voici une sortie fructueuse, dit Jules.

— Très.

Alix souleva le couvercle de sa boîte et cligna de l'œil en direction d'Henri. Ce dernier comprit que son ami attendrait que leur tuteur fût parti pour lui en dire davantage.

Quand Marietta lui conta son aventure, Elena ne se tint pas de joie.

— Quelle chance que tu aies mal fermé la porte ! s'extasia-t-elle

— J'en conviens ! rétorqua Marietta d'une voix triomphante. Quand ce Français est entré dans la boutique, il m'a apporté une bouffée de liberté. Et jamais auparavant je n'ai eu autant envie de quitter la Pietà que lorsqu'il m'a invitée à sortir un soir. Juste un soir... et j'ai eu l'impression qu'il ouvrait devant moi les portes d'une prison. Je suis fatiguée de ces grilles, de cette surveillance constante. J'ai

100

beau savoir qu'on ne nous veut que du bien, ici, j'ai parfois le sentiment d'étouffer !

Voyant son amie marcher de long en large, comme un animal en cage, Elena quitta sa chaise pour poser une main apaisante sur le bras de Marietta.

— Calme-toi, voyons ! Je ne t'avais jamais vue dans un état pareil, auparavant !

— C'est un sentiment qui a peu à peu grandi en moi, mais jamais le contact avec notre public n'avait éveillé en moi un tel désir. Je veux chanter, mais je veux aussi pouvoir aller et venir à ma guise.

Elle avait l'air effrayée, comme si elle comprenait que toute la discipline qu'elle s'était imposée jusqu'alors venait de s'envoler en fumée.

— Je suis certaine qu'Alix Desgrange n'y est pour rien, poursuivit-elle. Il est arrivé au bon moment et sa proposition a suscité en moi ce raz de marée. Peut-être aussi ces masques m'ont-ils rappelé la liberté dont je jouissais jadis. Je me demande si les malheureux qu'on enferme dans les geôles du doge connaissent de tels moments de folie.

— J'en suis certaine.

Bien qu'elle n'en laissât rien paraître, Elena était inquiète. Cette rencontre semblait avoir profondément transformé son amie. Un bien petit événement, au regard de qu'elle avait subi auparavant. Mais sans doute les petits faits de la vie exerçaient-ils une grande influence sur la destinée des êtres humains.

Debout devant la fenêtre, Marietta regardait sans les voir les lumières tremblotantes d'un navire à l'ancre. Des marins chantaient, sur un vaisseau de guerre. Même sur la mer, la musique n'était jamais absente de Venise.

— Je voudrais seulement sortir d'ici un instant. Une heure ou deux passées avec Alix me suffiraient, fit-elle avec véhémence. Ensuite, je ne penserais plus qu'à travailler.

Elena se sentit obligée de la mettre en garde :

— Surtout, pas d'imprudence ! Attends de voir s'il cherche à rentrer en relation avec toi. S'il y tient vraiment, il s'arrangera. Ensuite, nous dresserons un plan.

— Je sais ce que nous allons faire !

— Déjà ?

— J'y ai réfléchi en revenant de chez Leonardo, mais j'aurai besoin que tu couvres mon absence.

— Bien entendu ! Qu'as-tu en tête ?

— Il y a cette ancienne porte, au fond du jardin. Elle ouvre certainement sur la petite rue située entre l'Ospedale et l'église.

— La clef doit avoir été perdue ou jetée depuis longtemps, puisqu'on ne l'utilise jamais.

— Cela m'étonnerait. Cette porte doit avoir une raison d'être. Elle sert peut-être d'issue de secours, en cas d'incendie. Rappelle-toi que Venise est souvent la proie des flammes. Même le Palais des Doges a brûlé, autrefois.

— En ce cas, la clef doit se trouver en la possession de sœur Sylvia.

— Oui, mais elle-même n'a que les doubles des clefs qui se trouvent dans une armoire du directeur. Je sais qu'elles y sont, parce que la porte de l'armoire était entrouverte, le jour où il nous a interdit de nous parler pendant trois mois. Tu ne les as pas remarquées ?

— J'étais bien trop terrorisée pour voir quoi que ce soit, excepté mes pieds. Je savais que si nous étions renvoyées, mon tuteur me marierait au premier venu. Comment sauras-tu laquelle prendre ?

— J'ai vu qu'elles portaient toutes de vieilles étiquettes toutes tachées.

Une telle détermination troublait Elena. Il lui semblait que Marietta était animée par une force que rien ne pourrait arrêter. Cette dangereuse aventure n'avait rien de commun avec leurs escapades antérieures.

— Je monterai la garde, promit-elle cependant. Mais comment feras-tu savoir au Français que tu as cette clef... du moins si tu parviens à la dérober.

— Il assistera à notre concert, demain soir. Je suis certaine qu'il trouvera un moyen de me parler.

— Tu me parais bien sûre de toi.

Marietta posa sur son amie des yeux plus clairs que jamais.

— En effet. C'est pourquoi je dois m'occuper de cette clef dès ce soir.

Peu avant l'aube, à l'heure où Marietta pensait que le veilleur de nuit devait s'endormir, les deux jeunes filles se glissèrent hors de leurs chambres. Elena se posta en haut de l'escalier, tandis que Marietta descendait lentement jusqu'à la grille qui séparait leur partie de bâtiment du parloir où les visiteurs étaient reçus. A sa grande déception, le veilleur de nuit était debout, sa lanterne à la main. Elle n'eut que le temps de reculer d'un bond, car il éclairait justement la grille à l'instant où elle s'en approchait. La Riva degli Schiavoni était toujours très animée, en période de Carnaval. Sans doute l'attention du veilleur avait-elle été attirée par quelque chose d'inhabituel.

Elle l'entendit ouvrir une porte. Prudemment, elle jeta un coup d'œil à travers les barreaux. A en croire la lumière plus ténue, diffusée par sa lanterne, l'homme devait être entré dans le vestibule des directeurs, puis dans la salle de réunion. Il ne tarda pas à réapparaître, pour pénétrer aussitôt dans une autre pièce. Apparemment rassuré, il s'approcha de la porte qui donnait sur la partie clôturée du conservatoire. Marietta se faufila derrière une grande bibliothèque et retint son souffle. Le veilleur de nuit passa devant sa cachette et s'engagea dans un corridor. Il était clair qu'il avait l'intention d'inspecter tout le rez-de-chaussée.

Dès que le bruit de ses pas se fut atténué, Marietta se précipita de l'autre côté de la grille et courut jusqu'aux appartements réservés aux directeurs. Elle se rendit directement dans le bureau, où elle alluma la chandelle qu'elle avait apportée, puis s'approcha de l'armoire où se trouvaient les clefs. Fort heureusement, elle n'eut pas besoin du couteau qu'elle avait pensé à cacher dans sa poche, car la porte s'ouvrit à la première poussée. La jeune fille s'empara aussitôt du trousseau de vieilles clefs, posé en évidence sur une étagère. Les étiquettes étaient jaunies par l'âge et l'encre effacée par endroits, mais les inscriptions étaient encore lisibles. Hélas, le premier tri se révéla infructueux. Elle prit un deuxième trousseau, espérant que la clef qu'elle cherchait était bien marquée.

Ce fut plus long qu'elle ne s'y attendait. Enfin, au septième trousseau elle fut récompensée de sa patience et, au moment même où elle retirait la clef de l'anneau, elle entendit le veilleur de nuit qui revenait. En un éclair, elle eut fourré la clef dans sa poche, remis le trousseau sur son étagère et éteint la chandelle. Le cœur étreint par l'angoisse, elle se glissa dans le vestibule et tendit l'oreille. Il y eut un un bruit métallique lorsque l'homme posa sa lanterne sur une table de marbre, puis une chaise racla le sol dallé. Il n'y avait aucun moyen de passer sans être vue, il fallait attendre qu'il ronflât. Hélas, il ne semblait pas disposé au sommeil. Elle l'entendit battre du briquet, puis il tira longuement sur sa pipe, dont la fumée âcre parvint jusqu'à la jeune fille. Résignée, elle s'assit sur un banc et attendit. Une heure passa, puis une autre. Décidément, ce veilleur était digne de confiance... Elle espérait que les directeurs l'estimaient à sa juste valeur.

Elle finit par s'assoupir, pour s'éveiller en sursaut aux premières lueurs de l'aube. Une main se posa sur sa bouche pour l'empêcher de crier. C'était Elena.

— Chut ! Tout va bien. Le veilleur de nuit est rentré chez lui. Je savais que quelque chose n'allait pas, mais je n'ai rien pu faire jusqu'à ce que sœur Sylvia lui dise de s'en aller. Actuellement, elle est avec le boulanger, qui vient de livrer son pain. Profitons-en pour regagner nos chambres.

Ce soir-là, ce fut avec une grande sérénité que Marietta revêtit sa robe de soie blanche et fixa dans ses cheveux son bouquet de fleurs. Ce soir, elle abordait un tournant de sa vie, elle le sentait dans toutes les fibres de son corps.

La clef se trouvait dans son coffret à bibelots. Quand elle aurait passé une heure ou deux avec Alix, elle remettrait la clef dans l'armoire. Une fois assouvi le désir de liberté qui la consumait tout entière, son existence reprendrait son cours normal. Une heure auparavant, elle avait profité que le jardin était désert pour essayer la clef. Il avait suffi d'un peu d'huile et la porte s'était ouverte sans difficulté.

5

A la fin du concert, comme toujours, le public ovationna Adrianna. Alix, au second rang, en profita pour montrer discrètement la porte à Marietta. Le message était clair : il l'attendait dehors.

Quand les jeunes filles sortirent de la maison, il neigeait de nouveau. A la vue du jeune homme, Marietta leva la main pour qu'il la reconnût malgré son voile. Heureusement, par ce mauvais temps les religieuses avaient relâché leur surveillance. Dès qu'elle fut à son niveau, le jeune homme sortit un bouquet de dessous son manteau et le lui tendit prestement.

— Quand ? demanda-t-il.

— Ce soir. Attendez-moi dans la rue qui se trouve entre la Pietà et l'église.

Alix s'éloigna aussitôt, son long manteau flottant autour de lui. La scène avait été si rapide que seule Elena en avait été le témoin.

— Bravo ! murmura-t-elle à son amie. Il a même pensé aux fleurs ! Qu'est-ce que c'est ?

Marietta avait dissimulé le bouquet sous sa cape.

— Des roses d'hiver, je pense. Je les ai à peine entrevues.

— Elles feront un effet ravissant, dans ta chambre.

Marietta sourit dans l'obscurité. Elena était toujours prête à se réjouir avec elle de ce qui pouvait lui arriver de bon.

Aussi pâles et fragiles que de la porcelaine, les roses d'hiver étaient à peine teintées de vert, autour de leurs étamines dorées. Marietta les disposa dans un vase en verre de Venise, d'un bleu profond. Contre le mur lambrissé, elles miroitaient faiblement, tels les flocons de neige dont elles avaient la beauté éphémère. Vêtue d'une simple robe noire qui convenait à ses projets, la jeune fille les effleura du bout des doigts avant d'en choisir une, plus épanouie que les autres, qu'elle fixa à son corsage. Elle brûlait de voler sur-le-champ vers son rendez-vous, mais il lui fallait attendre que la communauté tout entière fût endormie et que le veilleur eût effectué sa ronde.

Dehors, la neige tombait plus dru que jamais. Alix s'était perdu dans les ruelles de Venise, qui s'étaient transformées pour lui en un véritable labyrinthe. Juste au moment où il désespérait d'arriver à l'heure, il parvint enfin sur la Place San Marco et put repérer son chemin.

Les flocons de neige tourbillonnaient autour de sa lanterne. Posté devant l'unique porte de l'étroite rue, Alix attendait que Marietta apparût. Il commençait à craindre de l'avoir manquée, mais il ne se résignait pas à partir. Il aperçut alors une inscription datant du quinzième siècle, gravée dans le mur de l'église. Pour passer le temps, il écarta la neige qui la dissimulait à moitié. En vieux vénitien, elle menaçait d'excommunication quiconque plaçait sous le porche de l'hospice une petite fille qui n'aurait été ni orpheline ni bâtarde.

Le jeune homme se tourna avec anxiété vers la porte, car le temps s'écoulait inexorablement.

Dans sa chambre, Marietta souleva le couvercle de son coffret. Elle y trouva le loup noir que sa mère lui avait donné. Depuis longtemps, elle se languissait de le porter. Ce soir, cette occasion lui était offerte, et d'une façon tout à fait inattendue.

Face à son miroir, elle le plaça devant son visage. Avec ce masque, personne ne s'attendrait à ce qu'elle parlât car il était léger comme une plume et tenait grâce à une bride que les femmes serraient entre leurs lèvres. Ces masques exerçaient sur les hommes un charme particulier. Elle avait souvent remarqué comme ils suivaient des yeux les femmes qui en portaient un. Marietta prit un miroir à main et s'examina sous toutes les coutures, notant avec plaisir que le velours noir rehaussait la blancheur d'albâtre de son front, de son menton et de ses joues.

Il était temps de partir, maintenant. Elle enfila ses gants et son manteau, dont elle rabattit la capuche sur sa tête. Juste au moment où elle sortait de sa chambre, Elena franchit le seuil de sa propre porte.

— Je vais mesurer le temps qui s'écoule entre les rondes du veilleur, chuchota-t-elle. Si son attention est attirée par quoi que ce soit d'inhabituel, il risque de s'apercevoir que la porte du jardin est déverrouillée. Je vais donc pousser le verrou derrière toi. A l'heure convenue, je t'ouvrirai.

Marietta ôta son masque pour regarder son amie, éclairée par le bougeoir qui restait toujours allumé dans le couloir.

— Tu es la meilleure amie dont on puisse rêver, murmura-t-elle.

— N'aie crainte, tu devras me le rendre au centuple, un jour, plaisanta Elena. Enfin... si j'en avais besoin.

— Tu peux compter sur moi !

Lorsqu'elles furent dehors, Elena regarda Marietta se glisser jusqu'à la porte, qu'elle tâta du bout des doigts pour trouver la serrure et y introduire la clef. Quelques secondes plus tard, elle se glissait dans la rue.

— Marietta ! s'exclama Alix avec soulagement.

Avec sa bauta, il ressemblait à un spectre émergeant de la tourmente. Marietta tira la porte et se tourna vers lui. A la vue de son visage masqué, le jeune homme retint son souffle.

— N'ayez crainte, le rassura-t-elle en riant. C'est bien moi, mais je n'ai pas pu venir plus tôt. Vous m'attendez depuis longtemps ?

A la seconde même où elle lui était apparue, il avait oublié toutes ses craintes. Elle était là, il ne l'avait pas manquée, finalement, et c'était là tout l'important. Comme tous les amants du monde, il mentit pour la rassurer.

— Je n'ai pas vu le temps passer. Venez ! Eloignons-nous d'ici.

Main dans la main, ils se dirigèrent vers la rue Cannonica. Quelques instants plus tard, Alix introduisait sa compagne dans un café brillamment éclairé. La chaleur accueillante qui y régnait les enveloppa sitôt qu'ils en eurent franchi le seuil. Tandis qu'Alix tendait sa lanterne à un page, Marietta observa curieusement les lieux. La salle était bondée de joyeux drilles, pour la plupart masqués et déguisés en personnages de la Renaissance. Les murs, recouverts de peinture dorée, étaient chargés d'ornements de style rocaille. Il y avait aussi un orchestre, dont les musiciens étaient vêtus de satin bleu et portaient perruque blanche. Ce genre d'établissements battaient en général leur plein après minuit, quand les nobles Vénitiens décidaient de transformer la nuit en jour.

Un serveur guida les deux jeunes gens jusqu'à la table réservée par Alix, nichée dans une alcôve. Plusieurs personnes levèrent les yeux vers les nouveaux arrivants, cherchant à percer leur anonymat. A l'abri sous sa capuche et le visage dissimulé derrière son masque, Marietta se sentait parfaitement en sécurité. Quand Alix eut commandé des boissons chaudes, le serveur se retira avec leurs manteaux, non sans avoir auparavant tiré le lourd rideau de brocart qui protégerait leur intimité.

A l'insu des jeunes gens, pourtant, un homme qui leur tournait le dos n'avait cessé de les observer dans le miroir mural. Il portait un costume Renaissance, taillé dans un velours vert émeraude, ainsi qu'un masque incrusté de pierres précieuses.

A sa droite, son épouse tira doucement sa manche bordée de fourrure. Richement vêtue et parfumée, elle dissimulait derrière un masque son visage surmonté d'une masse de cheveux poudrés, réunis sous une coiffe de perles.

— Tu ne m'écoutes pas, Domenico ! le réprimanda-t-elle doucement. Qu'est-ce qui peut bien t'absorber à ce point ?

Angela Torrisi suivit le regard de son mari, mais le rideau de brocart venait de tomber, aussi ne vit-elle pas ce qui avait suscité son intérêt.

Un sourire nonchalant aux lèvres, il se tourna vers la jeune femme.

— J'ai cru un instant avoir reconnu quelqu'un, mais je dois m'être trompé. Pardonne-moi, mon amour. Que me disais-tu ?

Bien qu'il ne se laissât plus distraire, Domenico Torrisi ne put chasser de son esprit la certitude qu'il venait d'apercevoir cette choriste aux cheveux cuivrés. D'un autre côté, il était tout à fait invraisemblable qu'une fille de la Pietà fréquentât un tel lieu. Pourtant, il était certain d'avoir reconnu sa magnifique chevelure, quand elle avait repoussé son capuchon en arrière. Il ne l'avait rencontrée qu'une fois, le soir de cette confrontation avec Marco Celano, mais ses amis évoquaient souvent les beautés du conservatoire et il avait appris qu'elle se nommait Marietta. Ses admirateurs s'étaient inquiétés, lorsqu'elle avait disparu pendant trois semaines, souffrant sans doute d'une indisposition passagère. Luimême était aussi prompt qu'un autre à admirer les belles femmes, toutefois ce n'était pas pour cette raison qu'il s'était retourné pour la regarder, ce fameux soir. Il avait obéi à une étrange impulsion, comme si elle l'avait appelé par son nom.

Dans le miroir, il vit le serveur revenir, chargé d'un plateau sur lequel il avait disposé un pot de café et plusieurs assiettes remplies de douceurs et de petits gâteaux. Le rideau s'écarta, pas assez cependant pour qu'il pût satisfaire sa curiosité. Etait-ce cette fille de la Pietà ? Il avait entendu de vagues rumeurs, prétendant que les pensionnaires de la Pietà recevaient parfois des visiteurs nocturnes, jamais cependant que l'une d'entre elles s'était échappée de l'Ospedale. Les missions diplomatiques qu'il accomplissait au nom du doge et qui l'écartaient de sa demeure plus souvent qu'il ne l'aurait souhaité, ainsi que la vendetta qui opposait sa famille à celle des Celano, lui avaient appris à ne jamais dédaigner ce qui lui semblait bizarre ou inhabituel. Cette vigilance l'avait servi en de nombreuses occasions, mais ce soir il craignait que sa curiosité ne restât insatisfaite.

— Pourquoi ne pas rester ici, cette nuit ? proposa alors Angela. Je ne désire pas affronter le froid plus qu'il n'est nécessaire, avant de regagner notre maison.

La jeune femme avait toujours haï les rigueurs du temps. Ce soir, elle avait dû prendre sur elle pour se résoudre à sortir.

Autour de la table, leurs amis s'empressèrent de renchérir. Domenico sourit, autant pour lui-même que pour la compagnie. Ainsi, il aurait une chance de revoir cette jeune fille.

— C'est une excellente suggestion, dit-il.

Dans l'alcôve, Marietta et Alix avaient retiré leurs masques et échangeaient un sourire triomphant. Maintenant que le serveur était parti, le brouhaha qui régnait dans la salle leur semblait très lointain. Dans cette niche aux murs couverts de fleurs et d'oiseaux peints, Marietta avait le sentiment de s'être réfugiée avec Alix sous une tonnelle dissimulée aux yeux de tous. Elle brûlait de raconter à son compagnon comment elle avait réussi à s'évader de la Pietà.

— L'entreprise s'est révélée plus facile que je ne me l'imaginais ! s'exclama-t-elle gaiement. J'admets toutefois que j'ai eu du mal à dérober la clef de la porte qui donne sur la rue.

Avec une vivacité charmante, elle décrivit son aventure. Conquis par son entrain, Alix la dévorait des yeux. Dans sa robe sombre, ornée seulement d'une rose, elle rayonnait d'une grâce lumineuse, avec ses yeux scintillants, ses gestes vifs et sa chevelure parcourue de reflets cuivrés. Depuis son départ de Lyon, Alix était tombé amoureux une ou deux fois, mais jamais aucune jeune fille n'avait exercé sur lui un tel attrait.

Levant sa tasse de café, il lui sourit.

— Je bois à votre succès !

— Mon amie Elena m'a apporté une aide précieuse.

Personne ne l'intéressait, sauf elle.

— Ne risque-t-on pas de s'apercevoir que la clef a disparu ? demanda-t-il en poussant vers elle une assiette de gâteaux.

— J'espère que non. Il faudra que je la remette en place le plus vite possible.

— Comment y parviendrez-vous ? Faudra-t-il attendre la nuit, une fois de plus ?

— Non. Les directeurs ne se réunissent qu'une fois par mois. Il arrive évidemment que l'un ou l'autre d'entre eux fasse une apparition, pour discuter avec le maestro. Quoi qu'il en soit, il ne me faudra qu'une seconde pour remettre la clef au trousseau. Mais parlez-moi plutôt de votre voyage, poursuivit-elle avec un sourire. Par quel pays avez-vous commencé ?

— Par la Hollande.

Elle voulut qu'il lui parlât de sa première acquisition, un tableau de Hals. Puis, comme l'intérêt de Marietta ne se démentait pas, il lui raconta son voyage à travers l'Allemagne et comment il avait navigué sur le Rhin. Enfin, il évoqua les sentiers escarpés des montagnes suisses, qu'il avait dû emprunter pour parvenir en Italie. Les yeux élargis, ses deux mains croisées sous son menton, elle l'écouta décrire les ruines de Pompéi, ainsi que les merveilles de Florence et de Rome.

— Après deux mois passés en Grèce, conclut Alix, nous revoici sur le sol italien pour environ six semaines.

— Et où comptez-vous aller, en partant d'ici ?

— A Vienne, puis à Paris. Ensuite, nous rentrerons à Lyon.

En riant, Alix raconta à Marietta comment Henri et lui échappaient à leur précepteur le plus souvent possible.

— Nous sommes rassasiés de tableaux, de sculptures et de mosaïques. Tout ce que nous voulons, désormais, c'est profiter du Carnaval.

Son ami et lui, expliqua-t-il, commençaient tout juste à se repérer dans la ville, mais il avait encore perdu son chemin le soir même. Amusée, Marietta l'écouta décrire plaisamment sa mésaventure.

— Avez-vous craint de m'avoir manquée ? lui demanda-t-elle avec malice.

— Je commençais à me le demander quand vous êtes arrivée.

— Vous vous apprêtiez donc à rentrer chez vous ?

— Non ! protesta-t-il avec véhémence. Je vous aurais attendue jusqu'à l'aube.

Elle espéra qu'il ne mentait pas. Bien qu'elle eût l'habitude d'être courtisée, à l'occasion des réceptions de la Pietà, elle ne s'était jamais trouvée dans cette situation, seule avec un jeune homme. Alix, en revanche, connaissait les us et coutumes de ce monde extérieur qu'elle découvrait pour la première fois de sa vie.

— Vous avez été tout à fait avisé de trouver un endroit si agréable où nous puissions parler, remarqua-t-elle avec une insouciance feinte. Ainsi que vous le devinez sans doute, je ne suis jamais entrée dans un café. Lorsque nous sortons, escortées par les sœurs, il nous arrive de passer devant de tels établissements. Je m'étais toujours demandé ce qu'on pouvait ressentir, assis à l'une de ces tables. Quand je vivais avec ma mère, nous n'avions pas d'argent à dépenser en plaisirs d'aucune sorte. De toute façon, le plus proche café était très éloigné de notre maison.

— Parlez-moi de votre vie, à cette époque.

Marietta jeta au jeune homme un regard curieux. L'air grave, il la fixait avec attention, pourtant une ombre de sourire errait sur sa belle bouche, comme s'il avait voulu lui faire comprendre qu'il ne voulait pas être indiscret. Marietta n'en eut pas moins le sentiment qu'il venait de l'attraper avec un ruban de soie, ainsi qu'elle l'avait vu faire dans la rue, durant le Carnaval. En parlant trop d'elle-même, elle risquait d'être liée par un second ruban. Et si elle allait jusqu'à lui confier ses espoirs et ses rêves, elle serait trop empêtrée pour jouir de cette liberté qu'elle venait de découvrir.

— Que voulez-vous savoir ? demanda-t-elle sans enthousiasme.

— Tout ce qui vous est arrivé jusqu'à aujourd'hui. Tout !

La jeune fille prit le temps de boire une gorgée de café.

— Puisque vous détenez déjà certaines informations sur moi, vous devriez d'abord me parler de vous.

— Tout ce que je sais, c'est que vous êtes une

jeune fille de la Pietà et que vous chantez comme une alouette.

Sentant le ruban se resserrer autour de son cou, elle rejeta instinctivement la tête en arrière.

— Personne n'a utilisé cette comparaison depuis que j'étais enfant.

— Qui l'avait faite avant moi ? Votre mère ? Ou bien votre père ? Ou bien encore un frère ou une sœur ?

— Non. C'était un vieil ami de la famille, qui s'appelait Iseppo. Lui et sa femme sont encore venus me voir, lors de mon dernier anniversaire. C'est lui qui nous a amenées à Venise, ma mère et moi.

— Parlez-moi de cette journée. Etait-ce en été ou en hiver ? Au printemps ou en automne ?

Cette fois, il sembla à Marietta qu'une multitude de rubans invisibles tourbillonnaient autour d'elle, au point qu'elle ne pouvait plus leur échapper. Peut-être avait-il commencé à les lancer sur elle dans l'échoppe de Leonardo, de façon à la prendre au piège dès leur première rencontre. Pour quelle autre raison aurait-elle risqué son avenir pour une brève rencontre, qui n'aurait pas de suite ?

— Cela se passait à la fin de l'été, dit-elle malgré elle, comme privée de volonté. Nous avons descendu la Brenta, dans la barge d'Iseppo. Le soleil se couchait quand j'ai vu Venise pour la première fois... On aurait dit une cité d'or, flottant sur l'eau.

Elle se tut et il comprit à la peine qui crispait son fin visage que ces souvenirs n'éveillaient en elle que de la souffrance.

— Et alors ? dit-il doucement.

Elle prit une profonde inspiration avant de continuer son histoire. Alix l'écouta sans l'interrompre, fasciné par la succession d'émotions qui modifiaient subtilement sa physionomie, fugaces comme des nuages filant dans le ciel, poussés par le vent. Elle s'en tint strictement aux événements et s'abstint d'évoquer ses senti-

116

ments jusqu'à ce qu'elle eût terminé le récit de sa vie, avec sa mère d'abord, puis à la Pietà.

— Ce n'est que bien plus tard que j'ai compris combien la Providence s'était montrée clémente, en me prenant ma mère à cet instant précis. Nous aurions dû nous séparer, tout en sachant que nous ne nous reverrions jamais. Je sais que ni l'une ni l'autre nous n'aurions pu le supporter.

— C'était une femme très courageuse, observa Alix avec respect.

— C'est ce que m'a dit Iseppo, le matin de sa mort. Il m'a appris alors qu'elle avait toujours su que son mal était incurable. Mais quand il est parti, me laissant parmi des étrangers, il m'a semblé que je glissais dans un abîme sans fond, dont je n'émergerais jamais. Le seul fait d'en parler me plonge dans l'angoisse. Tant pis pour moi, conclut Marietta. Je n'aurais jamais dû vous faire ces confidences.

— Je ne partage pas cet avis. C'était le seul moyen de faire connaissance.

— Vous êtes un étranger, pour moi, fit-elle sur un ton presque accusateur.

Tendant la main à travers la table, il prit les doigts fins de la jeune fille entre les siens.

— Plus maintenant. Ma vie diffère en tous points de la vôtre, pourtant il me semble que nous sommes désormais unis par un lien invisible. Je veux vous revoir, ajouta-t-il en se penchant vers Marietta.

Elle se recula légèrement, presque sur la défensive.

— Nous ne devions nous rencontrer qu'une seule fois.

— Je n'ai jamais conclu un tel marché !

Sans le vouloir, il venait de lui rappeler qu'elle ne pouvait s'absenter de la Pietà trop longtemps.

— Je dois partir, dit-elle d'une voix troublée.

Elle s'agita, prête à se lever. Si elle le quittait tout de suite, elle casserait ces rubans, songea-t-elle.

Posant sa main libre sur le bras de la jeune fille, il perçut le frisson qui la parcourait.

— Attendez encore quelques minutes. Cette clef ! Je pourrais prendre son empreinte dans la cire d'une de ces bougies, ensuite j'en ferais faire un double pour vous. Au moins, je garderais l'espoir de vous revoir.

Marietta hésita. Alix retint son souffle, éperdu de crainte à l'idée qu'elle pourrait refuser. Il laissa échapper un soupir de soulagement lorsqu'elle se détourna pour prendre sa petite bourse de velours, qui était posée sur la banquette, à côté d'elle. Elle en défit les liens et en sortit la clef pour la lui remettre. Comme il s'en emparait, elle eut de nouveau le sentiment d'être prise au piège. Mais en même temps, la perspective d'une seconde escapade la remplissait de bonheur.

D'un geste vif, Alix enfonça la clef dans la cire, puis il appela le serveur et lui demanda de plonger la chandelle dans la neige, afin de durcir l'empreinte. Tout en attendant son retour, ils mirent au point un plan très simple qui permettrait à Alix de remettre le double à Marietta.

— Je comprends que vous avez pris un grand risque, ce soir, lui dit-il ensuite. Je sais aussi que je représente un énorme danger pour vous. Sachez seulement que je ne désire rien de plus au monde que de vous revoir. Je suis tombé amoureux de vous, Marietta.

Elle ne douta pas un instant de sa sincérité. Les yeux étincelants du jeune homme, sa voix vibrante, tout en lui trahissait une émotion profonde. Elle n'osa examiner ses propres sentiments, de peur de découvrir qu'elle n'avait pas seulement obéi à un soudain désir de liberté, en se lançant dans cette aventure. Il fallait qu'elle se montrât plus sage que lui, pensa-t-elle.

— Je vous crois, mais chacun sait que Venise ensorcelle les voyageurs.

Il se pencha vers elle.

— Vous seule m'avez jeté un charme qui me retiendra prisonnier à jamais, répondit-il avec passion.

Aussi longtemps qu'elle vivrait, elle n'entendrait jamais une plus belle déclaration, songea-t-elle. Ces mots venaient de lui frayer un chemin jusqu'à son cœur, mais il n'était pas encore temps de le lui dire. Trop d'obstacles, trop d'embûches les séparaient.

A cet instant, le serveur toussota discrètement, de l'autre côté du rideau. Le lieu n'était pas vraiment propice aux rendez-vous galants, mais quand les amoureux payaient un petit supplément pour jouir d'un peu d'intimité, il était d'usage de respecter leurs vœux.

Quand la jeune fille passa près de lui, masquée et dissimulée sous son capuchon, Domenico se retourna pour l'observer. Mais l'identité de l'inconnue demeura un mystère.

Alix reprit sa lanterne et les deux jeunes gens sortirent dans la nuit. Comme il ne neigeait plus, Marietta exprima sa crainte d'être trahie par les traces de leurs pas, qui conduisaient tout droit à la petite porte du jardin. Pour la rassurer, Alix lui promit de les effacer en les recouvrant d'une couche de neige qu'il prendrait soin de piétiner ensuite.

— Quelles précautions nous prenons ! dit-il en riant doucement.

Il posa la lanterne sur le sol, puis il attira la jeune fille contre lui. Sans résister, elle se blottit entre ses bras et sentit les lèvres glacées d'Alix se poser sur les siennes. Vite réchauffées par la tendresse et le désir, leurs bouches surent exprimer tout ce que les jeunes gens ne s'étaient pas dit. Ils perdirent la notion du temps jusqu'à ce qu'elle s'écartât de lui avec un petit soupir. Alix lui ouvrit la porte, puis il lui rendit la clef.

— Bonne nuit, chuchota-t-elle.

Puis elle franchit le seuil de la Pietà et referma la porte derrière elle.

Le lendemain, Alix retourna chez Leonardo Savoni. Le masque de Marietta était adorable, mais elle ne pouvait le retirer en public, fût-ce pour parler.

Leonardo l'accueillit chaleureusement.

— Bonjour, signore. Qu'y a-t-il pour votre service, aujourd'hui ? Vous désirez un autre masque, peut-être ?

— Oui, mais pas pour moi. J'en veux un comme celui-ci, de la meilleure qualité.

Il désignait le masque que portait Marietta lorsqu'il était entré dans l'échoppe.

— C'est un masque de Colombine.

Leonardo en prit tout un choix sur les étagères et les patères, puis il les disposa artistement sur le comptoir. Sans marquer la moindre hésitation, le Français tendit la main vers un masque de velours vert garni de minuscules perles d'or... et le plus cher de tous.

Leonardo hocha la tête avec approbation.

— Une véritable œuvre d'art, je vous l'accorde. Désirez-vous un mantelet ?

Alix choisit un mantelet en dentelle de Burano, aussi fine et légère qu'une toile d'araignée. Les deux articles furent emballés dans une boîte enrubannée, que le jeune homme emporta sous son bras. Quelques instants plus tard, il s'arrêtait chez un serrurier des Mercerie, à qui il avait confié la précieuse bougie, porteuse de tous ses espoirs. Deux clefs neuves l'attendaient. Si par malheur celle de Marietta venait à être découverte et confisquée, il lui resterait la seconde.

Le dimanche matin, Jules s'apprêtait à sortir pour assister à la messe de Santa Maria della Pietà, quand

Alix apparut, rasé de frais et enveloppé dans son manteau.

— Je vous accompagne, monsieur le comte.

Jules se rappela qu'Alix et Henri n'étaient rentrés qu'aux premières lueurs de l'aube, dans leurs costumes de Carnaval.

— Etes-vous ivre ? demanda-t-il gravement. En ce cas, vous ne pourriez pas venir.

— Je me suis abstenu de boire hier, monsieur.

— Où est Henri ?

— Il dort.

Jules devina que le jeune homme cuvait ses excès de la veille. Il était surpris, cependant, qu'Alix ne fût pas dans le même état. Les deux hommes quittèrent ensemble l'appartement. La neige avait cessé de tomber, faisant place au dégel, si bien qu'on pataugeait dans une boue grisâtre. Les cloches des églises carillonnaient, déversant sur la cité ces accords graves qui contribuaient à la musique de Venise. Des pigeons s'envolèrent dans un grand battement d'ailes lorsqu'ils traversèrent la Place San Marco, jonchée d'objets divers abandonnés par les bandes joyeuses qui fêtaient chaque nuit le Carnaval... rubans éparpillés, coquilles d'œufs brisées, masques piétinés et une seule chaussure de satin rose.

— Henri et moi étions ici, vers deux heures du matin, dit Alix. On pouvait écouter de la musique, danser, chanter et boire comme en été. Il y avait des lanternes de couleur partout. Henri avait entrepris de courtiser une femme en domino, quand il a vu ses mains et compris qu'elle était vieille !

— Ah ! Le Carnaval a parfois ses désagréments, remarqua Jules. Et de votre côté ? Tout s'est-il bien passé ?

— Pas trop mal.

Alix s'abstint d'en dire davantage. Il ne pouvait pas expliquer à son précepteur que la vie perdait toute saveur quand Marietta n'était pas auprès de lui. Et il fallait que cela lui arrivât à Venise ! Il devait être fou. C'était comme n'avoir aucun appétit devant le plus alléchant des festins. Mais l'amour n'était-il pas une sorte de folie ? Il avait entendu dire qu'on perdait momentanément toute raison et il lui était d'ailleurs arrivé d'éprouver un très fort penchant pour de séduisantes jeunes personnes. Mais cette fois, bien qu'il n'eût rencontré Marietta que trois fois, il savait que ce n'était pas la même chose.

Lorsqu'ils parvinrent à Santa Maria della Pietà, Alix leva les yeux vers la façade de l'Ospedale, de l'autre côté de la petite rue où Marietta et lui s'étaient donné rendez-vous. Laquelle de ces fenêtres, toutes semblables, était celle de sa chambre ? Renonçant à le deviner, il suivit Jules dans l'église. Pendant que le comte s'extasiait sur la beauté de l'autel et les œuvres magnifiques de Tiepolo, Alix scrutait les galeries grillagées où les choristes de la Pietà étaient en train de s'installer, si l'on en croyait les bruissements de jupes qui s'en échappaient. Peu après, le prêtre arriva et la messe commença.

Marietta se trouvait derrière l'une des grilles les plus basses. Elle vit Alix incliner la tête et s'agenouiller dans une attitude de parfait recueillement, bien qu'il ne pensât qu'à elle. Lorsqu'elle chanta en solo, il sut aussitôt que c'était elle.

A la fin du service, Marietta prétendit avoir égaré une partition, pour pouvoir rester dans l'église pendant que ses compagnes retournaient à la Pietà. De son côté, Alix profita de ce que Jules désirait admirer les œuvres d'art pour déambuler dans l'église. Parvenu devant un siège enfoncé dans le mur, il glissa la clef derrière un coussin, ainsi que Marietta et lui en étaient convenus. Quelques minutes plus tard, il était dehors avec son précepteur tandis que Marietta gagnait le corps central de l'église, pour reprendre la clef.

Sur la Riva degli Schiavoni, Jules et Alix gravissaient les marches d'un pont qui franchissait un canal latéral. Un gentilhomme d'aspect avenant et portant perruque blanche venait à leur rencontre. Jules et lui se reconnurent immédiatement, pour avoir tous deux fréquenté Versailles bien des années auparavant.

— Est-ce possible ? s'exclama Jules, l'air abasourdi. Monsieur le marquis de Guérard !

— Monsieur le comte de Marquet, si je ne me trompe pas !

Les deux hommes se saluèrent avec chaleur, puis le marquis remarqua Alix.

— Qui est ce jeune homme ? Un neveu, ou bien un fils d'un second mariage ?

Jules dut ravaler son orgueil.

— Ni l'un ni l'autre. Le sort ne s'est pas montré clément envers moi... Permettez-moi de vous présenter M. Desgrange, l'un des deux jeunes gens dont j'ai la charge pendant leur tour d'Europe.

A Versailles, cet aveu lui aurait valu un rejet immédiat. Jules s'attendait donc à ce que le marquis lui adressât un bref hochement de tête avant de passer son chemin. Au lieu de cela, l'aristocrate lui apprit que son épouse et lui-même vivaient à Venise un exil volontaire, depuis qu'il avait subi des revers de fortune et perdu la faveur du roi.

— Il faut que nous dînions ensemble ce soir, conclut le marquis. Amenez l'autre jeune homme avec vous. Mon épouse sera ravie de vous revoir, monsieur le comte. Nous recevons actuellement nos petites-filles. Elles réserveront un accueil cordial à M. Desgrange et à son ami, en qui elles trouveront de nouveaux cavaliers. Bien entendu, elles adorent danser...Vous verrez que nous avons créé un petit Paris, malgré l'éloignement.

Alix comprit qu'il ne serait pas en mesure de

rejoindre Marietta, ce soir-là. S'il retournait à l'église, il aurait peut-être une chance de la prévenir.

Il s'inclina en direction de ses deux aînés.

— Pardonnez-moi, messieurs, je crains d'avoir oublié ma canne dans l'église.

Ignorant les appels du comte, qui lui criait qu'il ne l'avait pas prise ce matin, Alix se mit à courir vers l'église. Dès qu'il en eut franchi le seuil, il aperçut Marietta qui poussait une petite porte de côté.

— Marietta ! Attendez ! dit-il en se hâtant de la rejoindre. Vous avez la clef ?

Elle lui sourit.

— Oui.

— Très bien. Malheureusement, nous devons modifier nos projets car je ne pourrai vous attendre dans la rue, ce soir. J'y serai demain, à minuit.

— Eh bien... à demain.

Elle lui fit un petit signe de la main et disparut de l'autre côté de la porte. Quelques secondes plus tard, elle se lançait à la suite de ses compagnes, la main posée sur la clef dissimulée dans sa ceinture.

Le marquis et sa femme vivaient somptueusement au Palais Cuccino, qu'ils avaient loué sur le Grand Canal. Dans la gondole qui les conduisait chez leurs hôtes, Jules promit aux deux jeunes gens qu'ils allaient connaître la soirée la plus raffinée de leur vie.

— Ce soir, pas de masques grotesques, assura-t-il. Pas d'espions du Conseil des Trois rôdant dans l'ombre, pas de vinaigre en guise de vin, pas de costume noir pour préserver l'anonymat et pas...

— ... de belles Vénitiennes, conclut sombrement Henri.

— J'allais seulement dire : pas de mystère et pas de secrets. Nous serons entre Français !

Portant son index et son majeur à sa bouche, Jules

lança un baiser dans l'air de Venise, en hommage à la France. Il se trompait cependant sur un point, songea Alix... Lui avait bel et bien un secret.

La soirée fut en tout point conforme à ce que Jules espérait. Les salles de réception étaient vastes et aussi richement meublées qu'à Paris. Une cinquantaine de leurs compatriotes avaient été invités et aucun d'entre eux n'arborait un masque ou une mantille. Quant à l'orchestre, il ne jouait que des mélodies françaises.

Le marquis et la marquise de Guérard se révélèrent des hôtes charmants. Outre Alix et Henri, ils recevaient ce soir-là une vingtaine de jeunes gens qui accomplissaient leur tour d'Europe, ainsi que des voyageurs plus expérimentés et deux couples de jeunes mariés en voyage de noces. Les petites-filles du marquis étaient cinq, l'une mariée et accompagnée de son mari, les quatre autres âgées de seize à dix-neuf ans. Toutes étaient également belles et séduisantes.

Au moment du dîner, Alix offrit son bras à l'une de ces ravissantes jeunes personnes, du nom de Louise d'Oinville. On lui avait déjà dit qu'elle était veuve, ayant été mariée à un homme beaucoup plus âgé qu'elle, qui était mort un an après leurs noces. Sa robe et ses bijoux montraient que son mari ne l'avait pas laissée sans le sou, mais sa tenue était dépourvue de prétention. Elle semblait aussi sérieuse et réservée, avec de grands yeux noisette ombrés par de longs cils, un regard curieux sous de légers sourcils bruns, et une chevelure poudrée coiffée à la mode du jour. Au coin de sa jolie bouche, Alix aperçut un grain de beauté en forme d'étoile. Il se trouvait qu'il en avait un semblable sur la joue droite, ce qui permit à la jeune femme de commenter avec humour leur bon goût à tous deux.

Assise auprès d'Alix, elle engagea avec lui une conversation intelligente. Le jeune homme, qui pensait trop à Marietta pour se lancer dans un galant badinage, apprécia cette compagnie enjouée.

De son côté, Louise l'apprécia parce qu'il ne cherchait pas à la courtiser. Trop souvent, lorsqu'ils apprenaient son veuvage, les hommes ne voyaient en elle qu'un parti intéressant. Son précédent mariage ne l'engageait pas à renouveler l'expérience. Son époux défunt était étroit d'esprit et gras de corps. Il l'avait traitée comme si elle avait été dépourvue de cervelle. Aujourd'hui encore, elle ne comprenait pas pourquoi son père, qui lui avait permis de recevoir l'éducation réservée aux garçons, avait arrangé pour sa seule enfant une union aussi disparate. Peut-être pour lui assurer une sécurité financière... Le fait de pouvoir parler à Alix en égale était en soi un véritable régal.

Voyant que les autres convives paraissaient surpris de les entendre discuter d'une expérience scientifique dont ils avaient tous deux eu connaissance, elle changea cependant de sujet :

— Donc, vous êtes originaire de Lyon, monsieur Desgrange. Je connais très bien le paysage qu'on voit depuis Fourvière. Mon oncle Henri et son épouse se sont établis à Lyon, depuis qu'il a quitté l'armée.

Ils s'aperçurent bientôt qu'ils avaient de nombreuses relations en commun. Vive et observatrice, Louise parvint plusieurs fois à faire rire Alix, qui s'étonna de trouver cette soirée plus agréable qu'il ne s'y était attendu.

Après le dîner, les convives dansèrent ou jouèrent aux cartes. Ce ne fut qu'à l'aube, après un petit déjeuner au champagne, qu'ils quittèrent leurs hôtes. La pluie qui était tombée pendant la nuit avait effacé toute trace de neige et tiédi l'atmosphère.

— Le temps est aussi changeant que le cœur d'une jeune fille, remarqua le marquis en accompagnant le comte et ses protégés jusqu'à leur gondole.

Louise, qui était elle aussi sortie du palais pour dire adieu à leurs hôtes, réprima un sourire moqueur. Selon elle, les hommes étaient cent fois plus versatiles que les femmes...

Le soir même, Alix ouvrit la porte de la rue et entra dans le jardin, où il attendit Marietta. La lune se cachait, mais le ciel était étoilé. Quand il l'entendit sortir de la bâtisse, il chuchota son nom pour ne pas l'effrayer en surgissant brusquement devant elle. Elle courut vers lui, les bras tendus, et il lui prit les mains.

— Quelle folie ! s'exclama-t-elle, à la fois émue et alarmée qu'il eût fait faire une seconde clef pour son propre usage. Si le veilleur de nuit vous avait vu, vous risquiez l'emprisonnement.

— Le danger que j'ai couru n'est rien, comparé au péril auquel vous vous exposez en me rejoignant. Avez-vous remis la clef à sa place ?

— Oui. Personne ne s'est aperçu de rien.

Une fois dans la rue, elle voulut mettre son masque, mais il l'en empêcha.

— Pas ce soir, dit-il en posant une boîte enrubannée entre ses mains. Portez plutôt celui-ci.

A la lueur de la lanterne apportée par Alix, elle souleva le couvercle. Les perles d'or étincelèrent contre le velours vert.

— Oh, quel beau masque de Colombine !

Lorsqu'elle l'eut ajusté et arrangé la mantille de dentelle qui allait avec, elle se haussa sur la pointe des pieds et déposa un rapide baiser sur les lèvres d'Alix, en guise de remerciement. Elle était si prompte et légère qu'elle fut hors de sa portée avant qu'il pût la saisir par la taille. Il la vit qui dansait et tournoyait sur elle-même, dans la rue.

— Maintenant, je suis réellement libre ! lança-t-elle par-dessus son épaule, sans se soucier qu'on pouvait l'entendre.

Alix craignit soudain que son cadeau ne lui donnât un trop grand sentiment de liberté. La dernière chose qu'il voulait au monde, c'était qu'elle s'éloignât de lui. Il courut à sa suite.

— Voudriez-vous vous rendre dans un ridotto ?

— J'adorerais cela ! Quel plaisir, de se trouver de l'autre côté des grilles, pour une fois ! Auquel pensez-vous ?

Lorsqu'il eut mentionné celui où elle avait épié Domenico Torrisi et ses amis, elle l'approuva de la tête.

— Je veux bien. Les musiciennes de la Pietà n'y jouent pas, ce soir.

— Quelle importance ? Personne ne vous aurait reconnue.

Elle sourit avec indulgence. Un homme n'imaginait pas le nombre d'indices susceptibles de mettre ses compagnes sur la voie.

— Elles auraient pu reconnaître ma robe de velours, par exemple. C'est moi qui ai choisi sa forme, sa couleur et le tissu dans lequel elle a été taillée.

Si elle avait su qu'il lui ferait un présent aussi somptueux, elle aurait mis sa plus belle robe, mais elle avait jugé plus prudent de choisir une tenue discrète, afin de ne pas éveiller les soupçons. A cet instant, cependant, elle se sentait invincible, capable de toutes les audaces.

Flottant littéralement sur un nuage, elle suivit Alix dans la maison de jeu. On les introduisit d'abord dans un salon, où un buffet était dressé à l'intention des joueurs. En sécurité derrière ce masque qui lui permettait de parler, de manger, de boire, de flirter ou même de chanter sans être reconnue, à condition qu'elle déguisât sa voix, Marietta ne se sentait plus de joie. Elle avait chéri le loup que lui avait offert sa mère, mais celui-ci lui ouvrait les portes d'un monde inconnu.

Cédant aux instances de sa compagne, Alix lui parla de sa vie en France, de sa famille, et même des conflits qui l'avaient opposé à son père.

— Vous ne vous entendez sur rien ? demanda-t-elle avec incrédulité.

— Si, pourvu que nous évitions d'aborder les sujets politiques et tout ce qui concerne son commerce. Il ne comprend pas que des innovations sont nécessaires un peu partout en France.

Quand Alix l'emmena dans la salle de jeu, quelque chose dans la démarche de Marietta attira l'attention de Domenico Torrisi, qui flânait entre les tables, le visage dissimulé derrière sa bauta. S'appuyant négligemment contre une colonnette, il regarda les deux jeunes gens prendre place à l'une des tables. Il était clair que la jeune femme était une novice, car son compagnon lui dictait chacune de ses décisions, mais elle apprenait vite, apparemment. Et lorsqu'ils changèrent de table, pour participer à un jeu plus compliqué, il vit qu'elle se déterminait seule et manifestait une joie naïve chaque fois qu'elle gagnait.

Marietta avait perdu toute notion du temps. Absorbée par le jeu, elle remarqua à peine qu'un homme prenait le siège vacant, à côté d'elle. Les yeux fixés sur les deux cartes qu'elle tenait à la main, la jeune fille était certaine de remporter cette partie. Elle était sur le point de lancer son pari, quand une voix mâle retentit à son oreille.

— Comment vous êtes-vous enfuie de la Pietà, maestra Marietta ?

Les cartes lui échappèrent des mains. Poussant un cri de frayeur, elle se tourna vers l'homme qui avait parlé et sut aussitôt qui il était. Les yeux gris de Domenico Torrisi la transperçaient jusqu'au fond de l'âme et rien de ce qu'elle pourrait lui dire n'empêcherait qu'il l'avait reconnue.

Ignorant les questions d'Alix, qui se trouvait de

l'autre côté, elle soutint le regard de Domenico Torrisi.

— Ne me trahissez pas ! chuchota-t-elle.

— Vous pouvez avoir confiance en moi, répondit-il sans quitter des yeux ses cartes.

Tremblant de tous ses membres, Marietta quitta la table, suivie d'Alix.

— Que se passe-t-il ? demanda-t-il dans l'entrée.

Elle secoua la tête et sortit de l'établissement sans lui répondre. Dès qu'ils furent dehors, elle faillit s'évanouir dans ses bras.

— Cet homme... le signore Torrisi ! Il m'a reconnue !

— Mais comment ?

— Seule la couleur de mes cheveux a pu me trahir, mais je pensais qu'on ne les voyait pas, à travers la dentelle.

— Ils accrochent la lumière par moments. Demain, je vous achèterai une mantille de soie.

— Il a dit que je pouvais avoir confiance en lui.

Encore bouleversée, Marietta prit la direction de la Pietà. Glissant un bras autour de sa taille, Alix lui emboîta le pas.

— Vous le croyez homme de parole ?

— Oui.

Ils atteignirent bientôt la petite porte de la ruelle. La tenant toujours serrée contre lui, Alix entra avec elle dans le jardin. Comme elle tremblait encore, il releva son masque et l'embrassa avec une tendre sollicitude. Plus que tout, il craignait qu'elle mît un terme à leurs rendez-vous.

— Ne me dites pas que vous ne voulez plus me voir, Marietta. Dorénavant, nous irons dans des endroits où nous ne risquons pas de rencontrer le signore Torrisi..

Il la sentit se raidir entre ses bras. Soudain, elle prit le visage du jeune homme entre ses deux mains et l'attira vers elle pour l'embrasser avec une passion qu'elle ne lui avait jamais témoignée auparavant. Hors d'haleine, elle s'écarta enfin de lui.

— Je n'ai pas peur d'un Torrisi. Il ne me contraindra pas à me cacher. Je laisse cela à la famille Celano ! La prochaine fois, nous irons danser. Ce que je désirerais le plus au monde, c'est de passer toute une nuit à fêter le Carnaval avec vous, et ne rentrer qu'à l'aube.

— Je serai trop heureux de satisfaire ce souhait !

L'attirant de nouveau contre lui, il l'embrassa avec plus de ferveur encore qu'elle ne lui en avait montré, puis il caressa ses jeunes seins, à travers le velours de sa robe, faisant naître en elle des sensations délicieuses.

— Bonne nuit, cher Alix, murmura-t-elle, bien que l'aube fût toute proche.

Après un dernier baiser, elle se glissa hors de ses bras et courut vers la bâtisse qui abritait ses compagnes. Une fois à l'intérieur, elle s'immobilisa un instant dans l'obscurité pour regarder la vérité en face... Elle ne pouvait plus ignorer qu'elle aimait le jeune Français de toute son âme.

Angela Torrisi était allongée contre son mari, dans leur grand lit. Domenico venait de lui rapporter sa dernière rencontre avec la jeune rebelle de la Pietà, et la jeune femme s'émerveillait d'une telle audace.

— Comment a-t-elle réussi un tel exploit ! Quel courage ! Quelle intelligence ! C'est bien la preuve que l'amour accomplit des miracles.

Domenico lui sourit, égayé par la lueur espiègle qui dansait dans les yeux de sa femme et éclairait son petit visage joyeux.

— Peut-être cherche-t-elle seulement l'aventure. Elle prenait visiblement grand plaisir à jouer, pour la première fois sans doute. Il se peut que le jeune homme lui fasse connaître les plaisirs de Venise.

131

Elle posa un doigt léger sur la poitrine de son époux.

— N'essaie pas de gâcher cette idylle. Tu sais aussi bien que moi qu'aucune jeune fille de la Pietà ne prendrait le risque d'enfreindre le règlement, si elle n'était mue par une puissante impulsion. Et cette impulsion ne peut être que l'amour.

D'un ton faussement réprobateur, elle ajouta :

— Je te trouve bien cruel de lui avoir infligé une telle frayeur.

— Au contraire ! Si j'ai pu la reconnaître sous son déguisement, d'autres le pourront aussi. J'ai donc agi pour son bien.

— Mais tu avais eu l'avantage de l'avoir aperçue un instant sans son capuchon.

— En effet, c'est pourquoi j'espère qu'elle se montrera plus prudente à l'avenir.

Angela scruta attentivement le visage de son mari.

— Tu penses vraiment ce que tu viens de dire, n'est-ce pas ?

— Oui.

— J'en suis heureuse. D'aucuns prendraient un malin plaisir à la dénoncer.

Elle avait la cruauté en horreur. Le matin même, elle avait vu un condamné pendu par les pouces entre les deux plus hautes colonnes du Palais Ducal. Sculptées dans un marbre plus foncé que les autres, ces colonnes étaient réservées à de tels supplices. La jeune femme avait failli s'évanouir de pitié.

Domenico l'attira contre lui et l'embrassa amoureusement. Ses mains caressèrent le dos lisse de sa femme, ses cuisses veloutées. Elle poussa un petit cri de délice et se cambra avec volupté, pour mieux s'offrir aux volontés d'un époux bien-aimé. En sept ans de mariage, leur amour n'avait pas faibli, malgré les nombreuses fausses couches qu'elle avait subies. Les lèvres de Domenico se posèrent sur le doux renflement d'un sein et, comme chaque fois qu'ils faisaient l'amour, Angela espéra que cette fois elle concevrait un fils et qu'elle le mènerait à terme.

Le lendemain, Alix offrit à Marietta un nouveau mantelet de soie. Après qu'elle l'eut récompensé d'un baiser, il put constater qu'elle ne semblait pas effrayée à l'idée de rencontrer Domenico Torrisi une seconde fois.

— Retournons dans cette maison de jeu, Alix ! le pressa-t-elle, les yeux étincelants.

Il ne discuta pas. Dès le début, il avait senti que le danger épiçait leurs escapades. Glissant un bras autour de la taille fine de sa compagne, il se demanda pour la centième fois jusqu'où elle accepterait d'aller avec lui.

Une fois assis à une table de jeu, Marietta balaya du regard le cercle formé par les spectateurs.

— Le signore Torrisi n'est pas là, ce soir, assura-t-elle à Alix, assis auprès d'elle.

Cette fois, elle avait apporté son propre argent et son petit pécule avait déjà considérablement grossi.

— Comment le savez-vous ? demanda Alix. Tous les hommes en bauta se ressemblent.

— Je le reconnaîtrais entre mille. Oh ! Regardez, j'ai encore gagné.

Lorsqu'ils partirent, elle avait perdu la majeure partie de ses gains et devait se contenter de sa mise initiale. Elle n'en était pas chagrinée le moins du monde, car elle avait passé de merveilleux moments. Dans le jardin, quand Alix la serra une dernière fois contre lui, elle perçut la puissance de son désir à travers l'épais tissu de son manteau.

Outre ses sorties nocturnes avec Marietta, Alix passait ses journées et ses soirées en compagnie de Jules et d'Henri, à étudier l'architecture des églises et des maisons, vieilles de plusieurs siècles. Les chefs-d'œuvre se succédaient et il semblait que Venise recélât toujours de nouveaux trésors. Alix appréciait tout ce qu'il voyait, mais il aurait pris cent fois plus de plaisir à ces excursions, si Marietta s'était trouvée à son côté. Dans n'importe quel autre pays d'Europe, rien n'aurait été plus facile que de visiter monuments historiques et œuvres d'art avec une jolie fille, dotée bien sûr d'un chaperon. Mais les grilles de la Pietà ne s'ouvraient pas plus que les barreaux d'une prison.

Alix consacrait aussi une grande partie de son temps à envoyer de beaux objets chez lui. Un jeune artiste plein de talent proposait ses tableaux à tous ceux qui s'attablaient sous les arcades, devant le café Florian. Alix, qui était venu y boire un café en compagnie d'Henri, lui acheta une scène domestique, figurant deux femmes en train de déguster du chocolat chaud. Auparavant, il avait expédié à Lyon une petite peinture sur bois de la Vierge et l'Enfant, ainsi que deux tableaux d'un certain Canaletto, qui représentaient le Grand Canal.

Les trois Français étaient en outre souvent invités au Palais Cuccino, où ils passaient des soirées entières à jouer aux cartes ou à écouter de la musique. Un soir, après avoir disputé une partie de billard avec le marquis, Alix s'assit avec lui dans la bibliothèque, où ils discutèrent politique en buvant du bon vin français. Ils se découvrirent de nombreux points communs, bien que le marquis possédât la sagesse et l'expérience nécessaires pour douter que les grandes aspirations d'Alix pussent se réaliser sur-le-champ.

— Patience et persévérance, lui dit-il. Il faudra que nous reprenions cette discussion. Je connais un couple d'exilés, ici à Venise, qui apprécieraient de vous connaître. Je vais arranger cela.

Le marquis et sa famille avaient fini par considérer que Jules, Henri et Alix appartenaient de plein droit à leur cercle d'intimes. Peu à peu, Alix en était venu à entretenir avec Louise des relations plus amicales qu'avec ses cousines. Elle ne l'attirait pas le moins du monde, mais il continuait d'apprécier sa compagnie, car elle était assez versée dans la politique française et vénitienne et possédait un goût très sûr en matière de littérature, d'art et de musique. S'il arrivait au jeune homme de la « voir », au sens physique du terme, c'était pour la juger bien fade, en comparaison de la vibrante jeune fille de dix-sept ans qu'il aimait et désirait de toutes les fibres de son corps. La première fois qu'il avait pris dans sa main le sein nu de Marietta, elle avait poussé un petit cri de plaisir...

Ce fut à l'occasion d'une soirée musicale, chez les Guérard, que Louise lui fit une proposition magnifique.

— Mes grands-parents ont obtenu une invitation pour une réception de la Pietà, à laquelle mes cousines et moi devons nous rendre sous peu. Il me semble que nous étions convenus tous deux que ces filles ont des voix magnifiques. L'une de mes cousines se trouve dans l'impossibilité de nous accompagner, car ses parents reviennent de Vérone justement ce soir-là. Quoique je ne doute pas qu'elle aurait oublié ses devoirs filiaux si le chœur avait été composé de jeunes gens, ajouta-t-elle avec une ironie amère. Voulez-vous prendre sa place ? Je sais que mes grands-parents en seraient ravis.

Contenant sa joie, Alix répondit sobrement qu'il acceptait avec plaisir cette proposition. Lorsqu'il lui apprit la nouvelle, Marietta se réjouit avec lui de cette chance inespérée, qui les dédommageait un peu pour toutes les fois où Alix n'avait pu quitter les Guérard pour gagner à temps le lieu de leur rendez-vous. Il lui était même arrivé de la manquer à une minute près. Puis vint un soir où il l'attendit en vain. Il eut beau consulter sa montre, pour s'assurer qu'il n'était ni en retard ni en avance, elle ne vint pas. Il dut se résoudre à partir.

Elle ne se montra pas davantage le lendemain, et Alix prit peur. Avait-elle été surprise, la dernière fois qu'ils s'étaient vus ? Ou bien le signore Torrisi avait-il manqué à sa parole ? Les nuits suivantes, il subit la même déception. Plus d'une fois, le jeune homme entra dans le jardin et tenta en vain de forcer la porte du bâtiment, solidement verrouillée. Il scruta la façade, dans l'espoir qu'elle lui lancerait un message, mais en dépit des lampes qui s'allumaient et s'éteignaient derrière les fenêtres, elle resta invisible.

Pendant tout ce temps, Marietta veillait sur Bianca, en proie à une forte fièvre. L'origine de l'infection n'ayant pu être diagnostiquée, l'enfant avait été isolée de ses camarades, ainsi que ses deux « marraines ». Si Elena n'avait pas partagé sa claustration, Marietta lui aurait demandé de faire parvenir un message à Alix. Les deux amies partageant le même sort, elle était dans l'impossibilité de rassurer le jeune homme, qu'elle ne voulait contaminer en aucun cas.

Un matin, enfin, Marietta et Elena furent autorisées à quitter la chambre de leur petite malade. La fièvre était tombée, sans que la petite vérole ou la peste se fussent manifestées.

— Il va faire beau, remarqua Marietta d'une voix soucieuse.

Debout devant la fenêtre, elle regardait fixement le ciel. Soudain, elle baissa la tête et pressa son poing contre sa bouche.

— J'ai eu si peur que nous perdions Bianca ! dit-elle.

Elle venait de prononcer les mots que ni l'une ni l'autre n'avaient même osé penser quand elles épongeaient le corps moite de la petite fille, la faisaient boire ou lissaient ses boucles emmêlées. Elena passa son bras autour des épaules de son amie.

— C'est fini, maintenant. Allons nous reposer. Bianca voudra nous voir, quand elle s'éveillera.

Peu après minuit, alors que Bianca dormait paisiblement, Marietta quitta la chambre de la petite malade dans l'espoir qu'elle pourrait voir Alix quelques minutes. Mais le jardin et la rue étaient déserts. Lorsqu'elle revint, Bianca l'appelait en pleurant.

Marietta courut s'asseoir au bord du lit et prit l'enfant dans ses bras.

— Chut, ma chérie, je suis là !

— J'ai eu peur, chuchota Bianca, dont la petite tête reposait sur l'épaule de la jeune fille.

— Je ne te quitterai plus une minute jusqu'à ce que tu ailles mieux, promit Marietta.

Elle avait le sentiment de bercer un oiseau tombé du nid, tant la fillette était frêle.

— Chante « Colombina » ! murmura Bianca d'une voix ensommeillée.

Marietta fredonna doucement la mélodie, sans cesser de serrer la petite sur son cœur. Elle attendit que l'enfant fût endormie pour la reposer doucement, puis elle se déshabilla et se coucha à son tour dans le lit de fortune qu'elle occupait auprès de sa protégée.

Etendue sur le dos, elle fixa longuement le cercle de lumière dessiné sur le plafond par la chandelle allumée. Elle ne blâmait pas Alix de s'être découragé, mais la déception de ne pas l'avoir vu lui transperçait le cœur à la façon d'un poignard. Dehors, la pluie commença à frapper les carreaux.

Alix, qui avait été retardé par une conversation animée avec le marquis, pénétra dans le jardin au moment où les premières gouttes tombèrent. Enveloppé dans son manteau, il entama sa longue veille.

Le lendemain, quand Alix arriva au Palais Cuccino, peu avant midi, il fut introduit dans l'un des luxueux salons de la grande demeure. C'était une belle pièce ensoleillée, au plafond magnifiquement peint. Les deux portes à double battant, dont l'une donnait sur un petit oratoire, étaient superbement dorées et ornées.

S'annonçant par un claquement de talons, Louise entra dans le salon. Les deux jeunes gens échangèrent quelques compliments, puis la jeune femme s'assit sur un sofa jaune beurre. Les mains sagement croisées sur sa robe de soie bleue, elle attendit qu'Alix eût pris place en face d'elle, sur un fauteuil rembourré. Le jeune homme n'avait pas pris sans mal la décision de lui parler de Marietta, mais il était désespéré. En outre, il était sûr de pouvoir faire confiance à Louise, qu'elle décidât de l'aider ou non.

Louise l'écouta attentivement.

— J'irai à la Pietà cet après-midi, dit-elle sans la moindre hésitation.

Il lui sourit avec soulagement.

— Quelle bonne amie vous faites, Louise !

Lorsqu'il l'eut quittée, la jeune femme se tint un instant devant la fenêtre, suivant des yeux une gondole qui s'éloignait. Elle trouvait Alix bien stupide d'être tombé passionnément amoureux, alors qu'il aurait pu mener cette aventure avec cette fille de la Pietà sans y engager son cœur. Mais elle éprouvait de la reconnaissance pour Marietta — n'était-ce pas aussi le nom de la fille du Tintoret ? — de lui avoir montré la force de leur amitié, à Alix et à elle.

A la Pietà, Louise obtint sans difficulté l'information qu'elle sollicitait. Marietta se portait bien. Elle n'était plus apparue en public parce qu'elle soignait jour et nuit sa filleule, gravement tombée malade. Lorsqu'elle transmit la nouvelle à Alix, ce dernier réalisa qu'il devrait peut-être attendre le soir de la réception pour revoir Marietta.

6

Tout en s'habillant pour la réception, Marietta se demanda pour la millième fois comment Alix allait se comporter quand ils se retrouveraient face à face. Peut-être lui en voulait-il au point de ne pas la laisser se disculper. Peut-être même ne viendrait-il pas du tout...

Dès qu'Elena et elle furent prêtes, elles se rendirent dans la chambre de Bianca. Encore pâle et affaiblie, la fillette était au lit et sourit à leur vue. Sœur Giaccomina, qui était en train de lui lire un livre, assise à son chevet, tourna vers les jeunes filles un visage satisfait.

— Voyez comme notre petite patiente va mieux ! dit-elle en montrant un bol vide, posé sur la table.

— Tu as vraiment mangé tout ton dîner, Bianca ? s'écria Marietta d'une voix ravie.

La fillette hocha fièrement la tête.

— Je n'en ai pas laissé une miette !

Elena applaudit.

— C'est bien !

— Demain, j'aurai la permission de me lever.

— Ce sont de bonnes nouvelles, dit Marietta.

Elle allait dire à l'enfant qu'elle reviendrait dormir auprès d'elle, sitôt la réception terminée, mais la religieuse la devança :

— Dorénavant, je vous remplacerai auprès de

Bianca, jusqu'à ce qu'elle se porte assez bien pour réintégrer sa chambre. Il faut que vous preniez un peu de repos, Marietta.

L'état de Bianca devait vraiment s'être amélioré, car elle accepta cette décision sans larmes. S'il s'était agi de sœur Sylvia, elle aurait sans doute protesté, mais tous les enfants aimait sœur Giaccomina, dont le désir de maternité trouvait l'occasion de s'exprimer à leur contact.

Sur les lieux de la réception, les présentations venaient de commencer quand les Français arrivèrent. Marietta repéra immédiatement Alix et, à l'étincelle de joie dans ses yeux, elle sut que leur séparation n'avait fait qu'aviver son amour pour elle. Elle brûlait de se jeter dans ses bras, mais elle demeura à sa place parmi ses compagnes, souriant et plongeant dans leurs révérences devant les invités.

C'est alors que Marietta croisa le regard d'Angela Torrisi.

— Je suis ravie de vous rencontrer, signorina, dit la jeune femme en souriant. J'admire vivement votre voix, elle est ravissante.

— Je suis très honorée, signora.

Elle se réjouissait que la jeune femme fût venue seule. Elle aurait eu le plus grand mal à conserver son sang-froid, sous les yeux sarcastiques de son époux. Angela Torrisi poursuivit, plongeant Marietta dans la perplexité :

— Je désirerais vous parler un instant, tout à l'heure, dit-elle, et elle s'éloigna.

Elena, plus près de la porte que Marietta, fit la grâce aux Français de les accueillir dans leur propre langue. Au nom de Desgrange, elle sut qu'Alix se trouvait devant elle. Le jeune homme lui adressa un clin d'œil discret.

— Je suis ravi de vous rencontrer.

— J'espère que vous vous plaisez à Venise, lui répondit-elle en lui souriant.

140

— Ce soir, tout particulièrement...

Quelques instants plus tard, Alix s'inclinait devant Marietta, une lueur communicative de joie au fond des yeux. Elle répondit à son ample salut par une profonde révérence.

Dès les présentations terminées, Angela Torrisi fit signe à Marietta de venir s'asseoir auprès d'elle. D'abord intimidée, la jeune fille se surprit bientôt en train de raconter à la jeune femme sa vie passée auprès de sa mère, sa vocation de cantatrice et ses espoirs d'avenir.

— Vous ne pensez pas vous engager un jour à l'Opéra ? demanda Angela avec intérêt.

Tout à fait à l'aise, désormais, Marietta émit un rire léger.

— On m'a tant de fois répété que les imprésarios sont cruels au point de tirer les artistes malades du lit pour chanter que cette perspective ne me tente guère.

— Je vous accorde que de tels traitements sont monnaie courante, mais pas à l'encontre de la prima donna que vous êtes appelée à devenir.

— Vous me flattez, signora.

— Vous le méritez. Mais j'ai déjà trop abusé de votre temps. D'autres attendent de bavarder avec vous. Nous nous rencontrerons en d'autres occasions, j'en suis certaine.

Enfin libre, Marietta se fraya un chemin parmi les convives vers Alix, qui interrompit aussitôt la conversation qu'il avait engagée avec quelques gentilshommes. Elena, qui allait d'un invité à l'autre, remarqua combien ils paraissaient absorbés l'un par l'autre. Puis, elle vit que la jeune Française, Mme d'Oinville, les observait aussi. Sous son expression impassible, Elena crut discerner un semblant d'exaspération.

Ce soir-là, quand Marietta se rendit à leur rendez-vous, Alix la souleva de terre et la fit tournoyer autour de lui, tout à la jubilation de la retrouver.

Désormais, il était certain de lui vouer un amour éternel.

Maintenant qu'ils avaient repris leurs escapades nocturnes, Alix se languissait d'être seul avec Marietta, loin des cafés, des maisons de jeu et des bals publics où il la conduisait. Il savait en revanche qu'elle ne souhaitait rien de plus. Elle était heureuse partout où ils allaient et dansait sans se lasser, légère comme un papillon. Il n'y avait guère que dans le jardin qu'elle se laissait emporter par la passion et, chaque fois qu'elle répondait à ses baisers, il se demandait si elle lui appartiendrait jamais.

Il la chérissait trop, cependant, pour l'emmener dans une de ces maisons de rendez-vous dont Venise regorgeait. Il n'était d'ailleurs pas du tout certain qu'elle aurait accepté. Il aurait pu l'emmener dans l'appartement loué par le comte de Marquet, mais si Henri ne rentrait en général qu'à l'aube, leur précepteur avait le sommeil léger et risquait de les surprendre. Le problème était donc insoluble et l'intense désir qu'il avait d'elle demeurait inassouvi.

Par un soir de pleine lune, Marietta retrouve Alix dans le jardin, déguisé en Arlequin. Une fois dans la rue, elle se confondit en compliments.

— Vous faites un superbe Arlequin ! Je suis sûre que ce masque vient de chez le signore Savoni.

— En effet.

Par jeu, le jeune homme adopta une posture grotesque, dans la plus pure tradition du Carnaval. Son costume éclatant était orné de losanges et il portait un jabot de dentelle blanche, des chaussures agrémentées de rubans, ainsi qu'un chapeau aux bords arrondis surmonté d'une plume.

Elle feignit de soupirer.

— La première Colombine venue vous arrachera à moi, malgré mon ravissant masque vert.

Lui prenant la main, il la couva d'un regard amoureux.

— J'ai déjà trouvé ma Colombine. Ce soir, nous fêterons le Carnaval sur la Place San Marco, mais auparavant nous allons vous transformer.

Ils coururent chez le costumier des Mercerie. En fin de semaine, le Carnaval battait généralement son plein, et les échoppes restaient ouvertes. Quand les deux jeunes gens se présentèrent chez lui, hors d'haleine, le boutiquier devina sur-le-champ ce qu'ils désiraient.

Derrière un rideau, Marietta enfila le costume de Colombine qu'on lui avait apporté. Taillé dans une étincelante soie turquoise qui évoquait la lagune par un jour d'été, il était constitué d'une large jupe ornée de losanges multicolores et bordée de galon argent, d'un petit tablier rose et d'un jabot assorti. Les demi-manches, garnies d'un ruché de dentelle, révélaient les bras fins de la jeune fille. Pour terminer, elle dissimula ses cheveux sous une perruque blanche, sur laquelle elle ajusta un petit bonnet tuyauté. Le miroir lui renvoya l'image de Colombine. Maintenant, Domenico Torrisi lui-même ne la reconnaîtrait pas ! Elle jaillit de derrière le rideau avec la légèreté d'une danseuse, s'offrant plaisamment à l'examen d'Alix.

— Bravo ! s'écria celui-ci avec enthousiasme.

Elle confia son manteau et sa robe au costumier, qui n'avait pas l'intention de fermer boutique avant trois bonnes heures. Main dans la main, les deux jeunes gens se dirigèrent ensuite vers la place. La musique imprégnait l'atmosphère, des feux d'artifice jaillissaient de partout, des fusées s'élevaient dans le ciel. En haut de la Basilique, les quatre chevaux de cuivre étincelaient, illuminés par cette profusion d'étoiles de feu. Un marchand ambulant vendait des roses rouges. Alix lui acheta la dernière. Elle n'avait pas d'épines.

— Je vous aime pour toujours, dit-il à Marietta en la lui offrant.

Les yeux étincelants de la jeune fille ne quittèrent pas les siens, tandis qu'elle portait la fleur à ses lèvres. Elle murmura quelques mots d'une voix à peine audible au milieu de tout ce vacarme, pourtant il l'entendit comme s'ils avaient été seuls au centre d'un ouragan.

— C'est une nuit que je n'oublierai jamais...

Une pluie de rubans colorés, jetés par de joyeux drilles, tomba sur eux au moment où ils s'embrassaient. Puis il l'aida à fixer la rose entre ses seins, car elle craignait de la perdre. Comme ses doigts s'attardaient sur la peau veloutée de la jeune fille, leurs yeux se croisèrent de nouveau, puis il l'entraîna parmi la foule des danseurs.

On n'exécutait pas de figures compliquées, ici. On sautait, on gambadait, on caracolait, le tout entrecoupé de baisers et de rires. A un certain moment, une longue farandole de gais lurons se fraya un chemin parmi la foule, à la façon d'un serpent. Le dernier de la file saisit la main de Marietta et entraîna les deux jeunes gens dans une ronde effrénée. Quand finalement Alix leva les yeux vers la tour de l'horloge, ce fut pour constater que la boutique du costumier devait être fermée depuis longtemps.

— Nous n'allons pas pouvoir reprendre vos vêtements ! s'écria-t-il d'une voix contrariée.

A sa grande surprise, Marietta, grisée par le vin et le Carnaval, ne parut pas s'inquiéter outre mesure.

— Peu importe ! déclara-t-elle avec un radieux sourire. Vous pourrez aller les chercher demain. De toute façon, je ne peux plus repasser par la porte du jardin, à cette heure-ci. Avant de quitter son poste, le veilleur de nuit va faire sa dernière ronde. Et sœur Sylvia risque d'être levée, elle aussi.

— Mais comment...

— A l'aube, l'apprenti du boulanger passe par la porte du canal pour faire sa livraison. Si vous achetez sa complaisance, il se chargera de distraire les religieuses, dans la cuisine, ce qui me permettra de regagner ma chambre sans être remarquée. Elena m'attend certainement, et elle pourra m'aider.

Se dressant sur la pointe des pieds, Marietta caressa la nuque de son compagnon.

— Ne voyez-vous pas ce que cela signifie ? Nous allons pouvoir rester ensemble jusqu'à l'aube !

Il l'attira contre lui.

— Vous aviez projeté tout ceci dès le début de la soirée ?

Elle lui sourit avec espièglerie.

— L'idée m'est venue devant le miroir du costumier, quand je me suis vue en Colombine. J'ai su à cet instant que je ne rentrerais pas avant l'aube.

— Oh, Marietta, dit très bas Alix, je vous avais promis une nuit entière de Carnaval, mais je pensais vous l'offrir quand vous ne courriez plus aucun danger.

— Comment vous y seriez-vous pris ?

— En faisant de vous ma femme.

Posant un doigt léger sur la bouche du jeune homme, elle s'écarta de lui et secoua négativement la tête.

— Ne parlez pas de cela, je vous en prie. Et surtout pas cette nuit, parce que ce rêve ne se réalisera jamais.

A cet instant, elle eut le sentiment d'être observée et jeta un coup d'œil en direction des fenêtres illuminées qui se trouvaient au-dessus des arcades, au nord de la place. Des hommes et des femmes s'appuyaient aux balustrades, s'amusant du tapage qui régnait un peu plus bas. Parmi eux se trouvait un homme que son masque doré différenciait des autres. Ses yeux étincelants étaient fixés sur elle.

Se détournant vivement, elle jeta ses bras autour

du torse d'Alix et pressa sa joue contre sa poitrine. L'espace de quelques instants, ils demeurèrent immobiles au milieu de la cohue. Puis, brusquement, elle s'arracha à l'étreinte de son compagnon.

— Quittons cet endroit ! supplia-t-elle.

— Je sais où nous pouvons aller, fit-il d'une voix joyeuse.

Il l'entraîna loin de la place. Bientôt, la jeune fille retrouva son exubérance et sa gaieté.

— Où allons-nous ?

— Dans l'appartement où je vis. Le comte doit jouer aux cartes toute la nuit et Henri est au Carnaval.

C'était en effet l'occasion qu'il guettait depuis longtemps...

Lorsqu'ils furent arrivés, la jeune fille fureta dans l'élégant salon, curieuse de savoir comment les voyageurs étaient installés. Elle s'arrêta devant un haut miroir, pour retirer son masque et sa perruque. De ses doigts écartés, elle entreprit de coiffer son opulente chevelure.

— Personne ne risque de me reconnaître, ici, déclara-t-elle en souriant à son reflet. Vous vous rendez compte ? Pour la première fois, depuis que nous nous connaissons, nous ne sommes pas entourés par une foule de gens !

Alix n'en était que trop conscient. Marietta s'écarta du miroir pour s'approcher de la cheminée. Bien que la nuit fût tiède, elle tendit machinalement les mains vers les flammes bondissantes. Alix la suivait amoureusement des yeux. A la lueur du feu, ses cheveux avaient pris la couleur rouge et or du verre chauffé qu'il avait vu travailler par les verriers, dans les ateliers de Murano.

S'approchant de la jeune fille, il posa ses lèvres sur sa nuque. Sans se retourner, elle se laissa aller contre la poitrine d'Alix, qui l'entoura de ses deux

146

bras et enfouit son visage dans ses cheveux. Ils avaient le parfum de l'été...

— Je regrette que nous ne soyons pas venus ici plus tôt, dit-elle d'une voix rêveuse. Cet endroit est si agréable, si tranquille ! Nous y aurions passé des heures merveilleuses, ensemble.

— Ma chère Marietta, souffla-t-il dans son cou, nous vivrons bien des moments semblables, à l'avenir.

Elle choisit de ne pas comprendre.

— Bien sûr. Vous vivrez à Lyon et moi à Venise, mais la lumière du feu procure de la joie, où que l'on soit.

— Nous ne serons pas séparés.

Il la sentit se raidir entre ses bras.

— N'en dites pas davantage, Alix, supplia-t-elle.

— Vous ne me ferez pas taire, Marietta. Je vous aime et je crois que vous m'aimez, même si vous refusez de l'admettre. Je ne quitterai pas Venise sans vous.

Posant ses mains sur la taille de la jeune fille, il la fit pivoter sur elle-même, mais elle baissa la tête pour ne pas croiser son regard.

— Je vous en prie ! Non ! fit-elle d'une voix étranglée.

— Dites-moi que vous m'aimez, Marietta. Je veux vous épouser et vous emmener en France.

Il passa un doigt léger sous son menton, pour la contraindre à lever les yeux vers lui. Les larges prunelles de la jeune fille étaient voilées par les larmes.

— Je vous ai donné ma réponse, quand nous étions sur la place. Nous n'obtiendrons ni l'un ni l'autre l'autorisation de nous marier. Vous êtes soumis à l'autorité paternelle et je suis liée par les règlements de la Pietà, concernant les unions avec des étrangers. Les directeurs ne vous agréeront jamais sans documents officiels et la caution de votre ambassadeur.

— Je sais tout cela, mais m'aimez-vous ? C'est tout ce que je désire savoir.

Comme elle tentait de lui échapper, il la retint d'une main ferme.

— Répondez-moi !

Il ne pouvait plus supporter qu'elle refusât de prononcer ces mots tant attendus. Si elle ne les disait pas maintenant, il ne pourrait pas prendre les dispositions nécessaires à ce mariage qu'elle croyait impossible. La voyant pincer les lèvres, comme si elle craignait de laisser échapper des paroles compromettantes, il la prit par les épaules et la secoua sans ménagement.

— Je ne vous laisserai pas partir tant que vous ne m'aurez pas livré la vérité, dussé-je attendre jusqu'à demain ! Quand vous rentrerez à la Pietà, on vous chassera comme une fille des rues, et vous n'aurez pas d'autre choix que de m'épouser !

Levant la main, elle le gifla de toutes ses forces. Comme il reculait d'un pas, abasourdi, elle se précipita vers la porte, l'ouvrit à la volée et s'élança dans la nuit. Alix se jeta à sa poursuite et la rattrapa dans la rue.

— Pardonnez-moi ! Je ne pensais pas ce que j'ai dit ! cria-t-il. J'ai seulement peur de vous perdre.

Comme il tentait de la retenir, elle se débattit farouchement, frappant sa poitrine de ses poings serrés, le visage crispé par la colère et le chagrin.

— En admettant même que je vous aime, nous n'avons pas d'avenir commun !

La saisissant par les poignets, il l'attira contre lui.

— Ecoutez-moi, au moins ! Nous pourrions nous enfuir !

Elle s'immobilisa entre ses bras et rejeta la tête en arrière pour le regarder. Elle paraissait troublée, comme si elle se trouvait à la croisée de chemins inconnus, ne sachant lequel prendre.

— Quand ma disparition sera signalée, la Pietà

me fera rechercher. La ville tout entière se mobilisera pour découvrir mon séducteur. Si l'on soupçonne que je me suis enfuie, seule ou accompagnée, on lancera des gardes à notre poursuite.

— Je ne l'ignore pas, mais je trouverai un moyen.

La jeune fille s'abandonna soudain à l'espoir qu'Alix faisait naître en elle. Elle l'aimait, elle voulait s'enfuir de Venise avec lui. Tandis qu'il lissait les beaux cheveux ébouriffés par leur lutte, elle leva vers lui ses grands yeux clairs.

— Vous pensez que c'est possible ?

— Faites-moi confiance, la supplia-t-il.

Il l'attira de nouveau contre lui pour l'embrasser passionnément. Elle répondit sans contrainte à ses baisers, refusant de chercher la cause réelle de son soulagement. Se réjouissait-elle de fuir avec Alix, ou bien d'échapper à la vague menace constituée par le masque doré ?

Les deux jeunes gens ne retournèrent pas dans l'appartement qui avait vu leur première dispute. Flânant au hasard, ils parvinrent sur une petite place où les badauds s'étaient assis sur les marches des maisons pour écouter un groupe de chanteurs, qui s'accompagnaient de leurs luths. Alix et Marietta se mêlèrent à l'auditoire et demeurèrent là jusqu'à ce qu'il fût temps pour la jeune fille de regagner la Pietà.

Aux premières lueurs de l'aube, la gondole qui transportait les jeunes gens attendait sous le pont le plus proche. Quand l'apprenti du boulanger arriva, Marietta sollicita son aide. Le garçon hocha la tête et empocha l'argent qu'Alix lui tendait. Après avoir amarré sa barque, il sauta sur les marches et actionna la cloche. Quelques minutes plus tard, il disparaissait à l'intérieur de l'Ospedale, portant à bout de bras un panier rempli de pains. Lorsqu'il réapparut pour prendre le second, il fit signe à Marietta que la voie était libre.

Le gondolier propulsa son embarcation jusqu'aux marches. Marietta déposa un baiser sur les lèvres d'Alix, puis bondit hors de la gondole avec une légèreté aérienne et franchit le seuil de la Pietà dans un dernier bruissement de jupes. Par chance, elle gagna sa chambre sans rencontrer personne. Mais à peine eut-elle refermé la porte derrière elle qu'un martèlement de pas retentit dans le couloir... Ses compagnes descendaient au réfectoire.

Avant d'ôter son costume de Colombine, la jeune fille mit sa rose dans un vase. Elle ne se fanerait pas avant une semaine.

Louise aurait souhaité demeurer plus longtemps à Venise mais, hélas, la date de son départ ne dépendait pas d'elle. Son oncle, sa tante et ses cousines étaient prêts à regagner la France. Une dernière festivité était prévue avant cette triste échéance : un grand bal costumé à l'occasion de son vingtième anniversaire, qui coïncidait par hasard avec le dernier jour du Carnaval. Les choristes de la Pietà, au nombre desquelles Marietta, devaient se produire avant le dîner. Ensuite, l'orchestre prendrait la relève et jouerait jusqu'à l'aube que les convives salueraient d'un petit déjeuner arrosé au champagne.

Louise n'avait aucun penchant pour cet étalage de luxe, et elle préférait de beaucoup les soirées en famille, qui regroupaient quelques intimes. Mais son grand-père se réjouissait tant de ces festivités, qu'elle n'avait pas eu le cœur de protester. Au moins avait-il accepté d'organiser une réception typiquement vénitienne pour satisfaire sa petite-fille qui, sans cela, n'y aurait trouvé aucun plaisir.

Ce fut l'imminence de ce départ qui rappela à Alix que son propre séjour à Venise ne s'éterniserait pas. Dès qu'il le jugerait bon, le comte de Marquet lèverait le camp pour la France. Au fil des jours, Alix devait écarter l'une après l'autre les stratégies de fuite qui lui traversaient l'esprit, car elles présentaient toutes des failles. Il commençait à désespérer quand Marietta lui apprit qu'elle chanterait pour l'anniversaire de Louise et il put enfin élaborer un plan. Par un hasard heureux, un navire devait quitter Venise à l'aube et mettre le cap vers la France. Mais il faudrait que Louise acceptât de l'aider. Elle lui avait déjà prouvé son amitié, et peut-être estimerait-elle cette fois-ci que ses exigences étaient excessives.

Quoi qu'il en fût, il n'avait pas le choix. Le jeune homme prit son manteau, son chapeau et ses gants, et quitta l'appartement pour se présenter chez Louise.

Pendant ce temps, une réunion familiale se déroulait au Palais Celano. Marco affrontait le groupe formé par ses frères, sa sœur et sa mère, assis en demi-cercle en face de lui, tels les inquisiteurs. L'affaire était suffisamment grave pour légitimer la présence de sa mère à Venise. La signora Apollina Celano, petite femme autoritaire de soixante ans, vivait à la campagne en compagnie de sa fille Lavinia, qui était veuve. Les deux autres sœurs de Marco avaient été contraintes de prendre le voile, aucun parti convenable ne s'étant offert à elles. Cinq de ses six frères étaient présents. Quatre d'entre eux vivaient à Venise, dans des palais qu'il laissait à leur disposition. Son frère aîné était prêtre, selon la coutume qui vouait le fils premier né à l'église. Il était venu de Rome pour se faire le porte-parole de tous les autres. Trois oncles plus âgés complétaient ce tribunal. A quarante-cinq ans, la signora Apollina Celano avait eu le désagrément de donner naissance à un dernier fils, Pietro. Ce dernier apprenait la médecine dans un monastère de Padoue où l'on soignait les malades. Entièrement dépendant de ses supérieurs, il n'avait pu quitter son poste.

Marco parcourut ses juges du regard.

— Je ne me laisserai pas dicter ainsi ma conduite, déclara-t-il fermement. Mon père défunt m'a choisi pour son héritier et désigné comme le seul de ses fils autorisé à se marier. Aucun d'entre vous ne peut me contester ce droit. Ni vous, ma mère, ni vous, Alessandro, malgré votre robe de cardinal !

Splendidement vêtu de soie pourpre, Alessandro était assis sur une chaise à dossier droit, près de sa mère. Accoudé au bras de bois, le menton posé sur la paume de sa main, il semblait perdu dans une profonde réflexion.

— Dans ton cas, nous le pouvons, mon frère. Quand la lignée d'une famille vénitienne est en jeu, même un prêtre peut être délié de ses vœux, se marier et avoir des fils.

Un autre frère de Marco prit alors la parole. Agé de trente-deux ans, de faible constitution, conséquence d'une enfance maladive, Maurizio, doté de lèvres minces et d'un regard perçant était un lettré de quelque renom. En deux occasions, il avait su prendre les dispositions nécessaires pour déjouer les ruses des Torrisi.

— A seize ans, tu étais déjà en âge de prendre une épouse, Marco. Douze années ont passé, et te voilà au même point. Tu abuses de tes privilèges.

— J'ai bien le droit de jouir de mon célibat, rétorqua Marco.

Vitale éclata d'un rire moqueur. Jadis fort beau, il était prématurément vieilli par la débauche et la boisson.

— Allons, mon frère, le célibat est notre lot. Le tien est de prendre une épouse. Qu'en dis-tu, Alvise ? ajouta-t-il à l'adresse de son voisin.

Alvise, fort, l'allure énergique, se considérait comme la meilleure épée de Venise.

— Je suis d'accord sur ce point, affirma-t-il. Marco a suffisamment jeté sa gourme.

La voix sèche de leur mère retentit :

— Tes frères ont raison, Marco. Tu as largement eu le temps de t'amuser. J'ai le droit d'exiger des petits-enfants, et notre maison un héritier.

Silencieux jusque-là, son troisième fils se pencha en avant pour toiser Marco d'un regard hostile. Bâti en athlète, Filippo haïssait son frère, qui avait hérité ce qu'il convoitait pour lui-même.

— Te voilà dans une position délicate, mon cher frère. Rappelle-toi que tu n'as pas encore fourni la preuve de ta virilité.

Marco se leva d'un bond, les poings serrés.

— Si tu n'étais pas mon frère, une telle insulte te vaudrait la mort.

— Je ne doute pas que tu aies semé tes bâtards à la Pietà et dans d'autres orphelinats. Je faisais allusion à une descendance officielle.

— Assez !

Marco avança d'un pas, le visage menaçant. D'un coup de son éventail fermé sur le bras de son fauteuil, sa mère le rappela à l'ordre. Elle n'entendait pas laisser la situation s'envenimer. Les deux frères avaient déjà tiré l'épée l'un contre l'autre. Quelques années auparavant, Marco avait infligé à son aîné cette blessure dont il gardait une profonde cicatrice à la joue. Elle comprenait cependant que Filippo, qui avait dix-huit mois de plus que Marco, jalousât son cadet.

— Calme-toi, Marco ! Assieds-toi et écoute ce que nous avons à te dire.

Se tournant vers Filippo, elle lui intima de se tenir tranquille comme s'il était encore un jeune garçon. Puis, comme Marco avait obtempéré de mauvaise grâce, elle s'adressa de nouveau à lui.

— Tu as épuisé la patience de ta famille, mon fils. Il y a quelques semaines, j'ai chargé ton oncle

Giaccomo de te trouver une épouse convenable. Il s'est acquitté de sa mission, ce dont je lui suis très reconnaissante. La jeune fille est sans fortune, mais peu importe. Nous voulons qu'elle te donne un fils, non de l'argent. En fait, j'ai constaté que ces héritières, invariablement issues de familles dépourvues de descendance mâle, sont souvent stériles, comme l'épouse de Domenico Torrisi, ou encore elles ne donnent naissance qu'à des filles. La dot de ta fiancée est donc plutôt maigre, mais une pauvresse aurait tout aussi bien fait l'affaire. L'important est qu'elle soit féconde.

— Mère ! rugit Marco. Comment osez-vous me parler sur ce ton, à moi qui suis le chef de famille ? Je vous pardonne, en raison de votre grand âge, mais je refuse d'entendre même le nom de la femelle dont vous avez fait le choix pour moi. Je ne suis plus assez jeune et naïf pour être marié sans avoir voix au chapitre.

— Commence donc par me remercier ! rétorqua sa mère d'une voix acerbe. C'est moi qui ai intercédé auprès de ton père, quand tu n'avais que quinze ans, pour qu'il t'épargne ce sort !

Elle se rappelait encore comment, agenouillée devant son mari, elle l'avait supplié de permettre à leur fils de choisir lui-même sa fiancée, lorsqu'il serait en âge de le faire. Elle avait espéré que Marco chérirait son épouse, du moins tant que le mariage n'aurait pas tué cet amour. Elle n'avait pas pressenti alors que Marco deviendrait un libertin, qui répugnerait à assumer sa mission. Cette femme impitoyable et forte était totalement dévouée à son cinquième fils. A la seconde même où il était né, il avait éveillé en elle des instincts maternels qui ne s'étaient jamais manifestés envers ses autres enfants. Elle l'avait trop gâté, mais il arrivait fréquemment qu'un seul enfant fût l'élu de sa mère, se disait-elle pour s'excuser à ses propres yeux. Le seul défaut de

Marco, selon elle, était qu'il avait hérité du tempérament violent des Celano. Il se mettait parfois dans des rages dignes de Filippo, mais elle lui trouvait toujours des excuses. La faute en revenait à Filippo. Enfant, Filippo ne cessait de tourmenter son jeune frère, à qui il reprochait son statut de préféré. Inévitablement, Marco avait dû ruser pour échapper à son aîné, jusqu'à ce qu'il l'égalât en taille et en force. Au plus profond de son cœur, Apollina déplorait que son fils bien-aimé fût ainsi acculé par ses frères, qui se réjouissaient probablement de sa déconfiture actuelle. Filippo convoitait son titre d'héritier. Alessandro et les autres membres de la famille le soutiendraient dans ses ambitions, si Marco ne se soumettait pas à leurs vues. Elle ferait tout son possible pour éviter une telle échéance.

Elle se tourna vers l'un de ses beaux-frères, à qui elle adressa un signe discret.

— Faites connaître à Marco notre décision.

Le vieil homme se leva, comme pour souligner l'importance de ce qu'il allait dire.

— Notre choix s'est porté sur la signora Teresa Reato, que tu connais depuis l'enfance, Marco. J'ai parlé à son père, qui serait d'accord pour que le mariage soit célébré après le Carnaval. Pas durant le Carême, évidemment. Notre choix s'est donc porté sur le premier samedi après Pâques.

Marco émit un rire sans joie.

— Je comprends qu'il veuille se débarrasser de sa fille ! Elle est plate comme une planche et son visage ressemble à une poêle à frire.

Sa mère le foudroya du regard.

— Honte à toi ! Comment oses-tu parler ainsi d'une jeune fille respectable ?

Elle gratifia le cardinal d'un léger coup d'éventail sur le bras.

— C'est ton tour, Alessandro.

— Les fiançailles seront annoncées dès demain,

après la signature du contrat de mariage, annonça Alessandro d'une voix grave, et la cérémonie aura lieu le jour dit. Si tu refuses de te soumettre à notre décision, tu seras voué à un célibat perpétuel et Filippo te remplacera à la tête de notre famille.

Abasourdi, Marco lança un coup d'œil en direction de sa mère, qui hocha imperceptiblement la tête pour lui signifier son accord. Il ne parvenait pas à croire qu'elle se retournât contre lui. Comment pouvait-elle accepter qu'il perdît ce palais, ainsi que les richesses et la puissance qu'il avait reçues en héritage. Il avait toujours su qu'il devrait se marier un jour, mais Teresa Reato était la dernière sur sa liste de fiancées possibles. Il fallait gagner du temps !

— Très bien, laissa-t-il tomber du bout des lèvres, je me marierai. Mais pas avec Teresa. J'insiste pour choisir moi-même mon épouse.

— Pourquoi pas ? dit Alessandro. A condition, évidemment, que tu n'excèdes pas le temps qui t'est imparti.

— Donnez-moi quatre semaines.

— Non. Tu as trop tiré sur la corde, Marco, et il est inutile de tergiverser. La décision doit être prise aujourd'hui. Qui choisis-tu pour fiancée, à la place de Teresa ?

Complètement désemparé, Marco le fixa sans mot dire.

— Nous attendons, Marco ! lança Filippo d'une voix sarcastique.

Marco comprit qu'il était pris au piège. Mentalement, il passa en revue toutes les filles de famille qu'il connaissait : aucune ne tranchait sur les autres. La réflexion de Filippo à propos de la Pietà lui revint brusquement, lui fournissant la solution qu'il cherchait. Il avait des vues sur Elena dont les sentiments à son égard lui semblaient assurés. Il se faisait fort d'obtenir qu'elle quitte la Pietà en la nommant prima donna de l'opéra qu'il possédait à Venise. Ensuite, il n'aurait eu aucune difficulté à la séduire. Mais aujourd'hui, la situation se présentait sous un jour différent.

Un sourire triomphal aux lèvres, il se renversa dans son fauteuil.

— Maestra Elena, de la Pietà, deviendra ma femme.

Un silence surpris accueillit cette déclaration. Puis, ainsi qu'il l'avait prévu, ils se mirent tous à parler à la fois. Alessandro, dont la voix de stentor faisait vibrer les murs de sa cathédrale, finit cependant par imposer le silence aux autres.

— C'est une soliste du chœur ? Je sais combien les filles de la Pietà jouissent d'une réputation de vertu, mais j'ai quitté Venise depuis trop longtemps pour les connaître toutes par leur nom.

— Elle est cantatrice.

— Est-ce une enfant trouvée ?

— Non. Son père était un petit commerçant en vin et sa mère une femme de bien. Ils sont morts tous les deux à la suite de fièvres, il y a quelques années. Après avoir été élevée par une parente respectable, décédée à son tour, Elena a été placée par son tuteur à la Pietà, dont elle est l'une des rares pensionnaires payantes.

Alessandro se tourna vers sa mère.

— Eh bien, mère, qu'en pensez-vous ?

Elle hocha la tête, profondément heureuse que Marco eût imposé sa loi à ses frères, et en particulier à Filippo.

— Entame immédiatement les pourparlers avec les directeurs, Alessandro. Rends-toi à la Pietà, où tu devras mener une enquête approfondie sur cette jeune fille avant de la rencontrer. Si tout te paraît conforme à nos vœux, la cérémonie aura lieu à la date que nous avions prévue. Je m'installe ici jusqu'au mariage. J'y demeurerai jusqu'à ce que cette jeune personne soit en mesure de tenir sa place à la tête de cette demeure.

Sa fille Lavinia, qui s'était tue jusque-là, intervint :

— Nous ne sommes pas sûrs que cette jeune fille acceptera d'épouser Marco, mère. J'ai toujours entendu dire que les dirigeants de la Pietà respectent les désirs de leurs meilleures choristes.

La signora Celano leva les yeux au ciel. Elle s'était toujours montrée tyrannique envers ses filles et depuis que les deux autres lui avaient échappé, Lavinia était devenue sa cible favorite.

— Toi seule pouvais formuler une hypothèse aussi stupide ! Dois-je te rappeler combien notre famille est riche et puissante ? L'argent ouvre toutes les portes et lève tous les obstacles. Toutes les filles de la Pietà aspirent à faire de bons mariages et aucune d'entre elles ne serait assez stupide pour repousser une telle chance. Quant à nous, nous ne pouvons rien espérer de mieux qu'une jeune vierge sans défaut. Si elle manifestait la moindre réticence, ce dont je doute, Alessandro ferait une importante donation à l'hospice. Nul doute que les gouverneurs signent le contrat, avec ou sans l'accord de la fille.

Ainsi rappelée à l'ordre, Lavinia baissa la tête. Peu de femmes décidaient de leur sort. Des trois filles d'Apollina, elle était la seule à éprouver une véritable vocation spirituelle. Elle avait longtemps espéré qu'on la laisserait prendre le voile, mais un vieux veuf lubrique avait voulu faire d'elle sa quatrième épouse. Comme il était immensément riche, ses parents avaient refusé de céder à ses supplications. Mais lorsqu'il était mort, cinq ans auparavant, elle s'était retrouvée sans un sou, son mari ayant légué tous ses biens à un fils issu d'un précédent mariage. A vingt-cinq ans, elle avait dû se soumettre à l'autorité familiale, qui l'avait condamnée à rester auprès de son irascible mère. Elle espérait que

Marco serait bon avec Elena, dont elle souhaitait devenir l'amie. Mais la bonté ne comptait pas parmi les vertus de la famille Celano.

Non loin de là, au Palais Cuccino, Louise était de nouveau assise sur le sofa jaune.

— De quoi s'agit-il, cette fois ? demanda-t-elle avec un sourire.

A la mine soucieuse d'Alix, elle comprit que la situation avait pris une tournure extrêmement sérieuse.

Le jeune homme prit place auprès d'elle.

— J'ai une grande faveur à vous demander. Bien plus grande que la précédente.

— Parlez.

Elle ne lui refusa pas l'appui qu'il sollicitait. Leur amitié était trop importante à ses yeux pour qu'elle risquât de la ternir, mais la folie d'Alix la navrait. Jusqu'à cet instant, elle avait pensé qu'à force de rencontrer Marietta, il finirait par se détacher d'elle. Ensuite, il pourrait quitter Venise sans souffrir de leur séparation. Aujourd'hui, elle regrettait d'avoir encouragé cet engouement qui, sans son aide, serait peut-être mort de lui-même. Quoique, étant son amie, elle pouvait difficilement agir autrement. Désormais, elle appréhendait encore plus la réception donnée en l'honneur de son vingtième anniversaire, car une nouvelle menace se profilait à l'horizon.

Quand Louise se rendit à la Pietà, Alix l'escorta jusqu'au pont sur lequel il avait fait la connaissance du marquis de Guérard. Il tendit alors à la jeune femme la boîte qu'il portait. Ayant constaté qu'elle était fort légère, Louise en passa les rubans à son bras.

— Bonne chance, dit-il.

Elle lui sourit avec indulgence. Il semblait avoir oublié qu'elle n'agissait pas dans son intérêt propre, mais par amitié pour lui.

159

— Je ferai de mon mieux.

Alessandro se présenta devant la porte de la Pietà au même instant que Louise. Pendant qu'ils attendaient qu'on leur ouvrît, il s'inclina légèrement dans sa direction, mais ils ne parlèrent ni l'un ni l'autre. Il avait beaucoup de prestance, pensa-t-elle, mais ses yeux étaient froids et sa bouche mince laissait supposer qu'il n'était pas enclin à la tolérance ou au pardon. Il devait aussi être orgueilleux, car il avait rejeté sa cape en arrière, de façon à exhiber sa robe somptueuse et sa croix incrustée de pierres précieuses. Pourtant, la loi vénitienne interdisait aux prêtres toute ostentation de richesse, sauf à l'occasion des processions. La porte s'ouvrit et Louise précéda l'ecclésiastique à l'intérieur de l'Ospedale. Ils furent tous deux reçus par sœur Sylvia, à qui Louise avait déjà eu affaire, lors de sa précédente visite.

— Le directeur Tradonico est-il arrivé ? s'enquit Alessandro avec hauteur. Nous devons discuter d'une affaire importante.

Louise l'observa plus attentivement encore qu'elle ne l'avait fait auparavant. Cet homme ignorait aussi l'humilité. Elle savait que le directeur Tradonico avait autorité sur tous les autres. Issu de la noblesse et proche du doge, il n'était pas un subalterne qui accourait à la moindre requête. Ce cardinal était bien différent de l'humble moine qui avait fondé cet hôpital et vécu comme un mendiant pour accomplir son œuvre charitable. Quand la sœur lui apprit que le directeur n'était pas encore là, il arbora une expression mécontente et fit bruire sa robe de soie, comme pour manifester son désagrément de se voir traiter en quémandeur.

Louise attendit que la religieuse se tournât vers elle pour lui expliquer le motif de sa visite. Sœur Sylvia souleva le couvercle de la boîte et regarda les loups noirs, soigneusement empilés par Alix.

— Votre requête est très inhabituelle, fit-elle

160

remarquer. Nos chanteuses et nos musiciennes ne se produisent jamais masquées.

— Je le sais, mais il s'agit de mon anniversaire. En cette dernière nuit de Carnaval, tous mes invités seront déguisés, aussi j'ai pensé que, pour une fois, le chœur et l'orchestre pourraient faire une exception.

Sœur Sylvia ne soupçonnait pas la jeune femme d'une intention malhonnête, mais il ne rentrait pas dans ses prérogatives de prendre une telle décision.

— Confiez-moi les masques, madame d'Oinville, j'en parlerai au maestro.

— Mais il faut que je sache à quoi m'en tenir, insista Louise. Demandez-le-lui tout de suite, je vous en prie.

La religieuse ne s'absenta que cinq minutes. Lorsqu'elle revint, ce fut pour annoncer à Louise que le maestro avait donné son accord. Triomphante, Louise se rendit directement au café Florian, où Alix l'attendait. Le soir même, il pourrait tout mettre au point avec Marietta.

Marietta se trouvait dans une salle de musique, où elle travaillait l'une de ses dernières compositions, quand la porte s'ouvrit à la volée. Rouge d'excitation, Elena fit irruption dans la pièce et fondit en sanglots.

— Ça y est ! cria-t-elle en se jetant aux pieds de son amie. Le directeur Tradonico m'a fait convoquer dans son bureau et le cardinal Celano était avec lui. Marco veut m'épouser !

La nouvelle bouleversa Marietta.

— Qu'as-tu répondu ?

— Rien, pour l'instant.

Marietta prit la tête de son amie entre ses deux mains et la força à lever son visage trempé de larmes vers elle.

— Que veux-tu dire ?

Elena saisit à son tour les poignets de Marietta.

— Ils pensaient que je sauterais sur l'occasion, fit-elle avec jubilation, mais je leur ai dit que je ne donnerais ma réponse que lorsque Marco m'aurait courtisée dans les règles. Je ne tomberai pas dans le creux de sa main comme un fruit mûr, je te le jure ! C'est le plus gros coup de dés de ma vie !

— C'est un homme orgueilleux, Elena. Il risque de ne pas supporter une telle attitude. En ce cas, tu n'entendras plus jamais parler de lui.

— Alors je saurai qu'il ne m'aurait pas donné l'amour que j'attends de mon futur époux.

— J'admire ton courage et ta sagesse, dit sincèrement Marietta.

Elena se leva d'un bond et écarta les bras, comme pour étreindre le vide.

— Je suis peut-être folle ! s'écria-t-elle. Oh, Marietta, pourvu qu'il vienne ! Je le souhaite de toute mon âme.

Au Palais Celano, Apollina et Marco attendaient le retour d'Alessandro, Lavinia s'occupait d'œuvres charitables et les autres avaient regagné leurs demeures respectives. Aucun d'entre eux ne doutait que la jeune choriste n'acceptât l'offre généreuse qui lui était faite. Lorsqu'elle venait chez son fils, Apollina occupait un appartement où elle avait laissé une grande partie de ses plus beaux meubles. C'est là que Marco et elle prirent connaissance de la réponse d'Elena, mais ils l'interprétèrent de façons bien différentes.

Marco croisa les bras en silence et se plongea dans une profonde réflexion. Sa mère, en revanche, faillit exploser de rage.

— Comment cette fille de rien ose-t-elle manifester un tel orgueil !

Elle ne se rappelait pas avoir jamais subi une telle offense. Il était impensable qu'Elena n'eût pas accepté sur-le-champ la demande en mariage d'un fils qui était la prunelle de ses yeux. Sans cesser de marcher de long en large, la signora Celano débita d'une voix aiguë une longue tirade contre Elena. Marco se taisait, pendant que sa mère déversait dans ses oreilles un flot de paroles acerbes et vindicatives, agaçant ses nerfs déjà tendus. Finalement, elle alla trop loin.

— Voilà qui clôt un chapitre, déclara-t-elle sur un ton implacable. Cette fille écervelée a signé sa propre perte. Teresa sera ma belle-fille, tout compte fait. Désormais, nous n'y pouvons plus rien changer.

Marco tourna alors vers elle un visage féroce. Elle comprit, mais trop tard, qu'elle venait de déclencher une tempête telle qu'elle n'en avait jamais connue auparavant.

— Silence !

Apollina chérissait par-dessus tout sa précieuse collection de verres anciens, amoureusement disposés sur un bonheur-du-jour. D'un revers de la main, Marco balaya les inestimables bibelots, qui allèrent s'écraser sur le sol.

Une lueur meurtrière dans les yeux, il se retourna vers sa mère.

— Je suis depuis trop longtemps soumis à votre loi. Dorénavant, c'est terminé ! Votre règne s'achève, ma mère.

Elle sentit que si elle n'avait pas été sa mère, il l'aurait saisie à la gorge. Effrayé, Alessandro vint s'interposer entre eux.

— Cette fille t'a insulté, ainsi que le nom des Celano ! cria-t-elle pour se disculper.

— Vous voyez une offense là où il n'y en a pas ! rugit-il. Elena est une fille de la Pietà, non une noble héritière prête à se vendre au plus offrant. Vous serez étonnée d'apprendre que je suis tombé amoureux d'elle. Grâce à vous et aux autres membres de la famille, j'ai compris que c'est elle que je veux pour femme. N'importe quelle jeune femme romanesque aurait exprimé le désir d'être courtisée. Quant à moi, je sais désormais qu'elle m'est indispensable et j'espère sincèrement que son influence sur moi sera bénéfique. Vous savez ce qu'on dit des jouisseurs repentis...

Ses mâchoires se contractèrent, puis il reprit :

— Et surtout, ne crachez pas votre venin ! Bien que je ne le veuille pas, je serais capable de vous frapper. Le coup est rude, n'est-ce pas ? Vous n'imaginiez pas que je pourrais un jour briser le carcan dans lequel vous m'avez enfermé. Vous deviez rester la première dans mon cœur, c'est cela ? J'aurais toujours été votre fils dévoué, même marié. Et bien entendu je n'aurais pas aimé ma femme.

— C'est faux ! J'ai toujours souhaité que tu éprouves une affection sincère pour ton épouse.

— A condition qu'elle ne soit pour moi qu'une passade, comme toutes les femmes que j'ai connues. Vous pensiez que nos relations resteraient inchangées, que je me laisserais régenter jusqu'à la fin de vos jours. Comme vous avez dû être contente, quand j'ai exprimé mon souhait d'épouser une fille de la Pietà ! Vous étiez certaine qu'elle se révélerait aussi docile et malléable que Teresa l'aurait été.

— La douceur est une vertu.

— En effet, si c'est le mari qui en profite. C'est le pire des défauts si la belle-mère en abuse. Mais il semble que tous ces beaux plans soient déjoués. Vous avez trouvé en Elena un adversaire digne de vous. Désormais, vous ne dominerez plus cette maison par la seule force de votre langue acerbe et de votre méchanceté. Je serai fier de passer un anneau au doigt d'Elena, à la date convenue. Les fiançailles seront proclamées demain !

Sur ces mots, il quitta la pièce, non sans claquer la porte derrière lui. Alessandro voulut prendre sa mère par le bras pour l'aider à se lever de sa chaise, mais elle se dégagea sèchement.

— Laisse-moi tranquille ! Tout cela est entièrement ta faute ! Quel besoin as-tu eu de lui rapporter les propos de cette fille ? Il suffisait de lui dire qu'elle refusait de l'épouser.

— Vous oubliez que je suis prêtre, mère.

— Peuh ! Allez, hors de ma vue ! Tu peux retourner à Rome !

Trop content d'obtempérer, Alessandro ordonna aussitôt qu'on fît ses bagages. Pour supporter sa mère, il aurait fallu la patience d'un saint, et il n'avait pas encore atteint ce degré de perfection.

A la Pietà, on vint prévenir Elena que Marco demandait à être reçu par elle. Comme elle gagnait le petit parloir où il l'attendait, les visages enjoués de ses compagnes parurent dans l'embrasure des portes. L'Ospedale tout entier retentissait de gloussements, de rires et de soupirs envieux.

Marco se leva à sa vue. Il avait apporté sa bague de fiançailles, un saphir bleu de la couleur de ses yeux monté sur un anneau d'or incrusté de diamants. Sœur Sylvia, qui était assise de l'autre côté d'une porte entrouverte, n'entendit que les premières paroles échangées par les deux jeunes gens. Presque aussitôt, Marco attira la jeune fille sur un banc et lui jura à mi-voix un amour éternel, puis il la prit dans ses bras pour l'embrasser avec passion. Elena en oublia bientôt sa résolution de le faire languir. Muette de bonheur, elle le regarda glisser l'anneau à son doigt.

7

La signora Celano demanda qu'Elena quittât la Pietà pour lui être confiée. Les directeurs discutèrent longuement avant d'accéder à cette requête. Les jeunes filles ne quittaient en principe l'Ospedale que lorsqu'elles étaient dûment mariées ou placées dans des maisons respectables. Mais il s'agissait là d'un cas exceptionnel. Pendant qu'ils réfléchissaient ainsi, la couturière mandée par Apollina se présenta à la Pietà et prit les mesures d'Elena, en vue de confectionner le luxueux trousseau de la jeune fille. Elle apportait avec elle de petites poupées vêtues à la dernière mode et tout un choix de tissus délicats qui ravirent Elena. En revanche, la perspective de rencontrer sa future belle-mère la remplissait de crainte.

— Si Marco m'accompagnait, je ne serais pas si effrayée, expliqua-t-elle à Marietta. Mais la signora Celano veut me recevoir seule.

— Je suis sûre que tout se passera bien.

Elena l'espérait aussi et l'accueil chaleureux de Lavinia, sur le seuil du Palais Celano, dissipa d'abord ses craintes.

— Je suis si heureuse de vous rencontrer, Elena ! Cette maison attendait depuis longtemps une personne telle que vous. Marco ne cesse de chanter vos louanges et je vois bien qu'il n'a rien exagéré.

Elle introduisit dans un salon sœur Sylvia et sœur Giaccomina, qui escortaient la jeune fille.

— J'accompagne Elena chez ma mère, qui veut lui parler seule, et je reviens, leur dit-elle.

Bien qu'elle fût habituée à la splendeur des palais où elle avait chanté, Elena constata bientôt que sa future maison les dépassait de loin en munificence. Par contraste, l'appartement de la signora Celano lui parut fort simplement meublé, en accord sans doute avec les goûts ascétiques de la femme au visage mince qui l'attendait, assise sur une chaise à dossier droit. La jeune fille exécuta une gracieuse révérence, mais au lieu de l'embrasser ou de l'inviter à s'asseoir, sa future belle-mère la toisa d'un regard sarcastique.

— Ainsi, vous êtes la petite intrigante qui a eu l'audace de dire à mon fils aîné, un cardinal de Rome, que le maître de cette maison devrait attendre que vous daigniez accéder à son offre de mariage. Vous avez bien vite changé d'avis, quand vous avez vu la bague de fiançailles qu'il vous destinait !

— C'est ıaux ! s'exclama Elena, outrée. C'est Marco lui-même qui a emporté mon consentement. Il y serait parvenu avec ou sans bague !

— Je vois. Sachez que l'orgueil et l'aigreur conviennent peu à une jeune épouse. Marco sera votre mari et votre maître. Plus tôt vous apprendrez l'humilité, mieux ce sera.

— Je préfère croire qu'il m'aimera telle que je suis, quels que soient mes défauts.

Les narines palpitantes, la signora Celano sourit avec un mépris visible. Elle savait que Marco ne serait pas fidèle à sa femme, quoi qu'il en crût aujourd'hui. Ce n'était pas dans sa nature. Et qu'est-ce que cette petite sotte savait de l'amour ? Des défauts qui paraissaient charmants au plus fort de la passion se révéleraient un jour irritants, avant de devenir des motifs de haine. Du bout de son éventail fermé, elle autorisa sa visiteuse à s'asseoir.

— Eh bien, Elena, vous n'ignorez pas qu'une maison comme celle-ci exige une nombreuse domesticité. Vous devrez apprendre à la diriger.

— A la Pietà, nous nous occupons tour à tour des tâches ménagères. Le fait d'être choriste ne m'en a pas exemptée. L'Ospedale abrite énormément de personnes, sans doute même davantage que ce palais.

— Néanmoins, je devrai vous former à votre futur rôle de maîtresse de maison, ainsi que je l'ai dit aux directeurs. Notre style de vie vous est totalement inconnu.

Après cette mise au point, la signora Celano interrogea longuement sa future belle-fille sur ses parents et sa tante défunte. S'estimant enfin satisfaite, elle aborda la question du mariage.

— Traditionnellement, les épouses des Celano portent une robe de famille trop précieuse pour être sortie du palais, sinon le jour de la cérémonie. Elle est gardée dans une pièce secrète, connue seulement de la famille, où se trouvent aussi tous les documents et les trésors des Celano. Je l'ai fait apporter ici, pour que vous la voyiez. Quand les directeurs vous confieront à moi, une couturière y fera les retouches nécessaires.

Pendant toute l'entrevue, le mépris de la signora Celano pour sa future belle-fille ne cessa de croître. Cette fille était plutôt jolie, admit-elle pour elle-même, d'esprit vif et assez intelligente pour s'adapter à n'importe quelle situation. Il n'en restait pas moins qu'elle était à l'origine du premier conflit qui l'avait opposée à son fils bien-aimé.

De son côté, Marietta préparait aussi son mariage, mais d'une manière fort différente de son amie. La veille de leur fuite, elle devait confier à Alix le maigre bagage qu'il lui était possible d'emporter. Elle déplorait d'avoir à laisser son costume de Colombine, mais Elena lui avait promis de le garder jusqu'au jour où elle pourrait le lui faire parvenir à Lyon. Elena espérait même le lui remettre elle-même, car Marco avait parlé d'un voyage à Paris. L'amour qu'elles éprouvaient pour leurs fiancés respectifs adoucissait la douleur de la séparation. Elles s'étaient promis de s'écrire, de ne jamais rompre le lien qui les unissait, projetant même de transmettre cette amitié à leurs futurs enfants, qui la perpétueraient en se rendant mutuellement visite.

— Nous avons été comme des sœurs, dit Marietta deux jours avant son départ. Qui aurait pu penser, le jour de ton arrivée à la Pietà, que nos deux destins divergeraient de cette façon ?

Elena hocha la tête en signe d'acquiescement.

— Comme tante Lucia serait fière de me savoir fiancée avec un Celano ! Si seulement elle avait pu me voir, dans ma belle robe de mariée !

Les lèvres de la jeune fille frémirent. Le corps parcouru par un sanglot, elle posa ses partitions sur un pupitre et enfouit son visage entre ses mains.

— Ne pleure pas, dit Marietta avec douceur. Je suis certaine que ma mère me manquera de la même façon, le jour de mon mariage. Pourtant, je ne porterai pas une aussi belle robe que la tienne.

— J'ai si peur !

— Mais de quoi ? Ou plutôt, de qui ? De la signora Celano ?

Elena tourna vers son amie des yeux mouillés.

— Non. Elle est jalouse de moi, mais elle ne peut pas s'interposer entre Marco et moi. Quant à cette robe, je ne pouvais pas en rêver de plus belle. Et surtout, Marco m'aime !

— En ce cas, qu'est-ce qui te tracasse ?

— Tout cela semble trop beau pour être vrai.

Soulagée, Marietta émit un petit rire.

170

— Pourtant, c'est vrai et tout ira bien.

Sa confiance eut finalement raison des craintes d'Elena, qui ne tarda pas à retrouver le sourire.

— Tu as raison, Marietta, dit-elle en s'essuyant les yeux. Je suis stupide. Nous allons toutes deux être très heureuses.

— A partir de maintenant, ne pensons qu'à ce que l'avenir nous réserve de splendide, déclara Marietta.

Elena acquiesça avec empressement.

Le soir de son départ, Marietta regarda une dernière fois sa chambre. Elle venait de passer une heure auprès de Bianca. Bien sûr, elle n'avait pu lui révéler qu'il s'agissait d'une visite d'adieu, mais elle avait confié à Elena une lettre pour l'enfant, ainsi qu'un collier de perles roses et un dé qui lui venaient de sa mère. Elena avait promis d'expliquer à Bianca pourquoi sa marraine l'avait quittée ainsi, sans explication. Après son propre mariage, elle lui rendrait régulièrement visite.

Marietta resserra les cordons du sac qu'elle allait dissimuler sous son manteau. Il contenait divers accessoires de toilette, une chemise de nuit et le masque offert par sa mère. Ce dernier camouflerait mieux son identité que le loup imposé au chœur par Mme d'Oinville, pensait-elle. Le masque de Colombine se trouvait parmi les quelques affaires qu'elle avait remises à Alix. Il devait déjà les avoir déposées avec les siennes dans la cabine du navire qui les emmènerait bientôt vers la France. Tout comme elle, Alix emportait le minimum pour ne pas éveiller les soupçons de son précepteur.

— J'ai tenu ma promesse, maman, murmura Marietta dans le silence de sa chambre. Je suis restée à la Pietà jusqu'à la fin de mon adolescence, comme tu le désirais.

Elle descendit ensuite dans l'entrée, où ses compagnes étaient réunies, prêtes à partir pour le Palais Cuccino. Elena lui adressa un petit signe de tête encourageant. Elles s'étaient déjà fait leurs adieux, sachant qu'elles ne pourraient plus le faire dès l'instant où elles auraient quitté la Pietà.

Une foule d'invités revêtus de splendides costumes scintillant de perles, de sequins et de pierres précieuses se pressait dans la salle de bal du Palais Cuccino. Alix n'était pas le seul Arlequin, mais Marietta l'aurait reconnu entre tous, même s'il ne lui avait pas adressé un petit signe de la main. A la fin du chant qu'elle interprétait en solo, elle le vit se glisser hors de la salle. Elle savait qu'il allait changer son déguisement contre des vêtements de voyage et l'attendre dans une cour située derrière le palais et par laquelle on pouvait accéder à la rue.

Sous un tonnerre d'applaudissements, les choristes saluèrent leur auditoire avant de se rendre dans une pièce attenante où les attendaient des rafraîchissements. Marietta se força à boire et à manger. Enfin, les jeunes filles s'apprêtèrent à repartir, toujours masquées et enveloppées de leurs longs manteaux. Elles empruntèrent un étroit escalier, habituellement réservé à la domesticité et assez éloigné de la partie du palais où se déroulait la réception. Elena et Marietta s'arrangèrent pour être les dernières à quitter la pièce. Pendant que leurs compagnes descendaient les marches en bavardant gaiement, une porte s'ouvrit sur un palier. Louise parut sur le seuil et adressa un signe à Marietta, qui la rejoignit. Aussitôt, une servante vêtue et masquée comme les membres du chœur prit sa place dans le rang, auprès d'Elena. La substitution avait été si rapide que personne, hormis Elena, n'avait rien remarqué.

Marietta et Louise se firent face, à la lueur d'une bougie. Sans mot dire, elles écoutèrent le bruit des pas décroître dans l'escalier. Une fois comptées par leurs chaperons, les choristes grimpèrent dans les

172

gondoles. Plus tard, dès que ce serait possible, Elena ouvrirait la petite porte du jardin pour permettre à la servante de s'en aller. La disparition de Marietta ne serait pas découverte avant le lendemain matin. Mais Alix et elle seraient déjà à bord du navire, faisant voile vers la France.

— Je ne sais comment vous exprimer ma reconnaissance, madame d'Oinville, dit Marietta avec chaleur.

— Je n'ai agi que par amitié pour Alix, rétorqua froidement la jeune femme. Vous pouvez partir sans crainte, maintenant.

En quelques mots, elle indiqua à Marietta comment gagner la petite cour où elle devait rejoindre son fiancé.

— Je dois vous quitter, conclut-elle. Il ne faut pas que mes invités remarquent mon absence.

Pendant ce temps, Alix attendait Marietta avec impatience, pressé de la savoir sur le navire. Il avait maintenant une autre raison de vouloir rentrer le plus vite possible en France. Le matin même, il avait reçu une lettre de sa mère qui l'avait suivi à travers l'Europe pendant près de trois mois. Les facultés de son père s'étaient considérablement dégradées, lui disait-elle. Il avait commis plusieurs erreurs, mettant en péril l'entreprise familiale qui risquait de péricliter. Elle le suppliait de rentrer à Lyon au plus vite.

Alix pensa à Louise avec reconnaissance. Il lui avait confié une lettre à ne remettre au comte de Marquet que vingt-quatre heures plus tard. Des feux d'artifice explosèrent au-dessus de sa tête, arrachant le jeune homme à sa rêverie. Le vacarme du Carnaval envahissait toute la ville. De l'autre côté des grilles, de joyeuses bandes dansaient et lançaient vers le ciel leurs chants rauques, tout en brandissant des lanternes de couleur.

Soudain, le portail s'ouvrit brusquement devant trois Polichinelle solidement bâtis, tenant des invitations à la main. Ils discutèrent un instant, puis ils traversèrent la cour et Alix remarqua que les lueurs des feux d'artifice éclairaient bizarrement les nez proéminents de leurs masques. Il se leva pour les laisser passer, les gratifiant même d'un salut amical. C'est alors que l'un d'entre eux lui envoya sans crier gare son poing fermé dans les côtes. Suffoqué, Alix recula d'un pas et voulut dégainer son épée. Il n'en eut pas le temps, car les trois hommes lui sautèrent dessus en même temps. Il se défendit vaillamment à coups de pied et de poing, touchant l'un de ses adversaires qui se plia en deux en hurlant de douleur. Mais les deux autres redoublèrent leurs efforts.

Quand Marietta arriva dans la cour, elle vit Alix garrotté par trois Polichinelle qui l'entraînaient au-delà des grilles, bien qu'il se débattît de toutes ses forces. Elle se mit à hurler et voulut courir à son secours.

Alix l'aperçut et lui cria de s'éloigner :

— Ne risquez pas un mauvais coup, Marietta ! Je reviendrai !

Assommé par un violent coup sur la tête, il perdit connaissance et s'affaissa entre les bras de ses ravisseurs. Le portail se referma au nez de Marietta, au moment même où elle allait le franchir. De l'autre côté se tenait le comte de Marquet, en vêtements de voyage, le visage froid et hostile.

— Laissez-moi passer ! cria la jeune fille en s'efforçant de pousser les battants qu'il maintenait fermés.

— Ceci est la fin de votre aventure, signorina. Les jeunes gens oublient vite leurs amourettes, de retour chez eux. Il est heureux que vos plans aient échoué, car ce mariage aurait été annulé en France. Réjouissez-vous que cette humiliation vous ait été épargnée.

— Vous n'avez pas le droit de garder Alix prisonnier ! Henri l'aidera à s'enfuir !

174

— Henri a subi le même sort que son ami. Il se trouve déjà à bord du navire qui va nous emmener en France. Quant à vous, je vous conseille de regagner la Pietà le plus vite possible. Vous n'avez plus rien à attendre, ici.

De toute sa force, il repoussa les battants du portail, projetant la jeune fille à terre. Lorsqu'elle se releva, il avait disparu parmi les troupes de noceurs qui fêtaient la dernière nuit du Carnaval.

La jeune fille s'effondra sur un banc et se mit à pleurer. Le comte garderait-il Alix prisonnier pendant tout le voyage de retour ? Sinon, comment parviendrait-il à empêcher le jeune homme de revenir vers elle ? En ce cas, Alix voudrait certainement lui écrire, dès qu'il serait à Lyon. Malheureusement, son nom ne figurait pas sur la liste des personnes dont elle était autorisée à recevoir les lettres. Une crainte épouvantable l'étreignait... et si Alix et elle devaient être séparés à jamais ? Elle se rappela comment elle avait imaginé qu'un ruban invisible les reliait l'un à l'autre, lors de leur première escapade. Peut-être n'était-ce qu'une illusion. Finalement, c'était Venise qui la retenait dans ses filets et refusait de la laisser partir.

Elle ne sut jamais combien de temps elle était restée sur ce banc. Elle ne vit pas le bouquet final des feux d'artifice, pas plus qu'elle n'entendit les cloches de la Basilique sonner longuement pour annoncer le début du Carême et la fin du Carnaval. Ce ne fut qu'aux premières lueurs de l'aube qu'elle prit brusquement conscience que la nuit s'en était allée.

Se levant d'un bond, ses longs cils encore humides de larmes, elle courut louer une gondole. Les rues étaient jonchées de papiers, de masques, de fleurs et de confettis qui recouvraient le sol à la façon d'un tapis multicolore, et les derniers noceurs regagnaient leurs maisons. Ceux qui étaient trop ivres pour marcher étaient assis contre les murs et les colonnades, ou bien allongés parmi les détritus, comme des marionnettes privées de leurs fils. Comme la première fois, le gondolier accepta d'attendre sous le petit pont l'apprenti du boulanger. Avec l'aide de ce dernier, Marietta put entrer dans la Pietà et se glisser dans sa chambre sans être vue.

Ce matin-là, elle descendit au réfectoire, le visage terreux et les paupières gonflées. A sa vue, Elena eut une expression navrée et sœur Giaccomina se précipita vers elle, l'air effaré.

— Comme vous semblez épuisée, Marietta ! Vous devez couver quelque maladie. On dirait que vous n'avez pas fermé l'œil de la nuit. Retournez dans votre chambre et reposez-vous. Je vous ferai porter un repas léger.

— Je m'en chargerai ! s'empressa Elena.

Marietta leva vers la religieuse des yeux reconnaissants. Grâce à elle, elle allait pouvoir tout raconter à Elena.

Louise n'avait guère joui de sa réception d'anniversaire. Le cauchemar avait commencé quand Alix avait sollicité une dernière fois son aide. De l'autre côté du mur, les serviteurs s'affairaient dans la salle de bal. Elle avait traversé le salon et s'était assise sur le sofa pour écouter Alix, dont le visage resplendissait d'amour pour une autre femme. Les portes de la petite chapelle, d'ordinaire ouvertes sur l'autel doré et l'unique prie-dieu, étaient fermées le matin où Alix lui avait confié son projet de fuite.

Lorsqu'il était parti, après lui avoir baisé les mains avec effusion, la jeune femme s'était levée et avait gagné la fenêtre. A cet instant, la porte de la chapelle s'était ouverte et sa grand-mère était parue sur le seuil.

— J'ai tout entendu, Louise.

Elle n'avait montré aucun déplaisir à cette nouvelle.

— J'ignorais que vous étiez à vos prières, grand-mère.

— Je pensais qu'Alix et toi finiriez par vous marier.

— Un homme amoureux est souvent aveugle, avait remarqué Louise avec une certaine amertume.

Elle se rappelait sa déception, quand elle avait reçu Alix pour la première fois dans ce même salon. Elle avait vraiment cru qu'il voulait la demander en mariage. Pourtant, lorsqu'il lui avait révélé l'objet de sa visite, elle n'avait rien trahi de ses sentiments, fût-ce par un battement de cils.

La marquise s'était approchée d'elle.

— Il ne faut pas que ce stupide jeune homme s'enfuie avec une fille de la Pietà.. dans son propre intérêt.

Le dos très droit, Louise avait regardé la vieille femme droit dans les yeux.

— Je n'ai pas l'intention de lui laisser commettre cette folie, mais s'il venait à savoir que j'ai trahi sa confiance, tout serait perdu.

Ainsi qu'elle l'avait espéré, la marquise avait hoché la tête avec compréhension.

— Fais tout ce qu'il t'a demandé, ma chérie. Tu sortiras de toute cette affaire aussi blanche qu'une colombe. Je vais tout de suite parler avec ton grand-père. Le comte de Marquet sera mis au courant. La façon dont il tuera cette idylle dans l'œuf le regarde, mais il pourra compter sur notre soutien.

Tout s'était magnifiquement passé. A cette heure, Alix voguait vers la France et Marietta devait avoir regagné la Pietà. Louise lissa distraitement un coussin froissé et ôta quelques confettis restés sur le sofa. Sans doute l'un de ses hôtes s'était-il réfugié là pour faire un somme, ou bien deux amants s'y étaient-ils embrassés... Elle s'était strictement conformée aux désirs d'Alix et ne s'était mêlée à rien d'autre.

Louise jeta un coup d'œil en direction de la chapelle. Quand Alix était revenu la voir, ce jour fatal, elle avait immédiatement compris qu'il désirait l'entretenir de la fille qu'il aimait. En ce cas, pourquoi l'avait-elle reçu dans ce salon, sachant qu'à cette heure sa grand-mère se trouvait vraisemblablement dans la chapelle ? Elle aurait pu prendre la précaution de l'emmener dans une autre pièce. Avait-elle agi ainsi pour que d'autres interviennent à sa place ?

La jeune femme se leva dans un bruissement de jupes. Ce n'était pas une pensée sur laquelle elle désirait s'attarder. Il fallait même qu'elle chassât à tout jamais cette hypothèse de son esprit, si elle voulait pouvoir regarder Alix en face. Heureusement, elle était suffisamment volontaire pour y parvenir sans mal. Lorsqu'elle quitta la pièce, son propre départ pour la France l'absorbait déjà tout entière. Elle saisirait la première occasion de rendre visite à ses parents de Lyon. Alix serait heureux de retrouver une amie, en cette période difficile.

Le monde des affaires l'avait toujours intéressée, bien qu'elle n'ait pas eu le loisir d'utiliser sa vive intelligence et son goût de la précision dans ce domaine particulier. Mais elle était une femme riche, susceptible de sauver la manufacture d'Alix. La perspective de diriger une filature de soie était décidément très séduisante. Soudain, l'avenir parut à Louise sous un jour très prometteur.

Submergée par le chagrin, Marietta ne remarqua pas tout de suite qu'Elena faisait fort peu allusion à son propre mariage. Les couturières allaient et venaient sans qu'elle mentionnât seulement les modèles qu'on lui avait présentés, ou si une autre robe était terminée. Finalement, Marietta comprit que le coup du sort dont elle avait été victime jetait une ombre sur le bonheur de son amie. C'était pour épargner ses sentiments qu'Elena évitait d'aborder la question de son mariage.

— Cela suffit, ordonna-t-elle un beau matin, en prenant Elena par les épaules pour la secouer amicalement. Tu veux m'épargner et tu empires les choses. Je veux partager ta joie, j'ai besoin de voir tes robes et tes bijoux. Alix reviendra dès qu'il le pourra.

Elle était parvenue à préserver cet espoir en se jetant dans le travail à corps perdu.

— Mais tout s'est tellement ligué contre toi ! s'exclama Elena avec compassion. Cette servante qui devait prendre ta place a même volé ton déguisement de Colombine. Elle a dû le dissimuler sous son manteau. Je ne me pardonnerai jamais de ne m'être pas davantage méfiée, quand je suis venue la chercher dans ta chambre pour la conduire jusqu'à la rue.

Le visage de Marietta s'assombrit.

— Ecoute, Elena, nous nous sommes disputées autrefois, comme tous les enfants. C'est du passé et je n'ai pas envie que cela recommence. Alors, ne me mets pas en colère ! Tu n'es absolument pas responsable de ce vol. A son retour, Alix m'offrira un autre costume et un masque assorti. Alors, cesse de te faire du souci.

— Je vais essayer, promit Elena.

— Et maintenant, pour l'amour de Dieu, montre-moi ce que la couturière t'a fait livrer ce matin.

Elena acquiesça, heureuse de montrer ses dernières acquisitions.

— Viens avec moi.

Tout en suivant son amie, Marietta se demanda tristement ce qu'était devenu son masque vert et or de Colombine. S'il ne se trouvait pas dans sa cabine inoccupée, secoué par les mouvements du bateau, il pouvait avoir été jeté par-dessus bord avec toutes ses autres affaires. Ses couleurs avaient dû se fondre harmonieusement dans les flots verdâtres...

Elena rendit visite une seconde fois à la signora Celano avant qu'on ne l'autorisât à s'installer au palais. D'abord ravie à l'idée de voir Marco chaque jour, elle fut très déçue d'apprendre que les directeurs avaient exigé que son fiancé habitât ailleurs jusqu'au mariage. Marco avait accepté de se soumettre à cette condition, mais son ressentiment envers sa mère en avait été renforcé car il la soupçonnait de mauvaises intentions, bien qu'elle jurât ses grands dieux qu'elle n'y était pour rien. Elle avait pourtant ajouté une clause de son cru, stipulant que son fils ne devait pas interrompre l'éducation d'Elena en venant la voir au palais. Il devait se tenir à l'écart jusqu'au soir du bal à l'occasion duquel Elena serait officiellement présentée à la famille Celano, aux amis et à quelques personnages importants. Elena s'en plaignit amèrement auprès de Marietta, qui compatit, mais il n'y avait rien à faire.

Le jour du départ d'Elena pour le Palais Celano, Marietta avait pris Bianca par la main et se tenait légèrement en arrière des autres, pour être la dernière à lui parler. Sœur Sylvia était déjà assise dans la gondole quand Elena serra son amie dans ses bras avant d'embrasser leur petite filleule.

— Après mon mariage, je viendrai souvent vous voir, promit-elle.

Souriant à travers ses larmes, elle leur adressa un signe de la main avant de rejoindre la religieuse dans l'embarcation. Bianca, qui n'avait pas cessé de serrer très fort la main de Marietta, leva vers elle des yeux anxieux.

— Je suis contente que tu ne me quittes pas. Je ne voudrais pas rester à la Pietà, sans toi et maestra Elena.

Marietta saisit l'occasion de préparer l'enfant à cette éventualité.

— Cela peut pourtant se produire, d'ici un an ou

deux. Nous partons toutes un jour ou l'autre, tu le sais bien.

— Mais tu ne partiras pas très loin, n'est-ce pas ?

— La distance n'est rien, entre les gens qui s'aiment. Je t'écrirai et nous resterons toujours en contact. Peut-être te sera-t-il possible de me rendre visite, ou bien c'est moi qui viendrai à Venise pour vous voir, Elena et toi.

Elle ne pouvait encore offrir un toit à Bianca, mais elle espérait qu'Alix accepterait de la recevoir, quand il serait temps pour elle de quitter la Pietà.

— Je n'écris pas assez bien pour t'envoyer une longue lettre, pleurnicha la petite fille.

— Nous allons y remédier bien vite, si tu veux. Désormais, je te donnerai des leçons, à la place d'Elena. Si nous consacrions tout de suite une demi-heure à l'écriture, Bianca ? Elena serait très heureuse de recevoir une petite lettre de toi, après son mariage.

La petite fille s'épanouit.

— Oh, oui !

La signora Celano était un professeur dénué de pitié, qui prenait Elena en faute chaque fois qu'elle le pouvait. La jeune fille devait faire mettre le couvert pour un nombre d'invités que déterminait sa belle-mère, par exemple un banquet de cent personnes ou plus. Elle était ensuite censée vérifier que tous les verres étaient correctement placés ou qu'il ne manquait pas une seule fourchette. Souvent, Lavinia et elle s'asseyaient avec la signora, en compagnie d'une vingtaine de convives imaginaires. Elles goûtaient alors à tous les plats d'un menu composé pour la visite du doge, d'un ambassadeur étranger ou de quelque autre important personnage. Il appartenait à Elena de choisir les mets qui allaient figurer au menu, et si l'un d'entre eux déplaisait à sa belle-mère, celle-ci jouait alors une scène de sa composition. Elle poussait des petits cris de dégoût, pressait sa serviette contre sa bouche et faisait signe qu'on retirât au plus vite le plat incriminé. Pourtant Elena conservait un sang-froid imperturbable et ne laissait jamais paraître la moindre exaspération.

Malgré l'ingratitude de ces tâches, la jeune fille apprit vite à en venir à bout. Au début, elle avait dû réprimer un fou rire, quand elle était censée discuter avec un diplomate invisible ou quelque autre notable inventé par sa belle-mère. Mais bientôt, elle sut quels sujets pouvaient être abordés, et quels étaient ceux qu'il fallait éviter à tout prix.

Une seule des règles édictées par la signora Celano la blessa :

— Ne parlez jamais de la Pietà, sauf si vous faites allusion à un concert, lui ordonna sévèrement celle-ci. Votre passage à l'Ospedale appartient à un passé révolu. Votre vie commence ici, bien que, en cas d'extrême urgence, vous puissiez évoquer la mémoire de votre tante défunte, puisqu'elle semble avoir été une femme de goût.

Le soir du bal, Elena était surexcitée. Elle n'avait pas vu Marco depuis qu'elle habitait au Palais Celano et elle ne tenait pas en place, sous les mains expertes de la coiffeuse qui avait réuni ses cheveux en un gros chignon orné de fleurs et de rubans, selon la mode du jour. On lui passa ensuite sa robe à paniers, taillée dans une soie rose bonbon et bordée de guirlandes de gaze bouclée. Quant à ses petites chaussures de satin, elles étaient parfaitement assorties à la robe. Marco l'attendait au bas de l'escalier, les yeux emplis d'amour. Elle se précipita vers lui, ignorant les regards amusés et les sourcils dressés des autres membres de la famille Celano qui s'étaient réunis pour faire sa connaissance avant les invités.

Marco baisa amoureusement les lèvres délicates de sa fiancée et glissa à son oreille :

— Ma chère Elena ! Personne n'a le droit de nous séparer ainsi ! Je ne suis même pas autorisé à vous rendre visite dans ma propre maison !

Elle rit avec lui.

— Maintenant que j'ai surmonté la plupart des épreuves que votre mère a forgées pour moi, on nous le permettra peut-être.

— Si je comprends bien, vous progressez à pas de géant ?

— Je compte être la plus charmante hôtesse de tout Venise et la meilleure épouse du monde !

— Tout comme je serai le meilleur des maris.

Ils s'embrassèrent encore et échangèrent un sourire complice. La signora s'interposa alors entre eux, dans un frou-frou de soie rouge. Elena à sa droite et Marco à sa gauche, elle entreprit de faire les présentations. La jeune fille remarqua que ses futurs parents étaient tous vêtus avec élégance, avaient tous la mine fière et des yeux étincelants. Il y avait pourtant plusieurs cousins, dont certains étaient venus de loin, qui paraissaient presque misérables en comparaison des autres invités. Ceux-là étaient des *barnabotti*, nom attribué aux nobles appauvris qui n'étaient pas autorisés à se marier ou à porter de la soie, comme tous les membres des familles patriciennes. Le Conseil des Trois leur versait une maigre pension et ils occupaient des maisons qu'on leur avait allouées dans la commune de Saint-Barnabé. Ces hommes se montrèrent plus hautains envers elle que les autres Celano, marquant leur dédain pour ses humbles origines par leur propos venimeux. Notoirement intolérants et semeurs de trouble, c'étaient les barnabotti des Celano et des Torrisi qui entretenaient un état de guerre latente entre les deux familles ennemies.

Mais pour Elena, le plus effrayant de tous les Celano était Filippo, un homme de haute taille, au corps solidement charpenté et à la beauté brutale. Il avait un visage carré, d'épais sourcils bruns et des yeux durs à demi dissimulés sous de lourdes paupières. Vêtu de brocart bleu et argent, il avait l'air d'un homme satisfait de son apparence. Sa bouche avait un pli cruel et la jeune fille frissonna de dégoût sous son regard lascif lorsqu'on les présenta l'un à l'autre. Bien qu'elle s'efforçât de l'éviter pendant toute la soirée, il s'arrangea pour rester constamment dans son champ de vision, comme s'ils avaient participé à un jeu dont ils étaient les seuls protagonistes. Lorsqu'il l'invita à danser, le cœur d'Elena battit la chamade, mais elle se laissa guider jusqu'à la salle de bal. Ainsi qu'elle l'avait craint, il lui caressa amoureusement les doigts et quand elle dut passer sous son bras, il plongea des yeux indiscrets dans son décolleté.

— Je ne pensais pas que vous survivriez aux leçons de ma mère, dit-il d'une voix sarcastique, mais Lavinia m'a appris que vous surmontiez l'épreuve à merveille. Ce n'était pas facile et je ne vous en admire que davantage. J'ai hâte que nous nous connaissions mieux.

— Lavinia m'a aussi avertie que vous fréquentiez peu le palais, à moins que votre mère n'y réside. J'espère donc que nos relations seront espacées.

— N'y comptez pas trop, Elena.

Ce fut avec un soulagement visible qu'elle s'écarta de lui, à la fin de la danse. Elle avait souvent lu le désir dans les yeux des hommes, mais jamais teinté d'une telle méchanceté. Elle devinait combien Filippo devait être jaloux de Marco. Par bonheur, ce dernier affirma ses droits sur elle et ils ne furent plus séparés de toute cette nuit musicale et magique.

Le lendemain soir, Marco fut autorisé par sa mère à venir dîner à sa propre table. Elena lui trouva l'air un peu fatigué, mais elle ne s'en inquiéta pas outre mesure, puisqu'ils avaient dansé jusqu'à l'aube.

Ayant appris que sa fiancée n'avait pas encore visité tous les coins et recoins du palais, le jeune homme saisit au vol cette occasion de rester un peu seul avec elle. La signora ordonna à Lavinia de les chaperonner, mais la jeune veuve se laissa facilement convaincre de les suivre à bonne distance. Marco embrassa passionnément Elena derrière chaque colonne et dans chaque alcôve. De temps à autre, lorsqu'ils tournaient le coin d'un couloir, ils se mettaient à courir comme des fous et goûtaient quelques moments d'intimité avant d'être rejoints par Lavinia.

La fameuse chambre du trésor était située tout en haut de la tour. Juste avant d'y parvenir, Marco allait s'engager dans une autre direction, quand sa sœur le retint d'une voix pressante :

— Pas par là, Marco !

Elena tourna vers sa future belle-sœur des yeux étonnés.

— De quoi s'agit-il ? Il y a un mystère ?

Marco hocha la tête à l'adresse de Lavinia, lui signifiant ainsi qu'il avait décidé de suivre son avis, puis il glissa un bras autour de la taille d'Elena et l'entraîna vers la chambre du trésor.

— Aucun mystère, affirma-t-il. Ce salon est condamné depuis qu'un crime y a été commis, il y a plusieurs années.

— Je ne veux jamais y entrer, déclara Elena en frissonnant. Ne me dites même pas où il se trouve.

— Je ne vous le dirai pas, promit-il. Lavinia et mes frères non plus. Personne d'autre n'en connaît l'existence, excepté ma mère.

Un peu mal à l'aise, Elena songea que le Palais Celano était un mélange de beauté et de mort, comme tous les autres palais du Grand Canal. D'après ce qu'on lui avait raconté, leur histoire était presque toujours ponctuée de sombres drames.

Dans la chambre du trésor, Elena essaya plusieurs

bijoux sortis des nombreuses cassettes accumulées en ce lieu au cours des siècles. Marco posa sur sa tête une couronne d'or incrusté de pierres précieuses. Assise sur un tabouret, Lavinia émit une protestation apeurée, car aucune jeune mariée n'avait le droit de la porter avant le jour du mariage, mais Marco n'avait cure de ces superstitions... Quelques secondes plus tard, ayant oublié ses craintes, elle mêlait ses rires à ceux du jeune couple. Elle n'avait jamais vu des êtres aussi amoureux l'un de l'autre.

Le lendemain soir, alors qu'elle attendait Marco, il semblait à Elena qu'elle nageait dans un océan de bonheur. Elle alla tant de fois à la fenêtre que la signora finit par lui ordonner de s'asseoir et d'apprendre à ne pas montrer une impatience si vulgaire. Enfin, un bruit de pas résonna sur le dallage du corridor. Folle de joie, Elena se leva d'un bond. Hélas, ce fut Alvise qui parut sur le seuil de la pièce, le visage grave.

— Marco est malade, expliqua-t-il. Ce matin, il s'est plaint d'une forte migraine et, en milieu d'après-midi, il a commencé à avoir de la fièvre.

— Il faut que je le voie ! cria Elena, au bord de la crise de nerfs.

— Ne soyez pas ridicule ! trancha sèchement la signora. S'il est souffrant, la place de Marco est dans son propre lit. Fais-le transporter ici sur-le-champ, Alvise.

Marco arriva. Il vacillait sur ses jambes et devait être soutenu par son frère. A la vue de son visage enfiévré et des gouttes de sueur qui coulaient le long de ses tempes, Elena courut vers lui, morte d'inquiétude. Marco parvint à lui sourire.

— Je me sentirai mieux demain, ma douce, ne vous inquiétez pas.

Quand Alvise eut aidé Marco à se coucher, la

signora voulut empêcher Elena d'entrer dans la chambre de son fiancé.

— Marco est mon fils, mais il n'est pas encore votre mari, dit-elle d'une voix farouche. Allez-vous-en !

Elena prit une profonde inspiration et défia pour la première fois sa future belle-mère.

— Laissez-moi entrer, signora Celano, ou je devrai vous écarter de mon chemin.

Apollina ne reconnaissait plus en cette créature audacieuse la jeune personne docile qu'elle régentait depuis plusieurs semaines. Elle comprit néanmoins qu'Elena ne plaisantait pas. Pivotant sur elle-même, elle pénétra dans la chambre la première.

— Je suis venue prendre soin de toi, mon cher fils, dit-elle d'une voix douce.

Mais Marco n'avait d'yeux que pour Elena.

— Je vous veux auprès de moi, dit-il en tendant la main vers elle, mais vous pourriez attraper ma maladie.

Il paraissait si mal que le cœur de la jeune fille se contracta d'effroi.

— Je suis immunisée, affirma-t-elle, et je sais exactement comment vous soigner. Je suis souvent restée au chevet de mes compagnes, lorsqu'elles étaient malades.

— Ah ? Elles ont survécu ?

— Naturellement, rétorqua-t-elle en souriant.

— Tant mieux.

Il ferma les yeux, serrant toujours entre les siens les doigts fins de sa fiancée. La fièvre continuait de monter.

A la Pietà, Marietta attendait anxieusement des nouvelles de Marco. Plusieurs de ses compagnes étaient atteintes du même mal que lui, en sorte que tous les concerts avaient été annulés. La nouvelle que trois d'entre elles montraient des signes de guérison lui avait cependant redonné du courage, lorsqu'elle rencontra sœur Giaccomina dans l'entrée. Le visage de la brave religieuse était défait.

— Que s'est-il passé ? la pressa Marietta. L'une des petites filles malades serait-elle... ?

— Nous venons de recevoir un message du Palais Celano. Elena ne se mariera pas. Son fiancé vient de mourir.

Le choc fut tel que Marietta en perdit un instant l'usage de la parole.

— Elena a besoin de moi, dit-elle brusquement. Elle doit être folle de chagrin.

— Vous ne pouvez pas la rejoindre, mon enfant. Sœur Sylvia et moi sommes indispensables, ici, et nous ne pouvons pas vous accompagner au Palais Celano.

— Dans ce cas, ma sœur, je dois vous demander de regarder ailleurs pendant un petit moment. Je vous en prie !

— Mon Dieu !

Les yeux de la religieuse papillonnèrent. Atterrée par sa propre faiblesse, elle s'éloigna très vite, la tête obstinément baissée pour ne pas voir ce que faisait Marietta. Celle-ci ne pouvait prendre le risque de se faire arrêter en tentant de franchir la porte principale. Elle décida donc d'utiliser la clef qui ouvrait la porte du jardin. Quelques minutes plus tard, après avoir lancé un dernier coup d'œil aux fenêtres pour s'assurer que personne ne la surveillait, elle se glissait dans la petite rue.

— Les visiteurs ne sont pas reçus, aujourd'hui, lui dit-on quand elle se présenta au Palais Celano.

— La signorina Elena sera heureuse de me voir, insista-t-elle après avoir donné son nom. Je suis de la Pietà.

Elle dut attendre un instant avant qu'on daignât la conduire en haut d'un grand escalier. Elle longea ensuite un corridor avant d'être introduite dans la chambre d'Elena. Vêtue d'une robe noire, son amie était assise près de la fenêtre, fixant le ciel d'un regard aveugle.

— Je savais que tu viendrais, dit-elle sans se retourner.

Marietta se précipita vers elle.

— Oh, ma chère Elena ! Je partage ton chagrin du plus profond de mon cœur.

Elena posa sur elle d'immenses yeux tristes.

— Je suis morte, moi aussi. Ma vie s'en est allée avec celle de Marco. C'est pour cela que je ne pleure pas.

Marietta avait prévu que son amie serait plongée dans un désespoir sans fond, mais les larmes l'auraient soulagée, pensa-t-elle. Prenant une chaise, elle s'assit près d'Elena et saisit la main glacée de son amie.

— Restons ainsi un moment, proposa-t-elle. Plus tard, peut-être auras-tu envie de parler.

— Combien de temps t'a-t-on accordé ?

— Autant que tu le désires. Je m'arrangerai, sois tranquille.

Longtemps, Elena demeura immobile et silencieuse, sa main dans celle de Marietta.

— Il faudrait que je me rende auprès de la signora, dit-elle enfin. La pauvre femme s'est évanouie après que Marco a rendu son dernier soupir. On l'a emportée dans ses appartements. Quant à moi, je l'ai veillé jusqu'à l'aube.

— Veux-tu que je t'accompagne ?

— Il vaut mieux que j'y aille seule. Elle et moi n'avons pas été amies, jusqu'ici, mais je voudrais que cela change, pourvu qu'elle le veuille aussi. Si nous pouvions nous consoler mutuellement, nous en tirerions sans doute un certain réconfort. Sois gentille, attends-moi ici.

Quand Elena pénétra dans le salon de la signora Celano, elle découvrit que Filippo, Alvise, Maurizio et Vitale se trouvaient auprès de leur mère. Les quatre hommes se levèrent à la vue de la jeune fille.

— Que voulez-vous ? demanda la signora d'une voix glaciale.

— Je suis venue vous voir, répondit Elena. J'ai pensé que le chagrin nous rapprocherait et que nous pourrions nous aider mutuellement.

Les yeux de la femme n'étaient plus que deux fentes.

— Retournez dans votre appartement ! Vous n'avez plus votre place dans cette famille, désormais. Sitôt après l'enterrement, vous partirez d'ici.

Sous les yeux attentifs de Filippo, Elena enfouit son visage dans ses mains avant de quitter la pièce en courant. Dès que la porte se fut refermée sur elle, il se tourna vers sa mère.

— Ne hâtons rien, ma mère. Elena demeurera dans ce palais jusqu'à ce que la question de son avenir soit réglée.

Enveloppé d'un drap aux couleurs de la famille Celano, le cercueil de Marco était exposé dans la salle de réception, sur une estrade recouverte d'une étoffe dorée. Elena se jeta en travers du grand coffre qui contenait le corps de son bien-aimé.

— Pourquoi m'as-tu quittée ? dit-elle en pleurant.

Elle sut alors qu'elle vivait encore, car une morte n'aurait pas ressenti une douleur aussi atroce ni versé de tels torrents de larmes.

Marietta ne put rester auprès de son amie. Elle ne fut pas réclamée par la Pietà, mais un valet vint l'avertir que la famille Celano ne souhaitait pas recevoir d'étrangers pendant sa période de deuil. Brisée par le chagrin, Elena n'eut même pas le réconfort d'une présence affectueuse.

Le lendemain, le tuteur d'Elena se présenta au palais. Après lui avoir offert ses condoléances, il apprit à Elena qu'il n'était pas question pour elle de reprendre sa place à la Pietà.

— Aucune jeune fille n'est réadmise en son sein, après l'avoir quittée. Pour avoir été mêlée au monde, elle risquerait de semer le trouble parmi ses compagnes. Au mieux, le maestro peut chercher pour vous un engagement dans une troupe d'opéra mais il ne cache pas qu'il ne vous faut pas compter devenir jamais une prima donna.

— Je suis consciente de mes limites, répliqua tranquillement Elena.

— En revanche, j'ignore si l'on vous permettra de poursuivre votre carrière, poursuivit l'homme de loi.

Elena, qui n'avait cessé de fixer ses deux mains, croisées sagement sur la soie noire de sa robe, leva vivement les yeux.

— Que voulez-vous dire ?

— Vous n'avez pu vous installer ici que parce que les directeurs et moi-même nous sommes déchargés de notre responsabilité sur la signora Celano. Désormais, votre avenir est entre ses mains. Elle est même habilitée à gérer votre dot.

— C'est monstrueux ! Mais elle veut que je m'en aille ! Elle me l'a dit.

— Je viens d'en parler avec elle et elle ne semble plus de cet avis. Le nouveau chef de famille prétend que la fiancée de son frère défunt ne doit pas être renvoyée dans le monde, sans autre forme de procès. Vous devrez donc demeurer sous la responsabilité de sa mère, jusqu'à ce que votre sort soit réglé.

— N'ai-je donc aucun droit ?

— Aucun.

— Etes-vous en train de me dire que si elle voulait me marier avec un homme de son choix, elle le pourrait ?

— En effet. Je pense qu'elle agira au mieux de vos intérêts, mais je vous conseille de ne pas la con-

191

trarier. Les gens parmi lesquels vous vivez désormais disposent d'un pouvoir absolu. Si vous vous opposiez à la signora Celano, vous risqueriez fort de vous retrouver enfermée dans un couvent.

— La loi est bien cruelle pour les femmes, dit Elena avec amertume. A moins qu'elles ne bénéficient de circonstances exceptionnelles, comme la signora Celano.

— Qui peut dire si la chance ne vous sourira pas, quelque jour ?

— Si tel était le cas, je me montrerais charitable et compréhensive.

La veille de l'enterrement, Filippo parla d'Elena à sa mère :

— Puisque j'hérite de tous les devoirs et de toutes les responsabilités qui incombaient à Marco, je compte remplir ses engagements auprès de la Pietà et épouser Elena. Je veux cependant, ajouta-t-il, lui laisser le temps de surmonter son chagrin. Trois ou quatre mois devraient suffire. Elle est jeune, elle a du caractère et devrait se remettre rapidement. Si je ne me trompe pas, elle apprécie les bonnes choses de la vie.

Il s'attendait aux éclats de voix de sa mère, mais il n'entendait pas se laisser régenter comme Marco l'avait fait pendant des années. Sa nature farouche s'était toujours rebellée contre l'autorité d'un frère plus jeune, avantagé par le sort. Aujourd'hui, il lui était impossible de feindre le chagrin, alors qu'il obtenait enfin ce qu'il n'avait cessé de considérer comme son bien. Il éprouvait une satisfaction sans bornes à prendre la femme que Marco voulait épouser. En s'appropriant Elena, il effacerait toute trace de l'humiliation passée.

La signora Celano lisait en lui à livre ouvert. Il avait donc décidé de mettre la main sur tout ce qui avait appartenu à Marco ? Consciente de le surprendre, elle hocha la tête avec résignation.

— Qu'il en soit selon ton désir, mon fils.

— Il me semble que c'est la meilleure solution, insista-t-il.

Elle préféra ne pas répondre sur ce point.

— Je n'aurai qu'une seule remarque à formuler, dit-elle. Je ne vois pas la nécessité d'accorder à Elena cette période de deuil dont tu parlais. Tu sais que je devrai rester ici pour la chaperonner pendant vos fiançailles. Or je déteste séjourner à Venise à la saison chaude.

— Je serai ravi de l'épouser le plus tôt possible.

— En ce cas, que la cérémonie ait lieu dix jours après l'enterrement de mon pauvre Marco. Je ne peux plus supporter ce palais. Chaque pièce, chaque objet me le rappellent. Quand je serai chez moi, je pourrai pleurer sa disparition en paix.

Filippo était incapable d'éprouver de la pitié pour quiconque, mais il comprenait qu'elle voulût rester seule avec ses souvenirs, dans une maison qu'elle aimait.

— Très bien, mère.

— Quand annonceras-tu ta décision à Elena ? Je suggère que tu ailles la voir sur-le-champ.

Telle était son intention, mais il changea aussitôt d'avis. S'il semblait suivre son conseil, sa mère se mêlerait toujours de sa vie.

— Je parlerai à Elena quand je le jugerai bon, rétorqua-t-il d'une voix maussade.

Apollina devina qu'elle avait outrepassé ses droits. Filippo ne ressemblait en rien à Marco, toujours docile jusqu'à ce que cette fille de rien l'écartât de sa mère. Jamais elle ne pardonnerait cet outrage à Elena. Sur son lit de malade, Marco s'était adouci envers elle, mais la blessure demeurerait jusqu'à sa propre mort. Quant à Filippo, il ne l'écouterait que lorsque cela lui conviendrait. Petit garçon déjà, son entêtement et sa cupidité le lui rendaient odieux.

— Fais comme tu l'entends, fit-elle avec une condescendance qui irrita Filippo, car elle semblait encore lui accorder une permission. Mais laisse-moi, maintenant. Je suis fatiguée.

Il quitta la pièce après lui avoir baisé la main.

Le jour de l'enterrement, un cortège de gondoles se dirigea vers l'île où étaient inhumés tous les Vénitiens. Marietta et les deux religieuses se trouvaient avec Elena au bout de la procession, derrière les membres les plus modestes de la famille Celano. Selon la coutume, des rubans pourpres étaient noués à la poupe des embarcations. Des tentures de velours noir flottaient autour de la gondole funéraire, balayant l'eau de leurs longues franges. Le cercueil lui-même était enveloppé dans un drap aux couleurs et aux armoiries des Celano.

Sous son long voile noir, Elena supportait son chagrin avec dignité. Au retour du cimetière, Marietta et les deux religieuses la quittèrent au pied du palais, car elles n'avaient pas été invitées à y entrer. La jeune fille pénétra seule dans l'immense vestibule et rejoignit les autres personnes arrivées en haut de l'escalier. Seuls les valets s'inclinèrent avec sympathie sur son passage. Parvenue à la dernière marche de marbre, elle trouva Filippo qui l'attendait. Comme toujours, une réaction instinctive lui dictait la méfiance à son égard.

— Vous venez de subir une dure épreuve, lui dit-il avec une bienveillance inattendue. Je savais que vous la supporteriez la tête haute. Marco doit être fier de vous.

Dans l'état de tension émotive où elle se trouvait, ces paroles amicales, les seules qu'elle eût entendues dans cette maison depuis la mort de Marco, la prirent au dépourvu. Lorsqu'il lui prit la main, elle crut qu'il allait la conduire dans le salon où la famille s'était réunie. Comme il l'entraînait vers une petite pièce adjacente, prétextant qu'il voulait lui parler, elle sentit toutes ses craintes s'éveiller. Dès qu'il eut fermé la porte derrière eux, elle s'écarta de lui.

— Que désirez-vous me dire ?

Filippo se savait bel homme, ses succès féminins le lui prouvaient suffisamment. Il sourit à la jeune fille pour la rassurer. Une fois qu'Elena aurait oublié son frère, il était certain que tout irait bien entre eux. Son existence avait été si cloîtrée qu'elle avait été éblouie par ce que Marco représentait, rien de plus. Il lui offrirait tout ce dont elle avait rêvé, et même davantage.

— Nous allons nous marier, Elena, annonça-t-il sans préliminaires. Dans ce palais qui est aujourd'hui le mien, mon devoir est d'assumer l'engagement que mon frère avait pris envers vous. Je vous trouve très belle et serai fier de faire de vous ma femme. Le moindre de vos désirs sera exaucé. Je peux être généreux, ainsi que vous le découvrirez bientôt.

Elena ne bougeait pas, frappée de stupeur. Après l'horreur de ce qu'elle venait de subir, ce nouveau choc la tétanisait. Comme s'il s'était agi de quelqu'un d'autre, elle s'aperçut qu'elle tremblait et claquait des dents. Avec une sorte de détachement, elle songea que ce devait être chose courante, dans les cas d'intense frayeur. Incapable de réfléchir ou même de penser, elle vit Filippo s'approcher d'elle et soulever son voile.

— Le temps du deuil est terminé, dit-il. Nous allons rejoindre nos hôtes, dans le salon voisin, et je leur annoncerai notre prochain mariage.

Elle le fixait de ses yeux immenses. Lorsqu'il se pencha vers elle, elle eut une réaction extraordinaire. Elle lui montra les dents, comme un animal traqué. Prenant sa main, il la serra cruellement, en guise d'avertissement, et ouvrit la porte du salon.

Elena était habillée pour son mariage. Depuis son réveil, elle n'avait pas prononcé un mot. La coiffeuse avait passé une heure à brosser ses cheveux qui tombaient en vagues souples sur ses épaules et sur son dos. Quelques boucles blondes caressaient ses sourcils clairs, froncés par le chagrin. Elle se tenait debout au milieu de sa chambre, entourée par une douzaine de femmes qui lissaient et arrangeaient sa robe.

— Et maintenant, dit Lavinia, la touche finale.

Elle se détourna pour prendre la couronne de mariée dans la cassette qu'on était allé chercher le matin même dans la chambre du trésor. Juste à cet instant, la porte s'ouvrit devant la signora Celano. Comme toutes les autres femmes présentes, elle était vêtue de noir, car seuls les mariés étaient autorisés à quitter le deuil. On n'avait invité à la cérémonie que la proche famille, ainsi que certains parents venus à l'enterrement et qui étaient restés pour le mariage. Tous porteraient le deuil.

— Une minute, Lavinia, dit la signora à sa fille, qui tenait entre ses mains le diadème étincelant. Puisque Elena n'a pas de mère, c'est à moi que revient le privilège de couronner la mariée.

Les doigts minces et couverts de bagues s'emparèrent de la couronne. Elle avait été offerte à la jeune épouse d'un Celano, au quinzième siècle, par une noble Vénitienne, Caterina Cornaro, devenue par la suite reine de Chypre. Depuis ce temps, toutes les mariées de la famille l'avaient portée. Elle était ornée d'un splendide rubis, qui pendait au milieu du front. Elena évoqua les yeux souriants de Mario et l'amour qui l'avait animé, lorsqu'il avait posé ce diadème sur sa tête. Fermant les yeux, elle se concentra sur ce souvenir pour trouver la force dont elle avait besoin. Cédant à une fantaisie cruelle, la signora enfonça délibérément ses ongles durs dans le crâne d'Elena, sous prétexte d'ajuster le bijou.

Elena ne poussa pas un cri. La douleur physique ne l'atteignait plus.

La signora Celano recula de quelques pas, pour mieux apprécier la splendeur de l'épousée. Il lui était difficile de nier la beauté d'Elena, dans cette robe brodée d'or et de pierreries qui rehaussait sa grâce un peu fragile. Pour signaler le deuil qui frappait la famille, on avait simplement ajouté une dentelle noire de Burano autour du cou de la jeune fille, ainsi qu'à ses poignets. Filippo porterait une cravate noire et des manchettes de la même couleur. On tendit un miroir à Elena pour qu'elle pût s'y regarder. Elle n'y vit qu'une inconnue, parée de magnifiques atours.

— Vous vous êtes suffisamment admirée, dit sèchement la signora. Le temps nous est compté, ajouta-t-elle en quittant la pièce pour partir à l'église.

Lavinia resta seule en compagnie d'Elena et, pour détendre l'atmosphère pesante, fit la conversation, parlant de tout et de rien. Finalement, elle s'approcha de la fenêtre.

— Je crois que votre tour est venu de partir, dit-elle.

Elle se retourna pour embrasser Elena sur la joue et lui adresser les souhaits d'usage d'une voix émue. Elle se sentait pleine de compassion pour cette jeune fille livrée à un frère dont elle connaissait la dureté d'âme.

— J'espère que vous serez heureuse, dit-elle pourtant.

— Le bonheur m'a fuie à jamais, répliqua Elena sur un ton monocorde.

Lavinia éclata en sanglots et Elena dut l'aider à recouvrer la maîtrise d'elle-même, pour qu'elles pussent quitter la pièce. L'un des directeurs de la Pietà attendait Elena, qu'il devait accompagner jusqu'à l'église. C'était l'usage, chaque fois qu'une musicienne de l'hôpital faisait un riche mariage.

— En ce beau jour, recevez toutes mes félicitations, Elena.

— Je vous remercie, signore.

Il la guida en bas des escaliers, jusqu'à la porte donnant sur le canal. La jeune fille vit alors une flottille de gondoles, occupées par des membres de la famille Celano, qui devaient escorter la fiancée jusqu'à son futur époux. Elena ne les connaissait pas, pour la plupart, mais Lavinia lui avait dit qu'un grand nombre de barnabotti étaient revenus pour assister à la cérémonie. Usant de leur parenté, ils ne laissaient jamais échapper une occasion de participer aux fêtes données par les membres de leurs riches familles. Ces dernières n'avaient d'autre choix que de supporter ce fardeau.

Lorsque Elena monta dans sa gondole fleurie, sa robe scintilla au soleil. Dès qu'elle fut assise, Lavinia auprès d'elle, le directeur prit place à son tour à bord de l'embarcation et le cortège s'écarta du quai pour longer le Grand Canal. Le spectacle était charmant. Des pétales s'échappaient des bouquets et s'élevaient légèrement dans l'air pour danser au-dessus de l'eau. Amassés sur les quais ou dans les autres bateaux, les gens applaudissaient et acclamaient la mariée. Les volets du felze étaient relevés, si bien que tous pouvaient admirer la splendeur de sa robe Renaissance. Pâle et défaite, Elena les saluait machinalement, levant la main ou inclinant la tête. Cette ville où elle était née et qu'elle avait toujours aimée lui rendait un vibrant hommage, en ce jour qui aurait dû être le plus beau de sa vie.

Les autres embarcations s'écartaient pour céder le passage au cortège nuptial. La malchance voulut qu'un gondolier appartenant aux Torrisi reconnût les couleurs des Celano. Jugeant qu'il aurait le temps d'éviter la collision, il traversa délibérément le canal devant la gondole nuptiale, dont il frôla la proue. Le gondolier des Celano leva le poing mais s'abstint de lancer les imprécations dont il ne se serait pas privé en une autre occasion. L'animosité entre les serviteurs des deux familles était aussi féroce qu'entre leurs maîtres.

L'accident faillit passer inaperçu. Malheureusement, il avait été remarqué par sept jeunes et fougueux barnabotti, réunis dans une gondole louée qui se trouvait à l'arrière du cortège.

— Avez-vous vu l'insolence de ce Torrisi ? demanda l'un d'entre eux. Il faudrait purger ce canal de certaines épaves superflues.

Les autres acquiescèrent avec enthousiasme. Ils avaient déjà abondamment arrosé l'événement avec du mauvais vin et brûlaient comme d'habitude du désir de se battre. Leur gondole était dépourvue de felze, et quand l'un d'entre eux demanda au gondolier de lui confier l'aviron, celui-ci ne protesta pas, car les autres avaient dégainé leur épée et la pointaient tous dans sa direction.

Les barnabotti de deux autres embarcations, remarquant que la rame avait changé de main, vinrent aux renseignements. Quelques minutes plus tard, ils avaient eux aussi imposé leur loi à leurs gondoliers et dirigeaient eux-mêmes les gondoles. Très vite, les barnabotti sortirent leurs bautas de leurs poches et dissimulèrent leurs visages.

Dans la gondole des Torrisi, Domenico parcourait un document qu'on lui avait remis au Palais Ducal. A ses côtés, Angela regardait passer le cortège nuptial, par la fenêtre ouverte du felze.

— Cette jeune fille de la Pietà semblait grave et triste, dit-elle en se tournant vers son époux, mais elle a conservé toute sa dignité.

— Vraiment ? fit distraitement Domenico.

— Oui. Dans cette robe, elle aurait pu être peinte par le Titien.

Il la regarda avec étonnement.

— Mais c'est maestra Marietta, qui est rousse.

— Je faisais allusion au style de sa robe, au flot virginal de ses cheveux sur ses épaules. Elle semblait sortir tout droit d'une autre époque.

— Vraiment ? dit encore Domenico en s'absorbant dans sa lecture. Je lui souhaite bien du bonheur.

Angela le gratifia d'une petite tape sur le bras.

— Tu aurais pu te manifester, en ce cas. Je lui ai adressé un petit signe de la main et elle m'a répondu très gracieusement.

— Elle n'a pas dû remarquer les couleurs des Torrisi.

— Peut-être se soucie-t-elle aussi peu que moi de votre querelle. Ne serait-ce pas merveilleux, si les femmes de nos deux familles les réconciliaient ?

Penché sur son document, il ne l'écoutait plus. Angela soupira. Cette longue haine était tellement ancrée chez les Celano et les Torrisi qu'ils ne pouvaient envisager d'y mettre fin un jour. Elle pensait que les hommes des deux côtés appréciaient le danger, qui épiçaient leur vie. Si seulement la paix pouvait naître du mariage de cette jeune fille...

— Domenico, dit Angela d'une voix songeuse, ne penses-tu pas...

Elle se tut brusquement, car leur gondolier venait de lancer un cri d'avertissement. Les yeux agrandis par la terreur, elle vit les pointes étincelantes de trois gondoles fondre sur eux à une vitesse redoutable. Près d'elle, Domenico avait bondi, son épée à la main, mais le choc lui fit perdre l'équilibre. Elle entendit le bruit du bois fracassé, puis tout sembla tourner autour d'elle... les hommes masqués, les toits des palais et le ciel...L'eau froide et noire se referma sur elle et elle sombra, prisonnière du felze.

Le cortège nuptial était parvenu devant les marches du môle. Aussitôt, les badauds s'amassèrent pour regarder la fiancée passer. Tout le long de la

Riva degli Schiavoni, les gens se pressaient aux fenêtres et sur le seuil des maisons. Le peuple de Venise était habitué à de tels spectacles, mais ceux qui virent Elena ce jour-là considérèrent qu'ils avaient de la chance. Vêtue de cette robe, elle incarnait la gloire passée de Venise.

Au côté du directeur, Elena gravit les marches de Santa Maria della Pietà, dont les portes étaient grandes ouvertes. Elle fut accueillie par le son retentissant de l'orgue, joué par l'une de ses compagnes musiciennes. Du haut des galeries dorées, les choristes entonnèrent un chant de joie qui lui réchauffa le cœur jusqu'à ce qu'elle aperçût Filippo... Il l'attendait au bas de l'autel, là où Marco aurait dû se trouver. Elle eut un brusque mouvement de recul puis, marchant d'un pas de somnambule, elle se laissa conduire jusqu'à lui.

La famille étant en deuil, seuls les proches parents et les intimes avaient été invités au repas de noces. Sœur Giaccomina, sœur Sylvia, Marietta et le directeur représentaient la Pietà. Au moment du départ, Marietta réussit à échanger quelques mots avec la jeune mariée.

— Je suis si contente que tu aies pu venir, dit Elena avec émotion. Bientôt, nous fêterons ton mariage avec Alix.

Les deux amies s'étreignirent un instant.

— Ce n'est pas de sitôt, répliqua Marietta, que l'air distrait d'Elena inquiétait.

— Ce temps viendra, pourtant. Ce jour-là, je pourrai me réjouir de ton bonheur, puisque le mien s'est éteint à jamais.

Comme dans un rêve, Elena s'écarta pour retourner vers ses hôtes, telle une magnifique poupée articulée, vêtue d'une robe somptueuse. Marietta la suivit tristement des yeux avant de rejoindre les religieuses. Sur les marches du palais, deux gentilshommes commentaient l'incident dont venait d'être victime le signore

Domenico Torrisi. Ignorant les rappels à l'ordre de sœur Sylvia, Marietta se tourna vers eux.

— Pardonnez-moi, signori, j'ai entendu malgré moi que vous évoquiez un accident.

Les deux hommes la reconnurent aussitôt.

— Maestra Marietta ! dit l'un d'eux. J'ai souvent eu le plaisir d'apprécier votre voix ravissante !

— Vous ne partez pas déjà ! protesta le second en faisant mine de l'accompagner jusqu'au bas des marches.

— Parlez-moi de la signora Torrisi. A-t-elle été blessée ?

— Non, pas du tout, répliqua le premier homme. Il y a eu une collision sur le Grand Canal. Personne ne semble connaître exactement l'origine de l'accident, mais trois gondoles ont heurté l'embarcation des Torrisi, qui s'est écrasée contre le mur de la promenade. Le signore Torrisi, son épouse et le gondolier ont été projetés dans l'eau. La signora était prisonnière du felze et se serait noyée si son mari ne l'avait sauvée en plongeant à se recherche. L'issue fatale a donc été évitée.

— Connaît-on les responsables de l'accident ?

Les deux hommes échangèrent un regard rapide.

— Personne n'en est absolument sûr. Les agresseurs étaient tous masqués, hormis les gondoliers. Les soupçons se sont portés sur certains invités de Filippo Celano. C'est peu probable, cependant, puisque le cortège nuptial se trouvait très en avant, au moment où l'accident a eu lieu.

Marietta jugea qu'ils ne semblaient pas très convaincus de ce qu'ils avançaient, et qu'en leur qualité d'intimes de la famille Celano, il y avait fort à penser qu'ils garderaient leur opinion pour eux. Soulagée de savoir le signore Domenico et son épouse sains et saufs, elle rejoignit les religieuses. Ainsi qu'il s'y était engagé, il ne l'avait jamais trahie et elle lui en serait toujours reconnaissante.

Ce soir-là, quand Filippo rejoignit sa femme, il la trouva tapie dans un coin de la chambre, les yeux élargis par la peur. A son approche, elle se glissa sous son bras et courut en hurlant vers la porte. Il la rattrapa d'un bond, saisit un pan de sa chemise de nuit, qui se fendit de haut en bas, et profita de ce qu'elle avait perdu l'équilibre pour la soulever dans ses bras. Des amis lui avaient décrit cette scène, vécue la nuit de leurs noces avec de jeunes épouses ignorantes, mais il ne s'était pas attendu à en faire lui-même l'expérience. Il jeta Elena sur le lit, bien décidé à la maîtriser. Elle hurla de nouveau lorsqu'il s'empara d'elle, et il posa alors une main sur sa bouche, vaguement conscient qu'il s'efforçait d'extirper Marco de son cœur en lui imposant sa virilité avec une telle violence.

Après cela, elle resta immobile, pensant qu'il allait dormir jusqu'au matin. Cet espoir innocent ne tarda pas à être détrompé, quand la bouche chaude et charnue de son époux se mit de nouveau à errer sur son corps. Au bord de la nausée, Elena ferma les yeux.

Au Palais Torrisi, Angela se remettait peu à peu de l'accident. On avait craint qu'elle ne perdît l'enfant qu'elle portait, aussi devait-elle rester couchée plusieurs heures par jour. Elle n'avait jamais eu une santé bien robuste, souffrant tout autant des rigueurs de l'hiver que de la chaleur de l'été. Pourtant, elle adorait voyager, aussi son époux l'emmenait-il souvent dans ses déplacements diplomatiques, autant pour lui complaire que parce qu'il craignait de la laisser seule. Souvent, elle avait navigué avec lui vers des ports de la Méditerranée, et une fois elle l'avait même accompagné en Inde.

— J'ai retrouvé le nouveau livre que tu cherchais, lui annonça un matin Domenico. Il était sur mon bureau.

— C'était donc là qu'il se trouvait !

Il lui remit le livre et elle s'adossa confortablement aux coussins. Elle avait décidé ce jour-là de ne pas monter un escalier, car elle se sentait un peu fatiguée. Le livre, qui contenait des recettes de beauté, était le bienvenu car il n'exigerait d'elle aucun effort cérébral.

— Tu ne désires rien d'autre ?

Elle secoua négativement la tête, souriante.

— Non. Tu peux retourner travailler.

Comme il se penchait pour l'embrasser, elle lui saisit impulsivement la main et le retint quelques instants.

— Que me vaut cette passion soudaine ? plaisanta-t-il.

Comme il gagnait la porte, son sourire s'effaça. Ils avaient tout ce qu'ils pouvaient désirer au monde, hormis un enfant. Mais puisqu'elle avait dépassé la période où elle avait jusqu'alors perdu ceux qu'elle attendait, il espérait que tout se passerait bien.

Il se rappelait très précisément la première fois qu'il l'avait vue. Elle lui avait souri du haut d'un balcon, alors qu'il participait aux régates du mois de septembre. Le Grand Canal était sillonné par des embarcations de toutes les couleurs. Ce jour-là, en effet, la loi cessait d'imposer exclusivement le noir. Une foule nombreuse assistait au spectacle depuis les promenades, les bateaux, les balcons et les loggias. A vingt et un ans, Domenico aimait le bon vin et les jolies femmes, tout comme ses trois frères qui maniaient l'aviron auprès de lui. Antonio, le plus jeune, était à la barre. La course se déroulait à merveille pour eux, puisque le bateau des Torrisi se trouvait en tête. Soudain, il avait levé les yeux et vu une jeune fille qui avait aussitôt incarné tous ses désirs.

Après la course, il avait pris un petit bateau et était retourné sous le balcon. Par bonheur, il comptait un ami parmi les jeunes gens qui se trouvaient avec elle, aussi avait-il été invité à se joindre à eux. Angela avait tenté de l'éviter, virevoltant d'un bout à l'autre du salon, jouant de son éventail et flirtant avec les autres. Mais ses yeux la trahissaient et il avait compris qu'elle serait à lui, non pour une nuit mais pour toute la vie. En quittant le palais, il était rentré chez lui et s'était jeté aux pieds de son père invalide, le suppliant de l'autoriser à se marier.

— Je t'avais déjà choisi pour héritier, avait répondu son père, mais j'attendais pour te l'annoncer que tu aies jeté ta gourme et sois prêt à me succéder.

Domenico se rappelait son exaltation. Il était retourné sur-le-champ vers Angela, qui n'avait plus tenté de le tenir à distance. Par la suite, elle avait admis avoir immédiatement senti en le revoyant que tous les obstacles étaient levés. Tard dans la nuit, quand la réception battait encore son plein, ils s'étaient glissés dans la chambre de la jeune fille, où elle s'était donnée à lui. Un mois plus tard, ils étaient mariés. Il lui avait offert ses bijoux en cadeau de mariage. Quant à elle, elle lui avait demandé de poser pour un sculpteur qui avait taillé dans la pierre un visage à sa ressemblance. Un fabricant de masques en avait ensuite tiré le moule qui avait servi à fabriquer son masque d'or.

— A Venise, les occasions ne manquent pas de porter le masque, avait-elle expliqué. Et je ne veux pas perdre de vue un instant tes traits bien-aimés.

Parfois, lorsqu'ils faisaient l'amour, elle voulait qu'il portât son masque d'or. Elle exigeait alors de le chevaucher et l'appelait son destrier d'or. Plus d'une fois, au plus fort du plaisir, il l'avait arraché en hurlant de son visage et jeté au loin. Il était même arrivé que le masque fût endommagé. Elle avait versé quelques pleurs, ramassé l'objet, qu'elle avait ensuite serré amoureusement contre elle. Il avait fallu qu'il usât de tout son charme pour le lui retirer et reprendre les choses là où ils les avaient laissées.

Maintenant, de retour dans son bureau, il examinait les papiers et le courrier que son secrétaire lui avait apportés pendant sa courte absence. Ses espions avaient enquêté auprès des gondoliers et leurs conclusions ne laissaient aucun doute : c'étaient bien les barnabotti des Celano qui avaient provoqué l'accident du Grand Canal. Fou de colère, il les aurait bien tués sur l'heure, mais il n'aurait pas respecté le code de l'honneur observé par les Torrisi et les Celano, quelles qu'aient été les actions perpétrées par leurs proches ou le cercle de leurs parents. Œil pour œil, dent pour dent, telle était la loi. Un duel appelait un duel, une embuscade une autre embuscade, une bataille rangée une bataille rangée. Les barnabotti avaient en outre leurs propres règles. Ce serait à ceux de ses parents qui en faisaient partie de régler cette affaire.

Il y avait aussi un rapport concernant Marietta. En effet, Angela avait voulu savoir comment la jeune fille s'y était prise pour enfreindre les règlements de la Pietà. Il ignorait ce qui suscitait en Angela une telle curiosité, car elle était plutôt réservée de nature. Mais les semaines passées, elle avait manifesté un intérêt tout particulier pour la Pietà, à qui elle avait fait de généreuses donations. Elle avait aussi assisté à de nombreuses réceptions organisées par l'Ospedale, comme si elle avait voulu se faire de Marietta une opinion personnelle. Domenico en avait déduit que les rencontres clandestines entre Marietta et son Français avaient exalté les penchants romanesques de son épouse. Il plaça le rapport dans un portefeuille de cuir, sans le lire. Angela en prendrait connaissance dès qu'elle se sentirait mieux.

Il terminait d'apposer sa signature au bas de plusieurs lettres rédigées par son secrétaire, lorsqu'un bruit de course et de portes ouvertes attira son attention. Il se leva d'un bond, sans prendre garde aux lettres qui tombaient de son bureau, et courut vers la porte. Les cris d'une servante éplorée le précipitèrent vers l'escalier. Il gravit les marches quatre à quatre et fit irruption dans le boudoir de sa femme. Il vit aussitôt qu'Angela avait tenté de se lever, puis était retombée sur ses coussins, son joyeux petit cœur d'oiseau épuisé par les épreuves qu'elle venait de traverser. Se précipitant à son chevet, il eut le temps de la prendre dans ses bras, juste avant qu'elle poussât son dernier soupir.

8

Les barnabotti des Torrisi tranchèrent la gorge de ceux qu'ils tenaient pour responsables de la mort d'Angela Torrisi. Les corps des criminels furent retrouvés flottant à la surface du Grand Canal, ainsi que l'exigeait leur justice brutale. Il en résulta de telles échauffourées, provoquées par les proches des morts, que les barnabotti des deux partis se lancèrent dans le combat. De guerre lasse, le doge envoya sa propre garde restaurer l'ordre. Il menaça ensuite les belligérants de les chasser de leur maison et de supprimer les pensions perçues par leurs maîtresses, s'ils ne respectaient pas la paix. Chacun savait que ces menaces étaient peu appropriées, puisque les barnabotti étaient déjà férocement jaloux des privilèges dont jouissaient leurs riches familles et s'estimaient lésés par un régime dans lequel ils ne jouaient aucun rôle. A la plus légère provocation, ils pouvaient former une force dangereuse et hostile que personne ne tenait à libérer, pas plus le doge que le Grand Conseil.

Le visage grave, Domenico écouta le récit qu'on lui fit de cette vengeance. L'honneur des Torrisi était sauf, mais il songea seulement qu'Angela aurait déploré la perte de nouvelles vies au nom d'une querelle qu'elle jugeait absurde.

Un dimanche, le mariage d'Adrianna et de Leonardo fut célébré à Santa Maria della Pietà. Après cet heureux événement, Marietta s'interrogea plus que jamais sur son propre mariage. Elle savait qu'il y avait peu de chance pour qu'elle revît Alix avant un an, pourtant elle sursautait chaque fois qu'elle apercevait un jeune homme dont la silhouette ou la taille évoquait son bien-aimé. Parfois, lorsqu'elle chantait avec ses compagnes, à l'abri des grilles de Santa Maria della Pietà, elle fixait intensément une tête brune, qui, dès qu'elle se relevait, révélant un visage inconnu, l'emplissait d'une amère déception.

Pour tromper son attente, elle passait des heures à travailler sa voix, à composer ses propres mélodies, à donner des leçons particulières aux enfants les plus douées ou à s'occuper de Bianca. Elena avait tenu parole et leur rendait souvent visite. Toutefois, bien qu'elle arrivât toujours vêtue une nouvelle robe et la tête coiffée d'un chapeau orné de rubans, elle avait énormément changé. Son exubérance d'autrefois semblait avoir été étouffée, comme on éteint la flamme vivace d'une bougie. Un matin, alors que Marietta et elle prenaient le frais sous un arbre du jardin, elle annonça qu'elle avait de bonnes nouvelles.

— La signora quitte enfin le palais ! Elle aurait dû regagner sa maison de campagne depuis bien longtemps, tout comme nous aurions dû nous rendre dans l'une de nos résidences d'été, si Filippo n'avait tant à faire, dans sa nouvelle position. Il pense que sa mère n'est restée que pour le gratifier de ses avis inopportuns, et moi, je crois qu'elle nous a imposé sa présence pour une autre raison.

— Laquelle ?

— Je n'en suis pas sûre, mais j'ai eu l'impression qu'elle ne cessait de m'observer. J'ai fini par comprendre qu'elle examinait mes formes, tout simplement. Elle espérait que je pouvais être enceinte de Marco.

Saisissant le regard surpris de Marietta, Elena secoua la tête.

— Non. On ne nous en a pas laissé l'occasion.

— Elle ne t'a jamais posé directement la question ?

— Non. Elle se contentait de faire de constantes allusions à d'éventuels héritiers. Elle s'adressait d'ailleurs à Lavinia, car elle évite encore de me parler. Si elle me haïssait auparavant, elle doit me haïr deux fois plus, maintenant que je l'ai déçue. Et elle m'en tiendra rigueur jusqu'à sa mort. Hormis Lavinia, qui est exceptionnellement bonne, j'ignore si un seul Celano connaît le sens du mot « pardon ». Ma belle-sœur me manquera énormément. Sa mère la traite très mal. Je comprends que la querelle se perpétue, si les Torrisi sont aussi implacables que les Celano.

— Sais-tu comment Domenico Torrisi supporte son deuil ?

— On m'a dit qu'il s'était embarqué sur l'un de ses navires marchands.

Elles continuèrent de bavarder, sans que personne vînt les déranger. Marietta avait demandé qu'on leur envoyât Bianca, à la fin de sa leçon de flûte. Elles virent enfin la petite fille, âgée maintenant de cinq ans, traverser la pelouse en courant. Elena se leva d'un bond, les bras grands ouverts.

— Je suis heureuse de te voir, Bianca. Tu as apporté ta flûte ? Quelle bonne idée ! Tu vas pouvoir jouer pour moi.

Les visites se déroulaient toujours de la même façon car Elena voulait s'assurer que sa protégée, déjà bonne musicienne, continuait à progresser.

Durant les semaines torrides de l'été, les pierres de Venise elles-mêmes semblaient irradier de la chaleur. Les gens portaient des mouchoirs parfumés à leurs nez, chaque fois qu'ils approchaient des canaux. Marietta travaillait sans relâche sa voix avec le maestro, qui voulait faire d'elle la prima donna de la Pietà, pour succéder à Adrianna.

— Ma voix ne peut se comparer à la sienne ! s'était-elle exclamée lorsqu'il l'avait avertie de sa décision.

Il avait souri avec indulgence.

— Ce n'est pas une question de comparaison. Les fleurs n'exhalent pas toutes le même parfum, mais elles s'épanouissent toutes à leur heure. Maintenant, reprenons cet aria depuis le début.

Au début de l'automne, le maestro fit attribuer à Marietta les privilèges qui avaient été ceux d'Adrianna. On lui donna l'appartement que la prima donna avait occupé et, les soirs de concert, elle ne grimpa plus dans la même gondole que ses compagnes. Dorénavant, elle partageait celle du maestro ou faisait le trajet avec sœur Sylvia et sœur Giaccomina. On lui permit aussi de rendre visite à Adrianna, qui la recevait à la boutique ou bien chez elle. La jeune femme avait conçu un enfant dès le début de son mariage et elle s'absorbait dans les préparatifs d'une naissance qui, elle l'espérait, serait suivie de nombreuses autres.

En octobre, Filippo décida de se rendre dans l'une des colonies vénitiennes, pour veiller sur les intérêts de la famille. Elena crut d'abord qu'il comptait partir sans elle. La perspective d'être débarrassée d'un mari dépourvu d'humour, exigeant et peu aimable était infiniment réjouissante. Hélas, il n'en fut rien.

— Tu viendras avec moi, déclara-t-il. Cela t'intéressera.

Tout d'abord, elle ne répondit pas. Il ne se lassait pas de son corps ravissant, ni de la masse de cheveux dorés qu'il aimait répandre sur lui quand elle se pliait à quelque devoir conjugal, pour son plus grand plaisir à lui. Que ce fût au lit ou ailleurs, il ne pouvait rien lui reprocher, car elle accomplissait son rôle d'épouse à la perfection. Hôtesse délicieuse, elle veillait au moindre détail de ses réceptions, importantes ou non. Il n'ignorait pas d'ailleurs que bien des hommes lui enviaient la possession d'une telle beauté. Il savait aussi qu'elle n'avait jamais cessé d'aimer Marco. Ce rival avait beau ne plus être de ce monde, il supportait mal que sa propre femme fût la seule à lui rappeler que Marco l'avait précédé dans la position qu'il occupait aujourd'hui.

— Ne pourrais-je vous accompagner une autre fois ? hasarda Elena. J'aimerais me trouver à Venise quand Adrianna aura son bébé.

— Non.

Il ne daignait jamais justifier ses décisions. Plusieurs fois, Elena avait tenté de discuter. Il l'avait frappée si brutalement qu'elle avait dû conserver un masque en public pendant plusieurs jours pour dissimuler son visage meurtri. Ce jour-là encore, il tenait à s'assurer qu'elle n'insisterait pas. Elle s'en abstint. Il avait donc réussi à la guérir de ce trait de caractère, pensa-t-il avec satisfaction. La dernière fois, il avait ébranlé une de ses dents d'un coup de poing. Elle avait craint de la perdre, mais heureusement la dent avait cessé de bouger quelques jours plus tard. Ainsi qu'il l'avait supposé, elle ne voulait pas prendre le risque qu'il achevât le travail d'un revers puissant de sa main.

Ils furent absents de Venise pendant tout l'hiver. Il s'était avéré que le représentant de la Sérénissime République était un homme faible, incapable d'assumer ses responsabilités en période de troubles. En tant que sénateur, Filippo avait été chargé par le Grand Conseil de le remplacer. C'était une mission temporaire, mais Filippo en profita pour attiser les conflits et dresser les puissants les uns contre les autres.

Pendant qu'il était occupé du matin au soir, Elena

se languissait de Venise. Elle craignait aussi les changements d'humeur de son mari, qui n'était jamais aussi méchant que lorsqu'il avait des problèmes difficiles à régler. Il ne buvait pas énormément, mais le vin pouvait le rendre plus mauvais encore. Les masques n'ayant pas cours à la colonie, elle dut souvent rester chez elle lorsqu'il l'avait frappée trop fort. Parfois, dans le feu de la passion, il lui laissait des marques sur le corps qu'un décolleté trop profond risquait de révéler. Sa vie n'était qu'un long supplice, aussi accueillit-elle avec un soulagement profond la nouvelle qu'ils repartaient pour Venise, au début du printemps. Quand leur navire jeta l'ancre dans la lagune, elle en pleura de joie.

A peine rentrés, ils furent conviés par le doge à un concert donné par la Pietà dans la Salle du Grand Conseil, au Palais des Doges. Ce soir-là, Marietta se produisait pour la première fois en tant que prima donna. L'estrade avait été érigée devant l'œuvre fameuse du Tintoret, le *Paradis*, peinte sur le mur d'entrée. Au-dessus, les portraits des doges dominaient la salle où les quelque mille sept cents nobles de Venise se rassemblaient pour discuter les affaires de la République. Quand son tour fut venu de chanter, Marietta fit quelques pas en direction du public dans un ondoiement de soie blanche. Le doge lui faisait face, au premier rang de l'auditoire. Alors, sans accompagnement, de sa voix pure et riche, Marietta interpréta un aria de Vivaldi où elle exprimait toute sa joie de chanter. La fin du morceau fut suivie d'un tel silence qu'elle connut un instant de panique, craignant d'avoir émis une fausse note ou choisi une composition qui déplaisait. Soudain, l'ovation éclata et s'éleva jusqu'aux fresques du plafond, faisant vibrer les murs de l'immense salle. Et jusqu'à la fin du concert, la réaction du public fut la même, qu'elle chantât seule ou accompagnée.

Peu après cette soirée, elle apprit qu'on l'avait

surnommée la Flamme de la Pietà. Elle comprit aussitôt qu'Elena était à l'origine de cet hommage et elle la défia de le nier.

— Ce qualificatif te décrit si bien, Marietta. Tu as chanté comme je ne t'avais jamais entendu chanter auparavant. Avec tant de sentiment ! Et tant de cœur ! Heureusement pour moi, je ne suis plus à la Pietà. Confrontée à une telle concurrence, je ne serais jamais devenue sa Rose, ainsi que je l'espérais.

— Qui sait ? répliqua en riant Marietta. Rappelle-toi que le maestro n'a pas ménagé son temps et sa peine pour améliorer ma voix.

— Sa richesse et sa profondeur ne sont pas seulement le fruit d'un travail, dit gravement Elena.

Comprenant ce qu'elle voulait dire, Marietta hocha imperceptiblement la tête. Depuis sa première rencontre avec Alix, elle avait connu l'apogée de la joie et les profondeurs du désespoir. Laissant son enfance derrière elle, elle avait progressé dans la connaissance de la vie et exploité les qualités latentes de sa voix.

— Toujours pas de nouvelles d'Alix ? demanda Elena.

Marietta secoua négativement la tête.

— Au moment où il a quitté Venise, il savait que je n'étais pas autorisée à recevoir ses lettres. Maintenant que ce serait possible, je n'ai aucun moyen de le lui faire savoir.

— Pourquoi ne pas lui écrire ?

— C'est ce que j'ai fait, soupira Marietta, mais mes lettres ont dû être interceptées par le comte, ou par le père d'Alix. Tu imagines l'effet qu'a vraisemblablement produit le rapport du comte sur ses parents ! S'ils s'étaient montrés tolérants, Alix serait de retour, aujourd'hui.

Elena ne pouvait que reconnaître le bien-fondé de cette déduction.

Pourtant, une lettre envoyée de Lyon était bien parvenue à l'échoppe de Leonardo Savoni, adressée à son épouse. Ce dernier avait d'abord supposé qu'elle provenait d'un admirateur étranger. Jaloux et possessif, il détestait les attentions que lui prodiguait encore le public lorsqu'elle était reconnue dans la rue. Pour lui complaire, Adrianna portait donc un voile ou un masque chaque fois qu'elle sortait.

Bien qu'il fût tenté de détruire la lettre sans la lire, il lui vint à l'esprit qu'elle serait suivie de nombreuses autres, si cette correspondance n'était pas découragée. Après en avoir brisé le sceau, il la lut entièrement et réfléchit longtemps avant de prendre sa décision. Ecrite dans un italien passable par un Français du nom d'Alix Desgrange, cette lettre conjurait Adrianna de transmettre ses messages à Marietta, la jeune fille qu'il aimait et dont il était aimé. Bien entendu, la prière irait droit au cœur de son épouse, mais lui-même était d'un autre bois. Il ne portait pas ces étrangers en haute estime, et si ce garçon n'était pas libre de venir à Venise, comme n'importe quel honnête prétendant, mieux valait pour Marietta qu'elle ne le revît jamais. Certain d'avoir raison, Leonardo alluma une bougie et plaça le feuillet au-dessus de la flamme. Quand il commença à noircir et à se tordre, le nom de Desgrange lui revint à l'esprit. Tant d'étrangers franchissaient le seuil de son échoppe qu'il ne lui avait tout d'abord rien dit. La lettre réduite en cendres, il alla consulter son registre. Une fois trouvé, le nom ne lui rappela aucun visage. Leonardo referma le livre avec impatience. Il n'avait pas de temps à perdre en de telles futilités.

Les mois suivants, plusieurs lettres arrivèrent de France. Elles subirent toutes le même sort que la première.

Un avis du Palais Ducal arriva à la Pietà, informant Marietta qu'elle aurait l'honneur suprême de

216

chanter à bord du *Bucentaure*, le navire d'apparat du doge, le jour de l'Ascension. Depuis six siècles, en effet, on célébrait ce jour-là les Epousailles de la Mer. Lorsqu'elle fut avertie, la jeune fille porta les mains à ses joues rosies par l'émotion.

— Je ne parviens pas y croire ! s'exclama-t-elle.

Cela signifiait qu'elle n'avait pas trahi la réputation de la Pietà de produire les meilleures solistes, aussi bien que le meilleur chœur. Adrianna, qui venait de donner naissance à un fils, avait chanté cinq fois à bord du *Bucentaure*. Si le doge n'avait pas estimé de son devoir d'accorder leur chance aux interprètes des trois autres conservatoires, Adrianna aurait sans doute été choisie chaque année. Cette dernière fut ravie de parler avec Marietta de la cérémonie et de lui prodiguer ses conseils.

A cette occasion, Marietta devait porter une nouvelle robe de soie écarlate. Elle consulta Elena, qui était mieux informée que quiconque sur les dernières exigences de la mode. Elles étaient maintenant âgées de dix-huit ans et menaient des existences bien différentes, mais leur amitié était plus forte que jamais. Le succès de Marietta réjouissait profondément Elena, qui ne lui demandait plus de nouvelles d'Alix. Elle savait qu'elle serait la première informée, si Marietta recevait une lettre de lui.

Bien que Marietta parlât rarement d'Alix, elle ne put s'empêcher d'espérer sa venue quand le Carnaval commença. Aucune autre période de l'année n'était plus propice à son retour. Mais le Carnaval fit place au Carême sans qu'elle le revît. Elle s'absorba encore plus dans le chant, mettant toute son énergie à travailler les chants qu'elle avait choisis pour l'Ascension.

Le matin du grand jour, elle s'éveilla dans un état de surexcitation intense. Malgré l'heure matinale, elle courut à la fenêtre de sa chambre et ouvrit les volets. La journée s'annonçait magnifique, le ciel et la mer rivalisant d'éclat sous l'astre solaire, dont les rayons réchauffaient déjà la foule vénitienne.

Un bouquet de fleurs de grenadier dans les cheveux et vêtue de sa robe éclatante, Marietta quitta la Pietà sous les applaudissements des jeunes filles et des maestri, qui devaient assister à la cérémonie depuis la Riva degli Schiavoni. Venise n'était jamais plus vibrante que les jours de fête, et celle-ci était particulièrement appréciée des Vénitiens. Des bannières de soie pourpre, vermillon, émeraude et ocre, brodées de fils d'or et d'argent, flottaient au vent parmi les guirlandes de fleurs, aussi loin que l'œil pouvait porter. Surmonté d'un dais de velours rouge, le navire du doge était amarré devant le Palais Ducal. Des myriades de petites embarcations attendaient, prêtes à l'escorter. Elles étaient si nombreuses qu'on eût dit un voile aux mille nuances soyeuses, jeté à la surface de la mer. Les gens occupaient tous les endroits d'où ils pouvaient contempler le spectacle. Bon nombre d'entre eux s'étaient perchés tout en haut du campanile ou dominaient la lagune, juchés sur des corniches, à plus de quinze mètres du sol.

Marietta prit place à bord du navire, parmi les membres de l'orchestre. Elle sourit en entendant toutes les cloches de Venise célébrer ce qui était à la fois une fête religieuse et païenne. Des acclamations fusèrent de toutes parts quand le doge s'assit dans son fauteuil doré, installé sur le point le plus élevé du pont, d'où il pouvait voir et être vu. Les canons des navires ancrés dans la lagune retentirent à l'instant précis où des centaines de rames s'enfoncèrent dans l'eau et se mirent à la battre à un rythme régulier. Lentement, le *Bucentaure*, symbole de la gloire vénitienne, fendit les flots parsemés de fleurs en direction du Lido.

Par la voix de Marietta s'exprimait Venise, la jeune épousée. Elle chanta pour l'Adriatique, lui rappelant que la République Sérénissime, si belle, si riche, si puissante sur mer comme sur terre, avait dû une grande partie de sa gloire à ses vagues turbulentes. Sur les bateaux qui escortaient le navire ducal, nombreux furent ceux qui entendirent la voix de Marietta porter très loin sur les flots lisses. Quand le *Bucentaure* fut sorti du canal du Lido, le doge se leva et gagna la proue du bateau, d'où il jeta l'anneau d'or dans la mer.

— Mer, nous t'épousons en témoignage de notre véritable et perpétuelle seigneurie, proclama-t-il d'une voix solennelle.

Personne n'avait écouté Marietta avec plus d'attention ou ne l'avait regardée avec plus d'intérêt que Domenico Torrisi. Vêtu de sa robe de sénateur, il siégeait parmi les proches du doge car il avait repris son siège au Grand Conseil depuis son retour à Venise. Après la mort d'Angela, le doge lui avait marqué sa compassion et admis qu'il avait besoin de temps pour se remettre du deuil qui le frappait. Mais il l'avait envoyé chercher dès qu'il l'avait su de retour chez lui. Comme autrefois, il avait confié à Domenico d'importantes missions. Et bien que Marietta ignorât sa présence à bord du navire ducal, il n'avait cessé de l'observer.

Mais si ses yeux appréciaient la ravissante créature vêtue de soie écarlate, un bouquet de fleurs fixé dans sa chevelure luxuriante, son expression trahissait des sentiments plus ambigus. C'était un étrange mélange d'impatience, de colère, d'exaspération et, ce jour-là en particulier, de déplaisir. Elle se détachait contre le ciel limpide, les cheveux ébouriffés par la brise, ses seins ronds soulignés par le satin de sa robe. Aujourd'hui comme au premier jour, il savait qu'elle exerçait sur lui un attrait puissant et brutal, tout à fait incompatible avec les beaux sentiments. Quand elle l'avait lié par l'obligation de ne pas la trahir auprès des directeurs de la Pietà, il l'aurait volontiers étranglée pour l'avoir rendu complice de ses escapades nocturnes avec un étranger. En rentrant à Venise, il avait trouvé les rapports qui la concernaient, rédigés à l'instigation d'Angela par les espions qu'elle payait pour surveiller la jeune fille. C'est ainsi qu'il avait appris que le Français était un certain Alix Desgrange, originaire de Lyon et fils d'un vieux marchand de soie. Selon des informations ultérieures, il avait su que la manufacture avait frôlé la ruine. Malgré les efforts du jeune homme, son travail incessant et l'argent investi par la famille d'Oinville dans son entreprise, celle-ci était encore en difficulté. Il y avait donc peu de chances pour que le jeune homme revînt à Venise dans un proche avenir, au cas où il l'aurait souhaité. Néanmoins, on ne pouvait prévoir les actions du jeune homme. Afin de respecter les dernières volontés de son épouse, Domenico décida donc de prendre certaines dispositions concernant la jeune fille.

Le choc avait été rude, lorsqu'il avait découvert parmi les papiers d'Angela une lettre qu'elle lui avait adressée dix jours avant l'agression des barnabotti, sur le Grand Canal :

« J'ai le pressentiment que je ne survivrai pas à ma présente grossesse. Cela signifie que tu devras te remarier un jour, mon bien-aimé mari, et je te supplie de me laisser choisir celle qui me succédera. Je désire que ton épouse te voue un amour aussi sincère que le mien et te donne les fils que je ne t'ai pas donnés. Epouse maestra Marietta, de la Pietà. J'ai constaté par moi-même qu'elle sait se montrer courageuse, quand le besoin s'en fait sentir. Elle te fait déjà une confiance égale à la mienne et quand elle chante, sa voix me dit que son cœur est bon et généreux, ses sentiments aussi profonds que la mer elle-même. Cela n'a rien à voir avec le jeune Français, quoi qu'elle puisse en penser. L'amour lui a

fait prendre conscience de ce qu'elle est et si tu peux la conquérir, tout ira bien. Moi dont la vie a été enrichie par notre mariage, je veux seulement m'assurer de ton bonheur à venir. »

Cette lettre n'avait fait qu'accentuer la douleur de Domenico. Il était intolérable d'imaginer qu'Angela avait pressenti sa propre mort, sans pourtant deviner qu'elle ne serait pas causée par sa grossesse. Il se reprochait tout ce qui était arrivé. Il aurait dû remarquer l'approche des barnabotti, il aurait dû savoir qu'Angela nourrissait de telles craintes et en discuter avec elle, ce qui lui aurait évité de rédiger une telle lettre. Se sentant responsable de la mort d'Angela, il était décidé à respecter ses dernières volontés. Lorsqu'il avait été attiré par d'autres femmes, elle l'avait toujours su, mais elle avait confiance en lui et il ne l'avait jamais trompée. Pourquoi n'avait-elle pas compris que ce qu'il éprouvait pour Marietta n'était rien d'autre que ce que n'importe quel homme aurait ressenti à la vue d'une femme particulièrement désirable, fût-elle une fille de la Pietà ou une courtisane ?

Il arrivait parfois qu'une épouse aimante choisît elle-même celle qui lui succéderait auprès de son mari. Sa propre grand-mère avait formulé la même requête. Le fait restait cependant rarissime parmi les familles patriciennes, la plupart des unions étant fondées sur des intérêts matériels, mais il ne doutait pas que cela arrivât fréquemment à la campagne. Il reconnaissait bien là le cœur généreux de sa femme... Confrontée à la mort, elle avait d'abord pensé à lui.

Cependant, il n'était pas encore prêt à la remplacer. Ses besoins physiques étaient satisfaits par les femmes masquées et anonymes, qui cherchaient comme lui à se divertir l'espace de quelques heures. Elles ne lui demandaient rien de plus que ce qu'il leur demandait lui-même. Il épouserait Marietta quand le temps serait venu. En attendant, elle pouvait continuer à chanter pour la Pietà. Elle ne découvrirait qu'elle lui appartenait que si le Français s'avisait de revenir à Venise pour la reconquérir.

Marietta aperçut Domenico sur le Lido, lorsque tout le monde quitta le navire pour se diriger en procession vers l'église, mais il ne regardait pas dans sa direction. Elle le revit ensuite, à l'autre bout de la table, à l'occasion du banquet offert par le doge dans son palais. Elle constata alors qu'il soulevait toujours en elle une émotion aussi étrange qu'incompréhensible.

La Pietà apprit avec une surprise sans mélange que Domenico Torrisi avait été admis à siéger parmi les directeurs de l'Ospedale. Elena craignit un instant de se voir interdire l'accès de la Pietà, à cause du nom qu'elle portait, mais le nouveau directeur n'imposa aucune restriction de cette sorte. En fait, il n'assistait aux réunions des directeurs que lorsque son vote était nécessaire.

— Je suppose qu'il considère la Pietà comme un terrain neutre, au même titre que la salle du Grand Conseil, dit Elena à Marietta. Après tout, il y siège avec Filippo et ils sont bien obligés de se supporter.

— Nous verrons si ta théorie se confirme lorsqu'il saura que le chœur chante au Palais Celano, le mois prochain.

A leur grand soulagement, Domenico n'intervint pas non plus sur ce point. Ce soir-là, Elena fut particulièrement heureuse de recevoir Marietta et ses anciennes compagnes dans sa propre maison. Parmi elles, beaucoup étaient entrées au chœur après son départ de la Pietà, mais elles furent également les bienvenues. Leurs voix harmonieuses semblèrent dissiper l'atmosphère pesante qui régnait dans la maison depuis que Filippo s'était querellé avec sa mère, quelque temps auparavant.

La signora avait pris l'habitude de venir quand bon lui semblait. Elle était donc arrivée avec Lavinia sans s'être annoncée. En rentrant chez lui après de longues heures passées au Sénat, où il s'était opposé à Domenico Torrisi, Filippo aspirait à une soirée en tête à tête avec sa femme. Il aimait lui parler des événements de la journée et s'il devinait que ces récits fastidieux l'ennuyaient parfois, elle n'en laissait jamais rien paraître. Aussi, lorsqu'il l'avait vue, raide et tendue, assise dans le salon avec sa mère et sa sœur, il en avait éprouvé une intense déception.

— Quelle surprise ! s'était-il exclamé sur un ton qui laissait supposer qu'elle n'était pas vraiment agréable.

— Puisque tu ne viens pas me voir, je suis bien obligée de te rendre visite.

Il s'était penché pour déposer du bout des lèvres un baiser sur la joue de sa mère.

— Et... que me vaut cet honneur ?

— Je pensais que ta femme et toi m'annonceriez un heureux événement.

Filippo avait lancé un coup d'œil à Elena, dont les yeux obstinément baissés prouvaient qu'elle devait déjà avoir subi une solide semonce. Lui-même lui cherchait souvent querelle à ce propos. Cela se terminait toujours de la même façon : Elena fondait en larmes et il était fou de rage. Il ne comprenait pas pourquoi elle ne lui avait pas encore donné d'héritier, car elle était jeune et en bonne santé. Il n'avait cependant pas l'intention de laisser sa mère remuer le couteau dans la plaie.

— Nous n'avons encore rien à vous dire sur ce plan.

— Rien ! s'était exclamée la signora d'une voix aussi glaciale que son expression. Vous êtes mariés depuis un an, ce me semble. Combien de temps comptez-vous nous faire languir ?

— Vous outrepassez vos droits, mère, lui avait-il dit sur un ton menaçant.

Se rappelant qu'il avait autrefois défié Marco de leur prouver sa virilité, elle n'avait pas tenu compte de la mise en garde.

— Qui de vous deux est responsable ? avait-elle demandé. Toi, ou ta femme ?

— Silence ! Je suis le maître, dans cette maison. Vous ne me parlerez pas de cette manière !

— Tu es le maître, en effet, avait-elle raillé. Si Marco était encore de ce monde, il m'aurait déjà donné un petit-fils.

Incapable d'en supporter davantage, Elena s'était levée d'un bond et avait couru se réfugier dans sa chambre. De loin, elle les avait entendus s'injurier. Au bout d'une heure, environ, les cris avaient cessé et elle avait perçu les pas de Filippo. Il devait être d'une humeur terrible... Terrorisée, elle s'était mise à trembler. La porte s'était ouverte à la volée devant son mari.

— Ma mère et Lavinia sont parties, lui avait-il annoncé, une flamme dangereuse au fond des yeux. Je leur ai dit de ne plus jamais revenir.

— Où iront-elles ?

— Chez l'un ou l'autre de mes frères, je suppose. Peu m'importe ! Néanmoins, ma mère a raison, nous devrions avoir un enfant depuis longtemps.

Il l'avait attrapée par le bras et jetée à terre, avant de s'emparer d'elle avec une sauvagerie accrue. Hélas, ce devait être une fois de plus sans résultat.

Personne n'aurait accueilli une grossesse avec plus de joie qu'Elena. Elle désirait un enfant de toutes les fibres de son corps, bien qu'elle se moquât éperdument de donner un héritier à la famille Celano. De toute sa nature chaleureuse, elle brûlait d'aimer et d'être aimée. Puisque Filippo était incapable de la combler sur ce plan, elle s'était tournée vers les plaisirs que pouvait lui procurer la société.

En compagnie d'amis, elle retrouvait son humour pétillant des jours heureux. Les femmes l'aimaient et elle attirait irrésistiblement les hommes. Sa beauté, son allure, son charme innocent et sa manière amusante de relater les derniers potins la plaçaient invariablement au centre de toutes les conversations.

Tant qu'elle pouvait danser, assister aux concerts de la Pietà, fréquenter les théâtres et les maisons de jeu, elle oubliait les aspects les plus sombres de sa vie. Elle adorait organiser des réceptions, des banquets ou des bals masqués. Filippo était un homme sociable et un hôte courtois. Le flirt étant admis par les mœurs, il n'était pas fâché de voir son épouse subjuguer d'autres hommes par ses charmes. Il savait qu'elle n'oserait jamais lui être infidèle. En revanche, il ne limitait en aucun cas sa propre liberté. Il ne voyait aucun inconvénient à ce qu'Elena sortît seule en compagnie d'amis, car lui-même fréquentait certains lieux de plaisirs que les épouses n'avaient pas à connaître.

9

Adrianna reçut un visiteur, marchand d'objets d'art venu de Lyon pour acquérir des tableaux. Lorsqu'il lui dit venir de la part d'Alix, le visage de la jeune femme s'assombrit. Un jour qu'elles étaient seules, Marietta lui avait conté son idylle avec le jeune Français.

— Si je comprends bien, monsieur Blanchard, vous dites qu'Alix a envoyé des lettres à Marietta par mon intermédiaire. Je puis vous assurer que je ne les ai jamais reçues.

M. Blanchard haussa les épaules avec fatalisme.

— Puisque vous savez que la jeune fille écrivait de son côté à son amoureux, il faut croire que le sort s'est acharné contre ces deux jeunes gens.

Il était clair que la galanterie lui interdisait de nommer la personne qui avait vraisemblablement intercepté les lettres de Marietta. C'était sans nul doute Mme Desgrange en personne puisque, aux dires même de M. Blanchard, son mari était désormais sénile. Mais le Français avait un autre message à délivrer. A la fin de la discussion, il remit à Adrianna une lettre adressée à Marietta, ainsi qu'une rose rouge qu'il avait achetée à Venise, selon les instructions d'Alix.

— Voudriez-vous donner ceci à Marietta, signora ?

227

— Je le ferai, dit-elle en prenant la lettre et la rose.

Après son départ, Adrianna décida de se rendre aussitôt à la Pietà. En chemin, elle passa par la boutique de son mari, qu'elle trouva dans son bureau. Après qu'il eut reconnu avoir brûlé les lettres et donné ses motifs, une scène tumultueuse opposa les deux époux. C'était la première fois que Leonardo voyait sa femme dans une telle colère.

— Tu as agi en véritable tyran ! s'indigna-t-elle. Et les conséquences de ta conduite sont bien cruelles pour cette pauvre Marietta ! Donne-moi ta parole que tu ne me tromperas plus jamais d'aucune façon.

Il promit. La paix de sa maison lui importait plus que tout au monde.

A la Pietà, on accueillit chaleureusement Adrianna. Les anciennes pensionnaires de l'Ospedale n'avaient le droit de parler à leurs amies qu'à travers les grilles du parloir. Mais celles qui s'étaient illustrées par leurs dons musicaux, comme Adrianna ou Elena, avaient libre accès au conservatoire. La jeune femme reconnut la voix ravissante de Marietta dès qu'elle approcha de la salle de travail, vers laquelle on l'avait dirigée. Une fois devant la porte, elle s'immobilisa un instant. Puis, prenant une profonde inspiration, elle entra. Marietta, qui s'accompagnait elle-même à la harpe, s'interrompit aussitôt et lui sourit.

— Quelle bonne surprise !

Remarquant l'expression attristée de son amie, elle s'assombrit aussitôt.

— Que se passe-t-il ? demanda-t-elle en se levant de son tabouret.

— J'ai de mauvaises nouvelles... concernant Alix.

Marietta pâlit affreusement.

— Je t'écoute.

Adrianna lui tendit la lettre et rose.

— Alix est marié, dit-elle d'une voix tremblante. Il ne reviendra jamais.

Avec un calme qui parut anormal à Adrianna, Marietta prit la lettre et s'approcha de la fenêtre, non pour mieux voir, mais pour s'isoler un peu pendant sa lecture. C'était un message d'adieu. Alix tentait de se justifier dans des termes où la culpabilité et le désespoir se mêlaient intimement. Il lui parlait de la maladie de son père et de la menace de faillite qui l'avaient empêché de revenir à Venise. Lorsque sa lettre lui parviendrait, il aurait épousé Louise d'Oinville, qui était aussi devenue son associée.

Marietta replia la lettre. Le visage figé, elle posa les yeux sur la rose... Il lui avait offert la même, la nuit où il lui avait demandé de l'épouser. S'il espérait lui faire comprendre qu'il éprouvait des remords, cette fleur n'effacerait pas les promesses bafouées et la confiance foulée aux pieds. Elle se sentait trahie, abandonnée.

— Comme tu dois être déçue ! dit Adrianna.

Elle ne put s'empêcher de lui rapporter tout ce que lui avait confié le marchand de tableaux. Il pensait que Louise d'Oinville avait jeté son dévolu sur Alix dès le début. Pour arracher sa famille et ses associés à la ruine, Alix n'avait eu d'autre choix que d'épouser la jeune et riche veuve.

— Courage, Marietta ! Tu finiras par oublier. Il faut tirer un trait sur le passé. Ne t'appesantis pas sur ce qui aurait pu être. Il te reste la musique !

Les yeux de Marietta exprimaient une profonde souffrance.

— Je vais m'efforcer de suivre ton conseil, Adrianna. Il le faut ! Je te remercie d'être venue me remettre le message d'Alix en personne. Une chose m'intrigue, cependant. Si j'ai bien compris, Alix n'a jamais reçu mes lettres, mais qu'est-il advenu de celles qu'il m'a envoyées ?

D'une voix entrecoupée par les larmes, Adrianna lui raconta alors la trahison de son mari.

— J'ignorais tout de ces lettres jusqu'à ce matin, conclut-elle en pleurant.

Marietta posa une main apaisante sur le bras de son amie.

— Ne sois pas triste, Adrianna, je suis sûre que tu n'es pas fautive et ton mari n'est pas vraiment à blâmer. J'aimais profondément Alix, mais Venise s'est élevée entre nous.

Adrianna s'essuya les yeux.

— Quelle étrange remarque !

— Elle est pourtant fondée.

Marietta ne s'expliqua pas davantage et Adrianna n'était pas femme à insister. Sans mot dire, elle regarda la jeune fille brûler la lettre à la flamme d'une bougie.

Cette nuit-là, Marietta mit son loup et un domino dont elle remonta le capuchon sur sa tête, puis elle prit la clef de la petite porte dans un tiroir. Pour finir, elle retira la rose du vase où elle l'avait mise et se glissa sans bruit hors de sa chambre.

Sous un ciel étoilé, de nombreux Vénitiens s'acheminaient vers des lieux de loisir, une lanterne ou un flambeau à la main. Personne ne prêta attention à Marietta, qui retraçait les chemins qu'elle avait suivis avec Alix. Sur la Place San Marco, elle s'arrêta un instant sous une fenêtre. A cet endroit précis, une certaine nuit de Carnaval, elle avait aperçu le masque d'or de Domenico Torrisi. L'avertissait-il qu'elle devait fuir Venise pendant qu'il en était encore temps ?

Elle marcha jusqu'à un endroit désert, au bord du Grand Canal. Arrivée là, elle porta la rose à ses livres avant de la jeter à l'eau, d'un geste gracieux. Très droite, elle regarda la fleur flotter un instant avant de disparaître dans l'eau noire.

— Adieu, Alix, murmura-t-elle.

Elle se rappelait ses yeux souriants, sa gaieté et les fous rires qu'ils avaient partagés. Dès le début, leur amour doux-amer avait été condamné. De tout son cœur, elle lui souhaitait d'être heureux. De retour à la Pietà, elle rangea la clef dans un tiroir, bien qu'elle fût certaine de ne plus jamais l'utiliser.

Durant les trois années qui suivirent, Marietta alla d'un succès à l'autre. Parvenue à maturité, sa voix riche et veloutée exerçait un puissant attrait sur le public, qui se déplaçait de fort loin pour l'écouter. Elle-même se produisit dans d'autres villes, parfois accompagnée du chœur ou d'autres solistes, mais le plus souvent elle était invitée à chanter seule. Elle disposait d'un splendide appartement à la Pietà, meublé selon son goût, et recevait un salaire adéquat. Ses pensées volaient fréquemment vers Alix. Aucun autre amour n'était entré dans sa vie bien que, comme Adrianna, elle fût sollicitée par une horde de prétendants.

Elle voyait rarement Domenico, et s'en accommodait tout à fait. Il n'assistait jamais aux réceptions de la Pietà, comme le faisait autrefois son épouse. De temps à autre, il venait l'entendre chanter, et il leur arrivait de se croiser lorsqu'il se rendait aux réunions des directeurs. Marietta répondait à son salut, mais ils ne s'étaient jamais parlé depuis la nuit où il s'était engagé à ne pas la trahir.

En revenant de Padoue, où elle avait donné un concert, Marietta trouva une invitation à dîner, envoyée par Domenico Torrisi. Elle avait été reçue par les autres directeurs de nombreuses fois, aussi supposa-t-elle que Domenico se sentait obligé de les imiter, par simple courtoisie. Néanmoins, la perspective de cette soirée la jeta dans une agitation extrême. Pourquoi prenait-il une telle initiative, alors qu'elle menait une vie tranquille et sans heurts ? Elle espérait que la présence de nombreux invités limiterait les échanges à quelques mots polis avec le maître de maison.

Elle avait usé de ses privilèges de prima donna pour obtenir de n'être chaperonnée que par une seule religieuse lorsqu'elle sortait. Son choix s'était porté sur sœur Giaccomina et toutes deux appréciaient d'être libérées de sœur Sylvia, dont le caractère revêche ne s'était pas amélioré avec l'âge. Le soir de la réception, elles grimpèrent donc dans la gondole que le signore Torrisi leur avait envoyée.

Domenico les attendait devant la porte de son palais. Marietta fut surprise qu'il eût quitté ses hôtes pour les accueillir, le fait étant assez inhabituel. Ses cheveux poudrés accentuaient son teint hâlé, témoignage de ses longs voyages en mer.

— Soyez les bienvenues dans ma maison, dit-il en souriant.

— Tout le plaisir est pour nous, répondit poliment Marietta.

Quelques instants plus tard, elles le suivaient le long d'un corridor dont les murs étaient ornés de fresques aux couleurs passées. Un magnifique tapis persan recouvrait le sol de marbre. Sans doute avait-il été étalé jusqu'au seuil pour l'occasion, songea la jeune fille, car les eaux du Grand Canal devaient s'engouffrer sans avertissement dans ce corridor chaque fois que les vents choisissaient de se montrer méchants.

Ils bavardèrent tous les trois en gravissant un grand escalier. Au-dessus de leur tête, le plafond voûté était recouvert d'une peinture dorée mêlée çà et là de bleu, comme si le ciel pointait à travers. En haut des marches, ils parvinrent dans un vaste vestibule donnant sur une salle de bal qui dépassait en splendeur tout ce que Marietta avait vu jusqu'alors, hormis au Palais Ducal. Haute de deux étages, elle était éclairée par trois énormes lustres qui déversaient des cascades de lumière sur les murs peints, donnant ainsi l'illusion qu'on contemplait vraiment des jardins fleuris et des parcs classiques. Encadrées par des draperies d'or, les armoiries des Torrisi dominaient le mur principal. Marietta nota avec une certaine surprise que la salle était déserte, si l'on exceptait les valets qui se trouvaient devant les portes. Parvenue au milieu de la salle, elle ne put s'empêcher de s'immobiliser sur le sol rose, dallé à la vénitienne. Les yeux levés, elle se mit à pivoter lentement sur elle-même pour admirer les fresques en trompe-l'œil, représentant une galerie remplie de musiciens, dont certains semblaient se pencher pour regarder en bas. Amusé, Domenico observait la ligne souple de son corps élancé sous la robe vert océan. Les boucles d'oreilles de la jeune fille dansaient autour de son visage ravi, au gré de ses mouvements gracieux.

— Où sont vos chanteurs, signore Torrisi ? demanda-t-elle gaiement.

Son regard erra jusqu'au plafond, dont les peintures représentaient une allégorie des vertus et des hauts faits de la famille Torrisi.

— Il n'y en a pas d'autre que vous, Marietta. A vrai dire, sœur Giaccomina et vous êtes mes seules invitées, ce soir.

Alertée par cette situation inédite, la jeune fille lui lança un coup d'œil rapide. Sœur Giaccomina paraissait surprise elle aussi. Impassible, Domenico s'acquittait de ses devoirs d'hôte, attirant leur attention sur ce qui pouvait les intéresser. Il les conduisit dans un salon dont les murs étaient dissimulés derrière des tapisseries, puis dans un autre tendu de soie corail. Marietta remarqua trois portraits de son épouse défunte. L'un d'entre eux la représentait en pied et grandeur nature, vêtue d'une robe de satin perle et coiffée d'un petit chapeau à plume. Ils parvinrent enfin dans une salle à manger où une table ronde avait été mise pour trois, sous un baldaquin

de taffetas azur, soutenu par six colonnettes canne-
lées. Les couverts d'argent scintillaient, les coupes
de verre bleu étincelaient, les roses blanches exha-
laient un parfum suave.

Le dîner avait été conçu à la perfection. Sœur
Giaccomina rendit justice à chaque mets, fermant
même les yeux chaque fois qu'on lui présentait un
nouveau plat, comme pour mieux savourer la première bouchée. En revanche, Marietta se sentait de
plus en plus inquiète, bien que Domenico fût un
maître de maison détendu, à la conversation agréable. Elle pensait au tapis persan, à la place d'honneur qu'elle occupait à la droite de Domenico, alors
que la religieuse était son aînée. Elle ne parvenait
pas à se défaire de l'idée que d'autres surprises l'attendaient encore. Que pouvait-il vouloir d'elle ?

Au cours de la conversation, Domenico l'interrogea sur ses premières impressions d'enfant, lorsqu'elle était arrivée à Venise pour la première fois.
Elle lui dit alors qu'elle avait aperçu la maison de
villégiature des Torrisi, depuis la barge d'Iseppo.

— Je me rappelle qu'une foule de jeunes gens
joyeux entraient dans la maison.

— Ce devait être mes frères et leurs femmes.
Aujourd'hui, seul le plus jeune, Antonio, est resté à
Venise avec moi. Franco est parti pour le Nouveau
Monde, où il importe des marchandises d'Europe.
Lodovico s'est marié en Angleterre, sans le consentement de mon père ou du Sénat, s'interdisant ainsi
définitivement de revenir ici. Quant à Bertucci, il est
mort à la suite d'un duel avec un Celano. Ce fut l'un
de ces terribles drames, où les duellistes périssent
tous les deux des blessures infligées par l'autre.

— C'est horrible, en effet ! Et un tel événement
n'a pas suffi à réconcilier les deux familles ?

— Essayez donc de fléchir un Celano !

Marietta pensa que les Torrisi n'étaient pas moins
implacables que leurs adversaires, et s'abstint néan-

moins de tout commentaire. Le dîner terminé, Domenico conduisit ses invitées dans une bibliothèque. Sur une table, elles aperçurent des livres anciens et très précieux, qui contenaient des illustrations exquises. Sœur Giaccomina ne put s'empêcher d'applaudir de ses mains potelées. Elle s'intéressait de près aux éditions rares, non qu'elle eût reçu une instruction poussée, mais par goût personnel. Des larmes perlèrent dans les yeux de la brave religieuse lorsque Domenico leur montra une gravure représentant le fondateur des hôpitaux de Venise, le frère Petruccio d'Assise, en train de nourrir des petits enfants.

— Quel trésor ! s'extasia-t-elle. Cette image date-t-elle du temps où il vivait ?

— Je le crois.

— Alors, le saint homme devait vraiment être ainsi ! Quel visage bienveillant ! Vous ne trouvez pas, Marietta ?

— Bien sûr.

Marietta examina le joli tableau, peint dans des tons bleus, rouges et or. Sa vie aurait été bien différente, songea-t-elle, si plusieurs centaines d'années auparavant, un brave homme n'avait été ému par la triste situation de ces petits êtres sans défense.

Sœur Giaccomina s'assit devant la table, visiblement désireuse de feuilleter le volume. Domenico posa un chandelier près d'elle, pour qu'elle ne se gâchât pas la vue.

— Savez-vous que frère Petruccio criait : « Pitié ! Pitié ! », lorsqu'il allait de porte en porte pour obtenir l'argent nécessaire à la fondation de son hôpital ? s'exclama sœur Giaccomina. C'est pour cette raison que le nôtre a reçu le nom de « Pietà », pitié. Mais ce n'est pas lui qui a décidé de marquer au fer rouge les petits pieds des orphelines ! ajouta-t-elle avec indignation. Ce sont les hommes puissants et arrogants qui ont financé ces hôpitaux après lui ! Ils voulaient ainsi que leur charité soit reconnue de tous !

Marietta et Domenico, qui connaissaient ces faits aussi bien qu'elle, échangèrent un regard amusé. Ainsi qu'ils s'y attendaient, sœur Giaccomina s'emporta ensuite contre la coutume, introduite par ces mêmes mécènes intéressés, de nommer les enfants Poussière, Pierre ou Gibet, afin de leur rappeler leurs humbles origines.

— Pour ma part, je suis bien contente que la coutume du fer rouge ait été abandonnée depuis bien longtemps, avoua Marietta.

Sœur Giaccomina lui adressa un sourire affectueux.

— Ainsi qu'un auteur dramatique l'a écrit, mon enfant, une rose peut être désignée sous un autre nom, elle sentira toujours aussi bon.

Voyant que Domenico posait auprès d'elle une loupe puissante, la brave religieuse s'épanouit.

— Oh ! Exactement ce dont j'ai besoin !

— Si vous n'y voyez pas d'objection, ma sœur, je vais vous laisser à votre lecture et emmener Marietta dans une autre pièce. Elle et moi avons à discuter.

L'espace de quelques secondes, sœur Giaccomina hésita. Puis elle se rappela que le signore Torrisi était l'un des directeurs de la Pietà et par conséquent habilité à protéger la vertu de ses pensionnaires.

— Je serai ravie de feuilleter ces livres magnifiques, dit-elle avec sincérité.

Marietta aurait préféré rester auprès d'elle, mais elle n'avait d'autre choix que de suivre son hôte. Il la conduisit dans un salon aux murs dorés comme le miel, donnant sur le Grand Canal. La jeune fille remarqua un magnifique tableau représentant Zéphyr et Flora. Comme partout ailleurs le cadre était embelli par la clarté des bougies, mais les dimensions réduites de la pièce créaient une atmosphère plus intime. Les fenêtres étaient ouvertes sur la chaude nuit de mai. Marietta s'assit sur une chaise d'où elle pouvait apercevoir le ciel étoilé et Domenico prit place non loin d'elle. Comme toujours, la musique était là, fusant d'un point ou d'un autre de la ville. Marietta tendit l'oreille, tout en agitant lentement son éventail. C'était un cadeau offert par un admirateur, dont les incrustations brillantes accrochaient la lumière des bougies. Un bras passé derrière le dossier de sa chaise, les jambes croisées, Domenico avait adopté une pose détendue, pourtant elle le sentait sur le qui-vive. Mais pour quelle raison ? Plus que jamais en tout cas, il lui apparaissait comme un homme d'une immense séduction.

— Avant mon arrivée à Venise, la musique avait peu de place dans ma vie, dit-elle pour rompre le silence. Sauf lorsque je chantais.

— Je suis allé dans le village où vous êtes née, il y a quelque temps.

— Vraiment ?

D'abord surprise, elle se rappela qu'il pouvait avoir consulté le registre de la Pietà et savoir ainsi d'où elle venait. Pour la première fois depuis des années, la nostalgie lui serra le cœur. Mais ce soir, tous ses sentiments semblaient exacerbés par l'expectative.

— Comment est-il ? demanda-t-elle. Je n'y suis jamais retournée.

— On y apprête toujours les masques. Vous plairait-il de vous y rendre un jour ?

Marietta sourit pour elle-même. Il y avait une information qu'il ne trouverait pas dans les registres. Peut-être était-ce le moment de la lui révéler.

— J'aimerais revoir l'atelier où ma mère et moi avons passé de si longues heures, là où j'ai vu votre masque d'or pour la première fois.

Ces mots durent l'émouvoir, car il se pencha brusquement en avant. Sans qu'il l'interrompît une seule fois, elle lui expliqua par quelles voies elle était parvenue à la conviction que sa mère avait élaboré le masque doré, avant qu'il lui fût livré. Elle s'abstint cependant de lui demander pourquoi il l'avait commandé. S'il désirait le lui dire, il le ferait.

— Il y avait donc un lien entre nous longtemps avant que vous ayez promis de ne pas me trahir auprès de la Pietà, conclut-elle en se tournant vers lui.

Il était trop logique pour y voir autre chose qu'une coïncidence, mais mieux valait ne pas la contrarier sur ce point. Angela, qui était pourvue d'une grande sensibilité et de beaucoup de perspicacité en matière de caractères, lui avait toujours conseillé de se montrer diplomate lorsqu'il traitait des affaires délicates.

— Si vous le désirez, Marietta, je vous emmènerai dans votre village.

Elle secoua négativement la tête.

— Je vous remercie, mais je n'y retournerai que lorsque je serai prête.

— Quand vous n'appartiendrez plus à la Pietà ?

— C'est cela.

— Avez-vous pensé à votre avenir ?

Hochant imperceptiblement la tête, elle se tourna de nouveau vers la fenêtre.

— Je n'ai pas l'intention de demeurer au conservatoire plus de deux ans. Ensuite, je compte donner des concerts à travers l'Europe.

— Vous n'envisagez pas de vous marier ?

— Non. L'homme que je devais épouser n'est pas revenu.

— Votre Français...

C'était moins une question qu'une constatation. Après cette rencontre au ridotto, et sur les instances d'Angela, Domenico avait envoyé ses meilleurs espions sur les traces d'Alix et de Marietta. Quand elle avait appris leur fuite ratée, Angela en avait éprouvé une grande compassion. C'était après cet événement qu'elle avait insisté pour assister aux concerts de la Pietà, du moins chaque fois que Marietta chantait. Habitué aux lubies de son épouse, Domenico ne lui avait pas demandé pourquoi ils devaient y aller masqués. Il s'était pourtant étonné que son valet lui remît invariablement sa bauta, et non son masque d'or, suivant en cela les instructions d'Angela. Après qu'il avait reçu le rapport concernant le mariage d'Alix, il avait refermé le dossier pour ne plus le rouvrir. Mais Marietta ne saurait jamais rien de tout ceci.

— Oui, mon Français, dit-elle tout en se demandant où cette conversation la mènerait. Quand je serai lasse de voyager, je m'installerai quelque part pour enseigner, probablement à Venise.

— Vous ne préféreriez pas éduquer vos propres enfants ?

Elle renversa sa tête sur le dossier rembourré de sa chaise.

— Sans doute, mais comme je vous l'ai dit, mes projets n'incluent pas les enfants. Plusieurs jeunes cantatrices de talent se sont révélées, à la Pietà. Je me montrerais déloyale, si je leur volais leur succès en continuant de me produire à Venise. Adrianna nous a montré l'exemple. Elle a fait trois dernières apparitions aux réceptions de la Pietà, puis elle s'est consacrée à sa vie de famille.

— Elle ne chante plus ?

— Seulement des berceuses pour ses enfants, dit Marietta en souriant.

— Ils ont bien de la chance, de s'endormir au son d'une telle voix. Vous la voyez régulièrement, je crois ?

— En effet. J'ai deux merveilleuses amies en Adrianna Savoni et Elena Celano... Est-on autorisé à prononcer ce nom en votre présence, ajouta-t-elle après un temps d'hésitation.

— Vous pouvez dire ce que vous voulez.

Un éclair de malice passa dans les yeux verts de la jeune fille.

— En ce cas, je vous poserai une question qui m'intrigue depuis longtemps. En tant que directeur, vous auriez pu faire changer la serrure de la porte qui donne sur la petite rue. Pourquoi n'en avoir rien fait ? Vous avez certainement deviné que je passais par là et que j'en ai conservé la clef ?

— Peut-être ai-je espéré vous revoir dans un ridotto.

Elle ferma son éventail. Elle savait que cette dernière remarque était une plaisanterie, pourtant il paraissait grave.

— Je ne vous ai jamais dit combien je vous étais reconnaissante de ne pas m'avoir trahie. Vous auriez pu le faire, quand vous êtes devenu l'un de nos directeurs.

— Je ne vous ai jamais voulu aucun mal. Il en sera de même jusqu'à la fin de ma vie.

Cette fois, il ne plaisantait pas. Une sourde tension avait envahi l'atmosphère.

— Ce dernier engagement me paraît bien dramatique, dit-elle légèrement.

Il se pencha vers elle et lui prit la main.

— Je ne me suis jamais exprimé avec plus de sincérité. Vous et moi avons eu le désespoir de perdre l'être que nous aimions, quoique pour des raisons différentes.

Elle s'arracha à son étreinte, une lueur hostile au fond des yeux.

— Pourquoi dites-vous cela ?

— Aucune fille de la Pietà n'aurait pris de tels risques pour un homme, si elle n'avait éprouvé pour lui une grande passion. Je vous ai vus ensemble plus souvent que vous ne le pensez, vous savez. Une fois, vous participiez à une farandole, sur la Place San Marco. Et puis, tout d'un coup, il a disparu. Qu'en conclure, à votre avis ?

Marietta s'absorba un instant dans la contemplation de son éventail. Il avait évoqué l'un des moments les plus heureux de son existence.

— J'admets que vous ne vous trompez pas au sujet d'Alix et de moi. C'est tout ce que je puis vous dire.

— Ce n'est pas de votre passé ou du mien que je désire vous parler, Marietta. Je veux vous dire que vous et moi pouvons encore être heureux. Bien sûr, nous ne connaîtrons pas deux fois le même bonheur, car le premier amour est unique et personne ne voudrait qu'il en soit autrement. Cependant, je vous demande de m'épouser. Réfléchissez-y. Je n'attends pas de vous une réponse immédiate, mais avant peu, je renouvellerai ma proposition. Entre-temps, j'espère pouvoir vous prouver que nous pouvons mener ensemble une vie qui effacera nos souffrances passées.

Contrairement à ce qu'on aurait pu penser, Marietta ne fut pas surprise par ces propos. Tout ce qui avait précédé l'y avait préparée. Elle lui était reconnaissante de s'être abstenu de toute déclaration d'amour. Au moins était-il honnête : il désirait se remarier pour avoir un héritier. Sans doute une autre femme se serait-elle empressée d'accepter, mais elle désirait être davantage pour son époux que la mère de ses enfants.

Pesant ses mots avec soin, elle leva enfin les yeux vers lui.

— Je peux vous répondre tout de suite. Tout à l'heure, je vous ai exposé mes projets d'avenir et, bien que vous m'ayez accordé le temps de la réflexion, je sais déjà que je ne changerai pas d'avis.

— Cependant l'idée est encore nouvelle, pour vous. Lorsque vous me connaîtrez mieux, il se peut que vous voyiez les choses sous un jour différent. Les autres directeurs savent que je souhaite vous prendre pour femme et ils n'ont émis aucune objection.

241

— Et le Grand Conseil ? Je sais qu'un noble ne peut épouser une femme qui ne soit pas issue de la classe patricienne, ou qui ne dispose pas d'une dot importante. Elena m'a raconté après son mariage que le cardinal Celano avait dû faire une démarche auprès du doge. Sans cette intervention, les sénateurs se seraient opposés à cette union.

— J'ai moi aussi des amis bien placés.

Marietta comprit alors qu'il était inutile de discuter. Il était clair que Domenico opposerait un argument à chacune de ses objections.

— Nous devrions rejoindre sœur Giaccomina, dit-elle en se levant. Il est certain que la lecture de ces livres doit lui avoir fait perdre la notion du temps.

Comme elle se tournait vers la porte, Domenico posa une main ferme sur son bras.

— En ce cas, nous n'avons nul besoin de nous hâter, Marietta.

Elle comprit trop tard qu'il voulait l'embrasser. La prenant alors dans ses bras puissants, il la serra contre lui et s'empara de sa bouche avec une telle passion qu'elle se sentit soulevée de terre. Malgré elle, la jeune fille s'abandonna à cette étreinte. Eveillé à l'amour sans en avoir connu l'aboutissement, son corps semblait animé d'une volonté propre. Ses bras se nouèrent autour du cou de Domenico, ses lèvres répondirent à ses baisers, au lieu de les subir, et quand il la lâcha, son cœur battait à un rythme effréné. Tremblant de tous ses membres, elle resta contre lui, le front appuyé à son épaule.

— Laissez-moi prendre soin de vous, dit-il en effleurant sa tempe de ses lèvres. Je ferai de mon mieux pour que vous ne le regrettiez pas.

Elle s'écarta de lui très vite, secouant la tête.

— N'en disons pas davantage pour l'instant.

— Comme vous voudrez.

Ainsi que Marietta l'avait prévu, sœur Giaccomina était tellement absorbée par sa lecture qu'elle parut surprise de ce qu'elle croyait être un prompt retour. Pendant tout le trajet en gondole vers la Pictà, la brave religieuse parla des livres merveilleux qu'elle avait feuilletés. Elle ne remarqua pas le silence de Marietta, assise derrière elle sous le felze. Domenico, qui avait insisté pour les accompagner jusqu'à l'Ospedale, lui donnait machinalement la réplique. Dissimulée derrière son voile, Marietta observait son beau visage éclairé par la lune. Au moment où il l'avait embrassée, elle avait compris en un éclair que la peur qu'il lui avait toujours inspirée avait son origine dans l'attrait qu'il exerçait sur elle. Elle avait craint de tomber amoureuse d'un homme marié. Maintenant que plus aucun obstacle ne s'élevait entre eux, le mariage de raison qu'il lui proposait ne la tentait guère.

Elle ne dormit pas de la nuit. Le lendemain matin, elle avait rendez-vous avec le maestro, avec qui elle devait choisir les chants qu'elle interpréterait lors d'un prochain concert. Ils étaient assis dans le bureau du maestro, qui donnait sur le jardin. Filtré par les arbres, le soleil déversait une lumière verte dans la pièce.

— Maestro, j'aimerais discuter d'une question très importante avec vous, dit-elle après qu'ils eurent défini le programme du concert.

Agé d'une cinquantaine d'années, le maestro était un homme aux traits fins, portant perruque blanche.

— De quoi s'agit-il ? demanda-t-il en croisant ses longs doigts d'artiste.

— Vous n'avez jamais émis la moindre objection, quand j'ai évoqué devant vous mes projets d'avenir. J'en avais conclu que vous désiriez me voir rester à la Pietà le plus longtemps possible.

— C'est exact. Actuellement, aucune de vos compagnes n'est susceptible de vous remplacer.

— Néanmoins, il s'est produit un événement

inattendu et je crois devoir hâter mon départ. Lorsque je vous aurai exposé mes raisons, vous comprendrez, je l'espère, que je n'ai pas d'autre choix.

Le maestro hocha la tête avec bienveillance.

— Ne craignez rien, mon enfant. Je savais que cela arriverait un jour ou l'autre.

Elle se réjouit d'une telle attitude, qui lui facilitait les choses.

— Je souhaite commencer cette tournée de concerts le plus tôt possible.

Il parut surpris.

— Des concerts ? répéta-t-il.

— J'ai toujours dit que je ne désirais pas me plier aux exigences d'un directeur d'opéra. Je voudrais que vous m'aidiez à choisir parmi les offres de concerts qui m'ont été faites.

L'air désemparé, le maestro se frotta le nez.

— Si je comprends bien, les félicitations ne sont pas de mise ?

Marietta fut frappée d'une illumination. Domenico avait laissé entendre qu'il ne rencontrerait aucun obstacle parmi les dirigeants de la Pietà, s'il leur demandait sa main. Elle aurait dû comprendre que le maestro avait forcément été mis au courant.

— En effet, maestro. Je n'ai pas encore formellement repoussé l'offre du signore Torrisi, mais ma décision est prise. Et puisque il est l'un des directeurs de la Pietà, mieux vaudra que je m'en aille très vite, quand je lui aurai fait connaître mon refus.

Le maestro se leva et marcha un instant de long en large avant de tourner vers la jeune fille un visage sombre.

— Je n'aurais jamais pensé avoir à vous le dire, mais votre avenir a été scellé par les directeurs il y a de cela deux ans. Je ne me rappelle pas exactement la date, mais cela s'est produit après que vous avez chanté sur le *Bucentaure*. Le signore Torrisi a

244

demandé une réunion plénière des directeurs, à qui il a annoncé son désir de faire de vous sa femme, au moment qui vous conviendrait à tous les deux. Le contrat a été dûment signé dans la semaine qui a suivi. S'il vous a présenté les choses différemment, ce fut pure courtoisie de sa part.

— Mais je suis prima donna ! s'exclama Marietta. On aurait dû me demander mon avis

— En effet, et je ne doute pas qu'on vous aurait consultée si le signore Torrisi n'avait emporté l'accord de tous en versant une petite fortune dans les caisses de la Pietà. L'Ospedale n'avait jamais bénéficié d'une telle donation et les directeurs ont aussitôt accédé à sa requête qu'on ne vous dise rien jusqu'à ce qu'il décide de vous en parler lui-même. Ensuite, pour lui marquer leur reconnaissance, ils l'ont admis parmi eux.

Marietta lui lança un regard courroucé.

— Si je comprends bien, il m'a achetée comme un vulgaire objet. Pourquoi ne m'avez-vous pas défendue, maestro ?

— Je l'ai fait, Marietta, mais j'étais le seul à m'élever contre ce marchandage. Je voulais que d'autres pays aient la chance de vous entendre, avant que le mariage ne vous absorbe complètement. Le monde de la musique a perdu trop tôt Adrianna et je ne voulais pas qu'il en soit de même pour vous.

Furieuse, Marietta lui tourna le dos et s'approcha de la fenêtre pour contempler le jardin désert. Des mélodies variées montaient des salles de travail. Elle pouvait voir la petite porte qu'elle avait ouverte si souvent pour rejoindre Alix. Désormais, sa carrière de cantatrice touchait elle aussi à sa fin. Cette tournée de concerts n'aurait été qu'un rêve. Il était détruit par Domenico Torrisi et ceux qui avaient conspiré derrière son dos pour la priver de sa liberté.

Comment supporterait-elle une existence aussi désœuvrée ? Elena avait dû se résoudre à mener la vie d'une femme de sa classe. Elle se levait à midi, recevait sa coiffeuse avec ses amies, bavardait, se rendait le soir dans des ridotti, des théâtres, des bals et des réceptions, courant d'un plaisir à l'autre sans jamais s'arrêter. Marietta ne niait pas que cela pouvait être plaisant, du moins au début. Mais elle avait tracé son destin tout autrement. D'abord, elle aurait chanté, puis elle aurait enseigné son art à d'autres, leur transmettant ainsi ce que la vie lui avait donné. Il n'aurait pas été conforme à ses principes de recevoir sans rien offrir en retour.

— Je pourrais m'enfuir, maestro, dit-elle sans se retourner. Rien ne pourrait m'empêcher de chanter sous un autre nom.

— Vous imaginez-vous qu'un Torrisi vous permettrait de vous glisser hors de ses filets ? Ou même les directeurs ? Ils craindraient qu'il n'exige une restitution de son don, qui a déjà été investi dans l'agrandissement de bâtiments destinés à recevoir davantage d'orphelines. Voudriez-vous que ces travaux soient interrompus ?

Elle secoua négativement la tête.

— Vous savez bien que non.

— Alors, vous n'avez pas le choix. Vous devez respecter l'engagement qui a été pris en votre nom.

Marietta prit alors conscience d'une autre et terrible conséquence de ce coup du sort. Si elle devenait une Torrisi, Elena et elle ne seraient plus autorisées à se voir.

— Maestro ! s'exclama-t-elle en pivotant sur elle-même. Laissez-moi rendre visite à Elena, après les leçons. Il faut que je lui parle !

Il comprit la raison de cette requête.

— Je vous conduirai moi-même au Palais Celano.

Ce n'était pas la première fois que le maestro y était reçu. Pendant que Filippo lui servait du vin et s'asseyait avec lui pour bavarder un instant, Marietta suivit Elena dans son boudoir. Là, elle lui relata les derniers événements.

— Je suis en proie à deux sentiments contradictoires, conclut-elle. D'un côté, je suis furieuse d'avoir été en quelque sorte vendue à Domenico, mais en même temps il exerce sur moi un véritable magnétisme. Je comprends seulement maintenant que cet attrait existe depuis le début, quand je l'ai vu pour la première fois avec son masque d'or. Je souhaite à la fois l'épouser et me libérer de lui.

— Mais la famille Torrisi est tellement cruelle ! s'exclama Elena. J'ai tant entendu parler des forfaits qu'ils ont commis à l'encontre des Celano, au cours des siècles !

Cette naïveté arracha un sourire à Marietta.

— En toute honnêteté, tu reconnaîtras que les responsabilités de cette affaire sont équitablement réparties entre les deux familles. Ce sont les barnabotti des Celano qui ont renversé la gondole des Torrisi, le jour de ton mariage. Tu sais quelles ont été les tragiques conséquences de ce remarquable fait d'armes.

— Ce souvenir m'obsède. Sais-tu que j'ai presque tout oublié de cette fatale journée. Pourtant je me rappelle que la signora Torrisi m'avait adressé un signe amical de la main. J'ignore pourquoi cette image est restée gravée en moi. Peut-être espérait-elle qu'à nous deux, nous pourrions rétablir la paix.

— En ce cas, nous pouvons nous fixer le même but, toi et moi, dit Marietta d'une voix tremblante. Si je pouvais penser que ce mariage servira un noble dessein, j'en éprouverais un grand soulagement.

Baissant la tête, elle porta une main à ses yeux.

— Je ne sais plus où j'en suis, avoua-t-elle.

Elena se leva d'un bond pour s'agenouiller près de son amie.

— Ne désespère pas, Marietta ! Oh, si seulement je pouvais faire quelque chose pour toi !

Marietta devina en Elena une détresse qui ne tenait pas seulement à sa situation. Elle oublia ses propres soucis et prit la jeune femme par les épaules.

— Tu as des ennuis, toi aussi ? De quoi s'agit-il ?

— Tu n'es pas venue pour m'écouter me plaindre.

— Raconte !

Elena n'hésita guère. Les mots, trop longtemps réprimés, jaillirent de sa bouche.

— Je commence à croire que je ne pourrai jamais avoir d'enfant !

— Il est bien trop tôt pour tirer de telles conclusions, voyons ! Cela peut prendre parfois plusieurs années.

— C'est ce que j'ai dit à Filippo, mais il se montre de plus en plus impatient à mon égard. Depuis qu'il s'est réconcilié avec sa mère, ma situation a encore empiré. Désormais, lorsqu'il m'en veut, il l'écoute.

Elena s'agrippa au bras de Marietta et leva vers elle des yeux emplis de larmes.

— J'ai peur ! Si elle me croit stérile, je pense qu'elle voudra me faire disparaître.

— Ne te laisse pas aller à de telles divagations.

— Tu ne la connais pas comme moi. Elle est méchante et inaccessible au pardon.

— Tu as fait part à quelqu'un de tes soupçons ? A Lavinia, par exemple ?

— Je n'ose pas. Elle ne croirait pas sa mère capable d'une telle vilenie. Parfois, je regrette d'avoir conseillé à Filippo de se rapprocher de sa mère. Depuis, elle revient au palais chaque fois qu'elle le désire et, bien entendu, elle prend garde de ne pas le heurter de front. Mais elle avait été malade et je pensais que je devais faire les premiers pas. Maintenant, je suis sûre qu'elle a prétendu être aux portes de la mort dans ce but précis. C'est une femme démoniaque.

Elena secoua la tête, l'air plus malheureux que jamais.

— Je n'ai jamais eu davantage besoin de ton amitié, conclut-elle, et tu vas épouser un Torrisi !

— Nous nous arrangerons pour continuer de nous voir après mon mariage, répliqua Marietta avec détermination. Tu rendras visite à Adrianna... et moi aussi. Chez elle nous pourrons bavarder en toute sécurité et personne ne le saura jamais.

Le visage d'Elena s'illumina.

— Mais bien entendu ! Tu te rappelles les signaux que nous avions mis au point, à la Pietà ? Nous pourrons les utiliser chaque fois que nous nous rencontrerons dans des lieux publics.

— Je ne les ai pas tous gardés en mémoire, malheureusement.

— Revoyons-en quelques-uns, je suis certaine qu'ils vont tous nous revenir.

Elles s'entraînèrent d'abord à émettre les signaux de danger. Autrefois, ils avaient seulement signifié la proximité de sœur Sylvia. Dans le contexte de la haine qui opposait les Celano aux Torrisi, ils pouvaient désigner des dangers beaucoup plus redoutables. Elles eurent tôt fait de retrouver tout le code. Si un signal échappait à l'une, l'autre s'empressait de le lui souffler, ce qui suffisait à le lui remettre en mémoire.

— Il faudra nous entraîner chaque fois que nous nous verrons, jusqu'au mariage, dit Elena en glissant un bras sous celui de son amie, ainsi qu'elles l'avaient fait si souvent du temps où elles partageaient la même chambre. Personne ne pourra jamais nous empêcher de communiquer.

Cette pensée les réconforta toutes les deux.

Personne à la Pietà n'osa s'opposer à Domenico, lorsqu'il se présenta à l'Ospedale pour emmener Marietta à l'Opéra sans chaperon. Averti par une sœur Sylvia hors d'haleine, le maestro refusa d'être importuné. Quant aux directeurs, pas un d'entre eux n'était disponible. Marietta mit une robe de satin bleu sombre et posa un domino de velours sur ses épaules. Elle était allée deux fois à l'Opéra, quand elle chantait dans d'autres villes, mais jamais à Venise même. L'excitation qu'elle aurait dû éprouver était en grande partie dissipée par le ressentiment qu'elle éprouvait envers Domenico. Dès qu'ils furent dans la gondole, elle lui dit qu'elle avait été mise au courant du contrat de mariage.

Il parut fort mécontent.

— Je déplore cette indiscrétion, dit-il, car je désirais vaincre votre résistance. Puisque mes plans sont ainsi déjoués, je ne vois aucune raison pour que nous ne nous mariions pas le plus vite possible.

Prenant la main gantée de Marietta dans la sienne, il la pressa doucement.

— Je vous courtiserai après la cérémonie, Marietta. Ce sera diablement plus facile qu'avec toutes ces nonnes qui volettent sans cesse autour de nous, comme les pigeons de la Place San Marco.

L'image était si juste que Marietta ne put réprimer un sourire.

— Vous reconnaîtrez que sœur Giaccomina était trop absorbée par ses livres pour nous déranger, dit-elle.

— Oui. Elle s'est installée comme un pigeon sur une corniche de la Basilique.

Marietta sourit encore, malgré elle. Pour la première fois, elle envisageait ce que serait sa liberté, une fois qu'elle serait débarrassée de cette surveillance constante. Evidemment, elle ne ferait que changer de prison...

— J'ai songé à m'enfuir loin de vous, lui dit-elle sans ambages.

Il faillit lui répondre qu'elle n'était pas très douée pour la fuite, mais il se reprit à temps.

— Pourquoi ne l'avez-vous pas fait ?

— J'ai pensé que vous auriez tenu les dirigeants de la Pietà pour responsables de ma fuite. Vous auriez pu exiger la restitution de vos dons.

Il fronça les sourcils.

— Vous devez avoir une pauvre opinion de moi, si vous me croyez capable d'un acte aussi mesquin.

— Je ne vous connais pas. Comment saurais-je ce que vous êtes susceptible de faire ?

— Peu de couples se connaissent réellement avant d'être mariés. Faites-moi confiance, Marietta.

— Il semble que je n'aie pas d'autre choix, mais faut-il vraiment que nous fixions déjà une date ?

— Je vous ai déjà dit qu'il était inutile de la différer plus longtemps.

— Etes-vous si impatient d'avoir un héritier ?

Il resta silencieux plusieurs minutes.

— C'est vrai, dit-il enfin, mais je vous veux aussi, Marietta.

Elle prit une profonde inspiration et détourna les yeux de lui.

— Je voudrais une cérémonie intime, à Santa Maria della Pietà.

— Il en sera comme vous le désirez. Je vous propose qu'elle ait lieu dans six semaines.

— Je voudrais aussi que Filippo et Elena Celano soient invités, en signe de réconciliation.

— C'est impossible. Filippo Celano ne viendrait pas et votre amitié avec sa femme doit cesser.

Elle le foudroya du regard.

— Vous pourriez du moins tenter l'expérience !

Il baissa la voix pour lui répondre. Les volets du felze étaient pourtant fermés et les gondoliers chantaient une sérénade, ce qui excluait toute indiscrétion.

— La dernière initiative de ce genre remonte à une quarantaine d'années. Elle avait été prise par l'un de mes parents lointains et s'est terminée dans un bain de sang. Entendons-nous bien, Marietta. Si vous vous mêlez de cette affaire ou persistez dans votre amitié avec Elena Celano, vous serez peut-être responsable de plusieurs morts.

— Quelle horreur !

— L'horreur est monnaie courante, à Venise. Quand j'étais enfant, j'ai souvent vu des prisonniers mourir dans des cages suspendues au campanile. Les salles de torture sont moins encombrées qu'il y a quelques années, mais elles ne sont pas fermées pour autant. Un criminel convaincu de meurtre violent est encore suspendu par les pouces entre les deux colonnes roses du Palais des Doges. Vous n'avez jamais entendu leurs hurlements ?

— N'en dites pas davantage ! dit-elle en fermant les yeux.

La prenant par les poignets, il lui imprima une secousse qui la força à les rouvrir pour le regarder.

— Je me suis fait bon nombre d'ennemis, en tentant de faire abroger de tels châtiments et en dénonçant la corruption, quand je l'ai rencontrée. Si l'occasion s'en présente, les Celano ne seront pas les seuls à se dresser contre moi. Pour l'amour de Dieu, Marietta, rappelez-vous bien ceci : abstenez-vous de toute tentative hasardeuse et sachez que des hommes agissent pour le bien de tous, même s'il vous semble que nous sommes plongés dans la nuit. Peut-être un jour tout sera-t-il conforme à nos souhaits, mais en attendant le doge est un hédoniste beaucoup trop indulgent. Il ferme les yeux sur trop de choses. La décadence draine la puissance de cette ville, tout comme la mer sape ses fondations. Elle peut survivre, à condition que ressuscitent sa force et son âme d'antan. Avec d'autres, je travaille dans l'ombre à cette fin, cependant le secret a toujours coulé dans les veines de Venise, et il doit être maintenu.

Marietta craignit aussitôt pour sa vie. S'il fallait, pour la préserver, qu'elle renonçât à rencontrer

Elena, elle ferait ce sacrifice. Au moins pourraient-elles continuer de communiquer par signes. Elle saurait bien soutenir Elena, sans lui transmettre pour autant une information confidentielle que son amie pourrait, par inadvertance, mentionner devant un ennemi.

— Je ne trahirai jamais votre confiance, Domenico.

Il eut un léger sourire, car elle venait pour la première fois d'utiliser son prénom.

— Si je comprends bien, nous prenons un nouveau départ, Marietta ?

— Oui.

Bizarrement, ce qu'il venait de lui confier l'avait liée à lui davantage que s'il lui avait parlé d'amour. Elle était extrêmement heureuse qu'il se fût ainsi livré à elle. Elle espérait même pouvoir l'aider à mener à bien la tâche qu'il avait entreprise. Et elle lui donnerait aussi l'héritier qu'il désirait. Ne lui avait-il pas parlé de la joie qu'elle éprouverait à apprendre le chant à ses enfants ? C'était ce qu'il lui avait dit de plus tendre, jusqu'à présent.

— Je pense qu'il est temps de conclure nos fiançailles par une bague, Marietta.

Il sortit de sa poche une émeraude magnifique sertie dans un anneau d'or, qu'il lui passa au doigt. Bien qu'il n'y fît pas allusion, elle pensa qu'il avait choisi la pierre en fonction de ses yeux.

— Elle est très belle, Domenico.

Il l'attira alors contre lui et l'embrassa aussi passionnément que la première fois. Mais cette fois il pressa doucement l'un de ses seins, qu'il sentit se dresser sous sa paume, à travers le satin de sa robe. Avec une certaine satisfaction, il songea qu'il trouverait dans sa femme une amante aussi sensuelle qu'il pouvait le désirer.

Cependant, la gondole avait atteint l'Opéra, et de nombreuses lanternes étincelaient, projetant sur l'eau des éclats dorés. Le gondolier se frayait un chemin parmi les nombreuses embarcations qui rivalisaient d'efforts pour être les premières à débarquer leurs passagers sur les marches de l'entrée. Vêtues de soie et de satin, les femmes arboraient fleurs et rubans dans leurs cheveux savamment coiffés.

Il y avait six loges, disposées en un grand demicercle. Depuis la troisième, qui était celle des Torrisi, Marietta embrassait du regard la scène et la salle, où régnait une animation intense. Les éventails s'agitaient, les jumelles étincelaient et la foule ne cessait de croître. Les gens accueillaient bruyamment leurs amis, s'inclinaient en direction de ceux qui étaient trop loin pour qu'on pût leur parler sans hurler. Les loges étaient toutes tendues de velours cramoisi et, à la lueur des bougies, les bijoux scintillaient, faisant de chacune d'elles une petite grotte dorée, insérée à l'intérieur de la grande caverne constituée par la salle elle-même.

Marietta s'abandonna à la joie qui l'animait. Les yeux brillants, elle ne se lassait pas de contempler ce spectacle nouveau pour elle. C'était le plus grand des Opéras de Venise et elle était heureuse que Domenico l'eût choisi pour leur première sortie.

— Je suis si contente que vous m'ayez amenée ici ! lui dit-elle avec enthousiasme. Je n'étais jamais allée dans un Opéra de Venise.

— Vraiment ?

Il avait remarqué que leur loge était la cible de nombreux regards, car on avait reconnu Marietta à son côté. Il se réjouit d'avoir ordonné au valet de ne laisser entrer personne, hormis son frère Antonio qui devait les rejoindre plus tard. Ses amis et relations attendraient le mariage pour faire la connaissance de Marietta.

Soudain, Marietta aperçut Elena qui pénétrait dans la loge située en face de la leur. Sa chevelure dorée n'était pas poudrée, mais coiffée avec recherche et ornée de saphirs. Vêtue d'une robe brodée de fils d'argent et décolletée très bas, elle bavardait gaiement avec ceux qui l'accompagnaient.

Marietta tourna vers Domenico un visage heureux.

— C'est mon amie Elena.

— C'est aussi la loge des Celano. Vous n'allez pas tarder à vous apercevoir que ni elle ni ses amis ne regarderont de ce côté. La convention tacite exige que les Celano et les Torrisi s'ignorent en public. Ceux qui les accompagnent en font autant, même s'ils sont aussi des relations du parti adverse, et personne n'est offensé. La vie sociale en est facilitée.

— Pourtant, Marco Celano vous a défié, lors d'un concert de la Pietà.

— En effet. Peu de temps auparavant, deux membres de nos familles avaient connu un léger différend et, comme toujours, une période de tension avait suivi. En me voyant, Marco Celano avait été pris au dépourvu.

L'orchestre avait attaqué les premières mesures de l'opéra de Monteverdi et Marietta attendit avec impatience le lever du rideau. Les chanteurs étaient bons, mais le public ne semblait leur accorder aucune attention. Les gens allaient, venaient, se rendaient visite dans les loges. Le silence ne s'installa que lorsque la prima donna chanta, car elle était populaire et possédait une voix splendide. Le reste du temps, l'assistance parut préoccupée par tout autre chose que ce qui se passait sur la scène. Les volets de trois loges avaient déjà été rabattus et il n'était pas difficile de deviner à quelle activité se livraient les couples qui s'y cachaient.

Pendant le second acte, le souper commandé par Domenico leur fut servi. Marietta s'aperçut alors qu'Elena avait remarqué sa présence et lui adressait le signal convenu, pour exprimer sa surprise de la voir à l'Opéra.

Marietta répondit en portant la main à sa gorge, geste destiné à signaler un danger imminent. Elena l'imita, ce qui signifiait qu'elle devait elle aussi se montrer prudente. Comme elles n'avaient rien prévu pour désigner le mot « fiançailles », Marietta fit ostensiblement glisser sa bague le long de son annulaire.

— Elle ne vous va pas ? s'inquiéta Domenico. Je peux la faire arranger, si vous le désirez.

— Elle est parfaite, assura Marietta. Son éclat m'éblouit positivement.

Elena avait compris que Domenico questionnait son amie et ni l'une ni l'autre ne prirent désormais le risque d'émettre un nouveau message.

Antonio rejoignit son frère au cours du troisième acte. Marietta reconnut immédiatement le jeune homme qu'elle avait vu en compagnie de Domenico, au ridotto. Avec une grande courtoisie, il se réjouit de la voir entrer dans leur famille.

— Je vous ai entendue chanter de nombreuses fois, Marietta. Les concerts de la Pietà perdront de leur charme, maintenant que mon frère vous a enlevée au conservatoire. J'espère que vous accepterez de chanter pour nous.

— Certainement, promit-elle.

Le jeune homme s'assit un instant pour bavarder avec sa future belle-sœur. Tout comme Domenico, nota Marietta, il n'accordait pas la moindre attention à la loge des Celano.

Sur le chemin du retour, Domenico fit part de ses décisions à la jeune fille.

— Après notre mariage, je vous emmènerai dans notre villa. Nous nous y installerons pour la durée de l'été. Je suis sûr que vous vous y plairez. L'endroit est tranquille et la campagne vous rappellera le village où vous êtes née. Pourquoi souriez-vous, Marietta ?

— Je me disais qu'on m'aurait bien étonnée si l'on m'avait dit que je vivrais un jour dans la demeure qu'Iseppo me désignait du doigt. En fait, il m'avait prédit que j'épouserais le doge. Il se trompait !

— J'espère que vous avez fait un meilleur choix.

Elle dressa un sourcil amusé.

— Un choix ! répéta-t-elle.

— Pardonnez-moi, le terme est peu approprié.

— Pas tout à fait. J'aurais pu vous fuir... j'ai choisi de ne pas le faire.

— C'est gentil de votre part, Marietta. Je crois que nous nous entendrons bien.

Il la couvait d'un regard ardent qui la plongea dans un trouble délicieux. L'attirant contre lui, il la serra alors contre son corps musclé et le cœur de la jeune fille cessa un instant de battre. Elle comprit qu'il s'en fallait de peu pour qu'elle s'abandonnât à lui.

Devant l'entrée de la Pietà, ils trouvèrent un bébé enveloppé dans un châle de soie, abandonné sans doute par quelque courtisane. Marietta sauta légèrement de la gondole et prit l'enfant dans ses bras.

Domenico l'avait suivie et tirait la sonnette de l'Ospedale.

— Il est heureux que la nuit ne soit pas fraîche, fit-il remarquer.

— D'ordinaire, les mères frappent à la porte avant de partir. Mais parfois, elles craignent de ne pas avoir le temps de s'enfuir. Notre soirée s'achève de façon inattendue, vous ne trouvez pas ? ajouta-t-elle avec un sourire.

De nouveau, il posait sur elle des yeux brûlant d'une ardeur contenue.

— En votre compagnie, tout est inattendu, ma chère Marietta. Plaise à Dieu que cela ne change jamais.

La porte s'ouvrit sur la silhouette massive du gardien. Marietta souhaita une bonne nuit à Domenico et se glissa à l'intérieur de l'Ospedale. Elle ne tarda pas à se trouver nez à nez avec une sœur Sylvia à l'expression outragée.

— Je sais déjà comment cette enfant sera nommée, dit la jeune fille en déposant le bébé entre les bras de la religieuse. Elle s'appellera Marietta. Je suis restée à la Pietà si longtemps qu'il devrait y en avoir une autre quand je serai mariée avec le signore Torrisi.

Mais sœur Sylvia ne se laissa pas amadouer.

— Comment osez-vous rentrer si tard, Marietta ?

Marietta virevolta légèrement sur elle-même avant de poser le pied sur la première marche de l'escalier.

— J'ai passé une merveilleuse soirée !

Sœur Sylvia poussa un cri d'indignation.

— Le signore Torrisi n'aurait jamais dû être autorisé à vous emmener sans moi !

Marietta baissa vers la religieuse des yeux malicieux.

— Si vous m'aviez vue, à l'Opéra ! Je ne portais même pas de masque ! Tout Venise m'a reconnue !

Cette fois, sœur Sylvia poussa un glapissement aigu. Le bébé gémit faiblement.

Par la suite, la religieuse veilla à ce que Marietta ne sorte plus avec Domenico sans chaperon. Elle fit remarquer aux directeurs que la réputation de la Pietà serait gravement compromise, si l'on rencontrait l'une de ses cantatrices seule avec un homme, qu'elle fût fiancée ou non. Malgré son exaspération, Domenico dut se soumettre. A trente ans, il supportait difficilement la présence constante d'un tiers, d'autant que sœur Sylvia avait annoncé son intention de remplacer la gentille sœur Giaccomina.

— S'il en est ainsi, déclara-t-il à Marietta, nous ne nous verrons plus avant la cérémonie, mais nous aurons toute la vie pour jouir de la compagnie l'un de l'autre.

Elle approuva de la tête. Toute la vie... Elle frissonna. Ni l'un ni l'autre ne savaient si leur mariage serait une réussite ou un désastre.

10

Sœur Giaccomina fut la seule à savoir qu'Elena chanta le jour du mariage de Marietta. Toutes deux avaient soigneusement échafaudé leur plan. Après que la religieuse l'eut fait entrer par la porte du canal, la jeune femme revêtit une robe de la Pietà, en soie rouge. Le visage dissimulé derrière un voile, elle prit place parmi les choristes, au moment où celles-ci entonnaient le premier chant.

Elena trouva Domenico très beau, dans son costume de brocart d'or, mais la jeune épousée l'éclipsait encore. Se fiant à son sens de la mode, Marietta avait renoncé aux paniers et portait une robe taillée dans un satin miroitant, dont l'ampleur n'était due qu'à un large jupon. Un fichu de dentelle dévoilait la naissance de ses jolis seins et une couronne de roses crème surmontait sa superbe chevelure cuivrée.

A la fin de la cérémonie, elle leva les yeux vers les tribunes et sourit aux choristes, qu'elle entrevoyait à peine derrière les grilles. Elle savait qu'il ne s'agissait que d'un effet de son imagination, mais il lui avait semblé plusieurs fois reconnaître la voix d'Elena. Au bras de son époux, elle sortit de l'église sous le soleil de juin.

Elena quitta la tribune immédiatement et se précipita dans la chambre de sœur Giaccomina, pour ôter le voile et la robe des filles de la Pietà et remettre ses propres vêtements. Jetant ensuite un domino sur ses épaules, elle se hâta de descendre, sans rencontrer personne. La porte qui donnait sur le canal était restée ouverte à son intention et une gondole l'attendait. De loin, elle put apercevoir le cortège nuptial qui se dirigeait vers le Grand Canal, tandis que des chanteuses entonnaient des chants d'amour et de joie. Du plus profond de son cœur, elle souhaita alors à son amie de trouver le bonheur dans le Palais Torrisi.

Le banquet eut lieu dans la grande salle du trône, ainsi nommée parce que deux fauteuils anciens, sculptés et dorés, étaient placés côte à côte en bout de table pour les nouveaux mariés. Six cents invités y tenaient à l'aise. Après le repas, l'orchestre de la Pietà offrait un bal à celle qui quittait définitivement ses murs. Marietta dansa sans se lasser. Depuis que Domenico l'avait emmenée à l'Opéra, plusieurs semaines auparavant, elle avait à peine échangé quelques mots avec lui, quand par hasard il venait à la Pietà. Et chaque fois, elle s'était davantage sentie liée à lui par les événements de sa propre vie. Elle ne pouvait s'empêcher de l'associer, à travers le masque d'or, à l'amour et à la sécurité dont elle avait bénéficié pendant des années. Non qu'elle attendît la même quiétude de son mariage. Au contraire, elle aspirait à une existence chargée d'imprévu, sans doute parce qu'elle avait baigné pendant si longtemps dans l'atmosphère presque artificiellement calme de la Pietà.

Tous ses cavaliers redoublaient d'attentions envers elle, mais, avec Domenico, il lui semblait que ses pieds touchaient à peine le sol et elle rayonnait littéralement de bonheur. Son mari s'en aperçut et s'en réjouit, sachant par expérience que cet accord en augurait un autre, plus intime.

Lorsqu'il fut temps pour elle de se retirer, des cousines de Domenico s'affairèrent autour d'elle pour la dévêtir. Amicales et rieuses, ce qui convenait fort bien à sa propre excitation, elles se répandirent en exclamations à la vue de sa chemise de nuit diaphane, confectionnée pour l'occasion.

Après qu'elle l'eut enfilée sur son corps nu, elles la mirent au lit, l'embrassèrent et la laissèrent seule, adossée à ses oreillers, éclairée par une seule bougie. Un bruit confus de voix et de musique lui parvenait, car la réception se poursuivait. Maintenant qu'elle avait le loisir d'y réfléchir, elle prenait conscience que la fête n'avait pas été aussi éclatante que s'il s'était agi d'un premier mariage pour Domenico. Plusieurs fois, elle avait saisi des regards échangés entre les invités. Il était clair qu'ils se demandaient si elle savait combien il avait aimé sa première femme. Tout comme elle, ils devaient avoir remarqué que les portraits d'Angela avaient été retirés du grand salon pour être remplacés par d'autres tableaux. Elle était certaine par ailleurs que sa propre chambre avait été entièrement retapissée et remeublée. Tout paraissait flambant neuf. Des panneaux fleuris ornaient les murs et au plafond des petits chérubins de plâtre soutenaient des guirlandes et des drapés. Son lit était tendu de frais rideaux de soie et des roses aux nuances pastel, disposées dans un vase de porcelaine, embaumaient l'atmosphère.

Un bruit de pas dans la pièce avoisinante fit battre plus vite le cœur de la jeune fille. Elle entendit la voix de Domenico et devina qu'il parlait à son valet. Enfin, la porte de communication s'ouvrit et il parut sur le seuil, vêtu d'une robe de brocart bleu et portant une carafe remplie de vin, ainsi que deux verres. Elle l'avait toujours trouvé beau, mais il l'était encore davantage, ce soir-là. Il avait fait couper ses cheveux très court, pour pouvoir porter la perruque le jour de leur mariage, et ils luisaient à la lueur de la bougie comme s'ils avaient été longuement brossés.

— Vous aimeriez boire un verre de vin, Marietta ? demanda-t-il en posant la carafe et les verres sur la table de chevet. La danse m'a assoiffé !

Comme elle acquiesçait, il remplit les deux verres et vint s'asseoir auprès d'elle, sur le bord du lit.

— Buvons à notre avenir, dit-il. Puissions-nous être des époux unis.

— Je ne saurais concevoir de meilleur vœu, dit-elle avant d'avaler une gorgée du liquide ambré.

Il se pencha vers elle, les lèvres humides de vin et l'embrassa avec douceur. Puis, il s'écarta d'elle pour l'observer avec attention.

— Vous semblez songeuse... De quoi s'agit-il ?

— Vous ne me paraissez plus le même.

Il passa la main dans ses cheveux avec une petite grimace.

— La pommade et la poudre sont des inventions démoniaques. Je les ai subies longtemps avant d'adopter finalement la perruque. Mon aspect vous déplaît-il ?

— Non. Vous avez eu raison de faire ce choix.

D'un geste très doux, il repoussa une longue mèche cuivrée derrière l'oreille de sa jeune femme.

— Alors, la raison de votre trouble est ailleurs. Nous ne sommes pas et n'avons jamais été des étrangers. Vous m'avez dit que nos chemins s'étaient croisés jadis, dans l'atelier de votre mère. Aussi, dites-moi le fond de vos pensées.

— Je pensais que, peut-être, je vous ai vu sur le seuil de la Villa Torrisi, depuis la barge d'Iseppo. Il y avait un homme, qui accueillait ses invités.

— C'était moi, bien entendu ! répliqua-t-il sans la moindre hésitation.

Marietta ne put réprimer un sourire.

— Vous allez sans doute prétendre que vous m'avez aperçue ?

Une lueur malicieuse dansa au fond des yeux gris.

— Vous n'avez pas remarqué que je vous adressais de grands signes ?

Cette fois-ci, elle éclata d'un rire spontané.

— Vous espérez que je vais y croire ?

— Pas vraiment, pourtant cela pourrait être vrai.

— Pourquoi pas, en effet.

Elle découvrait qu'il ne l'intimidait pas du tout et regretta de ne pas pouvoir lui dire qu'elle avait cru entendre Elena chanter, à l'église. Hélas, c'était impossible.

Du bout du doigt, il traça une arabesque sur sa gorge arrondie.

— Vous êtes une très jolie femme, Marietta. Vous m'avez paru ravissante, vêtue de votre robe de mariée, mais je vous trouve plus belle encore maintenant.

La première fois qu'elle l'avait vu, se rappelat-elle, elle s'était demandé ce qu'elle ressentirait si un tel homme la caressait. Elle se mit à trembler au contact de sa paume, qui frôlait doucement la dentelle de sa chemise de nuit.

— Je vous ai promis de vous faire la cour après notre mariage, reprit-il soudain, cela ne signifiait pas que je vous laisserais seule cette nuit ou aucune autre.

Elle acquiesça de la tête.

— Je le sais.

La main de Domenico glissa sur son cou et descendit le long de son dos. Il l'attira contre lui et s'empara de sa bouche avec une passion brutale. Puis il s'écarta d'elle, pour lui reprendre le verre vide et le poser sur la table. A la lueur de la bougie, elle vit qu'il se levait et retirait sa robe. Bien qu'elle eût admiré un grand nombre d'œuvres d'art, aucune n'avait préparé Marietta à voir un bel homme nu, dont le désir était déjà apparent. Elle poussa un cri léger lorsqu'il entra dans le lit et la reprit tendrement dans ses bras.

Sans hâte, il l'entraîna dans une ronde infinie de

sensations insolites et délicieuses. Enivrée de caresses et de baisers, elle gravit les sommets de la passion. Parfois, les mains de Domenico l'effleuraient à peine et elle ondulait de plaisir sensuel à leur contact. A d'autres moments, il la serrait contre lui avec une force qui la menait aux portes de l'extase. Comme si elle n'était née que pour vivre ces instants, il lui semblait que son corps avait trouvé le maître qui lui était de tout temps destiné. Et lorsqu'elle s'arqua contre lui, au moment suprême, elle sut que le destin l'avait liée à Domenico longtemps avant qu'il ne décidât enfin de les réunir.

L'aube les trouva étroitement enlacés dans le lit défait. Une heure plus tard, Domenico fut tiré du sommeil par le soleil, qui filtrait à travers les volets. Se redressant sur un coude, il regarda sa femme. Il ne s'était pas attendu à la trouver vierge. Qui aurait pu imaginer que cet amour, pour lequel elle avait pris tant de risques, n'avait pas été consommé ? Il avait toujours cru que son Français et elle avaient passé des heures entières dans des maisons de rendez-vous, car ses espions les avaient perdus plus d'une fois parmi la foule du Carnaval.

Souriant avec attendrissement, il repoussa une longue mèche de cheveux cuivrés, qui barrait la joue de sa jeune épouse. Sans doute l'avait-elle épousé contre son gré, mais elle s'était abandonnée au plaisir qu'il avait su lui donner. Son corps gracieux à peine voilé par un drap, elle dormait. Il lui épargnerait sa présence, à son réveil. S'ils avaient été plus que des amants, il serait resté, mais il devinait qu'elle désirerait être seule pour réfléchir à ce qui s'était passé entre eux.

Il sortit du lit et passa sa robe de chambre. Parvenu à la porte, il se retourna pour la contempler une dernière fois. Il arrivait qu'une femme longtemps désirée perdît tout son charme, une fois qu'un homme l'avait possédée. Il savait qu'il n'en serait rien avec Marietta. Plus que jamais, son corps ravissant et cette rare beauté qui semblait issue d'une lointaine époque l'enchantaient. Il savait qu'ils n'avaient encore qu'effleuré le plaisir qu'ils pouvaient connaître ensemble dans ce lit et il brûlait d'y retourner. Le fossé entre la fascination et l'amour était étroit, il le sentait bien, pourtant il n'était pas encore prêt à l'emporter dans le grand lit conjugal de la Maison Torrisi, où Angela et lui avaient toujours dormi.

Bien qu'il eût refermé très doucement la porte derrière lui, ce bruit inhabituel arracha Marietta au sommeil. Ouvrant brusquement les yeux, elle se redressa. Domenico n'était plus auprès d'elle et la chambre était déserte. Les souvenirs de la nuit précédente affluèrent à sa mémoire et elle s'assit sur le lit, le front posé sur ses genoux comme pour cacher son visage. Mais elle souriait.

Au bout d'un moment, elle redressa la tête et rejeta ses longs cheveux en arrière. Elle mourait de faim. Néanmoins, avant de sonner une servante, elle devait retrouver sa chemise. Domenico la lui avait ôtée presque immédiatement après l'avoir rejointe dans le lit, et elle se rappelait vaguement qu'il l'avait jetée à travers la pièce. Elle la repéra, roulée en boule sous le fenêtre. Sautant vivement à bas du lit, elle alla la ramasser et pénétra dans la salle de bains adjacente. Il n'y avait qu'un broc d'eau froide, mais elle se lava et versa ensuite tout ce qui restait sur son corps élancé. Après avoir enfilé sa chemise, elle retourna dans la chambre. Les fenêtres étaient déjà ouvertes et elle n'eut qu'à écarter les volets pour faire rentrer la brise matinale. Elle tomba aussitôt sous le charme du ravissant jardin qui s'étendait sous ses yeux, rempli d'arbres et de fleurs. Elle aperçut plusieurs statues antiques dissimulées derrière les bosquets, et une galerie surchargée d'ornements, qui longeait l'un des murs. Et des roses, des roses à foison. Soudain, sans savoir pourquoi, elle eut la conviction qu'Angela Torrisi avait eu la rose pour fleur de prédilection.

Elle pivota lentement sur elle-même pour examiner sa chambre, qui avait été celle d'Angela avant elle, sans aucun doute. Marietta pouvait s'y sentir chez elle, puisque Domenico l'avait fait entièrement rénover à son intention. Mais qu'en était-il du reste du palais ? Angela l'avait décoré selon ses goûts, certainement. Et ses portraits ? Où avaient-ils été emportés ? La jeune femme comprit qu'elle ne connaîtrait pas la paix avant de les avoir trouvés. Pour la première fois, elle prenait conscience du fait qu'elle allait vivre avec le fantôme d'une autre femme. N'importe quelle épouse aurait trouvé difficile d'être elle-même dans une maison que son époux avait partagée avec une autre. La tâche s'avérait encore plus ardue quand la précédente compagne avait été tendrement aimée.

Songeuse, Marietta s'approcha du lit, dont elle tira les draps et redressa les oreillers, puis elle se recoucha et tira le cordon.

Une servante passa un nez prudent dans l'embrasure de la porte, comme si elle ne parvenait pas à croire qu'on l'avait appelée à une heure si matinale. Plus tard, Marietta allait découvrir qu'Angela ne se levait jamais avant midi, imitant en cela ses amies de la noblesse. En réclamant si tôt son petit déjeuner, elle bouleversait les habitudes de la maison.

Il ne fallut pas moins de trois servantes pour lui servir son repas, la première portant un plateau chargé de nourriture, la deuxième une cruche de chocolat chaud et la troisième une coupe de cristal remplie de pêches. Sa suivante, une femme plus âgée du nom d'Anna, lui tendit un éventail, pour le cas où la pièce lui aurait paru trop chaude. De l'autre main, elle tenait un bol d'eau parfumée, pour que

Marietta pût y tremper les doigts avant de manger. Finalement, on la laissa savourer son déjeuner.

Lorsqu'elle eut terminé, Anna voulut envoyer chercher la coiffeuse, mais Marietta aimait suivre la mode à sa façon.

— Mes cheveux sont très faciles à coiffer, expliqua-t-elle, je m'en suis toujours chargée moi-même.

— En ce cas, dites-moi seulement ce que vous préférez, signora, proposa Anna, je l'exécuterai pour vous. Vous constaterez que je suis très habile.

La femme tint parole et Marietta fut ravie du résultat. Elle n'avait pas non plus l'habitude que quelqu'un attendît son bon plaisir pour lui tendre son jupon, ses chaussures ou sa robe. A la Pietà, il y avait toujours une amie pour nouer des lacets ou boutonner un corsage dans le dos, mais c'était tout.

— Serviez-vous la précédente signora Torrisi ? demanda-t-elle à Anna.

— Non, signora, j'ai été engagée il y a dix jours, pour repasser vos robes et les tenir prêtes pour votre arrivée, ainsi que tout votre linge.

Marietta en fut soulagée. Elle n'aurait pas aimé hériter de la suivante d'Angela. En ce qui concernait ses robes, elle en avait restreint le nombre, car elle désirait avoir l'esprit plus libre pour les choisir à son gré. Il lui avait été difficile de s'intéresser aux patrons des couturières, quand elle pensait surtout à la répétition qui l'attendait ou à la partition qu'elle n'avait pas terminée. Elle avait suffisamment de vêtements pour affronter les mois de juillet et d'août, qu'elle passerait avec Domenico à la campagne. A son retour à Venise, elle aurait bien le temps de modifier sa garde-robe en fonction de ses nouvelles obligations mondaines. Car elle entendait bien assumer les diverses facettes de son rôle d'épouse. Tout ce qu'elle entreprenait, elle s'y lançait avec enthousiasme, et elle n'avait pas l'intention de modifier son comportement maintenant.

Une fois habillée, Marietta descendit l'escalier et erra d'un salon à l'autre, regardant par les fenêtres pour repérer leur position dans le palais. Dans la salle du trône, le maître d'hôtel s'assurait que tout était remis en ordre, après la réception de la veille. De là, elle se rendit dans les cuisines, où son apparition inattendue sema une certaine panique parmi les serviteurs. Un valet s'empressa d'enfiler sa veste pour venir au-devant d'elle.

— Vous êtes-vous perdue, signora ? Je peux vous conduire jusqu'à vos appartements.

— Non merci, je fais une tournée d'inspection.

A l'exemple d'Elena, elle avait décidé de diriger la maison d'une main douce mais ferme. Maintenant, elle soulevait les couvercles des marmites, avant d'entrer dans une pièce froide, où les restes du banquet de noces étaient empilés sur des étagères. Faisant signe à l'un des serviteurs de la suivre, elle lui désigna ce qui devait être distribué aux pauvres et ordonna qu'on fît porter quelques gâteaux à la Pietà.

A la fin de cette inspection, le maître d'hôtel du palais se présenta, hors d'haleine.

— Signora, que puis-je pour vous aider ?

— Venez avec moi, répondit-elle.

Pendant les deux heures suivantes, il lui montra exactement comment le palais était tenu et les registres prouvèrent à Marietta qu'il était un honnête homme.

Elle n'eut qu'une seule critique à formuler :

— A la Pietà, les cuisines sont aussi propres que dans un couvent. Ce n'est pas le cas au palais. Je désire que cela change, immédiatement.

— J'y veillerai, signora.

Lorsqu'elle le quitta, il secoua la tête. Jamais il n'aurait cru possible qu'une jeune épousée s'occupât de questions aussi triviales le matin même de sa nuit de noces. La précédente signora Torrisi n'avait jamais montré son joli visage du côté des cuisines, mais cela ne diminuait pas son respect pour la nouvelle épouse du signore. Elle savait ce qu'elle voulait. Il la servirait bien et veillerait à lui éviter tout motif de mécontentement.

Au retour d'une visite chez un membre de sa famille, en début d'après-midi, Domenico trouva Marietta dans la galerie des portraits, qu'elle étudiait l'un après l'autre, assise sur une chaise qu'elle avançait au gré de son examen.

— Vous devriez faire la sieste, par cette chaleur, dit-il.

Il lui sembla qu'elle devait se contraindre pour tourner les yeux vers lui et rencontrer son regard. Il sourit pour la mettre à l'aise. A bien y penser, sa passion pour elle s'était généreusement exprimée, pendant la nuit.

— Vous avez peut-être raison, dit-elle en refermant son éventail.

Elle se leva et allait machinalement remettre sa chaise à sa place initiale, mais il franchit très vite la distance qui les séparait.

— Laissez cela ! ordonna-t-il en lui prenant le siège des mains.

Marietta se sentit soudain très fatiguée, elle n'avait cessé de s'activer toute la matinée. Domenico ouvrit la porte devant elle, puis il la souleva dans ses bras et gravit l'escalier ainsi chargé avant de la déposer sur son lit, dans sa chambre aux volets clos. Les yeux de la jeune femme étaient fermés. Domenico lui ôta ses chaussures et la laissa dormir.

Elle s'éveilla deux heures plus tard et resta un instant à fixer le plafond. Juste au-dessus d'elle, un petit chérubin doré lui rendit son regard. Nulle part dans le palais elle n'avait trouvé les portraits d'Angela. Sans doute Domenico les avait-il fait emporter dans l'une de ses autres maisons. Elle ne pensait pas, en effet, qu'ils se trouvaient dans l'un des salons plus exigus qu'elle n'avait pas encore visités. Il avait certainement agi ainsi par considération pour elle, mais il aurait aussi bien pu les laisser où ils étaient, car la présence d'Angela était sensible partout, dans tous les objets, dans tous ces détails qui signalent une main féminine. C'était comme si elle venait de quitter la pièce, avant qu'elle-même y pénétrât. Le plus parlant de tous ces indices était un petit coussin orné de rubans, posé sur un fauteuil de l'un des salons. Il semblait n'être là que pour soutenir le dos d'une femme enceinte. Et dans tous les coins, elle trouvait des vases remplis de roses.

Marietta s'assit sur le lit et posa ses pieds sur le sol. Elle ne tenterait jamais de prendre la place d'Angela dans le cœur de Domenico, mais il fallait qu'elle se débarrassât de cette impression que l'ombre de la jeune femme planait sur elle. Si elle n'y parvenait pas, elle ne se sentirait jamais chez elle sous ce toit qui avait autrefois abrité la première épouse de Domenico. Au moins Domenico et elle seraient-ils bientôt dans leur résidence d'été. Là-bas, le règne d'Angela aurait peut-être laissé moins de traces.

Domenico et Marietta traversèrent les eaux turquoise de la lagune dans un bateau plus solide qu'une gondole, bercés par le doux clapotis des rames. Leurs bagages étaient partis avant eux et seraient déjà défaits à leur arrivée. Marietta était aussi ravie qu'une enfant lorsqu'ils franchirent l'écluse dont elle se souvenait si bien. Peu après, ils atteignaient la Brenta et elle se demanda si Iseppo se trouvait à bord de l'une des barges qui attendaient de passer l'écluse dans l'autre sens.

Elle avait convié Iseppo et sa femme à son mariage et, bien qu'ils eussent décliné son invitation, ils se trouvaient à la sortie de l'église pour l'acclamer avec les autres assistants.

Et maintenant, Marietta était installée sous un dais de velours vert. Adossée à des coussins de soie, elle regardait une rive, puis l'autre, sans jamais se lasser. Parmi les propriétaires des villas que Domenico lui montrait du doigt, un grand nombre avait assisté à leur mariage. Quand le bateau s'arrêta le long des marches qui menaient à la maison, la jeune femme sauta légèrement à terre, gravit les degrés en courant et franchit d'un bond le chemin qui la séparait du portail. Il était déjà ouvert. Elle leva des yeux étincelants vers Domenico qui la suivait.

— Regardez-moi, dit-elle gaiement. Je porte une jolie robe et un chapeau à plume. J'ai un éventail à la main, un collier autour du cou et les boucles d'oreilles que vous m'avez offertes. Personne ne saurait me différencier des jeunes femmes que j'ai vues un jour entrer ici.

Amusé, il glissa le bras de la jeune femme sous le sien et lui prit la main.

— Il y a pourtant une différence.

— Laquelle ?

— Vous rentrez chez vous. Ce n'était pas leur cas.

Infiniment touchée par cette gentillesse inattendue, elle baissa les yeux pour maîtriser son émotion avant d'affronter le regard de Domenico. Il avait l'art de trouver le mot juste, au moment approprié. A cet instant précis, elle se sentait très vulnérable, car le souvenir d'un autre voyage fait quelques années plus tôt avec sa mère mourante ne l'avait pas quittée, malgré le plaisir qu'elle avait éprouvé à admirer les rives de la Brenta.

— Vous avez raison, dit-elle d'une voix enrouée.

Serrés l'un contre l'autre, ils remontèrent l'allée qui menait à la villa. Construite par Palladio au seizième siècle, elle avait été conçue de façon à allier la beauté des lignes à la fraîcheur et au confort nécessaires pendant l'été. Les sols de marbre, les murs de couleur pâle, les plafonds élégants, les pièces parfaitement proportionnées, tout concourait à en faire une résidence pleine d'agrément. Pour la plupart, les meubles sculptés dataient de l'époque de sa construction. Les tapisseries, rideaux et tentures, ajoutés par la suite, étaient assortis aux nuances douces de la rivière et de la campagne environnante.

Marietta l'aima au premier regard. Ici, elle pourrait être elle-même. Rien ne témoignait de la présence omniprésente d'une autre femme, dans cette maison. C'était comme si la chaleur de l'été avait été trop exténuante pour que quiconque songeât à imposer sa marque. Des statues antiques, installées dans des niches ou posées sur des socles, étaient dispersées un peu partout dans la villa et le jardin. Elles contribuaient à donner une impression d'éternité. On eût dit que les fondations de cette maison avait attendu pendant des siècles que Palladio remarquât le site et décidât de l'édifier à cet endroit.

Les jours s'écoulèrent agréablement. Sous la houlette de Domenico, Marietta apprit à monter à cheval et lorsqu'ils acceptèrent une invitation à souper assez loin de chez eux, elle grimpa pour la première fois dans un attelage. Ils passaient leur temps à des bals, des réceptions, des pique-niques sur la rivière, ou à organiser des repas sans cérémonie avec les amis de Domenico, qui avaient tout de suite accepté Marietta comme l'une des leurs. Elle en connaissait un certain nombre de vue, pour les avoir rencontrés à la Pietà. Parfois, elle chantait pour eux en s'accompagnant à la harpe, ce qui constituait pour tous le clou de la soirée.

Antonio, le beau-frère de Marietta, passait l'été dans une autre résidence d'été de la famille Torrisi. Il leur rendit visite, à la grande joie de Marietta qui voyait là l'occasion de mieux le connaître, mais le motif de sa venue était alarmant.

Le soir de son arrivée, ils se trouvaient tous les

trois sur la terrasse, un verre de vin à la main. La nuit était claire et tiède.

— J'ai pensé qu'il valait mieux te prévenir, dit Antonio à son frère. Filippo Celano est passé à cheval sur nos terres. Je l'ai aperçu de nos fenêtres, trop loin pour être sûr qu'il s'agissait bien de lui. Je suis sorti sur le perron, je l'ai reconnu alors avec certitude. Je m'attendais à ce qu'il saute à bas de sa monture et me provoque, mais il a tourné bride et s'est éloigné.

Marietta ne voyait pas en quoi l'événement était significatif.

— Quoi d'inquiétant à cela ? Où est le mal ? Peut-être ignorait-il qu'il se trouvait dans votre propriété avant de vous voir.

Antonio et Domenico échangèrent un regard entendu.

— Ce n'est pas aussi simple que cela, expliqua Domenico. Quand les indices s'accumulent, nous savons que certains membres de la famille Celano brûlent du désir d'en découdre. Leurs résidences d'été sont très éloignées des nôtres. Filippo Celano est venu nous provoquer délibérément.

— Mais Antonio et vous êtes-vous les seuls à faire face à leur vindicte ?

Domenico secoua négativement la tête.

— A n'importe quel moment, je peux convoquer la moitié des hommes que vous avez vus à notre mariage.

Elle se pencha vers lui avec anxiété et posa la main sur son bras.

— Je vous en supplie, Domenico, ne déclenchez pas un conflit.

Il la contempla gravement.

— Aussi longtemps que nos deux familles comprennent dans leur sein des faiseurs de troubles, l'esprit de vengeance prélèvera son tribut.

Elle retira sa main, sachant trop bien que cette

guerre larvée lui avait coûté la perte d'une épouse tendrement aimée et qu'Antonio et lui avaient également vu mourir un frère et plusieurs cousins.

— Faut-il que le carnage se perpétue ? Pourquoi ne pas jeter vos épées, quand vous serez face à l'ennemi ? Personne n'attaquerait un homme désarmé.

— J'ai le regret de vous apprendre qu'un prêtre de la famille des Celano a tenté une fois de jouer les médiateurs, rétorqua Antonio, la mine sombre. A notre grande honte, il a été abattu par l'un de nos ancêtres. Cela se passait il y a une centaine d'années, mais aux yeux des Celano, vous pourriez aussi bien dire hier. Ils seraient sans merci.

Et dire qu'Elena et elle s'étaient fixé pour but de réconcilier les deux familles ! songea Marietta. D'après ce qu'elle venait d'entendre, les chances de réussite étaient minces.

— Pensez-vous que la confrontation doive avoir lieu bientôt ?

— Impossible à dire. Ce peut être dans six mois, dans un an ou même plus tard encore. Un volcan gronde longtemps, avant d'entrer en éruption.

— Certains des vôtres effectuent-ils ces mêmes manœuvres destinées à avertir l'ennemi du conflit tout proche ?

— Cette fois, ce sont les Celano qui jettent le gant, répondit Antonio. Ne vous inquiétez pas, Marietta, ajouta-t-il sur un ton rassurant. Cela se conclura peut-être par un duel entre deux individus isolés. Nous n'avons aucun moyen de le savoir.

Ces bonnes paroles ne la réconfortèrent pas. Pour satisfaire les belligérants, il faudrait sans doute que ce duel opposât deux membres importants des familles ennemies. Et si les deux adversaires devaient être Domenico et Filippo... Elle ne voulait pas l'envisager, or tout semblait aller dans ce sens.

— Ce duel pourrait-il se conclure par la mort de

l'un des deux protagonistes ? demanda-t-elle d'une voix tendue.

Les deux hommes ne répondirent pas à cette question.

— La nuit est trop belle pour qu'on la gaspille à de tels sujets, dit enfin Domenico sur un ton délibérément léger. Antonio nous a dit ce qu'il avait à dire, maintenant il va remplir nos verres.

Antonio obtempéra docilement, après quoi il orienta la conversation sur les vendanges, qui s'annonçaient particulièrement fructueuses dans les vignes des Torrisi. Puis, comme il annonçait son intention de les quitter le lendemain matin, Marietta l'invita à rester pour participer au pique-nique prévu au bord de la rivière. Il y aurait certainement de la place pour lui, sur l'un des trois bateaux qui devaient emmener les invités.

Antonio, plein d'entrain, courtisa les femmes et fit tournoyer Marietta sur l'herbe épaisse, pendant que quelqu'un jouait un air joyeux avec son luth. A la fin de la danse, alors que tout le monde applaudissait, il déposa un baiser sur la joue de la jeune femme qui leva vers lui des yeux surpris. Il lui adressa alors un clin d'œil malicieux et pressa doucement sa taille. Plus tard, quand la nuit tomba, il prit le luth lui-même et se mit à chanter. Bientôt, tous se joignaient à lui.

Le jeune homme prolongea finalement son séjour pendant cinq jours et Marietta apprit à le connaître. Bien qu'elle l'appréciât beaucoup, elle se réjouissait que Domenico eût été choisi comme chef de la famille, et non lui. La ressemblance entre les deux frères était superficielle, leurs caractères étaient totalement différents. Antonio était insouciant, dépourvu du moindre sens de la responsabilité, avec ses yeux toujours rieurs. Il avait la passion du jeu et lorsqu'il jouait aux cartes, en famille ou avec des amis, il n'était jamais plus heureux que lorsque les mises étaient élevées. Marietta finit par en conclure qu'il jouerait aussi aisément avec sa vie, si l'occasion s'en présentait. Lorsqu'il regagna sa villa, une courtisane l'y attendait déjà.

Le reste de l'été s'écoula paisiblement. De temps à autre, des problèmes politiques obligeaient Domenico à partir pour Venise. Pendant ses absences, qui duraient un jour ou deux, Marietta prit conscience du fait qu'elle attendait son retour avec de plus en plus d'impatience. Ils étaient liés maintenant par une amitié en laquelle elle voyait le fondement de leur couple. Leur entente sexuelle était parfaite. Ils firent l'amour sur leur lit baigné par la clarté de la lune, pendant la sieste, quand le soleil brûlant de l'après-midi filtrait à travers les volets de leur chambre et sur l'herbe d'un pré ou dans une clairière isolée. Dans ces moments-là, il lui murmurait des mots d'amour, mais qui ne résonnaient pas aux oreilles de Marietta comme ceux d'Alix. Car Domenico était emporté par la passion, il n'exprimait pas des sentiments venus du cœur. Pourtant, il ne cessait de lui manifester sa tendresse et de lui prodiguer des éloges. Il était aussi un amant ardent, qui savait recevoir autant que prendre, et elle était prompte à satisfaire ses désirs.

Pour complaire à Marietta Domenico prolongea leur séjour à la campagne jusqu'en septembre, mais il fallut bien se résoudre à repartir pour Venise car il ne pouvait plus traiter ses affaires de loin. Le matin de leur départ, Marietta visita une dernière fois la maison, pendant que son mari, aux écuries, distribuait des instructions de dernière minute. Dans un salon aux murs ivoire, elle s'approcha d'une fenêtre et écarta un rideau diaphane pour regarder la rivière qu'elle allait bientôt redescendre jusqu'à Venise. Le portail était ouvert, ainsi qu'il l'était le jour de leur arrivée et en maintes occasions, lorsque des amis venaient les voir en bateau.

Soudain, elle se figea. Un homme de haute taille

et large d'épaules, vêtu comme un cavalier, portant perruque et tricorne, était planté sur le seuil du jardin. Elle semblait avoir attiré son attention en écartant le rideau, car il regardait dans sa direction. D'un air menaçant, il frappait sa paume de son fouet. Elle reconnut aussitôt en lui l'homme qui s'était déjà introduit sur les terres des Torrisi... Filippo Celano !

Elle laissa retomber le rideau et quitta très vite la pièce, dans l'intention de prévenir Domenico. Mais avant d'avoir pu le rejoindre, elle constata par une autre fenêtre que l'intrus avait disparu. Elle ralentit peu à peu son pas, jusqu'à s'immobiliser complètement, les mains jointes et le cœur battant. L'attitude de cet homme constituait en soi une agression, elle l'avait parfaitement compris.

Lorsqu'elle rapporta l'incident à Domenico, il passa un bras autour de ses épaules et l'entraîna lentement hors de la villa.

— Je pense que vous devez vous préparer à l'imprévisible. Il ne faut pas que cela vous effraie.

— Je n'étais pas effrayée, j'étais en colère.

Il émit un rire paisible.

— C'est une réaction très saine, Marietta. J'ai toujours su que vous étiez courageuse.

Devant la porte du Palais Torrisi, Marietta songea que Domenico n'avait aucune idée du courage dont elle avait besoin pour entrer dans cette maison. Ainsi qu'elle l'avait craint, dès qu'elle en eut franchi le seuil, elle perçut immédiatement l'influence de l'épouse bien-aimée, alors qu'elle ne l'avait jamais ressentie dans la villa. Presque aussitôt, elle comprit que Domenico et Angela avaient passé leurs étés dans la résidence qu'occupait maintenant Antonio.

Une pile d'invitations les attendait et une autre arriva le lendemain matin, alors qu'elle quittait le palais pour se rendre à la Pietà, où elle allait voir Bianca, âgée maintenant de neuf ans, entre deux leçons de musique. Les retrouvailles furent chaleureuses. La fillette avait beaucoup grandi et elle était fière de montrer à sa marraine combien elle avait progressé à la flûte. Elle fut aussi très contente de pouvoir appeler Marietta par son nom de baptême, maintenant que le titre de « maestra » n'était plus de mise. Elena lui avait accordé le même privilège. En revanche, elle vouvoyait désormais ses deux marraines, que leurs riches mariages avaient placées bien au-dessus d'elle.

— As-tu vu Elena ? demanda Marietta.

— Pas depuis qu'elle est partie à la campagne, à peu près à la même époque que vous. Elle a promis de venir me voir dès son retour.

Elle aurait pu confier à Bianca une lettre pour Elena, mais elles étaient convenues de n'impliquer l'enfant dans ces querelles de famille en aucune façon que ce soit. Quand Marietta sortit de la Pietà par la grande porte, elle ignorait qu'une gondole était justement en train de déposer Elena devant la porte du canal.

Après Bianca, Marietta avait décidé de rendre visite à sa couturière. Si elle voulait remplir dignement ses obligations mondaines, il lui fallait étoffer sa garde-robe. Quelques jours plus tard, elle sortait de chez une modiste, sous les arcades de la Place San Marco, lorsqu'elle aperçut Elena. Véritable déesse de l'élégance, son amie portait une robe de soie fleurie et un large chapeau à plume. Elle était accompagnée de deux amies presque aussi bien habillées qu'elle, ainsi que de plusieurs gentilshommes. Le groupe traversait la place, faisant envoler les pigeons dans un grand bruissement d'ailes. Filippo ne se trouvait pas avec son épouse. Marietta s'approcha d'une colonne, de façon à être sûre qu'Elena la verrait. Elles ne semblèrent pas se reconnaître, mais les mains d'Elena virevoltèrent avec grâce, tandis qu'elle parlait. Marietta fut évidemment la seule à déchiffrer une date et une heure de rendez-vous. Fort satisfaite, elle poursuivit alors son chemin.

L'un des gentilshommes qui accompagnaient Elena suivit Marietta des yeux.

— C'était la Flamme de la Pietà, dit-il. Vous devez l'avoir bien connue, Elena.

— En effet, rétorqua la jeune femme avec nonchalance. Mais depuis, nos chemins se sont séparés.

Quand Marietta arriva chez Adrianna, à l'heure convenue, Elena se précipita vers elle pour l'embrasser avec effusion. Parlant toutes deux à la fois, les jeunes femmes se posaient des questions auxquelles ni l'une ni l'autre ne songeait à répondre :

— Comment vas-tu ?

— Comme tu es belle !

— Où as-tu trouvé le chapeau extravagant que tu portais sur la place ?

— As-tu passé un bon été ?

— Comment est ta villa ?

Folles de joie, elles n'en finissaient pas de s'étreindre, les yeux brillants de larmes. Lorsqu'elles se furent calmées, Adrianna permit à ses enfants d'accepter les cadeaux apportés par les jeunes femmes. Puis, elle les confia à une nourrice avant d'offrir du café et des gâteaux à peine sortis du four à ses visiteuses. Elle était ravie qu'elles eussent choisi de se retrouver dorénavant sous son toit. Bien sûr, elle recevait souvent les amis de Leonardo et leurs épouses, mais ces dernières étaient plus âgées qu'elle et souvent bien ennuyeuses, aussi trouvait-elle rafraîchissant de pouvoir discuter avec ses anciennes compagnes de la Pietà.

Elena ne put s'empêcher de trahir le secret qu'elle partageait avec sœur Giaccomina :

— J'ai chanté à ton mariage, Marietta.

Marietta, qui avait failli le lui demander, rejeta la tête en arrière et partit d'un grand rire joyeux.

— C'était donc toi ! Dis-moi comment tu t'es débrouillée !

Leurs tasses à la main, elles bavardèrent avec entrain. Tout comme ses deux amies le faisaient avec Bianca, Adrianna continuait de rendre visite à ses filleules de la Pietà. Elle put donc leur donner des nouvelles de leurs anciennes compagnes, aujourd'hui parties du conservatoire, et leur rapporta bien d'autres menus potins. Devinant qu'Elena et Marietta n'attendaient ni l'une ni l'autre un enfant, elle préféra ne pas leur annoncer qu'elle en espérait un quatrième pour bientôt. Marietta n'était pas mariée depuis longtemps, mais il en allait tout autrement pour Elena, qui avait exprimé maintes fois son angoisse à ce sujet. Il était bien compréhensible que cette attente vaine eût fini par tourner à l'obsession. Les familles patriciennes plaçant au-dessus de tout la venue d'un héritier, Elena subissait constamment les remarques blessantes de sa belle-mère.

Au moment où Adrianna venait de décider qu'elle leur annoncerait la nouvelle plus tard, Elena, qui l'avait observée attentivement, lui posa la question sans détour :

— Tu attends un autre bébé, Adrianna ?

Adrianna ne put éteindre le bonheur qui brillait dans ses yeux.

— Tu ne te trompes pas.

Avec l'altruisme qui la caractérisait, Elena la félicita :

— Comme Leonardo doit être content !

A son tour, Marietta congratula son amie, puis elle tourna vers Elena des yeux interrogateurs.

— Comment as-tu deviné qu'Adrianna est enceinte ? Cela ne se voit pas encore, sous ses jupes amples.

— C'est son expression, expliqua Elena. Il y a si

peu de temps que tu as quitté la Pietà que tu n'as pas encore appris à repérer ce changement infime, comme un épanouissement intérieur, qui caractérise les femmes enceintes. Quant à moi, je le remarque presque tout de suite et... je le cherche chaque matin dans mon miroir. Il survient souvent avant tout autre signe de grossesse.

Elena se tut un instant, caressant distraitement sa joue du bout de ses doigts.

— Promettez-moi de me le dire, si vous le voyez sur mon visage, poursuivit-elle d'une voix chargée d'un tel désespoir que ses amies en furent effrayées. Je veux le savoir tout de suite et il se peut que je ne sois plus capable de remarquer quoi que ce soit, à force de m'examiner.

Adrianna prit la main de la jeune femme et la tapota comme si elle consolait l'un de ses enfants.

— Je te le promets, dit-elle avec compassion.

— Peut-être bientôt, ajouta gentiment Marietta.

Elle savait, ainsi qu'Adrianna, qu'Elena craignait plus que jamais sa belle-mère. Elles lui firent remarquer que la présence constante de Lavinia constituait une protection, car elle avait montré son amitié pour Elena depuis quatre ans et quatre mois qu'elle était mariée. Mais lorsqu'elles furent seules, Marietta confia à Adrianna que les Celano étaient totalement dépourvus de scrupules. Ils n'hésiteraient pas à se débarrasser d'une épouse encombrante, s'ils en voyaient la nécessité. Par bonheur, aux dires d'Elena elle-même, Filippo ne s'était pas encore lassé de son épouse, bien qu'il consacrât une grande partie de son temps à une courtisane notoire. D'une certaine façon, l'obsession cruelle qu'il nourrissait à l'égard d'Elena la protégeait contre ses ennemis. Néanmoins, les deux jeunes femmes étaient déterminées à voir leur amie le plus souvent possible, pour s'assurer qu'elle allait bien.

Ce fut avec enthousiasme que Marietta se lança dans le tourbillon mondain qui régnait à Venise. En voulant réconcilier les familles ennemies et aider Domenico à accomplir ses desseins secrets, elle avait donné un but à son mariage et dissipé ses dernières craintes. Contrairement à Leonardo, Domenico ne voyait aucun inconvénient à ce que sa femme reçût les hommages dus à une ancienne prima donna. Il se réjouissait même de voir toutes les têtes se tourner vers elle, où qu'il l'emmenât. Ses nouveaux vêtements lui conféraient un éclat et une allure remarquables. D'instinct, elle avait choisi des couleurs qu'évitaient d'ordinaire les femmes rousses. Elle avait ainsi la beauté d'un joyau, mis en valeur par un écrin chatoyant. Même masquée, on la reconnaissait partout, de par son maintien gracieux et son opulente chevelure cuivrée, qu'elle coiffait haut, selon les canons de la mode, mais sans jamais les poudrer.

Cet hiver-là, le Carnaval innova. Ce furent de somptueux bals masqués, des soupers extravagants qu'on dégustait sur des gondoles à la lueur des lanternes colorées, pendant que les gondoliers en livrée chantaient de leurs voix superbes. Parfois, un orchestre entier interprétait un concert sur son propre bateau, tiré le long d'un canal par des bandes joyeuses. Il y eut des fêtes dans les opéras et les théâtres montèrent dans les palais des pantomimes auxquelles tous les invités participaient. Et toujours, le doge donnait de grands banquets dans la Salle du Grand Conseil.

Marietta possédait un grand nombre de costumes de Carnaval, tous plus ravissants les uns que les autres. Certains capuchons de ses dominos étaient empesés, de façon à ce que son visage fût encadré par un ruché de dentelle transparente ou des roses de satin. Ses masques étaient souvent incrustés de pierres précieuses, mais elle gardait encore le loup que sa mère lui avait fait, dans une boîte de velours.

Il ne se passait pas de soirée sans divertissement et ses journées étaient toujours occupées. Marietta continuait de se rendre régulièrement à la Pietà, où elle voyait Bianca, et elle assistait à la plupart des concerts donnés par ses anciennes compagnes. Quand par hasard elle rencontrait Elena dans un autre endroit que l'Ospedale, elles conversaient par signes. Si parfois leurs amis se demandaient pourquoi l'une ou l'autre souriait sans raison apparente, personne ne soupçonna jamais leur secret.

Les deux amies eurent la chance inattendue de se rendre le même soir à une réception de la Pietà. Domenico et Filippo étaient retenus par des séances tardives au Sénat, si bien qu'elles eurent la joie de passer une soirée ensemble parmi leurs amies d'autrefois. Comme toujours, certains invités avaient amené avec eux des hôtes étrangers, qui demeuraient chez eux pendant leur séjour à Venise. Elena discutait avec le maestro, lorsqu'elle se sentit observée par un jeune homme. Elle était habituée à ce genre d'hommages, pourtant elle ne put s'empêcher de jeter un coup d'œil dans sa direction, car il lui semblait que les yeux de l'inconnu la transperçaient.

Ce fut l'un de ces rares moments où un homme et une femme ont le sentiment de naître une seconde fois. Le passé s'efface et, l'espace de quelques merveilleuses minutes, chacun entrevoit en l'autre un monde nouveau. De taille moyenne, il avait les cheveux blonds et n'était pas particulièrement beau, mais il possédait un visage énergique, un nez fin et bien dessiné et une large bouche. Ce furent ses yeux ambrés, où se mêlaient la douceur et une admiration souriante, qui firent totalement oublier à Elena ce qu'elle avait dit au maestro.

— Eh bien, Elena ? Vous me parliez de Bianca, je crois ? lui rappela son interlocuteur.

— Oui, répliqua-t-elle en rougissant. J'allais vous demander si elle progresse.

Mais elle n'entendit pas un mot de la réponse. De toutes les fibres de son corps, elle était tendue vers l'inconnu qui se trouvait de l'autre côté de la pièce. Chaque fois qu'il bougeait, elle croyait presque entendre le bruissement de ses manchettes de dentelle, le frottement de ses manches de velours ou même, sa respiration. Elle le sentit plus qu'elle ne le vit approcher d'elle et, l'espace de quelques secondes, elle crut que ses jambes allaient la trahir. Puis il fut tout proche. Elle l'entendit se présenter au maestro, qui l'introduisit auprès d'elle avant de les quitter. Il s'appelait Nicolo Contarini. Eût-il été mis en musique par Vivaldi lui-même, aucun nom n'aurait pu sonner plus plaisamment aux oreilles d'Elena.

— Si j'ai bien compris, vous avez été autrefois une cantatrice de la Pietà, signora Celano ? dit-il. J'aurais aimé que vous chantiez, ce soir. Je viens pour la première fois à Venise et bien entendu, je désirais entendre les anges de la Pietà.

— De quelle région êtes-vous donc ? demanda-t-elle, en priant le ciel qu'il n'habitât pas loin.

— De Florence. Vous connaissez Florence ?

— Non, mais j'ai entendu dire que c'est une très belle ville. Parlez-m'en donc.

Il sut lui en faire une description animée et plaisante. Peu après, il lui apprit qu'il se trouvait chez un oncle de sa mère, apparenté aux barnabotti des Celano, ce qui impliquait qu'elle ne pourrait pas l'inviter chez elle. Filippo fréquentait le moins possible ses parents pauvres. En fait, il ne les voyait que pour leur demander leur concours. Bien que Nicolo appartînt visiblement à une famille aisée, sa parenté avec un barnabotti le condamnerait immédiatement aux yeux de Filippo. Mais cela n'avait en réalité aucune importance, puisqu'elle n'avait pas l'intention de partager la compagnie de Nicolo avec quiconque, et encore moins avec l'homme qui faisait de ses jours un calvaire, et de ses nuits un cauchemar.

Nicolo et Elena s'en dirent davantage par leurs regards et leurs sourires qu'avec des mots. Ils auraient aussi bien pu être seuls dans la pièce. Ni l'un ni l'autre ne surent à quel moment ils furent absorbés l'un par l'autre au point de perdre conscience de ce qui les entourait. Marietta comprit ce qui se passait, et elle ne les dérangea pas. Peu importait qu'Elena eût oublié où elle se trouvait, si elle connaissait quelques instants de bonheur. Marietta avait déjà rencontré le Florentin. Elle savait qu'il vivait de ses rentes et avait reçu une parfaite éducation. Pour l'instant, il semblait ensorcelé par le charme d'Elena.

Les invités commençaient à prendre congé. Quand Nicolo s'en aperçut, il baissa vers Elena des yeux suppliants.

— Quand vous reverrai-je ?

— Je l'ignore, Nicolo. Je suis mariée, ajouta-t-elle inutilement.

— Vous l'êtes, à mon grand regret, dit-il tristement. Pourtant, je désire vous revoir. Demain !

Elle hésita à peine quelques secondes.

— Chez Florian, à quatre heures. Je serai masquée.

Il la suivit des yeux, tandis qu'elle s'éloignait pour prendre le bras d'une jeune femme couronnée d'une opulente chevelure rousse, la signora Torrisi. Elle ne lui avait pas dit comment il la reconnaîtrait, songea-t-il. Le choix d'un endroit aussi fréquenté que le café Florian trahissait en outre son peu d'habitude des rendez-vous galants, mais il la retrouverait. A vingt-sept ans, Nicolo n'avait jamais désiré aucune femme à ce point. Il était suffisamment lucide pour savoir qu'il était déjà fou amoureux d'elle.

Commença alors pour Elena la période la plus heureuse de sa vie. Vêtue d'un domino, le visage et les cheveux dissimulés, grâce à la bauta, elle pouvait rencontrer Nicolo en toute impunité. Elle lui enseigna les signes que Marietta et elle utilisaient pour communiquer de loin, si bien qu'ils se reconnaissaient immédiatement parmi la foule anonyme et masquée. Passionnément épris l'un de l'autre, ils ne tardèrent pas à se retrouver dans une maison de rendez-vous, où ils firent l'amour dans une chambre à l'élégance discrète. Pour la première fois de sa vie, Elena se sentait aimée avec tendresse et passion. Il arrivait qu'elle pleurât de joie, lorsqu'ils parvenaient ensemble au plaisir et qu'il lui murmurait des mots d'amour.

Ils auraient voulu ne jamais se quitter et Elena souffrait de devoir consacrer tant de temps à ses amis, dont elle ne voulait pas éveiller les soupçons. Bien que Filippo découchât à intervalles réguliers et qu'elle sût toujours quand il devait rentrer tard du Sénat, elle prenait d'énormes risques en allant retrouver Nicolo. Mais peu lui importait que Filippo découvrît sa liaison et la tuât s'il le voulait. Sans Nicolo, sa vie n'avait plus aucun sens.

— Je t'aime ! se répétaient-ils encore et encore.

Ils se promenaient en gondole, flânaient main dans la main le long du Grand Canal, choisissant de préférence des lieux où on ne les remarquerait pas. Là, ils relevaient légèrement leurs masques pour s'embrasser et échanger des mots d'amour. Plusieurs fois, ils se rendirent à l'Opéra où Nicolo avait retenu une loge, à quelques mètres au-dessus de celle qu'occupait la famille Celano. Inévitablement, le désir les submergeait. Nicolo fermait alors les volets et verrouillait la porte, puis ils ôtaient leurs vêtements et succombaient à leur passion mutuelle au son des plus belles musiques qu'on eût jamais composées.

Ils se firent des adieux déchirants dans la même chambre élégante où ils s'étaient donnés pour la première fois l'un à l'autre. Nicolo avait remis son départ le plus longtemps possible, mais ses obligations familiales le contraignaient maintenant à quitter Venise.

— Je ne supporterai pas cette séparation, dit Elena en pleurant.

— Essaie d'être brave, mon amour. Je te jure que nous nous reverrons, où que ce soit et quoi qu'il puisse arriver. Tu es dans mon cœur à jamais. Si un danger te menace un jour, tu connais mon adresse. J'accourrai au moindre appel. Oh, mon amour, ne pleure pas ainsi ! Tu es ce que j'ai de plus cher au monde.

Dès le début, Elena avait insisté pour rentrer seule chez elle. Ce jour-là, ils s'embrassèrent une dernière fois sur les marches du môle avant qu'elle ne s'arrache de ses bras pour monter dans une gondole. Il resta immobile, suivant des yeux l'embarcation jusqu'à ce qu'elle fût hors de vue. Cet amour ne finirait qu'avec leurs deux vies, songea-t-il. Venise l'attirerait toujours dans ses filets, même s'il devait s'écouler plusieurs années entre chacune de leur rencontre.

Pendant l'hiver, divers incidents mineurs attisèrent la haine entre les Torrisi et les Celano. Ce furent quelques escarmouches entre barnabotti, puis une violente échauffourée opposa les jeunes gens des deux familles. Inexplicablement, puisque aucun d'entre eux ne sortait sans son épée, ils se battirent à coups de pied et de poing. On eût dit que les belligérants ne pouvaient vider cet abcès à la pointe de leurs lames. Ils ressentaient le besoin de se battre avec leurs mains nues. La situation empira lorsqu'on retrouva un Torrisi mortellement poignardé sur le Pont du Rialto. Le meurtrier ne fut jamais retrouvé, mais personne n'ignorait qu'il s'agissait d'un Celano.

Domenico réunit ses frères et quelques parents. Tous savaient que Filippo Celano était l'instigateur de ces incidents répétés.

— Je n'aurais jamais cru que je finirais par déplorer l'absence d'Alessandro Celano, remarqua-t-il avec un sourire amer. Mais du temps qu'il était prêtre à San Zaccaria, il contrôlait les éléments les plus dangereux de sa famille. En ce qui nous concerne, nous ne répondrons pas au crime par le crime.

Il y eut un murmure de protestation, mais il frappa du poing sur la table.

— C'est exactement ce que Filippo Celano et ses sbires attendent que nous fassions. Nous mettrions seulement le feu aux poudres, puisqu'il prétendrait que l'identité du meurtrier n'a pas été prouvée. La justice suivra son cours, mais les épées des Torrisi resteront dans les fourreaux, à moins que nos propres vies ne soient menacées.

Quelques soupirs furent émis çà et là, mais tous obéiraient. Aucun gentilhomme ne se serait opposé au chef de son clan, sauf en cas de provocation extrême. La parole de Domenico avait force de loi.

L'union de Marietta et de Domenico continuait d'être harmonieuse, bien que leurs rapports fussent parfois orageux. Marietta pouvait se montrer aussi têtue que son mari et elle ne renonçait pas à ses opinions sous prétexte que Domenico en avait d'autres. En cela, pensait-elle, elle devait différer totalement d'Angela, car il paraissait souvent surpris lorsqu'elle poursuivait une discussion qu'il considérait comme close. Leurs querelles étaient violentes, ne duraient jamais longtemps, et se terminaient par d'ardentes étreintes.

Un été passa, faisant place à un nouvel automne.

Elena ne donnant toujours aucun signe de grossesse, la marquise de Guérard, dont le mari était l'ami de Filippo, suggéra que la jeune femme pourrait suivre un traitement à Paris. Elle connaissait là-bas un médecin très connu, qui soignait les jeunes femmes stériles. Plusieurs d'entre elles avaient pu ainsi concevoir l'enfant que la nature leur refusait jusque-là.

Elena se montra sceptique. Les médecins de Venise n'avaient pas manqué de lui administrer des concoctions répugnantes, qui n'avaient eu pour effet que de bouleverser ses cycles et lui donner de faux espoirs. La plupart d'entre eux la harcelaient de questions indiscrètes et embarrassantes. Mais le projet plut à Filippo, qui rendit visite à la marquise pour en savoir davantage sur le traitement. Il revint convaincu que son épouse devait se rendre à Paris. Il n'était pas question qu'il l'accompagnât en France, car le médecin précisait que les maris devaient rester loin de leurs femmes pendant la durée des soins, qui duraient plusieurs mois. A son grand dépit, sa mère refusa de se séparer de Lavinia, qui aurait volontiers chaperonné sa belle-sœur. Cela signifiait qu'il devait trouver une personne susceptible de veiller sur Elena pendant son séjour en France.

Il informa finalement Elena que tout était arrangé :

— J'ai eu un entretien avec les directeurs e la Pietà. Sœur Sylvia ne peut s'absenter, mais sœur Giaccomina t'accompagnera. Elle est tout aussi consciencieuse que l'autre, je peux compter sur elle pour ne pas te quitter d'une semelle. La marquise de Guérard te prête sa femme de chambre, qui désire rentrer à Paris pour des raisons familiales. Elle pourra aussi t'aider à améliorer ton français. Elle te quittera à Paris, mais le couvent où tu logeras saura te procurer une autre suivante, tout aussi stylée et honnête.

— Je vois que vous n'avez rien oublié, dit Elena d'une voix neutre.

Elle avait appris à ne jamais émettre un avis différent des siens, par peur des représailles, et dissimulait adroitement ses pensées et la révolte qui l'habitait.

— Tu devrais savoir que je ne néglige jamais aucun détail, rétorqua-t-il avec satisfaction. Quand tu arriveras sur le continent, le carrosse des Celano t'attendra avec une escorte composée d'hommes armés. Tu devras utiliser divers moyens de transport, mais tu seras escortée jusqu'au couvent. J'aurais voulu faire une partie du chemin avec toi, cependant, comme tu le sais, je dois partir sur l'ordre du doge. Je quitterai Venise huit semaines avant toi, ajouta-t-il en attirant brutalement Elena contre lui. J'attendrai ton retour avec beaucoup d'impatience, aussi je te conseille de ne pas décevoir les espoirs que je fonde sur ce voyage.

Il la souleva alors jusqu'à lui et sa bouche écrasa celle d'Elena avec une passion mêlée de menace.

Sur la requête de Filippo, la signora Celano et Lavinia vinrent tenir compagnie à Elena après son départ. Pour la première fois, la jeune femme ne craignait pas sa belle-mère, car, tout comme son fils, cette dernière désirait vivement que le traitement portât ses fruits.

Bien qu'elle dût consacrer un certain temps à ses visiteuses, Elena continuait de rencontrer ses amis et de remplir ses obligations mondaines. Et surtout, elle retrouvait Nicolo, de retour à Venise.

Marietta et Adrianna virent Elena juste avant qu'elle embarque avec sœur Giaccomina. Elles lui souhaitèrent bon voyage et elle leur promit de leur écrire. Au moment où le bateau s'éloignait de la rive pour traverser la lagune, la religieuse et Elena agitèrent une dernière fois la main en direction des deux amies.

Les voyageurs, qu'ils fussent seuls ou en groupe, étaient souvent protégés tout au long du chemin par une escorte d'hommes armés. Cette fois, une vingtaine de cavaliers et deux attelages suivaient le carrosse d'Elena. En dehors d'elle, personne ne remarqua le jeune homme monté sur un cheval noir, qui chevauchait dans leur sillage. Quand Nicolo passait la nuit dans la même auberge qu'elle, Elena n'avait aucune difficulté à quitter la religieuse, qui ronflait déjà dans leur chambre, pour le rejoindre dans la sienne.

— Ne va pas à Paris, la supplia-t-il une fois après l'amour. Viens avec moi à Florence, quitte ce monstre de cruauté qui ne mérite pas de t'avoir pour femme et vivons à jamais ensemble.

Leur accord était parfait, tant sur le plan physique que spirituel, et il voyait en elle une moitié de lui-même.

Du bout des doigts, elle traça les contours de son visage bien-aimé.

— Si c'était possible, répondit-elle tristement, j'aurais quitté Venise avec toi la dernière fois que tu as essayé de m'en persuader. Mais tes responsabilités t'obligent à rester à Florence et Filippo retrouverait certainement ma trace. Si nous avions pu partir très loin, les choses auraient été différentes. Hélas, ton souhait est irréalisable. Il faut que tu l'admettes.

— Ne dis pas cela ! Je te défendrais contre le monde entier !

Elle sourit, profondément touchée par son dévouement.

— Cher Nicolo, ne pensons pas à ce qui nous attend au-delà des heures, des jours et des semaines qui nous restent avant de nous séparer encore une fois.

Pensant qu'il voyageait seul, sœur Giaccomina adressa un jour la parole au cavalier solitaire, pour qui elle éprouvait sans doute de la commisération.

— C'est un charmant jeune homme, originaire de Florence, dit-elle ensuite à Elena. C'est une ville que j'ai bien connue dans ma jeunesse et j'aimerais beaucoup évoquer avec lui les endroits dont je me souviens. Je vous en prie, Elena, montrez-vous aimable envers lui.

— Bien entendu, répliqua Elena avec un rire joyeux. Mais comment se fait-il que vous connaissiez Florence ? Je vous croyais née à Venise.

— Pas du tout. J'habitais non loin du Ponte Vecchio, lorsque j'étais jeune. J'étais tombée amoureuse d'un homme qui partageait ma passion pour les livres anciens, mais il était bibliothécaire et d'humble naissance, aussi mon père ne nous permit-il pas de nous marier. Il m'avait choisi un ordre très fermé, mais ma mère le persuada de m'envoyer dans un couvent à la règle plus clémente, où je pourrais continuer à étudier. L'accès aux grandes bibliothèques de Venise était cependant restreint et quand l'abbesse m'offrit la possibilité de venir à la Pietà, où je disposerais de plus de liberté, j'acceptai aussitôt.

Elena songea que les jeunes gens s'interrogeaient rarement sur la vie passée des adultes, comme s'ils avaient toujours été ce qu'ils étaient maintenant.

— Vous avez dû languir de votre ville natale !

— C'est vrai, mais Dieu s'est montré très bon envers moi, dit la brave femme en tapotant la main d'Elena. Pensez à tous les enfants dont je me suis occupée, à l'Ospedale. Je les ai tous aimés comme si j'avais été leur mère.

— Nous vous aimions aussi, répondit Elena en l'embrassant.

A l'heure du dîner, sœur Giaccomina invita Nicolo à s'asseoir à leur table. Elle bavarda tellement avec lui qu'Elena prononça à peine quelques mots. Peu lui importait. Il lui suffisait de le voir et de l'écouter répondre aux questions de la religieuse. Quand il promit à sœur Giaccomina de lui donner

294

accès à une bibliothèque parisienne, fameuse pour la richesse de son fonds de livres anciens, la chère femme poussa un cri de délice.

— Vous le pourriez vraiment, signore ?

— Notre ambassadeur à Paris était un ami de mon défunt père. Je suis certain qu'il sera ravi de vous rendre ce service.

Elena s'absorba dans la contemplation de son assiette. Elle savait que, une fois plongée dans les livres, sœur Giaccomina perdait toute notion du temps. Ingénument, Nicolo venait de leur fournir l'occasion de passer plusieurs heures ensemble. Elle se détestait de tromper la religieuse et se promettait de lui avouer tôt ou tard ses supercheries et de lui demander pardon.

Quand Elena arriva à Paris, elle savait sans l'ombre d'un doute que la fatigue du voyage et les mets inhabituels n'étaient pour rien dans les nausées et les vomissements dont elle avait souffert à la fin du voyage. Elle portait l'enfant de Nicolo... Cette certitude la remplissait d'une joie mêlée d'effroi. Elle cacherait son secret au jeune homme, qui ne resterait à Paris que trois semaines avant de rentrer chez lui. Il avait parlé de la raccompagner à Venise, mais en dépit de son amour pour lui, elle l'en dissuaderait. S'il découvrait qu'elle était enceinte, cela compliquerait tout. C'était à elle de forger sa propre destinée et de protéger la vie qui grandissait en elle.

Elena manquait à Marietta et à Adrianna. La lettre qu'elle leur envoya de Paris à l'adresse de cette dernière dans la Calle della Madonna, leur décrivait le Dr Dubois comme un petit homme corpulent dont le traitement consistait essentiellement en bonne nourriture, champagne et loisirs. Hormis elle-même et trois Anglaises, toutes ses patientes étaient françaises.

« Le Dr Dubois prétend que certaines femmes sont

si désespérées de ne pas avoir d'enfant qu'elles sont tendues et nerveuses. D'après lui, il suffit de les arracher aux obligations quotidiennes pour les guérir, et j'ai l'impression qu'il poursuit le traitement aussi longtemps qu'elles souhaitent rester ! Il reçoit des lettres d'époux reconnaissants, l'informant que la conception a eu lieu immédiatement après le retour de leurs femmes. Tout le monde prend ce médecin très au sérieux et il paraîtrait même que la reine en personne l'a consulté. Il ne manque jamais de faire allusion à la royale progéniture, quand il accueille de nouvelles patientes. Le régime du couvent est, dit-il, beaucoup trop frugal pour moi. Sœur Giaccomina et moi prenons donc tous nos repas dans les meilleurs auberges de Paris, ce qui convient parfaitement à mon chaperon. Il m'arrive de penser qu'elle n'a accepté de m'accompagner que parce qu'elle désirait goûter à la cuisine française ! »

Elena poursuivait en décrivant Paris comme une ville d'aspect encore moyenâgeux. On y trouvait des centaines de boutiques et les modistes confectionnaient de délicieux chapeaux, mais il y régnait aussi une pauvreté terrible. Des mendiants affamés se présentaient chaque matin à la porte du couvent, où on leur donnait à manger. Dans un village proche de Paris, les soldats avaient molesté brutalement des paysans qui protestaient contre les taxes exorbitantes. Le peuple s'agitait sourdement, et la noblesse ne semblait pas s'en inquiéter. A Venise, au moins, le Carnaval permettait aux gens issus de tous rangs de se mêler joyeusement. C'était inconcevable sur le sol français.

— Peut-être ce traitement sera-t-il efficace, après tout, dit Adrianna en pliant la lettre.

— J'ai plutôt l'impression que ce médecin est un charlatan, répliqua Marietta.

— Peut-être, mais s'il obtient des résultats avec

certaines de ses patientes, on peut lui pardonner. Quand nous lui enverrons notre réponse, il faudra que tu lui annonces la bonne nouvelle. Elena est trop généreuse pour t'en vouloir d'accoucher avant elle.

Marietta approuva de la tête. Elle souhaitait à Elena de connaître bientôt le bonheur qu'elle savourait en ce moment. Maintenant que les nausées matinales avaient cessé, elle était sûre que sa grossesse allait se dérouler sans encombre. Elle ne doutait pas de donner le jour à un garçon. Domenico la taquinait à ce sujet, mais il espérait qu'elle ne se trompait pas. Marietta savait que ses précédentes déceptions l'empêchaient de laisser libre cours à sa joie, et cela expliquait qu'il s'inquiétât constamment de sa santé.

Un jour qu'il prétendait lui porter sa boîte à ouvrage d'une table à l'autre, pour lui éviter toute fatigue, elle se mit à rire et pressa son jeune corps arrondi par la grossesse contre celui de son mari.

— Regarde-moi ! Ne vois-tu pas combien je suis forte ? Tout ira bien, je te le promets.

Les mains posées sur les hanches de sa femme, il plongea dans les yeux émeraude. Angela était menue et beaucoup plus étroite que Marietta. Il finissait par se convaincre que son éblouissante jeune épouse couronnerait leur union en lui donnant un fils en bonne santé.

Lorsqu'il eut quitté la pièce, Marietta prit dans la boîte le vêtement pour bébé qu'elle était en train de confectionner. L'aiguille à la main, elle ne se mit pas aussitôt au travail mais demeura un instant immobile, les yeux perdus dans le vide. L'inquiétude de Domenico attestait, hélas, qu'Angela était toujours au centre de ses préoccupations.

Son esprit vagabonda un instant, avant de s'arrêter sur les heures qu'elle avait passées à visiter le palais, quelques mois auparavant. Un matin, elle avait ouvert une porte et découvert une pièce qui ne figurait pas sur son plan. Elle y avait trouvé un bureau, une bibliothèque en noyer, ainsi que des coffres remplis de documents et de papiers. Au lieu d'en franchir le seuil, elle s'était enfuie, avec l'impression qu'on venait de la gifler. Elle savait désormais où Domenico avait mis les trois portraits d'Angela. Ils ornaient les murs de son bureau, ainsi qu'un quatrième portrait de la jeune femme, que Marietta n'avait jamais vu. Domenico pouvait les contempler chaque jour, lorsqu'il travaillait.

Elle n'était jamais retournée dans cette pièce...

11

Marietta était enceinte de sept mois quand Domenico dut quitter Venise pour mener une importante
mission diplomatique à Saint-Petersbourg. Il était
navré à l'idée de ne pas être auprès de sa femme au
moment de l'accouchement mais n'avait pas le
choix. Elle serait entourée des meilleurs soins et
Adrianna avait promis de veiller sur elle. Domenico
avait aussi chargé Antonio de la protéger.

Au moment du départ, il ne put cependant dissimuler son inquiétude.

— Cesse de te faire du souci pour moi, lui dit
Marietta en nouant ses bras autour du cou de son
mari. Tout ce que je souhaite, c'est que tu t'acquittes
de tes obligations le plus vite possible et reviennes
aussitôt auprès de moi.

Il prit le visage de sa femme entre ses deux mains.

— C'est aussi mon intention. Je t'aime, Marietta.

Jusqu'alors, il n'avait prononcé ces mots que dans
le feu de la passion.

— Je t'aime aussi, murmura-t-elle.

Cette déclaration mutuelle conféra un sens particulier
au baiser qu'ils échangèrent avant de se séparer.
Marietta regretta que Domenico ne lui eût pas dévoilé
plus tôt le fond de son cœur, car elle avait autre chose à
lui dire. Maintenant, elle devrait attendre son retour.

— Au revoir, mon amour, dit-il en l'embrassant encore. Prends soin de toi à tout instant.

Elle sortit sur le balcon pour regarder sa gondole s'éloigner, jusqu'à ce qu'elle ne fût plus qu'un point à l'horizon. Le front appuyé au marbre froid d'une colonne, elle rêva un instant avant de rentrer. Domenico avait enfin découvert, tout comme elle, qu'un second amour pouvait s'imposer sans pour autant qu'on dût nier le premier.

Après le départ de Domenico, l'emploi du temps de Marietta changea. Elle interrompit la plupart de ses activités mondaines, se réservant seulement de rencontrer quelques amis de temps à autre. Antonio venait la voir chaque jour et dînait souvent avec elle. Du côté des Celano, Filippo était de retour à Venise et Elena n'allait pas tarder à l'imiter. Adrianna et Marietta avaient reçu deux autres lettres d'elle, dans lesquelles la jeune femme laissait transparaître une certaine tristesse. Quelle qu'en fût la raison, il était clair qu'elle souffrait du mal du pays.

Antonio, qui ne concevait pas lui-même de passer une soirée sans distraction, essayait de persuader Marietta de sortir avec lui.

— Ne restez donc pas toute seule, la supplia-t-il un mois après le départ de Domenico. Pour une fois, venez donc vous amuser en ma compagnie.

— Ce palais fourmille de serviteurs, je vous le rappelle, aussi ne suis-je pas exactement toute seule, répliqua-t-elle en souriant. Je vais aller au lit avec un livre.

— Quelle horreur ! plaisanta-t-il, les yeux rieurs. Je pensais que vous alliez dire avec un amant.

Elle ne put s'empêcher de rire.

— Vous devriez déjà être parti.

— Vous allez manquer une excellente soirée, si vous ne venez pas. Une bonne partie de nos amis se retrouvent dans une maison de jeu.

Elle aurait pu facilement dissimuler sa silhouette

alourdie sous une cape de satin, mais la compagnie qu'affectionnait Antonio était souvent bruyante et agitée, et ne la tentait guère dans son état actuel.

Antonio rejoignit donc seul ses amis. Ils bavardèrent un instant en buvant une ou deux bouteilles de vin, puis ils s'assirent devant les tables de jeu de leur choix, pour entamer qui une partie de bassette, qui de lansquenet, ou encore de pamphile. Installé à une table où les mises étaient élevées, Antonio se mit à l'emporter régulièrement sur son adversaire, en qui il finit par reconnaître Filippo Celano. Ils étaient tous deux masqués et se pliaient à la règle de silence absolu, respectée par tous les joueurs. Le jeune homme ne tarda pas à comprendre, cependant, que son ennemi n'ignorait pas non plus son identité. C'était ce qui expliquait que la partie fût aussi acharnée.

Antonio augmenta délibérément les mises et continua de gagner. Les gens commençaient à s'assembler autour d'eux pour observer si cette chance incroyable aurait une fin. A son agitation, Antonio devinait que Celano bouillait d'une colère difficilement contenue. Ce n'était pas une question d'argent, car il lui était déjà arrivé de perdre une petite fortune, mais le seul fait d'être battu par un Torrisi constituait une humiliation intolérable. Filippo brûlait depuis longtemps d'affronter un Torrisi, mais il ne s'était pas attendu à ce qu'un incident mineur l'échauffât à ce point, comme s'il avait reçu un coup en travers du visage.

Une fois de plus, la partie se conclut à l'avantage d'Antonio. Une lueur de triomphe au fond des yeux, ce dernier vit la furie qui brillait dans ceux de son adversaire, dont le reste du visage était dissimulé par son masque. Les assistants avaient d'ores et déjà découvert qui ils étaient, et la rumeur courait qu'un Torrisi et un Celano s'affrontaient aux cartes. Désertant les autres tables, la foule s'agglutina autour des deux adversaires.

Quand le dernier ducat de Filippo eut rejoint les autres devant Antonio, ce dernier mit ses gains dans le sac de cuir prévu à cet effet par l'établissement, puis il se leva et s'inclina en direction de Filippo. Avec un souverain mépris, il lui renvoya alors sa dernière pièce d'or d'une pichenette.

Lâchant un rugissement de bête fauve, Filippo se leva d'un bond et se précipita hors de la maison de jeu. Resté seul maître du champ de bataille, Antonio fut applaudi par l'assistance. Ses amis lui assenèrent de grandes tapes amicales dans le dos, tandis qu'une nuée de jolies femmes s'empressaient autour de lui pour l'embrasser. Agitant triomphalement sa bourse bien remplie, il quitta à son tour l'établissement, en compagnie de la courtisane chez qui il comptait passer une partie de la nuit.

Plus tard, lorsqu'il se leva et s'habilla pour rentrer chez lui, la jeune femme s'éveilla et s'étira comme une chatte satisfaite. Ouvrant alors le sac de cuir qui contenait ses gains de la veille, il le vida autour du corps voluptueux de sa compagne d'une nuit. Avec un cri ravi, elle plongea ses mains dans les pièces d'or et les fit ruisseler le long de ses seins nus.

Antonio la quitta en riant pour rentrer chez lui. Il faisait encore sombre, mais les fanaux placés sur les murs lui permirent de retrouver son chemin parmi le dédale des ruelles. De temps à autre, un rat filait devant lui. Il ne craignait pas d'être attaqué par des voleurs. Les petits larcins se commettaient plutôt au cœur de la foule.

Il s'engageait dans une dernière rue, donnant sur une place, quand il fut aveuglé par l'éclat de flambeaux et perçut le chuintement des épées qu'on tire de leur fourreau. Il porta la main à sa propre épée, et reconnut, parmi les hommes qui lui barraient le passage, la haute silhouette de Filippo Celano.

— Que me veux-tu ? demanda-t-il d'une voix hautaine.

— Tu as triché aux cartes, Torrisi !

C'était une insulte que seules les épées pouvaient laver dans le sang. Le jeune homme sentit derrière lui la présence d'un autre bretteur, ce qui lui interdisait de se battre le dos au mur. Jetant un rapide coup d'œil par-dessus son épaule, il reconnut Alvise Celano, dont le mince visage rayonnait de satisfaction.

— Tu es fait, Torrisi !

Fou de rage, Antonio se retourna vers Filippo, qu'il apostropha d'une voix forte.

— Approche ! lui cria-t-il en brandissant son épée. Tu peux même ordonner à tes hommes de se jeter tous sur moi, puisque là est ton lâche dessein !

En fait, il avait l'intention de tenter une percée parmi ses ennemis. S'il parvenait à se frayer un chemin de l'autre côté, il serait mieux à même de se défendre. Mais Filippo, touché au vif par l'insulte, fit signe à ses compagnons de ne pas bouger.

— Cette affaire doit se régler entre nous deux ! Personne d'autre que moi ne fera couler ton sang, Torrisi ! Ce plaisir n'appartient qu'à moi !

Il recula de quelques pas pour ôter sa cape de soie damassée, puis il jeta son tricorne à l'un de ses amis, sans toutefois retirer son masque. Les gens avaient entendu le bruit des voix, car les fenêtres s'illuminèrent. Des couche-tard se montrèrent au bout de la rue, tout excités par la perspective d'un duel. Quatre hommes, tenant encore leurs cartes à la main, parurent sur le pas d'une porte. A la vue d'Antonio seul contre tous, ils empochèrent leurs cartes et se ruèrent à sa rescousse.

Antonio reconnut le plus âgé et l'accueillit d'une voix enjouée :

— Docteur Gaulo ! Nous n'allons pas tarder à avoir besoin de vos services.

— C'est vous, signore Torrisi ? répliqua le médecin. Deux de mes amis vous serviront de seconds.

L'un d'eux débarrassa Antonio de son manteau et de son chapeau. Les deux duellistes masqués gagnèrent alors le centre de la place, où se trouvait un puits. A la lueur incandescente des torches, ils se toisèrent sans un mot, comme enfermés dans un cercle de lumière rougeâtre. Tous deux savaient que le combat serait sans merci.

Ils se saluèrent de leurs épées. Presque aussitôt, le choc des lames signala le début du duel. Aussi enragés l'un que l'autre, ils se battaient avec une violence qui arrachait des hoquets de terreur aux spectateurs, splendidement vêtus pour la plupart. Après quelques passes, Filippo avait une épaule abîmée et la manche d'Antonio était maculée de sang. Ils se déplaçaient tous deux avec souplesse et légèreté tout autour de la place, selon que l'un ou l'autre prenait l'avantage. A un moment, Antonio trébucha et s'affaissa contre le puits, derrière lui. Filippo faillit alors avoir raison du jeune homme, mais ce dernier roula sur lui-même au dernier moment et esquiva la pointe de l'épée. Le sang commençait à se répandre sur les pavés. La foule s'excitait, acclamant bruyamment les adversaires comme s'il s'était agi d'un combat de coqs. Les lames étincelaient, les poignées ciselées se heurtaient quand les deux duellistes étaient comme soudés l'un à l'autre, engagés jusqu'à la garde, jusqu'à ce que l'un deux parvînt à se libérer d'un mouvement brusque. La sueur ruisselait dans leurs yeux, leurs chemises trempées et maculées de sang collaient à leur corps. Antonio avait perdu son ruban et ses cheveux lui tombaient sur le visage.

La fatigue et les blessures qu'ils s'étaient mutuellement infligées commencèrent à faire leurs effets. Depuis le début, il était tellement évident qu'ils étaient de force égale que les spectateurs n'avaient cessé de parier alternativement sur la victoire de l'un ou de l'autre. Des femmes hurlèrent quand l'épée de Filippo transperça l'épaule gauche d'Antonio. Chancelant, le jeune homme vit que son adversaire s'apprêtait à se fendre pour atteindre sa gorge. Il parvint à esquiver le coup et, réunissant ses dernières forces, plongea sa lame entre les côtes de Filippo, qui s'affaissa à ses pieds, tandis qu'un sang rouge jaillissait abondamment de sa blessure.

Le médecin se précipita vers l'homme à terre. Trop épuisé pour bouger, Antonio resta un instant immobile. Du coin de l'œil, il perçut l'éclat d'un stylet et comprit que l'un des Celano avait décrété que le duel ne laisserait aucun survivant. Sachant que la fuite était sa seule chance de survie, il ignora les appels de ses seconds, qui voulaient examiner ses plaies, et se jeta au milieu de l'assistance. Des hommes protestèrent et des femmes crièrent, car il tachait leurs vêtements de son sang, cependant, la foule se referma sur lui pour empêcher ses poursuivants de le rejoindre. Il y avait eu suffisamment de sang versé, cette nuit-là. Antonio n'aurait jamais cru trouver la force de courir, mais, bien qu'il chancelât de temps à autre, il parvint sur la rive d'un canal et aperçut la lanterne d'une gondole qui glissait sur les eaux noires. Quelques secondes après l'avoir hélée, il s'effondrait au fond de l'embarcation.

Marietta dormait profondément lorsqu'on frappa à sa porte. S'arrachant péniblement au sommeil, elle vit sa suivante au pied de son lit, une bougie allumée à la main.

— Que se passe-t-il, Anna ? demanda-t-elle en repoussant en arrière la lourde masse de ses cheveux.

À cet instant, elle jeta un coup d'œil en direction de la porte de sa chambre et poussa un cri perçant à la vue d'Antonio. Un instant, elle avait cru que cette silhouette ensanglantée était celle de Domenico.

— Dieu du ciel ! Que vous est-il arrivé, Antonio ?

La jeune femme porta la main à sa poitrine, comme pour maîtriser les battements de son cœur affolé. Elle réussit cependant à s'extraire des draps et à poser ses pieds tremblants sur le sol. Antonio avait fait quelques pas dans la pièce. Vu de plus près, il offrait un spectacle encore plus terrifiant, avec son visage strié par le sang qui s'écoulait de son front ouvert.

— Je ne voulais pas vous faire peur, Marietta. Sans doute mon aspect est-il macabre, mais je pense que mes blessures sont moins graves qu'il n'y paraît. Mon épaule gauche est la plus sérieusement touchée, car je ne peux plus me servir de mon bras.

Marietta glissa ses pieds dans des pantoufles et enfila la robe de chambre que lui tendait Anna.

— Vous vous êtes battu en duel ! fit-elle d'une voix réprobatrice. Avec qui ?

— J'ai tué Filippo Celano.

Marietta accusa le choc. A son insu, ses lèvres perdirent toute couleur.

— Vous me raconterez ce qui s'est passé pendant que je soignerai vos blessures. Anna, va me chercher du linge propre et de l'eau chaude, ainsi que tout ce dont je pourrais avoir besoin.

Anna lui lança un regard anxieux.

— Vous êtes sûre que vous allez bien, signora ?

Au prix d'un énorme effort, Marietta se reprit et hocha la tête.

— Oui, Anna. Dépêche-toi !

— Attends ! ordonna Antonio à la suivante. Il me faut aussi un bateau. Dis à un valet de s'en charger. Je vais devoir fuir Venise, ajouta-t-il à l'adresse de Marietta, pendant qu'Anna s'éloignait en courant.

306

Les Celano vont me traquer, c'est la raison pour laquelle je n'ai pas cherché refuge chez moi.

Passant un bras autour de la taille du jeune homme, Marietta le soutint jusqu'à son cabinet de toilette. Le sang d'Antonio s'écoulait sur le sol de marbre.

— De quoi d'autre avez-vous besoin ? demanda-t-elle.

Elle avait débarrassé le jeune homme de sa chemise souillée et épanchait le sang avec des serviettes. Déjà, Anna revenait avec l'eau chaude et des bandes de linge propre.

— Il me faut des vêtements, de l'argent et une bauta, répondit Antonio.

Assistée par Anna, Marietta nettoya la plaie de son épaule, avant d'y mettre deux tampons de charpie, l'un devant et l'autre derrière, qu'elle fit tenir ensuite avec les bandes de toile. La blessure du front n'était pas très grave et les diverses écorchures ne posaient guère de difficulté.

— Il faudra que vous consultiez un médecin dès que possible, dit-elle. Je me suis contentée de parer au plus pressé.

Elle lui trouva les vêtements dont il avait besoin et en mit d'autres dans un sac de selle, avec un rasoir. Les préparatifs terminés, elle ordonna à Anna d'aller chercher deux solides valets, qui lui serviraient d'escorte, une fois armés. Un troisième vint aider Antonio à s'habiller. Lorsqu'il franchit le seuil de la chambre, il s'appuyait sur l'épaule du troisième valet. Sa faiblesse était telle qu'il ne pouvait marcher seul. Son épaule le faisait trop souffrir pour qu'il pût supporter un manteau et, sous sa cape, son bras était en écharpe.

— Je serai à jamais votre débiteur, Marietta, dit-il, les lèvres pincées par la douleur.

Elle aurait vainement cherché dans ses yeux la lueur railleuse d'autrefois. Pour un Vénitien, il n'existait pas de pire châtiment que l'exil, qu'il fût volontaire ou décidé par le pouvoir en place. Pourtant, le jeune homme l'embrassa sur les deux joues et lui sourit avec un humour teinté d'amertume.

— Faites en sorte de me faire un neveu solide. J'espère seulement le voir avant qu'il ait atteint l'âge adulte. Au revoir, petite sœur.

— Soyez prudent ! le supplia-t-elle.

Il approuva de la tête avant de se tourner vers les deux valets, qui le portèrent jusqu'au bateau. Dès qu'il fut parti, Marietta s'effondra sur un siège, épuisée par l'effort. Anna l'aida à se recoucher et ce fut avec un profond soulagement qu'elle posa la tête sur son oreiller. Il était inutile de recommander à Anna, ou à quiconque dans le palais, de ne rien révéler de la visite d'Antonio. Aucun serviteur des Torrisi n'aurait aidé un Celano à retrouver sa trace.

Le lendemain, Marietta apprit que Filippo n'avait pas été tué, mais qu'il oscillait entre la vie et la mort. Elle n'en tira aucun réconfort, car Antonio n'était pas sorti d'affaire pour autant. Pour que l'honneur fût satisfait, il fallait que les blessures de l'un ou l'autre des duellistes fussent fatales. Si Filippo survivait, le conflit continuerait de pourrir, à la façon d'un abcès réclamant l'intervention d'un chirurgien. Elle avait envoyé un messager à Domenico, mais s'il avait déjà quitté Saint-Petersbourg, il ne recevrait jamais sa lettre.

Pendant plusieurs jours, la jeune femme subit le contrecoup du terrible choc subi cette nuit-là, mais elle ne confia à personne combien elle se sentait mal, pas même à Adrianna qui lui rendait régulièrement visite avec ses enfants. Quatre semaines après le duel, elle buvait du café avec Adrianna, pendant que les enfants de celle-ci s'amusaient avec les jouets que Marietta leur réservait. Le fils aîné d'Adrianna semblait apprécier particulièrement la petite flotte de bateaux vénitiens avec lesquels Domenico et ses frères avaient joué dans leur enfance.

— Je me réjouis de chaque jour passé sans nouvelles d'Antonio, dit Marietta. J'ose espérer que les Celano ne l'ont pas retrouvé. Evidemment, je ne serai sûre qu'il leur a échappé que lorsqu'ils reviendront bredouilles à Venise.

— D'après ce que je sais, Filippo s'accroche toujours à la vie, remarqua Adrianna. Du moins Elena sera-t-elle à l'abri de ses attentions et de ses attaques sournoises... pour un temps. J'ai entendu dire qu'il ne peut plus marcher.

Marietta secoua la tête.

— On raconte tant de fables qu'il est impossible de savoir s'il y en a une qui soit conforme à la vérité.

Des rumeurs troublantes concernant Antonio étaient déjà parvenues jusqu'à elle. Selon l'une, il avait été rattrapé et on le ramenait à Venise. Selon une autre, Alvise l'avait tué en duel. Mais quand les deux frères Celano réapparurent, ils durent avouer qu'ils avaient laissé échapper leur proie. Ses craintes apaisées, Marietta regretta de ne pas pouvoir partager son soulagement avec Domenico. Son accouchement était imminent, maintenant. Elle passait quelques heures par jour à jouer de la harpe et venait justement de terminer l'un de ses airs favoris, quand le secrétaire de son mari se présenta devant elle, un dossier à la main.

— Je vous prie de m'excuser, signora, mais j'ignore si vous désirez conserver ces documents. J'ai trié des papiers, dans le bureau du signore Torrisi, et j'ai découvert ceci, qui porte votre nom.

Elle sourit, pensant que Domenico lui avait réservé une petite surprise.

— Posez-le sur la table, je vais voir de quoi il s'agit.

Après qu'il fut parti, elle s'assit devant l'épais

portefeuille de cuir, sur lequel une inscription était gravée en lettres d'or : « Signora Torrisi ». Elle en dénoua le cordon, persuadée qu'elle contenait un message de Domenico. Troublée, elle y trouva plusieurs feuillets recouverts d'une écriture qu'elle ne connaissait pas. Le premier était un rapport qui la concernait. A la vue de la date, en haut de la page, la jeune femme fut brutalement transportée cinq ans en arrière, en ce Carnaval de l'année 1780 qui avait vu naître son amour pour Alix.

Elle commença à parcourir les feuillets et découvrit que leur auteur rendait compte avec précision non seulement des événements qui avaient ponctué sa vie toutes ces dernières années, mais encore de son arrivée à Venise, de ses progrès à la Pietà et enfin de ses rendez-vous avec Alix. A mesure qu'elle progressait dans sa lecture, elle comprenait qu'elle avait été espionnée chaque fois qu'elle se trouvait avec Alix. Finalement, elle en arriva à la lettre d'Angela. Avant d'avoir pu refermer le dossier, elle avait lu cette prière, adressée à Domenico, d'épouser la fille de la Pietà s'il venait à être veuf. Posant sa paume sur le cuir, elle l'appuya de toutes ses forces sur la surface lisse, comme si elle craignait que les mots n'en jaillissent contre son gré.

Les coudes sur la table, elle enfouit son visage dans ses mains, en proie à une angoisse terrible. Domenico ne lui avait demandé sa main que pour respecter le vœu de son épouse défunte. Elle fut prise de nausées à l'idée qu'un espion l'avait observée sanglotant sur un banc, juste après qu'Alix lui eût été enlevé. Ce n'était pas assez qu'elle dût vivre avec la certitude qu'Angela régnait toujours sur l'esprit de son mari. Depuis sa tombe, la jeune morte annihilait la joie intense qu'elle avait éprouvée à la pensée que Domenico lui rendait enfin son amour. Elle se réjouissait aujourd'hui de son absence ! Peu à peu, la peine et l'angoisse se muaient en colère.

Le portefeuille de cuir serré contre son cœur, elle marcha un instant de long en large. Le secrétaire ne devait pas avoir pris connaissance de son contenu, sinon il ne le lui aurait pas apporté, mais elle ne voulait pas que ces feuillets fussent détruits. Un jour, elle exigerait des explications.

Elle fit appeler le secrétaire.

— Remettez ceci là où vous l'avez trouvé, dit-elle.

— Très bien, signora.

Il s'inclina et sortit avec les documents.

L'incident avait laissé Marietta nerveuse et furieuse. Elle continua d'arpenter la pièce, à peine consciente du lieu où elle se trouvait et possédée par une énergie frénétique qui demandait à être dépensée. Soudain, elle ressentit le besoin urgent de quitter ce palais et tout ce qu'il contenait, mais auparavant elle avait quelque chose à faire. Elle appela l'intendant.

— Faites rassembler les objets personnels de la signora défunte. Je désire que tout soit soigneusement empaqueté et entreposé dans l'un des greniers.

— Très bien, signora. Et les livres qui se trouvent dans le bureau du signore Torrisi ?

Il lui rappelait ainsi qu'aucun serviteur n'était autorisé à toucher ce qui se trouvait dans cette pièce. Il devait même surveiller en personne les servantes qui étaient chargées du ménage, lorsqu'elles y pénétraient.

— Vous les laisserez où ils sont.

Après avoir posé une cape sur ses épaules, Marietta sortit par les portes qui donnaient sur la rue. Elle se rendit à pied chez Adrianna, trouvant dans la marche un exutoire à son excitation. Depuis le matin, elle souffrait d'un mal de dos qui empira en chemin, mais elle mit la douleur sur le compte du trajet un peu long. Peu après qu'elle eut frappé à la porte d'Adrianna, une servante vint lui ouvrir.

— La signora est à côté, dit-elle.

Récemment, Leonardo avait acquis une deuxième boutique jouxtant la première, dotée d'un atelier à l'arrière et d'un appartement au-dessus. Les travaux n'avaient pas encore commencé, mais Adrianna avait saisi cette occasion d'aménager l'appartement pour les parents de Leonardo, lorsque certains d'entre eux leur rendaient visite à Venise. Marietta remercia la servante et alla frapper à l'autre porte. Une fenêtre s'ouvrit, révélant le visage anxieux d'Adrianna. A la vue de Marietta, elle parut rassurée.

— Dieu merci, c'est toi ! Je descends tout de suite.

Elle disparut à l'intérieur de la maison. Quelques instants plus tard, après avoir tiré le verrou et tourné la clef dans la serrure, Adrianna ouvrit la porte et fit signe à son amie d'entrer.

— Que de précautions s'exclama en riant Marietta. Tu caches donc un trésor ?

Les traits tirés par l'inquiétude, Adrianna se tordit les mains.

— Elena est ici ! Elle est en train d'accoucher ! Le père de son enfant est Nicolo Contarini. Ils se rencontraient dans une maison de rendez-vous ici même, à Venise, avant son départ pour la France. Je suis si heureuse que tu sois là ! La pauvre petite est terrifiée.

D'abord abasourdie par ce qu'elle venait d'entendre, Marietta gravissait rapidement l'escalier.

— Je monte la voir !

A mi-parcours, un élancement douloureux dans le ventre lui fit comprendre que son mal de dos était peut-être plus significatif qu'elle ne l'avait supposé. Son propre enfant bougeait, mais elle n'avait pas le temps d'y penser pour l'instant.

— Où est sœur Giaccomina ?

— Elle est arrivée avec Elena, hier soir, l'informa Adrianna qui la suivait de près. Leonardo est le seul à savoir qu'elles sont de retour. Il m'a aidée à les installer ici, après que nous leur avons servi un souper. Il tiendra sa langue à cause de moi, bien qu'il me désapprouve de leur accorder l'hospitalité. Sœur Giaccomina s'est aussi engagée à garder cette naissance secrète, parce qu'elle sait quel serait le sort d'Elena, si Filippo Celano venait à apprendre la vérité. Cependant elle est très inquiète à l'idée qu'Elena n'ait que moi pour la délivrer de son enfant. Je ne t'aurais pas fait appeler, mais puisque tu es là, pourras-tu m'aider ?

Marietta s'immobilisa sur le palier pour tourner vers la jeune femme un regard interrogateur. Elle savait qu'Adrianna avait parfois assisté les sages-femmes, lorsque ses amies ou ses voisines mettaient au monde leur bébé, mais elle n'avait jamais accouché seule l'une de ces femmes.

— Tu ne comptes pas faire appel à quelqu'un du métier ?

— C'est impossible. Elena est trop connue à Venise pour qu'on puisse dissimuler son identité. Peut-être ne devrais-je pas réclamer ton assistance, alors que tu es toi-même si proche de la délivrance. Il faudra que sœur Giaccomina maîtrise sa frayeur.

— Ne t'inquiète pas, Adrianna, je serai à ton côté. Sœur Giaccomina s'occupera de faire bouillir l'eau et de nous apporter ce dont nous aurons besoin.

La religieuse, qui avait entendu la voix de Marietta, se précipita hors du salon et l'embrassa. Elle semblait avoir encore grossi pendant son séjour à Paris.

— Quel malheur, Marietta ! Et dire que je ne me doutais de rien ! Qui aurait pensé... ? Un si charmant jeune homme, mais il n'aurait pas dû... Et Elena non plus... Tout est ma faute, j'aurais dû deviner...

La prenant par le bras, Marietta ramena la brave femme jusqu'à son fauteuil.

— Ne vous reprochez rien, voyons ! C'est arrivé parce qu'ils s'aimaient plus que de raison. Maintenant, nous devons faire de notre mieux pour Elena et son bébé. En promettant de garder le secret, vous leur avez déjà fait un don précieux.

Le visage de sœur Giaccomina exprima une grande compassion.

— Comment aurais-je pu agir autrement envers l'une de mes filles de la Pietà ? Notre Seigneur lui-même n'a-t-il pas accordé son pardon à la femme adultère ? Et Elena ne péchera plus. Elle a écrit à Nicolo que tout était terminé entre eux.

Marietta savait qu'une telle décision avait dû briser le cœur d'Elena, bien qu'elle dût la prendre tôt ou tard. Lorsqu'elle entra dans la chambre de son amie, celle-ci poussa un cri de joie et tenta de se redresser.

— Tu es là ! Adrianna disait qu'elle ne pouvait t'envoyer chercher parce que tu étais toi-même sur le point d'accoucher.

— Je suis heureuse d'être venue.

Marietta sourit à Elena pour lui cacher l'inquiétude qu'elle éprouvait à la vue de ses traits tirés. Le voyage l'avait certainement épuisée. Comme elle s'asseyait sur le bord du lit, Elena fut prise de douleurs violentes. Le front ruisselant de sueur, elle agrippa la main de Marietta. Adrianna passa sur son visage un linge imprégné d'eau de rose.

— Ne retiens pas tes cris, lui dit-elle. Personne d'autre que nous quatre ne pourra t'entendre. Les murs sont épais et cette pièce donne sur un entrepôt vide, à l'arrière de la maison. Tu peux faire tout le bruit que tu veux, cela ne nous dérangera pas. Marietta va m'aider, pendant ton accouchement. En attendant, je vous laisse seules un instant.

Elle quitta la chambre, suivie des yeux par Elena.

— Adrianna m'a reçue comme si elle était ma mère, dit-elle en grimaçant un petit sourire. Je savais qu'elle ne me fermerait pas sa porte, mais elle s'est montrée d'une bonté extrême à mon égard. J'ai si peur ! ajouta-t-elle d'une voix tremblante. Non pour moi, mais pour mon enfant. Je t'ai écrit une lettre, hier soir, pour le cas où je serais morte en couches, parce que tu es la seule vers qui je puisse me tourner. Adrianna adopterait mon bébé, si elle le pouvait, mais Leonardo n'acceptera jamais. Il me considère comme une femme perdue.

Elle se tut un instant, tendant toutes ses forces pour supporter une nouvelle contraction.

— J'aime Nicolo autant qu'il m'aime, reprit-elle enfin. Si mon mariage avait pu être annulé, nous nous serions mariés immédiatement. Les choses étant ce qu'elles sont, ses responsabilités le retiennent à Florence et je suis la propriété de Filippo.

— Je suis certaine que ton enfant et toi sortirez indemnes de cet accouchement, Elena. Dis-moi plutôt ce que tu m'as écrit. Nicolo prendra-t-il soin de son enfant ? Tu veux que je le lui apporte, c'est cela ?

— Il ignore tout de ma grossesse, je me suis arrangée pour la lui dissimuler. Si j'avais une fille, je désire que tu la confies à la Pietà. Je ferai en sorte d'être sa marraine, ce qui me permettra de la voir aussi souvent que Bianca. Quand elle sera grande, je lui dirai la vérité.

Submergée par une nouvelle vague de douleur, Elena ne put s'empêcher de crier. Marietta lui essuya de nouveau le visage avec le linge parfumé.

— Et si tu avais un garçon ? demanda-t-elle quand l'accès fut passé. Sa place serait auprès de son père ?

— Nicolo aura son fils, répondit Elena d'une voix émue. Je ne refuserai pas à mon fils le droit d'être élevé par un bon père.

— Je ferai ce que tu désires.

Tout le temps que Marietta demeura auprès de son

amie, elle sentit croître sa propre souffrance, mais elle était décidée à la cacher le plus longtemps possible. Dès qu'Elena aurait accouché, elle retournerait chez elle. Ce ne serait pas facile de se hisser dans une gondole, mais elle y parviendrait.

En réalité, sœur Giaccomina dut finalement apporter son aide à Adrianna, car peu de temps avant la naissance du bébé d'Elena, Marietta perdit les eaux. Poignardée par une douleur insupportable, elle s'évanouit. Adrianna abandonna brièvement Elena pour soutenir la jeune femme jusqu'à la chambre voisine. Après lui avoir ôté ses vêtements, elle lui enfila une chemise d'Elena et se hâta de retourner vers son autre parturiente.

Ignorant que ses cris faisaient écho à ceux de son amie, Marietta endura un véritable calvaire. Le temps avait cessé d'exister pour Adrianna, qui luttait pour sauver l'enfant de l'une, tout en craignant pour la vie de l'autre. La fille d'Elena naquit quelques minutes avant que Marietta, qui avait été laissée seule un instant, donnât naissance à un fils mort-né. Au moment où Adrianna traversait le palier en courant, elle vit Marietta tendre la main vers le corps parfaitement formé de son enfant.

Au cours de la nuit suivante, Elena fut éveillée deux fois par les cris déchirants de Marietta. Leonardo avait prévenu les serviteurs du Palais Torrisi que leur maîtresse était son invitée pour quelque temps, mais sans leur en fournir la raison. De retour chez elle, Marietta ne souhaiterait pas affronter aussitôt la commisération de ses amis et relations. La triste nouvelle se répandrait bien assez tôt. Elena voulait aller la voir, mais Adrianna leur avait interdit à l'une comme à l'autre de quitter leur lit.

L'aube trouva Elena en train d'allaiter sa fille, qu'elle avait appelée Elizabetta comme sa défunte mère. D'une main tendre, elle caressait le duvet sombre qui recouvrait le petit crâne du bébé. Aidée de sœur Giaccomina, Adrianna avait veillé toute la nuit sur les deux amies et paraissait épuisée.

— Comment va Marietta ? demanda Elena.

— Elle est inconsolable, dit tristement Adrianna. Si elle n'avait pas vu son fils, elle aurait accepté sa perte plus facilement. J'ai vu des femmes sombrer dans la mélancolie, après avoir accouché d'un enfant mort-né.

— Elle a pu dormir ?

— Elle a sommeillé un instant, au cours de la nuit. Le reste du temps, elle sanglotait, ou bien elle restait immobile à fixer le plafond, pendant que des larmes ruisselaient le long de ses joues. C'est le cas en ce moment.

— Quand pourrai-je aller la voir ?

— Patiente encore un peu et surtout, ne lui amène pas Elizabetta. Ce serait retourner le couteau dans la plaie.

Elena ne répondit pas, mais elle avait pris sa décision pendant la nuit. Quand Adrianna descendit au rez-de-chaussée, pour rejoindre sœur Giaccomina qui préparait le déjeuner, Elena embrassa son bébé avec amour.

— J'avais espéré te garder un peu plus longtemps, murmura-t-elle, mais je t'aimerai toujours.

Elle sortit du lit et se rendit pieds nus dans la chambre voisine. Marietta frémit à sa vue, puis elle posa sur l'enfant des yeux empreints d'un désir ardent.

— Tu m'as amené Elizabetta ? J'ai demandé de ses nouvelles et on m'a dit que c'était une belle petite fille.

— Je fais plus que te l'amener, dit Elena en approchant du lit, je te la donne.

Elle déposa Elizabetta entre les bras de Marietta. Comme si elle comprenait que son destin allait être modifié, le bébé ouvrit les yeux et sembla tourner son regard bleu et vague vers sa mère adoptive. Penchée vers le don inestimable qu'elle venait de recevoir, Marietta avait l'expression tendre et aimante d'une Vierge à l'Enfant. Tout ce que la mort de son propre enfant avait laissé en elle de vide et de frustration se remplissait soudain de chaleur et d'amour. Il lui semblait que l'esprit de son fils revenait habiter son cœur, pour lui donner la paix et lui permettre de l'aimer à jamais comme elle l'avait aimé durant les brèves secondes qui s'étaient écoulées avant qu'Adrianna ne le lui enlevât. Elle mit quelques instants à recouvrer ses esprits.

— Mais tu voulais confier Elizabetta à la Pietà, protesta-t-elle faiblement.

— Elle sera bien plus heureuse avec toi.

Ni l'une ni l'autre n'accordèrent une seule pensée à Domenico, comme si le contrat qu'elles passaient ne concernait qu'elles deux. Quand Adrianna remonta, un plateau à la main, elle s'immobilisa sur le seuil de la chambre, navrée de voir que Marietta allaitait le bébé. Comprenant immédiatement ce qui s'était passé, elle s'approcha du lit.

— Qu'as-tu fait ? cria-t-elle à Elena. Et toi, ajouta-t-elle à l'adresse de Marietta, as-tu pensé à ton mari ? Il n'acceptera jamais l'enfant d'une Celano !

Marietta serra plus fort l'enfant contre son sein et fixa son amie d'un air de défi.

— Domenico aura un fils, ne t'inquiète pas. Mais j'aimerai cette enfant et je prendrai soin d'elle comme Elena l'aurait fait. Mon mari n'a pas hésité à avoir des secrets pour moi, je ne vois pas pourquoi je n'en aurais pas un à mon tour.

Adrianna eut le sentiment que les deux jeunes femmes n'avaient plus toute leur raison. Marietta s'apprêtait à tromper odieusement son mari et Elena se condamnait à souffrir pendant des années. Si Elizabetta avait été confiée à la Pietà, sa mère aurait du moins eu le droit de la voir. En revanche, Adrianna admettait que la solution qu'elles avaient choisie était la plus favorable à l'enfant elle-même.

Au bout de cinq jours, Marietta rentra chez elle avec Elizabetta. Pendant ce bref laps de temps, Elena et elle s'étaient occupées ensemble de la petite fille. Elles avaient mis au point leurs futurs rendez-vous chez Adrianna, pour qu'Elena pût embrasser son enfant. Elles n'étaient pas allées jusqu'à prévoir le moment où Elizabetta serait assez grande pour parler de ces visites. Il serait temps d'aviser quand on en serait là. Elena se montra très courageuse lorsqu'elle serra pour la dernière fois le bébé contre son cœur. Mais dès que la porte se fut refermée sur Marietta et sa fille, elle s'évanouit. Par la suite, elle passa de longues heures prostrée, la tête sur les bras. Elle n'osait pas retourner chez elle jusqu'à ce que son lait fût tari, mais le moment arriva finalement où elle dut se préparer à regagner le Palais Celano. Pour ne pas éveiller les soupçons, il fallut user de ruse et d'organisation, car sœur Giaccomina et elle étaient revenues à Venise par la mer. Leonardo fit chercher leurs bagages à la Douane et s'arrangea pour que leur livraison coïncidât avec le retour d'Elena au Palais Celano, le jour où un navire arrivait de France. La jeune femme refusa que sœur Giaccomina l'accompagnât, de peur que Filippo ne l'interrogeât.

Son arrivée suscita tout un remue-ménage dans la grande demeure des Celano. De toutes parts, des serviteurs et des servantes se précipitèrent pour saluer la maîtresse de maison.

— Où est le signore ? demanda-t-elle.

— Dans la bibliothèque, signora.

Lorsqu'elle pénétra dans la vaste pièce, elle aperçut Filippo assis près d'une fenêtre, les pieds sur un tabouret, une canne à pommeau doré à portée de la main.

— Comment allez-vous, Filippo ?

Il tourna vivement les yeux vers elle, l'air surpris.

Quant à elle, elle ne put réprimer un cri de surprise à la vue de son visage défiguré. Adrianna l'avait prévenue qu'il avait gardé des cicatrices, mais elle ne s'attendait pas à cette entaille profonde qui ravageait son côté gauche.

— Te voici donc ! gronda-t-il. Il était temps. Tu as pris du poids et cela te va bien. Que mon apparence ne t'effraie pas, ma belle, je me suis battu avec Antonio Torrisi, mais il n'y a pas eu de vainqueur. Pourquoi restes-tu si loin de moi ? Je te fais peur ?

— Non.

Elle ne doutait pas qu'en dépit de sa cicatrice, il gardât tout son pouvoir de séduction auprès de nombreuses femmes, attirées par le prestige du guerrier. Dégoûtée de devoir supporter le contact de ses lèvres sur les siennes, elle s'approcha pour lui donner le baiser qu'il attendait. Lorsqu'elle se pencha vers lui, il emprisonna son visage entre ses deux mains et s'empara de sa bouche comme s'il voulait la dévorer tout entière. Au bout d'un temps qui parut un siècle à Elena, il la libéra enfin et voulut passer un bras autour de sa taille. Mais il grimaça soudain et posa la main sur son côté, pâle comme un mort.

— Ce maudit duel ! grommela-t-il. Si seulement j'avais tué le Torrisi, le martyre que j'endure en aurait valu la peine. Les médecins prétendent que je me remettrai avec le temps, mais je manque de patience ! Comme tu le sais, je n'en ai jamais eu beaucoup. J'ai réfléchi à la façon dont j'allais rendre la monnaie de sa pièce à Domenico Torrisi, en l'absence de son frère. Il paiera ! Et comptant !

— Qu'avez-vous projeté de faire ?

— Ce n'est pas ton affaire. De toute façon, rien n'est encore arrêté. Cela prendra du temps. Quant à toi, tu vas avoir d'autres sujets de distraction. Maintenant que tu es rentrée, nous allons pouvoir nous amuser, tous les deux. Je ne me sentais pas très bien, jusqu'à présent.

Tu chanteras et tu joueras de la musique pour moi. La vie au palais va redevenir acceptable.

— Votre mère est ici ?

— Pas pour l'instant. Après le duel, elle est venue me soigner et s'est battue pour me maintenir en vie. Etrange, tu ne trouves pas ? continua-t-il avec un sourire cynique. Excepté Marco, elle n'a jamais aimé aucun de ses enfants. Sans doute pressent-elle que la Maison des Celano partirait en pièces, si elle venait à être dirigée par cet ivrogne de Vitale, ce fou d'Alvise ou cet imbécile de Maurizio. Quant à Pietro, qu'elle a relégué dans un monastère, il serait le dernier sur sa liste. A ce propos, tu l'as manqué de peu, car il s'est rendu à mon chevet, lui aussi.

Elena en fut surprise, car elle se rappelait que c'était à dessein qu'on avait averti Pietro de la mort de Marco qu'après les funérailles.

— Pourquoi est-il venu ?

— Quand il est apparu que j'allais mourir, Maurizio l'a fait chercher au monastère, en dernier recours. C'est lui qui a sauvé mon œil gauche. Grâce à ses efforts et à ceux de ma mère, j'ai survécu.

— La signora s'est-elle adoucie envers lui ?

— Elle ! Il a commis le crime de naître quand elle se croyait trop âgée pour enfanter. Ma mère ne pardonne jamais les affronts, tu devrais le savoir.

— Lavinia se porte-t-elle bien ?

— Assez, mais je dois dire qu'elle s'épuise à la tâche. Quand ma mère est rentrée chez elle, après m'avoir soigné, elle a eu une petite attaque d'apoplexie. Depuis, elle est presque invalide et martyrise Lavinia plus que jamais.

Le coude appuyé sur le bras de son fauteuil, Filippo tendit la main à sa femme pour qu'elle y posât la sienne. Elle obéit et sentit avec répugnance le pouce de Filippo caresser sa paume.

— Je ne pourrai pas te posséder comme je le

321

désirerais, dit-il, mais tu me donneras du plaisir comme je t'ai appris à le faire.

Elena regretta sans honte que l'épée d'Antonio Torrisi n'eût pas percé le cœur de son époux.

Elizabetta avait atteint six semaines quand Domenico revint. Marietta le trouva au retour d'un concert de la Pietà, auquel elle avait assisté en compagnie de plusieurs amis. Le cœur de la jeune femme s'emballa à sa vue. Il avait maigri et lui parut plus beau encore qu'à son départ, mais les premiers mots qu'il prononça lui rappelèrent la situation et freinèrent son élan vers lui.

— Ainsi, me voici père d'une belle petite fille, Marietta !

Tandis qu'il l'attirait vers lui pour l'embrasser tendrement, elle faillit lui pardonner de l'avoir trompée. Bizarrement, elle ne tirait aucune satisfaction du fait qu'elle abusait sa confiance à son tour.

Cette nuit-là, il se montra plus amoureux qu'il ne l'avait jamais été. La sentant réticente, il se méprit sur la raison de cette attitude et l'assura qu'il n'était pas déçu le moins du monde d'avoir une fille.

— Si nous ne devions avoir que des filles, dit-il avec générosité, Elizabetta héritera de tout et prendra la tête de la Maison Torrisi, même si je dois me battre pour faire modifier la loi.

Marietta se dressa vivement et posa un doigt sur la bouche de son mari.

— Non ! Cela ne sera pas ! N'y pense plus ! Nous aurons des fils. Tôt ou tard, un héritier mâle viendra au monde !

— Il n'y a aucune raison de t'alarmer, mon amour, dit-il d'une voix apaisante. Je voulais seulement soulager ton esprit d'un poids, si du moins tu t'inquiétais à ce sujet.

Marietta demeura éveillée longtemps après que son époux se fut endormi, un bras autour de sa taille.

Même si elle avait voulu lui avouer la vérité, elle était tenue de se taire, à cause d'Elena. Il fallait à tout prix qu'elle eût un fils, et le plus vite possible. En laissant Elizabetta hériter des biens de Domenico, elle commettrait la pire des trahisons.

Elizabetta fut baptisée à Santa Maria della Pietà. Marietta avait demandé tout naturellement à Adrianna et à sœur Giaccomina d'être les marraines de l'enfant, mais la religieuse avait décliné l'invitation.

— Je serais heureuse et fière d'accepter, expliqua-t-elle à Marietta, mais j'estime que Bianca fera beaucoup mieux l'affaire que moi. Elle vous aime énormément, vous et Elena, et vous avez toujours été très bonnes pour elle, toutes les deux. Bien qu'elle n'ait que dix ans, elle s'occupe des petits enfants le plus sérieusement du monde. Et vous savez combien elle est douce et gentille, elle ne ferait pas de mal à une mouche. Je crois qu'elle mérite cet honneur.

Marietta trouva la suggestion excellente et Domenico ne présenta aucune objection. Depuis son mariage avec Marietta, il avait eu l'occasion d'apprécier la fillette, qui était venue plusieurs fois leur rendre visite avec sœur Giaccomina.

Quant à Bianca, elle ne se sentit plus de joie.

— Oh oui, je vous en prie ! Comme je suis contente ! Pourrai-je tenir Elizabetta, pendant la cérémonie ?

Marietta, qui s'était rendue tout exprès à la Pietà pour faire part à l'enfant de la bonne nouvelle, approuva de la tête.

— Je pense qu'Adrianna ne s'y opposera pas.

Comme pour le mariage de Marietta, Elena assista au baptême de derrière les grilles des tribunes, heureuse que Bianca fût la marraine et tînt le bébé sur les fonts baptismaux. C'était la première fois qu'elle revoyait sa fille depuis leur séparation. Malgré les plans qu'elles avaient faits, Marietta et elle, Elena avait compris très vite qu'elle souffrirait le martyre chaque fois qu'elle devrait à nouveau se séparer d'Elizabetta, aussi avait-elle renoncé à la voir chez Adrianna. Mais elle n'aurait manqué pour rien au monde cet événement unique dans la vie de son enfant, quoi qu'il pût lui en coûter. Par la suite, elle eut la joie d'évoquer la cérémonie avec Marietta, qui profitait toujours de leurs rendez-vous pour lui décrire les progrès d'Elizabetta et se louer de sa santé florissante. Elena se réjouissait que la petite fille eût hérité de ses yeux bleus. Par chance des reflets roux étaient apparus dans ses cheveux blonds, rappelant la nuance cuivrée de ceux de Marietta. Celle-ci oubliait volontiers que son enfant bien-aimée n'était pas née de sa chair, sauf lorsqu'elle se trouvait avec Elena.

Au grand soulagement de Domenico et de Marietta, Antonio leur avait écrit qu'il s'était installé à Genève, où il comptait des amis, une famille à qui il avait autrefois offert l'hospitalité à Venise, à l'époque du Carnaval. Il s'était alors vivement épris de leur jeune fille, Jeanne, mais la loi vénitienne lui interdisait de se marier. Maintenant qu'il n'avait plus de compte à rendre à la Sérénissime, il allait épouser Jeanne et s'initier aux affaires dans la banque de son beau-père.

— Voilà de bonnes nouvelles ! s'exclama Marietta après avoir lu la lettre.

Elle jeta un coup d'œil à Domenico et comprit à sa mine sombre qu'il souffrait de savoir son frère si loin de lui. S'approchant de lui, elle passa un bras tendre autour de ses épaules.

— Tu sais, rien ne nous empêche d'aller le voir un jour.

— J'y pensais. Nous le ferons dès que je serai chargé d'une mission diplomatique dans cette région.

Les sourcils froncés, Domenico parcourait la lettre que Marietta venait de lui rendre. Si Filippo découvrait qu'Antonio se trouvait à Genève, rien ne l'empêcherait de le faire assassiner par ses sbires. On pouvait être sûr qu'il ne respecterait pas les lois de l'honneur observées par ses prédécesseurs.

Bien que Domenico n'en dît rien à Marietta, il restait constamment sur le qui-vive. Puisqu'il se trouvait dans l'incapacité de se venger d'Antonio, Filippo s'en prendrait tôt ou tard au chef du clan Torrisi...

De son côté, Elena cacha à Marietta qu'elle soupçonnait un complot à l'encontre de Domenico. Elle n'avait jamais été mêlée aux entretiens de son mari avec les membres de sa famille ou ses relations d'affaires, mais elle commençait à bien connaître les familiers du palais et n'hésitait pas à écouter aux portes quand Filippo discutait avec eux à huis clos. Chaque fois qu'elle pouvait saisir quelques propos échangés, elle les notait, ainsi que la date et l'heure auxquelles ils avaient été prononcés. Elle espérait que Marietta pourrait un jour utiliser ses rapports pour mettre en garde Domenico.

Bien qu'elle n'eût jamais rencontré Domenico, sa sauvegarde était désormais devenue primordiale à ses yeux, puisqu'il était à la fois l'homme que Marietta aimait et le père adoptif de sa propre fille.

Cependant, Filippo recouvrait peu à peu la santé. Une visite de sa mère raviva sa rancune vis-à-vis d'Elena, qui n'était toujours pas enceinte. La signora n'était plus la femme qu'elle avait été, mais sa langue de vipère et ses yeux venimeux gardaient leur pouvoir.

— Elena ne portera jamais d'enfant, affirmat-elle dès qu'elle fut seule avec Filippo. Débarrasse-toi d'elle et prends une autre épouse.

Baissant les yeux vers elle, il lui lança un regard soupçonneux.

— Que me suggérez-vous ?

— Fais preuve d'un peu d'intelligence ! Tes ancêtres n'hésitaient pas à écarter de leur chemin les femmes stériles, ce me semble. Je ne te reconnais plus, mon pauvre garçon ! Tu n'as même pas été capable de tuer ce Torrisi, quand tu en as eu la possibilité.

Filippo frémit de rage.

— Cette fois, mère, vous êtes allée trop loin ! rugit-il en se levant d'un bond. Sortez de ma maison, et ne revenez jamais plus !

Il quitta la pièce, poursuivi par les jappements aigus de sa mère.

— Pauvre fou ! Tu mènes notre maison à sa ruine !

Regrettant de ne pas avoir empoisonné Elena quand elle en avait l'occasion, elle prit sa canne et se lança à la poursuite de son fils. Ce dernier avait déjà franchi le seuil de la pièce.

— Emporte ce vieux sac hors d'ici, ordonna-t-il à Lavinia qui arrivait en courant, alertée par le bruit. Et ne la ramène jamais !

Il ne se retourna même pas lorsque Lavinia le rappela, criant que leur mère gisait sur le sol. Averti qu'elle venait de subir une nouvelle attaque, il demanda seulement si elle vivait encore. Il ne revint pas sur sa décision, après avoir été informé que la vieille dame en réchapperait. La signora fut donc transportée hors du palais, où elle ne devait plus jamais revenir. Son côté gauche était paralysé et elle parlait difficilement, mais ses yeux brillaient toujours de méchanceté, tandis que l'épouse de son fils plaçait un coussin sous sa nuque, dans la gondole qui allait l'emporter. Frissonnante, Elena rentra au palais. Curieusement, il lui avait semblé détecter une lueur de triomphe dans les prunelles sombres de sa belle-mère.

Depuis le retour de Domenico, Marietta sentait qu'une barrière invisible s'était dressée entre son époux et elle. Elle savait qu'il en avait conscience, car il lui avait demandé à plusieurs reprises ce qui n'allait pas, mais elle n'avait pas encore trouvé le courage de lui parler comme elle le souhaitait.

De son côté, Domenico pensait que le changement intervenu en Marietta devait être lié à son accouchement. Elle se montrait aussi amoureuse et passionnée qu'auparavant, pourtant il était certain qu'elle s'était éloignée de lui. Un incident s'était peut-être produit dans la maison d'Adrianna. Incident qui aurait pu être évité au palais, où Marietta aurait reçu les soins médicaux appropriés. Lorsqu'il remercia Adrianna pour l'assistance qu'elle avait apportée à son épouse, la jeune femme parut embarrassée et protesta qu'il ne lui devait aucun remerciement. Que lui cachait-on ? Quoi que ce fût, il avait le droit de le savoir. La prochaine fois qu'Adrianna viendrait au palais, il s'arrangerait pour la voir en tête à tête. C'était une femme sensible et honnête, elle lui dirait la vérité.

Quand Adrianna leur rendit visite, il profita que Marietta emmenait les enfants de son amie dans un salon où un goûter les attendait pour interroger la jeune femme. L'expérience lui avait appris qu'une question directe était toujours préférable, si l'on voulait prendre son interlocuteur au dépourvu.

— Que s'est-il passé exactement, quand Elizabetta est née ?

Le rouge monta aux joues d'Adrianna, qui joignit inconsciemment les mains.

— Comme je vous l'ai déjà dit, si nous avions pu trouver un médecin, il aurait probablement utilisé les forceps. Mais finalement, tout s'est bien passé.

Sa voix paraissait sincère et ses yeux ne fuyaient pas les siens, pourtant cette rougeur évoquait la culpabilité.

— Marietta a-t-elle failli mourir ? Je vous en prie, dites-le-moi.

— Absolument pas ! Marietta ne vous a-t-elle pas rassuré sur ce point ?

— Si fait, mais elle sait combien cette perspective aurait été terrible pour moi, même si tout danger est aujourd'hui écarté.

— N'ayez aucune crainte à ce sujet, Domenico.

Il fallut bien qu'il se contentât de ces dénégations, car Marietta et les enfants revenaient déjà. Pourtant, le doute persista en lui. Il y avait quelque chose qui n'allait pas, et tant qu'il ne saurait pas de quoi il s'agissait, ses relations avec Marietta ne redeviendraient pas ce qu'elles étaient avant son départ pour Saint-Pétersbourg.

Peu à peu, Marietta comprit cependant que la colère ressentie en lisant la lettre posthume d'Angela était excessive et due en grande partie à l'imminence de son accouchement. Le spectacle de Domenico soucieux et attristé la décida à mettre fin au différend qui les éloignait l'un de l'autre. Revenus dans leur résidence d'été, où elle se sentait toujours apaisée, elle trouva le courage de lui révéler enfin comment elle avait pris connaissance du contenu du portefeuille de cuir.

Ils se tenaient sur la terrasse, la main dans la main, quand Domenico lui expliqua sans détours pourquoi Angela l'avait fait surveiller.

— Les situations romantiques l'intriguaient, dit-il avec douceur. Après t'avoir vue avec le Français, au ridotto, elle a voulu savoir comment une fille de la Pietà s'était arrangée pour sortir du conservatoire sans chaperon. C'est ainsi qu'elle a décidé de te faire suivre, mais à aucun moment elle ne t'a voulu de mal. Bien au contraire, puisqu'elle était très inquiète lorsqu'elle a appris que le jeune homme avait quitté Venise. Elle craignait que tu ne fusses très malheureuse. Quant à la lettre qu'elle m'a laissée, conclut Domenico, elle voulait seulement que nous trouvions le bonheur, toi et moi. Elle n'a jamais souhaité que son souvenir s'élève entre nous, c'est la raison pour laquelle j'ai fait mettre ses portraits dans mon bureau.

— C'est à moi que tu pensais ?

— As-tu supposé que je pouvais avoir une autre raison ? J'avais cessé de souffrir bien avant notre mariage, tout comme j'espérais que ton idylle avec ce jeune Français appartenait à un passé révolu.

— Elle l'était, répondit Marietta, touchée et rassurée par cette franchise. Si tu le désires, les portraits d'Angela pourraient réintégrer leurs places.

— Elle en aurait été heureuse, mais la décision t'appartient.

Marietta regretta alors de ne pouvoir à son tour lui révéler la vérité au sujet d'Elizabetta, mais ce secret ne lui appartenait pas.

Ce fut pour Domenico qu'Elizabetta fit ses premiers pas, quelques mois plus tard. Il poussa un tel cri que Marietta accourut, déjà alarmée. Quelques secondes plus tard, elle joignait ses encouragements à ceux de l'heureux père. Avec beaucoup d'à-propos, la petite fille fit encore deux pas chancelants sous le regard d'Angela, dont le portrait avait retrouvé sa place sur le mur.

Elena avait recouvert plusieurs feuillets des bribes de conversations saisies au palais, lorsqu'elle avertit Marietta qu'un complot se tramait contre Domenico.

— J'ignore ce qu'ils ont en tête, mais Maurizio est venu plus souvent en trois semaines qu'il ne l'avait fait auparavant en plusieurs mois. Pour qu'il sorte de chez lui, il faut que ce soit important. Peut-être les autres font-ils appel à lui parce qu'il est le cerveau de la famille. Je n'ai pas de preuve, mais chaque fois que j'ai saisi le nom de Torrisi, je suis certaine qu'ils parlaient de Domenico.

— A moins qu'ils n'aient découvert où se cache Antonio. De toute façon, il est sur ses gardes. D'après les lettres qu'il envoie à Domenico, nous savons qu'il est tout à fait conscient du danger.

— Quoi qu'il en soit, plus que jamais Domenico doit prendre garde.

— Je lui parlerai dès son retour. Pour l'instant il est en voyage.

— Si jamais je découvrais quelque chose de vraiment important, je m'arrangerais pour déposer toutes mes notes à la Pietà, en demandant qu'on les lui remette le plus vite possible. De cette façon, elles lui parviendront sans que tu sois impliquée.

Marietta décida d'utiliser la mise en garde d'Elena pour se rapprocher davantage encore de son époux. Elle choisit un soir où ils soupaient paisiblement à la table même où elle avait dîné pour la première fois avec lui, sous le baldaquin de soie bleu ciel. Domenico appréciait tout particulièrement ces repas en tête à tête.

Dès que le valet eut été congédié, elle put lui parler sans détour.

— Lorsque tu m'as invitée à l'Opéra, avant notre mariage, tu m'as parlé du travail que tu entreprenais pour introduire des réformes dans notre société, dit-elle en choisissant soigneusement ses mots. Tu m'as dit aussi que tu avais de nombreux ennemis... Comment peux-tu être sûr que Filippo ne choisira pas ce moyen pour se venger de toi ?

— Pourquoi y penses-tu maintenant ?

— Pas seulement maintenant ! protesta-t-elle plus vivement qu'elle ne l'aurait voulu. J'ai souvent réfléchi à tes activités secrètes et j'aimerais que tu me permettes de t'aider, si du moins c'est possible. Je pourrais tendre l'oreille et t'avertir du danger, s'il se présente.

— En l'occurrence, tu t'inquiètes sans raison. Filippo n'est pas assez subtil pour utiliser de telles armes. Il préfère le stylet ou l'épée.

— Mais Maurizio fréquente beaucoup le Palais Celano, ces temps-ci ! C'est le plus intelligent de la famille et il pourrait très bien élaborer un plan habile.

Domenico la fixait avec attention.

— Comment es-tu au courant de ces visites ? s'enquit-il d'une voix dangereusement douce.

Elle soutint hardiment son regard.

— J'en ai entendu parler, répondit-elle sur un ton neutre. Les femmes bavardent, comme tu le sais sans doute, et les rumeurs circulent.

— J'ose soutenir qu'une telle affirmation ne peut provenir que de la jeune signora Celano. Je me trompe ?

Marietta redressa le menton.

— Non !

Domenico abattit son poing sur la table avec une telle force que les couverts s'entrechoquèrent.

— Tu prétends t'inquiéter de mon sort, dit-il en la foudroyant du regard, et tu pactises avec mes ennemis !

— Elena ne te veut aucun mal, bien au contraire ! cria-t-elle.

Domenico se leva d'un bond et contourna la table pour la saisir par les épaules et la hisser sur ses pieds.

— Où la rencontres-tu ? A la Pietà ? Chez Adrianna ? Dans un café ?

— Je ne te le dirai pas ! hurla-t-elle à son tour. Tu as des espions partout, charge-les de te le dire !

— Quand nous nous sommes mariés, il me semble t'avoir priée de rompre tout lien avec Elena, parce que cette amitié pouvait nous porter préjudice, à moi et à ma maison !

— Si je me souviens bien, rectifia-t-elle, tu me

l'as ordonné ! Cela ne ressemblait en rien à une... prière !

— S'il le faut, j'exige aujourd'hui que tu m'obéisses.

— J'agirai comme bon me semble ! Tu ne peux pas m'en empêcher !

La lâchant brusquement, il recula d'un pas, hors d'haleine.

— Bien sûr que si ! Il me suffit d'informer Filippo que nos épouses se rencontrent et il prendra des mesures plus fermes que celles que je suis prêt à prendre avec toi.

— Non ! Tu ne comprends pas !

Comme il se détournait, Marietta se jeta aux pieds de Domenico sans égards pour sa robe de satin blanc. S'accrochant à la jambe de son époux, elle se laissa traîner sur le sol l'espace de quelques pas.

— Il la maltraite déjà ! gémit-elle. Sa vie est un calvaire. Il est capable de la tuer sous l'effet de la colère.

Il baissa les yeux sur la mince silhouette accroupie devant lui et sa colère se dissipa. Se penchant vers elle, il l'aida à se relever et la tint un instant contre lui. Le visage pressé contre l'épaule de Domenico, elle sentit qu'il lui caressait doucement les cheveux.

— Ne pleure pas, ma chérie, je ne trahirai pas ton amie. J'ai entendu dire que Filippo peut se montrer brutal envers les femmes. Mais tu dois comprendre que le sang des Celano souille tout, à mes yeux, même ton amie et ce quelle que soit la bonne opinion que tu as d'elle.

Marietta songea à l'enfant qu'il aimait et qui dormait dans son berceau, à l'étage au-dessus.

— Tu ne sais pas ce que tu dis ! s'écria-t-elle d'une voix navrée.

— Bien sûr que si !

— Mais Elena veut te protéger, dit Marietta en levant vers Domenico des yeux mouillés. Elle a constitué un dossier où elle réunit tout ce qui peut contribuer à te sauver la vie.

Domenico parut sceptique.

— Pourquoi trahirait-elle les siens ?

— Elle ne les considère pas comme tels. Elle voulait épouser Marco, pas Filippo !

— Alors, il se peut que les sentiments qu'elle éprouvait pour Marco la lient encore aux Celano. Je ne doute pas de son amitié pour toi, mais je ne peux croire qu'elle me veuille du bien.

— Ne puis-je rien dire pour te convaincre ?

Il lui caressa tendrement le visage du bout des doigts, puis il déposa un baiser sur ses lèvres.

— Rien, Marietta.

Voyant l'expression implacable de son mari, elle sut qu'elle mourrait plutôt que de lui révéler la vérité à propos d'Elizabetta.

12

La mort du doge plongea Venise dans une affliction aux manifestations raffinées et les funérailles furent suffisamment spectaculaires pour déplacer les foules, parmi lesquelles se pressaient de nombreux étrangers. La cité tout entière se drapa de velours et de brocart noirs. Puis, sans transition, chacun se prépara pour l'intronisation du nouveau doge. Parée de riches tapisseries jetées sur les balcons, la ville sembla cette fois rayonner d'un éclat éblouissant. On achetait des masques neufs en vue des futures cérémonies, on commandait de somptueux vêtements et on préparait les salons des palais pour les bals et les banquets.

En digne fille de son père, Marietta se laissa emporter par l'enthousiasme ambiant. La splendeur du cortège l'émerveilla quand le doge arriva sur le *Bucentaure*, salué par les chants des chœurs et le tintement des cloches. Elle l'avait déjà rencontré à l'occasion de réceptions, car il appartenait à la famille Manin, liée depuis longtemps à celle des Torrisi. Par ailleurs, Domenico avait souvent eu affaire à lui en tant que sénateur. Elle constata pourtant que Domenico déplorait qu'il eût été désigné pour succéder au doge défunt.

— Peut-être remplira-t-il correctement sa charge, dit-elle à son mari après le couronnement.

Il secoua négativement la tête, l'air sombre.

— Lodovico Manin est trop malléable pour occuper une telle position. Bienveillant, mais faible. En ce moment, Venise aurait besoin d'être gouvernée par un homme totalement différent.

La jeune femme songea que Domenico pourrait user de son influence de sénateur pour conseiller le doge et le guider sur la bonne voie.

Marietta rencontrait toujours Elena de temps à autre. Elle avait promis à Domenico qu'elle ne mentionnerait jamais devant son amie où il se trouvait ou qui il voyait, pas plus que la destination de son prochain voyage. Bien qu'il désapprouvât ces rendez-vous, il s'y était résigné et se fiait au bon sens de sa femme, ainsi qu'à sa loyauté. Elle savait pourtant qu'en refusant de trahir Elena, elle renonçait du même coup à ce qu'il lui accordât toute sa confiance et la mît au courant de ses activités.

Elizabetta étaint maintenant une enfant heureuse et gaie, aux boucles d'or pâle. A deux ans, elle ne cessait de trottiner à la suite de son père, dans le palais, grimpant parfois laborieusement les hautes marches de marbre, si elle entendait sa voix à l'étage supérieur. Elle seule était autorisée à pénétrer dans son cabinet de travail. Elle serait devenue tyrannique si ses nourrices et Marietta n'avaient témoigné la fermeté qui manquait à son père. En revanche, elle menaçait de devenir vaniteuse, car l'un de ses jeux consistait à admirer son reflet dans les miroirs. Mais Domenico ne lui trouvait aucun défaut et lui donna un poney pour son troisième anniversaire.

Il n'était jamais revenu de voyage sans offrir un cadeau à Marietta. Désormais, il en rapportait aussi un à sa fille. A son retour de Saint-Petersbourg, il avait donné à sa femme une cassette incrustée de pierreries qui contenait une parure d'émeraudes et de diamants, confectionnée par le propre joaillier de l'empereur. Ce superbe bijou constituait son cadeau pour la remercier de la naissance d'Elizabetta. Sentant qu'elle le devait à un mensonge, même s'il aimait sa fille de tout son cœur, elle ne put se résoudre à le porter.

— Il ne te plaît pas ? lui demanda-t-il un jour.

— Bien sûr que si. Il est magnifique.

S'il avait perçu un peu de nervosité dans sa voix, il n'en dit rien. Pour le rassurer, elle accepta de mettre cette parure pour se rendre à l'Opéra, mais elle la laissa par la suite dans son écrin de velours.

Ce fut aussi à l'Opéra que Domenico et Marietta se retrouvèrent un soir face à face avec Elena et quelques-uns de ses amis, sur les marches du grand escalier. Normalement, cela n'aurait jamais dû se produire, mais Elena venait de s'apercevoir qu'elle avait laissé tomber son éventail, et deux gentilshommes étaient descendus le chercher. Au moment où la jeune femme se retournait pour les suivre des yeux, elle se trouva nez à nez avec Marietta et Domenico, qui montaient derrière elle. Elle aurait dû se détourner, ainsi que l'exigeait l'usage en de telles occasions, mais elle n'avait jamais vu Domenico de si près et ne put détacher son regard de lui, l'espace de quelques secondes. Marietta comprit immédiatement ce qui se passait dans l'esprit de son amie. Elena contemplait de tout son saoul l'homme qui veillait sur sa fille à son propre insu. Prenant alors Domenico et Marietta totalement au dépourvu, elle inclina gracieusement la tête dans leur direction et leur adressa un ravissant sourire.

— Je vous souhaite une bonne soirée, signore et signora Torrisi.

Marietta retint son souffle, imitée en cela par tous les témoins de la scène. Sans quitter la jeune femme des yeux, Domenico hésita un instant avant de s'incliner galamment.

— Recevez nos salutations, signora Celano.

On rapporta alors son éventail à Elena. L'incident clos, ils empruntèrent des corridors différents. Dès que Marietta fut dans leur loge, elle tourna vers Domenico un visage reconnaissant.

— Je te remercie de t'être montré aussi tolérant. Personne mieux qu'Elena ne saurait apprécier la façon dont tu lui as rendu son salut.

— Je ne veux pas en discuter, répliqua-t-il sèchement.

Mordant sa lèvre inférieure, Marietta s'assit auprès de son mari. Si Domenico avait su quelles épreuves subissait Elena, il n'aurait pas regretté les quelques mots qu'il avait été obligé de lui adresser. Filippo la traitait de façon abominable. Il venait dans son lit par habitude, pour railler la stérilité de sa femme après lui avoir fait l'amour. Plus d'une fois, il avait failli l'étrangler dans sa rage, si bien qu'elle avait dû camoufler ses meurtrissures sous des foulards de gaze légère. Par une ironie du sort, les autres femmes, qui considéraient Elena comme leur modèle en matière de mode, l'avaient imitée.

La porte de leur loge s'ouvrit et Domenico se leva pour accueillir les amis qu'ils avaient invités à se joindre à eux. Marietta fut soulagée de ne pas avoir à soutenir une conversation avec son mari. Un événement inhabituel se produisit alors qui gomma ses préoccupations de son esprit. Comme de coutume, les galeries étaient bondées de gondoliers autorisés à jouir gratuitement du spectacle, tandis qu'ils attendaient leurs maîtres ou d'éventuels clients. Ils avaient décidé, ce soir-là, de rivaliser avec les chanteurs sur la scène. Plusieurs d'entre eux, dotés de voix splendides, transformèrent les solos en duos, incitant une grande partie de l'auditoire à les imiter. Ils chantaient de si bon cœur qu'à la fin, l'assistance tout entière se leva pour les acclamer.

Tout en applaudissant, Elena jeta un coup d'œil en direction de la loge des Torrisi. Elle ne voyait pas Domenico, que Marietta et ses amis cachaient à son regard, mais elle se réjouissait de cette rencontre. Bien qu'il l'eût gratifiée d'un regard dénué d'aménité, elle pensait que Domenico était un homme juste. Auprès de lui, sa fille était en sécurité.

Quand Elena rentra au palais, Filippo était absent. S'étant assurée qu'il n'était pas dans les parages, elle franchit la porte qui séparait sa chambre de celle de son mari. C'était une longue pièce rectangulaire aux fenêtres gothiques donnant sur le Grand Canal. Un grand lit à baldaquin, tendu de velours vert sombre, occupait une alcôve. Parmi les nombreux meubles magnifiquement sculptés, il y avait une armoire dont les portes en cachaient d'autres plus petites, derrière lesquelles se trouvaient des compartiments et des tiroirs où Filippo conservait divers objets. Cela allait des pistolets de duellistes aux boutons, en passant par les boucles de chaussures en argent. Il arrivait aussi qu'il y déposât certaines lettres ou des documents importants qu'il désirait garder à sa disposition. Chaque fois qu'elle en avait l'occasion, Elena les parcourait, dans l'espoir d'y trouver une information concernant ces réunions que Filippo tenait avec ses frères.

Après avoir examiné le contenu de l'armoire pendant environ une demi-heure, Elena conclut que si quelqu'un prenait des notes durant ces séances, Maurizio devait les avoir en sa possession, car elle le voyait toujours entrer et sortir un portefeuille de cuir sous le bras.

Elle avait fouillé partout ailleurs, bien qu'elle fût certaine que Filippo aurait placé ces documents dans son armoire, s'il les avait détenus. Elle avait même cherché s'il n'y avait pas un tiroir secret, poussant et tirant toutes les ciselures qui auraient pu dissimuler un mécanisme d'ouverture. Elle avait fini par en trouver un, mais cette cachette ne contenait que deux objets enveloppés dans de la soie. Le premier était un anneau qui contenait une poudre, sans doute du poison. Elle en avait vu de semblables dans la chambre du trésor, mais ils étaient vides. L'autre était une petite peinture sur bois, une scène érotique, qui devait être plus ancienne que l'anneau. Ils semblaient avoir été oubliés là depuis si longtemps qu'elle se demanda si Filippo lui-même n'ignorait pas leur existence.

Ce jour-là, les recherches de la jeune femme furent tout aussi vaines que les précédentes. Elle décida donc qu'elle continuerait d'écouter aux portes, dans l'espoir de saisir un jour une information importante. Elle détestait recourir à de tels moyens et craignait à tout instant d'être découverte, mais c'était le moins qu'elle pût faire pour Domenico, et à travers lui, pour son enfant. Elle regagna sa chambre et sonna sa suivante, à qui elle ordonna de l'apprêter pour la nuit.

De retour chez lui, il sembla à Filippo que le parfum d'Elena imprégnait l'atmosphère. Il s'étonnait chaque jour d'être encore attiré par elle, alors même qu'il la haïssait pour sa stérilité. Sans doute aurait-il dû se débarrasser d'elle, ainsi que le lui avait si obligeamment suggéré sa mère. Ce conseil empoisonné s'était si bien infiltré en lui qu'il ne parvenait plus à l'oublier. Il se sentait constamment tiraillé entre des sentiments contradictoires. Il lui arrivait de battre Elena d'autant plus brutalement qu'il s'en voulait de s'encombrer d'une femme inutile, alors que tant de moyens de la supprimer sans attirer les soupçons s'offraient à lui.

En même temps, il ne pouvait tolérer que la beauté d'Elena fût souillée par la main de ses assassins, pas plus qu'il ne pouvait la tuer lui-même. Lui qui n'avait jamais renâclé au meurtre, se sentait incapable de plonger un couteau dans ce beau corps, ou même de la frapper avec un gourdin. Lorsque sous le coup d'une rage aveugle, il l'avait à moitié étranglée, ce n'était pas dans le dessein réfléchi d'attenter à sa vie. Jamais aucune femme avant elle ne

340

l'avait ainsi retenu dans ses filets. Il la détestait pour cela et en même temps, il suffisait qu'il pensât à elle pour la désirer.

Bianca lui rappelait Elena. L'image de la jeune fille s'imposa à lui alors qu'il ôtait sa cravate de dentelles, immobilisant son bras. Bianca avait le même teint de porcelaine qu'Elena, au point qu'elle aurait pu passer pour sa sœur cadette. De temps à autre, les religieuses l'amenaient au palais, où Elena leur faisait apporter des rafraîchissements. Il aimait être présent, s'il le pouvait, mais ces visites avaient lieu le plus souvent lorsqu'il était au Sénat. A treize ans, Bianca ressemblait à une jolie pêche, avec ses petits seins ronds et la masse de cheveux pâles qui retombaient en vagues souples sur ses épaules, sous le voile de la Pietà. Bien que timide, elle n'esquivait jamais les conversations avec lui et il pensait que la cicatrice qui ravageait son visage devait susciter la compassion de la jeune fille. Il sourit pour lui-même. Cette blessure produisait le même effet sur les femmes plus âgées et les rendait toutes extrêmement vulnérables.

Pour l'instant, il avait d'autres préoccupations. Il avait ordonné à son valet de ne pas venir prendre ses vêtements avant une demi-heure car il voulait lire en toute quiétude une lettre qu'on lui avait remise le soir-même. Fouillant la poche de sa veste de satin, il en sortit la lettre et s'assit pour la lire plus à son aise. Quelques minutes plus tard, son visage exprimait une intense satisfaction. La pièce manquante venait finalement d'être apportée au plus parfait complot qu'on pût échafauder contre Domenico Torrisi.

Sa lecture terminée, il se leva et alla se poster devant le miroir. Lentement, il passa le bout de son index le long de sa cicatrice. Il n'allait plus tarder à être vengé.

Le lendemain matin, après le déjeuner, Filippo

resta un long moment assis devant son bureau. Lorsqu'il eut rédigé sa missive, il la signa et se rendit au palais d'un ami sénateur qui apposa sa propre signature au bas du manuscrit. Il leur fallait un troisième nom. Parmi leurs relations se trouvait un gentilhomme qui avait ses propres raisons de vouloir éloigner Domenico du Sénat. Il arriva peu après et signa à son tour le document. Les trois complices burent un verre de vin pour fêter l'événement, puis Filippo partit pour le Palais Ducal.

Là, il traversa la Salle de la Boussole, ne s'arrêtant qu'un instant devant un orifice creusé dans le mur et connu sous le nom de « gueule du lion » parce qu'une tête léonine et farouche était sculptée tout autour, avec une gueule grande ouverte au-dessus d'une inscription invitant à dénoncer les traîtres. Il y en avait bien d'autres, dans la ville, et toutes incitaient depuis cinq cents ans à la délation. Les noms des trois accusateurs n'étaient jamais dévoilés. Bien que moins utilisé que par le passé, c'était toujours un moyen de porter à la connaissance des magistrats de la cité de possibles trahisons. Filippo glissa sa lettre de dénonciation entre les babines de pierre et poursuivit son chemin.

Les magistrats qui prirent connaissance du message inclinaient à un certain scepticisme, à cause de la signature d'un Celano, mais de tels cas exigeaient une sérieuse enquête. La trahison était le pire des crimes, au point qu'elle avait même valu à un doge d'être décapité. On entreprit donc de minutieuses recherches. D'abord, les trois signataires furent convoqués et leur témoignage éclaira suffisamment l'affaire pour que le doge fût consulté.

Un après-midi, Domenico quittait le palais du doge, quand un gentilhomme lui bloqua le passage.

— Comment allez-vous, signore Buccello ? s'enquit Domenico. Quelles nouvelles ? Ne voulez-vous point m'accompagner ? J'ai hâte de rentrer chez moi, la séance a été longue.

— Je vous accompagne. Par ici, si vous le voulez bien, répondit l'autre, en lui désignant le bureau du grand inquisiteur*.

— Ce n'est pas mon chemin.

— Je crains pourtant que vous ne deviez me suivre.

Domenico comprit alors que la situation était grave. Sans plus résister, il suivit le gentilhomme jusqu'à une porte que celui-ci lui ouvrit. Il pénétra alors dans une vaste pièce carrée, aux murs recouverts de cuir doré. Un procureur se tenait auprès de l'inquisiteur d'Etat, derrière la table. Tous deux arboraient des mines compassées.

— Que se passe-t-il, signori ? s'enquit Domenico d'une voix sévère.

L'inquisiteur se leva.

— Je dois vous informer que vous êtes suspendu de vos fonctions de sénateur, par ordre du doge, et ce tant que durera l'enquête sur vos activités politiques. Vous restez cependant libre de vos mouvements et je vous demande seulement de m'informer de vos déplacements. En outre, vous ne devez pas tenter de quitter la République de Venise.

— Vous avez ma parole de Vénitien loyal, répliqua Domenico sans rien montrer de son inquiétude.

Sachant que le décret était sans appel, il ne posa pas de questions et s'inclina avant de se tourner vers la porte, qu'on venait à nouveau de lui ouvrir. Prenant une profonde inspiration, il franchit le seuil de la pièce. Il se savait plus fortuné que certains de ses

* Création en 1434 de l'institution des inquisiteurs d'Etat, chargés de veiller sur les secrets d'Etat et sur la sécurité de la République. Ils constituent le redoutable Conseil des Dix. (N.d.T.)

congénères, à qui on n'avait pas permis de quitter ce lieu sinistre.

Lorsqu'il rapporta la nouvelle à Marietta, la jeune femme ne dissimula pas une inquiétude extrême.

— On ne m'accuse encore de rien, dit-il pour la rassurer. Cet incident peut très bien n'avoir aucune suite. Par mesure de précaution, j'ai déjà consulté des hommes de loi amis.

— Je t'avais prévenu... comme Elena me suppliait de le faire... que quelque chose de ce genre pouvait se tramer dans l'ombre.

— Je le sais.

— Filippo est certainement à l'origine de cette infamie.

— Nous ne pouvons l'affirmer, bien que je reconnaisse là sa fourberie. Il nous faut prendre patience, mon amour. L'enquête durera sans doute plusieurs semaines. En attendant son issue, nous pourrions nous installer à la villa, avec Elizabetta.

Marietta accueillit avec joie la suggestion. Ils passèrent six semaines paisibles, plus proches l'un de l'autre qu'ils ne l'avaient jamais été. Puis, un jour, au retour d'une promenade avec Domenico, Marietta qui était à l'étage, en train d'enlever son chapeau et son manteau, entendit des visiteurs arriver. Après avoir rectifié sa coiffure, elle se hâta de descendre l'escalier pour les accueillir. A la vue de trois huissiers flanqués de deux hommes d'armes, elle se figea.

— Signore Torrisi, dit avec solennité celui qui paraissait être le chef, au nom du doge de la Sérénissime République, je vous arrête sous l'inculpation de haute trahison.

Marietta réprima un cri et vola au côté de son époux, dont elle prit le bras. L'espace de quelques minutes, Domenico resta sans voix. Pas un instant il n'avait envisagé qu'une charge aussi monstrueuse pût être retenue contre lui. Il était pleinement conscient que la teneur de sa pensée politique pouvait transpirer et parvenir aux oreilles du doge, qu'il était tout prêt à essayer de convaincre de la nécessité de réformes dans le gouvernement de la République de Venise, pour son salut. Peu lui importait, au fond, que Filippo le contraignît à s'exprimer plus tôt que prévu. Mais de là à être accusé de trahison ! Bien qu'elle n'eût pas prononcé un mot, il sentait Marietta trembler de tous ses membres, près de lui. Il posa une main apaisante sur celle de sa femme et répliqua calmement :

— Je vous suivrai à Venise de mon plein gré, afin de laver mon nom de ces accusations sans fondement.

L'huissier s'inclina et l'autorisa à s'entretenir un instant avec son épouse, pendant qu'un serviteur emballait quelques vêtements. Allant à un tiroir, Domenico en sortit un document scellé avant de prendre sa femme dans ses bras.

— Ecoute-moi attentivement, Marietta. Ce papier te donne pleine autorité pour gérer en mon absence mes biens. Je l'avais rédigé par précaution, sans pourtant prévoir que cette procuration te serait nécessaire. Je voudrais que tu rentres au palais le plus tôt possible.

— Je ferai tout ce que tu veux.

— Prépare-toi à un long procès.

— Pourquoi, puisque tu es innocent ?

— Parce que, si Filippo est responsable de tout cela... et je ne doute plus désormais qu'il le soit... il a échafaudé un enchevêtrement de mensonges et de fausses preuves suffisamment convaincants pour que le procureur soutienne l'accusation et que le Conseil des Dix la reçoive.

— Pourrai-je venir te voir ?

— Je l'espère, mais il se peut qu'en raison de la gravité des charges, on ne t'y autorise pas. Arme-toi de courage, j'ai toujours su que tu en avais.

— Je t'aime ! pleura-t-elle.

— Tout comme je t'aime, dit-il en dévorant du regard le visage désespéré de sa femme, et il en sera ainsi jusqu'à la fin de ma vie.

La nourrice parut sur le seuil de la pièce avec Elizabetta, qui courut vers ses parents. Domenico se baissa pour prendre l'enfant dans ses bras. Elle désigna un miroir de son petit doigt pointé.

— Par là, papa ! Jouons au jeu du miroir !

Il secoua négativement la tête.

— Tu es ma petite fille, aujourd'hui, non son reflet.

Voyant combien il était grave, Elizabetta tira les coins de sa bouche de ses petites mains, pour le faire rire. Il lui sourit pour lui faire plaisir et lui caressa le cou.

— Maintenant, maman va te porter, car je dois me rendre à Venise.

— Je viens aussi ! affirma-t-elle avec autorité.

Marietta la reprit à son père.

— Pas aujourd'hui, Elizabetta. Nous partirons demain.

Domenico les enveloppa toutes les deux de ses bras. Puis, après avoir déposé un baiser sur le front de sa fille, il embrassa longuement Marietta.

— Prends soin de toi et de notre enfant, dit-il en s'écartant.

Marietta et Elizabetta le regardèrent s'éloigner. Parvenu au bout de l'allée, il se retourna une dernière fois vers elles avant de descendre les marches qui menaient à la Brenta. Le premier huissier et les gardes étaient déjà installés dans le bateau qui allait l'emmener vers Venise.

Mais l'épreuve de Marietta n'était pas terminée. Les deux autres huissiers furetèrent dans la villa, exigeant même de lire le document que Domenico lui avait remis. Quand elle rentra à Venise, elle constata que le palais avait été fouillé de la même sorte, sans toutefois causer de dommages et sans succès, car le palais recélait de nombreuses cachettes qu'un étranger n'aurait jamais pu découvrir.

Après que Domenico eut subi un long interrogatoire, la date du procès fut fixée. Il aurait lieu dans la Salle du Grand Conseil. Sous le plafond orné de peintures représentant les fastes de Venise, Domenico devrait donc affronter le tribunal constitué par ses pairs. En attendant, Marietta fut autorisée à lui rendre visite chaque matin, pendant une heure, en présence toutefois d'un garde, derrière la porte ouverte. La première fois, elle lui apporta deux miniatures qui les représentaient, elle et Elizabetta.

— Tu dois avoir lu dans mes pensées, dit-il.

Il disposait d'une chambre confortable, dans un coin du palais, car le doge ne souhaitait pas qu'il fût maltraité, jusqu'à ce que son innocence ou sa culpabilité fût prouvée. L'accusation prétendait que Domenico avait frayé avec des gouvernements étrangers, dans l'intention d'attenter à la sécurité de la République et d'installer un régime révolutionnaire à la place du doge. C'était si grotesque que Domenico ne craignait pas le moins du monde le verdict.

— Ce n'est qu'une question de temps, affirmat-il à Marietta. Tôt ou tard, je serai lavé de tous ces crimes.

Le procès se révéla aussi long qu'il l'avait prédit. Parmi les membres du Conseil, certains de ses amis exigèrent que chaque pièce à conviction fût vérifiée à plusieurs reprises, ce qui ralentit la procédure. Puis, peu à peu, la situation prit un tour plus sérieux, car le travail considérable entrepris par Domenico depuis de nombreuses années était mal interprété. Il s'était assigné pour but d'encourager les républiques et principautés voisines à repousser les influences des pays étrangers, telle l'Autriche, et à se renforcer au sein d'une ligue pour constituer du même coup une zone tampon pour Venise.

— C'est actuellement notre unique moyen de survie, au cas où une puissance étrangère s'armerait contre nous, expliqua-t-il à ceux qui l'interrogeaient. Je voyais là une mesure préventive, jusqu'à ce que la Sérénissime République sorte de sa béate sérénité et comprenne enfin que la faiblesse, la décadence, l'oisiveté et le luxe ont sapé ses forces au point qu'elle serait terrassée par le premier agresseur venu.

Ces propos déclenchèrent le tumulte parmi l'assistance. Domenico avait offensé jusqu'à ses alliés les plus sûrs. Le procureur dut crier pour obtenir le silence.

— Vous pensiez donc hâter cette fin en recourant à la corruption la plus basse ou en excitant la populace chez nos voisins les plus proches. Je parie que c'est aussi dans ce but que vous avez livré des secrets d'Etat !

— Non !

— Niez-vous avoir versé dans la contrebande des armes ?

— Oui ! J'ajoute que je n'ai appelé aux armes que pour inciter Venise à redevenir la grande puissance qu'elle a été dans les siècles passés, afin de défendre ses biens contre la convoitise d'éventuels agresseurs.

— D'où pourrait venir le danger, je vous le demande ! Vous savez parfaitement que les Etats voisins respectent la neutralité de Venise. Cet appel peut recevoir une autre interprétation, si l'on y voit une incitation à l'émeute !

— Non ! rugit Domenico. J'ai toujours voulu éviter une effusion de sang dans les rues de Venise, non la provoquer.

Déjà la balance penchait dangereusement du côté des détracteurs de Domenico. Cette accusation de trahison survenait à un moment particulièrement malheureux. On était en 1789. La France était en proie à la révolution et la nouvelle des menaces qui pesaient sur la monarchie était parvenue jusqu'à Venise. Tous les aristocrates présents au procès abhorraient l'idée même d'un effondrement de la loi et de l'ordre. Ceux d'entre eux qui n'avaient pas été convaincus par les arguments de Domenico furent encore plus déterminés à ce qu'on l'empêchât de poursuivre ses agissements néfastes.

On appela des témoins. Le premier était délégué par l'empereur d'Autriche. Il jura sur l'honneur que sa nation ne nourrissait aucun mauvais dessein à l'encontre de la Sérénissime République et respectait ses territoires. Vinrent ensuite les représentants de quelques Etats italiens. Ceux qui étaient hostiles à la formation d'une ligue critiquèrent Domenico, prétendant que son influence avait été subversive et nuisible aussi bien à leurs propres gouvernements qu'à la Sérénissime République elle-même. Domenico et ses avocats étaient persuadés que certains de ces témoins avaient été bien payés pour s'exprimer ainsi, mais leurs affirmations scellèrent son sort. Domenico fut déclaré coupable à l'unanimité. Marietta, qui attendait dehors avec Adrianna et Leonardo, s'évanouit à l'annonce du verdict.

Domenico aurait pu être torturé à mort ou exécuté sur la Piazzetta, au vu de tous, mais la miséricorde l'emporta et il fut condamné à l'emprisonnement à vie. Tous ses biens furent confisqués et déclarés propriété de l'Etat. Pleinement conscient que sa femme et sa fille étaient désormais sans abri, Domenico fut incarcéré dans l'une des cellules situées sous les combles du Palais Ducal*, où les prisonniers politiques étaient enfermés. Cette fois, il ne fut pas autorisé à faire ses adieux à ses proches.

Ce soir-là, Filippo et ses frères reçurent leurs amis

* Les célèbres Plombs, où Casanova lui-même fut incarcéré. (N.d.T.)

au Palais Celano pour fêter la chute des Torrisi. La présence de nombreuses femmes parmi les invités obligea Elena à s'acquitter de ses devoirs d'hôtesse. Elle raillait intérieurement ses efforts dérisoires pour éviter la catastrophe qui venait de frapper Domenico. Elle comprenait maintenant pourquoi Filippo lui avait dit à son retour de Paris que sa vengeance prendrait du temps. Avec quelle intelligence ses espions avaient su pénétrer les desseins de Domenico ! Et avec quelle ingéniosité on s'était arrangé pour que le blanc parût noir ! Seul l'esprit acéré de Maurizio avait pu concevoir un plan aussi démoniaque, ainsi qu'elle le craignait.

Quand Domenico avait été arrêté, elle avait relu toutes ses notes, sans rien y découvrir qui pût s'avérer utile. Pour en être certaine, elle s'était rendue masquée chez un avocat et lui avait exposé toute l'affaire, s'abstenant seulement de lui fournir les noms des protagonistes. Après l'avoir écoutée, il avait hoché dubitativement la tête.

— Une telle déposition, non confirmée par un second témoin et ne reposant que sur des bribes de conversations entendues derrière une porte, est malheureusement irrecevable. Je suis désolé, signora, mais tel est mon avis.

A la vue de Filippo, ivre de vin et de triomphe, elle frémit de dégoût. Non seulement il avait gâché sa vie, mais aussi celle d'Elizabetta, à qui la mort de l'enfant de Marietta avait offert une chance inespérée de grandir entre des parents aimants. Maintenant, Filippo avait anéanti une famille unie, à seule fin de satisfaire sa vengeance.

— Pourquoi cette solennité, Elena ? lui lança un invité au visage aviné. Désormais, la querelle entre les Celano et les Torrisi appartient au passé.

— En effet, acquiesça-t-elle sans manifester la moindre émotion.

La querelle ne s'était hélas pas terminée comme

Marietta et elle l'avaient espéré, grâce à l'amitié et à la bonne volonté. Tristement, elle pensa que tous les rêves qu'elle avait caressés étaient réduits à néant.

Jetant un coup d'œil à sa femme, Filippo jura sourdement. Il avait obtenu tout ce qu'il désirait, sauf un héritier. Peut-être, une fois dans sa vie, devrait-il reconsidérer le conseil donné par sa mère ? C'était le moyen de supprimer Elena qui le retenait. Elle était sa femme et il éprouvait toujours la même répugnance à l'idée qu'elle pût être touchée par un autre homme, même dans la mort.

Marietta disposait de vingt-quatre heures pour quitter le Palais Torrisi. Lorsqu'elle était rentrée chez elle, après le procès, les huissiers l'avaient déjà précédée et mis la main sur les clefs de Domenico. Ils lui permirent d'accéder à la chambre du trésor et de prendre tous les objets précieux qui lui appartenaient. Elle put donc emporter sa parure d'émeraudes, ainsi que tous les bijoux que lui avait offerts Domenico au cours de leur vie commune. Elle fut aussi autorisée à prélever sur les coffres suffisamment d'argent pour payer le personnel du palais, après quoi les lourdes portes de la salle furent refermées et scellées.

Anna se chargea d'emballer les affaires personnelles de Marietta et d'Elizabetta. La suivante était navrée qu'un sort cruel eût jeté l'époux de sa maîtresse en prison, lui faisant perdre du même coup la meilleure place qu'elle eût jamais occupée, et la perspective d'une bonne rente, lorsqu'elle serait parvenue à un âge avancé.

Marietta profita qu'on l'avait laissée seule un moment pour prendre dans la penderie de Domenico des brassées de vêtements. En toute hâte, elle rejoignit Anna, à genoux devant un grand sac de voyage.

— Vite, Anna ! Glisse les vêtements de mon mari

entre les miens. Il sera bien vêtu et bien chaussé, même s'il vit en prison.

La garde-robe de Domenico était si importante que des étrangers ne pourraient remarquer l'absence de quelques éléments. La jeune femme plaça aussi dans ses bagages quelques-uns de ses livres favoris et des cartes géographiques. Ses bijoux avaient déjà été emportés dans des coffres scellés, mais elle prit sa montre de poche dans la cachette où il la gardait. Elle avait appartenu au père de Domenico, qui lui avait dit un jour qu'il la transmettrait à son propre fils.

Son fils ! Marietta fut prise d'une telle angoisse qu'elle s'immobilisa. Comment pourraient-ils concevoir un fils, désormais ? Peut-être serait-elle trop vieille pour porter des enfants, lorsqu'un doge miséricordieux rendrait à Domenico sa liberté.

— Signora ! appela une servante. Les huissiers veulent que vous veniez dans la salle de musique. Le maître d'hôtel leur a dit que la harpe vous appartient.

Il s'agissait de savoir si la harpe, une véritable œuvre d'art peinte de scènes qui représentaient Venise et qui lui avait été offerte par Domenico pour son anniversaire, resterait en la possession de Marietta ou serait confisquée. Les huissiers décidèrent finalement de la lui laisser, à condition qu'elle la fît immédiatement porter au palais du doge, si cette faveur n'était pas confirmée.

Toutes les affaires personnelles de Marietta furent donc transportées en bateau à sa nouvelle adresse, dans la maison où Elena et elle avaient accouché. Leonardo lui avait proposé d'occuper l'appartement, offre qu'elle avait acceptée avec reconnaissance.

La maisonnée tout entière plongea dans l'affliction quand Marietta entra dans la grande salle de bal pour faire ses adieux à ceux qui les avaient servis, elle et son mari. Elle tenait par la main Elizabetta, qui serrait contre son cœur sa poupée préférée. Bien que Marietta connût parfaitement le nombre de ses serviteurs, elle éprouva un choc à voir alignées quatre-vingt-dix personnes. Parmi eux, se trouvaient les gondoliers des Torrisi, vêtus comme les autres de leur meilleure livrée. Quant aux femmes, elles arboraient toutes une coiffe et un tablier fraîchement lavés. Marietta leur adressa à chacun quelques mots en particulier. Sur ses talons, le maître d'hôtel leur remettait leurs gages, auxquels Marietta ajoutait quelques pièces pour récompenser leur fidélité. Presque toutes les femmes étaient en larmes. Pour la plupart, les serviteurs et les servantes étaient issus de familles qui avaient servi les Torrisi durant plusieurs générations.

Enfin, Marietta saisit Elizabetta par la main, et le chef gondolier accourut pour l'aider à grimper dans sa gondole et l'emmener loin de sa demeure. Elle ne jeta pas un regard en arrière. Une heure ou deux plus tard, le palais et les autres propriétés de Domenico à Venise étaient scellés. Il en serait ainsi jusqu'à ce que leur attribution fût décidée. La villa où Marietta avait passé tant de jours heureux et celle qu'Antonio avait occupée autrefois seraient également verrouillées et interdites d'accès. La jeune femme avait tiré un trait sur ce passé. Désormais, elle vivrait dans un double but : élever Elizabetta et obtenir que la condamnation de Domenico fût allégée. Son dessein ultime serait de prouver son innocence.

Adrianna et Leonardo l'attendaient pour lui souhaiter la bienvenue dans sa nouvelle maison. Ils avaient fait de leur mieux pour son confort. Le salon était assez spacieux pour que sa harpe y trouvât sa place. La cuisine, située autrefois au rez-de-chaussée, avait été installée dans la pièce où elle avait accouché, ce qui modifiait totalement son aspect. Le fourneau était neuf, ainsi que les boiseries et les peintures. Marietta devina que les travaux avaient dû être entrepris dès que le procès de Domenico avait pris mauvaise tournure.

En proie aux remords, Elena arriva dans la demi-heure qui suivit.

— Je n'ai pas pu te venir en aide, Marietta ! Je n'avais rien qui pût servir à la défense de Domenico et pourtant j'ai la certitude que la machination a été élaborée sous mon nez !

— Tu n'as rien à te reprocher, voyons ! Domenico et moi savons que tu as fait tout ce que tu pouvais et nous t'en sommes très reconnaissants.

— Comment occuperas-tu ton temps ?

L'air navré, Elena regarda autour d'elle. Elle était tellement habituée à vivre dans de vastes pièces que l'appartement, qui répondait pourtant aux besoins de Marietta, lui paraissait trop exigu. Machinalement, elle se dirigea vers une porte entrouverte et recula précipitamment à la vue d'Elizabetta, endormie sur un lit.

Marietta la rejoignit.

— Tu peux entrer, si tu veux.

Elena ferma la porte en secouant la tête.

— Non, dit-elle en portant une main à sa gorge. Elle est ta fille et je n'ose pas donner libre cours à mon amour pour elle.

— J'admire ta volonté, dit Marietta.

Elena sourit tristement.

— C'est de la lâcheté. Je ne pense pas pouvoir supporter une souffrance supplémentaire. A l'avenir, je tâcherai de venir te voir le soir, après le coucher d'Elizabetta, ou bien l'après-midi pendant sa sieste.

— Adrianna m'a promis que la nourrice de ses enfants s'occuperait d'elle en même temps que des siens, chaque fois que je voudrai disposer d'une heure ou deux. Si nous portions des bautas et des mantilles, nous pourrions nous promener ensemble.

— Quelle bonne idée ! Te souviens-tu que je

voulais toujours te montrer la maison de ma grand-tante Lucia, et celle où je suis née ? Nous n'en avons jamais eu l'occasion, jusqu'ici.

Elles convinrent d'exécuter leur projet dès que Marietta en aurait le temps. Auparavant, la jeune femme allait solliciter tous ceux qui pourraient l'aider à obtenir le droit de rendre visite à Domenico. Pour l'instant, il n'était pas autorisé à écrire de crainte qu'il ne transmît des ordres codés à des amis, pour tenter des menées subversives. Marietta soupçonnait que de nombreux aristocrates se trouvaient dans leurs rangs, mais dès lors que leurs projets avaient été découverts et condamnés, ils n'avaient pu intercéder en faveur de Domenico, sous peine de subir le même sort que lui.

Ainsi qu'elle le craignait, le doge refusa de lui accorder une audience. Marietta tenta d'approcher son épouse, qu'elle avait souvent reçue au Palais Torrisi : celle-ci repoussa ses avances pour ne pas avoir à l'écouter. Certains, parmi les vieux amis de Domenico, faisaient leur possible pour l'assister, mais la condamnation de son mari pour trahison la mettait au ban de la société.

Elle fit parvenir des meubles à Domenico, puisque les prisonniers politiques étaient autorisés à aménager leur cellule comme ils l'entendaient. Domenico eut donc une table en bois de rose, des chaises, une bibliothèque de noyer pleine de livres, deux tapis persans, une cuvette pour sa toilette et un lit confortable pourvu de couvertures bien chaudes et de bons draps. En supplément, il eut une commode pour ranger ses vêtements. Il avait aussi le droit de recevoir du vin, ainsi que toute la nourriture qu'elle désirait lui envoyer. Bien qu'il n'eût pas encore la permission d'écrire, Marietta joignit du papier, de l'encre, des plumes, un agenda et toute une provision de chandelles.

Elle n'épargnait rien pour améliorer son confort,

heureuse d'alléger ainsi la souffrance de son incarcération. Toutes ces dépenses vinrent vite à bout de son argent. Elle avait insisté pour payer un loyer à Leonardo. Bien que modeste, il devait être versé régulièrement. En sacrifiant l'un de ses bijoux, elle aurait pu vivre confortablement avec Elizabetta pendant un certain temps. Mais elle répugnait à s'en séparer, dans l'espoir qu'elle pourrait un jour acheter la liberté de Domenico. Des prisonniers étaient parfois parvenus à s'échapper des Plombs. Un certain Casanova s'était autrefois enfui par les toits. Avec de l'argent, Domenico, Elizabetta et elle pourraient trouver un refuge. Elle avait écrit à tous ses beaux-frères pour les informer des événements. Bien qu'il n'y eût rien à tenter pour l'instant, elle était certaine qu'ils accourraient pour aider leur aîné, si les circonstances le voulaient.

Leonardo ne fut pas vraiment surpris quand Marietta lui demanda du travail. Il savait qu'elle en viendrait à cette extrémité, quand la bonne société l'aurait exclue de son sein. Et c'était là ce qui s'était produit : presque tous ses anciens amis l'avaient abandonnée. En revanche, rien n'avait changé à la Pietà, bien que Domenico eût été démis de ses fonctions de directeur. Une fille de la Pietà gardait à jamais droit de cité au conservatoire, quel que fût son destin personnel.

— J'ai besoin de gagner ma vie, expliqua Marietta à Leonardo. Je n'ai rien perdu de mon tour de main, le masque que vous avez offert à Adrianna à l'occasion de votre mariage vous l'a prouvé. Accepteriez-vous une ouvrière de plus dans votre atelier ?

— J'ai toujours besoin d'aide, lorsqu'elle est de qualité, répliqua-t-il, mais j'ai une proposition à vous faire. Si je n'avais pas été si occupé, j'aurais ouvert la boutique contiguë à ma maison, ainsi que j'en avais le projet. Je suis prêt à y apporter les modifications nécessaires, si vous acceptez de diriger la boutique et l'atelier pour moi.

— Bien entendu ! s'exclama Marietta. Quand les travaux commenceront-ils ?

— Dès demain.

Sans être autorisé à envoyer des lettres, Domenico avait le droit d'en recevoir. Marietta lui écrivait un peu chaque jour, pour ne remettre sa missive qu'une fois par semaine à un gardien de la prison. Domenico serait content d'apprendre qu'elle revenait à son premier métier. Il y verrait la preuve qu'elle s'adaptait à sa nouvelle vie. Si, parfois, le désespoir submergeait la jeune femme, elle, au moins, avait Elizabetta, des amis sincères et la liberté de circuler dans Venise. Lui était enfermé entre quatre murs et n'apercevait que les toits, à travers les barreaux de sa fenêtre.

Durant les travaux, Marietta rencontra Elena dans la boutique d'un joaillier située sous les arcades de la Place San Marco. Masquées par la bauta, comme convenu, elles parcoururent à pied les rues et les places qu'Elena avait connues dans son enfance.

— Voici ma fenêtre ! s'exclama la jeune femme.

Elle montrait du doigt le troisième étage d'une vieille maison dont le revêtement d'argile se détachait par plaques entières, révélant les briques patinées par le temps.

Elles entrèrent dans l'église qu'Elena avait fréquentée jadis et virent le pont sur les marches duquel elle avait trébuché dans son excitation, déchirant ainsi son beau costume de Carnaval. Il leur semblait retrouver l'insouciance de leur jeunesse, et au moment de se quitter, elles se jurèrent de renouveler ces expéditions le plus souvent possible.

Dès que la boutique et l'atelier furent prêts, le temps fut compté à Marietta. Afin d'attirer l'œil des chalands, Leonardo avait réservé pour la nouvelle vitrine quelques-uns de ses masques les plus éblouissants, et Marietta les y disposa avec art. Environnée de paillettes et d'ornements, il lui semblait trôner au milieu d'une caverne aux murs incrustés de pierres précieuses.

Cinq ouvriers travaillaient dans l'atelier, plus spécialement attaché à la création de masques originaux et inhabituels. Leonardo désirait que cette échoppe se différenciât de celle qu'il possédait Place San Marco où il vendait tous les modèles traditionnels. Marietta regrettait ses masques favoris, Pantalone et Polichinelle, ou encore Ganga, qui ressemblait à un cochon, et tous les autres qui lui avaient servi de jouets pendant son enfance, mais un instinct aigu des affaires lui faisait pressentir la valeur commerciale des nouveaux modèles. Pour l'encourager, Leonardo avait décidé de lui verser une commission sur le chiffre des ventes. Au demeurant, pourcentage ou pas, Marietta était prête à attaquer sa tâche avec enthousiasme. Elle éprouvait une sorte de réconfort à manipuler tous ces masques. D'une certaine façon, elle avait le sentiment d'être retournée à ses origines et de commencer à reconstruire sa vie. La seule différence était qu'aujourd'hui, l'avenir de Domenico était aussi le sien.

Leonardo fit en sorte que l'ouverture de sa boutique ne passât pas inaperçue. Vêtus de costumes extravagants, un joueur de tambour et un sonneur de trompette s'exhibèrent sur la Place San Marco. Lorsque ces musiciens eurent attiré l'attention des badauds, un troisième homme pareillement déguisé annonça qu'une nouvelle échoppe ouvrait ses portes dans la Calle della Madonna. Cette proclamation fut répétée dans les Mercerie, sur le Rialto et dans de nombreux autres endroits fréquentés.

Toujours avides de riches vêtements et passionnés de Carnaval, les Vénitiens affluèrent. Pour l'occasion, Marietta portait l'une de ses robes somptueuses en satin émeraude et un masque orné de sequins sur lequel elle avait fixé de longues boucles de soie assorties à sa robe qui couvraient totalement ses cheveux et tombaient en cascade sur ses épaules. Elle fut applaudie par les nombreux dandys qui se pressaient dans l'échoppe, braquant leurs monocles sur les modèles présentés ou essayant les masques pendant qu'elle versait du café dans de minuscules tasses dorées.

Cependant, son identité n'était un secret pour personne, car la nouvelle s'était répandue qu'elle gérait la nouvelle boutique de Leonardo Savoni. Mais on s'adressait à elle en tant que Flamme de la Pietà, ce qui était une façon d'ignorer le scandale causé par la trahison de son mari et de lui parler sans embarras. Certaines personnes qui avaient gardé leurs distances après le procès étaient venues, par curiosité ou pour combler le fossé qu'elles avaient creusé par leur attitude. Marietta témoigna une courtoisie distante à ces gens qui n'avaient jamais été davantage que des relations, rencontrées au gré des réceptions. En revanche, elle accueillit chaleureusement tous ses vrais amis. La plupart d'entre eux connaissaient Domenico depuis l'enfance, et aucun ne croyait en sa culpabilité. Ce fut à l'un d'eux, Sebastiano Dandolo, qu'elle parla pour la première fois d'organiser la fuite de Domenico.

Elle avait souvent dîné chez Sebastiano et sa femme, Isabella, et il faisait partie d'un petit groupe d'intimes. Quand l'occasion s'en présenta, elle l'attira légèrement à l'écart pour l'interroger. Sebastiano Dandolo baissa sur elle des yeux compatissants, et secoua lentement la tête.

— Ne vous nourrissez pas de vains espoirs, Marietta. Domenico est considéré comme dangereux, et il y a peu de chance pour qu'on relâche jamais la surveillance exercée sur lui. J'ai appris que deux gardes sont postés en permanence devant sa porte et qu'on a ajouté une deuxième rangée de barreaux à ses fenêtres.

— Ne peut-on corrompre quelques-uns de ses geôliers ?

— Quel que soit le prix, aucun d'entre eux ne prendra ce risque. Celui qui aide un traître à s'échapper est condamné à mourir sous la torture.

— Que puis-je faire alors ? s'exclama-t-elle avec désespoir.

— Rien, sinon être patiente. Nous devons espérer que ce doge ou son successeur se montrera clément. Pour l'instant, il n'en est pas question. Votre mari est victime de ces temps troublés, où toute l'Europe prend les événements de France comme un avertissement. Pourtant, Domenico aurait pu être le meilleur doge qu'aurait jamais eu la Sérénissime République.

— Merci, Sebastiano.

Elle était émue. C'était le plus beau compliment qu'on pût faire à Domenico. Elle se rappela qu'on lui avait prédit autrefois qu'elle épouserait un doge. Peut-être cela signifiait-il simplement que son mari aurait les qualités de jugement qu'une telle position exigeait. Si le vent tournait en faveur de Domenico, qui pouvait dire ce qu'il deviendrait ?

La boutique prit un rapide essor. La clientèle savait y trouver des masques à la fois beaux et originaux. Marietta mettait à profit ses rares moments de répit pour travailler à l'atelier. Elle moulait des masques, les peignait ou les ornait de plumes aux couleurs éclatantes, selon une idée à elle. Le succès remporté par ces masques fut phénoménal. Durant le Carnaval de 1790, la Place San Marco disparut sous une forêt de plumes multicolores issues des ateliers de Leonardo Savoni.

Quand arrivèrent les chaleurs de l'été, Marietta songea avec mélancolie aux journées fraîches et paisibles qu'elle avait passées dans la villa. Elle n'osait imaginer ce que Domenico devait endurer, dans sa cellule sous les toits du Palais Ducal. Elle lui fit parvenir un éventail pour homme, choisi parmi les moins ornés, ainsi que des essences rafraîchissantes qui pouvaient être versées dans l'eau du bain. Comme elle emballait tous les présents qu'elle lui destinait, des images se pressèrent dans son esprit, lui rappelant le temps où ils se baignaient ensemble. Submergée par un désir douloureux, la jeune femme croisa les bras et les pressa très fort contre sa poitrine. Tant de mois s'étaient écoulés depuis qu'elle avait connu pour la dernière fois l'extase dans les bras de Domenico ! A l'intérieur d'elle-même, elle se sentait desséchée, flétrie. Il lui semblait n'être plus qu'une moitié de femme...

Dix-huit autres mois passèrent. Ce fut une période dramatique et bouleversante, car une tentative pour faire fuir Domenico par les toits du Palais Ducal échoua. Personne ne sut combien de temps les conspirateurs inconnus avaient travaillé, nuit après nuit, pour creuser les plombs de couverture, ainsi que la charpente et la maçonnerie qui se trouvaient en dessous. L'entreprise aurait réussi si un morceau de brique n'était tombé sur le sol de la cellule, alertant les gardes qui effectuaient une ronde dans le couloir. Ils avaient fait irruption dans la cellule au moment où Domenico était hissé à mi-parcours par ceux qui le tiraient de l'autre côté du toit. Les gardes s'étaient agrippés à lui et, sous l'effet de leurs poids conjugués, la corde avait échappé aux mains des sauveteurs. L'un d'entre eux avait même basculé en arrière et s'était brisé le cou en bas du palais. Les autres s'étaient enfuis par les toits et avaient pu se fondre dans la nuit.

L'identité du mort n'avait jamais été découverte, car on n'avait rien trouvé dans ses poches qui pût fournir un indice. Quant à son visage, il était inconnu de tous ceux qui l'avaient examiné. Domenico fut soumis à un interrogatoire serré, mais il refusa de révéler les noms de ceux qu'il pensait pouvoir être ses libérateurs. En revanche, il ne mentit pas en affirmant que le mort était pour lui un parfait étranger. Bénéficiant d'une curieuse bienveillance, il ne fut pas torturé mais perdit un bon nombre de privilèges, parmi lesquels le droit de recevoir des lettres.

— Vous ne pouvez plus non plus rester sous les combles, conclut l'inquisiteur. Je suis obligé de vous envoyer de l'autre côté du Rio di Palazzo, par mesure de sécurité.

Le coup fut terrible. La prison, située en face du Palais Ducal et reliée à lui par le fameux Pont des Soupirs, était particulièrement nauséabonde et malsaine. Il allait être privé de la lumière du soleil, il ne verrait plus les mouettes et les autres oiseaux dont le vol gracieux égayait le ciel. Pire que tout, il ne recevrait plus les lettres de Marietta, pas plus que les petites missives d'Elizabetta, dont les dessins ornaient ses murs.

Plongé dans un profond désespoir, Domenico fut emmené sous bonne garde. Il s'était jusqu'alors astreint à arpenter chaque jour sa cellule de long en large, aussi marchait-il d'un pas souple. On accédait par un passage voûté aux marches de pierre qui menaient au Pont des Soupirs. Celui-ci ressemblait à un étroit corridor enjambant le canal, qui coulait à quelques pieds en dessous. Par bonheur, le mur tourné vers le sud comportait deux ouvertures creusées dans la pierre et d'une forme que Domenico avait toujours trouvée plaisante, lorsqu'il les contemplait de loin. A cet instant, une brise fraîche s'engouffra par ces orifices et frôla son visage. Obéissant à une impulsion irrépressible, il se précipita vers la première ouverture et posa ses mains sur la pierre glacée pour contempler le monde extérieur, peut-être pour la dernière fois. Sans doute, songeat-il, ne faisait-il que reproduire le comportement de tous les prisonniers qui avaient emprunté ce passage. Une gondole passait justement sous le Pont de Paille et, au loin, il pouvait apercevoir de nombreux bateaux, glissant sur l'eau de la lagune, où se fondaient harmonieusement toutes les nuances de bleu et de vert. De l'autre côté de la lagune, se dressait l'Ile de San Giorgio. Telle une perle, l'église construite par Palladio émergeait au milieu d'une brume légère. Il savait qu'il se rappellerait cette vision féerique jusqu'à son dernier jour.

— Cela suffit, dit un garde.

Poussant un profond soupir, Domenico lâcha la pierre. Des visiteurs étrangers s'appuyaient à la balustrade du Pont de Paille, manifestant un intérêt morbide pour le célèbre Pont des Soupirs, qu'il était en train de franchir lentement. Ils n'avaient pu le voir, mais il se demanda s'ils avaient perçu sa plainte. Par une sorte de magie des sons, la brise l'avait peut-être emportée, avec tous les gémissements de ceux qui l'avaient précédé. Comme pour confirmer sa méditation, il vit l'un de ces badauds remonter frileusement son col, comme s'il était subitement glacé, et une femme resserra plus étroitement son domino autour de son corps.

Domenico jeta un dernier regard par-dessus son épaule avant d'être englouti par les ténèbres de la prison.

Quand Sebastiano rapporta les derniers événements à Marietta, la jeune femme pâlit affreusement et se laissa tomber sur une chaise.

— Ce châtiment cruel et injustifié ne prendra-t-il jamais fin ? gémit-elle.

Sebastiano s'assit auprès d'elle.

— J'aurais voulu vous annoncer les bonnes nouvelles que j'attendais, dit-il.

Marietta le regarda à travers ses larmes.

— Vous êtes de ceux qui ont tenté de le libérer !

Je ne l'oublierai jamais. Ce n'est pas votre faute, si les choses ont pris un tour désastreux. Personne ne pouvait le prévoir.

— Quand vous m'avez parlé d'organiser sa fuite, je n'ai pas voulu faire naître en vous de faux espoirs en vous révélant nos projets. Aujourd'hui, je regrette infiniment d'avoir à vous dire que toute nouvelle tentative est exclue. Cette prison est inviolable, et dorénavant, les gardes vont redoubler de vigilance.

Navrée, Marietta dut apprendre à Elizabetta qu'elle ne pourrait plus envoyer ses dessins et ses lettres à son père. Les premiers temps de son incarcération, l'enfant s'était montrée inconsolable. D'abord incapable de comprendre pourquoi il avait disparu de sa vie, elle avait fini par s'habituer à cette absence. Un portrait de Domenico, que Marietta avait emporté du Palais Torrisi, ornait l'un des murs du salon, aussi l'image de son père restait-elle gravée en elle, bien qu'elle oubliât peu à peu les souvenirs de sa prime enfance.

— Ton papa est parti un peu plus loin, expliqua Marietta, nous devrons attendre qu'il puisse de nouveau recevoir nos lettres.

— A-t-il quitté Venise ? demanda l'enfant, troublée.

Au début, elle n'avait pas compris que son père vécût si haut, dans le Palais Ducal, et ne redescendît jamais pour la voir. Plus tard, on lui avait dit qu'il devrait y rester jusqu'à ce qu'une question importante fût éclaircie. Une jeune ouvrière s'était une fois moqué de la fillette, prétendant que son père était un traître qu'on avait jeté en prison. La fille avait aussitôt été renvoyée et Marietta avait assuré à Elizabetta que son père n'avait rien fait de répréhensible.

— Non, il n'a pas quitté la ville, répliqua Marietta, mais il a dû s'installer dans une autre maison, où il lui est très difficile de rester en liaison avec nous.

— Je continuerai de faire des dessins pour papa, maman. Je les lui donnerai quand il rentrera.

Marietta serra très fort la petite fille contre son cœur.

Filippo rugit de joie lorsqu'il apprit le dernier coup du sort qui venait de frapper son vieil ennemi. Vitale et lui en avaient été avertis sur le Pont du Rialto, où toutes les nouvelles locales circulaient parmi les échoppes et sur la chaussée. Ils avaient aussitôt fêté l'événement en faisant la tournée des débits de boissons et il était tard lorsqu'ils revinrent en titubant au Palais Celano, traînant Alvise dans leur sillage. Elena venait de rentrer d'un concert de la Pietà et Filippo lui conta toute l'histoire d'une voix avinée.

— Quelle bande de maladroits, ces Torrisi ! As-tu jamais rien entendu de tel ? Maintenant, il pourrira en prison, jusqu'à ce qu'une maladie de poitrine l'emporte à jamais. Viens là et bois à la santé de ceux qui ont si bien fait échouer son évasion.

La prenant brutalement par le bras, il la poussa vers une chaise et l'obligea à s'asseoir devant la table sur laquelle ses frères se vautraient déjà parmi les verres et les cruches.

Elena, qui avait appris la nouvelle pendant un entracte, était accablée de chagrin. Elle regarda avec dégoût les frères Celano, sachant déjà qu'ils allaient boire jusqu'à l'abêtissement.

— Bois ! ordonna Filippo en lui tendant un verre plein.

Comme elle n'obéissait pas assez vite, il le souleva et tenta de l'introduire entre les lèvres de la jeune femme, renversant une partie du liquide ambré sur sa gorge et sa robe.

— Tant pis pour toi ! déclara-t-il brusquement.

Tu devrais boire davantage de vin, cela te rendrait peut-être fertile.

Il ne laissait jamais échapper une occasion de la railler à ce sujet. En public, il se répandait en compliments sur les enfants des autres, bien qu'il détestât leur compagnie, et courtisait outrageusement toutes les femmes enceintes, prétendant que leur beauté était à son apogée depuis qu'elles comblaient les vœux de leurs époux. Tout comme Marco avant lui, il possédait un charme dangereux qui attirait de nombreuses femmes. Quant aux hommes, ils appréciaient la générosité insouciante et la bonhomie qu'il leur témoignait quand tel était son bon plaisir. Mais Elena le connaissait trop bien pour être encore abusée par ses feintes.

Elle se força à boire quelques gorgées de vin, pour lui complaire. Par bonheur, il cessa de lui prêter attention, car Alvise avait pris un luth et entonnait un chant paillard. Lorsqu'il était sobre, Alvise jouait et chantait bien. Dans l'état où il se trouvait, il n'avait pas perdu tout son talent, pensa Elena en écoutant la belle voix de baryton de Filippo se mêler à celle de son frère. Vitale ne tarda pas à les imiter et Elena en profita pour quitter la table et monter dans sa chambre. Sa suivante l'attendait, mais elle s'abstint de tout commentaire à la vue de la robe de satin souillée. Ces taches étaient préférables aux meurtrissures qui marbraient parfois le corps et le visage de sa maîtresse.

Au début, Elena avait fermement respecté sa promesse de ne pas voir Elizabetta, refusant même d'en savoir trop sur elle, sinon qu'elle se portait bien. Rapidement, cependant, il lui fut impossible de maintenir cette réserve. Elizabetta arrivait en courant dans la boutique, lors des visites d'Elena à son amie, ou bien elle jouait avec les enfants d'Adrianna quand la jeune femme venait. Malgré elle, Elena en vint à rechercher ces rencontres et à entretenir avec sa fille des relations de tante à nièce.

Elizabetta regrettait les promenades qu'elle faisait auparavant avec sa mère pour porter des lettres et des dessins à son père. Maintenant, elles ne sortaient ensemble que pour se rendre au marché et acheter de la nourriture. Elle adorait gambader tout le long du chemin et chaque fois qu'elles empruntaient l'un des petits ponts qui enjambaient les canaux, elle montait les marches de pierre en courant pour les franchir d'un bond de l'autre côté.

Sans son travail, Marietta ignorait comment elle aurait pu affronter chaque journée nouvelle. Parfois, son souci pour Domenico l'empêchait de dormir la nuit. Elle passait alors une robe de chambre et descendait dans l'atelier, où elle s'occupait à confectionner des masques jusqu'à l'aube. Cette tâche la détendait, lui faisant retrouver la paix qu'elle avait connue auprès de sa propre mère, dans l'atelier de leur maison. Ces heures solitaires et paisibles lui donnaient la force de mener sa vie comme Domenico aurait souhaité qu'elle le fît.

Par une de ces nuits sans sommeil, elle confectionna pour Elizabetta un loup de Carnaval fait de bouts de soie sur lesquels elle avait brodé des fleurs. Ce masque lui valut tant de louanges qu'elle en créa d'autres pour les vendre. Les boutiques de Venise proposaient déjà des masques pour enfants, mais les siens avaient l'avantage de l'originalité, et bientôt elle dut employer deux ouvrières à leur confection. Elle dessina alors des masques pour adultes d'un genre plus dramatique, qui remportèrent à leur tour un franc succès. Très satisfait, Leonardo tripla sa part de bénéfices. A la fin de l'année, la boutique avait solidement établi sa réputation sur la richesse et l'originalité des modèles destinés à tous les âges. Dans sa propre échoppe, Leonardo exposa bientôt les créations de Marietta, qu'il présentait aux clients désireux de nouveauté.

Chaque fois qu'elle le pouvait, Marietta aimait flâner en compagnie d'Elena, ou bavarder avec elle chez Florian. Elles sortaient toujours masquées, car Filippo n'aurait jamais toléré qu'Elena rencontrât l'épouse de son ennemi vaincu.

L'une et l'autre continuaient de recevoir Bianca accompagnée de sœur Sylvia ou de sœur Giaccomina. L'agréable présence de la jeune fille allégeait pour un temps le poids de leurs soucis.

Domenico passa près d'un an dans la tour avant de tomber malade. Il fut alors transféré à un étage supérieur, dans une autre partie de la prison. Dès qu'il en fut informé, Sebastiano rapporta à Marietta ce qu'il avait appris.

— Tout d'abord, je dois vous dire que Domenico a été souffrant, mais il est guéri.

Elle s'abstint de le harceler de questions, quelque envie qu'elle en eût.

— Dites-moi ce que vous savez, dit-elle seulement.

Sebastiano lui transmit les faits, tels qu'on les lui avait relatés. Le médecin, qui ne se souciait que de la santé de son patient, avait insisté pour que Domenico changeât immédiatement de cellule. Il l'avait soigné chaque jour jusqu'à ce que tout danger fût écarté. Le traitement ne s'était pas arrêté là. Homme consciencieux, le médecin avait plaidé pour que Domenico retrouvât ses privilèges de prisonnier politique et que, pour son salut, il ne fût jamais renvoyé dans la tour. On avait accédé à cette demande mais, pour des raisons de sécurité, Domenico ne réintégrerait pas les combles du Palais Ducal.

— Pourrai-je lui écrire ? demanda Marietta.

Sebastiano secoua négativement la tête.

— On lui refuse encore le droit d'écrire ou d'envoyer des lettres.

Ce fut une cruelle déception, que Marietta supporta cependant avec courage.

Elle continuait de faire parvenir régulièrement à son mari un panier rempli de nourriture, dans lequel elle ajoutait quelques bouteilles de ses vins préférés. Et le temps suivit son cours, une année succédant à l'autre sans apporter de changement notable.

Aux alentours du nouvel an, Marietta recevait toujours des clients jusqu'à une heure avancée. A minuit, les cloches retentirent, saluées par les acclamations joyeuses des Vénitiens qui souhaitaient la bienvenue à l'année 1794. Marietta accordait une grande importance à cet instant, comme à tout ce qui lui rappelait que des jours, des mois, puis des années s'étaient écoulés depuis l'incarcération de Domenico. Confiant la boutique à ses ouvrières, elle monta voir si Elizabetta avait été éveillée par les feux d'artifice, mais l'enfant dormait paisiblement.

La jeune femme gagna la fenêtre de la chambre et écarta le rideau pour regarder les étoiles colorées qui traversaient le ciel, au-dessus de la rue. Peut-être cette nouvelle année verrait-elle la libération de Domenico... Le doge avait fait la démonstration de sa faiblesse. Ainsi que l'avait prédit Domenico, il était influençable et incapable de faire face à la moindre opposition. On racontait qu'il avait sangloté en apprenant qu'il serait le futur doge. Marietta nourrissait donc peu d'espoirs, mais elle refusait d'abandonner la lutte. Même un doge sans envergure finirait par accepter la preuve de l'innocence d'un homme, si elle pouvait être établie.

13

Chaque fois que Marietta se rendait à la Pietà,
elle passait devant la prison, dont les murs de pierre
blanche semblaient la narguer. Depuis cinq ans
maintenant, Domenico lui avait été arraché et elle
considérait la vue de ce lieu sinistre comme une
épreuve qu'elle devait surmonter par fidélité envers
son mari. Elle s'arrêtait toujours sur le Pont de Paille
et posait ses bras sur la balustrade pour se contraindre à regarder le célèbre pont qui reliait la prison au
Palais Ducal. Chaque fois, elle évoquait le jour où
Domenico avait dû le franchir. L'eût-elle su à temps,
elle se serait postée à cet endroit précis nuit et jour,
pour être certaine qu'il la vît. Peut-être même aurait-
elle aperçu les mains de son mari, agrippées à la
pierre.

Si du moins Domenico avait pu perpétuer la
lignée des Torrisi par la naissance d'un fils, il en
aurait tiré quelque réconfort. Par quel mystère, après
le retour de son mari de Saint-Petersbourg ne s'était-
elle pas trouvée enceinte ? Son corps avait-il eu
besoin de temps pour se remettre, après la naissance
d'un enfant mort ?

Elle descendait les marches du Pont de Paille et
s'apprêtait à longer la Riva degli Schiavoni quand
elle aperçut le capitaine Zeno, qui commandait les
gardes de la prison. Il était venu dans sa boutique,

quelques semaines auparavant, pour acheter des masques destinés à ses trois petites filles.

— Bonjour, signora.

Le capitaine salua avec courtoisie cette femme élégamment vêtue, dont la beauté ne passait pas inaperçue parmi le flot des passants.

Marietta lui répondit par un bref hochement de tête et aurait poursuivi son chemin si elle n'avait pensé pouvoir obtenir des nouvelles de Domenico.

— Vos petites filles ont-elles fait bon usage de leurs masques, capitaine ?

— Beaucoup, bien que la plus jeune l'ait fort maltraité. Je devrai lui en acheter un autre.

— Nous avons de nouveaux modèles à vous proposer, répondit-elle en souriant. Rapportez-moi le vieux et je l'échangerai contre un neuf.

— Je vous amènerai ma fille demain, signora Torrisi.

— Vous connaissez mon nom ? Vous ne me l'aviez pas dit, lorsque vous avez acheté ces masques.

— Je craignais que vous ne me posiez des questions au sujet de votre mari.

Marietta cacha sa déception sous un sourire.

— J'avais justement l'intention de le faire à l'instant.

— Je l'ai deviné, rétorqua-t-il avec une pointe d'humour, mais une ruse en vaut une autre.

— Je vous aurais de toute façon proposé d'échanger le masque.

— Je n'en doute pas.

— Auriez-vous la gentillesse de dire à mon mari que vous m'avez vue ? Est-ce trop demander ? Il en serait tellement heureux !

Le regard du capitaine se durcit.

— Je n'accorde aucune faveur aux traîtres et personne n'a le droit de lui adresser la parole. Ce sont les ordres.

— Il se trouve que je crois mon mari totalement innocent de ce dont on l'accuse ! rétorqua vivement Marietta. Si vous refusez de faire quoi que ce soit pour lui, vous accepterez peut-être de me montrer la fenêtre de sa cellule ?

— Elle n'en a pas.

Les yeux étincelants de larmes, la jeune femme lança au capitaine un regard farouche.

— Il aurait mieux valu pour moi que vous ne m'ayez pas abordée ! Vous ne m'avez apporté que des terribles nouvelles !

Elle s'éloigna très vite, suivie des yeux par l'officier. Elle était aussi ardente et fière que sa chevelure le laissait supposer, pensa-t-il, mais il ne pouvait lui en tenir rigueur.

Marietta ne s'attendait pas à revoir le capitaine dans sa boutique, bien qu'elle lui eût proposé de lui reprendre son masque abîmé. Il vint pourtant, accompagné de ses trois petites filles. Elle lui réserva un accueil empreint de froideur qu'elle n'étendit pas aux fillettes, qui étaient adorables. Elle aidait la plus jeune à choisir un masque, lorsque le capitaine s'adressa à elle à voix basse.

— Ne pourriez-vous confier cette tâche à l'une de vos assistantes ? J'aimerais vous parler seul à seule.

Elle lui lança un regard un peu étonné, et le conduisit presque aussitôt dans son bureau.

— Eh bien ? demanda-t-elle avec méfiance.

Il se pencha vers elle pour chuchoter :

— Je vous ai dit hier que je n'accordais pas de faveurs aux traîtres, cependant je suis prêt à vous en faire une en vous laissant parler quelques minutes à un certain prisonnier. C'est-à-dire... ajouta-t-il après une brève hésitation, si vous voulez bien me rendre service.

— Combien ? demanda-t-elle froidement.

D'abord abasourdi, il se mit en colère.

— Vous ne m'avez pas compris, signora, je ne

suis pas à vendre. Ce n'est pas de l'argent que j'attends de vous.

— Que désirez-vous, en ce cas ?

— J'ai une fille plus âgée qui possède une jolie voix. Je voudrais que vous la preniez comme élève. J'ai les moyens de pourvoir à son entretien à la Pietà, mais pour y être admise, il faudrait qu'elle soit orpheline, comme vous le savez. Je voudrais donc que la Flamme de la Pietà devienne son professeur.

Comprenant que ce projet lui tenait à cœur, Marietta se résolut sans hésiter à en tirer le meilleur parti possible.

— Pourrai-je rendre régulièrement visite à mon époux ?

— C'est impossible, le risque serait trop grand pour moi. En revanche, je lui remettrai de votre part une lettre par mois.

— Combien en recevrai-je de lui ?

— Une par an.

— Pas plus ?

Le capitaine hésita, puis hocha la tête.

— Deux, en ce cas.

Marietta parut satisfaite du marché.

— Je ferai de votre fille une cantatrice si elle possède une aussi jolie voix que vous le pensez, dit-elle, mais en échange, je veux passer une nuit entière avec mon mari... et seule. Si une autre visite se révélait possible par la suite, je veux votre parole que vous me permettrez de revenir le voir. Enfin, s'il tombait un jour malade, vous m'autoriserez à le soigner.

Le capitaine rougit et la regarda comme s'il était sur le point d'exploser.

— Impossible ! Cela me coûterait ma carrière ! J'ai une femme et sept enfants à entretenir, signora. Vous me demandez tout simplement de poser ma tête sur le billot.

374

Passant une main fiévreuse dans ses cheveux, il fit un pas vers la porte. Le cœur battant, Marietta ne bougea pas de sa chaise.

— Je suis une maestra expérimentée, remarqua-t-elle d'une voix égale. Votre fille ne recevra nulle part un meilleur enseignement que le mien.

Il inspira profondément et vint se rasseoir en face d'elle.

— Si le prisonnier tombe malade, dit-il contre son gré, vous en serez avertie et vous pourrez lui faire parvenir des remèdes. C'est tout ce que je puis vous consentir.

Marietta comprit qu'elle n'obtiendrait rien de plus.

— Amenez-moi votre fille demain soir, après la fermeture de la boutique. Vous me ferez savoir par la même occasion quelle nuit je pourrai passer à la prison.

Lorsqu'il fut parti, Marietta posa ses coudes sur son bureau et enfouit son visage entre ses mains. Ce marchandage l'avait épuisée et surexcitée à la fois. Elle allait revoir Domenico ! Elle ne parvenait pas à y croire !

La fille du capitaine, Lucrezia, était une ravissante fille d'une quinzaine d'années, aux cheveux d'un noir bleuté, qui ouvrait des yeux bruns, larges comme des soucoupes. Sa voix était prometteuse et Marietta le dit franchement au capitaine.

— Lucrezia devra travailler sa voix de longues heures, en dehors des leçons que je lui donnerai. Je suis prête à l'engager en tant qu'apprentie, dans une boutique, et à lui prodiguer mon enseignement pendant mes heures de loisir.

Le père et la fille accueillirent la proposition avec enthousiasme. Lucrezia disposerait de sa propre chambre et aiderait dans la boutique quand elle n'étudierait pas.

— Je vous remercie, signora, dit le capitaine

Zeno en glissant dans la main de Marietta au moment de sortir un papier.

Elle y découvrit une date et une heure, ainsi que quelques instructions : rendez-vous lui était donné à la prison, le jeudi suivant. Elle devrait s'y rendre masquée.

Dans l'intervalle, Marietta apprit à Sebastiano ce qui avait été convenu avec le capitaine Zeno.

— Vous avez accompli ce que personne d'autre n'aurait pu faire, lui dit-il avec une joie sincère. Dites à Domenico que ses amis ne l'ont pas abandonné et travaillent encore à son salut.

— Je le ferai.

— Je vous escorterai jusqu'à la prison, jeudi. Le lendemain, je viendrai vous chercher.

— C'est inutile, dit Marietta, touchée par cette délicate attention.

— C'est le moins que je puisse faire pour Domenico et vous.

Par une nuit étoilée, Sebastiano accompagna Marietta à la prison, puis il attendit pour rentrer chez lui qu'elle eût été admise à l'intérieur.

Le capitaine Zeno attendait Marietta. Ils échangèrent quelques paroles aimables avant qu'il la conduisît en haut d'un escalier de pierre.

— Etiez-vous ici, quand mon mari se trouvait dans la tour ? demanda-t-elle.

— Oui. J'ai été nommé ici plusieurs années avant son arrivée. C'est moi qui ai appelé le médecin, lorsqu'il est tombé malade. Il est impossible à un homme affaibli de disputer ses rations aux rats, et il est de mon devoir de maintenir les traîtres en vie.

— Ne traitez plus jamais mon mari de traître, je ne le tolérerai pas !

Il se retourna vers elle, le regard durci.

— Je pourrais encore changer d'avis.

— Tout comme je pourrais renoncer à faire travailler votre fille.

Il hésita à peine quelques secondes, avant de sourire lentement.

— Votre langue est acérée, je tâcherai de m'en souvenir à l'avenir.

Il reprit sa marche, Marietta à son côté.

— Vous avez parlé de rations, reprit-elle. Mon mari reçoit-il la nourriture que je lui envoie ?

— Ici, les criminels n'ont droit à aucun privilège et je suppose que les gardes ont tout pris. Mais depuis qu'il a changé de cellule, il a eu la plus grande partie de vos envois.

— La plus grande partie ?

— Le vin a une curieuse façon de disparaître, parfois.

Marietta comprit aussitôt.

— La prochaine fois, j'enverrai une bouteille de plus pour les gardes.

— Cette attention délicate sera appréciée par qui de droit.

Ils franchirent une succession de corridors glacés, ainsi que de petites salles carrées où les gardes jouaient aux cartes ou dînaient. Ils se tournaient tous vers cette silhouette féminine, incongrue dans ces sombres lieux. Lorsque le capitaine Zeno et Marietta passaient devant les cellules plongées dans l'obscurité, ils percevaient des ronflements, ou bien un bruit de pas précipités, quand l'un ou l'autre des prisonniers venait voir qui passait devant les barreaux de sa geôle. Certains d'entre eux criaient, juraient ou suppliaient. Si le parfum de Marietta atteignait leurs narines, l'incrédulité leur coupait d'abord la parole, puis ils se mettaient à hurler. Un homme se mit à sangloter. Le cœur de Marietta saignait pour chacun d'entre eux, quel que fût leur crime. Mieux aurait valu pour eux d'être condamnés à mort que de vivre dans cet enfer.

— Mon mari a-t-il pu conserver les livres et les meubles que je lui avais fait parvenir lorsqu'il se trouvait sous les combles du Palais Ducal ? demanda-t-elle, atterrée par la tristesse des cellules.

Pour autant qu'elle pouvait le voir, ce n'étaient que des murs nus, ornés seulement des graffitis laissés par leurs occupants successifs, des paillasses posées sur une couchette de bois en guise de lits, des tables et des bancs pour seul ameublement.

— Il ne les avait plus lorsqu'il se trouvait dans la tour, mais le médecin a insisté pour qu'un prisonnier de son rang puisse lire et dormir entre des draps, sur un matelas de plumes. De même, il a exigé qu'on lui rende ses vêtements. J'ajouterai que votre mari n'est pas un prisonnier difficile. C'est un homme calme, conscient de sa propre dignité, qui se rase chaque matin. Il diffère en cela de la plupart des autres, mais il faut dire que les prisonniers politiques sont rarement incarcérés ici.

Après avoir franchi une succession de portes, qu'il fallait chaque fois déverrouiller et reverrouiller derrière eux, ils parvinrent devant la dernière. Le capitaine sortit de nouveau son trousseau.

— Nous y sommes. Je refermerai après que vous serez entrée. Il n'y a pas d'autre issue et personne ne peut vous déranger. A six heures, demain matin, je reviendrai. Vous devez avoir fait vos adieux à votre mari et vous tenir prête à le quitter sur-le-champ.

— S'attend-il à ma venue ?

— Je n'étais pas tenu de le prévenir. Je n'ai agi que pour vous, selon les termes de notre marché.

Marietta avait envisagé la possibilité que Domenico fût endormi. Mais lorsque le capitaine ouvrit la porte de la section, elle aperçut la lueur d'une chandelle, à travers les barreaux d'une cellule rectangulaire. Elle vit presque aussitôt Domenico. Vêtu d'une robe de chambre de velours usée jusqu'à la trame, il était prêt pour la nuit. Assis devant une table, il écrivait et ne leva pas les yeux vers ses visiteurs. Ses cheveux, à peine teintés de gris sur les tempes, étaient retenus sur la nuque par un ruban noir. Une haute fenêtre, dans le corridor, devait lui fournir quelque lumière dans la journée, mais il ne pouvait rien voir du monde extérieur. La solitude qu'il devait endurer dans cette partie isolée de la prison la frappa comme un éclair, lui infligeant un coup quasi physique.

Le capitaine Zeno l'avait précédée pour ouvrir la porte de la cellule, au bout du couloir. Otant son mantelet et son masque, elle le rejoignit en courant. Le bruissement soyeux fit lever la tête de Domenico qui l'aperçut enfin, sur le seuil. La plume tomba de ses mains, éclaboussant d'encre la feuille sur laquelle il écrivait. Il devint pâle comme un mort, comme s'il se croyait victime d'une hallucination. Puis la joie illumina son visage et il se leva d'un bond pour se précipiter vers elle. Elle se jeta dans ses bras et ni l'un ni l'autre n'entendirent la porte se refermer doucement.

Ils s'embrassèrent en pleurant, chacun caressant le visage de l'autre pour vérifier inconsciemment qu'ils étaient bien ensemble. Puis Marietta répondit au flot de questions que Domenico lui posait à propos d'Elizabetta et d'elle-même, tout en lui ôtant son manteau, qu'il accrocha à une patère, auprès de ses propres vêtements. Ensuite, il l'embrassa encore avant de la guider jusqu'à un banc sur lequel ils s'assirent côte à côte.

— Combien de temps t'a-t-on autorisée à rester auprès de moi ? demanda-t-il, en respirant avec délice son parfum. Cinq minutes ? Dix ? Puis-je en espérer quinze ?

Elle sourit avant de suivre la ligne de sa mâchoire d'un doigt léger. Son cœur se serrait à le voir si mince. Avec ces cernes qui soulignaient ses yeux, il paraissait épuisé.

— Nous avons toute la nuit devant nous, mon amour.

Il émit un faible gémissement avant d'enfouir son visage dans l'opulente chevelure de sa femme. Puis il se redressa et la contempla un instant.

— Ta nouvelle coiffure me plaît.

Elle porta une main à ses boucles. La dernière mode n'exigeait plus qu'on poudrât ses cheveux, ni qu'on les relevât très haut sur la tête. Désormais, les femmes adoptaient des coiffures moins austères et tressaient leur chevelure, qui encadrait leur visage de façon plus douce, exaltant un ovale délicat ou la ligne pure d'un cou gracieux.

— J'ai voulu me faire belle pour toi, dit très bas Marietta.

Elle l'interrogea alors sur les conditions de son incarcération, s'inquiétant de la maladie qui l'avait frappé. Mais Domenico écarta ces sujets avec une insouciance feinte et réduisit l'importance de la fièvre qui lui avait pourtant valu de quitter sa geôle. En revanche, il harcela sa femme de questions, auxquelles elle répondit de son mieux. Profitant d'une pause, elle lui dit qu'elle lui avait apporté des dessins d'Elizabetta, ainsi que plusieurs petits cadeaux et des lettres envoyées par Antonio et ses deux frères, dont l'un séjournait en Angleterre et l'autre en Amérique.

Mais Domenico avait cessé de l'écouter pour la couver d'un regard passionné.

— Tu me les montreras plus tard, dit-il d'une voix enrouée.

— Tu as raison...

Les yeux baissés, elle enleva son fichu et commença à déboutonner son corsage. D'un geste prompt, Domenico posa ses mains sur les siennes.

— Laisse-moi faire, dit-il doucement.

Bientôt, ils étaient nus, étendus sur l'étroite couchette de Domenico. Le désir qu'ils éprouvaient l'un de l'autre était si puissant qu'ils se donnèrent l'un à l'autre avec une ardeur qui excluait tout préliminaire. Le corps arqué sous celui de son mari, Marietta accueillit le plaisir dans un cri, dont l'écho se propagea le long du corridor.

Ce ne fut que la seconde fois qu'ils purent prendre le temps de repartir à la découverte l'un de l'autre, comme par le passé. Sans hâte, ils explorèrent, caressèrent, embrassèrent ces courbes autrefois si familières, jusqu'à ce qu'elle tremblât de délice sensuel et qu'il sentît croître en lui une puissance et un plaisir renouvelés.

Pendant la nuit, Domenico dut remplacer la bougie, dont la flamme menaçait de s'éteindre. Comme il revenait vers le lit, Marietta se dressa sur un coude et lui demanda comment il se procurait ce dont il avait besoin.

— J'ai vendu plusieurs de mes vestes, ainsi que des gants et des chaussures, expliqua-t-il. Les gardes achètent n'importe quoi, si bien que je dispose toujours de quelques pièces pour faire laver mon linge et obtenir des chandelles.

— Je t'ai apporté deux sacs pleins de pièces, qui me viennent de la vente d'une bague.

— J'espère que ce sacrifice ne t'a pas trop coûté. Cet argent est le bienvenu et il devrait durer longtemps.

Elle posa une main sur son épaule.

— Peut-être ton innocence sera-t-elle prouvée avant que tu n'aies eu le temps d'en dépenser le quart.

— Si elle avait dû l'être, le témoignage de ceux qui ont parlé en ma faveur devant le tribunal aurait suffi. Mais ce réseau de fausses preuves a pesé si lourdement contre moi que la justice a été étouffée. Qui aurait pu imaginer que dans cette ville, où le plus humble des citoyens a la possibilité de faire respecter ses droits, je serais ainsi victime du parjure ?

Marietta se réjouit de le voir animé par une saine colère. En dépit de tout ce qu'il avait enduré, on n'avait donc pas réussi à le briser.

— Sebastiano m'a dit que lorsque le moment lui semblerait favorable, il présenterait au doge une pétition en ta faveur. De nombreux noms illustres y figureront.

— Dis-lui que je lui suis reconnaissant d'une telle initiative, mais je me fais peu d'illusions quant à son issue.

— Le doge était ton ami ! Sûrement...

— A ses yeux, j'ai ourdi un complot contre lui et l'Etat. Pourtant, ce que j'ai tenté d'accomplir pour la Sérénissime République, je le referais encore, quand bien même je devrais me retrouver au fond de cette prison.

— Je sais que tu as eu raison d'agir ainsi, dit-elle en posant un baiser sur la bouche de son mari.

— Qui habite dans le Palais Torrisi, désormais ? Pas Filippo Celano, j'espère ?

— Non ! J'ai entendu dire qu'il avait essayé de l'acheter, mais cette demande a été repoussée, car le palais fait partie des propriétés de l'Etat. Portes et volets sont d'ailleurs restés clos depuis que je l'ai quitté avec Elizabetta. J'imagine que les objets précieux figurent maintenant parmi les possessions du doge. Quand tu seras libre, tu pourras réclamer ton bien.

Domenico secoua négativement la tête.

— Si on me rendait ma liberté, je serais condamné à l'exil et aucun de mes biens ne me serait restitué.

— Nous ne sommes pas démunis. J'ai conservé tous mes bijoux, excepté cette bague. Il nous suffira d'en vendre quelques-uns pour recommencer notre vie ailleurs.

— Nous le pourrions...

Il sourit, comme pour s'excuser de revenir au moment présent.

— Montre-moi donc ces cadeaux dont tu m'as parlé.

La jeune femme quitta le lit et vida le contenu des poches de son manteau sur la table. Les pièces cliquetèrent, lorsqu'elle posa les deux bourses rebondies. Suivaient deux draps, qu'Elizabetta avait liés avec des rubans, des confiseries, un livre récemment imprimé, des cartes et les pièces d'un jeu d'échecs, bien que Marietta n'eût pas apporté le damier.

— J'ai pensé que tu pourrais le dessiner toi-même sur un banc ou sur une table, expliqua-t-elle.

— Merveilleux !

— Tu pourras les examiner après mon... commença Marietta. J'ai promis à Elizabetta de te montrer un cadeau en particulier, continua-t-elle très vite.

— Apporte-le-moi.

Il s'assit pour regarder le présent qu'elle lui tendait, à genoux sur le lit. C'était une petite boîte de cuir dans laquelle il découvrit un portrait miniature d'Elizabetta, peint peu après son neuvième anniversaire. Il l'examina en silence avant de lever les yeux vers Marietta.

— Elle ressemble plus que jamais à Elena, maintenant. Sais-tu qui est son père ?

Consternée, Marietta enfouit son visage entre ses mains et se courba en avant jusqu'à ce que son front touchât presque ses genoux.

— Tu savais ! souffla-t-elle. Dieu du ciel ! Et depuis combien de temps ?

— Dès le début, j'ai compris qu'on me cachait quelque chose à propos de la naissance d'Elizabetta. Parfois, tu paraissais totalement ailleurs. J'ai d'abord cru que tu avais frôlé la mort, mais Adrianna m'a affirmé le contraire. Par la suite, j'ai remarqué ta répugnance à porter la parure que je t'avais rapportée de Russie, bien que je t'aie souvent entendue dire à d'autres que tu n'avais jamais rien vu d'aussi beau. Comme tu te perds rarement en vains propos, ceux-ci ont sonné étrangement à mes oreilles. Après que nous avons parlé des rapports de cet espion, tout a paru rentrer dans l'ordre et j'ai cessé d'y penser. Jusqu'à cette soirée à l'Opéra, quand nous nous sommes brusquement trouvés face à face avec Elena.

Incapable de lever les yeux vers lui, Marietta soupira :

— Je crois deviner ce que tu vas dire.

— Que j'ai vu la ressemblance ? Oui, c'est exactement cela. Quand Elena a souri, il m'a semblé qu'une Elizabetta adulte se tenait devant moi. Les pièces du puzzle ont alors commencé à se mettre en place. Le lendemain, alors que je dansais avec Elizabetta dans mes bras, devant un miroir, j'ai vu sa mère en elle aussi clairement que si l'on m'avait jeté la vérité au visage.

Marietta se courba plus encore et ses mains quittèrent son visage pour s'enfoncer dans la masse épaisse de ses cheveux.

— J'ai l'impression d'étouffer ! gémit-elle.

— C'est exactement le sentiment que j'ai éprouvé alors, dit Domenico.

— Et tu n'as rien dit !

— J'aimais cette enfant et je l'avais crue trop longtemps à moi pour la considérer autrement. Elle n'était pour rien dans la sombre farce dont elle était l'innocente actrice. Qu'est-il arrivé à notre bébé, dis-moi ? L'as-tu perdu en couches ?

— Notre fils était mort-né.

— Oh, mon Dieu ! gémit-il.

Lentement, Marietta releva la tête et rejeta ses cheveux en arrière. Domenico était assis, les bras croisés autour de ses genoux relevés, les yeux fermés sous l'effet d'une douleur intolérable. D'une voix hésitante, elle lui raconta ce qui s'était passé, sans qu'il bougeât ou la regardât. Lorsqu'elle eut ajouté que le sang des Celano coulait dans les veines d'Elizabetta, puisque Nicolo leur était apparenté, il demeura immobile. Si seulement il avait explosé d'une colère légitime, elle aurait pu trouver les réponses susceptibles de panser ses plaies. Ce silence donnait la mesure de son calvaire et elle n'osait même pas le frôler du bout des doigts.

— Est-ce que tu nous hais, toutes les deux ? murmura-t-elle enfin avec crainte.

Ouvrant les yeux, il se tourna vers elle.

— Je n'ai jamais ressenti aucune haine contre toi ou Elizabetta. Durant mon incarcération, j'ai eu tout loisir de réfléchir à ma vie passée et d'évaluer ce qui compte le plus pour moi. J'ai éprouvé beaucoup de réconfort à la pensée que notre fille était auprès de toi, car c'est ce qu'elle est, quelles que soient les circonstances exactes de sa naissance.

— J'espère attendre un nouvel enfant, après cette nuit, souffla-t-elle.

Comme il ne répondait pas, elle se détourna et pressa ses doigts sur sa bouche tremblante. Elle sentit alors la main de Domenico écarter ses cheveux, qui masquaient son visage.

— Si cela ne se produit pas, dit-il, ce ne sera pas faute d'amour entre nous.

Elle osa alors le regarder en face. Avec un sourire grave, il l'attira contre lui de façon à ce que la tête de la jeune femme reposât sur son épaule. Elle eut l'impression qu'ils venaient de franchir un abîme sans fond et se retrouvaient sains et saufs sur la rive opposée.

Quand le capitaine Zeno déverrouilla la porte, à six heures, ils étaient tous deux habillés et se tenaient debout, serrés l'un contre l'autre. Ils échangèrent un rapide baiser, puis Marietta se dirigea vers la porte. Ainsi qu'ils en étaient convenus, elle ne jeta pas un regard en arrière après que la clef eut tourné une fois de plus dans la serrure. Domenico ne voulait pas qu'elle conservât de lui l'image d'un prisonnier agrippé aux barreaux de sa cellule pour la regarder disparaître. Mais lui-même ne la quitta pas des yeux jusqu'à ce que la porte du corridor se fût refermée sur elle.

Sebastiano attendait Marietta à la porte de la prison. S'abandonnant à l'émotion qu'elle avait contenue jusqu'alors, la jeune femme éclata en sanglots et accepta avec reconnaissance le bras qu'il lui tendait.

Alors, jour après jour, obsédée par les conditions dans lesquelles vivait Domenico, Marietta perdit l'appétit et le sommeil. Lucrezia, qui commençait son apprentissage à la boutique, reçut ses instructions d'une ouvrière et sa première leçon de chant fut plusieurs fois remise avant que Marietta ne trouvât le courage de lui enseigner les premiers rudiments. Comme si elle avait senti que sa mère était ailleurs, Elizabetta devint difficile et capricieuse, ajoutant à la tension que Marietta semblait incapable de surmonter. Très inquiètes, Adrianna et Elena tentèrent d'intervenir, mais aucun de leurs bons avis n'eut d'effet. On eût dit que Marietta voulait partager la souffrance de Domenico.

Enfin, un matin qu'elle se levait péniblement de son lit, Marietta ressentit un malaise qui lui parut étrangement familier. Elle hésitait à en deviner l'origine, lorsqu'elle dut affronter une vague de nausée dont elle émergea le cœur étreint par un timide espoir. Ce jour-là, Adrianna et les ouvrières remarquèrent qu'elle semblait aller mieux. Peu de temps après, Marietta sut sans l'ombre d'un doute qu'elle était enceinte. Elle écrivit alors à Domenico pour lui annoncer la bonne nouvelle. Une lettre de son époux lui apprit bientôt qu'il partageait sa joie.

Un après-midi, sœur Sylvia et sœur Giaccomina accompagnèrent Bianca chez Elena. Apprenant que celle-ci était absente, elles décidèrent de rendre visite à Adrianna pour ne pas perdre le bénéfice d'une sortie. Bianca fut autorisée à se rendre seule dans la boutique de Marietta, située à quelques mètres à peine du domicile d'Adrianna. Une vendeuse l'introduisit dans le bureau de Marietta, qui leva les yeux de ses comptes pour sourire de plaisir à la vue de sa filleule. Fermant immédiatement son registre, elle remit sa plume sur son support.

— Ai-je interrompu votre travail ? demanda Bianca.

Elle était devenue une grande jeune fille élancée, à la beauté délicate.

— Tout au contraire ! s'exclama Marietta. Assieds-toi, voyons ! Je ne m'attendais pas à te revoir si vite, mais tu es la bienvenue.

Bianca expliqua à la jeune femme que ses chaperons et elle avaient d'abord tenté leur chance au Palais Celano.

— Le signore Celano était chez lui et nous a invitées à prendre un rafraîchissement, mais les sœurs en ont décidé autrement. Il paraît très intéressé par mes études de flûte et s'inquiète toujours de mes progrès. Je lui ai dit que j'allais bientôt partir avec l'orchestre pour Padoue, où nous allons donner un concert.

— C'est vrai ? J'en suis ravie pour toi ! J'y ai chanté plusieurs fois. C'est une vieille ville fort intéressante.

Perdue dans un rêve intérieur, Bianca jouait machinalement avec son médaillon de la Pietà, suspendu au bout d'une chaîne d'argent.

— C'est ce que le signore Celano m'a dit. J'en aurais appris davantage si nous étions restées. Quel homme attachant et bon ! soupira-t-elle. J'envie

Elena de vivre dans un si beau palais, auprès d'un mari aussi séduisant !

Marietta l'observa avec attention. Etait-il possible que Filippo suscitât en la jeune fille des rêveries romanesques ? Bien que Bianca eût maintenant dix-huit ans, la candeur propre aux filles de la Pietà pouvait la rendre vulnérable aux compliments et aux sourires d'un homme expérimenté. Pourtant, la présence des hommes l'effarouchait toujours. Lors d'une récente réception de la Pietà, Marietta avait remarqué qu'elle rougissait souvent sous le regard des hommes et fuyait leurs avances.

— Tu ne dois pas te laisser abuser par les apparences, conseilla-t-elle.

— Ce n'est pas le cas, affirma Bianca avec sincérité. D'ailleurs, je n'ai jamais entendu Elena prononcer une seule critique à l'encontre de son époux.

— J'en suis certaine, dit calmement Marietta.

Elena n'ouvrait son cœur que devant Adrianna et elle, en effet. Bien qu'elle ne fût son aînée que de quelques années, Marietta s'était toujours sentie responsable de sa filleule. Elle sentit qu'il était de son devoir de la mettre en garde. Peut-être était-il temps que Bianca sortît de sa chrysalide pour prendre conscience de la réalité extérieure.

— Je me demandais si tu souhaiterais venir travailler avec moi à la confection des masques. J'aurais besoin d'une nouvelle aide et je serais heureuse de t'avoir auprès de moi, ainsi qu'Elizabetta.

Penchant légèrement la tête de côté, Bianca regarda Marietta avec affection.

— Chère Marietta ! J'ai longtemps souhaité devenir votre sœur, faire partie de votre famille. Mais j'ai grandi, et mes désirs aussi... Mon avenir est à la Pietà. Dans trois ou quatre ans, j'abandonnerai l'orchestre pour enseigner à plein temps.

Marietta comprenait qu'une fille aussi douce que Bianca se sentait en sécurité au sein de la Pietà.

— C'est vraiment là ce que tu désires ?

Bianca baissa ses longs cils.

— Pas exactement, mais c'est la seule possibilité qui me soit offerte. L'homme que j'aime est marié.

Cette révélation consterna Marietta, qui voyait ses soupçons confirmés.

— Dois-je comprendre que tu fais allusion à Filippo Celano ?

Bianca la regarda avec défi.

— Je sais que vous ne l'aimez pas, mais comment pourriez-vous porter sur lui un jugement ? Vous n'avez jamais parlé avec lui ! Vous ne savez pas avec quel courage il a accepté cette horrible cicatrice ! Je crois que je le comprends mieux que personne au monde et il s'en rend compte aussi, bien qu'il n'ose pas y faire allusion.

La jeune fille joignit ses mains sur ses genoux et se tut un instant avant de continuer :

— Vous n'avez pas à vous inquiéter. Jamais il ne connaîtra mes sentiments à son égard, pas plus qu'Elena, d'ailleurs. Je vous en ai parlé parce que vous êtes ma marraine et avez le droit de savoir pourquoi je désire rester à la Pietà.

— Ma chérie ! s'exclama avec soulagement Marietta.

Fort heureusement, pensa-t-elle, Venise fourmillait de beaux jeunes gens. Bianca finirait par en remarquer un, parmi tous ceux qui fréquentaient les concerts de la Pietà, et elle oublierait Filippo.

— Ce que tu viens de me dire restera entre nous, promit-elle. Mais si tu changeais d'avis et décidais de travailler auprès de moi, il te suffirait de le dire. Au cas où, par miracle, Domenico serait libéré, cela ne changerait rien car il a toujours approuvé mon projet de t'accueillir parmi nous.

— Comme il doit vous manquer ! dit la jeune fille avec sympathie.

— Je ne cesse pas un instant de penser à lui. Un jour, il reviendra, j'en suis sûre !

Si elle nourrissait quelque doute à ce propos, Bianca s'abstint d'en rien dire à son amie.

Adrianna fut la première à remarquer que les visites d'Elena s'espaçaient de plus en plus.

— Je ne comprends pas, dit-elle. Elena ne manquait jamais les anniversaires des enfants. Maintenant, s'ils ont lieu en dehors de ses jours habituels, elle se contente d'envoyer un cadeau.

— Elle se comporte de la même façon avec moi, remarqua Marietta, troublée. Elle trouve toujours un prétexte ou un autre pour remettre nos promenades à plus tard.

Adrianna n'en dit pas davantage, mais il lui semblait qu'Elena s'était éloignée d'elles deux depuis que Marietta lui avait appris sa grossesse.

Quand Marietta rencontra de nouveau Bianca, à la Pietà, elle lui demanda si elle voyait Elena aussi souvent qu'autrefois.

— Oui, répondit Bianca. En fait, je la vois même davantage, car sœur Giaccomina et moi avons entrepris de classer une partie des livres qui se trouvent dans la bibliothèque du Palais Celano. Comme vous le savez, sœur Giaccomina est experte en la matière et c'est moi qu'elle a choisie pour l'aider.

— Cette tâche ne t'empêche-t-elle pas de travailler ta musique ?

— J'emporte toujours ma flûte, pour étudier chaque fois que sœur Giaccomina n'a pas besoin de moi, ce qui est assez fréquent. Je crois qu'elle voudrait prolonger le plus possible ce séjour parmi les volumes anciens, ajouta la jeune fille avec malice. Le signore possède un grand nombre de livres d'une valeur inestimable. Sœur Giaccomina dit qu'il en a autant que votre mari.

Mal à l'aise, Marietta fronça les sourcils.

— Je ne comprends pas pourquoi il a fait appel à une religieuse de la Pietà. La grande bibliothèque de la Piazzetta aurait dû lui envoyer quelqu'un pour effectuer ce travail. J'imagine que c'est Elena qui lui a suggéré de solliciter sœur Giaccomina.

Bianca s'abstint de tout commentaire.

— Pourquoi m'avez-vous demandé si je voyais toujours Elena ?

— Elle n'est pas venue nous voir depuis trois semaines, Adrianna et moi. Nous en avons conclu qu'elle devait être très occupée.

— Elena ? Elle flâne souvent dans la bibliothèque, lorsque nous y sommes. Parfois, elle vient m'écouter, quand je joue de la flûte dans le salon adjacent, et elle me donne des conseils.

— Filippo vous rejoint-il souvent ? demanda Marietta sans détour.

— Non. Il n'est venu qu'une fois, pour s'assurer que nous avions tout ce qu'il nous fallait. Je vous l'ai dit la dernière fois que nous nous sommes vues, ajouta Bianca avec une sorte de défi, il ne se passera jamais rien de répréhensible entre lui et moi.

Il fallait bien se contenter de cette assurance, pourtant Marietta ne pouvait s'empêcher d'être inquiète.

Après le départ de sa marraine, Bianca devait participer à une répétition. Elle commençait à détester tout ce qui la tenait éloignée du Palais Celano, car chaque fois qu'elle s'y rendait, elle espérait apercevoir Filippo. Lorsqu'il les avait rejointes, sœur Giaccomina et elle, cette seule fois dont elle avait parlé à Marietta, il s'était arrangé pour lui murmurer que sa vue suffisait à le contenter.

— Vous êtes le rayon de soleil qui éclaire mon existence agitée et sans joie, signorina Bianca.

Il n'en avait pas dit davantage, mais elle s'était répété ces mots avec un plaisir trouble, frémissante de joie à l'idée qu'il avait pu lui adresser un tel compliment. Elle avait appris par sœur Giaccomina qu'il avait lui-même suggéré qu'elle se fît assister par la filleule de son épouse pour classer ses livres.

— Je ne suis pas vraiment la filleule d'Elena, s'était sentie obligée de préciser la jeune fille.

Sœur Giaccomina avait écarté l'objection en riant, ravie que le signore Celano l'eût choisie pour accomplir une telle mission de confiance.

— Elena a toujours veillé sur vous, mon enfant. Elle vous a soignée quand vous étiez malade, vous a prodigué des encouragements tout au long de vos études musicales. Un soin aussi constant lui donne le droit de se considérer comme votre marraine, même si elle ne vous a pas tenue sur les fonts baptismaux.

La répétition s'éternisait. Bianca aurait souhaité pouvoir éviter ces corvées incontournables. Par bonheur, elle n'était plus astreinte qu'à une heure d'enseignement par jour. Du moins sœur Giaccomina ne partait-elle jamais pour le Palais Celano sans elle et ce tous les après-midi.

Elena allait sortir lorsqu'elles arrivèrent. Bianca lui parla de la visite de Marietta.

— Elle s'inquiétait de ne pas vous avoir vue depuis fort longtemps, dit-elle.

— Je me rends justement à la Calle della Madonna, répondit Elena.

Quand sœur Giaccomina et Bianca eurent travaillé durant deux heures, un serviteur leur apporta des rafraîchissements. Ensuite, la religieuse envoya la jeune fille travailler sa flûte dans le salon qui jouxtait la bibliothèque. Comme d'habitude, Bianca laissa la porte de communication entrouverte et posa sa partition sur le pupitre qu'on avait installé là à son intention. Jusqu'à la fin du second morceau, elle ne perçut pas la présence d'un auditeur silencieux, qui s'était glissé dans la pièce par une autre porte. Ses applaudissements la prirent par surprise et elle se retourna vivement. Filippo se tenait à plusieurs mètres d'elle et ne semblait pas vouloir l'approcher davantage.

— Vous venez d'interpréter une chanson d'amour traditionnelle, Bianca. En connaissez-vous les paroles ?

— Je les ai entendues, en effet.

— Voudriez-vous me rafraîchir la mémoire ?

La jeune fille rougit à l'idée de prononcer des mots d'amour devant lui. Elle s'en sentait incapable, même s'il s'agissait d'un poème mis en musique bien longtemps auparavant.

— Je ne peux pas... Elles sont écrites sur ma partition, si vous désirez les lire.

D'une main nerveuse, elle prit le feuillet sur le pupitre, en faisant tomber tous les autres sur le sol, et le tendit à Filippo. Filippo traversa la pièce pour le lui prendre des mains, et se baissa pour aider la jeune fille à ramasser les partitions éparses. Lorsqu'elles furent toutes rassemblées sur le pupitre, Bianca s'excusa auprès de son hôte de sa maladresse. Sans mot dire, il baissa les yeux sur la chanson. Intensément troublée, Bianca ne s'était jamais sentie aussi vulnérable. Il était si fort et si grand, pensa-t-elle, qu'il aurait pu la casser en deux aussi facilement que la tige d'une fleur.

— Désirez-vous que je lise ces paroles à voix haute ? demanda-t-il. Je voudrais vous être agréable.

— Non ! se hâta-t-elle de répondre. Lisez-les pour vous-même.

Il lui lança un regard de côté. Elle était aussi nerveuse qu'un cygne gracieux craignant d'être pris au piège.

— Vous ne devez pas avoir peur si je vous courtise un peu, dit-il. Bien des femmes n'attendent que cela.

— J'ai horreur de l'infidélité !

Cette déclaration ardente amusa Filippo, qui n'en laissa rien voir.

— Je tâcherai de m'en souvenir à l'avenir, promit-il. Verriez-vous une objection à ce que je chante moi-même cette chanson ? Je la connais bien.

La jeune fille se détendit aussitôt.

— Je ne vous offrirai pas de vous accompagner avec ma flûte, mais je peux le faire tout aussi bien à la harpe.

— Alors, vous chanterez aussi avec moi ! dit Filippo.

Il la prit par la main, et l'entraîna jusqu'à la harpe, de l'autre côté de la pièce. Enivrée, Bianca croyait glisser sur les dalles de marbre comme sur la surface d'un canal gelé. Elle rit, immédiatement imitée par Filippo. S'il ne l'avait retenue par le bras, elle aurait défailli. Le regard de Filippo effleura sa bouche, mais elle s'écarta vivement de lui pour s'asseoir devant la harpe. Il posa alors la partition sur le pupitre, et elle chanta avec lui tout en l'accompagnant. Ce duo attira l'attention de sœur Giaccomina, qui sortit de la bibliothèque pour venir aux renseignements, ainsi que Bianca avait prévu qu'elle le ferait. La religieuse leur sourit avec indulgence.

— Je ne m'attendais pas à entendre un concert à cette heure du jour, signore Celano, gronda-t-elle gentiment à la fin du chant. j'applaudis la performance, mais vous avez interrompu Bianca pendant ses exercices. Je l'avais envoyée au salon pour qu'elle y travaille sa flûte.

Filippo s'inclina.

— Pardonnez-moi, sœur Giaccomina. J'ai eu tort, en effet, et j'espère que Bianca et vous ne m'en tiendrez pas rigueur.

Cette galanterie fit son office, la religieuse fut aussitôt rassurée. Avant de quitter la pièce, Filippo retint un instant le regard de Bianca. La jeune fille crut voir dans ses yeux tout l'amour exprimé par les paroles de la chanson et elle passa le reste de la journée dans un état proche de l'extase. Filippo aimait sans doute profondément Elena, mais elle ne lui était pas indifférente non plus. Dans son imagination, Filippo et elle étaient des personnages au cœur noble, tournant dignement le dos à la tentation. Au même moment, elle découvrait que le poids du sacrifice pesait terriblement lourd sur ses épaules.

Face à Marietta, Elena éprouvait maintenant de la gêne. Elle se sentait plus que jamais coupable de n'avoir pas su empêcher l'incarcération de Domenico. Ce sentiment minait une amitié vieille de plusieurs années et affectait même ses relations avec Adrianna, puisque ses visites aux Savoni l'amenaient à rencontrer Marietta. Elena s'était mise à redouter leurs questions affectueuses. C'était la raison pour laquelle elle écourtait même les rares moments qu'elle passait désormais en compagnie de ses amies. Adrianna et Marietta restaient pourtant les deux êtres qu'elle aimait le plus au monde, après Elizabetta. Mais rien ne serait comme avant tant que Domenico serait en prison.

Bourrelée de remords, Elena se reprochait de ne pas avoir réuni les preuves qui auraient aidé Domenico, lors de son procès. Rien ne pouvait ébranler sa conviction que si elle avait agi plus habilement ou avait mieux tendu l'oreille, elle aurait pu démontrer au tribunal que les Celano avaient comploté la perte de Domenico. Ce sentiment d'échec ne l'avait jamais quittée, mais il avait atteint son apogée depuis que Marietta était enceinte. Elle ne supportait pas l'idée que son amie dût bientôt accoucher, séparée de l'homme qui aurait dû être à son côté.

Elena ressassait ses regrets, ne cessant de se demander ce qu'elle aurait dû faire pour Domenico et en quoi son incompétence avait contribué à son incarcération. Elle se rappelait avec une pointe de honte les commentaires presque amusés de l'homme de loi, quand elle lui avait rapporté les bribes de conversations saisies au palais. Ensuite, elle avait fouillé dans les affaires de Filippo et partout où il aurait pu dissimuler des papiers prouvant le complot des frères Celano. Avait-elle été négligente ? Comment aurait-elle pu être sûre de quoi que ce fût, quand les remords empoisonnaient à ce point son esprit ?

— Cet après-midi, sœur Giaccomina et Bianca travaillent encore dans la bibliothèque, dit-elle à ses amies.

Les trois amies se trouvaient dans le salon d'Adrianna et dégustaient un chocolat chaud.

— Leur travail progresse ? demanda Adrianna.

— Oui. Cela ne devrait pas leur prendre très longtemps, mais sœur Giaccomina oublie parfois sa tâche pour se plonger dans les livres qu'elle est censée ranger. Filippo ne semble pas s'en soucier et, pour ma part, je suis ravie de les avoir auprès de moi. Quand Bianca étudie sa flûte, on dirait qu'un petit oiseau chante dans le palais.

— Elle a parcouru du chemin, depuis que tu lui as donné son premier flageolet, se rappela Marietta. Si tu ne l'avais pas encouragée, elle aurait sans doute abandonné la musique.

— Toi aussi, Marietta. Tu n'as jamais cessé de l'aider et de la soutenir, dans tous les domaines.

Marietta était perplexe. Pourquoi donc Elena, dont les sentiments affectueux à leur égard semblaient inchangés, paraissait-elle si tendue chaque fois qu'elle leur rendait visite ? Adrianna hésitait même à se présenter au Palais Celano, de crainte de n'être pas la bienvenue. Elena se faisait-elle du souci au sujet de Bianca ? Elle en aurait parlé sans contrainte, si tel était le cas.

— Que dirais-tu d'une promenade dans les rues de Venise, un de ces jours ? suggéra Marietta.

Elle espérait qu'une fois seule avec elle, Elena lui confierait la raison de son changement.

— Volontiers, dit Elena un peu trop vite, mais attendons le printemps. Tu sais combien je crains le froid. Il va falloir que je parte, ajouta-t-elle après avoir jeté un regard à l'horloge.

Cette rebuffade délibérée atteignit de plein fouet Marietta. Elena avait toujours prétendu que le froid la tonifiait, au contraire.

— De tels prétextes ne sont pas dignes de toi, Elena ! explosa-t-elle. Que t'arrive-t-il donc ? C'est à peine si nous t'avons aperçue, ces temps-ci, et quand tu viens, on dirait que tu marches sur des œufs. Tu ne quittes pas l'horloge des yeux et tu saisis la moindre occasion de t'enfuir.

Elena comprit qu'elle avait fini par lasser la patience de son amie. De nouveau accablée par la honte, elle ne trouva pas le courage de s'expliquer. D'ailleurs, si elle leur confiait ce qui la tourmentait, Marietta et Adrianna sauraient à quel point elle était stupide et lâche. Elle ne pourrait supporter cette humiliation suprême.

Elle avança la première excuse qui lui vint à l'esprit :

— Je me suis fait de nouvelles relations, ces derniers mois, et je leur consacre tout mon temps. Les nouveaux amis se montrent toujours si empressés !

— Ce n'est pas une raison pour négliger celles qui t'aiment depuis si longtemps, remarqua calmement Adrianna. Notre inquiétude n'a d'autre motif que notre affection pour toi.

— Je le sais ! s'écria Elena, tenaillée par le besoin urgent de prendre ses jambes à son cou. Et que pouvez-vous espérer de moi, qui ai dû me séparer de ma propre fille, quand l'une de vous est enceinte et l'autre environnée d'enfants !

Horrifiée par ce qu'elle venait de dire, Elena se rua vers la porte. Adrianna tenta de l'arrêter, mais elle s'arracha à sa main amicale avec une sorte de frénésie et sortit en courant de la maison. Marietta allait se lancer à sa poursuite, mais Adrianna lui barra le passage.

— Elena n'est pas en état de t'écouter, Marietta. Demain, elle sera calmée, j'irai la voir et je lui parlerai.

Elena avait prévu cette visite et s'y était préparée. Le lendemain, quand Adrianna se présenta au Palais Celano, elle lui exprima ses regrets.

— Je me suis très mal comportée, hier.

Elle avait dansé toute la nuit et s'était levée vers midi, aussi recevait-elle son amie vêtue d'une robe d'intérieur de velours et assise devant sa coiffeuse.

Adrianna lui adressa un sourire dénué de la moindre rancune.

— J'ai souvent assisté à tes colères, à la Pietà. Je n'oublierai jamais les premiers jours qui ont suivi ton arrivée au conservatoire.

Elena eut une petite grimace amusée.

— Je me demande encore pourquoi on ne m'a pas renvoyée, à cette époque.

Elle pivota sur son tabouret pour fixer Adrianna droit dans les yeux.

— Je ne suis pas le moins du monde jalouse de toi ou de Marietta, continua-t-elle, et je ne l'ai jamais été. Personne ne se réjouit davantage que moi qu'elle attende un autre enfant.

— Je le sais, et elle aussi. Alors... Qu'est-ce qui te chagrine ?

Elena détourna les yeux.

— Rien dont je puisse te parler, dit-elle sur un ton qui n'admettait pas de réplique. Tout ce que je peux te dire, c'est qu'il vaut mieux que je garde mes distances pour l'instant. Avec le temps, je parviendrai peut-être à revenir m'expliquer avec vous. En attendant, je vous demande d'être patientes.

— Ce n'est même pas la peine de le demander. Tu es sûre que je ne peux pas t'aider ?

Elena secoua vigoureusement la tête.

— Tout à fait !

Quand Adrianna la quitta, peu après, Elena ne tenta pas de la retenir. Elles savaient toutes les deux que cet entretien n'avait pas été satisfaisant, mais il n'y avait rien à y faire pour le moment.

— Il ne nous reste qu'à attendre qu'elle ait réglé son problème, quel qu'il soit, dit Adrianna avec philosophie.

Marietta hocha la tête sans enthousiasme.

Elena n'avait pas menti en évoquant ses nouveaux amis. Autrefois, bien des membres de la noblesse vénitienne s'étaient abstenus de l'approcher, par fidélité envers les Torrisi. Depuis l'incarcération de Domenico, certains d'entre eux s'étaient liés d'amitié avec Elena, mais pas nécessairement avec Filippo. Ce n'était d'ailleurs pas gênant, puisque son mari et elle sortaient séparément, la plupart du temps.

Le cercle des relations de la jeune femme s'était donc élargi et il était rare qu'elle disposât d'un moment à elle dans l'après-midi. Elle se laissait courtiser, sans avoir toutefois jamais accordé ses faveurs à aucun des hommes qui tentaient de la séduire. Elle n'était pas fidèle à Filippo, mais à Nicolo, bien que ce dernier fût définitivement sorti de sa vie. Aucun autre homme ne prendrait jamais sa place.

Cette réputation de fidélité n'était qu'un attrait de plus aux yeux des débauchés et des libertins de Venise, chacun jurant d'être le premier à la conquérir, mais ils perdaient tous leurs paris. Il n'était pas rare que, lors de réceptions masquées, Filippo saisît des bribes de conversations concernant sa femme. Elles renforçaient sa conviction qu'Elena n'oserait jamais le tromper. Pourtant, il était parvenu à la conclusion qu'il lui faudrait se débarrasser d'elle.

De passage à Venise, Alessandro lui rendit visite. Filippo lui demanda quelles étaient ses chances de faire annuler son mariage par le pape.

— Aucune ! répliqua sèchement Alessandro. Pour la bonne raison que je m'y opposerais. Tu dis toi-même qu'Elena ne t'a offert aucun motif de te plaindre d'elle, hormis son incapacité à te donner un enfant. J'ai récemment rencontré un homme dont la femme n'avait donné naissance à un fils qu'au bout de vingt-deux ans d'une union stérile.

— Ma patience est à bout !

— Attends encore quelques années. Si la situation reste inchangée, tu pourras toujours transmettre à Pietro ta responsabilité de chef de la Maison Celano.

Filippo s'empourpra de rage.

— Quoi ? Tu oses me demander une telle chose !

— Ce serait ton devoir.

— Au diable mon devoir ! J'étais né pour diriger notre famille et je mourrai à sa tête.

— Je puis t'assurer que Pietro ne viendrait pas habiter à Venise. Tu continuerais de mener ton train de vie actuel.

— Jamais !

— Je t'aurai prévenu, dit froidement Alessandro. Je te rappelle cependant que tu es seul responsable de la situation. N'importe quelle autre femme t'aurait sans doute donné une ribambelle d'enfants, mais la cupidité a fait naître en toi une féroce jalousie envers ton jeune frère. Il a fallu que tu possèdes tout ce qui lui avait appartenu, y compris la jeune fille qu'il allait épouser.

— Epargne-moi tes pieux sermons ! dit Filippo avec mépris. Que t'est-il arrivé ? Tu envisages d'être le prochain pape ?

Alessandro ne cilla pas.

400

— Peut-être, admit-il d'une voix douce.

— C'est pour cela que tu refuses d'intervenir en ma faveur ? Tu crains qu'un parfum de scandale ne gâche tes chances ?

— En effet, aussi n'en parlons plus, dit Alessandro en tendant la main à son frère. Je me rends à l'intérieur des terres, demain, afin de rendre visite à notre mère. L'as-tu vue récemment ?

Filippo s'était approché de la fenêtre et tournait le dos à Alessandro.

— Je n'ai pas posé les yeux sur elle depuis qu'elle a quitté cette maison, la dernière fois.

Alessandro franchit la distance qui les séparait et posa une main sur l'épaule de son frère.

— Viens avec moi, demain. Lavinia m'a écrit que mère ne sera bientôt plus de ce monde.

— Vas-y seul. Je n'ai rien à dire à cette vieille femme. Elle profiterait de son dernier souffle pour me railler.

Hochant la tête, Alessandro quitta la pièce. Fou de rage et de frustration, Filippo abattit son poing fermé contre le montant de la fenêtre. En anéantissant son dernier espoir de faire annuler son mariage, Alessandro le forçait à envisager d'autres moyens. Les conseils venimeux de sa mère lui étaient souvent revenus à l'esprit et, chaque fois, il l'avait maudite, car elle savait sans l'ombre d'un doute que ses propos resteraient gravés en lui. Le vieux sac aurait bien ri, si elle avait su qu'il avait finalement découvert un antidote efficace contre l'attrait qu'Elena avait toujours exercé sur lui. A son âge, il était fréquent en effet qu'une très jeune femme éclipsât toutes les autres...

A quarante ans, beaucoup d'hommes avaient déjà perdu une femme ou deux en couches, ce qui leur avait fourni l'occasion d'en choisir une plus jeune. Lui, en revanche, serait contraint de recourir à des moyens plus violents. Il n'avait pas le choix. Grâce à Bianca, son ravissant visage, son corps adorable et ses manières fraîches, il retrouverait un peu de sa jeunesse et prendrait un nouveau départ dans la vie. Elle était déjà amoureuse de lui. Il fallait seulement écarter les obstacles qui les séparaient.

Pour cela, il devrait élaborer son plan dans les moindres détails, afin que nul soupçon n'effleurât Elena. Ensuite, son sort serait réglé. C'était une décision sur laquelle il ne reviendrait plus.

Quand Alessandro arriva dans la maison de sa mère, il fut frappé à la vue de sa sœur, usée par les veilles, jour et nuit, au chevet d'Apollina Celano. Il n'y avait plus trace sur le visage de Lavinia de sa beauté de jadis.

— Comment va mère, aujourd'hui ? demanda-t-il après qu'ils se furent mutuellement salués.

— Mal... Mais elle avait hâte de te voir. Alvise et Vitale viennent rarement la voir, et Maurizio seulement de temps à autre. Pietro ferait le voyage de Padoue jusqu'ici, si elle le lui permettait. Nous nous écrivons souvent. Il me parle de ses malades et je lui donne des nouvelles de la famille.

— Je corresponds régulièrement avec lui. Récemment, je souffrais d'une maladie de peau qui dévorait mes mains. Il m'a envoyé un onguent qui m'a aussitôt soulagé et guéri.

Lavinia savait combien Alessandro était fier de ses longues mains fines et pâles.

— Il est très habile, dit-elle seulement. Suis-moi, maintenant. Mère serait fâchée que mon bavardage te retienne davantage.

Plus petite et ratatinée que jamais, Apollina Celano gisait sur un lit immense. Ses yeux étincelèrent d'orgueil à la vue de son fils aîné, vêtu de sa soutane écarlate, la poitrine ornée d'une croix magnifique, incrustée de pierreries. Il avait embelli avec l'âge, à mesure que ses ambitions étaient satisfaites, pensa-t-elle. Il embrassa son front, puis sa main, avant de s'asseoir sur une chaise, près du lit.

— Eh bien, mère, comment vous portez-vous ?

Elle lui lança un regard hargneux, enviant sa santé et sa force.

— Tu le vois bien ! répondit-elle d'une voix sèche. Mais il est inutile de prier pour moi, mon propre prêtre y pourvoira. Rapporte-moi plutôt les derniers potins de Rome.

Il eut un petit rire, à peine réprobateur.

— Mère, je ne perds pas mon temps à les écouter.

— En ce cas, tu es devenu bien ennuyeux. Pourquoi joins-tu les mains d'une façon aussi affectée ?

Cette attitude vertueuse lui était devenue tellement habituelle qu'il n'avait même pas conscience de l'avoir adoptée.

— Je ne suis pas venu ici pour être critiqué comme si j'avais six ans, répliqua-t-il vivement. Je pensais que vous seriez heureuse d'apprendre que j'ai parlé très fermement à Filippo. Je dois dire que cette absence d'héritier gâche en grande partie la victoire que nous avons remportée sur les Torrisi.

— La Maison des Torrisi survivra tant que Domenico respirera.

— Mais il restera en prison jusqu'à sa mort. Je me suis fait un devoir d'aborder cette question avec le doge, lors d'un entretien. Il m'a promis que le nom des Torrisi avait été effacé du livre d'or. Jamais il ne sera acquitté, à l'occasion d'une fête religieuse, par exemple. La seule faveur qui lui ait été accordée est de ne pas avoir été condamné à une mort douloureuse.

Les yeux d'Apollina étincelèrent sous ses paupières fripées.

— Le Torrisi n'aurait pas survécu aussi longtemps à son emprisonnement, si j'avais été en assez bonne santé pour acheter ses geôliers.

— Ce n'est pas aussi facile que lorsque vous

étiez jeune, rétorqua sévèrement Alessandro, qui recula sa chaise comme pour bien montrer qu'il désapprouvait absolument des projets aussi impies. De toute façon, j'aurais interdit de tels actes, tout comme j'ai refusé d'intercéder auprès du pape pour qu'il annule le mariage de Filippo.

— Il se réveille donc enfin ?

C'était la meilleure nouvelle que lui eût apportée son fils aîné, car elle signifiait que Filippo partageait enfin sa façon de voir. Elle se réjouissait qu'Alessandro se fût opposé à cette annulation, qui aurait pu prendre plusieurs années. Durant cet intervalle, Filippo n'aurait rien pu tenter contre Elena sans éveiller de sérieux soupçons.

— Tu sais ce que je crois ?

— Quoi donc ?

— Cet imbécile a toujours été amoureux d'Elena, et à son propre insu !

Alessandro réprima la réponse qui lui montait aux lèvres. Elle-même n'avait jamais témoigné aucun amour à ses enfants, sinon à Marco. Ayant grandi sans affection, Filippo avait le cœur trop faussé pour reconnaître l'amour en lui-même. Alessandro avait suffisamment approfondi la question pour savoir que rien n'était plus complexe que la nature humaine.

— J'ai averti Filippo qu'il devrait sérieusement envisager de transmettre sa responsabilité de chef de famille à Pietro si son union avec Elena se révélait inféconde, dit-il. Il ne devrait pas pour autant abandonner le palais ou les propriétés qui vont habituellement avec le titre. Dans la mesure où Pietro se dévoue au bien d'autrui, il n'a besoin de rien, bien qu'il ne soit pas encore ordonné. Je lui ai cependant recommandé de retarder ses vœux, au cas où il prendrait la place de Filippo à la tête de notre famille.

— Je te félicite ! laissa tomber sa mère avec mépris. Depuis que tu as quitté Venise, tu n'as agi que dans ton propre intérêt ! Tu brigues les honneurs ecclésiastiques tout en haut de la hiérarchie, tandis que Pietro occupe le dernier échelon et perd son temps. Une belle paire de fils que j'ai là !

Alessandro dut rassembler toute son énergie pour éviter de s'emporter contre cette vieille femme qui était aussi sa mère.

Choisissant d'ignorer la raillerie, il conclut :

— Avec le temps, j'espère que Filippo se rangera à mes arguments.

— Cela ne se produira jamais ! déclara-t-elle avec conviction.

— C'est ce que nous verrons, répliqua-t-il calmement.

Déjà, il revenait sur sa décision de demeurer quelques jours auprès d'elle. Vingt-quatre heures suffiraient largement.

Elena avait décidé de se remettre à chercher toutes les preuves qu'un complot contre Domenico avait bel et bien été ourdi. Une nuit, sur le point de s'endormir, elle avait brusquement pensé que Filippo devait avoir gardé trace de sa victoire contre les Torrisi dans les archives de la famille. Son orgueil lui interdisait de laisser dans l'ombre un tel événement, sans le transmettre aux générations futures. Même si Maurizio avait un temps conservé ses notes dans son portefeuille de cuir, il les avait certainement remises à Filippo à la fin du procès.

La jeune femme était assise dans son lit, l'esprit en ébullition. L'endroit le plus adéquat paraissait la chambre au trésor. Elle aurait voulu s'en assurer immédiatement, cependant la prudence le lui interdisait. Il fallait au contraire éviter toute précipitation. En reposant sa tête sur l'oreiller, elle imagina Marietta portant au doge la preuve de ce complot. Bien entendu, ce dernier ferait immédiatement libérer Domenico... Elle-même cesserait de se sentir coupable. Marietta et elle redeviendraient amies comme avant et elle pourrait retourner chez Adrianna.

Elena profita qu'elle devait se rendre à un bal en compagnie de Filippo pour accéder au trésor. Il lui donnait toujours la clef sans poser de question lorsqu'elle manifestait le désir d'y choisir une parure parmi les bijoux de famille entreposés dans des coffrets. Elle la lui demanda donc au moment où il s'apprêtait à quitter le palais pour l'après-midi, ce qui lui laissait suffisamment de temps pour fouiller la pièce sans être dérangée.

La jeune femme ne négligea pas un recoin. A la lueur d'un chandelier, elle commença par examiner systématiquement les caisses pleines de vieux documents. Elle les observa un à un, même ceux qui étaient jaunis par l'âge, car Filippo pouvait avoir glissé ceux qu'elle cherchait parmi eux. Lorsqu'elle quitta la pièce, elle n'avait rien trouvé, mais d'autres coffres attendaient encore son investigation. Elle n'avait pas accordé une pensée au bijou qu'elle était censée choisir, aussi prit-elle le premier qui lui tomba sous la main.

Tout au long des semaines suivantes, elle multiplia ces intrusions, jusqu'à ce qu'elle eût acquis la certitude de n'avoir rien laissé de côté. Il était temps de diriger ailleurs ses efforts.

Un beau jour, sœur Giaccomina et Bianca terminèrent leur classement. En écrivant le dernier titre sous la dictée de la religieuse, Bianca n'était pas loin des larmes. Les mois qui venaient de s'écouler avaient été les plus beaux de sa vie. Elle était heureuse de pouvoir regarder Elena dans les yeux sans rougir, car elle n'avait jamais encouragé Filippo, que ce fût par des paroles ou des attitudes, et rien de malséant ne s'était jamais passé entre eux. Pourtant, il suffisait qu'elle l'aperçût entre deux portes et qu'il lui sourît, pour qu'elle se sentît comblée de bonheur.

— Voilà ! s'exclama sœur Giaccomina avec satisfaction quand Bianca déposa sa plume. C'est terminé ! Nous allons en informer le signore Celano avant de repartir pour la Pietà.

— Je vais y aller, dit aussitôt Bianca en se levant.

— Très bien. Je commence à ranger nos affaires.

Une servante guida Bianca jusqu'à un salon situé à un autre étage. La jeune fille frappa à la porte. Filippo, en compagnie d'un marchand d'objets d'art, examinait l'un des tableaux qui étaient éparpillés à travers la pièce. Il sourit à la vue de sa visiteuse.

— Parfait ! Vous allez me conseiller, Bianca. Venez ici et dites moi lequel de ces tableaux vous préférez.

Bianca s'empressa de le rejoindre. Il la prit par la main, comme pour s'assurer qu'elle ne fuirait pas. La toile qu'il étudiait lorsqu'elle était arrivée avait été exécutée par Longhi et représentait une dame dégustant une tasse de chocolat chaud, un petit chien à son côté.

— C'est charmant, dit la jeune fille.

— Il y en a un autre de Longhi. Regardez...

Le second tableau lui plut tout autant. En fait, elle découvrit en les examinant tous les uns après les autres qu'aucun d'entre eux ne la laissait indifférente.

— Je les aime tous, dit-elle, et je suis incapable de vous conseiller d'acquérir l'un plutôt que l'autre.

— Mais si vous deviez en choisir un pour vous-même, lequel serait-ce ? insista Filippo.

Bianca n'hésita pas.

— Celui-ci !

Le tableau qu'elle désignait représentait deux jeunes gens masqués et visiblement amoureux, parmi une foule de joyeux drilles qui fêtaient dignement le Carnaval sur la Piazzetta.

— Pourquoi ? s'enquit Filippo avec intérêt.

— Parce qu'ils ont l'air...

Craignant de révéler ses propres sentiments pour le maître des lieux, Bianca hésita quelques secondes avant de conclure platement :

— ... très amis.

Filippo rit sous cape.

— Ce sont des amants passionnés, ma chère enfant. La jeune femme possède une somptueuse chevelure d'or pâle, tout comme vous. Ce tableau a été exécuté par Tiepolo et je vous l'offre.

— Oh non ! s'exclama la jeune fille avec gêne. Cela ne se peut pas !

— Je désire seulement récompenser le travail que vous avez accompli. Sœur Giaccomina recevra un livre qui devrait la combler, si je la connais bien. Je ne supporterai aucune discussion.

— Je ne sais comment vous remercier.

— Votre satisfaction est le meilleur des remerciements.

Filippo se tourna vers le marchand.

— Vous ferez porter ce Tiepolo à la Pietà dès aujourd'hui. Je prends aussi ce Longhi et le Marieschi.

Le marchand s'inclina, tandis que Filippo glissait un bras familier autour de la taille de Bianca et l'entraînait dans un salon adjacent, dont il referma la porte derrière eux.

— Je suis venue vous prévenir que le classement est terminé, dit-elle en s'écartant de lui.

— Vraiment ? Je regretterai de ne plus voir votre joli visage, mais j'aurai d'autres tâches à vous proposer plus tard, si sœur Giaccomina et vous êtes toujours disponibles.

— Nous le serons certainement ! s'écria-t-elle avec un empressement naïf. De quels livres s'agit-il ?

— Ils se trouvent pour l'instant dans l'une de mes maisons de campagne et n'ont encore jamais été lus ni classés.

— Sœur Giaccomina et moi serons honorées de travailler à nouveau pour vous.

— Comme c'est gracieux de votre part !

S'approchant d'elle, il lut dans les yeux clairs une appréhension mêlée d'amour. Quelques secondes plus tard, il l'attirait dans ses bras et s'emparait de sa bouche pour l'embrasser comme une vierge n'aurait jamais dû l'être la première fois. Un frisson parcourut la jeune fille, dont le corps tremblant s'abandonna presque aussitôt à l'étreinte sauvage de celui qu'elle aimait. Lorsqu'il releva la tête, elle demeura immobile et les yeux baissés. D'une main douce, il caressa ses cheveux et son visage.

Toujours sans le regarder, elle déclara d'une voix étouffée :

— Je ne reviendrai jamais. Quelqu'un d'autre devra assister sœur Giaccomina et je ne puis accepter ce tableau dans ces circonstances.

— Vous avez raison, dit-il d'un ton aussi solennel que le sien. Je n'aurais jamais pensé qu'une jeune femme viendrait me tenter dans ma propre maison.

Elle leva vers lui des yeux effarés.

— Ce n'est pas ce que j'ai fait ! s'écria-t-elle en rougissant. Je veux dire... Comment pouvez-vous penser une chose pareille ?

Filippo prit un air stupéfait.

— Vous êtes bien venue à moi de votre plein gré, il me semble ?

— J'avais seulement l'intention de vous transmettre un message ! Vous-même m'avez souvent rejointe, quand j'étudiais ma flûte !

— Mais alors, sœur Giaccomina était à portée de voix, dans la bibliothèque. Dans cette partie du palais, la situation est bien différente. Ou peut-être saviez-vous qu'un marchand s'entretenait avec moi ?

— Non, admit-elle d'une voix tremblante.

— Vous vous attendiez donc à me trouver seul ?

— Sans doute... Oh ! Je ne sais plus ce que je dis ! s'écria la jeune fille en pressant ses doigts glacés contre ses lèvres, comme pour endiguer ce stupide bavardage. Je voudrais mourir ! Je ne supporterais pas que vous puissiez avoir une telle opinion de moi ! N'en parlez pas à Elena, je vous prie ! Elle croirait que j'ai profité de sa générosité à mon égard.

Filippo jouissait intensément de son désarroi, bien qu'il demeurât impassible.

— Je suggère que nous oubliions tous deux ce baiser, si vous le voulez bien.

Elle leva vers lui des yeux empreints de reconnaissance.

— Serait-ce possible ?

— Bien entendu. Nous sommes amis, non ? dit-il en lui tendant les deux mains.

L'air intensément soulagé, elle posa ses doigts tremblants dans les larges paumes.

— Alors, vous me croyez si je vous dis que je n'ai voulu causer aucun tort à votre épouse ? lui demanda-t-elle, anxieuse d'être rassurée.

— Je vous crois, dit-il en la libérant. Je vais vous raccompagner à la bibliothèque. Sœur Giaccomina et vous boirez un verre de vin avec moi avant de repartir. Si nous avons de la chance, Elena sera rentrée et se joindra à nous.

Cette sollicitude à l'égard d'Elena rassura Bianca. Avec l'insouciance de la jeunesse, elle oublia bien vite sa gêne passagère. Par la suite, chaque fois que ses yeux se posaient sur le tableau de Tiepolo, accroché au mur de sa chambre, elle se rappelait seulement que Filippo l'avait embrassée. Jamais plus elle ne s'abandonnerait ainsi à aucun homme, décidat-elle. Pour cette raison, ce souvenir lui resterait à jamais précieux.

14

Elena poursuivait activement ses recherches. Bien malgré elle, elle avait dû les interrompre pour suivre Filippo dans leur résidence d'été, du mois de juin à la fin du mois d'août. Ensuite, elle avait consacré une grande partie de son temps à organiser d'extravagantes réceptions, parmi lesquelles il y avait eu le plus grand bal masqué jamais donné à Venise. On eût dit que Filippo ne se lasserait jamais de fêter la défaite des Torrisi, bien que plusieurs années se fussent écoulées depuis l'incarcération de Domenico.

Pour animer ces soirées, Filippo réservait l'orchestre de la Pietà. Lorsque ses hôtes quittaient la salle de bal pour souper, les jeunes filles étaient à leur tour autorisées à se divertir, toujours dûment surveillées par les religieuses. Grâce à un autre orchestre, engagé à cette seule fin, elles dansaient avec les jeunes gens qui le désiraient, parmi les invités de Filippo. Occupée par ses devoirs de maîtresse de maison, Elena ignorait que Filippo ne manquait jamais de danser au moins une fois avec Bianca.

Après avoir fouillé en vain le bureau de son mari, ainsi que les innombrables dossiers empilés sur des étagères, Elena s'intéressa, sans succès, aux différentes cachettes qu'elle avait repérées dans le palais.

Elle revint alors à la grande armoire qui se trouvait dans la chambre de Filippo.

L'entreprise était aventureuse, car elle devait s'assurer que le valet de son mari ne ferait pas brusquement irruption dans la pièce, pour la prendre la main dans le sac. Cet homme sournois et rusé se ferait un plaisir de tout raconter à son maître. Plus d'une fois, elle avait failli être surprise. En l'occurrence, elle n'avait pas le choix...

Elena décida de tenter sa chance un soir que Filippo et ses amis dînaient entre hommes, dans la salle à manger du palais. En ces occasions, ils restaient de longues heures attablés, à boire et à parler. Le valet ouvrait le lit, disposait les vêtements de nuit de son maître, puis il ne réapparaissait que pour aider les hôtes de Filippo, en général enivrés, à regagner leur gondole.

Profitant de l'une de ces beuveries nocturnes, Elena quitta plus tôt que de coutume le théâtre où elle se trouvait avec des amis, refusa de se rendre avec eux dans une maison de jeu, et revint au palais. Comme elle montait l'escalier, un éclat de rire rauque lui parvint depuis la salle à manger. Ces ivrognes avaient l'air de bien se divertir, pensa-t-elle. Elle pouvait compter sur deux ou trois heures de tranquillité.

Sa suivante l'aida à se déshabiller avant de la laisser seule. Sitôt qu'elle fut partie, Elena sortit de son lit et enfila une robe de velours pourvue de poches profondes dans lesquelles elle pourrait dissimuler ses découvertes, le cas échéant. Quelques minutes plus tard, elle franchissait la porte qui séparait sa propre chambre de celle de Filippo, éclairée par des candélabres. Malgré les risques, elle ne pouvait négliger aucune occasion de parvenir au bout de sa quête désespérée. Elle tira une lourde chaise de bois sculpté devant l'armoire et monta dessus pour ouvrir les portes de la partie supérieure, la seule qu'elle n'eût pas encore explorée depuis qu'elle avait repris ses recherches.

Espérant découvrir un second tiroir secret, la jeune femme commença par presser, tirer et pousser chacune des aspérités du bois. Hélas, aucun craquement révélateur ne se produisit. Elle laissa tomber ses bras le long de son corps, profondément déçue par ce nouvel échec. Elle était pourtant tellement sûre de son fait ! Mais elle s'était trompée, une fois de plus...

Elle allait descendre de son perchoir lorsqu'elle se souvint du premier tiroir secret qu'elle avait découvert. Il était profond, mais étroit. Et s'il en avait dissimulé un autre ? Vite, elle fit glisser la sculpture de bois qui l'actionnait. Elle sortit ensuite le tiroir, pour constater qu'il ne cachait rien d'autre qu'une planche de bois, sans doute le fond de l'armoire. Pourtant, dès qu'elle appuya dessus, elle céda, révélant une cavité où se trouvait un épais portefeuille de cuir.

Convaincue qu'elle venait de trouver ce qu'elle cherchait, Elena la sortit de sa cachette. Il lui suffit de feuilleter rapidement les premières pages pour comprendre qu'elle ne s'était pas trompée. Avec soin, elle rangea le dossier dans la cavité et remit la planche en place. Maintenant qu'elle savait où trouver les preuves dont elle avait besoin pour innocenter Domenico, elle viendrait les chercher juste avant de sortir, le lendemain. Elle aurait voulu les porter sur-le-champ à Marietta et s'assurer qu'elles se trouvaient en lieu sûr, mais c'était impossible. Des serviteurs circulaient encore dans le palais. En outre, Filippo pouvait fort bien, même s'il était ivre, vouloir consulter ces documents, ne serait-ce que pour savourer une fois de plus sa victoire.

Elle remettait le tiroir en place quand les pas de Filippo retentirent dans le corridor. Prise de panique, elle voulut descendre de la chaise, se prit les pieds dans les plis de sa robe et tomba la tête la première, entraînant le siège dans sa chute. Le vacarme alerta Filippo, qui venait de poser la main sur la poignée de la porte.

Elena tenta de se relever, mais elle s'était tordu la cheville et souffrait cruellement. Elle parvint cependant à refermer l'armoire avant que Filippo ne fît irruption dans la pièce.

— Que diable se passe-t-il ici ? demanda-t-il en la foudroyant du regard.

Bien entendu, il avait remarqué la chaise renversée non loin de l'armoire, ainsi que l'expression terrifiée de sa femme.

— J'essayais d'attraper une mite ! cria-t-elle d'une voix rendue aiguë par la peur. Vous savez combien vous détestez qu'elles aillent se nicher dans vos vêtements !

Il ne détachait pas les yeux de la silhouette éplorée. En montant dans sa chambre, il avait compté y prendre un masque et un manteau, afin de s'offrir une nuit d'orgie en compagnie de ses amis. Désormais, il n'en était plus question.

— Relève cette chaise et mets-la contre le mur, ordonna-t-il.

Elle tremblait si fort qu'elle eut du mal à lui obéir. Filippo tira alors un cordon, afin d'appeler son serviteur, puis il se retourna vers sa femme, qui s'était assise sur la chaise et levait vers lui un visage cireux, aux yeux agrandis par la terreur. Il ne lui dit rien, mais elle venait de confirmer des soupçons déjà anciens. Elena n'avait pas l'art de la dissimulation et il avait compris depuis le début qu'elle ne se réjouissait pas de sa victoire sur les Torrisi. La colère et la gravité de la situation l'avaient dessoûlé, ce qui était aussi bien, car il avait besoin de réfléchir.

Plus d'une fois, il avait eu l'impression que quelqu'un avait fouillé dans ses papiers. Le léger désordre qu'il maintenait dans cette pièce signifiait surtout qu'il était le seul à savoir exactement où se trouvaient les documents dont il avait besoin. Son secrétaire lui-même ne se serait même pas hasardé à déplacer une plume d'oie, fût-ce pour la tailler.

Le valet arriva, l'arrachant à ses réflexions.

— Signore ?

— Dis à mes amis, en bas, que ma femme est souffrante et que je ne veux pas la quitter. Ensuite, tu pourras te coucher, je n'aurai plus besoin de toi ce soir.

Après que l'homme fut parti, Filippo verrouilla la porte derrière lui. Il ne prenait jamais cette peine, d'ordinaire, car personne ne serait entré dans sa chambre sans avoir frappé au préalable. Elena comprit qu'il lui interdisait ainsi toute fuite, plus qu'il ne prévenait une intrusion possible.

Déjà, il revenait se planter devant elle.

— Que faisais-tu devant mon armoire ? s'enquit-il d'une voix mauvaise.

— Je n'y étais pas ! cria-t-elle. Je vous ai donné la raison de ma présence dans votre chambre !

— Pas la bonne, malheureusement ! rugit-il en la giflant avec violence.

Elle leva le bras pour se protéger mais trouva encore le courage de mentir, sachant que c'était sa seule chance d'échapper à la brutalité de son époux.

— Je me moque bien de ce que vous pouvez garder dans votre armoire, ou dans n'importe quel autre endroit !

Immédiatement, le bras de Filippo se détendit et il la saisit par les cheveux. Elle cria de douleur, tandis qu'il la forçait à se lever. Il attira alors le visage de la jeune femme contre sa poitrine et l'y maintint, le nez enfoui parmi les dentelles de son jabot. Sachant qu'elle ne pouvait rien voir, il ouvrit d'une main le tiroir secret et s'assura qu'elle n'avait pas découvert le dossier qu'il y avait dissimulé. Un voleur habile lui-même n'aurait pas été capable de trouver une cachette aussi astucieuse, pensa-t-il avec satisfaction, et encore moins une créature aussi naïve que sa femme.

Bien qu'Elena devinât ce qu'il était en train de faire, elle se demanda s'il ne tentait pas de l'étouffer en même temps. Il la serrait si fort qu'elle ne parvenait plus à respirer. Pourtant il l'écarta brusquement de lui, mais pour encercler son cou de ses deux mains. Il était dans un tel état de fureur, qu'un nerf battait sur sa tempe.

— Tu crois que je n'ai pas deviné que tu fouillais dans mes affaires ?

— Je ne sais pas de quoi vous parlez !

— Bien sûr que si ! Au mépris de toute loyauté envers moi, tu as cherché à découvrir quelque écrit de ma main qui te permettrait de faire libérer l'époux de ton ancienne amie, la Flamme de la Pietà. Je me trompe ?

Elle était sûre qu'il allait l'étrangler.

— Non ! hurla-t-elle. C'est vous qui devriez croupir en prison, et non l'homme que vous y avez fait jeter, grâce au mensonge et à la corruption.

Fou de rage, il pensa qu'elle venait de signer son arrêt de mort. Pourtant, bien qu'il brûlât de la tuer sur-le-champ, il savait qu'il devait prendre garde. Il y avait un autre moyen, qu'il avait soigneusement mis au point. Mais jusqu'alors, tout au fond de lui, il avait espéré ne jamais être contraint de l'utiliser.

La lâchant un instant, il s'écarta d'elle pour ôter sa veste. La terreur qu'il lui inspirait l'avait toujours excité. Comme elle tentait de s'enfuir, il la rattrapa et la jeta sur le lit. Ensuite, comme il l'avait fait si souvent auparavant, il écarta les cuisses de sa femme et la viola brutalement. Lorsqu'il eut terminé, il la saisit par le bras et la traîna dans sa propre chambre.

— Reste là ! ordonna-t-il en pointant sur elle un doigt menaçant.

Elle aurait bien été empêchée de lui désobéir, car il ferma à clef la porte donnant sur le corridor. Il sortit ensuite par le vestibule d'Elena, non sans s'assurer qu'elle ne pourrait pas non plus fuir par là.

La jeune femme ne désirait qu'une seule chose : gagner son lit et s'enfouir sous ses couvertures. Mais il fallait d'abord récupérer ces documents. La porte de communication entre leurs deux chambres était dépourvue de clef depuis qu'elle avait tenté d'interdire sa chambre à son mari, acte de rébellion dont elle n'osait même pas évoquer les conséquences. Du moins pouvait-elle s'en réjouir aujourd'hui... Tremblant de peur à l'idée qu'il revînt, elle resta plusieurs minutes dans le vestibule, à guetter son retour. Trouvant enfin le courage d'accomplir son projet, elle prit dans son propre secrétaire une liasse de feuilles d'une épaisseur comparable à celle du dossier qu'elle convoitait. Puis elle retourna dans la chambre de Filippo et poussa de nouveau une chaise contre l'armoire.

L'esprit embrumé par la terreur, elle tremblait si fort en procédant à la substitution qu'elle faillit lâcher les précieux documents. Elle espérait seulement que, si Filippo vérifiait une fois de plus le contenu de son tiroir secret, il le ferait aussi sommairement que lorsqu'il la maintenait contre sa poitrine. Ayant tout remis en place, elle regagna sa chambre et sortit une robe d'un placard. Après en avoir défait l'ourlet, elle y dissimula les feuillets un à un, puis elle le recousit. Elle s'autorisa enfin à s'effondrer sur son lit, mais elle ne parvint pas à s'endormir, trop effrayée par ce qu'elle avait fait pour s'abandonner au sommeil. Deux heures plus tard, elle entendit les pas de Filippo.

Marietta cachait soigneusement sa grossesse, hormis à ses proches. Dominos et capes dissimulaient son état lorsqu'elle sortait. Dans la boutique, elle portait par-dessus sa robe un justaucorps sans manches orné de losanges de soie qui flottaient autour d'elle. Ses assistantes étaient vêtues de la même manière, y compris Lucrezia, et les clientes, qui s'étaient vite entichées de cette nouvelle mode, commandèrent la même tenue pour le Carnaval.

Mais le moment vint où aucun artifice ne pourrait plus dissimuler sa grossesse. Si elle n'avait craint que Domenico et le capitaine Zeno n'en subissent les conséquences, Marietta aurait clamé à travers Venise qu'elle portait l'enfant de son époux.

— Tu n'as pas le choix, lui dit Adrianna, tu dois t'éloigner de Venise pour accoucher. Rester serait vraiment trop risqué.

— Je n'aime pas quitter Elizabetta. Par ailleurs, cela va t'obliger à me remplacer à la boutique.

— Je veillerai sur Elizabetta, Marietta. Il faut que tu protèges la vie de ton enfant, aussi bien que la tienne. Si tu as un fils, certaines têtes chaudes de la famille Celano pourraient fort bien souhaiter sa perte.

— Ne dis pas cela ! s'exclama Marietta en frissonnant.

— Regarde la vérité en face, Marietta ! Si Domenico a un héritier mâle, il constituera une menace pour les Celano, qui verront en lui un éventuel vengeur de son père.

Marietta s'inclina donc devant l'inévitable et fit savoir en ville qu'elle prenait un congé bien mérité pour visiter une vieille amie, qui demeurait loin de Venise. Suivant l'avis que lui avait donné Domenico, durant leur nuit d'amour, elle rédigea une déclaration dans laquelle elle relatait les circonstances de la conception, ainsi que la date à laquelle elle avait eu lieu. Lorsque le capitaine Zeno lui rendit visite, pour s'enquérir des progrès de sa fille, elle la lui fit lire avant lui demander de la signer.

Pour quelle raison ? demanda t il en fronçant les sourcils.

— Quand la vérité éclatera, je veux pouvoir prouver la légitimité de mon enfant.

— Si ce document tombe entre les mains de mes supérieurs, j'aurai de graves ennuis.

— Vous n'avez aucune raison de vous inquiéter. Quoique j'espère le contraire, il est possible que personne ne voie votre signature avant que mon fils ou ma fille soit en âge de se marier.

Le capitaine Zeno hésita une minute ou deux. Malgré les assurances de Marietta, il craignait pour sa propre tête. En revanche, il ne souhaitait pas condamner un enfant innocent à la flétrissure de la bâtardise. Prenant la plume que lui tendait Marietta, il la trempa dans l'encre et apposa sa signature au bas de la déclaration.

Ensuite, Marietta obtint de Sebastiano qu'il en fît autant. Il était heureux qu'elle eût un témoin, qui l'avait vue entrer et sortir de la prison. Sebastiano, lui aussi, la mit en garde contre les Celano, et donna à ses arguments plus de poids encore en lui expliquant ce qu'il adviendrait si un fils de Domenico atteignait la majorité.

— Le jeune homme pourra introduire un appel auprès du doge, pour qu'on lui restitue les biens des Torrisi, et réclamer que leur nom réintègre le livre d'or. Je doute fort qu'on accède à ses vœux, car en lui donnant satisfaction on risquerait de ranimer la querelle entre les familles.

— C'est la dernière chose que je souhaite au monde ! s'exclama Marietta. Si nous devions retourner un jour devant les tribunaux, ce serait uniquement pour réclamer la libération de Domenico.

Adrianna et Leonardo furent les derniers à signer. Rassurée sur ce point, Marietta se prépara à partir.

Une nuit, elle connut un instant d'émotion. Elle venait d'apaiser Elizabetta, qui avait fait un cauchemar, et retournait dans sa chambre, une chandelle à la main. Soudain, elle se trouva face à face avec Lucrezia, qui était allée boire un verre d'eau à la cuisine. Les yeux de la jeune fille errèrent un instant sur le corps déformé de Marietta, puis elle la regarda droit dans les yeux.

— Juste avant que je vienne ici, dit-elle d'une voix neutre, mon père m'a avertie que je ne devais parler à personne de ce qui concernait votre vie privée. Je n'ai pas l'intention de lui désobéir. Bonne nuit, signora Torrisi.

Marietta laissa échapper un soupir de soulagement.

— Bonne nuit, Lucrezia, et dors bien.

Marietta n'était plus qu'à une semaine du départ, lorsque la rumeur se répandit qu'Elena souffrait de mélancolie et devait garder la chambre. Adrianna se rendit aussitôt au Palais Celano pour la voir, mais on l'informa que la signora Celano ne recevait aucune visite. Dans la boutique, Marietta attendait son amie avec anxiété.

— Quand on m'a dit que je ne pourrais pas la voir, expliqua Adrianna en ôtant son manteau et ses gants, j'ai demandé du papier et une plume pour lui écrire quelques mots. Ensuite, j'ai attendu sa réponse, certaine d'être introduite auprès d'elle. Au contraire, une servante est venue m'avertir que sa maîtresse déplorait de se sentir trop mal pour me recevoir, et qu'elle m'assurait de son amitié.

Marietta sentit son inquiétude croître.

— Pauvre Elena ! Son attitude étrange à notre égard devait être l'un des premiers symptômes de sa maladie. Comment avons-nous pu la juger si mal ? Nous pensions qu'il fallait lui donner le temps de revenir vers nous, et nous nous trompions. Nous aurions dû insister davantage.

— Je tenterai de nouveau ma chance avant que tu t'en ailles, promit Adrianna pour l'apaiser.

Sa seconde visite se solda encore par un échec. Adrianna apprit cependant qu'un médecin de Vérone, spécialiste de la mélancolie, avait été convoqué par Filippo et viendrait examiner Elena le lendemain. Marietta quitta Venise avec l'espoir qu'Elena ne tarderait pas à guérir. Comme elle remontait la Brenta en bateau, elle passa devant la villa des Torrisi, où elle avait passé tant de jours heureux. Elle se rassasia de cette vue, jusqu'à ce que la maison lui fût masquée par les arbres. Finalement, elle parvint à l'endroit où Giovanni, le beau-fils d'Iseppo, l'attendait pour l'emmener dans sa carriole jusqu'au village où il habitait. Elle avait rencontré sa femme et ses enfants en plusieurs occasions, quand elle avait rendu visite à ses parents, mais elle ne l'avait pas revu depuis le jour où elle était arrivée à Venise, avec sa mère mourante. Ils s'embrassèrent comme s'ils étaient frère et sœur.

— Comme je suis heureux de te revoir, Marietta ! dit-il.

— Cher Giovanni ! s'exclama-t-elle avec émotion. Toi et ta femme êtes si gentils de me recevoir !

— A quoi serviraient de vieux amis, s'ils ne se portaient pas assistance ? Francesca a hâte de t'avoir auprès d'elle. Malgré la présence de nos trois enfants, elle se sent parfois un peu seule, quand je pars plusieurs jours d'affilée.

Tout en parlant, Giovanni avait pris ses bagages des mains du batelier et les déposait dans sa carriole.

— J'avais demandé à tes beaux-parents si je ne devrais pas vous écrire d'abord, dit Marietta en prenant place sur le siège de bois. Je savais que Francesca ne refuserait pas de me recevoir, mais c'était à toi de prendre la décision.

— Je suis heureux qu'ils t'aient invitée en mon nom, répondit Giovanni. Je ne vois plus très souvent mon beau-père, depuis que ces douleurs dans les articulations l'ont contraint de cesser le travail. Mais chaque fois que Francesca et les enfants m'accompagnent à Venise, je m'arrange pour passer une nuit chez lui. Mes beaux-parents s'en réjouissent toujours.

— J'en suis certaine.

La maison de Giovanni, à l'extérieur d'un village, ressemblait beaucoup à celle où Marietta était née. Son épouse et ses enfants sortirent pour accueillir leur visiteuse. Âgée de trente-cinq ans, Francesca exerçait la profession de sage-femme. Giovanni et elle connaissaient la situation de Marietta et s'étaient rangés de son côté dès le début du procès. Durant les semaines qui suivirent, Francesca veilla à ce que Marietta se reposât, mangeât bien, profitât du bon air et prît de l'exercice. La jeune femme appréciait pleinement cette vie simple, qui lui rappelait son enfance. Une odeur de pain frais envahissait régulièrement la maison et Francesca préparait la polenta exactement de la même façon que sa propre mère.

Le jour de la délivrance vint vite. Marietta ressentit les premières douleurs alors qu'elle essuyait la vaisselle avec Francesca, en qui la sage-femme prit immédiatement le pas.

— Je vais envoyer chercher ma voisine, dit-elle en séchant ses mains. Elle et moi travaillons toujours ensemble et nous n'avons encore jamais perdu une mère ou un enfant. J'ai bien l'intention que cela continue !

Prévenue par l'un des enfants, la voisine ne tarda pas. Marietta la connaissait déjà et appréciait la sensibilité avec laquelle elle appréhendait toutes choses, qualité qu'elle avait en commun avec Francesca. Le travail dura cinq heures. Enfin, sur le coup de deux heures du matin, à l'aube du 2 février 1795, Marietta donna le jour à des jumeaux. Domenico et elle avaient un fils et une fille.

Les bébés furent baptisés à l'église du village sous le nom de Danilo et Melina. Comme beaucoup d'autres villages de la République de Venise, celui-ci vivait en vase clos, et Giovanni était le seul de ses habitants à s'en éloigner. On avait bien un peu bavardé au sujet de cette femme mystérieuse qui avait quitté sa maison et sa famille pour accoucher. On en avait conclu tout naturellement qu'il s'agissait d'une naissance illégitime, aussi personne ne s'interrogea à propos du nom de famille des bébés. Les villageois se souciaient peu de ce qui pouvait se passer à Venise. Les hommes étaient avant tout préoccupés par le prix du blé et la qualité des dernières vendanges. Quant aux femmes, elles s'en tenaient aux affaires du village. Marietta avait demandé à Giovanni et à Francesca de bien vouloir être le parrain et la marraine de Melina. Adrianna et Leonardo, qui avaient fait tout exprès le voyage de Venise, seraient ceux de Danilo.

— Si je comprends bien, dit Adrianna quand ils furent tous de retour chez Giovanni et Francesca, tu as fait de la belle besogne, Marietta ! Tu avais l'intention de confier pour un temps ton enfant à Francesca, mais est-elle prête à en soigner deux ?

— Elle l'est, mais j'ai l'intention d'emmener Melina avec moi. Quand bien même les Celano soupçonneraient la vérité, une fille ne représente aucune menace à leurs yeux.

— J'entends bien, mais as-tu pensé au scandale qui va entourer ton nom ? Tout le monde croira que tu as un amant.

Marietta haussa les épaules.

— Les gens qui comptent pour moi connaissent la vérité. Venise adore les ragots. Tant mieux pour les Vénitiens s'ils ont quelque chose à se mettre sous la dent pour une semaine ou deux. Dis-moi plutôt si tu as appris quelque chose à propos d'Elena, ajouta-t-elle avec anxiété. Domenico et elle sont au cœur de mes pensées.

— Je crois qu'elle va mieux, mais je n'en suis pas certaine. Bien que je me sois présentée régulièrement au Palais Celano, elle n'a jamais accepté de me recevoir. En revanche, j'ai rencontré sa suivante sur la Piazzetta et j'ai pu lui parler.

— Tu la connaissais ?

Adrianna hocha la tête.

— J'ai souvent vu Maria, quand j'attendais d'être reçue par Elena, mais elle n'est plus à son service. Elle semblait heureuse de me parler et n'éprouve aucune rancune envers Elena. D'après elle, le signore Celano est responsable de son renvoi, car jamais Elena ne l'aurait traitée si durement, après tant d'années de bons et loyaux services. Elle servait Elena depuis son mariage.

— Avait-elle remarqué chez sa maîtresse les premiers signes d'une mélancolie ?

— Je n'ai pas eu le temps de le lui demander, parce qu'elle était en compagnie de deux autres femmes.

— Tu connais son adresse ? J'aimerais lui parler moi-même, quand je rentrerai à Venise.

— Non, mais si je la rencontre encore, je ne manquerai pas de la lui demander.

Adrianna hésita un instant, puis elle changea de sujet :

— Tu devrais vraiment réfléchir, avant d'emmener Melina à Venise. Les hommes te sollicitaient déjà beaucoup, mais lorsqu'ils sauront que tu as fauté une fois, les viveurs redoubleront d'efforts pour te séduire.

— Je me sens de taille à les affronter, dit Marietta avec mépris. Au moins connaîtrai-je la joie de prendre soin de l'un de mes enfants, ajouta-t-elle d'une voix farouche. Crois-tu que j'aie jamais pu oublier le fils que j'ai perdu ?

Adrianna secoua doucement la tête.

— Je sais qu'il n'en est rien et je te comprends. Mais si tu emmènes l'un des jumeaux, pourquoi pas l'autre ?

Marietta rejeta la tête en arrière comme si elle avait reçu un coup.

— Tu sais très bien que c'est impossible ! cria-t-elle. Pourtant... il me semble qu'en abandonnant Danilo, je me coupe en deux.

— En ce cas, prends-les tous les deux à Venise. Si tu as un enfant à montrer, pendant que tu caches l'autre, qui devinera que tu en as deux ?

Dressant les sourcils, Marietta éclata de rire.

— Je pourrai sans doute garder le secret pendant quelques mois.

Adrianna joignit son rire à celui de son amie.

— Quand tu reviendras à la maison, je t'aiderai à mener à bien ce petit subterfuge. Pour être honnête, j'étais certaine que tu te sentirais incapable de quitter ton enfant, fille ou garçon. J'ai donc persuadé Leonardo de faire percer une porte entre ton appartement et le nôtre.

— Mais il y en a déjà une, qui permet de passer directement de la boutique dans ton entrée !

— La nouvelle porte est à l'étage et te permettra de passer de ta chambre à une pièce qui se trouve de l'autre côté du mur, dans notre maison. Elle servait jusqu'ici à entreposer des masques. Nous y coucherons l'un des jumeaux, pendant que l'autre occupera son berceau, dans ta propre chambre. Toi et tes enfants ne serez pas privés de votre droit mutuel à vivre ensemble durant les premiers mois de leur vie. Les Celano t'ont déjà volé tant de bonheur que je me suis juré qu'ils ne te nuiraient pas davantage.

— Chère Adrianna ! Toi et Leonardo êtes les meilleurs amis dont je pouvais rêver ! s'écria Marietta en embrassant son amie.

Toutes deux savaient cependant qu'il faudrait

peut-être un jour confier Danilo à Francesca, mais elles étaient résolues à n'y penser que lorsque ce moment viendrait.

Giovanni ramena donc à Venise Marietta et ses jumeaux, ainsi qu'Adrianna et son époux. Il faisait nuit quand il les débarqua, non loin de la Calle della Madonna. Tous trois étaient masqués et les deux femmes portaient chacune un bébé sous leur manteau. Pour la millième fois, Marietta songea que Venise était vraiment unique au monde. Le même déguisement pouvait servir à masquer l'identité d'un meurtrier, ou bien à protéger la vie de deux nourrissons innocents.

La boutique était éclairée, car le Carnaval battait son plein, exigeant des employés un surcroît de travail. Leonardo s'y rendit aussitôt, pour s'assurer que tout allait bien, pendant que son épouse et Marietta rentraient dans la maison. Là, Danilo fut couché dans le berceau des enfants Savoni, et Melina dans celui qu'Adrianna avait acheté dès qu'elle avait appris la naissance des jumeaux, et qui se trouvait dans la chambre de Marietta. Adrianna avait en outre immédiatement écrit la bonne nouvelle à Domenico, puis elle avait prié le capitaine Zeno de transmettre sa lettre à l'heureux père, puisque Marietta n'était pas en mesure de le prévenir elle-même.

— Je crois que nous sommes un peu folles, dit joyeusement Marietta quand Adrianna et elle retirèrent leurs masques et leurs manteaux, mais je suis si contente d'avoir mes enfants auprès de moi !

— Nous traiterons les problèmes à mesure qu'ils se présenteront, rétorqua Adrianna avec assurance.

Elles eurent par la suite bien des sujets d'inquiétude et d'alarme. Cependant, elles réussirent à faire croire aux plus jeunes qu'il s'agissait d'un jeu, ce qui élimina du moins le danger le plus important. Les aînés des enfants Savoni étaient en âge de garder un secret. Lucrezia s'y engagea aussi, lorsqu'elle revint à la boutique, qu'elle avait quittée en l'absence de Marietta.

Une fois de plus, le capitaine Zeno se laissa convaincre d'accorder une petite faveur à la signora Torrisi, bien qu'il se traitât intérieurement de fou. Il ne pouvait ignorer la compassion qu'il éprouvait à l'égard de Marietta, même s'il se savait fortement influencé par l'attrait qu'elle exerçait sur lui. Il en résulta que lorsque les jumeaux eurent atteint quatre semaines, Marietta les porta à l'aube jusqu'au Pont de Paille. Arrivée là, elle se tourna vers le Pont des Soupirs et fixa les deux ouvertures creusées dans la pierre. Bientôt, on amènerait Domenico derrière l'une de ces fentes étroites, pour qu'il pût apercevoir ses enfants. Le ciel s'éclaira peu à peu, donnant au canal un éclat argenté. Soudain, elle vit la main de Domenico, accrochée à la rambarde de pierre, puis son visage apparut au milieu de la première ouverture.

Il vit Marietta soulever leur fils au-dessus de sa tête, dans un geste de triomphe. Son héritier ! L'avenir de sa Maison ! Cela valait bien d'avoir continué à vivre, finalement ! En larmes, Domenico brûlait de pouvoir embrasser sa femme et ses enfants. Marietta remit alors le garçon à Adrianna, puis elle prit Melina pour la lui montrer à son tour. Il pensa que sa fille était très belle.

Tristement, Marietta vit les doigts de Domenico disparaître derrière le mur. Il allait devoir réintégrer sa cellule.

Brisant la loi du silence que le capitaine Zeno leur avait imposée à tous deux, elle cria :

— Nous t'attendons !

Il l'entendit, mais il lui sembla que les cris stridents des mouettes emportaient l'appel de sa femme vers la mer.

Quand les jumeaux perdirent le duvet qui couvrait leurs petits crânes, il apparut que les cheveux de Danilo seraient noirs et ceux de Melina brun clair, tout comme leurs caractères seraient fort différents. Danilo était un nourrisson aussi difficile que sa sœur était paisible. Son sommeil était agité et entrecoupé de veilles, tandis que Melina dormait jusqu'au matin. Pour ne pas troubler le sommeil des Savoni, Marietta finit par installer Melina chez les Savoni. Elle-même dormait peu, sans cesse réveillée par son fils qui occupait le berceau de Melina, dans la chambre de sa mère. Pourtant, la jeune femme redoutait le jour où elle serait obligée de se séparer de lui. Il ressemblait déjà tellement à Domenico que n'importe qui aurait deviné sans difficulté leur parenté. Pour cette raison, elle sortait beaucoup moins son fils que sa fille. Au début, enveloppé dans une couverture et coiffé d'un bonnet, il était trop semblable à sa sœur pour qu'on pût démasquer la supercherie. Mais désormais, Marietta n'osait plus lui faire prendre l'air qu'à condition d'être elle-même masquée, quand personne ne pouvait soupçonner son identité.

Elizabetta aimait énormément les deux bébés, mais elle marquait une préférence marquée pour Danilo, qu'elle berçait et câlinait plus souvent que Melina, parce qu'elle savait que lorsqu'il saurait marcher et parler, il devrait sans doute vivre dans une autre maison. Elle était maintenant assez mûre pour connaître les vraies raisons de l'incarcération de son père. Tout comme Marietta, elle croyait fermement que la vérité finirait par triompher.

La fillette quittait toujours son petit frère à regret, lorsqu'elle accompagnait Marietta qui livrait personnellement ses masques aux clients de marque, selon une habitude chère à Leonardo. Marietta évitait de s'y rendre seule, pour échapper aux avances inopportunes de certains d'entre eux. Car, ainsi qu'Adrianna l'avait prévu, Marietta était plus que jamais courtisée par les libertins de Venise, qui croyaient voir en elle une proie facile. Escortée d'Elizabetta ou de Lucrezia, elle portait les boîtes ornées de rubans, qui abritaient les masques. Elle requérait même la présence d'un ouvrier de l'atelier lorsqu'elle se présentait dans certains palais où les époux aimaient la recevoir en l'absence de leurs femmes.

Ce jour-là, elle traversait la Place San Marco, flanquée d'Elizabetta, quand un couple qui sortait de la Basilique attira son attention.

— Regarde, Elizabetta ! s'écria-t-elle. On dirait Elena et son mari ! Approchons-nous.

Bien qu'Elena portât un voile de dentelle, on ne pouvait se tromper sur sa chevelure dorée, mais il était clair qu'elle n'allait pas bien. Sa tête était inclinée sur le côté et elle marchait lentement, appuyée sur Filippo, comme si elle avait du mal à mettre un pied devant l'autre. Marietta remarqua avec agacement que Filippo affectait de lui témoigner de la sollicitude, alors qu'elle le savait incapable de se repentir d'avoir réduit sa femme à cet état. Avec un sourire d'excuses, Filippo repoussait les approches des importuns et un des serviteurs se chargeait d'expliquer que la signora ne se sentait pas assez bien pour parler à quiconque le jour de sa première sortie.

Marietta entraîna vivement Elizabetta un peu plus loin, de façon à se poster sur le chemin du couple, quand ils regagneraient leur gondole. Elle voulait être vue d'Elena, afin de communiquer avec elle par signes. Profitant que Filippo se tournait pour saluer un ami, elle adressa à son amie un bref message, l'implorant de recevoir Adrianna lors de sa prochaine visite au palais. Mais les mains d'Elena ne bougèrent pas et Marietta n'obtint pas la réponse qu'elle attendait.

Elizabetta, qui avait hérité de la compassion d'Elena envers les malades et les déshérités, fut désolée de voir la dame qu'elle connaissait si bien dans un tel état. Elena ne l'avait jamais embrassée ou serrée dans ses bras comme Adrianna et les autres amies de sa maman le faisaient, mais son regard et son sourire recélaient une chaleur toute particulière, lorsqu'ils lui étaient destinés. Oubliant tout le reste, elle s'élança comme une flèche et saisit la main d'Elena, qui pendait mollement le long de son corps.

— C'est moi, Elena ! Pourquoi ne viens-tu plus nous voir ?

Elena réagit comme si on l'avait frappée et retira vivement sa main avant de se détourner vivement pour enfouir son visage contre l'épaule protectrice de son mari. A la vue de la mère et de l'enfant, ce dernier émit un rugissement de rage.

— Chassez ce rejeton de Torrisi loin de ma vue !

L'un des serviteurs attrapa Elizabetta par le bras et la poussa violemment de côté. L'enfant tomba, mais si elle éclata en sanglots, ce fut de chagrin, non parce que l'homme lui avait fait mal. Marietta se précipita pour la soulever dans ses bras.

— Elena ne m'aime plus ! hoqueta Elizabetta.

— Bien sûr que si, voyons ! Tu l'as surprise, c'est tout. Elle a été très malade et je crains qu'il ne lui faille beaucoup de temps pour guérir.

La fillette ne sembla se consoler qu'au retour à la maison où l'une des filles d'Adrianna l'attendait pour jouer. Bientôt, les deux enfants berçaient leurs poupées avec entrain et Marietta crut qu'Elizabetta avait oublié l'incident.

Toutefois, lorsque Adrianna, mise au courant, partit le lendemain pour le Palais Celano, Elizabetta dévoila le fond de sa pensée :

— Adrianna ne devrait pas y aller. Elena ne veut plus voir aucun d'entre nous.

Il était clair que rien n'ébranlerait sa conviction, et au retour d'Adrianna bredouille, Marietta songea que tout laissait à penser qu'elle avait raison. Pourtant, elle restait convaincue que la mélancolie avait seulement jeté sur Elena son voile noir. Mais, au tréfonds, son amie était restée la même.

Sœur Sylvia et sœur Giaccomina, en visite avec Bianca chez les Savoni, quelques jours plus tard, avouèrent n'avoir pas réussi, elles non plus, à voir Elena, bien que Filippo leur eût permis de prier à voix haute devant la porte de sa chambre. Marietta, mécontente, apprit de la bouche de sœur Giaccomina que leur hôte avait, avec beaucoup d'amabilité, tenu compagnie à la jeune fille, à qui il avait fait servir du café et des gâteaux, en attendant le retour de ses chaperons.

— Elena a-t-elle pris part aux prières ? demanda Marietta à sœur Sylvia.

— Au début, elle les disait aussi, mais maintenant, elle se joint rarement à nous.

Pour éviter d'avoir à se mêler à la conversation, Bianca jouait avec les enfants. Elle craignait de se trahir, si Marietta l'interrogeait sur ses relations avec Filippo. Lors de leur dernière visite, il l'avait embrassée pour la seconde fois. Emue par l'inquiétude qu'il manifestait à l'endroit d'Elena, qui avait cessé d'être sa femme depuis longtemps, elle s'était sentie incapable de lui résister. Il lui avait caressé les seins — une liberté qu'elle n'aurait jamais dû lui permettre — et elle avait cru fondre littéralement entre ses bras. Il lui avait aussi murmuré des mots d'amour si tendres qu'elle se serait abandonnée à lui si sa conscience ne s'était éveillée à temps, pour empêcher ce qu'elle désirait et redoutait à la fois. Elle avait eu envie de se précipiter aux pieds d'Elena, afin d'implorer son pardon, mais c'était impossible. L'amour qu'elle éprouvait pour Filippo la plongeait dans un abîme de délice, pourtant il aurait mieux valu pour elle qu'elle ne revînt plus jamais au Palais Celano. Or, les religieuses s'y rendaient plus souvent, depuis qu'elles priaient devant la porte d'Elena. Elles avaient pris l'habitude de l'emmener avec elles et l'encourageaient à jouer de la flûte pour la malade.

— Bianca !

C'était Marietta qui avait parlé. Bianca sursauta, avant de lever vers sa marraine des yeux embarrassés.

— Oui ?

— La prochaine fois que tu iras chez Elena, parle-lui à travers la porte dès que tu seras seule. Il se peut qu'elle t'invite à entrer, même si elle ne reçoit personne d'autre.

A sa grande honte, Bianca songea d'abord qu'elle aurait moins de temps à consacrer à Filippo, mais elle repoussa cette pensée peu magnanime.

— J'essaierai. Après qu'Elena sera allée à l'Opéra, peut-être reprendra-t-elle goût à la vie.

— A l'Opéra ? s'exclama Marietta avec étonnement.

— Oui. Filippo... Je veux dire le signore Celano... m'a dit qu'il comptait l'y emmener, la semaine prochaine. Ce sera l'ultime tentative. Le médecin dit que si elle échoue, il ne pourra plus rien pour elle. Elena restera enfermée jusqu'à la fin de sa vie. Oh ! Je voudrais tant qu'elle aille mieux ! conclut la jeune fille d'une voix frémissante.

Elle était sincère et souhaitait de tout son cœur le rétablissement d'Elena.

Il se trouva que Marietta n'eut même pas besoin d'acheter une place à l'Opéra. Sebastiano et son épouse l'y avaient invitée, comme ils le faisaient d'ailleurs parfois. Marietta était certaine que si Elena était en état d'assister à un spectacle, elle pourrait cette fois répondre à ses questions dans leur langage secret.

Quand Marietta revêtait l'une de ses somptueuses robes d'autrefois, elle était toujours gagnée par la mélancolie. Bien que la dernière d'entre elles datât de cinq ou six ans, elles n'étaient pourtant pas démodées. Les femmes portaient encore de larges jupons pour donner de l'ampleur à leur silhouette. Elles n'avaient pas non plus renoncé aux fichus qui drapaient leurs décolletés et n'hésitaient pas à découvrir largement leurs seins le soir. En robe couleur flamme ornée de rubans argentés, Marietta prit place dans la loge de ses hôtes, parmi les autres invités. Comme autrefois, la perspective d'écouter de la musique la remplissait de joie, joie cependant troublée par la tristesse de voir la loge des Torrisi occupée par des étrangers.

La salle résonnait du brouhaha des conversations et d'innombrables chandeliers illuminaient les loges, où étincelaient les bijoux des femmes. Celle des Celano était vide. Puis, alors que Marietta commençait à craindre qu'Elena eût été incapable de se déplacer, Filippo apparut avec elle et la soutint jusqu'à sa chaise. La jeune femme portait l'un de ses masques préférés, incrusté de diamants, et une robe de satin gris pâle. Lentement, son regard parcourut les visages dans la foule et elle répondit à ceux qui la saluaient d'un léger signe de tête.

Certaine qu'Elena avait remarqué sa présence, Marietta prit les petites jumelles d'ivoire et d'or que lui avait offertes autrefois Domenico, pour les braquer sur son amie. Il était impossible de déchiffrer son expression, car un nuage de dentelle ornait le bas de son masque, dissimulant la partie inférieure de son visage. Ses cheveux étaient coiffés à la dernière mode, avec une seule boucle tombant sur son épaule. La rondeur de son cou, de ses bras et de ses seins suggérait que, si elle avait maigri durant sa maladie, elle entamait sa convalescence. Pourtant, son air distrait et son maintien apathique disaient, sans l'ombre d'un doute, qu'elle n'allait pas bien.

Baissant ses jumelles, Marietta attendit avec

impatience que le regard d'Elena croisât le sien. Alors, elle remua son éventail pour attirer l'attention de son amie, puis ses doigts la supplièrent de fixer un rendez-vous. Mais les yeux d'Elena passèrent sur elle sans qu'elle manifestât le moindre signe de compréhension. Affreusement déçue, Marietta se demanda si le médecin lui administrait une potion qui la rendait moins vive, à moins que sa maladie n'eût anéanti une amitié qui semblait devoir durer toute la vie.

L'orchestre terminait l'ouverture et le rideau se levait sur un décor baroque, représentant un château et des montagnes, ainsi que des chevaliers en armure juchés sur chaque promontoire rocheux. Marietta s'efforça de se concentrer sur le spectacle, car les chanteurs étaient remarquables, mais son attention revenait toujours à la loge des Celano. De minute en minute, Elena s'affaissait davantage sur son siège, comme si elle se vidait du peu d'énergie qui lui restait. Marietta poussa un cri involontaire, lorsqu'elle la vit finalement tomber en avant et disparaître de son champ de vision. Filippo se leva avec une telle hâte que le programme qui était posé sur le bord de la loge s'envola, tel un oiseau blanc, et tomba quelques mètres plus bas. Plusieurs spectateurs levèrent alors la tête vers la loge des Celano. Filippo se penchait pour soulever Elena dans ses bras et l'emporter hors de la loge. On aurait dit qu'il interprétait un petit drame, joué à l'unisson avec celui qui se déroulait sur scène.

Marietta était déjà debout. Son cri avait alerté ceux qui se trouvaient avec elle, et qui écartaient leurs chaises pour la laisser passer. Sebastiano la retint par le poignet.

— Est-il raisonnable de rejoindre Elena maintenant ?

— Il le faut !

Il suivit Marietta qui courait le long de l'étroit

corridor, sa jupe tourbillonnant autour d'elle. Elle descendit l'escalier qui menait au foyer. Ils y parvinrent avant Filippo, qui avait emprunté l'escalier opposé et posait le pied sur la dernière marche. Un serviteur le précédait et un autre formait l'arrièregarde. Marietta se précipita à leur rencontre.

— Au nom du ciel, laissez-moi venir avec vous, signore Celano ! Elena et moi avons toujours été aussi proches que deux sœurs.

Il lui lança un regard empreint d'une telle rage qu'il l'aurait sans doute frappée s'il n'avait été gêné par son fardeau.

— Ecartez-vous ! Ma femme se meurt, jour après jour, et aucun Torrisi ne l'approchera.

Les deux serviteurs, dans une attitude belliqueuse, interdirent le passage à Marietta et Sebastiano et les portes s'ouvrirent devant Filippo, tandis qu'il portait Elena jusqu'à la gondole qui les attendait, suivi par les serviteurs. L'esprit de Marietta enregistra alors un détail étrange, mais elle était trop navrée pour y réfléchir.

— Je suis sûr que vous désirez rentrer chez vous, lui dit Sebastiano avec compassion.

— C'est vrai, acquiesça-t-elle. Soyez assez bon pour m'excuser auprès d'Isabella et de vos hôtes.

— Ils comprendront, ne vous inquiétez pas.

Par la suite, Marietta ne fut pas la seule à redouter que l'état d'Elena empirât rapidement, mais aucune nouvelle de ce genre ne se répandit par la ville. Elena persistait à vivre.

Filippo ne fut pas le moins du monde attristé par le message de Lavinia, lui annonçant la mort de leur mère. Cependant, il se rendit chez la signora, afin d'organiser de splendides funérailles. Ainsi qu'il s'y attendait, il trouva sa sœur complètement désorientée. Vêtue de noir, elle se tenait assise, les mains sur les genoux et l'air perdu.

— Je ne sais que faire ! dit-elle d'une voix triste. Je me suis occupée de mère pendant si longtemps qu'il me semble à chaque instant l'entendre m'appeler. Pourrais-je venir au Palais Celano pour soigner Elena, après l'enterrement ?

— Non ! s'exclama-t-il d'une voix si dure qu'elle en fut tout émue. Le médecin affirme qu'il ne faut rien changer à ses habitudes. Depuis qu'elle s'est évanouie, à l'Opéra, il n'a plus aucun espoir de la guérir.

— Quelle tristesse ! s'exclama Lavinia en se tordant les mains. Une si jolie fille ! Je me rappelle encore le jour de son arrivée au palais. Elle m'a fait penser à un ravissant papillon. Elle était si heureuse, et tellement amoureuse de Marco ! Oh ! pardonne-moi, Filippo.

Filippo paraissait excédé.

— Peu importe, désormais. J'ai fait tout ce qui était en mon possible pour Elena, mais en vain. Aujourd'hui, je sais qu'elle ne se remettra pas de sa maladie et je m'y suis résigné.

— Pietro pourrait l'examiner, quand il viendra pour l'enterrement. Avec son don de guérison...

— Il ne viendra pas. Je ne l'avertirai du décès de notre mère qu'après sa mise en terre. Elle ne l'a jamais aimé et elle n'appréciait pas ses visites. J'entends agir comme elle l'aurait souhaité elle-même. Je déplore cependant qu'Alessandro ne puisse être présent. Il m'a récemment envoyé une lettre dans laquelle il m'annonçait que le pape l'envoyait en mission à Paris. Il est peu probable qu'il reçoive mon message à temps pour assister aux funérailles.

Lavinia n'essaya pas de défendre la cause de Pietro. Elle était soumise depuis trop longtemps pour se rebeller.

— Une fois, tu m'as dit que je pourrais vivre avec toi au palais, si mère venait à mourir, rappelat-elle timidement à son frère. Est-ce toujours possible ?

— Un jour, sans doute, mais pas pour l'instant. Tu passeras la nuit chez Alvise, quand tu viendras à Venise pour l'enterrement.

Elle vit dans ce refus de la recevoir, ne serait-ce que pour une nuit, l'annulation de sa promesse. Soudain, elle n'y attachait plus autant d'importance. Sans la douce compagnie d'Elena, à quoi bon vivre au palais ? Et si elle restait dans cette maison, il lui semblerait entendre la signora la rudoyer jusqu'à la fin de sa vie. Morte, sa mère la terrifiait encore plus que vivante.

— Cette maison t'appartient, ainsi que tout ce qui s'y trouve, déclara Filippo. Notre mère m'a toujours dit qu'elle désirait me léguer tous ses biens, mais je me contenterai de ses livres anciens. Je vais faire transporter au palais ceux qui se trouvent dans ma villa, pour les faire classer. Ceux-ci le seront du même coup.

Lavinia poussa un soupir. Si on lui avait demandé son avis, elle n'aurait elle-même gardé que les livres. Elle aimait leurs magnifiques illustrations et elle savait bien qu'une fois rangés dans la bibliothèque de Filippo, ils devraient attendre qu'une génération suivante découvrît les merveilles qu'ils recelaient.

Quant à Filippo, il se réjouissait à l'idée que sœur Giaccomina et Bianca poursuivraient leur tâche entre ses murs. La jeune fille ne soupçonnait pas à quel point il la désirait, pas plus qu'elle ne devinait combien il aurait pu la prendre facilement, s'il l'avait voulu. Il déplorait d'ailleurs qu'Elena mît si longtemps à mourir, mais il ne ferait pas un geste pour hâter sa fin. Celle-ci viendrait bien d'elle-même.

Elizabetta grandissait vite. Ses chaussures avaient

à peine le temps de s'user que, déjà, il fallait lui en acheter d'autres.

— Nous irons chez le chausseur demain, ainsi tu en auras des neuves pour la fête du Rédempteur, lui dit Marietta.

A cette occasion, en effet, les Vénitiens célébraient la victoire remportée sur la peste, trois cents ans plus tôt. Marietta et Elizabetta s'y rendraient, accompagnées de la famille Savoni au grand complet. Les jumeaux seraient confiés à la nourrice des enfants Savoni. On pouvait compter sur elle pour protéger les bébés.

Pendant que le chausseur prenait les mesures des pieds d'Elizabetta, en s'étonnant de leur longueur, Marietta s'avisa brusquement que la fillette devait tenir de son père, car Elena possédait des pieds ravissants et petits, dont elle n'était pas peu fière. Quelque chose remua dans la mémoire de Marietta, mais juste à cet instant le chausseur lui montrait un choix de cuirs et elle ne parvint pas à mettre le doigt sur ce qui la troublait.

Pour les enfants, l'attraction principale résidait dans le pont de bateaux barrant le canal de la Giudecca et sur lequel le doge en personne devait passer pour se rendre dans l'église du Saint-Sauveur, où une grand-messe était célébrée. Marietta et ses amis se levèrent tôt, pour s'assurer d'une bonne place. En chemin, la jeune femme avait jeté un regard en direction de la prison, car ses pensées ne quittaient jamais Domenico. En ce jour, elle se rappelait avoir franchi le pont de bateaux à ses côtés, lorsqu'il suivait le doge, vêtu de sa robe écarlate de sénateur.

— Le doge arrive ! s'exclama Elizabetta, au comble de l'exaltation.

Une sonnerie de trompette annonçait son approche. Il offrait un spectacle éblouissant, avec sa coiffe, son costume de drap d'or et ses bijoux scintillants. Très digne, il s'approchait d'un dais orné de glands dorés. Une telle chaleur régnait sur la ville que tout paraissait miroiter et que la procession elle-même semblait tout droit sortie d'une tapisserie, avec ces silhouettes aux contours imprécis, dont les dernières disparaissaient dans la brume. Les abords du canal grouillaient de monde. Des centaines de Vénitiens s'étaient rendus sur les lieux en gondoles ou sur des barques de toutes tailles, afin d'assister à l'événement depuis les flots parsemés de fleurs. Quand le doge s'engagea sur le premier des bateaux qui formaient le pont, un tonnerre d'applaudissements s'éleva vers le ciel, se mêlant au chant joyeux des cloches de l'église. Marietta pensa que Domenico devait les entendre et se représenter la splendeur de ce jour.

De l'endroit où elle se trouvait avec ses amis, elle vit les membres de la procession poser le pied sur le premier bateau, tous superbement vêtus de drap d'or et d'argent. Le Grand Conseil au complet formait un long ruban de couleur, dans le sillage du doge. Avec sa haute taille et son visage balafré, Filippo se détachait sur cette foule chamarrée. Elena aurait dû se trouver parmi les épouses des dignitaires, en cette occasion. Comme Filippo grimpait à son tour sur le pont, Marietta vit la boucle d'une de ses chaussures scintiller au soleil. Illuminée par une brève intuition, elle retint son souffle l'espace de quelques secondes.

Avant qu'elle pût s'y attarder, Adrianna la tira par la manche et la présenta à une femme inconnue.

— Voici Maria Fondi, dont je t'ai parlé, Marietta. Elle était la suivante d'Elena.

Marietta saisit la balle au bond.

— Quelle chance de vous rencontrer ici, signora Fondi. J'aimerais beaucoup parler avec vous de la signora Celano.

Maria parut étonnée et légèrement réticente.

— Je sais que ma maîtresse et vous étiez de bonnes amies, signora Torrisi, mais je suis encore tenue à la discrétion, même si je ne suis plus à son service.

— Rassurez-vous, je ne désire pas connaître les secrets d'Elena, bien que je doute fort qu'elle en ait eu pour moi avant de céder à cette attaque de mélancolie. Je m'intéresse surtout aux circonstances de votre départ. Dites-moi tout ce qui sera susceptible de m'aider à la guérir, même s'il est bien tard pour y penser.

— En ce cas, signora, vous pouvez compter sur moi. Quand puis-je venir vous voir ?

— Je préférerais ne pas perdre de temps. Serait-ce possible dès ce soir ?

Sur l'assentiment de Maria, les deux femmes fixèrent une heure, juste avant d'être séparées par la foule qui se précipitait vers le pont pour le franchir à la suite des dignitaires. Marietta et ses amis veillaient de près sur les enfants, qui risquaient d'être emportés par ce flot humain, mais tout se passa bien. Au moment où elle atteignait la rive opposée du canal, Marietta comprit enfin pourquoi la boucle de chaussure de Filippo avait enflammé sa mémoire. Elle le revit portant sa femme inanimée hors de l'Opéra. Parmi les jupons de dentelles, les pieds d'Elena étaient bien visibles, dans leurs chaussures de satin ornées de boucles en diamants... et d'une pointure bien supérieure à celle d'Elena !

Ce soir-là, alors que la fête battait encore son plein sur le Grand Canal, Maria se présenta chez Marietta, qui l'invita à s'asseoir au salon.

— J'aurais énormément de choses à vous demander, commença Marietta, mais je ne vous poserai qu'une ou deux questions, puis vous me direz tout ce qui s'est passé avant que vous ne quittiez le palais, ainsi que les circonstances de votre renvoi.

— Un instant ! l'interrompit Maria. La signora

Savoni et vous semblez certaines que j'ai été victime d'une injustice. Vous ne pensez pas que j'aurais pu me rendre coupable d'une faute ?

— Non, parce que Elena nous a dit une fois qu'elle avait une totale confiance en vous. En dehors de nous, vous étiez la seule à savoir qu'elle rencontrait Nicolo Contarini.

— Jamais je ne l'aurais trahie ! s'écria Maria avec feu. Si vous saviez seulement le quart de ce qu'elle a dû endurer de la part de cette brute de Celano ! Elle ne se plaignait jamais à moi, mais je voyais les traces des coups qu'il lui infligeait.

— Je m'interroge surtout à propos des dernières semaines que vous avez vécues auprès d'elle. Quels étaient les signes avant-coureurs de sa maladie ?

— Elle semblait en proie à un grand trouble. Je pense qu'elle avait perdu quelque chose et ne parvenait pas à se souvenir où elle l'avait mis. Plusieurs fois, je l'ai surprise en train de fouiller des armoires et elle se rendait dans des pièces inutilisées du palais où, à ma connaissance, elle n'était encore jamais allée. Je lui ai offert de l'aider à trouver ce qu'elle cherchait, mais elle niait avoir perdu quoi que ce soit. Elle prétendait être seulement curieuse de ce que contenait le palais. Durant cette période, elle paraissait très déprimée. Plus d'une fois, je l'ai vue en train de pleurer, mais cela n'avait rien d'étonnant. Il lui arrivait parfois de toucher le fond du désespoir.

— S'était-elle livrée à de telles recherches auparavant ?

— Pas que je sache... Tout était à peu près normal jusqu'à ce dernier soir. Ma maîtresse devait aller au théâtre pendant que le signore recevait quelques amis à dîner. Elle était toujours heureuse lorsqu'elle pouvait lui échapper et se laisser aller à être elle-même, du moins en apparence. Elle aurait dû se rendre dans une maison de jeu avec ses amis, après le spectacle, mais elle m'annonça qu'elle avait l'intention de rentrer directement au palais, étant un peu lasse. Lorsque elle rentra, ce fut pour se coucher aussitôt. Je lui souhaitai bonne nuit et la quittai, en emportant sa robe de soirée. L'une des roses de soie était décousue et je comptais m'en occuper dans la matinée, car ma maîtresse souhaitait porter cette robe lors d'une réception, la semaine suivante.

Au moment où elle se retirait dans sa propre chambre, Maria avait entendu les portes de la salle à manger s'ouvrir. Elle s'était penchée au-dessus de la rampe d'escalier, pour voir ce qui se passait. Apparemment, Filippo et ses amis avaient modifié leur projet de rester attablés jusqu'à l'aube et s'apprêtaient à sortir. Le lendemain, elle avait commencé son service à l'heure habituelle, lorsque le maître d'hôtel l'avait fait appeler.

— Je suis désolé pour vous, Maria, lui avait-il dit lorsqu'elle s'était présentée devant lui, mais la signora n'aura plus besoin de vous, dorénavant.

Comme elle demeurait immobile, ne pouvant en croire ses oreilles, il avait ajouté :

— Le signore vous a immédiatement trouvé une remplaçante. Elle se trouve d'ailleurs déjà au palais. Il ne vous reste plus qu'à faire vos paquets.

— Mais je dois d'abord parler à la signora !

— Le signore l'a formellement interdit. Vous la supplieriez dans doute de vous reprendre, et c'est tout à fait impossible.

— Après tant d'années...

L'homme avait pris dans un tiroir une lettre de recommandation et une bourse bien pleine qu'il lui avait tendues.

— Vous n'aurez aucun mal à retrouver une place, avec vos références. Par ailleurs, voici trois mois de gages, qui vous permettront de vous retourner.

Maria avait alors explosé :

— C'est encore un acte de cruauté de Filippo

Celano envers ma signora ! Comme elle était satisfaite de mes services, il va la mettre dans tous ses états en lui imposant ce changement !

Le maître d'hôtel s'était levé.

— Cela suffit, Maria, je ne veux pas en entendre davantage.

— Vous savez parfaitement que je dis la vérité ! Puisse ce monstre d'homme rôtir en enfer !

Une fois dans sa chambre, elle avait eu du mal à emballer ses affaires, tant elle pleurait. Cela avait été long, car elle avait rassemblé bien des objets, des bibelots et même des tableaux achetés à des peintres sans le sou, depuis qu'elle servait Elena. Finalement, elle était parvenue au bout de sa tâche. Heureusement, elle avait une sœur qui vivait à Venise avec son mari, elle savait donc où aller en attendant de retrouver une place. Mais elle ne voulait pas partir sans faire ses adieux à sa maîtresse.

Elle avait donc tapé à la porte d'Elena, bizarrement verrouillée. Elle avait entendu des pas, puis une femme brune âgée d'une trentaine d'années était apparue sur le seuil de la chambre.

— Que voulez-vous ?

— Je veux parler à la signora.

— Je devine qui vous êtes. Partez ! C'est moi qui la sers, dorénavant.

Voyant que Maria voulait passer outre, la femme l'avait violemment repoussée.

— Du large, ou j'appelle ! On vous a dit de vous en aller !

Maria était décidée à ne pas céder.

— Signora ! cria-t-elle, certaine qu'Elena viendrait voir ce qui se passait.

— Je vous avais prévenue ! siffla la femme avant de lui claquer la porte au visage.

Marietta avait écouté attentivement le récit de Maria Fondi. Le fait qu'Elena n'était pas venue à son aide pouvait signifier qu'elle redoutait la colère de Filippo. Il y avait pourtant un détail qui contredisait cette hypothèse.

— Quelque chose vous a-t-il paru étrange, dans tout ce qui vous est arrivé ? demanda-t-elle.

— Seulement que le coiffeur de la signora avait rendez-vous avec elle, ce jour-là. Je suis allée le voir, dans l'espoir qu'il lui remettrait un message de ma part. Mais lorsqu'il est arrivé au palais, on lui a annoncé que la signora n'aurait plus besoin de lui, désormais. Apparemment, sa nouvelle suivante se flattait de la coiffer elle-même. Il était terriblement humilié et furieux de la façon dont il avait été congédié.

— Avez-vous pu rencontrer des serviteurs du palais ?

— J'ai parlé à l'un des valets et à deux des servantes. Personne n'est autorisé à approcher la signora. Quand on nettoie ses appartements, les rideaux de son lit sont tirés et la nouvelle suivante veille à ce que nul ne la dérange. C'est elle aussi qui lui apporte ses plateaux.

— Le médecin lui rend-il toujours visite ?

— Il a cessé de venir. Il paraît qu'il ne peut plus rien pour elle. Deux autres docteurs sont venus de l'arrière-pays et ils ont émis le même avis. Pensez-vous pouvoir arracher ma maîtresse à la mélancolie, signora ? ajouta Maria d'une voix tremblante. Si vous n'y parvenez pas, elle ne tardera pas à mourir.

— Je ferai de mon mieux. En attendant, je vous remercie de votre aide. Si vous veniez à apprendre quoi que ce soit, pourriez-vous me le faire savoir ?

— Vous pouvez compter sur moi.

La femme partie, Marietta prit quelques minutes pour réfléchir à tout ce qu'elle venait d'entendre. Puis elle descendit dans la boutique, encore ouverte en ce soir de fête. Sa conviction était faite et rien ne pourrait la lui enlever. Le lendemain matin, elle en ferait part à Adrianna et Leonardo. Elle avait besoin de leur aide pour accomplir son dessein.

15

Quand Marietta frappa chez ses voisins, la famille Savoni venait de terminer son petit déjeuner. Tandis qu'Adrianna lui servait une tasse de chocolat, Leonardo interrogea la jeune femme sur la bonne marche de leurs affaires. Il avait récemment accepté qu'elle consacre une partie de l'échoppe à la vente d'instruments de musique, puisque les Vénitiens s'y intéressaient autant qu'aux masques. Elle avait depuis engagé un jeune homme, doté d'une belle voix, dont les chants accompagnés du luth faisaient affluer les clients. Il en résultait invariablement un accroissement de la vente des masques, même si personne n'achetait d'instrument.

— Tout se passe à merveille, dit Marietta. En ce moment, tout le monde réclame des partitions et des chansons. Je vais devoir en commander davantage.

— Tant mieux. Si cela continue de la sorte, j'étendrai à mon tour mon commerce, si l'une des boutiques voisines vient à se libérer.

Marietta approuva de la tête.

— Je dois vous avouer que je ne suis pas venue pour parler affaires, Leonardo. Quelque chose de très important est arrivé et je dois en discuter avec Adrianna et vous.

— Passons au salon, proposa-t-il.

Un instant plus tard, Marietta était assise sur un

canapé, face à ses amis qui fixaient sur elle un regard empreint de curiosité.

— J'ai une hypothèse à propos d'Elena que je veux vous exposer, commença-t-elle. Vous allez sans doute penser qu'elle est peu vraisemblable, mais je vous demande de m'écouter jusqu'au bout.

Leonardo lança un coup d'œil à l'horloge. Dans vingt minutes, il ouvrirait les portes de sa boutique et Marietta celles de la sienne.

— J'espère pouvoir être de bon conseil, dit-il aimablement.

— Avant tout, je dois vous rapporter ce que m'a raconté Maria Fondi, hier soir...

Son récit terminé, Marietta évoqua le jour où Elizabetta et elle avaient aperçu Elena près de la Basilique.

— Filippo avait choisi là l'endroit le plus fréquenté, pour ses prières. Je me suis demandé après coup pourquoi ils ne s'étaient pas plutôt rendus à Santa Maria della Pietà, qui est si familière à Elena.

— A-t-il jamais fait quoi que ce soit pour lui complaire ? s'enquit sèchement Leonardo.

Adrianna se tourna vivement vers son mari.

— Chut ! Laisse Marietta terminer !

Marietta inclina la tête.

— Votre remarque est pleine de bon sens, Leonardo. Filippo n'a jamais eu le moindre égard pour les sentiments d'Elena. Autre chose me chiffonne : il n'est pas dans son caractère de vouloir être vu en compagnie d'une femme malade, fût-elle son épouse. Et puis, il y a eu l'attitude d'Elena envers Elizabetta, qu'elle aime pourtant tendrement. La petite a cru lire de la haine, dans ses yeux, ce qui est en totale contradiction avec ce que nous savons tous.

Adrianna oublia qu'elle avait reproché à son mari d'interrompre Marietta :

— La mélancolie produit d'étranges effets sur ceux qui en sont atteints ! Par ailleurs, Bianca nous a bien dit que le médecin lui-même souhaitait qu'Elena réapparaisse en public.

— Cela peut expliquer cette visite à la Basilique, mais Elena est incapable de regarder méchamment un enfant, et encore moins sa fille.

Adrianna ne contesta pas ce dernier point.

— Qu'as-tu appris d'autre ? demanda-t-elle.

— Le soir où je l'ai vue à l'Opéra, elle a semblé ne pas comprendre mes messages par signes. Nous communiquons pourtant ainsi depuis notre adolescence.

— Peut-être son esprit est-il plongé dans une trop grande confusion pour lui permettre de réfléchir ? suggéra Adrianna.

— En revanche, elle serait capable de répondre aux saluts de ses relations ?

— Machinalement, sans doute.

— Admettons... Mais lorsque Elena a glissé à bas de son siège, Filippo s'est arrangé pour que toute l'assistance remarque l'événement, en faisant tomber son programme parmi le public. Ensuite, quand je me suis précipitée pour arriver avant eux en bas de l'escalier, je l'ai vu qui emportait sa femme dans ses bras. C'est alors que j'ai aperçu les chaussures d'Elena... elles étaient bien trop grandes pour convenir à ses petits pieds ! Au moins deux ou trois pointures de trop !

Les yeux de Leonardo se rétrécirent d'incrédulité. Quant à Adrianna, elle leva les mains devant elle, comme pour se défendre d'une idée aussi incongrue.

— Tu ne penses tout de même pas qu'une autre femme jouait le rôle d'Elena ! s'exclama-t-elle.

Marietta hocha vigoureusement la tête.

— Tu ne comprends donc pas ? Tous les détails concordent : la suivante renvoyée, le coiffeur congédié, les médecins étrangers appelés au chevet d'Elena. Ils ne l'avaient jamais vue auparavant !

— Tu as raison ! fit Adrianna d'une voix étranglée. Cela voudrait dire qu'Elena est peut-être morte, ou enfermée en quelque lieu où l'on n'aura jamais l'idée de la chercher.

— Je ne pense pas qu'elle soit morte, car il serait inutile de poursuivre cette imposture, en ce cas. Mais je crains que si nous n'agissons pas très vite, Elena soit tôt ou tard exposée dans son cercueil. Sa remplaçante et la fausse suivante disparaîtront alors aussi vite qu'elles se sont introduites au palais, ce qui a certainement eu lieu la nuit même où Maria Fondi a vu Elena pour la dernière fois.

— Que pouvons-nous faire ? demanda Adrianna avec anxiété.

— Je vais utiliser une gueule de lion, dit Marietta. Je vais y déposer une dénonciation, accusant Filippo d'emprisonner sa femme contre son gré et de mettre sa vie en danger. Accepterez-vous d'apposer vos signatures auprès de la mienne ? Il en faut trois, comme vous le savez.

— Bien entendu ! s'exclama Adrianna.

Mais Leonardo secouait lentement la tête.

— Votre démonstration est tout à fait convaincante, Marietta, mais les gueules de lion sont réservées aux accusations de trahison ou de conspiration contre l'Etat. Le forfait dont vous venez de parler, bien que crapuleux, n'entre pas dans cette catégorie. Vous vous mettriez entre les mains des dépositaires de la loi, mais vous n'auriez aucune preuve à leur offrir, hormis des spéculations.

— C'est justement ce qui fait des gueules de lion ma seule chance d'obtenir une enquête. Le meurtre peut être considéré comme une atteinte à la sécurité de l'Etat, puisqu'il enfreint l'une de ses lois les plus strictes.

De nouveau, Leonardo secoua la tête.

— Par votre mariage, vous êtes une Torrisi et personne n'acceptera sans preuve l'accusation que vous porterez contre un Celano. On la prendra comme un témoignage supplémentaire de la haine qui oppose les Torrisi et les Celano.

— Nous ne pouvons pourtant pas laisser Elena mourir !

— Bien sûr que non, mais nous devons entamer la bonne procédure. Je connais très bien le chef de la police. Je lui demanderai ce qu'il convient de faire lorsqu'on soupçonne un cas de séquestration. Nous verrons bien sa réponse.

— Il faut que tu le rencontres dès aujourd'hui ! décréta Adrianna.

Après avoir donné sa parole qu'il accomplirait la démarche le jour même, Leonardo quitta les deux amies, qui continuèrent de réfléchir aux différents moyens d'arracher Elena à sa triste situation.

— Je ne cesse de me demander comment je pourrais découvrir où elle est cachée, soupira Marietta. Par une cruelle ironie du sort, les deux êtres que j'aime le plus au monde sont enfermés en des lieux où il m'est impossible de les atteindre, encore moins de les aider.

— Mais ton ami Sebastiano a profité de la fête du Rédempteur pour présenter une demande de grâce au doge. Domenico a peut-être une chance d'être libéré.

Marietta baissa la tête.

— Je voudrais y croire, mais le doge reçoit énormément de suppliques à cette occasion et je doute fort qu'il entende la nôtre. Et les charges réunies contre Domenico sont si lourdes que...

— Nous devons garder espoir, néanmoins plusieurs jours peuvent passer avant que l'on connaisse le résultat de cette démarche.

Adrianna se tut un instant, puis ses pensées revinrent à Elena.

— Crois-tu qu'elle puisse être cachée quelque part dans le palais ?

Marietta redressa la tête et posa sur son amie un regard pénétrant.

— Je me le demande moi-même. Si Filippo attend qu'elle meure, quoi de plus pratique que la garder sous son propre toit ?

Adrianna réfléchit quelques minutes avant d'écarter cette éventualité.

— Non ! Les serviteurs auraient entendu ou remarqué quelque chose, et nous savons par Maria que personne ne soupçonne quoi que ce soit. Elle-même ne s'est interrogée que sur la raison de son renvoi, rien de plus.

— Imagine qu'il y ait une pièce secrète. Domenico m'a dit une fois que de nombreux palais, situés aux abords du Grand Canal ou partout ailleurs dans Venise, en recélaient au moins une. Si seulement nous pouvions y entrer, je pourrais la chercher.

— Pas pour longtemps, fit remarquer Adrianna. Tu serais bien vite découverte. Connaissant Filippo comme je le connais, j'affirme qu'il n'hésiterait pas à te faire arrêter comme voleuse.

Marietta se leva d'un bond et gagna la fenêtre.

— Une journée aussi sombre n'incite pas à l'espoir ! s'exclama-t-elle.

A mesure que les heures passaient, le temps s'assombrit davantage. Sebastiano passa, pour annoncer à Marietta que sa requête avait été rejetée sans qu'on y eût même accordé un regard, le nom de Torrisi constituant en soi une condamnation. Plus tard, lorsque Leonardo rentra chez lui, il n'avait rien de bon à rapporter de son entretien avec le chef de la police. Pour qu'une procédure pût être engagée à l'encontre de Filippo, il fallait des preuves. Mais des nouvelles encore pires devaient arriver le lendemain.

— Filippo Celano est entré dans ma boutique, aujourd'hui, annonça Leonardo à Marietta. Il a passé sa commande habituelle de masques splendides et originaux pour le mois d'octobre. Il destine plusieurs d'entre eux à son épouse malade car, dit-il, il espère qu'elle sera guérie à cette date. Pour l'instant, il va la faire transporter dans leur villa d'été, afin de lui épargner les grandes chaleurs.

— Il se peut donc qu'Elena se trouve là-bas depuis un certain temps ! s'exclama Marietta avec anxiété. Peut-être même est-elle proche de la mort ! En ce cas, Filippo aurait l'intention de revenir à Venise avec son corps !

Emu par la détresse de la jeune femme, Leonardo la prit par les épaules.

— Nous n'en savons rien, Marietta. La vérité est que nous n'avons aucune certitude.

— Vous doutez peut-être encore, rétorqua-t-elle avec colère, mais pas moi ! Quand partent-ils ? J'approcherai suffisamment de cette femme pour lui arracher son masque et inviter tout Venise à constater la supercherie.

— Ils sont partis en début de soirée, répondit Leonardo, réduisant à néant son dernier espoir.

L'été tirait à sa fin, quand Marietta apprit dans son échoppe qu'un Celano venait de mourir. Elle fut saisie de crainte, mais il s'agissait de Maurizio, dont la faible constitution lui avait valu d'osciller entre la vie et la mort depuis l'enfance.

Ce deuil contraignit Filippo à revenir à Venise à la fin du mois d'août et une fois de plus, la fausse Elena fut installée dans sa chambre. Pour Marietta, c'était la preuve que son amie vivait encore. Sans nul doute, elle devait être cachée quelque part, dans le Palais Celano.

Elena comprenait difficilement comment elle était parvenue à survivre si longtemps, dans la pièce sombre et située en entresol où Filippo l'avait enfermée. Pourtant, la faiblesse et une mauvaise toux ne tarderaient pas à avoir raison d'elle. Elle accueillerait la mort avec soulagement. Peut-être même celle-ci l'emporterait-elle sans faire de bruit, pendant qu'elle dormait.

Cette nuit-là, elle avait eu très peur lorsqu'elle avait entendu les pas de Filippo, dans le corridor. Mais il était entré dans sa propre chambre et elle avait cru qu'elle ne le reverrait pas avant le lendemain matin. Hélas, elle se trompait. Un peu plus tard, elle avait perçu un étrange grincement, comme si l'on venait d'ouvrir une porte qui ne servait plus depuis longtemps. Elle n'avait pas osé se lever pour en savoir davantage. Au contraire, elle était restée dans son lit, recroquevillée sous ses couvertures, une chandelle allumée sur sa table de chevet. Puis, à son grand étonnement, des voix féminines avaient retenti. Presque aussitôt, la porte de communication entre sa chambre et celle de Filippo s'était ouverte. Il était entré, toujours vêtu du costume qu'il portait lorsqu'il l'avait quittée.

— Habille-toi ! ordonna-t-il.

Elle s'assit sur son lit.

— Qui sont ces femmes, dans votre chambre ?

Au lieu de lui répondre, il lui arracha ses draps avant de la tirer hors du lit.

— Fais ce que je t'ai dit ! Et prends un manteau épais, tu en auras besoin.

Très vite, elle enfila la robe dont l'ourlet contenait les précieux documents. Elle n'avait pas la moindre idée du lieu où il comptait l'emmener. Filippo ne l'autorisa pas à se coiffer, aussi glissa-t-elle un peigne dans sa poche. Pour finir, elle prit la bourse dans laquelle elle avait mis quelques-uns de ses bijoux, car elle avait eu l'intention de ne jamais remettre les pieds au palais, après avoir donné à Marietta les preuves qu'elle détenait.

— Pas dans cette direction, ordonna Filippo lorsqu'elle voulut sortir par le vestibule. Et laisse ta bourse. Là où tu vas, tu n'en auras pas besoin.

Elle lui obéit et il ouvrit de nouveau la porte de

communication. Elena aperçut alors deux femmes qui fixaient sur elle des yeux brillant d'une curiosité malsaine. L'une d'elles avait les cheveux aussi blonds que les siens et des yeux presque aussi bleus, bien que la ressemblance s'arrêtât là. Elle remarqua alors que l'armoire de Filippo avait pivoté sur elle-même, de façon à révéler un étroit couloir terminé par une large porte. Elle comprit aussitôt que si Filippo avait dû emprunter l'entrée du canal, il avait fait entrer les deux femmes par ce passage secret. Comme il la poussait vers la porte, elle fut prise de panique et se mit à hurler. Mais Filippo lui plaqua une main sur la bouche et l'entraîna de force dans le corridor, puis au-delà de la porte. Elle entrevit un vaste salon, situé plus bas, à peine éclairé par le candélabre posé sur une table. Une fraîcheur humide s'en exhalait, la faisant frissonner. Filippo l'obligea à s'asseoir sur les premières marches, pour éviter qu'elle ne tombât, puis il claqua la porte derrière elle et tourna la clef dans la serrure. Elle perçut ensuite le grincement indiquant que l'armoire reprenait sa place.

Tout cela s'était produit plusieurs mois auparavant. Elena s'agita sur le large divan qui lui tenait lieu de lit et ouvrit les yeux. La pièce était éclairée par le candélabre et la lueur diffuse de la lune. Au début, elle avait craint qu'il n'y eût des rats, mais il n'y en avait pas. Les souris elles-mêmes ne s'étaient pas frayé un chemin jusqu'en cet endroit retiré, quoiqu'elle les entendît parfois trottiner au plafond. Elle appréciait leur compagnie discrète.

Les premiers temps de son incarcération, elle n'avait cessé de hurler et de pleurer. Loin d'apprécier la solitude, elle adorait au contraire la compagnie de ses semblables et n'était jamais plus heureuse qu'au milieu d'une foule. La nuit, elle avait enduré un tourment plus insupportable encore jusqu'à ce qu'elle se fût maîtrisée, à force de volonté. Elle ne voulait pas être folle, quand Filippo viendrait finalement la libérer. En attendant, elle avait demandé des ustensiles de ménage à la femme qui lui apportait à manger. Comme si elle était encore à la Pietà, et punie pour quelque désobéissance, elle avait lavé, gratté et ciré, débarrassant la pièce de la poussière et des toiles d'araignées qui l'encombraient.

Ensuite, elle avait adopté un rythme plus calme, bien qu'elle dût périodiquement vaincre la panique qui l'assaillait de nouveau. Elle avait chanté tous les chants qu'elle connaissait, lu les livres de prières qu'elle avait demandés, les autres lui étant refusés, puisant sa résistance dans une force intérieure qui l'étonnait elle-même. Elle comprenait maintenant que c'était sans doute ce qui lui avait permis de supporter ce mariage désastreux, qui avait été une prison d'une autre sorte. Mais à mesure que sa ration de nourriture diminuait, minant sa santé, l'espoir de sortir de ce lieu s'était mué en attente de la mort.

Autrefois, ce salon avait dû être une pièce élégante. Le jour, la lumière filtrait par une petite fenêtre gothique placée très haut. Elle était pourvue d'une vitre curieusement opaque, protégée par une grille qui la rendait inviolable. Elle avait tenté plusieurs fois de grimper au sommet de l'armoire. Le soleil lui avait révélé une grille semblable, sertie dans un autre mur, un peu plus loin.

A la lumière des chandelles, le salon retrouvait un peu de son ancienne beauté. Ses murs à pilastres et son sol de marbre rose tournaient alors au rouge, les dorures du plafond accrochaient la lumière, bien qu'elles fussent ternies par le temps. Il en allait de même pour le grand miroir, tellement taché par l'humidité qu'on pouvait à peine s'y voir. Le magnifique mobilier avait aussi souffert de détériorations. Les chaises et la table étaient branlantes, le velours des coussins, autrefois doré, était devenu aussi noir que la nuit.

L'escalier abrupt qui descendait presque à pic de la porte était appuyé au mur. De l'autre côté, il y avait un rideau accroché au plafond, d'une telle épaisseur et d'une telle qualité qu'il avait conservé presque tous ses anneaux. Ce rideau avait une double utilité. D'abord, il dissimulait une alcôve dans laquelle se trouvaient des latrines, pourvues d'un orifice qui donnait sur l'eau, en dessous du palais. Par ailleurs, il avait dû autrefois conférer à la pièce un éclat magique, propice aux liaisons amoureuses. Les peintures encore visibles sur les murs, quoique bien assombries par le temps, représentaient toutes des scènes érotiques.

Il y avait aussi une autre porte... Elena s'était précipitée vers elle, cette première nuit, espérant qu'elle pourrait l'ouvrir, mais elle était verrouillée. Elle comportait pourtant deux petits volets qu'elle avait ouverts pour n'apercevoir que ce qui semblait être un trou noir. Elle savait maintenant qu'il s'agissait en réalité d'un petit escalier menant à une porte de fer derrière laquelle coulait un étroit canal. Une fois, lorsqu'une marée particulièrement haute avait fait monter les eaux, le hall d'entrée et les premières marches avaient disparu sous les flots. Pendant quatre jours, la femme qui empruntait ce passage pour venir la voir ne s'était pas montrée. Elena avait été privée de nourriture et d'eau potable pendant tout ce temps. Elle avait cru qu'elle mourrait plus vite encore que Filippo ne l'espérait en réduisant peu à peu ses maigres rations, de façon à lui assurer une mort lente. La femme ne pénétrait jamais dans la pièce de marbre rose, se contentant de lui tendre ce qu'elle apportait par l'une des ouvertures ménagées dans la porte. Le linge prenait la même voie, sous forme de mince rouleau.

Elena savait qu'elle se trouvait dans la chambre secrète dont Marco lui avait parlé lorsqu'ils visitaient ensemble le palais, s'arrêtant sans cesse pour s'embrasser. Il lui avait dit que cette pièce était fermée depuis qu'un meurtre y avait été commis. Aujourd'hui, elle s'efforçait de ne pas s'interroger sur la raison — luxure ou jalousie — qui avait pu être à l'origine de ce crime affreux. Au moins sa propre mort semblait ne pas devoir survenir par la violence.

On frappa sèchement à la porte extérieure. Elena redressa péniblement la tête. Sa geôlière, masquée et encapuchonnée, venait toujours la nuit. Sa gondole glissait le long de la porte de fer, qu'elle raclait légèrement au passage. Jadis, les amants, les courtisanes et peut-être quelques débauchés accompagnés de leurs femmes avaient emprunté ce chemin. Ils avaient monté l'étroit escalier et poussé la seconde porte, afin de rejoindre le maître du palais, avec lequel ils se livraient à des jeux érotiques.

On frappa pour la seconde fois. Au prix d'un énorme effort, Elena repoussa ses draps et glissa ses pieds dans des pantoufles. Même en s'appuyant aux murs, c'était à peine si elle était encore capable de traverser la pièce pour parvenir jusqu'à la porte. Par la petite ouverture, elle vit la femme masquée. Celle-ci ne parlait que si c'était absolument nécessaire.

— Bonsoir, dit Elena comme elle le faisait toujours.

Car bien que cette femme se montrât rigide et hostile, elle était son seul contact avec le monde extérieur. La jeune femme prit la boîte de nourriture qu'on lui tendait et, malgré sa légèreté, elle sentit ses jambes faiblir lorsqu'elle la déposa sur la table qu'elle avait depuis longtemps poussée contre la porte. Puis elle prit un bol vide et le tendit à sa geôlière.

— A en juger par la clarté de la lune, dit-elle, la nuit doit être merveilleuse. J'aimerais flâner sur le Rialto, pour regarder les gondoles glisser sur l'eau, ou encore écouter la musique et les chants qui imprègnent toujours l'atmosphère de Venise.

Chaque fois qu'elle s'exprimait ainsi, pour rompre le silence pesant qui était son lot quotidien, la femme ne lui manifestait qu'une froide impatience. Pourtant, en dépit de son hostilité, Elena s'entêta.

— Mes amis et moi, nous nous y arrêtions parfois, lorsque nous allions danser ou jouer aux cartes.

— Dépêchez-vous ! aboya la femme en lui tendant un petit flacon rempli d'eau.

Prise d'une quinte de toux, Elena était bien incapable de le prendre. La femme poussa un soupir d'exaspération et resta figée, le bras passé dans l'ouverture de la porte. Quand Elena put enfin saisir le flacon, la femme lui parla d'une voix rude.

— Arrangez-vous pour faire durer ce que je vous ai apporté. Dorénavant, je passerai vous voir chaque jour, mais vous n'aurez de l'eau et de la nourriture qu'une fois par semaine, au lieu de deux.

Elle resta impassible à la vue des larmes qui montaient aux yeux de la prisonnière.

— Si je comprends bien, j'ai dépassé le temps qui m'était alloué, murmura Elena.

Ses forces la trahirent et elle lâcha son mince rouleau de linge, qui tomba sur le sol. Elle se demandait souvent pourquoi Filippo était tellement soucieux qu'elle mourût dans des draps propres et entourée du confort qui convenait à sa nature raffinée.

Comme la femme se détournait, Elena lança dans son dos :

— Bonne nuit. Dormez bien.

Puis elle la regarda descendre sans bruit les marches de marbre, éclairée par la lueur mouvante d'une lanterne. Lorsqu'elle ouvrit la porte extérieure, la lune sembla un instant jeter sur elle une toile d'araignée argentée. Un instant plus tard, la porte se referma avec un bruit sec et tout fut terminé.

Elena resta quelques minutes devant l'ouverture.

Hors de son champ de vision, il devait y avoir une grille par laquelle l'air frais pénétrait dans l'entrée, bien qu'il ne fût plus qu'un mince filet lorsqu'il parvenait dans sa chambre. Elle songeait souvent à Domenico, lui aussi privé de tout ce qu'il aimait. C'était à cause de lui, si elle se trouvait ici, bien que, peut-être, Filippo eût seulement saisi le premier prétexte venu pour se débarrasser d'elle. Au moment de mourir, elle aurait voulu pouvoir lui dire qu'elle avait porté un enfant et que c'était sa semence qui était stérile.

Marietta lui avait dit que Domenico s'astreignait à marcher dans sa cellule, pour se garder en forme. Tant qu'elle était restée en bonne santé, Elena avait suivi cet exemple, mais maintenant elle était trop faible pour lutter et passait le plus clair de son temps dans son lit.

Elle fut prise d'une autre quinte de toux et, lorsque ce fut fini, elle s'effondra sur une chaise où elle demeura quelques minutes, la tête appuyée au dossier. Que ferait Filippo, quand sa geôlière lui rapporterait la nouvelle de son décès ? Il n'aurait plus besoin de cette inconnue aux cheveux blonds qu'il avait certainement engagée pour prendre sa place. Quant à sa compagne aux boucles noires, Elena se rappelait qu'elle portait une robe de soie grise. Il était clair qu'elle jouait le rôle de suivante.

Elena avait du mal à croire que ces deux femmes fussent assez insensibles pour regarder sans frémir l'une de leurs semblables partir vers une mort certaine. Combien d'or avait-il fallu pour apaiser leur conscience ? Peut-être n'en avaient-elles pas... Cela n'aurait rien eu de surprenant, quand Venise tremblait sous la menace de la police secrète, des espions et du Conseil des Trois, dont chacun redoutait les fameuses salles de torture. Une cité où n'importe qui pouvait finir poignardé par un ennemi ou noyé dans le canal...

Au début, Elena s'était demandé comment Filippo s'était arrangé pour faire passer cette usurpatrice pour sa femme. Elle avait fini par conclure qu'il devait la maintenir dans un isolement absolu. Rien n'était plus facile que de prétendre qu'une femme malade ne devait pas être dérangée. Si elle avait été vue en public et jouissant apparemment d'une parfaite santé, on aurait pu s'étonner de son décès, quand le médecin viendrait le constater. En outre, aucun être humain n'aurait pu se transformer du jour au lendemain en la créature maigre et ravagée qu'Elena savait être devenue. Elle pensa avec amertume que l'usurpatrice et sa compagne étaient des vampires, attendant patiemment l'heure de sa mort. Elle les imaginait parfaitement, installées dans son appartement et occupées à bâiller, à jouer aux dés et à souhaiter qu'elle mourût.

La jeune femme prit appui sur les bras de son siège et parvint à se lever lentement. Avant de retourner se coucher, elle souleva le couvercle de la boîte. Cette fois, elle n'avait droit qu'à deux tranches de pain, une pêche et deux prunes. Il était heureux qu'elle eût perdu tout appétit. Remarquant l'absence de chandelles, elle fronça les sourcils. Allait-on l'en priver aussi ? Prise de panique, elle gagna la table d'un pas incertain et souffla deux de ses trois bougies. Peut-être la clarté de la lune lui suffirait-elle, cette nuit... et si on ne lui en donnait plus d'autres... Se raidissant contre la terreur que lui inspirait cette perspective, elle éteignit la troisième. Elle n'avait pas le choix. Elle ne voulait pas mourir dans le noir.

Marietta examinait tous les moyens de pénétrer dans le Palais Celano, pour découvrir où Elena était cachée. L'un après l'autre, elle les rejetait. Pouvait-elle se présenter avec un livre soi-disant destiné à sœur Giaccomina, quand Bianca et elle se trouvaient dans la bibliothèque ? Ou bien valait-il mieux arriver avec quelques échantillons de soie et prétendre qu'elle devait prendre les mesures d'un sofa à retapisser ? A moins qu'elle se fît engager aux cuisines... Aucun de ces plans n'était réalisable. Son visage était trop familier aux serviteurs du palais pour qu'on ne la reconnût pas sur-le-champ. Inutile non plus d'espérer qu'on permettrait à une étrangère masquée de pénétrer dans les lieux sous un prétexte quelconque. Et en admettant même qu'elle pût franchir la porte, un maître d'hôtel ne tarderait pas à dénoncer sa présence. Filippo n'hésiterait pas à la faire arrêter pour s'être introduite chez lui sans sa permission. Pourtant, elle ne pouvait renoncer à son projet de libérer Elena.

Bien qu'elle ne fût pas nourrie d'espoirs fous, le rejet de la demande en grâce présentée par Sebastiano l'avait anéantie. Le fait d'avoir d'autres sujets de préoccupation l'aidait à supporter cette déception. Elle continuait d'envoyer à Domenico des lettres courageuses et aimantes, mais elle devinait sans peine son état d'abattement. Au moins était-elle certaine qu'il ne se laisserait pas briser par son incarcération. Elena, elle, n'avait pas sa force vitale. Si Filippo poursuivait sa comédie aussi longtemps, cela signifiait qu'elle résistait encore, mais elle ne s'accrocherait pas indéfiniment à la vie et chaque jour qui passait réduisait ses chances de survivre.

Marietta trouvait en Danilo un autre motif de souci. Elle n'avait pas prévu de l'envoyer à ses parents nourrissiers avant la fin de l'année. Mais à huit mois, il possédait de tels poumons qu'on pouvait difficilement confondre ses hurlements avec les gazouillis de Melina. Tôt ou tard, la supercherie risquait d'être découverte. Jusqu'ici, les ouvrières qui travaillaient dans l'atelier s'étaient abstenues de tout commentaire, mais il suffisait qu'une d'entre elles posât une question pour que le doute germât dans les esprits des employés, puis des clients. Si seulement Domenico avait pu revoir son fils une fois, elle l'aurait éloigné de Venise. Adrianna avait promis d'emmener le bébé chez Iseppo, la prochaine fois que Francesca leur rendrait visite. Marietta n'aurait pas supporté de le confier à quelqu'un d'autre.

Chaque jour, elle préparait Lucrezia à sa première audition en public. Ce devait être à l'occasion d'un concert donné au bénéfice d'organisations charitables et l'assistance serait distinguée. Il n'y aurait pas de chanteuses ou d'instrumentistes professionnelles et l'accueil chaleureux des spectateurs donnerait à Lucrezia l'assurance dont elle manquait encore. Les chanteuses comme elle, qui n'avaient pas été formées dans des conservatoires, trouvaient facilement à s'employer à Venise, et Marietta la formait dans ce but.

Le matin du concert, Marietta se rendit à l'atelier. Leonardo avait accepté de lui laisser faire les masques que Filippo prétendait destiner à Elena. Ils avaient été confectionnés par d'autres, et elle se chargeait de la finition. Elle ignorait si Elena les verrait, mais elle avait glissé un message sous une doublure de soie. Pour finir, elle y avait brodé un motif symbolique, pour qu'Elena cherchât le message. Tout en cousant, elle avait soudain trouvé le moyen d'entrer au palais sans se faire remarquer. Il fallait au préalable qu'elle connût la disposition exacte des lieux.

Dans l'après-midi, Marietta fit répéter Lucrezia, qui lui chanta deux fois son solo. Puis, elle se rendit à la Pietà, pour voir Bianca qu'elle trouva dans une salle de travail. A sa vue, la jeune fille sourit et posa sa flûte sur son pupitre.

— Vous arrivez au bon moment, Marietta. Je termine justement mes exercices.

— Tant mieux. Quoi de neuf ?

— Le mois prochain, j'interpréterai un quintette, avec quatre de mes compagnes.

— Magnifique, dit Marietta en s'asseyant sur un banc, auprès de la jeune fille. Je suis venue te demander une faveur. Voudrais-tu dessiner pour moi le plan du Palais Celano, en m'indiquant où est situé l'appartement d'Elena ?

— Pourquoi me demandez-vous cela ? s'enquit Bianca d'une voix méfiante. Vous savez bien que Filippo ne vous permettra jamais de la voir.

— Si tu m'aides à pénétrer dans le palais à son insu la prochaine fois que tu y seras, je pourrai me rendre à son chevet.

Bianca prit une expression butée.

— Vous avez toujours l'air de penser que vous triompherez là où tout le monde a échoué. Eh bien, vous vous trompez ! Filippo a fait tout ce qui était en son pouvoir pour sauver Elena. A plusieurs reprises, les religieuses ont tenté de lui parler à travers la porte sans obtenir la moindre réponse. Elles ont multiplié les prières, mais en vain. Quant à moi, j'ai joué de la flûte et supplié Elena de me recevoir, tout cela en pure perte. Je n'offenserai pas Filippo, qui m'a reçue avec générosité, en agissant derrière son dos. Que ce soit pour vous ou pour n'importe qui d'autre !

Marietta saisit la jeune fille par les épaules et la secoua violemment.

— Es-tu donc stupide ? Réveille-toi ! Filippo est un viveur et un libertin ! Il ne se soucie pas le moins du monde de sa femme.

— C'est faux ! s'écria Bianca en tentant d'échapper aux mains qui lui faisaient violence. Il m'a dit qu'il l'avait toujours adorée.

— Que t'a-t-il dit d'autre ?

Voyant le rouge qui montait aux joues de la jeune fille, Marietta resserra son étreinte.

— Que tu es belle ? Désirable ? Es-tu incapable de comprendre qu'il essaie de te séduire ?

— Il a bien trop le sens de l'honneur pour cela ! s'écria Bianca d'une voix aiguë. Mais je voudrais qu'il le fasse ! Quelle différence cela ferait-il pour Elena, puisqu'elle ne l'a jamais aimé !

Marietta la lâcha pour la gifler violemment.

— Ne t'avise plus jamais de blâmer Elena en ma présence ! Comment aurait-elle pu s'attacher à un homme qui use d'elle avec brutalité et la bat au point de la couvrir de bleus ?

Bianca sauta sur ses pieds, la main sur sa joue rougie.

— Vous mentez ! hurla-t-elle, les yeux étincelants de fureur. Vous êtes jalouse parce qu'un Celano est amoureux de moi, alors que votre Torrisi de mari est sous les verrous. Vous ne parviendrez pas à me faire douter de Filippo. Vous pensez peut-être que je ne m'inquiète pas pour Elena ? Eh bien, vous vous trompez ! Je l'aime comme si elle était ma sœur, mais je ne peux rien changer au fait qu'elle ne guérira jamais. J'ai fait ce que je pouvais pour elle et je m'y efforce encore. Je n'abandonnerai pas tant qu'il restera un espoir d'amélioration, mais je ne vois aucun mal à témoigner de l'amitié... et seulement de l'amitié... à un homme aussi affecté par l'état d'Elena que je le suis moi-même.

Marietta se leva à son tour.

— Eh bien, puisque tu as une telle confiance en lui, insiste pour qu'il convainque Elena de te recevoir. Ce serait un privilège qu'il n'a accordé à personne, sauf aux médecins. Peut-être réussiras-tu à communiquer avec elle ? Mets-le à l'épreuve ! Après tout, tu sembles bien convaincue d'occuper une place de choix dans son cœur... Tu t'attends sans doute à devenir la prochaine signora Celano. C'est le moment de t'en assurer !

Bianca émit un faible cri avant de tourner les

465

talons et de s'enfuir, non sans claquer la porte derrière elle. Demeurée seule, Marietta pressa le bout de ses doigts sur ses paupières baissées pendant quelques minutes, tandis qu'elle s'efforçait de recouvrer son calme. Elle n'avait jamais parlé durement à Bianca, pas plus qu'elle ne l'avait frappée, mais c'était à dessein qu'elle venait de la railler aussi cruellement. Si Bianca parvenait à approcher l'usurpatrice, ou bien si Filippo était contraint de faire réapparaître Elena, il en sortirait certainement quelque bien.

Ce soir-là, au concert, Lucrezia triompha de son épreuve et fut même rappelée plusieurs fois. Accompagné de sa femme, le capitaine Zeno assistait au concert. Le lendemain matin, il passa à la boutique pour remercier Marietta d'avoir fait faire à sa fille de si grands progrès en si peu de mois.

— Lucrezia n'est pas au bout de ses peines, répondit Marietta.

Elle était satisfaite de son élève, mais elle ne se leurrait pas sur le chemin qui restait à parcourir.

— J'ai une bonne nouvelle pour vous, dit alors le capitaine. J'ai obtenu que votre mari soit transféré aux Plombs. Il a de nouveau une fenêtre, bien que la vue ne soit pas gaie, et on lui a rendu tout ce qui lui appartenait.

Abasourdie, Marietta le regarda un instant sans pouvoir proférer un mot.

— Comment vous êtes-vous arrangé ? demanda-t-elle enfin.

— J'ai fait remarquer au premier inquisiteur que là était la place d'un prisonnier politique et que Torrisi devrait réintégrer sa cellule dès que celle-ci aurait été réparée et son inviolabilité assurée. Malheureusement, il n'a toujours pas le droit de recevoir des visites. Sur ce point, l'inquisiteur a été formel.

— Cependant, je connais quelqu'un de trop jeune

et inoffensif pour être soumis aux règlements et aux lois. Vous pourriez l'introduire auprès de mon mari.

Le capitaine eut une petite grimace résignée.

— Je devine de qui il s'agit. Je ne m'étonne plus que vous réussissiez si bien dans votre commerce, signora. Vous avez une façon bien particulière de me mettre les marchés en main, mais je ne vous en respecte que davantage. Allez chercher votre fils et venez avec moi. J'apporterai Danilo à son père.

Domenico lisait dans sa cellule quand la clef tourna dans la serrure. Il abaissa son livre et pivota sur sa chaise pour voir qui entrait. Le capitaine Zeno lui tendait un bébé qui paraissait jouir d'une santé florissante.

— Danilo Torrisi sollicite un entretien, annonça-t-il.

Poussant une exclamation de joie, Domenico se leva d'un bond et s'empara de son enfant pour le soulever au-dessus de sa tête. Le poing dans sa bouche, Danilo gloussa de plaisir. Resté seul avec son fils, Domenico disposa de dix minutes pour lui parler, le faire sauter sur ses genoux ou lui permettre de s'agripper à ses cheveux. Puis, le capitaine Zeno revint. Domenico embrassa le bébé sur le front avant de le lui rendre. Comme il l'avait fait lorsque Marietta était venue le voir dans son autre cellule, il resta devant la fenêtre jusqu'à ce que son fils sortît de son champ de vision. Alors, comme la première fois, il baissa la tête et pleura.

Quand Bianca reprit le chemin du Palais Celano avec sœur Giaccomina, ce fut pour commencer le classement des livres qui se trouvaient jusqu'alors dans la maison de la mère défunte de Filippo et dans sa propre villa. Elle était nerveuse. Elle n'avait pas oublié le défi de Marietta et elle savait qu'elle devait le relever. En l'ignorant, elle aurait négligé une chance de voir Elena et de lui parler. Elle regrettait d'avoir décoché cette flèche à Marietta, à propos de Domenico. Bianca ressemblait en cela à toutes les personnes dotées d'un naturel conciliant. Une fois qu'on avait enflammé sa colère, la blessure infligée par les paroles dures restait ouverte bien après que leur auteur les avait oubliées. Il lui était tout aussi pénible de se rappeler celles qu'elle avait prononcées elle-même.

Sœur Giaccomina était si heureuse d'entreprendre cette nouvelle tâche qu'elle sautillait d'une pile de livres à l'autre, ses petites mains potelées voletant avec délice chaque fois qu'elle découvrait un nouveau trésor. L'estomac de Bianca se nouait davantage à mesure que le moment de travailler sa flûte approchait. Elle espérait que la religieuse ne verrait pas passer les heures, mais sœur Giaccomina n'oubliait jamais ses devoirs.

— Il est temps pour vous de vous mettre au travail, mon enfant.

Peu de temps après que Bianca eut commencé à jouer de la flûte, Filippo apparut, un sourire chaleureux aux lèvres. Comme toujours, Bianca se sentit fondre. Comment Marietta pouvait-elle le soupçonner d'aussi noirs desseins ?

— Vous êtes donc de retour, mon joli cygne, pour remplir chaque jour ma maison de musique.

Le surnom la fit rougir.

— Je ne viendrai pas tous les jours. Je dois participer à des répétitions et m'acquitter de certaines tâches quotidiennes.

— Quel dommage ! Vous appartenez à ce lieu, Bianca. Le palais revit, dès que vous franchissez son seuil.

Elle percevait les battements de son propre cœur.

— Il reprendra définitivement vie quand Elena sera guérie.

La tristesse jeta un voile sombre sur le visage de Filippo.

— Je suis résigné à l'inévitable. Cela ne se produira jamais.

Quittant sa place, derrière le pupitre, elle fit un pas dans sa direction.

— Emmenez-moi auprès d'elle. Vous le pouvez, si vous le voulez.

— Ce n'est plus en mon pouvoir. Elle vit en recluse, derrière les rideaux tirés de son lit, et ne tolère que la présence de sa suivante.

— Je suis sûre qu'elle ne me repoussera pas. Si vous m'aimez un peu, accédez à ma requête.

Filippo resta impassible, mais son esprit était en éveil. Qui avait incité Bianca à formuler cette demande ? Il ne pouvait croire qu'elle obéît à un mouvement personnel, car elle avait toujours accepté de se conformer aux désirs d'Elena, pour éviter de la contrarier. Il trouvait plutôt piquant que cette petite bécasse fût la première à le défier sur ce terrain extrêmement délicat. Il allait tourner la chose à son avantage.

— Très bien, dit-il, je m'incline. Aurez-vous la force d'affronter la réalité ?

La force ne figurait pas parmi les qualités qu'elle se reconnaissait. Elle s'arrangeait toujours pour fuir tout ce qui était déplaisant ou effrayant.

— Que voulez-vous dire ? demanda-t-elle avec crainte.

— L'amie dont vous vous souvenez n'est pas la femme que vous allez voir. Elle a tellement maigri qu'on a peine à la reconnaître, sa belle chevelure a terni et elle est secouée périodiquement par une toux affreuse.

Il ne faisait que répéter ce que la geôlière lui avait décrit, car il lui demandait un rapport quotidien, maintenant que la fin approchait. Il ne parvenait pas à comprendre pourquoi il avait été incapable d'affamer totalement Elena, de façon à hâter sa mort. Il avait préféré réduire progressivement ses rations, pour que sa fin fût moins pénible.

— Pour commencer, elle vous en voudra de cette intrusion, dit-il.

— Ce que vous m'avez dit ne fait qu'accroître ma compassion pour elle, répliqua Bianca.

Elle entourerait Elena de ses bras, elle lui parlerait des jours heureux passés à la Pietà et elle la ramènerait à la vie. Elle aimait cette femme, qui s'était toujours montrée si bonne et si douce envers elle. Son amour pour Filippo pesait lourdement sur sa conscience et elle espérait l'apaiser en volant au secours d'Elena.

— Très bien. Quand vous aurez terminé vos exercices et bu votre chocolat chaud, demandez à sœur Giaccomina la permission de m'accompagner chez Elena. Je ne puis cependant lui permettre de nous suivre. L'épreuve serait insupportable pour Elena.

— Elle comprendra.

— Vous êtes une petite fille courageuse et je suis fier de vous connaître.

Dès qu'elle fut sortie, Filippo sourit pour lui-même. Il était toujours excité par l'effet que produisait sur elle ce genre de remarques. Cette confusion virginale et quelque peu surannée lui donnait l'impression de pénétrer un instant dans le monde des cloîtres, si différent du milieu cynique dans lequel il évoluait. Il n'était pas étonnant que la vue des filles de la Pietà exerçât sur les hommes un attrait si puissant. Cette aura d'innocence, ajoutée à la jeunesse et à la beauté, était irrésistible.

En montant au premier étage, il songea avec soulagement qu'il serait bientôt débarrassé des deux femmes, Minerva et Giovanna, qui occupaient l'appartement d'Elena depuis plusieurs semaines. Son plus fidèle serviteur les lui avait dénichées dans un bordel. Ni l'une ni l'autre n'appréciaient les hommes, en revanche elles s'aimaient tendrement. Lorsqu'on leur avait proposé de rester ensemble durant une période indéterminée et de jouir de tout le luxe qu'elles pouvaient désirer, elles avaient cru que le rêve devenait réalité. En prime, chacune d'entre elles devait recevoir une petite fortune, qu'elles comptaient investir dans leur propre maison de rendez-vous. Cette perspective les aidait à supporter les longues heures d'ennui et elles s'amusaient parfois comme deux enfants heureuses, lorsqu'elles détaillaient leurs futures possessions, depuis les rideaux jusqu'aux pots de chambre.

Mais Filippo n'avait nullement l'intention de les laisser jouir de ces richesses. Une fois qu'il aurait déposé le cadavre d'Elena dans son lit, elles repartiraient comme elles étaient venues. Un bateau les attendrait pour les transporter, mais elles ne reposeraient jamais le pied sur la terre ferme. Quant à la femme qui apportait sa nourriture à Elena, elle et son gondolier de mari disparaîtraient d'une autre façon.

Lorsqu'il ouvrit la porte de communication, il trouva les deux femmes en train de jouer aux cartes à la lueur d'une bougie.

— Vous allez avoir une visite, annonça-t-il à Minerva, qui jouait le rôle d'Elena.

— Vous aviez dit qu'il n'y en aurait plus ! protesta-t-elle vivement.

D'un naturel indolent, elle ne se plaignait pas de devoir rester enfermée, mais chaque apparition en public l'avait terrifiée. Lorsqu'une main d'enfant avait saisi la sienne, devant la Basilique, elle avait été prise d'une telle panique qu'elle avait failli gifler la petite. En revanche, elle n'avait pas eu de mal à duper les médecins, hommes stupides et bouffis de leur propre importance. Ses regards vides et ses grognements les avaient si bien grugés qu'elle en aurait volontiers éclaté de rire à leur nez.

— Qui amenez-vous, cette fois-ci ? Si c'est un autre médecin, ça m'est égal !

— Vos sentiments m'importent peu, rétorqua Filippo d'une voix glaciale. Soyez prête à recevoir cette personne dans une heure.

Comprenant qu'il valait mieux ne pas l'impatienter davantage, Giovanna plongea dans une petite révérence.

— Dites-nous ce qu'il faut faire, signore. Vous pouvez compter sur notre obéissance.

— Pour commencer, faites disparaître cette boîte de sucreries et ouvrez la fenêtre, ordonna-t-il.

Avec un dégoût non dissimulé, il balaya du regard la pièce malpropre. Du temps d'Elena, un frais parfum embaumait l'atmosphère, mais il flottait autour de ces femmes une odeur malsaine. Elles éprouvaient la même répugnance à se laver qu'à laisser pénétrer l'air frais dans leur repaire. Il les quitta avec soulagement, un mouchoir parfumé pressé contre ses narines. Après l'enterrement, il ferait refaire l'appartement entièrement à neuf pour sa nouvelle épouse.

Bianca avait terminé ses exercices et venait à peine de boire son chocolat quand Filippo vint la chercher. Sœur Giaccomina le pria instamment de la faire monter à son tour si Elena manifestait le moindre désir de la voir.

— En ce cas, je vous enverrais aussitôt une servante, promit Filippo, la main déjà refermée sur le coude de Bianca.

— Avez-vous annoncé ma visite à Elena ? demanda la jeune fille dès qu'ils eurent quitté la bibliothèque.

— Non. Je ne voulais pas risquer un refus, dit-il en lui souriant. Je crois qu'il vaut mieux forcer sa résistance. Votre détermination peut être la solution que nous attendions. Qui sait si je n'ai pas eu tort d'admettre l'avis des médecins sans discuter davantage ? Après tout, ce n'est pas au patient de décider son propre traitement, et il se peut qu'Elena ne sache pas ce qui est bon pour elle.

Bianca leva vers lui des yeux étincelants d'espoir.

— Si je parvenais à mener Elena sur la voie de la guérison, je n'aurais pas encore remboursé ma dette à son égard. Elle s'est montrée si bonne pour moi !

— Quel charmant petit cygne vous faites ! dit-il doucement. Puissiez-vous illuminer la vie de ma femme comme vous illuminez la mienne.

Ils étaient arrivés devant la porte d'Elena et il frappa impérieusement. Bianca remarqua que la servante n'ouvrait qu'après s'être enquise de son identité, bien qu'elle eût certainement reconnu l'autorité du maître de maison. Invitée à entrer, la jeune fille pénétra dans un élégant vestibule. A sa vue, la servante afficha une surprise de bon aloi.

— Il est inutile d'annoncer notre visiteuse, Giovanna, dit Filippo. Vous retournerez auprès de votre maîtresse quand nous serons partis.

— Très bien, signore.

La suivante alla vers la porte de la chambre, qu'elle ouvrit avant de se retirer. Entourant d'un bras l'épaule de Bianca, Filippo la fit alors entrer chez Elena.

Au début, les yeux de la jeune fille durent s'adapter à la pénombre qui régnait dans cette pièce aux volets fermés. Peu à peu, le grand lit à colonnes émergea de l'obscurité, avec son dais et ses rideaux brodés de fils d'argent qui miroitaient dans l'ombre. Au centre, un léger renflement dénonçait la présence d'Elena, sous les couvertures. Bianca songea que si elle approchait trop vite, elle risquait d'effrayer la malade. Jetant un regard en arrière, elle vit que Filippo était resté près de la porte. Comme elle lui adressait un sourire timide, il hocha légèrement la tête pour l'encourager. Elle fit quelques pas en direction du lit.

— Elena, souffla-t-elle.

La femme étendue tressaillit légèrement, comme pour montrer qu'elle venait de percevoir une présence. Bianca l'appela doucement pour la seconde fois et devina qu'on l'avait entendue.

— Une personne que tu aimes beaucoup est venue te voir, Elena, dit alors Filippo.

Encouragée, la jeune fille renchérit :

— Je suis Bianca, votre filleule d'adoption...

D'une voix très douce, elle entonna la vieille chanson de Colombine, que Marietta et elle lui avaient si souvent chantée ensemble : « Danse, Colombine, danse ! Vois comme Arlequin... »

Un cri perçant jaillit du lit plongé dans la pénombre, interrompant le chant. Une créature se dressa parmi les couvertures, son visage blême à peine visible derrière les longues mèches de cheveux blonds, ternis par la maladie. Sans le vouloir, Bianca laissa échapper à son tour un hurlement de terreur, qu'elle réprima de ses poings pressés sur ses lèvres.

Elle entendit alors Elena lui siffler ces mots cruels :

— Va-t'en ! Je t'ai toujours détestée !

Proche de l'hystérie, Bianca pivota sur elle-même et se mit à courir vers la porte. Filippo la reçut dans ses bras et l'emporta, sanglotante, dans le vestibule. Elle ne se rendit pas compte qu'il l'emmenait dans une autre pièce. Serrée contre lui, la tête sur son épaule, elle se laissa bercer et apaiser.

— Chut, mon joli cygne, mon petit amour, ma douce... Calme-toi.

Elle sanglotait si fort qu'elle ne parvenait pas à reprendre son souffle, secouée par des hoquets qui semblaient ne jamais devoir cesser. Le cœur brisé, elle s'accrochait à Filippo comme si sa vie en eût dépendu.

Elle n'avait pu supporter de voir Elena tellement

transformée et son cri de haine l'avait transpercée aussi cruellement qu'un poignard.

— La maladie d'Elena lui a porté au cerveau, disait calmement Filippo. Vous avez découvert le secret que je dissimulais à tout le monde. Hélas, j'espérais que vous parviendriez à ressusciter le passé dans cet esprit malade.

La jeune fille pleurait toujours, au comble du désespoir.

— Mais j'ai échoué ! Vous avez entendu ce qu'elle a dit !

Prenant le visage humide entre ses mains, il baissa la tête vers elle.

— Elle ne pensait pas ce qu'elle disait, il faudra toujours vous le rappeler.

Avec une grande douceur, Filippo baisa les lèvres tremblantes. Bianca ferma les yeux. Blottie entre ses bras, elle se sentait aussi protégée que si elle s'était trouvée dans quelque havre de paix. Pourtant, ses larmes ne cessaient de couler, bien qu'il s'efforçât de les endiguer en baisant ses paupières. Sa bouche glissa sur les tempes de Bianca, sur ses joues, ses oreilles, puis dans son cou. Il ôta les épingles qui retenaient son voile blanc de la Pietà et elle devina qu'il le laissait glisser sur le sol, car ses doigts s'enfonçaient dans ses cheveux. Ses lèvres étaient si douces...

Le choc avait plongé la jeune fille dans une sorte de transe dont elle ne voulait plus sortir, maintenant qu'elle se sentait environnée de douceur et de félicité. En revenant à la réalité, elle aurait dû affronter tout ce qui était laid, agressif et cruel. Elle laissa Filippo défaire sa robe et rejeta la tête en arrière, le corps cambré par le plaisir que lui procuraient ses lèvres et ses mains sur ses seins.

Les yeux obstinément fermés pour ne pas risquer un réveil brutal, elle ne flottait pas dans les airs mais fut déposée sur un lit. Ses jupons furent remontés sur sa taille et ses jambes écartées. Maintenant, elle n'osait pas soulever les paupières à cause de ce qu'il lui faisait. Elle se laissa donc glisser dans un abîme de plaisir dont elle n'aurait jamais voulu émerger.

Prise au moment suprême d'un soudain assaut de panique, elle ouvrit enfin les yeux et aperçut le visage de Filippo, tendu par la passion.

— Je vous aime ! s'entendit-elle crier.

La bouche de Filippo s'empara alors de la sienne et elle s'abandonna à la jouissance qui parcourait son corps, encore et encore.

Sœur Giaccomina leva les yeux vers l'horloge. Bianca était partie depuis près d'une heure, ce devait être bon signe. Peu après qu'elle se fut remise au travail, Bianca la rejoignit, l'air un peu défaite.

— Et alors ? demanda la religieuse. Vous avez vu Elena ?

— Oui. Elle est très malade et je n'y retournerai jamais plus.

— Vous lui avez dit que j'étais ici ?

Sœur Giaccomina était légèrement vexée qu'on ne l'eût pas envoyé chercher, vu le temps que Bianca avait passé au chevet de la malade.

— Elena est incapable de comprendre quoi que ce soit.

La brave femme joignit les mains, ses bons yeux emplis de larmes.

— Quelle triste nouvelle ! s'exclama-t-elle d'une voix tremblante. J'espérais tant de votre visite !

— Pourrions-nous rentrer dès maintenant à la Pietà ?

— Bien sûr, j'ai terminé mon travail.

Pendant le trajet du retour, Bianca ouvrit à peine la bouche. D'ordinaire, la religieuse et elle bavardaient tout le long du chemin. Croyant deviner la raison de ce silence, sœur Giaccomina ne tenta pas de ranimer la conversation. Quand la gondole parvint en vue du conservatoire, Bianca songea qu'elle en était sortie jeune fille et y revenait femme. Elle se rappelait que Marietta l'avait avertie que Filippo voulait la séduire, et sans doute était-il inévitable qu'elle s'offrît à lui sans retenue. Son amour pour lui n'avait fait que croître, la nature avait fait le reste, lui faisant oublier tous les principes qui lui avaient été inculqués. Si la charmante et rieuse Elena, l'amie d'autrefois aux yeux tendres et à la voix douce, n'avait pas été perdue pour ce monde, Bianca savait que ses sentiments auraient été tout autres. Mais c'était cette angoisse terrible à la vue d'Elena qui l'avait précipitée dans les bras de Filippo.

— Nous y sommes, dit sœur Giaccomina quand la gondole glissa le long de la porte du canal. J'attendrai quelque temps avant de dire à sœur Sylvia que vous avez pu voir Elena. Elle vous harcelerait de questions et je ne vois bien que vous n'êtes pas en état d'y répondre.

Bianca fut soulagée de pouvoir se retirer dans sa chambre sans avoir à faire son rapport. Elle avait besoin de temps pour s'adapter à sa nouvelle condition de femme. Après l'amour, Filippo l'avait serrée longuement dans ses bras. Il lui avait caressé les cheveux et embrassé les mains, avant de lui promettre de l'épouser quand le moment serait venu. Le fait qu'il lui parlât mariage ne l'avait pas remplie de honte et de confusion, car après ce qu'elle avait vu, il lui apparaissait bel et bien comme un veuf. La malheureuse créature qu'elle avait entrevue au fond de ce lit ne méritait certainement pas le nom d'épouse.

Ce soir-là, en s'habillant pour se rendre dans une maison de jeu, Filippo était de fort bonne humeur. Minerva avait joué cette petite scène avec un talent remarquable. Ce visage blême et ces paroles sifflantes, qu'il lui avait lui-même suggérées, avaient constitué le trait de génie. Il n'avait pourtant pas prévu que Bianca se donnerait à lui. Cette délicieuse fille, avec ses cheveux blonds en désordre et son corps adorable, lui avait témoigné une passion inattendue. Dorénavant, Elena ne recevrait plus aucune nourriture, seulement de l'eau. Elle était assez mal en point pour s'éteindre rapidement et il se félicitait de s'être montré si miséricordieux envers elle. Bianca lui avait irrésistiblement rappelé Elena, lorsqu'il la tenait dans ses bras. Sauf que là où il ne rencontrait auparavant que rigidité et haine, il avait trouvé consentement et amour. Il souhaitait ardemment installer Bianca au palais avant leur mariage. Il se pouvait que la Pietà lui permît d'y rester avec sœur Giaccomina, pour hâter la fin de leur tâche. Mais la religieuse refuserait peut-être de quitter la Pietà. En ce cas, une généreuse donation interdirait aux directeurs de lui refuser le service qu'il sollicitait. D'ailleurs, il sonderait sœur Giaccomina, la prochaine fois. S'il lui promettait un second volume de son choix, il tenait pour assuré qu'elle se laisserait acheter.

Filippo n'avait jamais sifflé, lorsqu'il était enfant, pourtant c'est bien ce qu'il fit en sortant de sa chambre. Grâce à Bianca, il lui semblait avoir retrouvé sa jeunesse. Il vit alors une servante jeter sur lui un regard surpris, lui rappelant que sa prétendue épouse était toujours censée agoniser dans son appartement. L'affliction se peignit alors sur son visage et il sortit du palais avec dignité.

Quand Bianca et les religieuses lui rendirent visite, Marietta perçut immédiatement l'hostilité de sa filleule. Il était clair que la jeune fille n'avait pas oublié ce qui s'était passé, lors de leur dernier entretien. Marietta remarqua la façon dont elle se tenait à l'écart, laissant à sœur Giaccomina le soin de rapporter les événements dont elle avait été l'héroïne.

— Bianca a vu Elena ! Au bout de toutes ces semaines, elle a enfin obtenu d'être reçue.

Marietta se tourna vivement vers la jeune fille.

— Comment l'as-tu trouvée ?

— La mélancolie l'a détruite, répondit calmement Bianca, exactement comme on nous l'avait dit. Elle est vraiment très malade.

— T'a-t-elle parlé ?

Bianca hocha la tête.

— Elle a dit très peu de chose. Seulement qu'elle voulait qu'on la laisse seule. D'après son ton et son expression, il était évident qu'elle ne souhaitait pas me voir.

— Combien de temps es-tu restée auprès d'elle ?

Bianca haussa les épaules avec impatience.

— Comment voulez-vous que je le sache ! Les volets étaient fermés et la chambre plongée dans l'obscurité. Je n'aurais même pas pu voir une horloge, si j'en avais cherché une.

— Je peux répondre à votre place, mon enfant, intervint sœur Giaccomina en souriant. J'ai moi-même remarqué que vous aviez passé près d'une heure auprès d'Elena.

Marietta jeta à sa filleule un regard perspicace.

— Une heure ? Tu es restée dans sa chambre aussi longtemps, bien qu'elle ait demandé qu'on la laisse seule ?

— Elle ne s'est pas exprimée ainsi immédiatement, rétorqua Bianca avec un brin d'agressivité. Tout d'abord, j'ai chanté pour elle quelques vers de Colombine.

— C'était une bonne idée. Comment a-t-elle réagi ?

— Je ne me rappelle pas exactement. On aurait dit que rien ne pouvait l'atteindre. Je vous ai dit à quel point elle est malade, pourquoi insistez-vous ?

— Je vois combien cette visite t'a émue, dit gentiment Marietta, mais permets-moi de te demander encore une chose et réfléchis bien avant de répondre... As-tu eu le sentiment de te trouver en présence de l'Elena que tu connaissais, et qui avait été notre amie à toutes les deux ?

— Je n'ai pas besoin d'y réfléchir, répondit Bianca sans marquer la moindre hésitation. Elle nous a quittées pour un monde qu'elle a forgé de toutes pièces. Ce qui reste d'elle ne ressemble en rien à celle que nous avons connue.

— Je te remercie de t'être montrée aussi patiente envers moi, Bianca. Tu m'as dit tout ce que je désirais savoir.

Comprenant qu'on ne lui poserait plus de questions, Bianca se détendit et la visite se déroula comme d'habitude. Quand Marietta évoqua les masques extraordinaires qu'elle avait créés pour le Carnaval, la jeune fille manifesta le désir de les voir. Sœur Giaccomina l'accompagna dans l'atelier, fournissant à Marietta l'occasion de parler seule à seule avec sœur Sylvia.

— Si je vous donnais une plume et une feuille de papier, pourriez-vous me dessiner un plan qui me permettrait de me diriger jusqu'à la chambre d'Elena, en admettant que je parvienne à pénétrer dans le palais ?

La religieuse la gratifia d'un regard insistant.

— Certainement. Je serais heureuse de faire quelque chose pour aider Elena.

Lorsqu'elle eut terminé, Marietta étudia le plan. Elle devrait traverser une entrée et pénétrer dans un salon, puis dans un autre qui donnait sur la bibliothèque. Il y avait ensuite une autre porte, que les religieuses avaient franchie avant de longer un couloir. Elles avaient ensuite gravi un escalier et emprunté un second corridor. La deuxième porte sur la droite était celle qui ouvrait sur l'appartement d'Elena. Marietta plia le plan avant de le déposer dans un tiroir.

— Je vous remercie, dit-elle avec reconnaissance.

De nouveau, la religieuse la regarda longuement.

— J'ignore ce que vous avez derrière la tête, Marietta, mais je vous supplie de penser aussi à vous. N'oubliez pas que vos enfants ont besoin de vous.

— Je ne l'oublierai pas.

Pour la première fois depuis qu'elles se connaissaient, sœur Sylvia l'embrassa sur les deux joues.

— Dieu vous aide dans votre aventure, mon enfant.

Marietta avait l'intention d'agir sur-le-champ, afin de découvrir où Filippo avait enfermé Elena. Elle comptait pénétrer dans le palais sous prétexte de livrer les masques commandés par Filippo. Par ailleurs, elle avait le plan dessiné par sœur Sylvia. Tout ce qu'il lui fallait, désormais, c'était avoir une idée du lieu où Elena était cachée. Elle savait qu'elle disposerait de peu de temps, il serait d'ailleurs absurde d'errer dans le palais, sachant que son amie pouvait se trouver à n'importe quel étage. Une seule personne pouvait l'éclairer... Lavinia Celano.

Marietta prit un bateau pour se rendre dans l'arrière-pays. Elle loua ensuite une voiture, qui la transporta en une demi-heure jusqu'à la maison de campagne où avait vécu la belle-mère d'Elena. Fier de montrer qu'il connaissait tout le monde dans la région, le cocher se fit un plaisir de dire à Marietta tout ce qu'il savait de Lavinia.

— Aucun de ses frères n'est ici pour l'instant, signora. Depuis l'enterrement de la défunte signora Celano, elle vit seule dans cette grande maison.

Quand ils furent parvenus devant les grilles, Marietta le pria de l'attendre. En remontant l'allée, elle découvrit une charmante demeure, aux murs de pierre patinés par le temps et envahis par la vigne

481

vierge. Quand une servante vint lui ouvrir la porte, Marietta demanda à parler à la maîtresse de maison.

— Votre nom, signora ?

— Dites-lui que je suis une amie d'Elena.

La servante revint presque immédiatement et l'introduisit dans un salon. Pâle et vêtue de noir, Lavinia se leva pour l'accueillir, visiblement heureuse de recevoir une visiteuse. A la vue de Marietta, cependant, son sourire de bienvenue s'effaça et son regard se voila d'incertitude.

— Je ne pense pas... Je ne me souviens pas... sans doute ne nous sommes-nous jamais rencontrées ? fit-elle d'une voix hésitante.

— Je suis Marietta Torrisi.

— Signora Torrisi ! répéta Lavinia avec effroi.

— Ne me chassez pas, je vous en prie, dit fermement Marietta. Je suis venue au nom d'Elena, qui a désespérément besoin de votre aide.

Lavinia parut encore plus troublée et confuse, mais elle invita Marietta à s'asseoir.

— Je voulais aller à Venise pour la soigner, dit-elle faiblement. Mon frère Filippo n'a pas pensé que ma présence était nécessaire. Aurait-il changé d'avis, finalement ? ajouta-t-elle avec un espoir presque aussitôt refoulé. Comment sauriez-vous ce qu'il souhaite ? Elena et vous étiez des amies d'enfance, mais Filippo ne vous aurait jamais prise pour messagère.

— Je crois que vous avez beaucoup d'affection pour votre belle-sœur.

Lavinia hocha la tête.

— C'est une jeune femme délicieuse et bonne, qui s'est toujours montrée amicale envers moi. Je suis navrée qu'elle se soit abandonnée à la mélancolie, au point de se laisser dépérir. Mais vous ne m'avez pas expliqué la raison de votre présence ici.

— J'ai beaucoup de choses à vous dire et une

grande faveur à vous demander. La vie d'Elena est peut-être entre vos mains.

Lavinia avait coutume d'écouter parler les autres. A mesure que Marietta lui exposait les faits dans toute leur horreur, son visage perdit toute couleur. Les mains jointes sur ses genoux, elle luttait pour ne pas croire Filippo capable de perpétrer un crime aussi odieux. Cependant, ce qu'elle savait de sa cruauté et de son absence de scrupules pesait lourdement contre lui. Il s'était toujours montré sans pitié envers ceux qui constituaient un obstacle à ses désirs, et Elena ne lui avait pas donné l'héritier qu'il voulait. Dans leur jeune âge, Marco et lui se querellaient violemment. Elle avait même craint que Filippo ne provoquât son jeune frère en duel, rien que pour prendre sa place à la tête de la famille. Lorsqu'il avait vu ses vœux réalisés, il avait fallu qu'il réclamât Elena pour sienne. Lavinia était certaine qu'il avait puni sa ravissante petite épouse de ne pouvoir l'aimer comme elle avait aimé son frère. Parfois, quand Elena jouait la comédie du bonheur et tentait de dissimuler un bleu à son cou ou une douleur au côté, Lavinia en aurait pleuré de compassion. Mais toujours, sa défunte mère avait empêché que l'amitié entre les deux belles-sœurs pût s'épanouir.

Lavinia porta une main tremblante à son front. Marietta était parvenue au bout de son récit et la regardait avec un tel espoir qu'elle en fut effrayée. Comment pourrait-elle faire ce qu'on lui demandait, quand elle entendait encore sa mère hurler à ses oreilles ?

— Je vous en prie, la pressa de nouveau Marietta, dites-moi comment trouver l'endroit où Elena est peut-être enfermée. Vous devez bien avoir une idée ! Existe-t-il une pièce secrète ? Pour l'amour du ciel, dites-le-moi ! Ne laissez pas Elena mourir !

En proie à un terrible dilemme, Lavinia se mit à

trembler, ses dents claquèrent de frayeur. Mais pouvait-elle laisser ce ravissant papillon mourir ? Sa tête dodelina comme si elle était une marionnette, pendue à ses fils, puis les mots semblèrent jaillir de sa bouche malgré elle.

— Il y a une armoire, dans la chambre de Filippo. Elle dissimule une porte, par laquelle on accède à une pièce où ont été commises bien des mauvaises actions et qui n'a pas été ouverte depuis des années.

Elle s'interrompit pour prendre une profonde inspiration. Marietta n'avait pas bougé, attendant que Lavinia lui eût dit tout ce qu'elle savait.

Quand ce fut terminé, Lavinia entoura sa tête de ses bras et se mit à se balancer d'avant en arrière, comme si elle craignait d'être battue pour avoir révélé à une Torrisi les secrets des Celano. Marietta comprit qu'elle était au bout de ses forces, mais elle avait encore une question à lui poser.

— La chambre de Filippo jouxte-t-elle celle d'Elena ?

— Oui, dit Lavinia en accentuant son balancement.

— Je vous remercie de tout mon cœur.

Marietta se précipita hors de la maison. Quelques instants plus tard, elle montait dans la voiture qui l'avait amenée.

16

Marietta n'ignorait pas que l'occasion de sauver Elena ne s'offrirait à elle qu'une seule fois et elle voulait avant tout éviter que Filippo ne surgît à un moment inopportun. Pour pénétrer dans le Palais Celano, elle attendit pendant deux jours une réunion du Grand Conseil. Les combats entre les Autrichiens et les Français connaissaient de nouveaux développements. Tous les conseillers étaient évidemment censés participer au débat concernant les mesures que devait prendre à cet égard la flotte vénitienne. La séance ne devait commencer qu'à quatre heures de l'après-midi et durerait vraisemblablement long-temps.

Marietta avait réuni le matériel nécessaire à son expédition : il y avait une corde, qu'elle enroulerait autour de sa taille, une lime, au cas où Elena serait enchaînée, un couteau bien aiguisé, une bougie et un briquet, des ciseaux, un flacon de cognac fran-çais, un trousseau de vieilles clefs emprunté à Leo-nardo et des sels. Pour finir, elle comptait emporter un petit pistolet qu'elle chargerait juste avant de partir.

Le jour venu, il lui sembla jouer de malchance quand l'une des ouvrières glissa sur le sol et se brisa le poignet. Plus tard, en revenant du marché par le Pont du Rialto, Marietta aperçut une foule qui se rassemblait sur le Fondamento del Vin*. Comme elle s'approchait, elle vit qu'on enlevait d'une gondole les cadavres d'un gondolier et d'une femme. Elle entendit quelqu'un rapporter qu'on les avait retrouvés poignardés derrière les volets fermés de la propre gondole du mort.

De nombreuses fois, durant les heures qui suivirent, Marietta leva les yeux vers l'horloge. A deux heures, la grande cloche du campanile se mit à battre le rappel des conseillers éparpillés à travers la cité. Peu après, la jeune femme revêtit une banale robe de laine, pourvue de poches profondes. Elle dissimula la corde sous sa ceinture, qui lui servit aussi à camoufler son pistolet. Après avoir posé sur ses épaules une cape, elle dissimula ses cheveux sous la traditionnelle mantille de soie noire, qu'elle noua sous son menton. Puis, elle cacha son visage derrière une bauta blanche et se coiffa d'un tricorne noir. Elle descendit alors dans l'atelier, où elle prit la boîte enrubannée contenant les masques destinés à Elena. Quant à ceux que Filippo avait commandés pour lui-même, ils se trouvaient encore dans l'échoppe de Leonardo. Il s'agissait de modèles tellement délicats qu'on ne pouvait les emballer qu'à la dernière minute.

— Je pense toujours que je devrais vous accompagner au Palais Celano, lui dit un peu plus tard Leonardo en l'aidant à grimper dans la gondole qu'il avait louée pour elle.

— Je ne veux pas que vous soyez mêlé à cette affaire, au cas où les choses tourneraient mal.

C'était là un argument à double tranchant, aussi

---

* Les marchandises étaient déchargées sur les quais et le long du Grand Canal sur des emplacements qui ont gardé leurs noms : Riva del Carbon, Riva del Ferro, Fondamento del Vin... (N.d.T.)

486

Marietta sourit-elle à Leonardo pour qu'il ne s'inquiétât pas à son sujet.

— Mes raisons ne sont pas tout à fait désintéressées, Leonardo. Adrianna m'a promis qu'Elizabetta et les jumeaux trouveraient toujours chez vous un foyer, si quelque chose m'arrivait. Mieux vaut que vous vous présentiez au Palais Celano après que j'aurai accompli ma mission. Personne ne pourra vous adresser le moindre reproche ou vous accuser de quoi que ce soit.

Il restait sceptique, mais il connaissait suffisamment Marietta pour savoir qu'on ne la faisait pas aisément changer d'avis.

— Bonne chance, dit-il enfin d'une voix enrouée.

Elle lui adressa un petit signe pour le réconforter et prit place dans la gondole.

Une fois arrivée devant la porte du Palais Celano, Marietta expliqua au jeune laquais de service qu'elle était chargée de livrer les masques du signore Savoni, qui la rejoindrait un peu plus tard. Le laquais ne s'étonna pas de la voir masquée et enveloppée dans une cape, ce qui convenait à la représentante d'un fabricant de masques, mais il répugnait à la laisser entrer.

— Le signore Celano ne rentrera pas avant la fin du débat qui se déroule en ce moment dans la Salle du Grand Conseil, et cela pourrait prendre un bon moment. Mieux vaudrait que vous reveniez plus tard.

Elle secoua la tête et adopta un ton amical et confidentiel.

— J'aimerais bien en profiter pour prendre un peu de repos. Ces livraisons me changent agréablement de l'atelier et des clients. En attendant que le signore Savoni arrive pour vérifier la disposition des masques, j'apprécierais assez de faire un petit somme.

Le jeune homme lui sourit avec sympathie et hocha la tête.

— C'est bon, dit-il en s'écartant pour la laisser passer. Je sais ce que c'est, car je suis rarement inoccupé moi-même. Comment se fait-il qu'on vous ait envoyée si tôt au palais ?

— Pour l'instant, mon maître se trouve quelque part en ville et il ne savait pas à quelle heure il arriverait. Grâce à moi, il peut venir directement ici sans avoir à emporter ces masques avec lui.

Le jeune homme la guida jusqu'à l'escalier central.

— Qu'est-ce qui se vend le mieux, cette année ?

Comme tous les Vénitiens, la question le passionnait. Les nouveaux modèles réapparaissaient rarement, d'une année sur l'autre. En revanche, rien ne pouvait supplanter les masques classiques, toujours très demandés.

— Les gens ont l'air d'apprécier certains modèles plutôt bizarres, expliqua Marietta en montant l'escalier. Ils ne me plaisent pas énormément, mais on trouve dans la seconde boutique du signore Savoni, dans la Calle della Madonna, des masques extraordinaires.

— Pour ma part, je m'en tiens toujours à un Polichinelle rouge.

Elle approuva ce choix traditionnel.

— Avec le haut chapeau conique, la bosse entre les épaules et le costume blanc ?

— Bien sûr. Ce serait stupide de ne mettre que le masque, sans tout ce qui va avec ! Polichinelle est censé profiter du Carnaval pour prendre un peu de bon temps, ajouta le laquais avec un clin d'œil. Je fais comme lui ! Je pourrais vous en raconter de belles, mais je suppose que dans votre métier, c'est monnaie courante.

Marietta émit un petit rire complice.

— En effet !

Le laquais adorait discuter avec les livreurs et les commerçants. En face des nobles, ce n'étaient que courbettes et salamalecs. Encore que, durant le Carnaval, il ne se privât point de mater quelques-unes de ces hautaines patriciennes. Venise n'avait pas sa pareille dans le monde entier, pour ce qui était des aventures amoureuses.

— Quel genre de masques le signore Savoni a-t-il confectionnés pour mon maître ? s'enquit-il avec curiosité.

— Ce sont deux splendides créations, mais je ne suis pas autorisée à vous les décrire, car le signore Celano tient à créer la surprise, lorsqu'il les portera. Je peux vous parler des masques de la signora Celano. Ils sont...

— Elle ne les portera jamais !

— Comment pouvez-vous en être si sûr ?

Le jeune homme secoua tristement la tête.

— La signora ne va plus tarder à mourir. Sa nouvelle suivante, Giovanna, fréquente très peu le reste des serviteurs, mais elle nous a dit combien notre maîtresse déclinait rapidement. Jamais la signora Celano ne m'a adressé une parole dure. Nous l'aimions et la respections tous.

— D'après ce qu'on m'a dit, beaucoup de gens l'estimaient. Si je comprends bien, j'aurais aussi bien pu laisser ses masques à l'atelier.

Le laquais émit un ricanement cynique.

— Oh, ne vous inquiétez pas, quelqu'un les portera !

— Vraiment ? Et qui donc ?

Sans répondre, il précéda Marietta dans une grande salle de réception au fond de laquelle elle aperçut une énorme cheminée, flanquée d'une porte à deux battants. Marietta se rappelait parfaitement le plan de sœur Sylvia, mais la religieuse ne l'avait pas avertie qu'elle ne dessinait que la moitié de cette pièce. Le laquais la guidait vers une autre porte, qui n'était pas celle empruntée par les religieuses. Marietta s'immobilisa, alertée par le son d'une flûte.

C'était une autre complication en perspective, car elle ne tenait pas à se trouver nez à nez avec Bianca ! D'après ses renseignements, la jeune fille n'aurait pourtant pas dû venir au palais ce jour-là.

— Qui donc joue de la musique ? demanda-t-elle d'un air détaché.

— Une jeune fille de la Pietà. Elle s'est établie ici, avec une religieuse du conservatoire.

— Vous voulez dire... pour la journée ?

— Non. Elles se sont installées hier pour quelques semaines, à moins que ce ne soit quelques mois. Cela dépend du temps qu'il leur faudra pour classer les livres qui viennent d'arriver.

Cette nouvelle inquiéta Marietta. Bianca ne pouvait être que davantage troublée par cette intimité nouvelle avec Filippo. Mais pour l'instant, elle avait d'autres problèmes à résoudre.

— La musique ne dérange-t-elle pas la signora ?

— Non. D'ailleurs, la jeune fille joue parfois devant la porte de sa chambre.

— Est-ce le cas en ce moment ? s'enquit Marietta.

— Non. La jeune fille se trouve dans le salon, près de la bibliothèque. La chambre de la signora est à l'étage au-dessus. Nous y voici ! Vous pourrez attendre ici.

Ils avaient franchi toute une enfilade de pièces, avant de parvenir dans un salon tendu de damas ivoire. Le laquais posa les boîtes sur une chaise.

— Je vais déballer les masques et les disposer de façon à ce que le signore Celano puisse les examiner à son retour, dit Marietta. Faites en sorte que personne n'entre, hormis le signore Savoni.

— J'y veillerai, ne vous inquiétez pas.

Après avoir quitté Marietta, le laquais pénétra dans la pièce où la jeune fille de la Pietà jouait de la flûte. Elle tourna vers la porte un visage joyeux, qui s'assombrit presque aussitôt. Le garçon n'était pas stupide, il savait fort bien qui elle espérait voir.

— Pardonnez-moi de vous avoir dérangée, signorina, j'ai quelque chose à vous demander. On vient de livrer quelques masques, confectionnés chez Savoni, et ils sont exposés dans le salon ivoire. Personne ne doit les admirer avant le signore, aussi dois-je vous prier de ne pas entrer dans cette pièce.

— Le signore Savoni s'est-il chargé lui-même de la livraison ? En ce cas, il peut attendre ici, avec moi. Je le connais très bien, vous savez.

— C'est une de ses employées qui a apporté les masques. Lui-même ne doit arriver qu'un peu plus tard.

Après le départ du laquais, Bianca se remit à sa flûte. Elle avait été bien naïve d'espérer que Filippo rentrerait si tôt, mais il lui avait promis de quitter la Salle du Grand Conseil dès qu'il aurait prononcé son discours. Elle l'avait à peine entrevu depuis la veille, lorsque sœur Giaccomina et elle étaient arrivées. Elles avaient dîné en sa compagnie, et bien que la religieuse eût fait tous les frais de la conversation, Filippo n'avait cessé de dévorer du regard son visage, ses cheveux et ses seins, au point que Bianca avait eu le sentiment d'être nue devant lui. Une telle ardeur avait quelque chose d'effrayant... Filippo ressemblait à un lion retenu par une laisse, pressé de planter ses crocs dans sa chair. Il y avait suffisamment de ces fauves de pierre, sur la Place San Marco, pour que Bianca pût le comparer au plus féroce d'entre eux. D'instinct, elle sentait que le mariage libérerait cette férocité, mais il lui suffisait d'évoquer la douceur grisante de ses caresses pour être certaine qu'il la chérirait à jamais. Les joues de la jeune fille se teintèrent de rose. Elle l'aimait tellement qu'elle lui aurait sacrifié sa vie et tout ce qu'elle aimait au monde pour lui inspirer toujours un tel désir.

Comme elle jouait mal de la flûte, aujourd'hui ! Elle avait tant de choses en tête ! Toutes les promesses que Filippo lui avait faites avant de partir pour le Palais Ducal se bousculaient dans son esprit, l'empêchant de déchiffrer sa partition. Décidément, mieux valait en rester là pour la journée.

La jeune fille remit la flûte dans son étui et rangea ses partitions avant de retourner dans la bibliothèque, où sœur Giaccomina était plongée dans un énorme livre rédigé en latin.

— Que voulez-vous que je fasse, maintenant ? demanda Bianca.

Sans lever les yeux, la religieuse esquissa un geste vague.

— Asseyez-vous, mon enfant, je vous le dirai dès que j'aurai terminé ce paragraphe.

Quelques instants plus tard, sœur Giaccomina tournait la page, visiblement trop absorbée pour prêter la moindre attention au monde extérieur. Une plume à la main, Bianca poussa un profond soupir. Quel ennui, de devoir rester assise à ne rien faire ! Le temps, sans Filippo, lui paraissait encore plus long. Elle songea alors aux masques, exposés dans le salon ivoire, et sa curiosité s'éveilla. Elle savait que les commandes de Filippo avaient été entourées d'un secret absolu. En période de Carnaval, les modèles originaux assuraient à ceux qui les portaient, en sus de l'anonymat, un effet de surprise auquel ils tenaient essentiellement.

Jusqu'à maintenant, elle avait admiré ces merveilles de loin, comme toutes ses compagnes de la Pietà. Mais dorénavant, elle participerait à tout... aux fêtes extravagantes, aux soupers aux chandelles donnés dans des gondoles, aux farandoles de la Place San Marco, au milieu des rires et des baisers volés. Elle regarderait les feux d'artifice, non pas d'une fenêtre, mais à l'extérieur, sous un ciel sillonné de milliers d'étoiles colorées.

Filippo ne serait certainement pas fâché, si elle jetait un coup d'œil aux nouveaux masques. Elle allait se glisser dans le salon ivoire, pour les regarder. Peut-être même en essaicrait-elle un, pour lui faire une surprise à son retour. Il lui avait dit que son petit cygne avait seulement le pouvoir de le rendre heureux, quoi qu'il fît. Son idée le distrairait certainement.

— Je vais au salon ivoire, dit-elle à sœur Giaccomina.

— Bien sûr, répondit distraitement la religieuse.

Bianca soupira encore. Quand sœur Giaccomina lisait, on avait l'impression de parler à une sourde. Quittant la bibliothèque, elle se dirigea vers le salon ivoire. Dès qu'elle en eut franchi le seuil, elle aperçut un masque scintillant qui correspondait exactement au sentiment qu'elle avait éprouvé la veille, en présence de Filippo. C'était le mufle incrusté de pierreries du lion de Venise. Ses babines retroussées dévoilaient des crocs d'argent et sa crinière, faite de courtes longueurs de corde dorée, recouvrirait la tête de Filippo et tomberait sur ses épaules. C'était une vision à couper le souffle. Posé sur une autre chaise et non moins dramatique, elle aperçut une face sinistre, peinte en rouge vif, d'où jaillissaient des plumes de la même couleur. La jeune fille imaginait sans peine que Filippo porterait des costumes qui rivaliseraient de splendeur avec ces chefs-d'œuvre.

Elle aperçut alors, alignés sur un sofa, trois modèles très féminins. Le premier était un loup d'un bleu délicat, le deuxième avait la nuance exacte du saphir, et le troisième était la réplique délicate du masque à plumes rouges. Elle ne douta pas un instant qu'ils lui fussent tous trois destinés. S'emparant du premier, elle le mit devant son visage et se regarda dans un miroir. Il était assorti à ses yeux et incrusté de perles fines. Le deuxième, d'un bleu plus sombre, était tout aussi ravissant, avec ce voile de dentelle nuageux, qui dissimulerait le bas de son visage. Mais le troisième... Il exerçait sur elle une fascination étrange ! Lorsqu'elle le porterait, Filippo et elle formeraient un couple parfait.

Elle allait le poser pour revenir au premier masque, quand un craquement imperceptible attira son attention... comme un bruit de papier froissé. Le signore Savoni était bien trop perfectionniste pour avoir oublié quoi que ce soit dans la doublure de l'un de ses modèles. Elle examina les deux autres, mais aucun ne produisait ce faible crépitement lorsqu'elle en pressait le bord. Elle remarqua alors le minuscule emblème, brodé à l'intérieur du masque rouge. Sortant un coupe-papier de sa poche, elle tira sur les fils. Quelques instants plus tard, elle dépliait une mince bande de papier, sur laquelle elle reconnut l'écriture de sa marraine. Destiné à Elena, le message était bref. Marietta l'assurait que ses amis s'inquiétaient pour elle et n'avaient pas renoncé à découvrir sa cachette. Pour finir, elle suppliait Elena de ne pas perdre courage.

Bianca fut prise d'une violente colère. Comment Marietta osait-elle continuer de voir en Filippo le geôlier d'Elena, lui qui avait accompli tout ce qui était en son pouvoir pour sauver sa malheureuse femme ? Comment pouvait-on se montrer aussi injuste ? Aussi rancunière ?

La jeune fille pensa alors à cette femme, qui était censée avoir livré les masques. Se pouvait-il que Marietta se fût introduite au palais sous une fausse identité, dans l'espoir de voir son amie ? Quelle absurdité ! Jamais Giovanna ne la laisserait entrer et si Elena entendait sa voix, son esprit n'en serait que plus dérangé. Personne n'avait le droit de forcer les désirs de cette malheureuse, qui n'avait plus aucune chance de retrouver la santé mentale.

Bianca sortit en courant du salon ivoire et grimpa l'escalier quatre à quatre. En parvenant à l'étage

494

supérieur, elle se précipita vers le corridor qui menait à l'appartement d'Elena. Une femme masquée s'y trouvait, l'oreille collée au mur.

— Vous n'entendrez rien, Marietta, dit froidement la jeune fille.

Marietta sursauta et releva son masque sur son front.

— Je me demandais si cette porte était bien celle d'Elena.

— En effet, et vous n'avez pas le droit d'être ici !

— Je le réclame, en tant qu'amie. Ne me force pas à partir !

— Je ne vous dénoncerai pas, à condition que vous ne l'appeliez pas à travers la porte et que vous quittiez le palais sur-le-champ.

— Je te promets de me taire, mais je te supplie de ne pas trahir ma présence. Je te donne ma parole que je ne tenterai pas de pénétrer dans cet appartement et que je ne ferai aucun bruit. Si Elena se meurt, tu trouveras bien dans ton cœur assez de compassion pour me permettre de passer un peu de temps près de mon amie d'enfance.

Bianca réfléchit un instant. Elle savait que Marietta ne se parjurerait jamais, mais sa loyauté envers Filippo la tourmentait.

— Vous pouvez rester ici, mais à vos risques et périls. Je vais guetter le retour de Filippo. Si vous n'êtes pas partie lorsqu'il reviendra du Palais Ducal, je l'informerai de votre présence.

— Très bien.

Maintenant, Marietta n'aspirait plus qu'à une chose : que Bianca s'en aille. L'appartement où se terrait l'usurpatrice ne l'intéressait pas, mais jusqu'à ce que la jeune fille le lui eût confirmé, elle ignorait si elle avait emprunté le bon couloir.

— Alors, je m'en vais. Mais je vous aurai avertie !

Bianca se dirigea vers la bibliothèque, où sœur

Giaccomina lisait toujours. Elle se posta devant une fenêtre et baissa les yeux vers le Grand Canal. Ainsi, elle verrait Marietta sortir du palais et Filippo y entrer. S'il arrivait avant le départ de Marietta, elle irait à sa rencontre et lui dirait la vérité. Filippo l'avait faite sienne et elle ne pourrait jamais agir contre l'homme à qui elle appartenait.

Dès que Bianca eut disparu, Marietta se précipita vers la porte qu'elle savait maintenant être celle de Filippo. Elle pénétra sans bruit dans l'appartement, qu'elle examina rapidement. Un coup d'œil à la porte de communication lui permit de constater qu'elle était verrouillée. Il n'y avait donc à rien à craindre de ce côté. L'appartement d'Elena semblait parfaitement silencieux. Les éclats de voix de Bianca avaient peut-être effrayé l'usurpatrice et sa suivante, qui pouvaient s'imaginer qu'elle montait la garde dans le corridor. A condition, évidemment, qu'elles fussent encore là. Si elles ne s'y trouvaient plus, c'était que leur présence était désormais inutile... et qu'Elena avait cessé de vivre.

Elle trouva dans la chambre de Filippo trois armoires superbement sculptées, mais une seule d'entre elles correspondait à la description de Lavinia. Marietta ôta son manteau, son masque et son tricorne. Au point où elle en était, elle ne pouvait plus revenir en arrière, et si elle trouvait Elena, le temps des déguisements serait révolu.

Les murs de la pièce étaient revêtus de boiseries précieuses, aux motifs sculptés représentant des fleurs et des feuillages. Marietta se dirigea aussitôt vers un panneau de bois, situé à droite de la plus grande armoire. Prenant une rose entre le pouce et l'index, elle la tourna deux fois dans le sens des aiguilles d'une montre, ainsi que Lavinia le lui avait indiqué. Elle perçut alors un cliquetis, puis un léger raclement, et l'armoire pivota lentement sur ses énormes gonds. Derrière, il y avait une petite entrée au fond de laquelle se trouvait une porte massive. Une clef de facture ancienne, trop grosse pour la poche d'un homme, pendait à un clou.

Rapidement, Marietta s'empara d'un tisonnier posé à côté de la cheminée, qu'elle coinça sous les gonds de façon à immobiliser l'armoire. Elle sortit ensuite son briquet de l'une de ses poches et alluma les bougies fixées sur un chandelier à deux branches, posé sur une table. S'étant débarrassée de la chandelle et du trousseau de clefs qui encombrait sa poche et dont elle n'avait plus besoin, elle prit la grosse clef et l'enfonça dans la serrure. Celle-ci joua facilement, comme si elle avait été récemment huilée. Une bouffée d'air froid monta de l'obscurité, effleurant son visage. Dès qu'elle eut franchi la porte, la lueur tremblotante des bougies éclaira le mur de marbre rose qui se trouvait à sa gauche, révélant du même coup le rideau de brocart pendu à sa droite. La jeune femme poussa un cri de frayeur à la vue de l'escalier à pic qui s'ouvrait sous ses pas. Apercevant la corde dorée qui tenait lieu de rampe, contre le mur, elle s'y agrippa et entreprit de descendre.

— Elena ! appela-t-elle d'une voix douce. C'est moi, Marietta ! Es-tu là, ma chérie ?

Le silence lui répondit. Le cœur serré par la crainte et la déception, elle crut un instant s'être trompée, à moins... qu'elle ne fût arrivée trop tard ! Au bas des marches, elle eut une vision plus nette du salon rose. Ce qui restait des bougies consumées, dans le candélabre, lui apprit une infime partie de la tragédie qui s'était déroulée entre ces murs ; la forme allongée sur le lit lui révéla le reste. Criant cette fois le prénom de son amie, Marietta se précipita vers elle. N'était ce fouillis de cheveux dorés, elle eût douté que cette créature au visage mince et aux yeux clos était bien Elena.

— Oh, ma chère Elena, comme tu as dû souffrir !

gémit-elle en prenant la main immobile, qui reposait sur la couverture.

Elle retint alors son souffle. Les doigts d'Elena étaient froids, mais ils n'avaient pas la rigidité de la mort. Elle avait encore une chance de la sauver. Vite, Marietta posa le chandelier sur une table et glissa un bras sous le dos de son amie, afin de l'asseoir sur le lit. Elena battit des paupières mais n'ouvrit pas les yeux.

— Je suis venue te chercher, Elena ! s'écria Marietta en prenant le visage de la jeune femme entre ses mains. Regarde-moi ! Je vais t'emporter loin d'ici, tu vas retrouver Elizabetta, Adrianna et Leonardo.

Ouvrant les yeux, Elena fixa sur elle un regard aveugle. Marietta continua de lui parler et, peu à peu, son amie sembla la voir.

— Je croyais que je rêvais, murmura-t-elle d'une voix à peine audible.

Marietta sortit le flacon de cognac de sa poche et en ôta le bouchon.

— Ce n'est pas un rêve, affirma-t-elle. Essaie d'en boire une gorgée, cela te fera du bien. Ensuite, je t'aiderai à te lever.

Après avoir introduit le goulot entre les lèvres d'Elena, elle fit couler un peu de cognac dans sa bouche. La malade se mit à tousser, mais elle avala un peu d'alcool avant que sa toux n'atteigne un paroxysme qui fit craindre à Marietta une hémorragie. A la fin de l'accès, elle chercha des yeux une carafe d'eau. Apercevant un verre, elle aida son amie à absorber les quelques gouttes qu'il contenait encore. Il n'y avait plus une minute à perdre. Elle repoussa les draps et retint un cri d'épouvante à la vue du corps squelettique qui se dessinait sous la chemise de nuit. Soulevant les jambes maigres, elle les fit passer sur le bord du lit et mit ses pantoufles à Elena.

— Je ne peux pas marcher ! souffla celle-ci avec désespoir.

Comme elle s'affaissait contre Marietta, une larme glissa sur sa joue.

— Je te soutiendrai.

Avisant une robe de chambre, elle aida Elena à l'enfiler. Elle passa ensuite l'un des bras de son amie autour de son cou, attrapa un poignet mince et, glissant son autre main autour de sa taille, la souleva de sa couche. Les jambes d'Elena la trahirent, mais Marietta s'était préparée à cette éventualité. Ebranlée un instant par ce poids mort, elle retrouva rapidement son équilibre et s'aida de sa hanche pour soutenir Elena. Elles parvinrent ainsi au pied de l'escalier. Marietta assit Elena sur la première marche et l'appuya contre le mur. Ayant rapidement déroulé la corde, elle s'en servit pour remonter ses propres jupes à mi-mollets, ce qui lui éviterait de se prendre les pieds dedans. Elle se plaça ensuite derrière Elena et passa ses mains sous ses aisselles, afin de la soulever doucement jusqu'à la marche suivante. Progressant à reculons, elle était ainsi parvenue à mi-hauteur, quand Elena commença à s'agiter.

— N'aie pas peur, ma chérie, je ne te laisserai pas tomber, promit Marietta.

Mais Elena ne se calmait pas, aussi Marietta dut s'accroupir auprès d'elle pour lui prodiguer des paroles de réconfort. Elle comprit alors que son amie tentait de lui dire quelque chose et se pencha davantage pour comprendre les mots qu'elle prononçait.

— Des papiers ? Derrière le miroir ?

Dans un ultime effort, Elena émit un faible cri :

— Pour Domenico !

Marietta n'hésita pas. Elle n'avait aucune idée de ce que ces papiers signifiaient, toutefois elle redescendit dans la pièce et courut vers le miroir, qu'elle écarta légèrement du mur. Deux liasses tombèrent à ses pieds. Elle les ramassa vivement, en fourra une dans sa poche et l'autre sous sa ceinture. Puis, comme elle s'apprêtait à rejoindre Elena, elle vit que celle-ci avait glissé le long des marches et se trouvait de nouveau sur la première. Sans se décourager, elle reprit la pénible ascension, mais elle avait à peine progressé d'un ou deux mètres que la voix courroucée de Filippo retentit au-dessus de sa tête.

— Que se passe-t-il, ici ?

Malgré son effroi, Marietta appuya Elena contre le mur pour l'empêcher de glisser à nouveau. Ensuite, elle leva des yeux étincelants de rage vers Filippo, dont la silhouette menaçante se dessinait dans l'embrasure de la porte, semblable à un roc inébranlable.

— Vous n'avez pas besoin de poser une telle question ! Ecartez-vous de mon chemin, Celano. J'emmène Elena ailleurs, pour la soigner et lui rendre la santé.

— Vous arrivez trop tard. Elle ne passera pas la nuit !

— C'est ce que vous voudriez ! Ainsi, vous seriez libre d'épouser Bianca. Je savais que vous étiez un homme cruel, mais je n'aurais jamais cru que vous en viendriez à de telles extrémités. Du large ! J'emmène Elena hors de cet enfer !

— Restez où vous êtes ! tonna-t-il en la voyant se baisser vers Elena. Vous ne quitterez pas cet endroit vivante. Puisque le sort d'Elena vous affecte tant, vous allez prendre sa place.

Marietta sortit le pistolet de sa ceinture et l'arma avant de le braquer sur son adversaire.

— Je n'hésiterai pas à vous tirer dessus, c'est pourquoi vous allez me laisser sortir d'ici pour donner l'alarme.

Il vit à son expression déterminée qu'elle ne plaisantait pas. Que cette Torrisi ruinât ses plans au dernier moment dépassait son entendement ! Il avait quitté la Salle du Grand Conseil plus tôt qu'il ne l'aurait dû, uniquement parce que ce soir-là, il comptait régler définitivement cette affaire. Minerva et Giovanna étaient prêtes à quitter le palais dès la nuit tombée. Quant à la geôlière, son mari et elle avaient été mis hors d'état de bavarder. Il ne lui restait plus qu'à transporter Elena dans sa chambre, car il désirait qu'elle rendît son dernier soupir dans son lit.

Marietta montait lentement l'escalier.

— Reculez, Celano ! Faites ce que je dis !

La menace de ce pistolet ne l'inquiétait pas le moins du monde. Il la soupçonnait de n'en avoir jamais fait usage et il avait désarmé des adversaires plus redoutables. Le moment venu, il lui briserait le cou. Rapidement, il révisait son plan initial. Minerva quitterait le palais, affublée du déguisement de la Torrisi, qu'elle avait si gentiment déposé sur son lit. Les serviteurs la verraient repartir, tout comme Bianca, qu'il avait renvoyée à la bibliothèque pour qu'elle guettât par la fenêtre le départ de sa marraine. Lorsqu'on commencerait à s'inquiéter de la disparition de Marietta Torrisi, personne ne pourrait le soupçonner. Quant à Minerva, l'un de ses hommes la réduirait au silence un peu plus tard.

— Au moins, laissez-moi emporter Elena dans son appartement, proposa-t-il. Vous n'allez tout de même pas la laisser sur ces marches froides ? De toute façon, j'avais l'intention de la laisser mourir dans son lit.

— Vous ne la toucherez plus jamais !

Marietta monta quelques marches, l'arme toujours pointée sur Filippo, qui ne paraissait aucunement disposé à abandonner sa position dominante, en haut de l'escalier. Le cœur battant à tout rompre, elle craignait que sa main tremblante ne la trahît, si elle devait faire feu sur lui. Bien qu'il constituât une cible imposante, elle risquait de le blesser seulement.

— Je n'aurais garde de me fier à un démon tel que vous ! lança-t-elle.

— Que voulez-vous que je fasse, sous la menace de votre pistolet ! rétorqua-t-il en écartant les bras, comme pour démontrer qu'il était inoffensif. Vous pourriez m'écarter définitivement de votre chemin.

— Non, car je veux vous traîner devant les juges, pour avoir tenté d'attenter à la vie de votre femme.

En un éclair, Filippo franchit les quelques marches qui les séparaient et, d'un coup sec du tranchant de la main, frappa le poignet de Marietta. La jeune femme lâcha son arme, qui tomba en bas de l'escalier. Terrifiée par la lueur meurtrière qui brillait dans les yeux de son ennemi, elle recula jusqu'au mur. Au même instant, une ombre se profila derrière lui et il perçut une présence dans son dos. Il se retourna vivement, au moment où Bianca se jetait en avant, son coupe-papier pointé sur lui.

— Par le diable ! rugit-il.

La jeune fille s'abattit sur lui, mais son arme improvisée manqua totalement sa cible et lui échappa. Cependant, elle avait réussi à lui faire perdre son équilibre, si bien que son pied glissa sur le bord de la marche et ils dégringolèrent ensemble. D'instinct, Bianca se rattrapa à la corde dorée qui longeait le mur, tandis que Filippo s'agrippait au rideau de brocart. Malheureusement pour lui, le tissu usé par l'âge se déchira sous son poids. Poussant un hurlement terrible, qui fit écho au cri hystérique de Bianca, il bascula dans le vide et alla s'écraser sur le sol de marbre. Un grognement étouffé apprit pourtant à Marietta qu'il n'était pas mort.

Les yeux de la jeune femme allèrent du coupe-papier, abandonné sur une marche, à Bianca, prostrée contre le mur. Ses grands yeux vides assombris par la terreur, elle serrait si fort la rampe de corde que les jointures de ses mains en étaient presque blanches. L'espace de quelques secondes, Marietta demeura immobile, pétrifiée par le choc. Puis, elle rentra en action.

— Aide-moi à emporter Elena hors d'ici, Bianca, vite !

Il n'y avait pas une minute à perdre, car Filippo pouvait n'être qu'étourdi.

Marietta s'empressa de rejoindre Elena, certaine que la jeune fille la suivait. Mais Bianca s'était à peine soulevée qu'elle retombait contre le mur, comme clouée au sol par l'horreur.

— Viens, Bianca ! insista Marietta. Dépêche-toi, voyons !

Voyant que sa filleule ne réagissait pas, Marietta comprit qu'elle n'avait aucune aide à attendre de ce côté. Elle souleva de nouveau Elena, plus vite et avec moins de précautions qu'auparavant. Elles avaient à peine gravi trois marches, quand Elena sursauta violemment et faillit lui échapper. Poussant un rugissement de douleur, Filippo s'était dressé et avait saisi les chevilles de sa femme, qu'il s'efforçait de retenir. Marietta hurla, mais ne lâcha pas prise et tenta de poursuivre sa progression.

Elle perçut alors un mouvement, dans son dos. Aiguillonnée par son cri, Bianca avait émergé de sa prostration pour se porter à son secours. Otant sa chaussure, elle frappa du talon la main de Filippo, qui desserra son emprise et retomba en arrière, hurlant de douleur quand son corps, déjà meurtri lors de la première chute, entra en contact avec le sol.

De nouveau, Marietta hissait Elena sur la marche suivante.

— Prends-la par les pieds ! ordonna-t-elle à Bianca.

Cette fois, la jeune fille obéit aussitôt. Ensemble, elles eurent tôt fait d'emporter Elena en haut de l'escalier. Parvenues dans la chambre de Filippo, elles déposèrent la jeune femme sur le lit. Pendant que Marietta se penchait sur son amie, Bianca se précipita vers la porte de la chambre secrète, comme si elle se repentait d'avoir usé de violence envers son amant et voulait le secourir. Marietta lui cria de revenir, mais la jeune fille avait déjà disparu.

Encore empêtré dans les plis du rideau, Filippo poussa un soupir de soulagement à la vue de Bianca. Debout devant lui, elle le regardait sans mot dire, son visage blême encadré par un halo de cheveux blonds. Il ruisselait d'une sueur froide et souffrait le martyre, car il s'était brisé une jambe dans sa chute. Les coups de poignard qui transperçaient sa hanche lui faisaient penser que la fracture devait être grave. Il tendit la main vers la jeune fille.

— Au nom du ciel, Bianca, pardonne-moi d'avoir emprisonné Elena ! Tu n'y es pour rien. Mon amour pour toi était tel que j'étais obsédé par mon désir de faire de toi ma femme. Aide-moi, ma douce. Tire sur le cordon qui se trouve dans ma chambre, mon valet viendra sur-le-champ.

Voyant qu'elle ne bougeait pas et se contentait de fixer sur lui d'immenses yeux bleus qui ne paraissaient pas ciller, il ajouta de sa voix la plus douce :

— Fais vite, mon petit cygne.

Elle se détourna, mais ce n'était pas pour aller chercher du secours. Il la vit s'approcher de la table sur laquelle Marietta avait posé le chandelier et souffler les deux bougies qui brûlaient encore. Ensuite, guidée par la lumière qui provenait de la chambre, en haut de l'escalier, elle commença de gravir les marches, ramassant au passage le petit pistolet de Marietta, ainsi que son propre coupe-papier.

Devinant son intention, Filippo lança un cri désespéré :

— Non, Bianca !

Elle avait déjà franchi la lourde porte, qu'elle refermait derrière elle. Horriblement déçu, Filippo entendit la clef tourner dans la serrure, puis un grincement étouffé lui apprit que l'armoire tournait sur ses gonds. Elle l'avait abandonné dans l'obscurité, consumé de souffrance et d'inquiétude.

Marietta, qui avait couché Elena sous les couvertures et lui avait fait boire une autre gorgée de cognac, vit Bianca se ruer vers la fenêtre. Avant qu'elle pût l'en empêcher, la jeune fille l'avait ouverte et jetait la clef dans le Grand Canal.

— Tu n'aurais pas dû faire cela ! protesta-t-elle. On ne peut pas laisser Filippo là où il est.

Les yeux de Bianca étincelèrent.

— J'ai entendu ce qu'il vous disait. Je souhaite qu'il y reste à jamais.

Sur ces mots, elle s'élança vers la porte de communication entre la chambre de Filippo et celle d'Elena. Marietta avait prévu, au cas où l'usurpatrice et sa suivante seraient encore là, de les confondre devant témoins. Mais déjà, Bianca avait poussé le verrou et faisait irruption dans la pièce voisine.

L'oreille collée à la serrure, Giovanna s'était efforcée de comprendre les événements qui se déroulaient si près d'elle. Elle se redressa vivement, s'attendant à voir Filippo. Au lieu de cela, elle dut reculer devant une jeune furie au visage blanc comme la craie. Affolée, elle aperçut Marietta penchée sur le lit dans lequel gisait Elena, les yeux clos et le teint cireux.

— Espèces d'affreuses créatures ! hurla Bianca d'une voix suraiguë.

Enveloppées dans leurs manteaux, Giovanna et Minerva étaient visiblement prêtes à débarrasser les lieux, ce qu'attestaient leurs sacs posés sur le sol. Elles comprirent que quelque chose avait dû mal tourner, mais Giovanna était convaincue qu'on pouvait se sortir de n'importe quelle situation, si on avait la langue bien pendue.

— Du calme, commença-t-elle, le signore Celano n'autorise personne à parler sur ce ton à ma maîtresse.

Les poings serrés, Bianca fit un pas en avant. Jamais de sa vie elle n'avait ressenti une rage comparable à celle qui l'habitait à cet instant.

— Tais-toi ! ordonna-t-elle. La vérité est connue ! Le Conseil des Trois va vous jeter toutes les deux dans ses salles de torture.

En Vénitiennes de pure souche, les deux femmes furent aussitôt glacées de terreur. Ramassant leurs bagages, elles s'enfuirent de l'appartement, non sans que Minerva eût lâché une sorte de miaulement plaintif. Dans leur panique, elles avaient oublié un sac. Bianca s'en empara et le jeta à leur suite. Les fuyardes l'entendirent heurter le sol, mais ni l'une ni l'autre ne s'arrêtèrent pour le ramasser. Giovanna, la plus intelligente des deux, avait exploré plusieurs fois le palais, pour pouvoir se diriger en cas d'urgence. Prenant la direction des opérations, elle guida sa compagne vers un petit escalier peu fréquenté, qui conduisait dans une serre, dont la porte était essentiellement empruntée par les jardiniers. Pour compenser la perte de leur rémunération, bien méritée après toutes ces semaines d'ennui, elle attrapa au passage quelques objets de valeur, qu'elle enfouit au fond de ses poches. Minerva était bien trop terrorisée pour suivre son exemple.

Dans la chambre de Filippo, Marietta rejoignit Bianca qui sanglotait, le front appuyé au mur.

— Ce n'est pas le moment de pleurer, lui dit-elle en passant un bras autour des épaules de la jeune fille, nous devons d'abord penser à Elena.

Le valet de Filippo arriva au moment où les deux jeunes femmes retournaient au chevet de leur amie. Adoptant d'emblée un ton belliqueux, il demanda de quel droit une étrangère s'était introduite chez son maître et pourquoi son épouse malade avait quitté son propre lit.

— La signora Celano se meurt, rétorqua sèchement Marietta, et son appartement est une véritable porcherie. Faites venir son médecin particulier, si vous ne voulez pas être accusé de sa mort. Allez ! Le Dr Grassi habite tout près d'ici, dans une maison aux murs rougeâtres de la Calle Bernado.

Renonçant à discuter, l'homme sortit en courant. Juste à cet instant, un laquais surgit et s'étonna à son tour de la présence de Marietta dans la chambre du signore Celano.

— Deux femmes cherchent à s'enfuir du palais, lui dit-elle. Attrapez-les ! Il n'y a plus une minute à perdre ! Elles se trouvaient dans l'appartement de la signora Celano et peuvent avoir dérobé quelque chose.

D'autres serviteurs arrivaient. Certains se lancèrent avec le laquais à la poursuite des deux femmes, tandis qu'une servante allait chercher sœur Giaccomina à la bibliothèque. L'autorité avec laquelle Marietta s'exprimait produisit des effets immédiats. Une autre chambre, située de l'autre côté du couloir, fut apprêtée en hâte pour Elena. Pendant ce temps, Marietta et sœur Giaccomina lui donnèrent un bain chaud. Les serviettes à la main, Bianca attendait sans mot dire, tandis que la religieuse s'apitoyait sur le triste état où elle voyait l'une de ses filles de la Pietà. Ensuite, elles lui firent absorber quelques gorgées de lait de chèvre, monté en toute hâte des cuisines, et tamponnèrent ses lèvres desséchées avec un linge humide.

Un laquais revint et annonça qu'une femme du nom de Minerva avait été rattrapée et enfermée dans un débarras, mais que sa complice s'était échappée. Il voulait savoir s'il convenait d'appeler la police, mais Marietta secoua la tête et dit que cette décision serait remise à plus tard.

Quand le maître d'hôtel arriva à son tour, il fut indigné de découvrir qu'une Torrisi avait usé de subterfuges pour pénétrer dans le palais et prétendait de surcroît régenter la maisonnée. Se dressant de tout son petit corps potelé, sœur Giaccomina le fit battre en retraite grâce à des paroles bien senties, telles que « infamie », « négligence » ou « vous devriez avoir honte de vous ! ». Il s'éloigna en ronchonnant, sachant qu'une tempête se déchaînerait sur sa tête quand le signore Celano reviendrait. En désespoir de cause, il passa son humeur sur les serviteurs qui s'affairaient dans le nouvel appartement de la signora.

Le Dr Grassi, qui n'avait pas été appelé depuis la dernière migraine d'Elena, deux ans auparavant, arriva hors d'haleine après avoir gravi en hâte tant d'escaliers. Aussitôt, il examina sa patiente avec une sollicitude toute particulière. Ayant assisté à l'une de ses crises de toux, il lui fit boire une gorgée d'un sirop noir, destiné à dégager ses poumons, après quoi on transporta la jeune femme dans le lit qui venait d'être bassiné à son intention.

Laissant sœur Giaccomina et Bianca veiller sur sa patiente, il attira Marietta à l'écart.

— C'est un cas de malnutrition extrême, compliqué d'une infection des poumons.

— Quelles sont ses chances de survivre, docteur ? demanda Marietta avec anxiété.

Le visage sombre, il esquissa un geste vague.

— Sa vie ne tient qu'à un fil, c'est tout ce que je puis dire pour l'instant. Je regrette infiniment qu'on ait laissé cette mélancolie prendre de telles proportions. Croyez bien que si j'en avais été averti, j'aurais pu enrayer le mal.

— Elle n'a jamais été mélancolique, docteur, dit Marietta.

Elle raconta toute l'histoire au médecin. Ce dernier fut indigné par le traitement auquel sa patiente avait été soumise.

— Bien que je condamne formellement le signore Celano, il doit être libéré sur l'heure, déclara-t-il. Je dois soigner les fractures qui ont pu résulter de sa chute.

— Malheureusement, cela ne va pas pouvoir se faire rapidement. Dans la confusion qui a suivi la découverte de mon amie, la clef de la chambre secrète a été égarée. Les serviteurs risquent de mettre assez longtemps à l'ouvrir, avec des leviers.

— Du moins faut-il qu'ils commencent tout de suite. Montrez-moi cette porte.

Marietta conduisit le médecin dans la chambre de Filippo. Elle lui montra le mécanisme qui mettait l'armoire en mouvement. Ensuite, le Dr Grassi lui-même fit venir le maître d'hôtel, qui mit ses hommes les plus vigoureux au travail. Laissant le médecin veiller à la bonne marche des opérations, Marietta se rendit auprès d'Elena.

Voyant qu'elle respirait avec peine, Bianca et elle la redressèrent au moyen d'un oreiller supplémentaire. Sœur Giaccomina attendait de pouvoir lui donner une seconde gorgée du sirop ordonné par le Dr Grassi.

— Bianca m'a tout raconté, soupira-t-elle en insérant la cuillère entre les lèvres pâles d'Elena. Quand je pense que la chère enfant était enfermée et réduite à un état aussi misérable, pendant que je passais des heures merveilleuses dans la bibliothèque de ce monstre ! Comment tout ceci va-t-il se terminer, selon vous ?

— J'espère que l'Eglise acceptera d'annuler le mariage d'Elena et qu'elle pourra s'éloigner de Filippo. Nous aurons besoin de votre soutien.

La religieuse essuya avec une serviette une gouttelette qui venait de s'échapper de la bouche d'Elena.

— Vous l'avez, mes enfants. Toutes les trois, car je vous aime tendrement.

Marietta déposa un baiser sur la joue veloutée.

— Je viens de me rappeler que Leonardo a dû se présenter au palais, il y a environ deux heures.

— Allez le voir. Pauvre homme ! Il doit être horriblement inquiet.

Bianca suivit Marietta hors de la chambre.

— J'ai tellement honte ! s'écria-t-elle. Si j'avais ajouté foi à vos accusations contre Filippo, j'aurais pu découvrir moi-même cette imposture ! Alors, Elena n'aurait pas approché la mort de si près ! J'ai été si stupide, conclut-elle en se mordant la lèvre inférieure.

Marietta posa une main apaisante sur l'épaule de la jeune fille.

— Je suis certaine que la plupart des gens ont fait la même expérience, au moins une fois dans leur vie, y compris moi-même. Ce qui importe, c'est que tu as sauvé la vie d'Elena et la mienne, en agissant comme tu l'as fait. Si tu n'étais pas venue à mon secours, je serais sans doute en train de croupir dans la chambre secrète.

— Quand Filippo m'a dit de retourner dans la bibliothèque pour guetter votre départ, j'ai été effrayée par les conséquences de mon acte et j'ai eu peur pour vous. Je ne l'avais jamais vu dans une telle rage, auparavant, et bien qu'il ne m'ait pas parlé durement, je savais qu'il était capable de vous maltraiter. Je ne pouvais pas supporter cette idée ! C'est pour cela que je l'ai suivi à l'étage, je voulais m'interposer entre vous ! Croyez-moi, je vous en supplie !

— Je te crois, Bianca.

Elles se jetèrent dans les bras l'une de l'autre. Percevant un froissement de papier, qui provenait de la ceinture de Marietta, Bianca s'étonna.

— Que cachez-vous là ? Encore un message que vous comptiez dissimuler dans un masque ?

— Je vois que tu as trouvé le premier, dit Marietta en souriant.

Elle plongea la main sous sa ceinture, puis dans sa poche, pour en sortir les deux liasses qu'elle y avait dissimulées.

— Elena m'a demandé de les prendre, derrière le miroir de sa prison. Je vais les apporter à Leonardo, pour que nous les examinions ensemble.

Dans le couloir, Marietta rencontra le maître d'hôtel, enveloppé dans son manteau.

— Je m'en vais quérir le signore Alvise Celano, dit-il d'une voix revêche. On n'a toujours pas réussi à ouvrir cette porte. Peut-être possède-t-il une seconde clef.

Elle acquiesça brièvement de la tête et se hâta de gagner le salon ivoire. A sa vue, Leonardo quitta précipitamment la chaise sur laquelle il était assis, le visage empreint d'un intense soulagement.

— Que s'est-il passé ?

Lorsqu'elle le lui eut expliqué, il se frotta pensivement le menton.

— Je me réjouis que Bianca ait fait tomber ce scélérat. Si elle avait réussi à lui donner un coup de son coupe-papier, elle n'aurait sans doute pu que lui infliger une blessure légère. Je devine néanmoins que Filippo Celano tirera le meilleur parti possible de cette chute. Il pourrait porter plainte, par exemple.

— Tout comme je le traînerai devant les juges pour avoir emprisonné Elena de la sorte.

— Bien entendu. Mais rappelez-vous qu'un époux est en droit de châtier sa femme. Il peut l'enfermer quelque temps, pour adoucir son humeur ou faire taire sa langue trop bien pendue.

— Pas au point de la faire mourir de faim !

— Evidemment ! Ce serait un meurtre.

— Je n'ai vu aucune nourriture, dans cette pièce, et Elena était trop faible pour porter un verre à ses lèvres, dit Marietta en serrant les poings, le visage crispé par l'angoisse. Je n'aurais jamais cru pouvoir blâmer Venise, mais je le fais aujourd'hui. Il y a quelque chose, dans cette cité, qui corrompt la vérité et nous impose à tous le mensonge et la tromperie. Vous et moi avons notre part de responsabilité dans tout ceci, Leonardo.

— Que voulez-vous dire ?

— Je fais allusion à nos masques. Comme s'il ne suffisait pas que le Carnaval repose sur l'illusion, ces maudites bautas permettent aux gens d'esquiver les conséquences de leurs actes pendant l'année entière ! Sans les masques, bien des infidélités, des vengeances crapuleuses et des actes infamants ne resteraient pas impunis. Filippo n'aurait jamais pu exhiber cette usurpatrice devant la Basilique ou à l'Opéra, sans masque. Et nous ne serions pas aujourd'hui confrontés à une situation aussi terrifiante.

— Sans doute, rétorqua paisiblement Leonardo. Vous et moi devrons donc assumer nos responsabilités.

Marietta ferma les yeux et passa une main tremblante dans ses cheveux. Peu à peu, elle recouvra son calme et put réfléchir de nouveau.

— Vous avez raison, dit-elle sur un ton moins dramatique. Comme je vous l'ai dit, l'usurpatrice est actuellement sous les verrous. Minerva constitue le point faible de Filippo, s'il tente de présenter des arguments pour sa défense.

— Attention, Marietta. La première chose que fera Filippo, en sortant de cette prison, sera de s'assurer que ces deux femmes ont pu s'enfuir. Il fera immédiatement libérer Minerva.

— C'est bien pour cette raison que nous devons

obtenir d'elle une confession signée. Voulez-vous vous en charger à ma place, Leonardo ?

— Volontiers, si c'est en mon pouvoir. Où est-elle ?

— Je vais vous la faire envoyer. Pour l'instant, elle a été enfermée sous l'inculpation de vol et les menaces de Bianca semblent l'avoir terrifiée.

— Quels sont ces papiers, sur la table ?

Marietta reprit les liasses de feuillets qu'elle avait posées en entrant.

— Elena les avait cachés. Elle semble penser qu'ils ont un rapport avec Domenico.

Elle éparpilla les feuilles, tandis que Leonardo approchait une chandelle pour les lire plus aisément. Mais les caractères n'étaient plus déchiffrables, ayant sans doute été trop longtemps privés d'air et de lumière, derrière le miroir. L'humidité avait dilué l'encre et imprégné le papier.

— Si ces documents contenaient la preuve de l'innocence de Domenico, constata tristement Marietta, cette preuve n'existe plus. Nous devrons attendre la guérison d'Elena pour connaître leur importance.

Leonardo rassembla les papiers, songeant à part lui que si Elena mourrait, ces informations seraient perdues à jamais.

— Je les montrerai à Sebastiano, dit-il en les remettant à la jeune femme. Il saura si on peut en tirer quelque chose.

Il s'était exprimé d'une voix neutre, pour ne pas lui donner trop d'espoir. Marietta resta abattue un instant, puis elle se leva et appela un serviteur, à qui elle ordonna d'aller chercher Minerva.

Alvise était plongé dans la lecture de son journal, quand le maître d'hôtel de son frère fut introduit dans son bureau. La France était en guerre avec l'Autriche et les combats se déroulaient sur le sol italien. Le général Bonaparte progressait rapidement à la tête de ses troupes, raflant au passage tous les trésors qu'il pouvait faire envoyer en France. La République de Venise satisfaisait ses demandes d'approvisionnement, mais il tardait à rembourser ses dettes. Les notes impayées devaient s'accumuler sur le bureau du doge ! Comme la plupart des Vénitiens, Alvise avait tendance à ignorer tout ce qui se passait au-delà des frontières. Ces guerres n'atteindraient jamais Venise. L'Epouse de la Mer demeurerait inviolée.

A la vue du maître d'hôtel de son frère, Alvise posa son journal. Abandonnant son siège, il alla se planter devant la cheminée, les jambes écartées et les mains dans le dos. Il pensait connaître la raison de cette arrivée impromptue.

— Ma belle-sœur est-elle morte ?

— Non, signore, bien qu'un médecin ait été appelé d'urgence en début de soirée et que, d'après moi, cela ne devrait plus tarder. Si je suis venu vous voir, c'est au sujet de mon maître. Selon la signora Torrisi, votre frère serait enfermé dans la chambre secrète dont l'entrée est dissimulée derrière une armoire de son appartement.

Le regard d'Alvise se teinta d'incrédulité.

— Quoi ! Tu n'imagines tout de même pas que je vais avaler une telle fable ?

— Signore ! Je suis un serviteur conscient de ses responsabilités et je ne vous rapporte que ce que je tiens pour vrai, quand bien même je ne l'ai pas vu de mes propres yeux. La signora Torrisi s'est introduite dans le palais sous prétexte de livrer des masques. Ensuite, et j'ignore comment cela est arrivé, elle s'est mise à distribuer les ordres à droite et à gauche.

— La diablesse !

— Avez-vous une seconde clef, pour ouvrir cette porte ? Même au moyen d'un levier, nous avons été incapables de briser la serrure.

514

Alvise s'écarta de la cheminée.

— Non, je n'en ai pas. Allons ! Tu me raconteras le reste en chemin.

Ayant observé lui-même les vains efforts des serviteurs pour ouvrir la porte, Alvise discuta avec le médecin, qui le mit au courant de la situation. Il se rendit ensuite dans la chambre de sa belle-sœur, bien décidé à chasser la Torrisi avant de faire libérer la femme qui avait tenu le rôle d'Elena. Pour se sortir du pétrin où il s'était fourré, Filippo aurait besoin de son aide. Quant à Alessandro, il risquait de réagir vivement. Alvise connaissait suffisamment son cardinal de frère pour savoir qu'il n'apprécierait pas que leur nom fût éclaboussé par un scandale. Au dix-huitième siècle, on n'était plus au temps où le sang versé importait peu et rehaussait même la réputation d'une famille.

Ce fut sœur Giaccomina qui ouvrit la porte d'Elena à Alvise. S'écartant pour le laisser passer, elle la referma derrière lui.

— Le docteur a interdit les visites, dit-elle fermement.

— Je ne suis pas ici pour cela, mais pour enjoindre la signora Torrisi de quitter les lieux immédiatement.

Il dut affronter alors la colère de la brave religieuse, qui se dressa devant lui de tout son petit corps replet, les mains sur les hanches et la coiffe en bataille. Elle affirma que le Dr Grassi l'avait chargée de veiller sur la signora Celano, et qu'elle avait besoin de Marietta, qui avait eu maintes fois l'occasion de dispenser ses soins à ses compagnes de la Pietà.

— Je ne trouverai nulle part une meilleure assistante, et c'est une question de vie ou de mort ! Espérez-vous terminer l'œuvre que votre monstre de frère a si bien commencée ?

Alvise battit en retraite. Cette petite nonne rondelette qui sautillait d'indignation pouvait constituer un redoutable témoin à charge et il aurait été stupide de vouloir la contrarier davantage.

Après l'avoir quittée, il se rendit auprès de l'usurpatrice, une créature larmoyante, dont les cheveux blonds étaient le seul point commun avec Elena.

Terrifiée par les menaces d'Alvise, elle regrettait amèrement d'avoir signé la confession qu'elle avait donnée à cet autre homme.

— Je leur ai tout raconté, sanglota-t-elle. Ce n'est pas ma faute si le signore Celano voulait tuer sa femme ! Il nous a dit qu'il voulait la punir sans salir son nom pour autant, et qu'il la libérerait dès qu'elle aurait appris l'obéissance.

— Ne mens pas !

Un flot de larmes jaillit des yeux bleus de la femme.

— Je ne mens pas, je vous le jure ! Le signore Celano disait que cela ne durerait pas longtemps. Croyez-vous que cela me plaisait, de rester enfermée dans cet appartement comme si c'était moi qui étais punie ? J'ai failli mourir d'ennui ! Au moins, Giovanna avait le droit de sortir de temps à autre. Mais moi, ça ne m'est arrivé que deux fois ! Et encore ! J'étais terrorisée parce qu'il m'avait menacée de prison au cas où je me trahirais. Votre frère est un homme effrayant !

Alvise ne doutait pas que la stupide créature se fût laissée abuser par la ruse de Filippo, pourtant il insista :

— Tu devais bien soupçonner que quelque chose allait de travers ?

Elle détourna les yeux.

— Non !

Décidément, il ne supportait plus la vue de cette femme larmoyante et sournoise ! Ouvrant largement la porte, il lui fit signe de déguerpir.

— Dehors !

Elle battit des paupières, ne pouvant croire en sa chance, puis elle se précipita en avant. Au passage, il l'attrapa par le col de son manteau et l'attira contre lui d'un geste brusque.

— Un mot sur ce que tu as vu ou fait dans ce palais, et on retrouvera ton corps, flottant entre deux eaux.

Il la rejeta alors loin de lui et elle vacilla un instant avant de prendre ses jambes à son cou, sa cape ondoyant derrière elle.

Dans la chambre de marbre rose, Filippo avait réussi à se dégager du rideau. Bien qu'il souffrît mille morts, il avait rampé jusqu'au pied de l'escalier. Il savait que ses blessures n'étaient pas fatales, cependant il serait réduit à l'invalidité pour un certain temps. Si le rideau n'avait pas freiné sa chute, il aurait très bien pu se briser le dos.

La douleur lui était familière et il était suffisamment courageux pour la supporter. Sa dernière rencontre avec Antonio Torrisi lui avait valu d'endurer un martyre au moins égal à celui-ci. Grâce à sa volonté, autant qu'à la puissance de ses avant-bras, il se croyait capable de se hisser en haut de l'escalier.

La fureur et la peur l'aiguillonnaient. L'effort qu'il devait fournir ne ferait qu'accentuer la fracture de sa hanche, et il pouvait en remercier Bianca, qui l'avait trahi. Tout en progressant lentement, il concoctait sa vengeance contre la jeune fille et contre Marietta Torrisi, dont l'intervention allait lui coûter une fortune quand il devrait assurer sa défense. Au moins était-il peu probable qu'Elena survécût pour témoigner contre lui.

Poussant un gémissement sourd, il posa son front sur son bras. La douleur embrasait tout son corps, comme s'il était habité par une fournaise. Elle envahissait son cerveau et brouillait ses pensées. Il lui sembla un instant qu'on venait de couper ses cordes, après l'avoir pendu par les pouces entre les colonnes de marbre rose du Palais Ducal... Etait-ce un hasard si cette pièce était de la même couleur ? A moins qu'il ne fût étendu sur quelque ancien chevalet de torture et mis à la question. Tandis qu'il progressait lentement, son esprit lui jouait de temps à autre ce genre de tour et il perdait conscience du lieu où il se trouvait. Puis, la mémoire lui revenait et il se concentrait de nouveau sur son but : gravir une marche de plus.

Lorsqu'il aurait atteint le sommet de l'escalier, il utiliserait la dague qui ne le quittait jamais pour donner de petits coups secs sur la porte. Un serviteur finirait bien par l'entendre... Il espérait en outre que le maître d'hôtel avait songé à prévenir Alvise. Selon le souhait de leur père, tous les frères avaient été informés de l'existence de cette chambre secrète, hormis Pietro qui avait été très tôt éloigné du palais. Les filles devaient être exclues de la confidence, mais Marco avait autrefois mis Lavinia au courant, lorsqu'il craignait d'être jeté dans ce cachot par ses frères. Filippo regrettait maintenant de n'avoir pas invité sa sœur à vivre auprès de lui, car elle aurait pu actionner le mécanisme. Assailli par une nouvelle vague de souffrance, il ferma les yeux.

Le premier levier produisit alors un tel fracas que Filippo crut un instant que les murs allaient s'effondrer sur lui. Comprenant ensuite qu'on venait à son aide, il voulut prévenir les sauveteurs qu'ils devaient se hâter. Mais dans ces ténèbres, il craignait sans cesse de ne pas se tenir assez près du mur. Non sans émettre quelques jurons, il entreprit d'ôter sa veste, afin d'y prendre sa dague. La souffrance causée par cet effort fut telle qu'il ferma les yeux et s'évanouit. La dague lui échappa des doigts et il dégringola plusieurs marches. Au moment où il ouvrait les yeux, il se sentit basculer dans le vide. Cette fois, le rideau ne freina pas sa chute. Sa tête heurta le sol de marbre et il ne bougea plus.

Alvise remontait des cuisines pour regagner la chambre de son frère, lorsqu'il vit le maître d'hôtel qui arrivait en sens inverse, l'air affolé.

— Nous avons réussi à ouvrir la porte, signore... Je regrette de vous dire que nous avons trouvé votre frère mort.

17

Alvise envoya deux messagers à Rome et à Padoue, pour prévenir Alessandro et Pietro du décès de leur frère. Selon son habitude, Vitale était ivre lorsqu'il apprit la nouvelle. Bien que Filippo et lui ne se fussent jamais aimés, il n'en pleurnicha pas moins comme un bébé. Parmi les relations de la famille, une veuve proposa d'aller chercher Lavinia pour la ramener à Venise, puisqu'elle répugnait à faire seule le voyage.

Lavinia arriva la première pour l'enterrement. A la vue d'Elena et des traces évidentes de son calvaire, elle se tordit les mains avec désespoir. Marietta et elle ne parlèrent qu'une seule fois de Filippo.

— Si vous ne m'aviez pas indiqué où se trouvait la chambre secrète, dit Marietta dès qu'elles furent seules, Elena ne vivrait plus.

— Je suis heureuse de l'avoir fait, bien que ma mère soit furieuse contre moi.

— Mais elle est morte, Lavinia.

Lavinia s'absorba dans la contemplation de ses doigts, qu'elle tortillait nerveusement sur ses genoux.

— Non. Dans cette maison, elle vivra toujours.

Alessandro arriva le second. Alvise lui avait écrit une brève relation des événements, mais maintenant il voulait connaître l'histoire dans ses moindres détails. Lorsqu'il sut toute l'affaire, il quitta son fauteuil pour arpenter la pièce de long en large.

— Quelle catastrophe ! Jusqu'à quel point les choses se sont-elles ébruitées ?

Au moyen d'un tisonnier, Alvise fourrageait distraitement dans la cheminée.

— Au-delà des murs du palais ? Je dirais que rien n'a transpiré. Les serviteurs savent tenir leur langue et le médecin est discret. J'ai présenté la mort de Filippo comme un malheureux accident, ce qui est conforme à la vérité. Quant aux circonstances, elles ne regardent personne.

— Et la signora Torrisi ? Est-elle d'humeur à nous causer des ennuis ?

— Elle le pourrait, si elle le désirait. Elle détient une confession signée de l'usurpatrice, cependant elle n'a pas l'intention de l'utiliser contre nous. Maintenant qu'Elena est veuve, le seul souci de Marietta Torrisi est d'éviter tout scandale. Elena ne pourrait qu'en pâtir et elle a déjà suffisamment souffert comme cela. Ce que je ne comprends pas, poursuivit Alvise en se tournant vers son frère, c'est pourquoi Filippo ne t'a pas demandé d'obtenir l'annulation de son mariage.

Alessandro poussa un long soupir.

— Il l'a fait, mais je lui ai interdit de rien entreprendre en ce sens.

Alvise dressa un sourcil.

— Ah ! D'un autre côté, je suis surpris que Filippo ait permis à Elena de vivre si longtemps. Il a dû payer quelqu'un pour lui apporter de la nourriture et de l'eau, ainsi que tout ce dont elle avait besoin. Je suis descendu dans ce... salon, pour y jeter un coup d'œil.

Le cardinal frappa du poing le montant d'une fenêtre.

522

— C'est tout à fait évident ! Il n'avait pas le cran d'accélérer sa fin.

— Mais pourquoi ? Filippo n'était pas un homme sentimental, c'est le moins qu'on puisse dire !

Alessandro s'écarta de la fenêtre. Il ne voyait pas l'utilité d'expliquer à son frère que Filippo avait aimé Elena, à sa façon compliquée.

— En effet, mais il y avait en lui une faille qu'il n'a jamais admise... Qu'est-il advenu de cette fille, Bianca, dont tu m'as parlé dans ta lettre ? Où se trouve-t-elle ?

— Ici même, à soigner Elena. Il est clair que Filippo avait l'intention de l'épouser, sitôt libre. Je l'ai vu une ou deux fois avec elle, quand je passais le voir. C'était à peine s'il pouvait en détacher ses yeux. C'est la raison pour laquelle il l'avait installée au palais.

— As-tu raconté tout cela à Pietro, dans ta lettre ?

— Oui.

— Il verra ce qu'il convient de faire à l'égard de cette Bianca, lorsqu'il sera là. Désormais, les décisions lui incombent. Mais en quittant Padoue pour s'installer à Venise, il devra s'imposer un véritable déchirement. Filippo s'était finalement décidé à faire de Pietro son héritier, s'il demeurait sans enfant. C'était après le duel avec Antonio Torrisi, quand Pietro avait guéri ses blessures et sauvé ses yeux. Jusqu'alors, c'est toi qu'il avait choisi pour lui succéder à la tête de notre famille.

— Je n'en suis pas déçu le moins du monde. La dernière chose que je souhaite, c'est bien d'endosser cette responsabilité et d'assumer les obligations d'un sénateur. Mais notre mère doit se retourner dans sa tombe.

— Oublions-la ! Où est Elena ? Je voudrais la voir.

Tandis qu'ils montaient l'escalier côte à côte,

Alessandro évoqua avec ennui les désagréments qu'il avait endurés en franchissant les lignes françaises, non loin des frontières de la Sérénissime République. Un officier avait même exigé de vérifier ses papiers, pour s'assurer qu'il n'était pas un espion !

Alvise le laissa devant la porte de la malade. Lorsque Alessandro s'approcha d'Elena, il reconnut à peine la femme squelettique allongée sur le lit. Malgré son orgueil et son ambition, il lui arrivait d'éprouver de la compassion pour autrui.

— Ma pauvre enfant, dit-il tristement en se penchant pour poser sa main sur le front d'Elena.

Elle lui adressa un petit sourire où s'exprimait encore sa nature généreuse et tendre.

— Je vais déjà mieux, souffla-t-elle.

Alessandro s'agenouilla à son chevet, et se mit à prier pour elle, imité par Marietta, la seule personne présente dans la pièce. Puis il se releva, bénit la malade et attira Marietta légèrement à l'écart.

— J'apprécie que votre sollicitude à l'égard d'Elena vous ait interdit de divulguer inutilement cette triste affaire. Il est clair que la pauvre petite vous doit la vie.

— Nous sommes trois à l'avoir sauvée, répliqua Marietta.

— Néanmoins, vous avez mis une fin honorable à la querelle entre nos familles.

— Tant que mon mari sera injustement emprisonné, elle ne pourra être suspendue.

— La famille Celano n'est pour rien dans cette incarcération.

— Je suis convaincue du contraire.

— Avez-vous la moindre preuve de ce que vous avancez ?

— Non, malheureusement.

— En ce cas, restons-en là, dit sévèrement Alessandro. Je vous conseille d'abandonner cette attitude pour vous consacrer à des préoccupations plus féminines. Vous avez deux filles, je crois ?

— La situation serait-elle différente, si j'avais un fils ?

— Heureusement pour vous, c'est une vue de l'esprit. A cet instant précis, sa vie ne vaudrait pas un ducat. Filippo n'a jamais tenu aucun compte de mes exhortations à la paix et plus d'un Celano ne tolérerait pas la résurrection de la famille Torrisi. Il est peu probable que Pietro parvienne à modifier les esprits, du moins dans un délai assez court. En tant que nouveau chef de famille, il aura bien d'autres problèmes à traiter.

Ces mots glacèrent la jeune femme jusqu'aux os.

Dès que ce fut possible, Marietta rendit visite à ses enfants, qu'elle avait confiés à Adrianna. A la vue du berceau vide de Danilo, elle crut mourir de terreur.

— Où est-il ? cria-t-elle en se retournant vers Adrianna qui l'avait suivie dans la pièce.

— Francesca rendait visite à ses beaux-parents, à Venise. Elle a emmené Danilo chez elle. Il le fallait, Marietta, conclut Adrianna en posant une main apaisante sur le bras de son amie.

Marietta enfouit son visage dans ses mains.

Peu après, tous les membres de la famille Celano affluèrent au palais pour l'enterrement. Chaque nouvel arrivant s'indignait d'apprendre qu'une Torrisi veillait sur l'épouse malade de Filippo. Alessandro eut tôt fait d'étouffer la rébellion ouverte, quoique le mécontentement persistât dans les rangs. L'opinion générale était que lorsque Pietro arriverait, il enjoindrait la signora Torrisi de quitter les lieux. Dans le même temps, et bien que la parenté arborât des vêtements de deuil, on profitait du séjour à Venise pour se divertir. Certains étaient reçus par Alvise et quelques cousins éloignés résidaient chez Vitale, qui possédait l'une des meilleures caves de la ville, atout qui compensait en partie le désagrément de sa compagnie avinée et bruyante.

Bianca traversait la grande entrée, lorsqu'elle aperçut des serviteurs qui grimpaient l'escalier principal, chargés de bagages. Cela signifiait qu'un autre membre de la famille venait d'arriver, songea-t-elle. Juste à cet instant, un grand jeune homme parut sur le seuil du palais. Elle rougit sous le regard vif des yeux noisette, surmontés de sourcils bien dessinés. Avec ses cheveux bruns et ondulés, retenus sur la nuque par un ruban noir, et sa belle bouche aux lignes fermes, il ne manquait pas d'une certaine beauté, pensa-t-elle malgré elle. Malheureusement pour lui, ses traits portaient indéniablement la marque de la famille Celano.

— Bonjour, signorina. Je suis le Dr Pietro Celano.

Il avait deviné son identité sitôt qu'il l'avait vue. Vêtue de la robe rouge des filles de la Pietà, cette ravissante créature aux cheveux clairs, qui le regardait de dessous ses longs cils, ne pouvait être que celle pour qui son frère avait emprisonné Elena et était mort.

— Je suis Bianca, dit-elle d'une voix distante, une flûtiste de la Pietà. Pour l'instant, je m'occupe d'Elena.

— Comment va-t-elle ?

— Elle est toujours très mal.

— J'espère pouvoir lui être utile.

— Le médecin qui la soigne est parfaitement qualifié.

À n'en pas douter, c'était une rebuffade...

— J'en suis certain.

Remarquant la présence d'un valet, qui attendait sans doute de lui montrer sa chambre, Pietro s'inclina en direction de Bianca.

— Nous nous reverrons au dîner, sans doute ?

Elle ne prit même pas la peine de l'avertir que sœur Giaccomina, Marietta et elle prenaient leurs repas dans un petit salon adjacent à la chambre d'Elena.

Une demi-heure après son arrivée, après s'être baigné et avoir changé de vêtements, Pietro se rendit au chevet d'Elena.

— Vous êtes venu me voir, murmura-t-elle d'une voix faible. Comme c'est gentil de votre part ! ajouta-t-elle en refermant les yeux.

Le jeune homme lança un regard interrogateur à Marietta, qui se tenait de l'autre côté du lit avec Bianca. La jeune femme secoua imperceptiblement la tête, signifiant ainsi qu'Elena n'avait pas été avertie de la mort de Filippo. Le Dr Grassi l'avait formellement déconseillé.

Elena émit alors un bruit rauque, signe avant-coureur d'une quinte de toux. Marietta se précipita, mais Pietro avait pris sa belle-sœur dans ses bras. Il la serra contre sa poitrine pendant toute la durée de la crise, puis il demanda à Marietta de maintenir son amie assise. Sortant de sa poche un instrument médical, il l'appliqua à son oreille avant de le poser sur la poitrine de la jeune femme, puis sur son dos. Lorsque la malade fut de nouveau adossée à ses oreillers, il ne la quitta pas des yeux pendant que Marietta remontait les couvertures sur le corps mince.

— Depuis combien de temps Elena souffre-t-elle de cette toux ?

— Depuis que nous l'avons libérée de sa prison, répondit Marietta.

— Dans son état, son cœur ne résistera pas bien longtemps. Quel remède le médecin a-t-il ordonné ?

Il prit la bouteille de sirop que lui tendait Bianca, la déboucha et en renifla le contenu.

— Parfaitement inefficace, se borna-t-il à constater.

Sur ces mots, il quitta la chambre pour réapparaître quelques minutes plus tard avec une potion dorée de sa composition, dont il administra immédiatement une cuillerée à Elena.

— Vous lui donnerez la même dose toutes les trois heures, dit-il à Marietta. Quant à vous, qui êtes l'experte en matière de fenêtres, poursuivit-il à l'adresse de Bianca, veillez à en garder une ouverte. Notre patiente ne gagne rien à être privée d'air.

Bianca lui lança un regard soupçonneux.

— Qu'entendez-vous par ce mot... « experte » ?

Il franchit rapidement la distance qui les séparait.

— Personne n'a l'air de savoir comment et pourquoi la clef du salon de marbre a disparu, la nuit où Filippo est tombé. Marietta soutenait Elena et je devine que quelqu'un d'autre à dû se débarrasser de cette clef. Si on draguait le Grand Canal, pensez-vous qu'on la trouverait ?

Marietta fit un pas dans leur direction.

— C'est arrivé dans la confusion du moment.

— J'en suis certain, acquiesça Pietro d'une voix neutre.

Il gratifia Bianca d'un regard pénétrant, puis il quitta la pièce, non sans prévenir les deux femmes qu'il reviendrait plus tard. La jeune fille ouvrit la fenêtre, le cœur empli d'inquiétude. Jusqu'où irait la perspicacité de Pietro ?

Le jeune homme revint après le dîner. Marietta et sœur Giaccomina remarquèrent que l'état d'Elena semblait l'inquiéter. Il prit son pouls et demanda que le linge imbibé d'eau fraîche, que Bianca avait posé sur son front, fût souvent renouvelé. Avant d'aller se coucher, il fit encore une brève apparition.

— N'hésitez pas à me faire réveiller si Elena va plus mal, dit-il.

A deux heures du matin, Bianca fit irruption dans sa chambre et le secoua sans ménagement.

— Nous craignons qu'Elena ne soit en train de mourir ! cria-t-elle.

Pietro sauta à bas du lit, passa une robe de chambre, saisit sa sacoche de médecin et la suivit en courant. Pendant toute la nuit, ils luttèrent ensemble pour sauver Elena.

Juste avant l'aube, Elena était affaiblie au point qu'elle semblait devoir passer de vie à trépas d'un instant à l'autre. Marietta prit les mains décharnées de son amie entre les siennes.

— Elena ! Elena ! Pense à Elizabetta ! Pense à Nicolo ! Ne permets pas qu'ils ne se rencontrent jamais !

Par la suite, sœur Giaccomina et Bianca devaient affirmer qu'Elena avait entendu l'appel de Marietta. Celle-ci en était-elle même convaincue et ce fut à cet instant qu'elle prit sa décision au sujet d'Elizabetta. Quant à Pietro, il constata seulement que le cri de Marietta avait coïncidé avec la baisse de la fièvre. Quelle qu'en fût la cause, Elena ne mourut pas.

— Cela ne signifie pas pour autant qu'elle est hors de danger, dit un peu plus tard Pietro à Marietta. Son cœur peut encore lâcher. Il faut la garder au calme et la surveiller constamment.

— Serait-il possible de faire appel à la suivante personnelle d'Elena, qui a été renvoyée dès le début de cette imposture ?

— Bien entendu.

— Dans cette éventualité, Bianca pourrait retourner à la Pietà.

Il secoua négativement la tête.

— Je souhaite que sœur Giaccomina, Bianca et vous restiez auprès de ma belle-sœur.

Les sentiments de Bianca étaient mitigés, lorsqu'elle fut avertie de cette décision. Elle souhaitait soigner Elena, mais aspirait à quitter le Palais Celano à jamais.

Immédiatement après l'enterrement, la personnalité de Pietro s'imposa à tous ceux qui vivaient au palais. Il n'élevait jamais la voix, mais tous respectaient son autorité. Voyant en lui une réplique plus jeune de Filippo, les serviteurs s'empressaient d'exécuter ses ordres. Chacun constata pourtant très rapidement qu'il était très différent de son frère aîné. Le Dr Grassi, qui avait entendu parler de ses exploits de médecin, écoutait volontiers ses suggestions concernant le traitement d'Elena. La potion de Pietro avait vaincu la toux de la jeune femme, qui dormait mieux la nuit. D'autres concoctions à base d'herbes stimulèrent son appétit, si bien que, peu à peu, elle put absorber des repas légers. Parfois, Pietro se rendait dans les cuisines et lui préparait lui-même un plat de sa composition.

Marietta était convaincue qu'Elena ne se rappelait rien des circonstances de sa délivrance. Il fallait bien, pourtant, qu'elle posât un jour la question cruciale :

— Où est Filippo ?

Marietta se pencha vers elle.

— Il n'est plus ici.

— Sa chute l'a-t-elle tué ?

— On croit qu'il a réuni toutes ses forces pour se hisser en haut de l'escalier, et qu'il est tombé une seconde fois.

Elena ferma un instant les yeux.

— C'est horrible !

— Essaie de ne plus y penser.

Un autre jour, Elena demanda des nouvelles de Domenico :

— Pourquoi n'est-il pas venu me voir ?

— C'est impossible, répliqua tristement Marietta. Domenico est encore en prison. Je lui ai écrit hier pour lui dire que je te soignais.

— Mais les documents ! s'écria Elena en tentant de se redresser. Ils révèlent toute la vérité. Je les ai lus et relus, jusqu'à les connaître par cœur. Apporte-les au doge.

Elle était si agitée que Marietta eut du mal à l'apaiser.

— Nous en discuterons quand tu iras mieux.

Elena se calma, mais Marietta savait que les allégations de son amie n'auraient aucun poids si elles ne s'appuyaient pas sur des preuves.

Alessandro demeura longtemps à Venise, afin de conseiller Pietro sur la conduite des affaires qui seraient désormais sous sa responsabilité. La veille de son départ, il eut une conversation avec Lavinia.

— Comme tu le sais, commença-t-il, je m'en vais demain.

Elle hocha tristement la tête.

— Tu vas me ramener chez mère, c'est cela ?

Il devina la détresse de sa sœur.

— Tu n'es plus tenue de demeurer dans cette maison, Lavinia. Pietro m'a fait une suggestion, à ton propos. Nous savons que, jeune fille, tu souhaitais prendre le voile. Il existe, aux environs de Rome, un couvent édifié au milieu d'un magnifique paysage. Les religieuses y font pousser des légumes, pour nourrir les affamés, et elles vendent leurs fleurs afin de venir en aide aux pauvres. Voudrais-tu que je t'y emmène ?

Le visage radieux, Lavinia joignit les mains sur son cœur.

— Est-ce vrai, Alessandro ? Je pourrai ne plus jamais retourner dans cette détestable maison ?

— La décision t'appartient. Si tu le désires, nous partirons ensemble pour Rome.

— J'ai toujours adoré le jardinage, Pietro le sait bien ! s'exclama-t-elle d'une voix joyeuse. Mais notre mère n'approuvait pas que je me salisse les mains et elle m'en a toujours empêchée.

— Dis à ta suivante de faire tes bagages.

Ce fut avec un profond soulagement qu'Alessandro déposa Lavinia dans son couvent. Pendant tout le trajet, elle n'avait cessé de babiller, lui expliquant comment il fallait piocher, planter et semer. Elle lui avait décrit sans se lasser ses fleurs préférées, quand elle ne dissertait pas sur les légumes qui donnaient les meilleures récoltes. Il était clair qu'elle dévorait des livres de jardinage depuis des années.

Si elle s'était trouvée sous la responsabilité du Dr Grassi, Elena serait restée au lit pendant des mois. Mais un matin, Pietro la souleva dans ses bras et l'assit sur un fauteuil rembourré. Aussitôt, Bianca déposa une couverture sur les jambes de la jeune femme.

Elena sourit à son beau-frère.

— Que c'est agréable ! Je craignais de devoir rester dans ce lit pendant des siècles.

— Pas plus de dix minutes, aujourd'hui, dit-il en lui rendant son sourire. Si cela ne vous fatigue pas trop, nous augmenterons cette durée un peu chaque jour.

— Je suis sûre de ne pas être fatiguée !

Après son départ, elle posa sa tête sur le dossier de son fauteuil.

— Quel homme généreux ! Il a la même nature bienveillante que Lavinia... Sans doute est-ce pour cette raison qu'il a été écarté du palais dès son plus jeune âge.

Bianca, qui était seule avec elle dans la pièce, ne répondit pas.

Au début, Adrianna fut l'unique visiteuse d'Elena. Quand la malade eut repris quelques forces, elle amena Elizabetta, selon la suggestion de Marietta. Celle-ci avait expliqué à la fillette que ce n'était pas Elena qui l'avait traitée si rudement, devant la Basilique. Mais cette explication avait été à peine nécessaire. Dès qu'elle était entrée dans la pièce, Elizabetta avait vu qu'Elena lui souriait et s'était précipitée vers elle, les bras écartés.

— Tu es revenue, Elena ! Je t'en prie, ne pars plus jamais !

Hésitant entre les larmes et le rire, Elena avait embrassé sa fille pour la première fois depuis qu'elle avait cessé d'être un bébé.

Il ne fallut pas longtemps à Elena pour découvrir que de nombreux événements politiques s'étaient produits pendant sa maladie et que leur cours s'accélérait depuis le début de sa convalescence. Les Français avaient signé un armistice avec les Autrichiens et l'attitude du général Bonaparte envers la République Vénitienne devenait décidément plus agressive. Elena espérait de Pietro des nouvelles plus fraîches, à son retour de sa première séance au Grand Conseil. Bianca, qui se trouvait auprès d'elle, se retira quand il entra dans la chambre.

— Où en est-on ? demanda aussitôt Elena.

Pietro eut un sourire contraint et secoua la tête.

— Le doge est bien décevant. Il n'a ni sang-froid ni esprit de décision. Venise aurait besoin en un moment aussi crucial d'un homme de poids.

— Il est élu à vie, malheureusement.

— C'est bien regrettable. La Sérénissime est en grand danger. Chaque jour, le péril se rapproche.

— Le mari de Marietta avait tenté de mettre ses pairs en garde, à ce propos.

— C'est ce qui l'a mené à sa perte, remarqua sèchement Pietro.

— Domenico était un bon patriote, non un traître ! Filippo a ourdi un complot : il a payé de faux témoins, de façon à le faire emprisonner.

Pietro la regarda un moment sans mot dire.

— Dites-moi ce que vous savez, dit-il enfin.

Le récit d'Elena terminé, il lui demanda si Marietta accepterait de lui confier les documents abîmés par l'humidité.

— Sans doute, répliqua-t-elle, mais son ami Sebastiano vient tout juste de les lui rendre parce

533

qu'il les juge inutilisables, bien que je me rappelle parfaitement ce qu'ils contenaient, pour les avoir lus et relus. Que pourriez-vous faire de plus ?

— Un de mes amis, à Padoue, se consacre au déchiffrage des parchemins anciens. Je ne vois aucune raison pour qu'il ne tente pas sa chance avec les papiers que vous avez dérobés à Filippo. Je suppose que ceux que vous leur aviez substitués sont restés à la même place...

Avant d'aller se coucher, Pietro se rendit dans la chambre de son frère. Suivant les instructions d'Elena, il ouvrit le tiroir secret et découvrit que Filippo n'avait jamais vérifié le contenu du portefeuille de cuir. Parmi les feuillets qu'Elena y avait mis, il trouva le début d'une lettre adressée par sa belle-sœur à un certain Nicolo.

Marietta accepta de confier les documents à Pietro, mais auparavant, elle le questionna sans détour :

— Quel est votre but, Pietro ? Avez-vous vraiment l'intention de laver le nom des Torrisi, qui a toujours été haï des Celano ? Ou bien désirez-vous vous convaincre de la culpabilité de votre frère, avant de détruire les preuves de son infamie ?

Cette franchise ne parut pas blesser le jeune homme, qui sourit.

— Si votre mari a été injustement emprisonné par la faute d'un Celano, il est de mon devoir de réparer ce préjudice, quoi qu'il puisse m'en coûter.

Marietta ne douta pas un instant de sa sincérité. Dès l'instant où elle l'avait rencontré, elle avait deviné qu'il s'agissait d'un homme libre, que les traditions familiales n'enfermaient pas dans leur carcan.

— Si vous pouvez prouver l'innocence de Domenico, je vous en serai éternellement reconnaissante. Que diriez-vous, si je vous apprenais que cette odieuse querelle peut encore se réveiller ?

— Je penserais que vous avez un fils... Je gage qu'il se trouve en lieu sûr ?

— Pouvez-vous me certifier que personne n'attentera à sa vie ?

Pietro tapota le portefeuille de cuir, qu'il tenait toujours.

— S'il est possible d'arracher la vérité à ces documents, je disposerai d'arguments irréfutables pour mettre un terme à ce conflit. Sous prétexte de laver le nom des Celano du déshonneur dans lequel l'a plongé Filippo, j'exigerai que la famille répare ses torts envers Domenico Torrisi. L'entente retrouvée peut seule garantir la sécurité de votre fils.

— Vous êtes un homme de bien, dit Marietta d'une voix étranglée.

Pietro envoya les documents à Padoue par l'entremise d'un messager de confiance. A cette nouvelle, Elena ne se tint pas de joie.

— Qui est Nicolo ? lui demanda un jour Pietro.

— Un homme que j'ai aimé autrefois, avoua-t-elle en rougissant. J'avais coutume de lui écrire des lettres qu'il ne recevait jamais.

— Celle que j'ai aperçue datait d'avant votre emprisonnement. Est-il le père d'Elizabetta ?

Les yeux d'Elena s'élargirent de stupeur.

— Comment le savez-vous ?

— La nuit où nous avons failli vous perdre, Marietta vous a supplié de ne pas mourir, car sinon Elizabetta et Nicolo ne se connaîtraient jamais.

Posant ses mains sur les bras de son fauteuil, Pietro observa un instant la jeune femme avant de poursuivre :

— J'ai vu l'enfant à plusieurs reprises. Elizabetta vous ressemble tant que cela m'a donné à réfléchir. Hier, Marietta m'a demandé si elle pouvait s'installer au palais pour quelque temps, et j'ai cru comprendre qu'elle garderait l'un de ses enfants auprès d'elle. Je devine maintenant qu'elle désire que vous puissiez jouir de la présence de votre propre fille.

— Je l'ai donnée à Marietta, coupa Elena. Il vaudrait mieux que je ne la voie pas trop souvent.

— Peut-être Marietta a-t-elle l'intention de vous la rendre, maintenant que Filippo n'est plus.

Elena enfouit son visage dans ses mains.

— C'est un cadeau que je ne puis accepter.

Pietro prit son siège et vint s'asseoir près du lit. Ayant laissé à la jeune femme le temps de se calmer, il lui demanda :

— Nicolo était-il marié, quand vous l'avez rencontré ?

— Non, mais il doit l'être aujourd'hui. Tout cela remonte à si loin !

Pietro écouta attentivement sa belle-sœur, tandis qu'elle lui contait sa liaison avec Nicolo. Toute son attitude prouvait qu'il était accoutumé à recevoir des confidences et savait leur accorder l'attention nécessaire. En conclusion, Elena précisa que Nicolo lui avait fait promettre de le prévenir si elle retrouvait un jour sa liberté. Pietro approuva d'un hochement de tête.

— Pourquoi ne pas lui écrire, quand vous vous en sentirez capable ? suggéra-t-il. Je veillerai à ce que votre lettre lui parvienne.

Si Pietro avait pensé qu'il ne s'agissait que d'une liaison passagère, il ne se serait pas exprimé ainsi. Elle avait tant souffert, cette jeune et innocente fille de la Pietà, ballottée d'un homme à l'autre comme un vulgaire paquet et si cruellement abusée par son époux ! Elle avait dû se séparer de sa fille, renoncer à la voir grandir, à l'aimer et à en être aimée. Si elle pouvait encore recevoir un peu de bonheur, ce ne serait que justice. Marietta devait éprouver le même sentiment, puisqu'elle acceptait généreusement de partager Elizabetta avec sa mère naturelle.

La suggestion de Pietro resta gravée dans l'esprit

d'Elena, bien qu'elle ne suivît pas son conseil. Elle avait perdu sa beauté, pensait-elle, et n'était plus la femme que Nicolo avait aimée. L'épreuve qu'elle venait de subir l'avait changée. Intérieurement, elle se sentait plus forte qu'elle ne l'avait jamais été, même si sa faiblesse apparente semblait prouver le contraire. Ses pensées allaient souvent à Domenico. Si les documents que Marietta avait remis à Pietro apportaient la preuve de son innocence, comment Marietta et lui parviendraient-ils à recommencer leur vie ? Il avait changé, lui aussi, tout comme Marietta était devenue une autre, en développant le sens des affaires qui lui avait permis de subvenir aux besoins des siens.

L'état d'Elena s'améliora considérablement avec l'installation d'Elizabetta au palais. La vue du visage radieux de l'enfant, lorsqu'elle passait son joli minois dans l'embrasure de la porte, les petites plaisanteries qu'elles échangeaient et les longs moment qu'elles consacraient à la lecture suffisaient à combler ses journées de bonheur. Entre ces visites, Elena se reposait ou dormait. Pendant ce temps, la fillette sortait avec une nourrice ou jouait dans la bibliothèque auprès de sœur Giaccomina qui poursuivait son classement, selon le désir de Pietro.

Réintégrée dans ses fonctions, Maria Fondi veillait sur sa maîtresse avec un soin jaloux. Marietta pouvait ainsi retourner chez elle de temps à autre, pour voir Melina et faire travailler Lucrezia. La nuit, elle couchait auprès d'Elena, sur un lit de fortune, car la jeune femme faisait de fréquents cauchemars au cours desquels elle s'imaginait être encore enfermée dans le salon de marbre.

— Maman dit que vous êtes toutes les deux mes mamans, elle et toi, déclara un matin Elizabetta, tout comme vous étiez toutes les deux les marraines de Bianca. A partir d'aujourd'hui, je t'appellerai maman Elena.

Profondément émue, Elena prit le petit visage de sa fille entre ses mains et l'embrassa.

Quand finalement Marietta put rentrer définitivement chez elle, Elizabetta resta encore quelque temps au palais. L'enfant adorait être l'objet d'attentions exclusives, ce qui n'était pas le cas Calle della Madonna, où elle devait partager l'affection de sa mère avec Melina ou se fondre parmi les enfants d'Adrianna. L'échoppe était florissante et Marietta fut très satisfaite du succès remporté par son « coin musical ». Récemment, Leonardo avait réalisé ses projets et acquis une boutique voisine de la sienne, consacrée aux instruments.

Au palais, alors que sœur Giaccomina se déclarait parfaitement comblée par son travail de classement, Bianca dut retourner au conservatoire. Ce fut Pietro qui en prit la décision.

— Bianca doit reprendre ses études, annonça-t-il à Marietta, qui se rangea à son avis.

Les sentiments de Bianca étaient mitigés, une fois de plus. Elle ne voulait plus rester au palais, mais elle avait perdu tout intérêt pour la flûte. Tout ce qui constituait auparavant sa vie, ses rêves, ses espoirs, tout cela avait volé en éclats et il lui semblait n'être plus chez elle nulle part, et encore moins à la Pietà.

Avant son départ, Pietro lui parla en tête à tête.

— Je me suis aperçu qu'il n'est pas bon pour vous de demeurer ici. Je devine que cette demeure est associée dans votre mémoire à bien des souvenirs déplaisants, à des événements qui n'auraient jamais dû avoir lieu. Je ne m'y sens pas plus à l'aise que vous, sachez-le... Je ne souhaite pas mener une vie de plaisir, ponctuée de temps à autre par de brèves apparitions au Grand Conseil. Je n'ai rien d'un politicien et suis absolument dénué d'ambition. Mes talents sont autres. Ma seule vocation est la médecine et dès que je pourrai, le Palais Celano sera fermé. Quant à moi, je retournerai à Padoue pour soigner mes malades.

— Pourquoi me dites-vous tout cela ? demanda-t-elle, quoiqu'elle le devinât fort bien.

— Je veux que vous compreniez pourquoi je désire que vous retourniez à la Pietà.

Ce fut sœur Sylvia qui vint chercher Bianca. Quand la jeune fille aperçut la Pietà, depuis la gondole, il lui sembla que le conservatoire revêtait désormais pour elle une signification nouvelle... Il était devenu le lieu où elle allait commencer d'attendre...

Un mois plus tard, un jour d'avril, un navire français qui sillonnait l'Adriatique fut surpris par une tempête et s'aventura sur les eaux vénitiennes, pour trouver un abri. Depuis quelque temps, l'incertitude qui planait sur les intentions françaises faisait souffler un vent de panique sur la République. Le responsable de la forteresse ordonna qu'on fît feu sur les mâts de l'intrus, en guise d'avertissement. Un bateau vénitien prit alors la relève et ouvrit le feu à son tour. Plusieurs marins français furent tués, le navire fut remorqué jusqu'à l'Arsenal et les survivants mis aux fers.

L'incident eut l'effet d'une bombe. Fou de rage, Bonaparte couvrit d'injures les émissaires vénitiens. Pour finir, il brandit un poing menaçant dans leur direction.

— Je serai un Attila pour Venise, rugit-il.

De retour dans la République Sérénissime, les ambassadeurs présentèrent les exigences du conquérant au doge, qui trembla. Absolument incapable d'affronter une menace d'une telle ampleur, il fit preuve d'une confusion et d'une indécision qu'il communiqua au Sénat. Pietro, atterré, tenta de faire entendre sa voix, au Grand Conseil, mais peu l'écoutèrent et aucun n'en tira de conclusion utile.

Les rumeurs galopaient. La nouvelle se répandit que les troupes françaises marchaient sur Venise.

De bonne heure, le 1er mai, Pietro se rendit dans la Salle du Grand Conseil, pour entendre l'ultimatum que le doge avait reçu du Français la veille. Peu de conseillers étaient présents, la plupart d'entre eux ayant fui pendant la nuit, après avoir eu vent de ce qui se tramait. Le doge se présenta devant eux en pleurant. Pietro l'entendit annoncer que les Français avaient pointé leur canons sur Venise et que de nombreuses troupes avaient déjà atteint les rives de la lagune. Le représentant de la France à Venise exigeait que les navires vénitiens, passés aux mains des Français, transportent ces troupes jusqu'aux points stratégiques de la cité. On exigeait d'eux une reddition totale.

Au moment même où le doge invitait les membres du Grand Conseil à se prononcer sur cet ultimatum, une fusillade retentit à l'extérieur. La confusion la plus totale se répandit parmi les conseillers, qui ne songèrent plus qu'à prendre la fuite. Un petit nombre seulement resta, parmi lesquels Pietro et Sebastiano.

En larmes, le doge prononça ses dernières paroles officielles :

— La République de Venise n'est plus.

Pietro s'inclina avec les autres sur le passage du doge, qui quitta lentement la salle, sans regarder ni à droite ni à gauche. De retour dans ses appartements privés, il ôta sa coiffe et la tendit à un serviteur.

— Prends-la, dit-il, je n'en aurai plus besoin.

Lorsqu'il sortit du Palais des Doges, Pietro s'immobilisa un instant en haut des marches de pierre qu'il ne gravirait sans doute plus jamais. Depuis sa fondation, en l'an 421, Venise n'avait jamais été conquise. Grande nation maritime, dont le commerce et les richesses avaient suscité la convoitise du monde entier, elle s'était détruite elle-même en sombrant dans l'hédonisme et dans l'excès, jusqu'à devenir une oligarchie décadente. Les Français allaient s'abattre sur elle comme un essaim de guêpes. Une ère glorieuse touchait à sa fin.

Les Français arrivèrent vite. Les barnabotti, qui ressassaient depuis longtemps leurs griefs et leur amertume envers cette noblesse dont la générosité leur permettait d'exister, les accueillirent comme des frères. La plupart des autres Vénitiens éprouvèrent seulement un sentiment dégradant de honte à l'idée que la Sérénissime République avait été livrée aux mains des Français sans combat. Nombre d'entre eux, décidés à prendre les armes, avaient formé des groupes avec des ouvriers de l'Arsenal... pour découvrir qu'il était trop tard.

Bientôt, Marietta reçut une nouvelle sorte de clients, dans son échoppe. Les officiers français lui faisaient la cour, l'invitaient à dîner ou au théâtre. Elle les éconduisait tous. Ils achetaient des masques, qu'ils envoyaient à leurs femmes ou à leurs fiancées. Elle répugnait à les servir, car elle voyait en chacun d'eux un profanateur de tout ce qui était vénitien. Ils attachaient leurs chevaux aux colonnes du Palais Ducal, allant même jusqu'à empiler des balles de foin entre les colonnades. Sur la Place San Marco, on avait érigé un Arbre de la Liberté pour une fête qui devait avoir lieu le dimanche de la Pentecôte. C'était un énorme poteau de bois surmonté du bonnet phrygien écarlate, symbole de la révolution. Le livre d'or, contenant les plus nobles noms de Venise, avait déjà été détruit, car le général français exécutait sans délai les ordres impérieux qu'il recevait. Ce fut lui qui ordonna de saisir peintures, sculptures, vaisselles religieuses et d'autres œuvres d'art inestimables, pour les envoyer par bateau en France.

La seule bonne nouvelle fut apportée par Lucrezia, qui rentra en courant dans l'échoppe.

— Signora Torrisi ! Je viens juste d'apprendre

que les prisonniers politiques doivent être relâchés par le général français !

Marietta était occupée à servir un client. Sans un mot, elle plongea sa main dans un tiroir, pour l'en retirer pleine de pièces, puis elle sortit de la boutique en courant, sans chapeau et un masque à la main. Elle voulut héler une gondole, mais les troupes françaises semblaient toutes les monopoliser.

Comme elle franchissait le Pont du Rialto, elle jeta le masque. Les gens se retournaient pour suivre des yeux cette belle jeune femme qui semblait voler, ses beaux cheveux roux croulant sur ses épaules. A la Riva del Carbon, elle ne trouva pas davantage d'embarcation, aussi se décida-t-elle à s'enfoncer dans les ruelles. Parfois, elle s'arrêtait pour reprendre sa respiration, appuyée à un mur. Elle atteignit finalement la Place San Marco, puis la Piazzetta, avant de franchir la porte du Palais des Doges. Elle arriva enfin devant la porte par laquelle on accédait aux cellules situées sous les Plombs. Une foule s'y pressait déjà, mais elle se fraya un passage, juste à temps pour voir quelques hommes émerger du couloir en agitant les mains avec exubérance.

Elle devina qu'il s'agissait de Vénitiens favorables aux Français, qu'on avait arrêtés après que ceux-ci avaient lancé leur première menace. Il y eut quelques scènes de retrouvailles, puis les gens commencèrent à se disperser.

Marietta comprit alors que Domenico avait dû sortir parmi les premiers et qu'elle l'avait manqué. En sortant du palais, elle aperçut le capitaine Zeno qui s'apprêtait à y entrer et l'interpella.

— Capitaine Zeno !

Il l'aperçut et vint à sa rencontre, secouant la tête avec désapprobation.

— Vous ne devriez pas être ici, signora.

— Savez-vous quel chemin a pris Domenico ? Est-il parti en gondole ?

— Je ne saurais vous dire à quel point j'en suis navré, mais le commandant français refuse de le libérer.

— Pourquoi ? s'écria-t-elle avec incrédulité.

— Il a horreur des traîtres. Puisque votre mari ne servait pas les Français en agissant contre la République de Venise, il dit que Domenico doit rester en prison.

Marietta s'évanouit et il la rattrapa au moment où elle s'affaissait sur le sol.

La fête organisée par les Français eut lieu le dimanche de la Pentecôte. Une foule de gens s'étaient réunis pour regarder la procession. Un groupe de soldats français la conduisait, suivis d'enfants vénitiens qui portaient des fleurs. Derrière eux, des hommes et des femmes chantaient et dansaient, leur nombre grossi par les barnabotti qui portaient le drapeau tricolore. On dansa ensuite autour de l'Arbre de la Liberté. Parmi ceux qui se réjouissaient ainsi, se trouvait le dernier des doges, débarrassé de ses vêtements d'apparat. Mais un grand nombre de Vénitiens étaient atterrés de voir leurs compatriotes célébrer ainsi ce qui était la journée la plus tragique de leur histoire. On eût dit que cette cérémonie prenait place à leurs yeux parmi les fêtes habituelles. Sans doute espéraient-ils s'éveiller au matin, pour voir leur ville revenue à son état normal et les Français envolés.

Ce fut loin d'être le cas. Le 17 mai, Marietta se trouvait dans l'échoppe de Leonardo, lorsqu'un grand vacarme les attira à l'extérieur. Le général Bonaparte était arrivé sur la Place San Marco. Il se tenait au milieu de ses officiers, petite silhouette trapue en uniforme. Il contemplait la façade étincelante et ornée de mosaïques de la Basilique. Puis il se tourna avec lenteur pour balayer la place du regard.

— Voici la plus belle salle de réception d'Europe, déclara-t-il avec admiration.

Si les Vénitiens doutaient encore d'être sous la botte du conquérant, ils furent édifiés en voyant qu'on dressait un échafaudage devant la Basilique, afin d'ôter les quatre chevaux de bronze de la place qu'ils occupaient sur sa façade depuis le douzième siècle. Lorsqu'on les chargea sur le bateau qui devait les emporter en France, ce fut comme si on avait arraché le cœur de Venise.

Pietro rendit visite à Marietta le jour où cette opération commençait. Elle avait momentanément fermé boutique, car le commandant français avait annoncé la suppression du Carnaval. Désormais, il était interdit de porter des masques. Pietro trouva Marietta et ses employées occupées à mettre les masques dans des boîtes, pour installer à leurs places des instruments de musique.

— Je ne pourrai plus faire vivre cette échoppe sur la vente des masques, expliqua-t-elle. Par bonheur, j'avais déjà mis sur pied la vente des instruments de musique.

— J'aimerais vous parler seul à seule, dit-il après lui avoir décrit ce qui se passait à la Basilique.

Marietta le fit monter dans son salon. Assise en face de Pietro, elle devina à son air grave qu'il n'avait rien de bon à lui annoncer.

— Dites-moi ce qui vous amène.

— Les documents m'ont été retournés de Padoue.

— Ne me dites pas que votre ami n'est parvenu à aucun résultat ! supplia-t-elle.

— Bien au contraire. Grâce aux marques gravées par la plume dans le papier, il a réussi à produire la copie exacte de tout ce qui avait été écrit. Et tout était exactement conforme aux affirmations d'Elena. Domenico est innocent de toute trahison envers la Sérénissime République, comme vous l'avez tou-

544

jours soutenu. Les documents contiennent les preuves qu'un complot a été fomenté contre lui et qu'on est même allé jusqu'à payer des faux témoins.

S'il avait affiché le moindre enthousiasme, Marietta aurait donné libre cours à sa joie, mais il paraissait si grave qu'elle se contint.

— Et alors ? demanda-t-elle avec anxiété.

— Dès que j'ai reçu ces preuves, je suis allé voir le commandant français, qui a refusé de me recevoir. J'ai tenté de nouveau ma chance quand le général Bonaparte est venu, puisqu'il affirme le droit de tous à la justice, mais l'on m'a informé que le général était trop occupé pour accorder des entretiens. J'ai donné une copie des documents à ses officiers, les priant de bien vouloir les lui transmettre avant son départ, mais cette démarche n'a pas eu de suite. Je doute même que l'affaire ait été portée à sa connaissance.

Si une telle détermination n'avait rencontré qu'indifférence ou refus, songea Marietta, il ne lui restait plus beaucoup d'espoir d'arracher Domenico à sa prison.

— Je vous remercie d'avoir déployé tant d'efforts pour sauver mon mari, dit-elle seulement.

— Je peux encore tenter autre chose. J'ai fait imprimer quelques libelles, qui seront répandus à travers Venise dès demain. Ils proclament l'injustice dont Domenico a été victime et dénoncent le complot ourdi par Filippo. Au nom de la famille Celano, je présente mes excuses à l'homme innocent souillé par cette infamie. Dans le dernier paragraphe, j'exige qu'un terme soit définitivement mis à la querelle et affirme que nos deux familles sont désormais liées par une amitié qui commence avec Domenico, son fils Danilo et moi.

Etouffée par l'émotion, Marietta pouvait à peine parler.

— Pour Domenico, rien n'est plus important que

545

son honneur retrouvé et la reconnaissance de son fils ! Il n'a jamais voulu d'une grâce qui l'aurait laissé sali, souillé par un réseau de mensonges. Même si le Français refuse d'écouter, tous les Vénitiens connaîtront la vérité.

— Demain, ces libelles seront distribués aux membres de la Municipalité Provisoire*, quand ils se réuniront au Palais Ducal. J'espère qu'ils se chargeront d'en transmettre le contenu au commandant français. Tout n'est donc pas perdu, Marietta.

Pietro se trompait. La Municipalité Provisoire ne disposait d'aucun pouvoir, hormis sur des questions secondaires. Le commandant français se réservait toutes les décisions importantes. Très soupçonneux envers les Vénitiens, il prit la démarche de quatre des membres de la Municipalité comme un défi personnel. L'affaire mettant en cause de vieilles familles patriciennes, impliquées dans la décadence de Venise, il y vit une tentative pour saper l'autorité de la France. Le cas de Domenico Torrisi fut définitivement écarté de ses préoccupations.

Marietta comprit alors que tout espoir était perdu. Et comme si ce n'était pas suffisant, le commandant supprima tous les privilèges de Domenico, y compris celui de recevoir des lettres. Le capitaine Zeno, qui osa protester contre cette mesure, fut congédié. Auparavant, il eut le temps de remettre un libelle à Domenico.

Pour sa première sortie, Elena rendit visite à ses amies, Calle della Madonna. Pietro avait été invité, car Adrianna et Marietta avaient organisé une petite réception pour célébrer la guérison de leur amie. Malgré sa tristesse, Marietta voulait que la fête fût

* Au nombre de soixante, les membres de la Municipalité Provisoire détenaient le pouvoir politique, sous la surveillance du commandant français. (N.d.T.)

très gaie, ainsi que Domenico lui-même l'aurait souhaité. Elle avait d'ailleurs une raison de se réjouir, car la décision de Pietro, communiquée à tous les Celano, lui avait permis de reprendre Danilo auprès d'elle. Lui et Melina faisaient leurs premiers pas, accrochés à ses jupes.

— Bienvenue parmi nous ! s'écria joyeusement Adrianna.

Leonardo et elle embrassèrent Elena et accueillirent chaleureusement Pietro. Tous se pressaient autour de la jeune femme, mais Elizabetta fut la première des enfants qu'elle serra dans ses bras. Quand les deux religieuses l'eurent congratulée à leur tour, Bianca se trouva face à face avec Pietro.

— Comment allez-vous, Bianca ?

— J'existe, répliqua-t-elle d'une voix incertaine. Rien de plus.

— Cela changera.

Ce furent les seuls mots qu'ils échangèrent, mais ni l'un ni l'autre ne devaient les oublier.

Ils s'assirent tous autour d'une longue table recouverte de soie damassée, sur laquelle Adrianna avait fait disposer ses plus beaux couverts d'argent. Leonardo savait recevoir ses hôtes et l'on but à la santé d'Elena et de Pietro, sans oublier Domenico. Suivant en cela l'exemple de Marietta, Leonardo avait sauvé son affaire de la ruine en ouvrant une échoppe consacrée à la musique. Le marché des masques s'était écroulé. Les voyageurs étrangers évitaient dorénavant Venise. Les mesures prises par le général Bonaparte, abolissant le Carnaval et les autres fêtes, avaient mené de nombreux fabricants de masques à la banqueroute.

Pour les trois amies et Bianca, cette réception était l'occasion d'exorciser les vieilles menaces. Leur amitié avait traversé le feu des épreuves, dont elle avait émergé plus forte que jamais. Pourtant, rien n'était plus pareil. Adrianna n'avait été affectée qu'indirectement par les événements qui avaient transformé la vie de Marietta, Elena et Bianca, mais elle se sentait parfaitement solidaire de ses amies et entendait partager leurs espoirs, ainsi que leurs difficultés actuelles.

Chacun des enfants avait offert à Elena un petit cadeau. Après le repas, ils se réunirent dans le salon pour les déballer avec des exclamations de joie. Les enfants se pressaient autour de la jeune femme pour lui expliquer comment ceci ou cela avait été cousu ou sculpté. Quand le calme fut revenu, Leonardo s'inclina devant Elena et, au nom de tous les adultes, lui remit une mince boîte de bois.

— Puisse ce présent ramener musique et bonheur dans votre vie.

Elena avait deviné de quoi il s'agissait avant même d'avoir soulevé le couvercle. Une nouvelle flûte... Applaudie par ses amis, qui la suppliaient de jouer pour eux, elle porta l'instrument à ses lèvres et attaqua l'air bien connu de Colombine. Adultes et enfants se mirent à chanter, puis Bianca sortit sa propre flûte pour accompagner Elena.

La nuit était claire et chaude. Sur le chemin du retour, Elena maniait vigoureusement le petit éventail que lui avait offert Elizabetta, tandis que le gondolier donnait de la voix, comme pour nier les changements qui s'étaient abattus sur Venise. Homme généreux, Pietro parlait de lui acheter une maison sur la Riva degli Schiavoni, de façon à ce qu'elle habitât tout près de ses amies de la Pietà. En outre, il lui verserait une pension confortable. Cette bonté touchait profondément Elena, qui avait hâte de quitter le Palais Celano, hanté par trop de souvenirs terrifiants. Lorsqu'elle serait installée dans sa nouvelle maison, Elena projetait d'emmener Elizabetta aux concerts de la Pietà.

De derrière les volets de la gondole, elle aperçut le Palais Manunta, où elle avait rencontré Marco pour la première fois. Par la suite, elle avait dansé bien des fois dans la grande salle de bal. Maintenant, le palais était loué à un grand d'Espagne. Ses amis patriciens étaient nombreux à avoir quitté Venise, sans savoir s'ils reviendraient jamais.

— Regardez, Elena ! Vous voyez toutes ces embarcations ?

La voix de Pietro était teintée d'amertume, car nombre de ces bateaux étaient chargés des trésors qu'ils allaient décharger sous bonne garde dans un navire français, ancré dans la lagune.

— Ils ne nous laisseront rien, continua Pietro. Ils se sont approprié le panneau central peint par Veronese, qui ornait le plafond de la Salle du Conseil des Dix. Et le « Mariage de Cana », du même peintre, a été enlevé du monastère de San Giorgio Maggiore. Le nouveau commandant français, qui a succédé au précédent la semaine dernière, semble mettre son point d'honneur à piller nos plus beaux trésors. Il a même amené des experts avec lui, pour qu'ils le conseillent judicieusement.

Elena hocha tristement la tête. Même le *Bucentaure*, le navire symbole de la gloire vénitienne sur lequel Marietta avait chanté à l'occasion des Epousailles de la Mer, avait été systématiquement pillé. Réduit en planches à coups de hache, ce chef-d'œuvre avait été brûlé sur la Piazzetta, de façon à ce que l'or fût recouvert de cendres. Comme si cela ne suffisait pas, les Français avaient remorqué la carcasse jusqu'au lieu où le doge jetait l'anneau à la mer. Symbole dérisoire de la gloire d'antan, l'épave se dressait désormais à cet endroit, rappelant à tous que le temps des fêtes était définitivement clos.

— Pourrez-vous approcher le nouveau commandant, pour plaider auprès de lui la cause de Domenico ? demanda Elena.

— J'ai déjà essayé. Son aide de camp m'a informé que le dossier ne serait pas rouvert.

— Marietta le sait-elle ?

— J'ai malheureusement dû le lui faire savoir avant de quitter la demeure des Savoni. Les Français considèrent Domenico comme un dangereux ennemi.

Il semblait que Marietta dût indéfiniment puiser dans ses ressources de courage, songea Elena. Ses pensées n'avaient pas quitté son amie lorsqu'elle gravit les marches du Palais Celano avec Pietro. Un serviteur venait à leur rencontre.

— Un visiteur vous attend dans le salon ivoire, signora.

— Ah ? Qui est-ce ?

— Il s'est présenté comme le signore Contarini.

Elena poussa un cri et serra plus fort le bras de Pietro.

— Avez-vous écrit à Nicolo ? Parce que, pour ma part, je ne l'ai pas fait.

— Non. Je ne me le serais pas permis sans avoir votre accord.

A peine consciente de ce qu'elle faisait, Elena se mit à courir. Parvenue devant la porte du salon, elle s'immobilisa, la main posée sur la poignée, n'osant aller plus loin. Nicolo, qui avait entendu le bruit de ses pas, prit la décision à sa place et ouvrit brusquement la porte. Les deux amants se retrouvèrent face à face. Comme il lui souriait, Elena sentit tous ses doutes se dissiper.

— Je suis venu vous chercher, Elena, dit-il.

On eût dit qu'ils n'avaient jamais été séparés...

Plus tard, pendant le souper, Nicolo expliqua que la nouvelle de la mort de Filippo était parvenue jusqu'à Florence, malgré les troubles qui agitaient la région.

— J'espérais que vous m'écririez, Elena.

— Je n'ai pas osé. J'ai pensé que vous seriez marié. Et si ce n'était pas le cas, je croyais que la longue séquestration dont je vous ai parlé m'aurait trop enlaidie pour que vous vouliez encore de moi pour femme.

— Vous méconnaissez votre ravissant visage, Elena. A mes yeux, vous n'avez pas changé et il en sera toujours ainsi. Où souhaitez-vous que nous nous mariions ? Ici ou à Venise ?

— A Florence. Je veux oublier Venise à jamais.

— Eh bien, nous nous préparerons au départ dès demain, mon amour.

Elena ne lui avait pas révélé qu'un enfant était né de leur amour. Elle craignait qu'il ne voulût emmener Elizabetta avec eux, ce qui aurait été trop cruel pour Marietta, en ces moments difficiles. En outre, l'enfant eût risqué d'en être bouleversée. Elizabetta leur rendrait visite lorsqu'elle serait en âge d'apprendre la vérité. Si elle décidait alors de vivre auprès d'eux, ce serait du fait de son propre choix.

A l'imitation de Nicolo, elle leva son verre. Ils se sourirent mutuellement, puis il posa sa main sur celle d'Elena, qui portait déjà la bague de fiançailles qu'il lui avait offerte.

— A notre avenir, Elena. Puissions-nous ne plus jamais être séparés.

Cette nuit-là, Marietta était trop remuée par ce que Pietro lui avait dit pour trouver le sommeil. Mais elle n'abandonnerait pas la lutte ! Elle se tournait et se retournait sur ses oreillers, incapable même de prendre un peu de repos. Soudain, elle se dressa sur son lit, frappée par une illumination. Et si elle se rendait elle-même auprès du nouveau commandant ?

Appuyée sur un coude, elle alluma la chandelle qui se trouvait sur sa table de chevet, puis elle s'étendit sur le dos pour fixer le ciel de lit d'un regard aveugle. Elle avait entendu dire que le commandant appréciait les jolies femmes et qu'on le voyait souvent en compagnie d'une des plus belles courtisanes de Venise. Si elle parvenait à franchir le seuil du Palais Ducal, elle réussirait peut-être à se faire entendre de lui, alors qu'un homme n'aurait aucune chance d'accomplir un tel exploit.

Se dépouillant vivement de sa chemise de nuit, Marietta alla se planter devant son miroir pour examiner sa silhouette. A trente-quatre ans, elle continuait d'exercer sur les hommes un attrait indéniable. Elle rassembla ses cheveux au-dessus de sa tête, réfléchissant à la façon dont elle devrait les coiffer le lendemain matin. Il faudrait aussi choisir ses vêtements... Rapidement, elle souleva les couvercles de ses coffres et ouvrit les portes de son armoire. Pas question d'y aller simplement vêtue, car il s'agissait de plaire à un homme aux goûts de luxe. Se sachant à bout de ressources, elle était décidée à jouer son dernier atout.

Son choix se porta sur une robe très à la mode, bien qu'elle ne fût pas neuve. Elle avait coutume de la mettre pour l'Opéra ou les soirées auxquelles Sebastiano ou d'autres la conviaient. Il faudrait changer les rubans du chapeau qu'elle désirait porter pour les assortir à la couleur de la robe. Son panier de couture à la main, Marietta ouvrit un coffre qui contenait les garnitures de masques dont elle n'avait plus besoin à l'échoppe. Il y avait là des plumes, des récipients remplis de sequins, des voiles légers et des rouleaux de rubans. Elle prit ce qu'il lui fallait pour mettre la touche finale à sa tenue. Elle allait se recoucher, ayant terminé sa tâche, lorsqu'elle se ravisa et ouvrit un tiroir. Parmi ses coffrets à bijoux, elle aperçut une boîte tapissée de velours. Elle contenait le masque doré que Domenico portait la première fois qu'elle l'avait vu.

Marietta souleva le couvercle de la boîte et prit le masque qu'elle contempla avec tendresse. Elle l'avait dissimulé dans ses bagages, le jour où elle avait dû quitter le Palais Torrisi. Après leur mariage,

Domenico l'avait porté quelque temps, puis il l'avait rangé pour ne plus jamais y faire allusion. Elle en avait déduit que le masque était un présent de sa première femme, ainsi qu'elle l'avait toujours soupçonné. Dès l'instant où sa seconde épouse avait gagné son cœur, le masque avait pris place parmi les souvenirs qu'il conservait d'Angela.

Lentement, Marietta caressa la surface miroitante, évoquant le jour où sa vue l'avait si profondément troublée, dans l'atelier de sa mère. Elle ignorait alors que l'homme pour qui ce masque avait été confectionné jouerait un rôle si important dans sa vie. Au moment où elle allait se lancer dans une entreprise aussi risquée qu'audacieuse, il était naturel qu'elle retournât aux sources de son amour pour lui, en sortant ce masque de son écrin.

Lorsque Marietta remit le masque doré en place, elle sut qu'elle pourrait s'abandonner au sommeil durant les quelques heures qui lui restaient avant l'aube.

18

Marietta s'éveilla peu avant l'aube. Elle se leva aussitôt et se baigna pendant que les enfants dormaient encore. Elle passa ensuite ses vêtements de dessous, enfila bas et chaussures, puis elle mit une robe pour prendre son petit déjeuner. Pour avoir entendu dire que le nouveau commandant dormait aussi peu que le général Bonaparte, elle pensait qu'il valait mieux se présenter au palais avant qu'il ne fût absorbé par les affaires courantes. Après avoir réuni son opulente chevelure en une masse souple et floue, selon la mode du jour, elle prit la robe qu'elle avait choisie durant la nuit.

Taillée dans une soie perle, elle rehaussait la splendeur de ses cheveux et la pâleur de son teint. Un fichu diaphane dissimulait et révélait à la fois son décolleté. Les manches descendaient jusqu'à mi-coudes et le haut de la jupe s'ouvrait pour découvrir un jupon de la même nuance ravissante. Pour ne pas affadir le contraste remarquable entre la couleur de la robe et celle de ses cheveux, elle choisit de simples boucles d'oreilles en perles et renonça aux bagues, pour ne porter que son alliance. Le moindre détail méritait son attention. Ses magnifiques atours avertiraient l'adversaire qu'elle n'entendait pas se laisser intimider par lui. En revanche, les perles et l'anneau d'or soulignaient sa position de femme de prisonnier. Il fallait que le commandant comprît qu'elle n'avait pas l'intention de s'offrir à lui en échange d'une faveur.

Pourtant... Comment réagirait-elle s'il tentait de la séduire ? Les conquêtes féminines avaient toujours figuré parmi les privilèges des conquérants. En outre, on disait le Français très passionné. Un long frisson parcourut Marietta des pieds à la tête. Au bord de l'évanouissement, elle ferma les yeux et s'agrippa au dossier d'une chaise. Peu à peu, elle se calma. Si c'était le prix qu'elle devait payer pour la liberté de Domenico, elle ne reculerait pas. Rien au monde ne l'empêcherait d'atteindre le but qu'elle s'était fixé.

Prenant son chapeau, elle l'ajusta soigneusement devant un miroir. Durant la nuit, elle avait recouvert le bord étroit d'une soie crème, le sommet disparaissait sous un flot de gaze et de larges rubans pêche frôlaient sa joue gauche.

Un trottinement de pieds nus la fit se retourner. Elizabetta apparut sur le seuil de la pièce, du sommeil plein les yeux.

— Maman ! s'exclama-t-elle avec étonnement. Tu es habillée comme une princesse !

— Quel compliment agréable ! répliqua sa mère avec un sourire. J'allais me rendre chez les Savoni, où tout le monde doit être debout, pour prévenir Adrianna que je me rends chez le commandant français, au Palais Ducal. Puisque te voici, je te charge de le lui expliquer à ma place, ainsi qu'à Lucrezia.

— Je peux venir avec toi ?

Marietta se baissa pour embrasser sa fille.

— Non, je dois y aller seule. Sois gentille, ma chérie, aide Adrianna à s'occuper des jumeaux. Tu sais combien Danilo peut être diable !

Marietta prit sa bourse de soie, ainsi que les documents qu'elle comptait présenter au commandant.

— Je te regarde par la fenêtre, maman. Fais-moi signe, dans la rue.

— Je n'y manquerai pas.

Une fois dehors, Marietta agita le bras en direction de la fenêtre, ainsi qu'elle s'y était engagée. Mieux valait que sa destination fût connue de ses amis, pensa-t-elle. Si elle venait à être arrêtée, pour une raison quelconque, ils sauraient où elle se trouvait.

Au bout de la rue, le soleil dorait les toits et les cheminées, ainsi que les quais animés du Grand Canal, où les commerçants s'apprêtaient pour la journée. La jeune femme héla une gondole et demanda à être conduite au môle. Quelques instants plus tard, elle apercevait les façades rose et or du Palais Ducal, qui étincelaient comme autrefois. A cette distance, on aurait pu croire qu'à l'intérieur non plus, rien n'avait changé.

Sur le môle, des soldats français en manches de chemise pansaient les chevaux de l'armée. Ils interrompirent leur tâche pour siffler sur son passage et lui lancer quelques quolibets galants. Sans leur prêter la moindre attention, elle traversa la Piazzetta d'un pas vif et se dirigea vers les portes surchargées d'ornements, devant lesquelles des sentinelles montaient la garde. Au passage, elle remarqua, à l'étalage d'une fleuriste un panier rempli de bouquets de fleurs de grenadier. Elle s'arrêta pour en acheter un, qu'elle fixa au creux de ses seins, tel un talisman.

La sentinelle la laissa passer sans poser de questions, dans le va-et-vient incessant de civils et de militaires. La jeune femme évita délibérément d'emprunter une entrée de côté. Elle voulait gravir l'escalier des Géants, qui paraissait presque modeste, auprès des deux statues colossales de Neptune et de Mars qui le dominaient. Parvenue en haut de l'escalier, elle franchit un portail et pénétra à l'intérieur du palais.

Un sergent se porta aussitôt à sa rencontre. Seuls les officiers supérieurs passaient par cette entrée, mais cette femme ravissante et splendidement vêtue avait un air altier proclamant qu'elle avait le droit d'être là.

— Bonjour, signora.

— Je viens voir le commandant, répondit-elle en français.

— Vous êtes attendue ?

— Non, c'est pourquoi vous me voyez ici de bonne heure. Il me recevra.

Le sergent hésita.

— Quel est le but de votre visite ?

— Il s'agit d'une affaire privée, que je ne puis en aucun cas vous révéler.

Le sergent s'écarta pour s'adresser à deux lieutenants qui l'écoutèrent et se tournèrent vers Marietta, un sourire connaisseur aux lèvres. Il était clair qu'ils la prenaient pour la dernière conquête de leur commandant. L'un d'eux s'approcha d'elle.

— Par ici, madame, dit-il en dans sa propre langue. C'est l'heure à laquelle notre commandant lit son courrier et je sais qu'il a reçu peu de lettres, aujourd'hui. Je vais vous conduire jusqu'à lui.

A son côté, elle traversa plusieurs salles splendides, qu'elle connaissait déjà pour y avoir accompagné Domenico en de grandes occasions. Ici et là, des tableaux avaient été enlevés, découvrant des pans entiers de murs. Le lieutenant avait engagé une conversation légère et la complimentait sur son français. Il lui demanda si elle vivait depuis longtemps à Venise et s'extasia sur la beauté de la ville. Ils parvinrent dans l'antichambre du commandant, et Marietta vit un sergent, assis derrière un bureau.

— Cette dame vient voir le colonel, dit le lieutenant. Votre nom, madame ? ajouta-t-il à l'intention de Marietta.

— Annoncez-moi comme... la signora Marietta.

Le lieutenant en conclut qu'elle devait être mariée et ne désirait pas que son infidélité fût ébruitée.

558

— J'ai été honoré de faire votre connaissance, madame.

Il la salua et aurait tourné les talons si le sergent n'avait posé sur Marietta des yeux soupçonneux.

— Je connais cette femme. Elle dirige une boutique de la Calle della Madonna. J'y ai acheté plusieurs masques pour ma femme et ma fille, lors de mon premier séjour à Venise. Elle est l'épouse du prisonnier Torrisi !

Les manières du lieutenant changèrent aussitôt.

— Elle doit quitter le palais sur l'heure ! aboyat-il.

Marietta se précipita vers la porte du colonel, mais le sergent fut plus rapide qu'elle et la rattrapa d'une main de fer. Comme elle se débattait, les documents lui échappèrent et s'éparpillèrent sur le sol, mais on ne lui permit pas de les ramasser. Malgré ses protestations, le sergent la poussa hors de l'antichambre. Ils avaient à peine parcouru quelques longueurs de couloir, quand le lieutenant les rappela.

— Un instant, sergent ! Ramenez Mme Torrisi, le colonel désire la recevoir.

Marietta en conclut que le commandant français, alerté par le vacarme, avait voulu faire preuve de magnanimité quand on lui avait rapporté l'incident. Le lieutenant avait réuni ses papiers et il les lui rendit avec un bref salut.

— Toutes mes excuses, madame.

Elle inclina imperceptiblement la tête. Après tout, il n'avait fait que son devoir. Cependant, le sergent avait ouvert une porte donnant sur un luxueux salon et lui faisait signe d'entrer. L'homme qu'elle était venue voir se tenait devant la fenêtre, le dos tourné, ses larges épaules sanglées dans sa veste d'uniforme bleue, une ceinture tricolore autour de la taille. Imitant en cela nombre de ses compatriotes, il avait renoncé aux perruques et à la poudre, symboles périmés de l'ancien régime, se dit Marietta en remarquant les cheveux sombres, courts et bien peignés.

— Je vous remercie de bien vouloir me recevoir, colonel, commença-t-elle.

Une voix familière retentit alors à ses oreilles :

— Chère Marietta, quand je vous ai vue traverser la cour, j'ai cru que vous aviez découvert que j'étais ici. C'était stupide de ma part, n'est-ce pas ?

Alix, plus âgé et plus grave que dans son souvenir, tourna vers elle un visage souriant.

— Alix ! s'exclama-t-elle d'une voix étranglée. Je n'arrive pas à y croire !

Il franchit rapidement la distance qui les séparait.

— Je suis finalement de retour à Venise, bien que ce ne soit pas dans les conditions que nous avions espérées tous deux.

Consternée, Marietta le fixait sans répondre. Elle ne voyait plus en lui l'Alix qu'elle avait aimé pendant quelques semaines de rêve, mais l'homme qui l'avait abandonnée pour une autre femme. N'allait-il pas se dérober, lorsqu'il connaîtrait l'objet de sa visite ?

Alix la fit asseoir sur un sofa avant de prendre place en face d'elle. Il croisa ses longues jambes moulées dans un pantalon blanc, contre lequel tranchaient les bottes noires et étincelantes.

— Je me suis souvent demandé ce qu'il était advenu de vous, commença-t-il. Chaque fois qu'une troupe de chanteurs italiens venait à Paris, j'allais l'écouter et je parcourais attentivement le programme, dans l'espoir d'y découvrir votre nom.

— A Paris ? s'étonna Marietta. Et votre filature de Lyon ?

— Grâce aux efforts de ma femme, elle est en pleine expansion. Louise s'entend parfaitement à gérer nos affaires, en revanche notre mariage n'est pas une réussite. J'ai fini par lui abandonner la direction de la manufacture pour entrer dans l'armée. J'ai établi mes quartiers à Paris, où j'habite. Quand l'occasion s'en présente, je passe à Lyon pour voir mes enfants et ma mère, qui est veuve.

— Je me rappelle combien l'entreprise familiale vous tenait à cœur. Vous avez dû souffrir, quand vous vous êtes résolu à tout quitter.

Les yeux d'Alix retinrent un instant ceux de Marietta.

— Je n'ai jamais autant souffert que lorsque je vous ai perdue.

— Cet épisode appartient à un passé révolu, répliqua-t-elle froidement.

— Vraiment ? Depuis que vous êtes ici, il me semble que c'était hier. Parlez-moi de vous. Depuis combien de temps êtes-vous mariée à ce Torrisi ?

— Treize ans, dont cinq de bonheur. Mon mari a été injustement jeté en prison, il y a de cela huit années.

Alix s'abstint de tout commentaire.

— Vous n'avez pas entrepris une carrière de cantatrice ?

— Non, mais je l'avais envisagé avant mon mariage, en effet. Domenico et moi avons deux jumeaux et une fille. Et vous ?

— Un fils, qui est déjà décidé à poursuivre l'œuvre de sa mère, et deux filles.

— Comment votre famille a-t-elle traversé la Terreur ? La France a vécu là des moments terribles.

— C'est une tache de sang sur notre noble histoire, dit Alix.

Ses yeux reflétèrent un instant la vision horrible d'une guillotine, dressée dans sa propre ville, dans un lieu où il avait joué étant enfant.

— Certains propriétaires de filatures sont allés à la mort, mais ceux qui s'étaient toujours battus pour améliorer la condition des ouvriers ont été épargnés, ainsi que leurs familles. Fort heureusement, Louise avait respecté les modifications que j'avais apportées, et les membres de ma famille ont été épargnés.

— J'ai prié pour vous, durant cette période.

— Vous m'aviez donc pardonné, en dépit de tout ?

— J'ai appris dès l'enfance que le cours de nos vies peut-être modifié contre notre gré, rétorqua-t-elle en soutenant fermement son regard. Nous aurions dû connaître l'issue de cette aventure dès le début. Vous étiez Arlequin et j'étais Colombine, qui n'ont jamais pu se retrouver.

— A cette époque, j'étais bien incapable d'envisager les choses sous cet angle, répondit Alix en haussant les épaules. Par la suite, je n'ai d'ailleurs jamais cherché à vous oublier. C'était sans doute déloyal de ma part envers Louise, quoique... elle n'en aurait sans doute pas été affectée, si elle l'avait su. Elle ne pensait qu'à faire prospérer la filature et à gagner de l'argent.

— Vous aimez la vie militaire ?

— Je m'y suis habitué, mais mon poste actuel ne me convient pas. Je suis un soldat, non un pilleur de trésors qui n'auraient jamais dû quitter Venise. Cela me dégoûte !

Les coudes sur ses cuisses, il se pencha en avant, fixant sur la jeune femme des yeux ardents.

— Je suis fidèle à Bonaparte parce que je vois en lui le chef susceptible d'extirper mon pays de la lie du Directoire, de le laver des crimes qui y ont été perpétrés au nom de la révolution. Il fera de la France un haut lieu de la liberté et un exemple pour le monde entier.

— Sans doute avez-vous raison, néanmoins, pour l'instant, il pille tout sur son passage.

— Sur les ordres du Directoire ! A Venise, nous sommes censés mettre la main sur les plus beaux chefs-d'œuvre, pour ne pas les laisser aux Autrichiens. Le traité que nous avons signé prévoit que nous leur abandonnerons la ville d'ici quelques mois.

Marietta darda sur lui des yeux étincelants de colère.

— Si je comprends bien, Venise n'est plus qu'un pion sur l'échiquier politique ! Il me semble parfois que la justice n'est plus de ce monde. Domenico a été emprisonné des années durant à la suite d'un complot ourdi contre lui et bien que son innocence soit aujourd'hui prouvée sans l'ombre d'un doute, votre prédécesseur et vous refusez d'en tenir compte.

Marietta brandit alors les papiers, qu'elle avait gardés, serrés contre son cœur.

— Et en voici les preuves ! Je demande que mon mari soit libéré au nom de votre propre exigence révolutionnaire : « Liberté, Egalité, Fraternité » !

Il leva la main, comme pour l'apaiser.

— Je n'en ai pas besoin. J'ai vu que mon prédécesseur en avait reçu des copies, en regardant ses dossiers.

— Vous les avez étudiés ?

— Non. Ils ne constituent pas une priorité, mais cela ne signifie pas que je ne leur accorderai pas mon attention, à un moment ou un autre. En les parcourant rapidement, j'ai vu qu'il s'agissait d'un cas intéressant.

— Je vous en prie, lisez-les maintenant.

Il lui sourit avec indulgence.

— J'ai au moins douze rendez-vous, aujourd'hui. Je dois entre autres rencontrer deux importants ambassadeurs étrangers et un diplomate suisse. Dites-moi, Marietta, avez-vous fait un mariage heureux ?

— Oui, et il le sera de nouveau quand vous aurez libéré mon époux.

— Etait-ce un mariage d'amour ?

— Non, lui répondit-elle franchement, mais il l'est devenu. De mon côté, d'abord, puis du sien.

Il approuva de la tête.

— Nous nous sommes toujours montrés honnêtes l'un envers l'autre. Maintenant, je dois vous dire avec une égale franchise que je n'ai jamais aimé une autre femme comme je vous avais aimée. Quand j'ai appris que j'étais envoyé à Venise, j'ai fait le rêve puéril que je vous retrouverais à la Pietà et que tout serait comme autrefois.

Il tendit la main pour effleurer tendrement le visage de Marietta.

— Le lendemain de mon arrivée, poursuivit-il, j'ai longé cette ruelle, jusqu'à la porte devant laquelle je vous attendais. J'ai levé les yeux vers les fenêtres, espérant contre toute attente que vous vous trouviez derrière l'une d'entre elles et pouviez me voir, comme je vous ai aperçue tout à l'heure depuis ce salon.

— Avez-vous demandé à me voir ?

— Oui. J'ai vu une religieuse aux yeux perçants qui m'a toisé du haut en bas, a pincé les lèvres et m'a dit tout ce qu'elle pensait de la présence des troupes françaises dans sa ville. En ce qui vous concernait, elle a seulement condescendu à me révéler que vous aviez quitté la Pietà depuis fort longtemps.

A sa description, elle devina aisément qu'il avait dû affronter sœur Sylvia.

— Votre rêve s'est donc dissipé, constata-t-elle avec sérénité.

— Il appartenait désormais au passé.

— A juste titre, Alix. Pourtant, au nom de ce que nous avons éprouvé autrefois l'un pour l'autre, je vous supplie de lire sans tarder ces documents ! Je veux que Domenico rentre avec moi à la maison, quand vous aurez terminé.

Prenant les deux mains de la jeune femme entre

les siennes, il plongea dans les yeux suppliants, levés vers lui.

— Vous me demandez de renoncer à cette seconde chance que le destin nous accorde ?

Elle secoua négativement la tête, le cœur empli de compassion.

— C'était une illusion, mon cher Alix. Je vous en prie ! Faites ce que je vous demande !

Il hésita, le visage soudain durci. Elle trembla qu'il repoussât sa requête, mais il hocha brièvement la tête.

— Entendu.

Il appela le sergent et lui ordonna d'annuler ses rendez-vous jusqu'en milieu d'après-midi. Marietta le suivit des yeux avec anxiété, tandis qu'il prenait le dossier et s'asseyait derrière son bureau.

La lecture des documents lui prit un temps considérable, car ils contenaient aussi le compte rendu du procès. De temps à autre, il lui lançait un regard indéchiffrable et lui posait une question. Le reste du temps, un silence de plomb régnait sur la pièce, à peine troublé par le froissement d'une page ou le crissement de sa plume, lorsqu'il prenait des notes. Elle guettait désespérément quelque modification de son expression, mais en vain. Il était clair qu'il ne se laisserait pas ébranler par ses sentiments personnels pour elle.

Un soldat apporta un pot de café, des tasses de porcelaine et une assiette remplie de petits gâteaux. Alix but à peine une ou deux gorgées, puis il reprit sa lecture, oubliant le café qui refroidit. L'attente se poursuivit, interminable. Enfin, il referma le dossier et leva les yeux vers elle.

— Votre mari a été la victime d'une terrible erreur judiciaire. Il va être libéré sur-le-champ et ses biens lui seront restitués. Le dossier contient un inventaire de tout ce qui a été enlevé du Palais Torrisi, et j'ose espérer qu'on en retrouvera la trace.

Submergée par le soulagement, Marietta était incapable de proférer un mot. Alix se leva et lui tendit la main pour l'aider à se lever. Des larmes de joie coulaient le long des joues de la jeune femme. Il l'attira contre lui et la serra un instant dans ses bras. La tête posée sur son épaule, elle ne s'offusqua pas qu'il posât ses lèvres sur son front.

— Vous me rendez Domenico, Alix, je me souviendrai toute ma vie de ce que vous avez fait pour nous et nos enfants. Je vous en supplie, ajouta-t-elle en levant les yeux vers lui, faites-le libérer de suite. Qu'il ne passe pas une minute de plus en prison.

— C'est entendu.

Alix appela pour la seconde fois le sergent, à qui il adressa quelques mots que Marietta n'entendit pas. Puis il se tourna vers elle.

— On va conduire Domenico dans un salon qui faisait autrefois partie des appartements privés du doge. Il ne serait pas juste que vous vous retrouviez entre des murs sinistres.

— Je voudrais l'y attendre dès maintenant.

— Je vous y emmène moi-même.

Elle prit son chapeau et le suivit jusqu'à la porte. Juste avant de l'ouvrir, il se tourna vers elle. Tous deux savaient qu'ils ne se reverraient peut-être jamais.

— Je vous souhaite d'être heureux, Alix, dit-elle doucement.

Prenant le bouquet de fleurs de grenadier, toujours fixé à son décolleté, elle le lui tendit. Il le prit avec un petit sourire.

— En souvenir de ma Colombine de la Pietà, murmura-t-il.

— Et au nom des jours anciens.

Il comprit l'allusion. La jeune fille avait failli lui appartenir, mais pas la femme dont le cœur était voué à un autre. Baissant la tête, il déposa un baiser sur la main de la jeune femme, en guise d'adieu. Puis ils quittèrent la pièce.

Laissée seule, Marietta attendit son mari dans le luxueux salon du doge. Rien ne troublait le silence, que le tic-tac d'une magnifique horloge dorée. Elle savait qu'un certain temps s'écoulerait avant l'arrivée de Domenico, pourtant elle ne s'assit pas, préférant arpenter la pièce. Ses pensées vagabondaient, portées vers l'avenir qui s'offrait à Domenico et elle. Maintenant que la villa leur appartenait de nouveau, ils pourraient s'y reposer durant quelques semaines. Environné de paix, Domenico parviendrait à s'adapter à sa liberté nouvelle. Plus tard, les enfants les rejoindraient et ils formeraient de nouveau une famille.

Au bout d'un temps infini, elle perçut un bruit de pas. Paralysée par l'émotion, elle s'immobilisa près de la fenêtre. La porte s'ouvrit et Domenico entra seul, grand et amaigri, son beau visage pâli par ce long séjour en prison. A la vue de sa femme, il sourit comme si la vie lui était rendue et vint à elle, les bras tendus.

— Mon amour !

Elle se précipita contre lui en poussant un cri de bonheur. Domenico serra sa femme contre sa poitrine et elle se pendit à son cou, offrant ses lèvres à l'homme qu'elle aimait plus que sa propre vie.

Un soir, plusieurs années plus tard, Marietta faisait quelques pas sur un balcon du Palais Torrisi, pour contempler le Grand Canal. A cette époque de l'année, le soleil couchant teintait d'ambre le Palais Ducal et allumait des reflets cuivrés sur les dômes de la Basilique avant de plonger la ville tout entière dans un flamboiement d'or. C'était ainsi qu'elle l'avait vue pour la première fois, depuis la barge qui l'emportait vers la Pietà. Le conservatoire existait encore, mais la qualité de son chœur et de son orchestre avait considérablement baissé. Les autres Ospedali, dont les chœurs avaient tant apporté à la musique, étaient fermés.

Depuis la chute de la Sérénissime République, l'histoire ne s'était pas montrée très tendre pour Venise. Au bout de quelques mois, les Français avaient cédé la place aux Autrichiens. Puis, après un certain laps de temps, ils étaient revenus à Venise. Chaque fois que Bonaparte, maintenant empereur de France, visitait la ville, il résidait dans le palais édifié pour lui, à l'ouest de la Place San Marco, qu'il considérait toujours comme la plus belle salle de réception d'Europe.

Marietta se réjouissait que Domenico eût choisi de rester au Palais Torrisi, qui restait l'une des rares demeures encore habitées par des familles patriciennes. La noblesse s'était dispersée, ne voulant ou ne pouvant s'adapter aux changements survenus dans sa vie. De nombreux citoyens s'étaient installés ailleurs, car le commerce était réduit à sa plus simple expression et les Français imposaient de lourds impôts. Même la mer, l'amie et la protectrice des Vénitiens depuis que ses fondateurs étaient venus s'établir dans la lagune pour échapper aux barbares, s'était retournée contre eux. Les flots perfides recouvraient désormais les vieux murs et clapotaient sur les marches de pierre, autrefois sèches et superbes.

Le Palais Celano avait souffert de sévères inondations, quelques semaines auparavant. Marietta se demandait si le salon de marbre rose avait été englouti. Pietro, parmi les premiers, s'était défait de son palais. Avec le produit de la vente, il avait acquis, puis transformé en hôpital une grande maison de Padoue. Depuis leur mariage, Bianca se consacrait aux malades à ses côtés.

Marietta espérait qu'ils pourraient assister au mariage d'Elizabetta avec un jeune banquier florentin. Après avoir rendu plusieurs visites à Elena et Nicolo, qui n'avaient pas eu d'autre enfant, la jeune fille avait fini par s'installer chez eux pour un an. Elle avait alors rencontré celui qui devait devenir son fiancé. Marietta avait hâte de partir pour Florence, où elle reverrait Elena et Elizabetta à cette occasion. Au cours des années qui avaient suivi la libération de Domenico, elle avait eu trois autres enfants, qui feraient le voyage avec elle.

Ses pensées s'arrêtèrent sur Alix, à qui elle devait tant. Elle ne l'avait jamais revu, car lorsque Domenico et elle étaient revenus de la villa pour s'établir au Palais Torrisi, il avait déjà été nommé ailleurs. Marietta avait éprouvé un profond chagrin en apprenant qu'il avait été tué, lors de la bataille de Marengo. Lui-même très affecté par la mort tragique de leur bienfaiteur, Domenico l'avait soutenue dans la peine.

Un bruit de pas attira l'attention de Marietta. Des chandeliers avaient été allumés dans le salon, l'éclaboussant de lumière. Domenico la rejoignit alors sur le balcon. Quelle que fût l'animosité que les Français suscitaient à travers l'Europe, Paris restait le grand ordonnateur de la mode. Comme la plupart des hommes, Domenico rejetait en arrière ses cheveux courts. Le col de sa veste était relevé et il portait un élégant pantalon, à la coupe seyante. Ils attendaient des amis, pour une partie de cartes, aussi était-il particulièrement bien vêtu.

— Quelle belle soirée, remarqua-t-il en posant les mains sur la balustrade.

Après toutes ces années d'enfermement, il appréciait la liberté comme jamais auparavant. Il regrettait que tout ce qu'il avait craint fût arrivé, mais il ne perdait pas l'espoir de voir se lever des jours meilleurs. Une sourde révolte grondait parmi les Vénitiens et Domenico attendait impatiemment le jour où les occupants seraient chassés de la ville. Oui, viendrait le temps où son fils Danilo, avec d'autres jeunes gens de son âge, verrait flotter sur Venise l'étendard de la liberté.

Il sourit à sa femme, qui glissait un bras sous le sien.

— Nos invités ne vont pas tarder à arriver, lui rappela-t-il.

— Restons encore un peu ! Penses-tu que le Carnaval sera un jour rétabli ?

— J'en suis certain, mais sans doute durera-t-il moins longtemps qu'autrefois, sinon les vieux démons du passé risqueraient de ressusciter. Qu'est-ce qui te fait penser à cela ?

— J'évoquais de vieux souvenirs.

Derrière eux, le salon retentit soudain d'éclats de voix. Adrianna et Leonardo venaient d'arriver avec plusieurs de leurs amis. Domenico s'écarta de la balustrade pour les accueillir.

Marietta resta un instant à contempler les dernières lueurs du soleil couchant. Malgré toutes les épreuves qu'elle avait endurées, Venise demeurait un lieu magique. Quelles que fussent les tribulations à venir, cette cité ensorcellerait toujours ceux qui la voyaient pour la première fois, et elle les garderait sous son charme jusqu'à la fin de leur vie. C'était ce qui lui était arrivé. L'envoûtement avait même commencé au moment où elle avait soulevé le couvercle d'une boîte, où luisait faiblement un masque doré.

Domenico l'attendait, la main tendue et le sourire aux lèvres. Marietta glissa ses doigts entre ceux de son mari, et à son côté pénétra dans le salon. A ses yeux, il était l'essence même de Venise.

Achevé d'imprimer en décembre 1995
sur les presses de l'Imprimerie Bussière
à Saint-Amand (Cher)

POCKET - 12, avenue d'Italie - 75627 Paris Cedex 13
Tél. : 44-16-05-00

— N° d'imp. 3105. —
Dépôt légal : janvier 1996.

Imprimé en France